時代的眼·現實之花

《笠》詩刊1～120期景印本(十二)

第102～109期

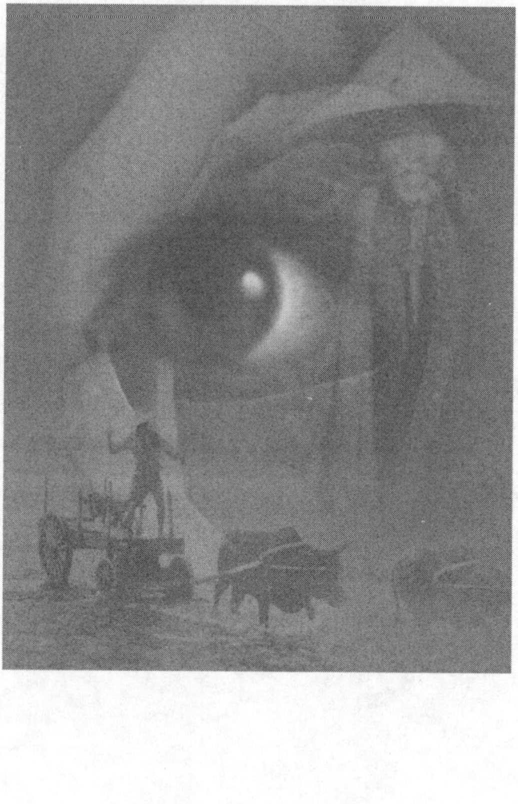

臺灣學生書局印行

詩双月刊

笠

LI POETRY MAGAZINE

1981年 4月號

102

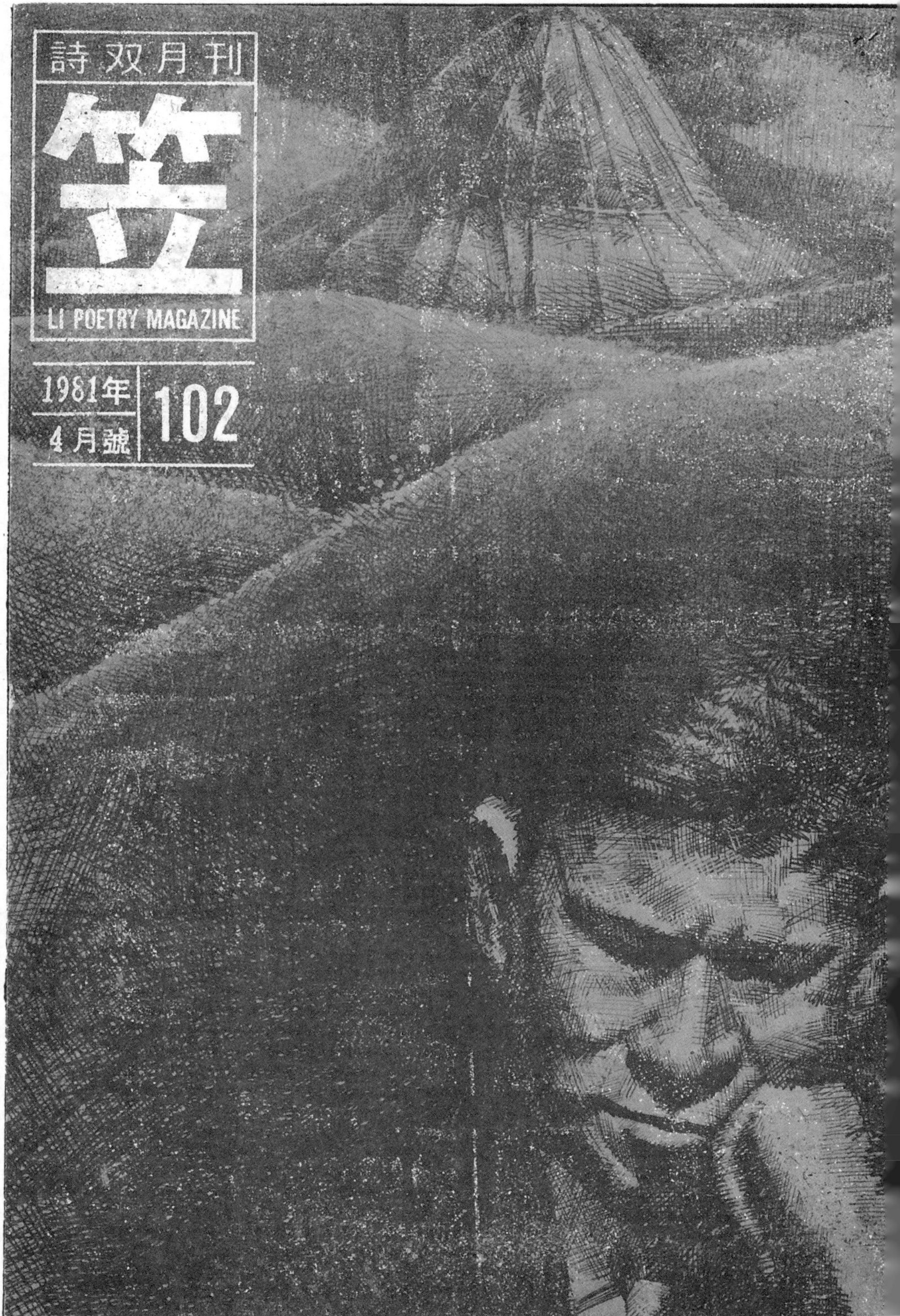

▲卷頭言▼

人類在轉捩點上

李薌男

在約翰、洛克斐勒的「第二次美國革命」一書中，提到了人生特質的五個要素：

1.人的尊嚴——是一項個人品質，也是一項社會的價值。……它源自這樣的一個認識：每個人都能貢獻他人一些有價值的東西。……它是一個人道主義社會的基礎。

2.歸屬——因爲人生的物質方面跟人類與其自然環境有關，因此較高的人生價值也就包括人類與其社會環境。……正如詩人約翰、丹（John Donne）名言：「沒有人是個孤島，自成一個整體。」……因此我們的忠誠不是歸於一個全能的政府或是一個自私的個體，而是歸於我們自己和與跟我們維持著一種平衡關係的其他人——瞭解別人，支持別人，也尋求別人的支持。

3.關切——如果沒有關切，對於本質上的人性和自己與他人的價值沒有深厚的顧慮，就不會有歸屬的感覺。他是全世界所有偉大宗教的含蓄教義，不只是偉大們也是每個人應有的氣質。

4.每個人努力去發揮其人類全部潛力的需要——這個要素需要個人創始精神和有利於自我發展的社會環境。……要爲人類成長而促致開放與機會。

5.美——如果我們想做完整的人，我們就需要美感。沒有審美的感覺，我們就會議得習慣於醜陋和枯萎。醜陋會使心頭和智能消沈；美感則使之們振奮。美，在很多方面都是高等價值的鑰匙，瞭解我們自己和豐富我們個人生活的鑰匙。

這本書的背景，是因爲工業革命之重物質，重商業的價值觀念嚴重威脅美國建國的理想，以及美國青年、黑人與婦女運動蓬勃發展，熱切要求排除唯物主義和經濟人偶像，尋求重建一個置人道於物質之上的民主社會之際。而且，更重要的是，這本書透露的開放而謹慎的樂觀態度，值得我們深思與學習的。

約翰、洛克斐勒提到的人生特質的五個要素，只是一些基本的方向和態度，它不但對於具有對社會改革熱誠的人誠摯的啓發與鼓勵，更包含對所有生活於變革時代的人們的關心與開導。

我們一再強調：詩的價值與人的價值是契合的。詩的人間意義即在透過對於終極的價值與品質的追求，尋求秩序的調和，亦即一種現實經驗藝術功用論的闡揚與實踐，這種眞理方針以及倫理條件，相信必能提供創作者認眞的思考，提供欣賞者切實的反省。

願大家深思！（19810310）

笠一〇二期 目錄

卷頭言

詩作品

即物表現論(一)

白萩

靜物

武士刀
欺壓着臺灣通史
而書
棄絕在桌角
不被翻閱
旁邊守候
無名者的雕像
陣風偶然掀起
幾頁
隨被壓蓋
更遠的是

北京狗

怎可以
越墜越下
眼睜睜地看大夕陽
在平地線裡溶掉
一條北京狗
蹲伏在蕃薯園
眷視着
遠處的老家
屁股燒痛到
牠的眼睛

從鬧鐘

從鬧鐘的警告
醒過來，阿火
憋了一肚子的夢
用尿口對着向日葵
嘩啦嘩啦地
淋它個滿身痛快
對着太陽打打拳
漱漱昨晚的香吻今早的口臭
打開政治錄音帶
默誦幾段陶醉
收起西裝的紳士

雕像目光所注
一方天窗
一隻冲飛而去的鷹鷲
公然啼叫
成爲整個天空的怒吼

老家老家
新房東正上燈
窗口洩出了光與晚餐

想起那狠狠的一踢
便任性地挖弄着
生活中的蕃薯
仰着
空中未歸的黑鴉
對唱了幾聲

對着鏡子
換上夾克結着
紅領帶的青春
然後
以麻雀的姿態
飛進早晨的街道
開始了競選的第一天

林宗源

一段童年的日子

(一)

三月初一

天還是昨日的天
突然
警報器叫出一聲歷史的陣痛
阮忍受50年有身的日子
被強權欺騙、刣割、按撫的日子
總希望趕緊生出家治的日子
三月初一陣痛的時
天猶是昨日的天
阿媽猶列梳頭
阿母列洗衫
我列吃飯
阿媽的脚布還無纏好
突然
警報器又叫出一聲接一聲的警告
阮還列做家治的代誌
天物是昨日的天

藍色的天飛來一群米國的飛能機
阿爸想慘爬上厝頂看空中戰
突然
地列震動
厝也列搖
一聲咬一聲爆炸的聲
親象慘刺破我的耳孔
慘撕破阮的厝與土地
阿母阿爸趕緊搬出棉被
放在八仙桌的四週
一家趨在桌下
阿媽阿媽的嘴唸無停
救苦救難觀世音菩薩
救苦救難觀世音菩薩
阿母叫我隨伊唸
藍色的天護凸鼻仔畫仔黑墨墨
烏暗的四邊烏暗
十歲的頭殼物知世事
生和死我物知影
趨在桌下心內想着外口
想慘看看空襲投炸彈的場面

想㤴出去驚護阿爸賞五佰
在烏暗的桌下
空氣親象物是昨日的空氣
一種帶有臭味乾燥難受的感覺
護阮緊張的心添死亡的恐怖
阿母原本是一個神經過敏的少婦
大概伊也嗅到死神的體臭
趕緊爬出去
趕緊叫阮出來
烏暗的四邊烏暗

天物是昨日的天
黑黑的煙吃去藍色的天
無尾巷傳來一聲一聲火燒
火燒的聲一聲一聲
救火的聲一聲又一聲
阿媽阿母大包細包捆仔一大推
阿爸出去撲火
一家無主亂亂趖
阿母叫我儘量穿水衫
穿仔很歹行
親象一個有身的查某人
我物是昨日的我

西門町還是西門町
火燒的厝
破碎的洋樓

東倒西歪的電火柱滿街
南一孔地一孔的街路
一大群疏開的人黑白跑
路邊有狗咬人腿
狗吃人肉的狗相咬
一大群走疏開的人
從牠的邊仔走過
西門町還是西門町

我坐在脚踏車
目睭拍着一幕又一幕
無血無目屎的鏡頭
印在我空白的心內
那個最深的記憶
時時浮顯搶吃人腿的狗
時時刺痛我的心肝
那是一幕歷史的見證
35年來漸漸加重的陣痛
使我極想生出無戰爭的世界
我坐在爸的心內

是啥人做的孽
阮活在阮的土地
過着一日討食的一日
流一滴血灌溉一寸的土地
開墾荒島變成文明的社會
也無得罪米國仔

竟然向阮的厝投炸彈
竟然使阮背負三月初一
那個流血流目屎
呼天叫地悲慘的日子
是啥人做的孽

草地的天還是昨日的天
一路還有斷脚斷手的人
還有
一隻血洒洒的牛倒在田岸
還有
一隻白令絲在牠的身邊問東問西
牛㧒知牠犯啥罪
白令絲在邊仔跳來跳去
竟然給人槍殺
問無結果
抬頭看見衝來的人群
趕緊飛去問天
草地的天也是昨日的天

藍色的天有一堆一推的白雲
列散步列畫圖列跳舞
天還是昨日的天
府域已經㧒是昨日的府域
府城已經護凸鼻仔整容
整成一頁忍氣吞聲的歷史

(二)

偷走轉來的日子

阮的府城，阮的厝
轉來，微前微後，轉來
轉來，看時看天，轉來
阮的厝，阮的城市

別人疏開去內山
阮到阮兮魚塭
每日思念的故鄉
每日在阮目睭前的故鄉
每日看它火燒的故鄉
踩在阮的土地讓人蹧躂
既坐牛車轉去搬家私

空空的城市
生混的府城
荒涼的街路
到處有戰車坑
靜靜的城市
生疏的府城
有壹千餘個平民的鬼魂
無看見半個人影的城市

一隻狗佔有無人敢企的荒城
幼弱的心靈感受陣陣的鬼氣
好親象走入鬼域
走入死的都市
走入地獄
地獄、地獄
無人肉可食的狗
瘦巴巴的狗佔有的地獄
幼弱的心靈感染陣陣的鬼氣

打開阮厝的門
竟然還有小賊的脚印
用白粉筆畫的脚印
我看見上帝
這是一個還有法律的城市
物是一隻狗可以佔領的城市

阮的城市，阮的厝
轉來，微前微後，轉來
轉來，看時看天，轉來
阮的厝，阮的府城

(三)

放假的日子

草地無戰爭的款
有一日
親象三月初一的天氣
阮看見突然飛落來的飛能機
趕緊向樹仔脚衝去
越頭看見探頭的凸鼻仔向阮搖手
列笑的凸鼻仔很手槍
草地無戰爭的款

阮是嬰仔無驚凸鼻仔
無親象大人驚槍子
阮驚唸アイウエオ
脚跨門邊困
阮驚喊バンザイ
取日頭行街路
行仔脚酸軟
物知為着啥人喊バンザイ
臺灣少年家去南洋相戰
三、四拾歲也着去做軍夫
聽講臺灣兵很勇很猛
佔領南洋攏是臺灣人的骨頭
爸是散赤農民
差一點仔去南洋做指導員
阮是嬰仔試分與分無關係
槍子撲阮也無路用
即時是阮放假的日子

柴頭港溪仔是阮的海水浴場
清基基的溪仔水
洗阮手槍的日子
冷冷的水浸阮古錐的脚子

走空襲的日子
在咬蝒蟀的時放無去
每日天光去找鷄卵與鴨卵
吃生鷄卵吃飽飽
鴨卵帶轉來護阿母
三頓吃白米飯配魚和菜
稻仔飼鷄鴨物敢賣ヤミ
一山一堆的稻仔分護過路的人
大人也着帶牛乳粉來換白米
白米靠火計來磨
大人就免他去南洋做軍夫
火計載魚轉去您厝
護大人捉去摸脚痔
走空襲的日子
在我看起來很趣味
也親象放假的日子

天是阮的天
地是阮的樂園
物免讀書的日子
讓阮佚陶大自然的境觀
假如大自然是阮的學校

柴頭港溪一定是阮的教室
水是阮的書
土地是阮的先生
敎阮捉水蛙與魚
有時也捉水蛇佚陶
暗時捉火金星來剖肚
想慒探出牠的光來自佗位
想慒知影牠爲何暗時物迷路
爲何牠物相撲相戰
走空襲的日子
是阮放假讀自然的日子
阮放假的日子
無戰爭的代誌
大人愛戰爭和阮無關係

物舉三月初一
刺傷我三月初一或時的心
經過三十五年醫物好的心痛
到現在還微在心內的病房
有搶吃人肉的狗
火燒的厝
火燒的城市
火燒的心

荒凉凄靜的故鄉啊！
死在眼內
死在心中
活成一段流血的歷史

李敏勇

野生思考

一 與星星的對話

星星喲
你孤獨嗎?

你閃爍著
然而被你那廣大而黑暗的版圖所擁有
你的光輝只照亮我的寂寥

人喲
你自由嗎?

從星際眺望地球的你
甚至看不到你擁有能開啓的窗
你雖能等待黎明
卻不能被陽光顯耀

二 自然現象

歌唱著自由
一群鳥兒
飛越中央山脈
快樂的聲音響徹天際

舞蹈著自由
一群鳥兒
倘佯在濁水溪旁
優雅的姿影映著原野

曾經我們所有的美麗大自然呢

一群鳥兒
飛越中央山脈
緊閉著口舌
害怕被射殺

一群鳥兒
固定著身姿
佇立濁水溪旁
擔心被毒害

鄭炯明

混聲合唱

一個男人的觀察

認識她
已經有一段時間了
開始瞭解她
才是最近的事
她習慣把愛
解釋成難懂的字眼、奢侈品
不希望大家分享
她喜歡誇耀她輝煌的家世
善於製造淆亂視聽的假相
蒙蔽她的追隨者
她說話的神情永滿著自信
不管四周環境多麼惡劣
別人同不同意她的見解
她總時刻不忘強調她的地位的正統性
她走起路來的姿態
使你不相信她是一個未婚的媽媽
她有許多不成文的禁忌

若是誰觸犯了
必定逃不掉她的懲罰
她生氣的時候
儼然是暴君一個
我曾要求結束我們之間的曖昧關係
她卻一口拒絕
還憤憤地說：
「誰都不能把我這個象徵摧毀！」
她有野心
但經不起批評
終日沉浸在
一廂情願的幻想之中
忘記了現實的殘酷
而把所有人生的挫折歸咎對方
我不忍心傷害她
也想不出使她清醒的辦法
雖然她一度是我瘋狂地愛過的女人

一個女人的告白

我一直覺得
你對我的成見很深
儘管在一起生活了這麼多年
度過不少危困的日子
我們之間仍然存在著
一條看不見的鴻溝
表面上我們是幸福的一對
其實是貌合神離
你有你的想法
我有我的打算

我知道你怨恨我
怨恨我不接受忠告
怨恨我獨佔的性格
怨恨我沒有爲你付出更多的奉獻
怨恨我利用權威壓抑你
使你抬不起頭
看不見陽光
享受不到更多的愛的滋潤
然而我這樣做是不得已的
經驗告訴我不能冒險
必須堅持下去
否則失去的會更多

我不介意你用什麼角度觀察我
反正我在你的心目中
已經不是一個純潔的偶像
自私、懷疑、猜忌不時糾纏著我
加上傳統思想的束縛
使我失去做一個
完美的女人的條件
我不敢奢望現在的你
會如從前眞心地愛我
可是你應該相信我的誠意
鼓勵我支持我
讓我們共同創造理想的明天

黑面媽祖

許達然

阿公去天后宮燒香保庇阿爸討海，媽祖靜看海，看不到阿
爸回來；不是魚，木魚硬縮着頭殼。
阿姐去福安宮拜拜保庇姐夫行船，媽祖靜聽海，聽不見姐
夫叫喊；不是魚，船躲不開風颱。
阿母去慈生宮跪求保庇我換到頭路，媽祖靜看海，看不到
我發膿的傷，痛：我拒絕再抓魚後被抓，不如無國藉的魚
。

憾綿綿

林可音

他爲吐胸中鬱悶
信中藉「流浪之歌」詞中片言
向她吟嘆
——青春熱淚去不還！

她回音却是哀悼：
「……文恭姊
　峡！
一生僅僅那麼一小段……」
厦門邂逅的鄉友姓錢
現地竟有見她妹妹一面之緣
　喔！
還有那位姓施
族人叫「欽旋」
是他父執
父在時　兩家來往頻繁
她帶同她倆結伴北上
和歷盡艱辛的他見面
上次最後聚首
是他半夜被捕之前
別後幾年
他一向在外飄泊
難免她時常懷念
久別重逢
千言萬語憑眼傳眼

明治橋拱中
主賓划艇聯歡
歌聲　槳聲　笑聲
陣陣去又返——
時隔半世紀
猶微響耳邊
臨別臺北車站
他搶着扳開她手提包
硬塞進晶亮仿鑽項鍊
誰知這一別
兩相隔遠
她消息杳然
再會時
已是各有各的家眷
四哥傳來：
他的始終冷淡
叫她終生抱怨！
誰怪誰都太晚
　長地久有時盡
此憾則綿綿……

一九八一、元旦於芝加哥

非馬

臺北組曲

中山北路

跑天下
却莽莽撞撞
跑上
阻塞的
中山北路

蠶食了
幾公分柏油路
蠶食了
一大塊撲撲跳動的錶表
蠶食了
有焦焦味道的歸心
正好整以暇
準備蠶食
從眼睛裡飛出
一隻有透明翅膀的
蛾
却被後面
嘟的一聲伸過來
的血盆大喇叭
一口吞走了去

西門町

他們嘿嘿笑我
沒有詩人的氣質
不會欣賞
落在西門町
一陣
黑黑的雨

中華路

人多
急躁的
腳
在背後
爭着踩死
每一個
不合即拍的
腳印

三福街

門窗擋不住
鐵欄干擋不住
水汲牆也擋不住
的噪音

什麼不好偷
偏偏偷走
我重而不值錢的
鄉愁

武昌街

一條修鍊成形的
小黑龍
自滾滾烟裡
翻騰而出

整個下午
在詩人閉目打坐的
武昌街頭
苦苦尋覓
那兩個
不食人間烟火的
鼻穴

北門

一隻外地來的
土鼠
在濕濕的地洞
鑽進
又鑽出

就是走不上
延平北路

告白一輯

陳坤崙

掃街路

從這一條街走過那一條街
從這一條巷走過那一條巷
我的脚在馬路與街巷之間
走過來又走過去

有一天
突然覺得非常奇怪
凡是我走過的馬路
變得乾乾淨淨
也許我的脚已經變成一支掃把

我一面掃街一面想
回家媽媽如果問我找到職業沒有
我將立刻回答
我的職業是掃街路

心　病

睡覺的時候
總覺有一個影子在窗前走來走去
像手裡拿了一把槍
準備射殺我

走路的時候
東西南北好像有人緊跟着我
很不自在的趕緊走完這條路
趕快躲在一個極偏避的角落
即使躲在一個極偏避的角落
也覺得這個世界沒有一處安全

患了嚴重心病的我
世界無一處可以活
却還要活下去

花的呼喚

主人啊
你眞的那麼忙碌嗎？
既然把我從花園裡買回來
把我株在花盆裡
爲什麼不給我水喝呢？
陽光天天把我的水份吸去
空氣是足够的
而水爲什麼還不來
我口渴我的四肢五臟都快枯乾了
主人啊　請看一看
我的葉子由青綠變成枯黃
我的生命已快要結束了
祇要一點點的水
我就可以再活幾天
可是啊！主人
你眞的那麼忙碌嗎？
爲了什麼而忙呢？
看你總是急急忙忙的出門去
匆匆忙忙的回到家
主人啊！

你大概忙的把我給忘了
竟連我的生死你也不關心了
而爲什麼當初你要買我回家
却又不照顧我
使我像受刑的人一樣
天天在等待死亡
主人啊
祇要一點點的水給我
我就可以再活幾天
主人啊！請看一看我
我已因爲沒有水
快要枯萎而死了

割草機

楊傑美

吃過鮮鮮嫩嫩的春芽，吃肥肥壯壯的夏莖，再吃黃黃枯枯的秋葉，最後，乾脆連乾乾澀澀冬天僅存的空枝也吃了。有時斯斯文文，有時張口大嚼，有時挑精撿肥，東一口西一口，沒精沒采的，南邊北邊，磨菇磨嘴皮邊兒，塡塡肚子充數。偶而遇見細苗苗的草娘們，成群成隊的；就厚臉厚皮的涎上去，狠狠的，又撕又咬又咀又嚼，連皮帶骨大幹一場。就說是打打牙祭兒，拜拜肚裏的活菩薩。

一年到頭，除了睡，就是吃，每天忙吃忙吃吃忙吃忙吃忙的。凡是草的大都吃了，就是沒吃到那甜甜香香水蜜蜜的果實。幹！好味的都讓給狂蜂浪鳥，或者餵給猪和人獸了。有理沒理還有什麼好說，誰讓我是一個專吃草的！呸！幹他娘，天生這款好吃歹吃的草命。一年四季，除了睡，就是吃、吃、吃。

無題

廬山小住自逍遙
獨浸溫泉吹口哨
希期養神世俗脫
緊隨鷄啼觀天曉
山峽雲天萬樹綠
溪畔戲水手脚搖
谷把淸流映雲色
恰似生命隨水漂
老鷹一隻大樹頂
放眼盡處一山樵
遠朋來伴論時政
首評民權有多少
次提政治道德論
三及民生之目標
末嘆社會道德急
眞是多詭惡心跳
搔首無奈苦難訴
搖頭顧君莫見笑
忽忽入內再洗浴
池裡閉眼聽溪嘯
頓湧詩興心胸闊
肅然靜坐看雲霄

巫永福

周伯陽

風土手帖

寒流來臨

灰白色的天空
憂鬱地愁眉苦臉
竟呼喚瑞雪飄零
舖成白皚皚的銀世界

來自那蒙古地方的寒流
溫度計被迫急忙下降
大地凍得呼呼哭泣
思考能力已在洞穴中冬眠

樹木雖有枝幹而無葉
沒有裹身站在銀世界下
在寒風凜冽中拋頭露面
把裸體任意給水氷風撫摸

觀音山

仰臥在露天草原上
不知有幾個星霜了
在遠處奔跑的車上
遠眺她的風姿
像禪悟得道的觀音菩薩
呼喚絡繹不絕的觀光客

想起少年時
我曾經仰臥在觀音山上
看白雲在上頭飄來飄去
春草萌出慈祥的氣息
它魅住我的心嵌
恍惚在慈母的懷抱裏
竟遺忘我在山上的存在

看！那淡水河仍然在脚下
低唱古老的搖籃曲
匆匆已過半世紀了
觀音山有永恆的存在
它有不朽的山靈

輕叩凌雲寺的門扉
讓遊客燒香祈求保佑

北影一

禱

苦祢就是那黑暗：變重些，打破
使祢整個手得以向我顯現
而我就向著祢全幅叫喊

——里爾克

神啊
今兒 請允許我
說想說的話
這世上會有——
把毒草莓放在嬰孩眼前
只因他吃了它
便把他鞭打的双親嗎
可是 您却讓蘋果
在亞當與夏娃眼前垂掛下來
只因他們吃了它
便把他們趕走

我們——
譬如說
訂製的鞋子使脚發痛
便怨鞋匠
而不是詛咒鞋子
而您是亞當與夏娃的創造者

對於夏娃的顚躓
我仍然想歸罪於您

如果您說
神是神 神不會有錯
那也算了
可是 請您教我
夏娃之後已過了多少億萬年
她的孫子的孫子的孫子的我們
爲什麼還必需就負着
蘋果之罪呢
如果是我們
連殺父之仇
也都在這期間原諒了幾十百次啦

即使是揚言
絕不信神的人們
偶而會在熄燈閉目

賴賴地等待入眠的時候
被某種東西敲動心絃
想起您
可是　您的心總是堅硬如石
從來也沒有像太陽那樣
出現在衆人之前
溫柔地招手過

說不定您正
躲在天上一角
俯看着掙扎呻吟的我
輕輕地在微笑着
是的
您在我的身子裏
佈設了永不溢滿的
無底的深淵
就是因爲這樣
我才不分晝夜地
受着陰暗的饑餓的襲擊
痛苦無已

您說
照您自己的模樣
造了我們
那麼我的心——
我這搖擺不定的心
原來也是您的嗎

在衆人之中觳觫不安
獨處時又寂寞難耐
我心一如玻璃
越擦越濛
有時忽然覺得
自己成了毛虫
爲之悚然而慄

一點兒也不借
您讓野地裏開滿花朶
也讓五穀在田園豐登
然而　正如您說的
人們並不能
光靠這些就可以活下去
在苦候着您的人們之前
今兒又出現
假您的名字的騙子們
接受了好多好多的款待
然後偷偷地伸伸舌
從後門溜走了

神啊
爲了一隻蘋果
您還在生氣着嗎
如果是我們
連殺父之仇
也早原諒了幾十百次啦

歸

德有

太陽回家以後
落單的麻雀
猶站在人家的屋頂上
東張
西望
你呀
是不是不曉得自己
該飛落何處

人生

李照娥

無論刮風下雨
晨雞總是
伸長脖子，叫聲
——時間不多了——

六十九年農曆
歲末感懷

歸來吧
我那一直向前疾跪的双腿
歸來吧
我那遺落後頭純稚的聲音
眼前一片曠野
眼後一片曠野
我豎起攤開的身體
在風中招魂

沒有炊烟
沒有狗吠
沒有了我
在這一片曠野裏

只剩下：一對門柱
　　　　半面屋瓦
　　　　幾堆亂草
　　　　半個世紀
企盼着我另半面面頰
在風中招魂

七〇年六月廿八日

喬　林

苦難

有苦難言
有話何處講
有一天過一天
有那一個人呀勇敢如
箭

箭在空中
箭向目標
不偏不倚
不顫不慄
咻的穿透

有人只會怨嘆
三聲唉無奈
三聲，不多也不少
親像一隻隻軟脚蟹

莊金國

窗簾布

趙廼定

有些
事情
不想讓
外人知道
所以
買了
一幅窗簾布
掛上
——竟把外面的
陽光
也擋住了

握

范姜春之

只
輕輕地
輕輕地
血液已加速狂奔
電流已顫過全身
再
緊緊地
緊緊地
心
就竄過來
也
竄過去了

夜雨

曾貴海

久旱之後
夜雨
陪伴高遠的天
俯貼在鋁門窗旁
靜靜的傾聽、遙遠故鄉
人子的訊息
千古孤寂
現世的紛擾因緣
逐漸的沉澱於無涯無色
悠悠蒼茫
催人眠
整夜都是

矛盾

陳朝松

攤開書本
在頁與頁之間
我找到一具被鉛字壓扁的死屍
——那是我去年春天特地捉來代替書箋的蝴蝶
以指尖輕地掀動牠
即刻有許多粉末跟著剝落
於是　抽開手
我不忍再碰觸
時間是一點一滴底堆積、
而光輝却是在一瞬間剝落殆盡
保存於密封的書頁中不是好端端的嚒？
爲什麼偏執拗著
要將光輝留給褪色後的蒼白收拾？
假使先前我能够知道
——光輝禁不住誘惑　那麼
我寧可把誘惑餵食魔鬼也不待黯淡曝光。

棕色果

面具

現在我可以冷靜地看你了
一具永遠臉帶笑容
却僵化了的空殼
倚在牆壁的釘子上
就要將整個世界的茫然
支撐起來

你總是由它牽着你走
在閃閃的鎂光燈前的舞台演出
你不是你
你是觀衆眼裏的你
觀衆匯聚的眼波
就可以溺斃你

渺小怯弱失身的靈魂
隱隱地在面具的背後
從人群眼中
輪迸出來的波浪前
依然試着

直挺挺地站立起來

現在好了
燈光暗下掌聲停歇
這個宇宙彷彿將我遺忘
安然地將憂慮而感傷的臉呈現
而讓你永遠訕笑的臉
在壁上吹風

歷史的脈博 時代的影像

——詩人巫永福訪問記

巫永福簡介

巫永福，民國二年生。臺灣南投埔里人，日本明治大學文藝科畢業。民國廿一年在東京與蔡維熊、王白淵、張文環等臺籍作家組織「臺灣藝術研究會」並獲刊「福爾摩沙」文藝雜誌。歸臺後，先後參加「臺灣文藝聯盟」及「臺灣文學」。

臺灣光復後，於民國五十五年任日本歌誌「からたち」臺北支部長，民國五十六年任日本和歌「臺北歌壇」主幹，並爲日本歌誌「おだふき」及「臺灣俳句會」會員。民國六十四年起，並參加日本歌誌「山の邊」。

現爲「笠詩社」同仁、「臺北歌壇」會員及「臺灣文藝」發行人。

•時間：六十九年三月廿九日
•地點：臺北市巫永福寓所
•出席：拾虹、鄭炯明、李敏勇（紀錄）

李敏勇：在日據時代臺灣文學史上，巫永福先生的一頁是令人崇敬的。被譽爲堅守文化「苦節」的巫永福先生，與當時的臺灣文學家，藝術工作者一樣，爲了眞摯的藝術追求，在困扼中發揚著志節與骨氣。讓我們讚佩。

目前爲「笠詩刊」同人及「臺灣文藝」發行人的巫永福先生，可以說是在座拾虹、鄭炯明與我的前輩。諸多風範，足爲借鏡。我們特別聚在一起，訪問巫永福先生。

首先，我要請教巫先生的是：您就讀明治大學的情形。這與您的文藝生涯有什麼樣的關係？

巫永福：攻讀明治大學文科，是因爲該校文科在當時實在是太特殊了。這對熱愛文學藝術的我，實在是充滿魅力的學府和科系。

以當時文科部門執教的人選來看，實在聚集一時俊彥。一流的小說家、一流的詩人、一流的劇作家，像擔任文藝科部長的山本有三，即爲著名小說家。與菊池寛分佔純文學與大衆文學的第一把交椅。後者也在該校任教。

巫永福詩觀

用自己的獨特個性出發，選擇其詩的形態以語言技巧地表現詩情詩感以顯示對人生的感性及思想。換言之，由主觀的燃燒而成爲客觀化的純粹的詩之感受，再由其所把握的視覺角度以簡約適切的語言組織的效果及修辭、表現其多端的姿態而構成新的世界或新的現實，這樣成爲生命的動態及美感而能引起讀者的共鳴與共感者即爲好詩。故傳達文學所構成的詩的語言，在感覺上常有多項的表情。因各單字結合構成的文字會發生語體型態的差異而成不同的格調與表情。大體上詩人都各有其獨特的語言感覺及想法，看法的表露而成爲詩人個性可貴的風格。雖間有其奔放的情感所流露的熱情，或受時代的影響顯示時代的意義與精神或深潛入個入自我內部發掘不可知的世界，表露其抒情、觀念、官能或以科學的精神創作其詩的世界。

山本有三以其盛名，敦請各方碩彥，難怪與衆不同。小說教席，除前說到的部長山本有三，特約講座菊池寬外，還有里貝淳、橫光利一、舟橋聖一等。戲劇的教授包括岸田國士、豐島與志雄等，新詩教授爲室生犀星、萩原朔太郎等，日本古詩及和歌教授爲土屋文彥；教授俄羅斯文學的是米川正夫，教授法國文學的是辰野隆；德國文學爲茅野、英國文學爲吉田，評論方面教授有小林秀雄、阿部知二，國川哲三等傑出的評論家。更有教授相對論原理的石原淳等。

在廣汎的知識傳授與傑出的大師陶冶下，明治大學文藝科是那樣吸引人，熱愛文學藝術我，自然被吸引住了。

其實，我家裡是希望我能學醫，這也是當時臺灣家庭對子女的期望。我們兄弟五人、老大和老四、老五都是醫生、老三在京都帝大唸的是化學，所習也算相近。只有我選擇了文藝科。

在臺中一中就讀的少年時代，我就十分愛好文學。那時候讀法國小說字斯坦達爾的「紅與黑」等作品，深受影響。後來到日本繼續唸名古屋五中時，仍保有對文學的熱情。

爲什麼唸文藝科呢？除了本身的興趣之外，我也感覺到，臺灣雖有文化運動以抵抗日本，但偏重於政治活動。從長期目標來看，是不够的，是欠缺的，爲了臺灣的前途，更要從事文藝活動，才能擴大影響，加深力量，所以雖然家人都那樣希望我能學醫，我還是唸文藝科。

鄭烱明：照您所說，您在臺中一中就讀的少年時代，就涉獵了許多文藝作品，而埋下了熱愛文藝的種子了？而後來選擇明治大學文藝科除了因爲個人喜愛文藝之外，更因爲覺得臺灣的抵抗運動除了單純的政治活動不够，需要從文藝活動，更廣泛更深入的啓發臺灣同胞的自覺竟識？

巫永福：是的。個人喜愛文藝，當然是重要的原因。而現在回想起來，當時那麼執著，實在也因爲深感對應日本的殖民統治，需要從政治活動的範圍擴大，而文藝活動才更能帶動眞正的文化運動。

鄭烱明：進入明治大學文藝科就讀，是不是使得您更因爲諸多一流名師薰陶，接受更多西洋、日本的文藝作品與思潮的洗禮，而更充實了您走上文學之路的信心和決心？

巫永福：是的，在明治文學文藝科就讀時，我開始了文學創作、寫小說、寫戲劇也寫詩。起先，我主要是寫小說，也有一些詩作品。

拾　虹：當時，臺藉新詩人的情形如何？

巫永福：王白淵是那時候活躍的詩人，由日本的久寶庄書店出版了他的詩集「荊棘之道」，時爲民國二十年。王白淵是彰化三水人。師範畢業後到東京，就讀美術科系，因爲美術似乎較屬純藝術創作而不太會遭干涉。畢業於東京美術學校後，在一所女子師範教美術。這時，常有詩作發表，透過詩，表達對日本當局的不滿和內心的苦悶與衝突。他在美術方面的論述有「臺灣美術運動史」，更有小說「唐璜與加彭尼」及許多藝術評論文章，可以說是一位多才多藝的詩人。另一可相提並論的是出版詩集「赤都之戀」的張我軍。塩分地帶詩人群也都是基於被統治者的共同意識，在那兒活躍著的。

鄭烱明：您與他們相識的情況如何？

巫永福：我與王白淵是在東京相識，認識塩分地帶詩人則由於後來「臺灣文藝」的關係。在東京認識的除了王白淵、還有張文環、陳石火、吳坤煌及施學習。那時陳石大專攻讀國文學、施學習則專攻中國文學，研究白居易。

鄭烱明：提到陳石火、是否當時日本政府有意調買他到外務省任職？

巫永福：陳石火熟讀各國語文。日本政府當時有意派陳石火到駐美大使舘服務。但從事外交工作擔任外交人員，在當時若非字裡財力雄厚，是不可爲的，因爲交際繁，所費多。陳石火因岳父並不支持，所以沒有去成。後來在東亞外交研究會服務。享年亦無多。現任副總統謝東閔先生就是他的同窗。

李敏勇：當時在明治大學您們較有接觸的西洋文學作品是那些？

巫永福：那時候，影響我們較大的法國作家爲A・紀德。他對日本文壇影響很大。而俄羅斯作家托斯妥也夫斯基的作品，也受到熱切的喜愛。短篇小說以法國的莫泊桑最受矚目。新詩則以德國詩人里爾克爲主。戲劇作品方面，我們接觸較多的是易卜生及契珂夫，不但讀劇本，更實地觀賞上演作品。

拾虹：當時，明治大學文藝科的教學方式除了廣汎涉獵名家名著外，有何較特殊之處？

巫永福：有許多教育，不光是啃書，而是透過實地的了解，如戲劇、電影、大都是實際觀賞比較。而創作教育則是透過各種廣汎的思潮吸收，各種作品的閱讀欣賞，努力從各種汲取尋求營養，然後追求自己的創作道路。

鄭烱明：是一種活生生的教育方式，而不是到校咬文嚼字。

李敏勇：您們的文學訓練、文藝教育是不是鼓勵客觀地吸收，接觸各種潮流及成果，而不偏執限定一種樣式？

巫永福：在明治大學時，我們受到的訓練，最重要的是要能消化，然後還要能創造。吸取各種思潮，成果的營養中，培養自己的觀念和能力，選擇自己的道路。可以走創作之路，也不妨走研究之路，或走評論之路。

鄭烱明：談一談您們在東京成立的「臺灣藝術研究會」及創刋「福爾摩沙」的情形。

巫永福：「臺灣藝術研究會」是民國廿一年創立的，地點是在東京。在成立宣言中，表達了我們一群熱愛文學藝術的臺灣青年在殖民統治的背景從事文學藝術活動的願望。後來創刋文藝雜誌「福爾摩沙」，出版了三期。

鄭烱明：「福爾摩沙」爲何僅出刋三期即停止？請巫先生您說明一下？

巫永福：第一個原因是，我因家庭發生變故未能繼續在明治大學留任助教而返回臺灣。家父過逝時，適逢我大哥及二哥正爲博士學位作關鍵性努力之時，故我無法不回臺灣協助母親處理重大事宜。其次，施學習也回到臺灣。服務於興南新聞。吳煌坤又返臺，留下蘇維熊、張文環在日本。楊基則到滿州服務，主要的「福爾摩沙」成員，可以說四散各方。就是因爲這些原因，使得「福爾摩沙」僅出刋三期，即停止了。

鄭烱明：返臺後，巫先生您的文學活動和事業情況怎麼樣？

巫永福：我返臺後，先「臺灣新聞」擔任記者。並加入張深切等人成立的「臺灣文藝聯盟」，連絡張文環負責東京支部。在「臺灣新聞」服務期間，除大力協助報導臺灣的文學活動，美術活動、音樂活動外，更大力介紹臺灣人興辦之企業。除外，我也在「臺灣文藝」及「臺灣文學」和雜誌發表詩與小說。

李敏勇：談一談您返臺後，日本特高跟蹤監視您情形好嗎？

巫永福：我返臺後，日本特高一直不斷採取跟蹤監視行動。一直到後來擔任新聞記者後，才不敢太明顯。特高跟蹤到某一程度，都可以面熟耳識，互相都知道。

每次我回埔里，特高辦跟蹤而至，不過，因爲我們家族在埔里頗有聲望，特高不敢明目張膽跟進埔里，而在交界處即交由埔里當地警察機關繼續執行任務。可以很明顯地感覺出，一離埔里，跟蹤的特高就又出現了。

鄭炯明：剛剛您提到說：「在「臺灣新聞」任記者期間，有詩與小說作品發表。是不是令堂燒毀的那些作品，也是這期間寫作的？

巫永福：是的，因爲那時候常有日本特高人員到我家走動，使家母十分憂懼，怕我惹事，才燒毀我的作品。

那時候，日本開始募集臺灣志願兵，亦即日本當局對戰況感到不安之時。而臺灣的知識份子對於日本這種祇要臺人盡義務而不給予政治權利的不合理現象，頗多不滿。

掌管思想問題的特高課長曾有意微詢各界反映意見，但沒有人願意提出。我要求日本當局應不將反映言論當做反對論處，以便提供反映意見，經同意後，我要求日本當局應攷慮同時開放政治權利以便募集志願兵事不致顯現不合理。其次，我要求日本當局應具體表現出對臺灣人民的愛恤。就是因爲這樣，又引起日本特高注意的。

鄭炯明：您在「臺灣新聞」擔任記者時，臺灣的文藝活動情況如何？

巫永福：當時，新舊文學的論戰很熱鬧。不過中文文學活動不像從事日本語文創作的文學活動那樣廣汎。塩分地帶詩人的活躍，也在那時候。

鄭炯明：您和塩分地帶詩人有沒有來往？

巫永福：由於「臺灣文藝」的機緣，我認識塩分地帶的吳新榮、王登山、林芳年、郭水潭等人，大家都有一種相對於殖民統治者的共同意識。民國卅年九月七日，並與張文環、陳逸松、王井泉、黃得時等訪問鹽分地帶，並於琑琅書房寫下「苦節」二字，透露了我們臺灣知識份子在異民族殖民統治下苦守氣節的共同意志與願望。

鄭炯明：您們那時代，文化界的交流是否較密切？

巫永福：那時候，文學界和音樂界、美術界都有交流，作家、詩人和音樂家，畫家的來往很頻密，共同感較強。

鄭炯明：巫先生，您認爲臺灣光復後，有一大段時間。臺籍詩人、小說家都沒有作品，重要的原因是什麼？

巫永福：最主要的當然來自工具的斷絕，亦即從事寫作的語言文字的變章，作家、詩人不像畫家和音樂家有著跨越、超乎國界、人種的共同語言，共同表現工具。

光復前，大部份詩人作家已熟習於以日本語文創作，時代的變遷致使語言文字又變化了，而對著這種困境。詩人作家需要辛苦許多年，甚至從而停滯。

其他，當然還有別的原因，不過，還以語言文字的變革較明顯。

李敏勇：透過您當時詩作品的發現，陳千武先生將之翻譯成中文，發表在「笠詩刊」，使我們從中文認識了您的詩世界，是我們的幸運。也因此，巫先生您終而繼續了您的詩人之旅了？

巫永福：這可以說是我的詩文學活動再次彰顯出來，我詩的生命在新的語言文學世界中復活。

李敏勇：今後的寫作計劃怎樣？

巫永福：中文寫作，對於我來說，仍有許多困境，常為辭不達意而苦惱，也為此虛擲許多時間。若先用日文處理，再轉換為中文，事實上也頗有困難。我們這一代的人，這實在是一件悲哀的事。

李敏勇：您對笠同人有何期望？對笠詩社今後的發展有何期待？

巫永福：希望笠同人多寫些好作品，重要的還要創作。也不妨擴大寫作範疇，從詩作兼及其他。笠詩社的經濟狀況大概沒有什麼問題，就這樣繼續追求下去，對臺灣的詩文學傳統歸延出一條更深厚的系統。

李敏勇

巫永福的詩

巫永福的文學活動，源於臺灣的被割讓時代，因此，所反映的現實，就包含了殖民地裏被奴役人民的心聲。這種辛酸，成了巫永福文學的底流；再加上對於正義的追求，構成了巫永福近半主紀文學軌跡的母音。

巫永福再從事寫作，係自民國六十年間，詩人陳千武氏譯巫氏部份日據時期詩稿，並發表於笠詩刊而開始。目前，這些詩稿係巫永福的舊筆記。他已經發表了九十餘首詩，積極地發揚和建設詩的文學。

愛

父母未曾說過愛我
但我領悟父母的愛
你每次都說愛我
你的愛却無法領受

你想征服我把愛說成一視同仁
我知道你的花言巧語含著虛偽
你想擁有我底心
但我的心常受騙已成了石頭

——臺灣光復前作品——

一如「堅硬石頭的心」反映出巫永福對日本統治者的對應認識論，也反映出臺灣人民對日本同化論的敵對意識。

臺灣同胞在日本半世紀的統治中，始終是反同化的從武裝抗日到近代民族運動抗日，有識之士莫不努力於自覺運動、追求自決、思慕祖國。

像這首詩，所探討的愛的本質，可以說是對於日本與中國的感情之本質。用父母之愛象徵祖國之愛，詩中的你即日本。對異族統治的欺罔之愛作否定，而烘托出對祖國之愛的眞誠和堅定。

洞識殖民統治者的騙局，才不會受到花言巧語的迷惑。變成石頭的冷漠而堅硬的心，就是每一顆受難但不氣餒的靈魂。

祖國

未曾見過的祖國
隔着海似近似遠
夢見的，在書上看到的祖國
流過幾千年在我血液裏
住在我胸脯裏的影子
在我心裡反響
呀！是祖國喚我呢？
或是我喚祖國？

燦爛的歷史
祖國該有榮耀的強盛
孕育優異的文化
祖國是卓越的
呀！祖國喲醒來！
祖國喲醒來！

國家貪睡就病弱
病弱就會有恥辱
人多土地大的
祖國喲　咆哮一聲
祖國喲　咆哮一聲
民族的尊嚴在自立
無自立便無自主
不平等隱藏着不幸
祖國喲　站起來
祖國喲　舉起手

戰敗了就送我們去寄養
有祖國不能喚祖國的罪惡
祖國不覺得羞恥嗎
祖國在海的那邊
祖國在眼眸裏

風俗習慣都不同
異族統治下的一視同仁
顯然就是虛僞的語言
虛僞多了便會有苦悶
還給我們祖國呀！

向海叫喊，還我們祖國呀！

——臺灣光復前作品——

這麼聲嘶力竭的沉痛呼喚，把孤兒的哀憐、悲痛、憤怒、期待充分表達出來。可以看出，在日本統治時期，臺灣同胞對中國嚮往之深、期望之切。

祖國未曾看過，是夢中會見到的，是書上知道的，是血液中流著的，是相互呼喚著的。但是，祖國却在睡著了。照理說，人多地大的祖國應該是卓越的，應該是強盛的。但由於病弱帶來了一連串恥辱的惡性循環，已經欠缺了民族尊嚴和自主。醒來呀！咆哮呀！站起來呀！舉起手呀！這種期望又幾近失望邊緣的呼喊是愴痛的。

雖然，祖國戰敗而被迫把臺灣割讓給日本統治，但祖國仍在眼睛裏，這樣的祖國難道不羞恥嗎？不管怎樣向海叫喊！呼喚著祖國，這種愴痛，刻骨銘心，令人共鳴。

為了抵抗異族的統治，除了變成石頭的心，是不够的。對祖國的嚮往是一種力量，對於臺灣鄉土之愛更是一種堅實的力量。

難忘

好像有人常在叫我
雖然我不知他是「誰」
但那個人確實存在著
而我也淸楚地知道
在那遙遠的地方
遙遠遙遠的地方
那個人確實仍然存在著
睜開眼睛看得見
閉著眼睛也看得見
像一幅名畫
在那遙遠的山脈下　紫色盆地地
鄉社淸靜幽雅的
紅磚　那古老故居
難忘的記憶纏繞
使故居永不褪色
像幻影似的映在眼底
使我透視著
從那遙遠的地方
那個人確實存在著
常常叫喚我

——臺灣光復前作品——

這是一首受到法國象徵主義影響的詩作。巫永福旅日期間，正逢日本詩壇受到象徵主義風格徹底影響的時候。由魏爾侖、韓波、馬拉美、波特萊爾等象徵派詩人高揭的反高蹈詩派、反抗貴族色彩之形式主義的新風格，正流行於日本。

從這首帶有象徵主義風格的詩作，意義御在於對於鄉土的認識，是一種對根源的生命之愛的認識論。

這首詩中的「他」，從日本國土來看：是在很遙遠的臺灣。像一幅名畫：從遙遠山脈下的紫色盆地，顯然是指巫永福自己的家鄉——埔里的紅磚故居。永不褪色，不論在多麼遠的地方都能清楚地看見，而且還會呼喚自己。熱烈的鄉土愛與民族意識的根源，是抵抗異族統治的最有力砥柱。

氣球

紅藍白三色的美麗大氣球貼着廣告標語
像項鍊掛上胴體
更嬌媚、更婀娜多姿，而且飄飄然
像被粗長繩索繫着的奴隸
高高在上
一朝登天
氣球興奮得幾乎歡笑出聲
有如夢中美境愁事全了
更似出世
既可遠眺又可俯視脚底的人間世界
看高高默默人車爭道

氣球昂首挺胸展示其存在
好讓脚下人們瞻仰她的神氣
更希望能表露
她的歡欣和美妙之姿

整天不能休息的工作讓她疲倦難耐
覺乏味想睡却不能休息
只得隨風飄搖
在繩索的拘束裏
也有悲哀湧上心頭了

氣球想飛到更高的地方去
也想向左右移動尋找更廣濶地方
但却沒有那種自由
又是怨又是恨
在風中掙動
想要脫離覊絆遠走高飛

這時候主人緊握著繩索說話了
「你打扮得漂漂亮亮每天輕鬆遊蕩
還有什麼不滿足啊！
自由自在地在高空漫步
就不應該不安份！
要知道祗有順從我意志的才有自由
你是不能掙斷繩索的
而且爲了你的安全我時時在監視你
知道嗎？」

聽主人這麼說
氣球暗然神傷想哭
不能飛到更高更高的地方
不能有自己的意志
說是「自由」嗎？

——臺灣光復前作品——

在現實的生活裡，我們常常看到氣球廣告高高在上，隨風飄揚，而其高度、其飄揚範圍是受到細索限制著的。你曾從這種日常景氣中去思索自由的眞諦嗎？

巫永福的近作「氣球」，仍然可以看到他持續一貫的對事物本質及理念本質的眞摯追求。日據時期受到異族統治所磨練出來的強烈和堅定的生之目的與意志，加上世界性的近代詩文學運動以後所提倡的方法論和認識論的技巧與視野，是巫永福做詩時靈感的泉源。巫永福的詩文學光芒，會在臺灣詩文學歷史上留下輝煌簡章。

醫生釀造的語言的酒

——我讀鄭烱明的詩

陳千武

名醫把脈，能適確探出病源，才能投藥根治疾病。詩人寫詩，能發覺事象本質，才能寫出眞詩。鄭烱明是醫生，從爲醫而寫詩，根據醫學治病的神技，探求周圍、社會、時代產生的事象，與動態奧妙的本質，表現其眞實性，希望寫詩「帶給大家一點心靈的慰藉」（見「闇中問答」、一詩）。

鄭烱明已出版的「歸途」和「悲劇的想像」兩本詩集，曾經挖出了許多人看不見的事蹟，帶給我們深刻的衝擊，和一種振奮精神的強心劑。鄭烱明把其中批判性，詩意特別強烈的詩篇，摘出來合輯新作，題爲「蕃薯之歌」出版，再度爆出了一次燦爛的火花。

新的創作詩篇中，給我印象深刻的，例如「鼓」：

每次，你總笑我
笑我嚴肅無表情的臉
像一面失去彈性的鼓
敲不出愛的聲音

我沒有跟你爭辯
因爲我知道
隱藏在我體內的心中之鼓
正鼕鼕不絕地敲打著

奮力敲打呀
不分晝夜
以深沉有力的鼓聲
敲醒那些終日昏睡的靈魂

只要你想傾聽
我願無條件
做一個忠實的演奏者
在如此寂靜的夜晚

此詩表現每個人都有隱藏在體內的心中之「鼓」，皆有意奮力地「敲打鼓」，但「你想傾聽」嗎，你會聽得懂或有意瞭解「我的鼓聲」嗎，如果你願意打開傾聽的耳朵，我就會無條件地演奏，那麼，人心與人心之間就能互相交融，而沒有隔閡了。

還有「放生」一詩的意義性也十分深刻：

做夢也沒有想到
我的命運有這樣悲哀的一天

噢，主人
你不必感到歉疚
或想補償什麼
這是一個多變的世界
沒有誰會懷恨您的

如果我的存在
會給您帶來噩運
使您陷入貧窮
那麼，主人啊
橫下心把我放生吧

趁天色還早
放到不知多的荒山野地去
愈遠愈好
免得看到我
勾起您無限的心酸

我將利用這意外的自由
不論白天與夜晚
認眞地去尋找
一條眞正屬於我自己的路
在被屠殺以前

此詩原有副題「一隻豬仔的心聲」，但詩裏的「主人」，不只是一個養豬或養鴿子的主人，那是很多各種階層的有權者，以無影的權力，控制這世界的無數生物，包括人類，或可認爲「主人」是掌握命運的造物主的神，如此一想，這首詩就很有趣而具深度。

還有「語言的酒」：

喝下吧，不要猶豫
趁熱喝下這一杯
用語言精心釀造的
生命之酒！朋友

也許剛喝入口中時
你會感到苦澀難嚥
而想吐出
但請不要就此拒絕呀

只要你勇敢地喝下
你會周身頓覺溫暖
一種親切又熟悉的溫暖
在肚子裡翻騰

因爲在這語言的酒裡
滲有我數不盡的血與淚

此詩之衝惠讀者的是，「用語言精心釀造的生命之酒」，這一新鮮的發想。這是鄭炯明寫詩的性格、原始詩想的特色。跟「良藥苦口」一樣，「滲有我數不盡的血與淚」的語言的酒，是可醫治政治、社會、專制的思想和頑固的執念等有形與無形的弊病的。而這「語言的酒」的語言，卻沒有強烈的刺激性，能溫和地滲透入內心，這是鄭炯明使用詩語的妙處。

還有「陷阱」：

走著走著
不知不覺地，掉進了
偽裝的歷史的陷阱
來不及發出一聲哀叫
也來不及向
親愛的家人告別

在什麼都看不到的
黑暗的洞穴裡
我們像一匹受創的馬
無助地躺著
等待救援的手伸出來
而時間自痛苦的傷口流過
不知凝固在何處……

我們逐漸
感覺不到自己的存在
除了微弱的呼吸
所有的夜鶯停止了歌唱
啊，大地一片沉寂
死一樣的沉寂

直到陷阱突然崩落
厚厚的泥土
把我們逝去的青春埋葬

「陷阱」是什麼？在這個時代；不，無論在任何一個年代裏，都有太多的民衆，會盲目地掉進「偽裝的歷史的陷阱」而不自覺。能發現這一陷阱，挖出社會的盲點，只有詩人敏銳的觸角才能感覺出來。

其他如「位置」、「杜鵑窩的斷想」、「慶功宴」、「晴朗的天空」、「暖流」、「告訴我，孩子」、「追求」等詩，都是以鄭炯明獨特的詩的風格寫成的，讀者可以明朗地看見支撐詩的骨架與詩的焦點，表現人心爲理想向上的心情，感情世界的光明與健康，和精神醫療的效果。人都爲了感到社會的黑暗才期待黎明的到來，察覺人生的悲劇才要尋覓和藹與歡樂，而由消極改變成積極的人生觀，這些都是鄭炯明極力要表現的詩的意義。

最後「闇中問答」這首詩，是鄭炯明寫詩之後的感想，後記吧。

鄭烱明的詩

杜國清

在笠下詩人群中，鄭烱明可以說是屬於第三代的中堅詩人。以年齡而論，在他之前，有從日文跨越到中文的五十歲以上的第一代詩人，如巫永福、桓夫、林亨泰、詹冰、陳秀喜、錦連等，以及趙天儀、李魁賢、白萩、非馬、許達然、葉笛、何瑞雄、林國清等四十年代的第二代詩人。

第一代的笠下詩人原以日文創作，且受西洋衝擊下的日本現代詩的洗禮，他們對現代詩的了解與體驗，是迥異於五四以來大多數的中國詩人的。在創作上，他們深經語言變易的痛苦，大都沈默了二十年，在笠創刊前後，才眞正從事以中文寫詩。他們寫詩，訴諸人生的感受和經驗，而對操作中文往往有力不從心的苦惱。正因如此，他們的詩是正植根於生活，眞正表現詩人精神面貌的詩，而迥異於以語言寫詩，遣辭造句如行雲流水，而內容輕滑蒼白的一些中國詩人。

笠下第二代以下的詩人，由於所接受的主要是中文敎育，在語言表現上免於第一代詩人的缺點，而在詩觀與詩精神上却承繼第一代詩人：詩根植於生活，根植於經驗，而語言只是表現詩人精神生活和感受的工具。換句話說，笠下詩人一貫的詩觀之一是：詩的意義性重於語言的技巧，而語言的意象性重於音樂性。

屬於笠下第三代詩人的鄭烱明，在詩觀以及創作上，是笠下詩人這個傳統的承繼者。

「笠」創刊於一九六四年。鄭烱明一開始即在「笠」創刊後同人的激勵下從事寫詩的探索。他的第一本詩集「歸途」，出版於一九七一年，一如後記所言，收集了六十年代中期以來五年的作品。在笠詩友的砌磋激勵之下，他一開始即站穩於詩根於生活的現實主義的詩觀：

> 用時代隔閡的語言寫詩，那是逃避的文學，寫現實中沒有的東西，那是欺騙的文學。
>
> 五年來，我嚐試用平易的語言：挖掘現實生活裡那些外表平凡的，不要重視的，被遺忘的事物本身所含蘊的存在精神，使它們在詩中重新獲得估價，喚起注意，以增進人類對悲慘根源的瞭解。
>
> ——「歸途」後記

鄭烱明在這幾句話中，充分暗示他的詩的特性；以平易的語言，寫出根植於現實生活的詩，而表現出濃厚的人道主義的詩精神。這種平凡性、現實性、人間性的作品，在當時的詩壇上是受到一些所謂現代主義詩人的冷落的，當時詩壇上一些龍頭主義詩人，在六十年代迷失於西洋現代主義的濃霧裡，到了七十年代，由於臺灣處變的現實環境而幡然覺醒，開始正視現實，然有所謂回歸鄉土的轉向。其實這種「轉向」，不能視爲「整個」詩壇創作路線的轉變，因爲笠下詩人「開始就是站穩在根植於鄉土、根源於生活的現實主義詩觀而出發的。「笠」，這個詩刊的名稱就足以說明一切。這三十年來的臺灣詩壇，眞正鄉土詩文學的自覺和出現，不是在七十年代現代主義被揚棄之後，而是在滔滔詩人陷溺於現代派的泥濘時，「笠」在一九六四的創刊。這一事實，說明了笠下詩人是走在詩壇之前，也可以說是詩壇是在跟著「笠」走。

有目共睹的是：所謂六十年代與七十年代詩風的轉變，從迷失到自覺，從晦澀到明朗，從超現實到現實，從揀拾西洋現代主義的牙慧到鄉土題材的發掘，從假古典的矯情虛偽到表現生活中的切膚傷痛，從虛無到自我肯定，從無意識的夢囈到現實的譏諷和批判，也正是笠下詩人在詩壇逐漸出現、逐漸抬頭的歷史過程，雖然有些人極不願意承認或正視，或甚至蓄意抹殺這一事實。

鄭烱明便是代表笠下詩人群中這種現實主義詩風的壯年詩人之一。在他的詩中，讀者看不見維納斯或令人肉麻的洋妞情婦，也沒有故弄玄虛引經據典的怠惰炫學，沒有詰屈聱牙不知所云的文學遊戲，也沒有自我醜化標榜土氣矯情造作的假鄉土。反之，讀者將在他的詩中深切感到一種親切平易的語言、切身實際的現實感，以及永遠清醒的批判精神。

到底爲什麼寫詩，是每個二十五歲以後的詩人，在出版過一兩本之後仍想繼續寫詩時，不能不追問的問題。今年諾貝爾文學獎得主米洛茲（Czeslaw Milosz）問道：

詩是什麼，假如不能拯救世界和人民？

他的回答是：

官方謊言的共謀，
喉頭昂將被割的酒鬼的歌，
大二女生的讀物。

鄭烱明的詩決不是大二女生的青春讀物，不是酒鬼不負責任自身難保的狂歌，更不是官方愚民的共謀。當鄭烱明說道：

沒有比語言更厲害的武器

他響應了米洛茲的評言：

以模稜兩可的詞句形成你的武器

無他，這正是現實主義詩人批判精神的表徵，是中國詩寓今托古、比物徵事、托物取喩、借事咏德的諷諭傳統的發揚。寫詩，是詩人反抗現實的不二法門，是詩人維持人性尊嚴、救贖人類極易墮落之靈魂的唯一手段。面對社會現實中不正不義、不公不平的現象，詩人不能不在詩中義正詞嚴地加以譏諷和批判。這是詩人良心的責任。

什麼是詩人的責任？
詩人的責任就是寫出他那個時代的心聲。

——「閣中問答」

做爲一個良心清醒的詩人，鄭烱明那些具有現實批判精神的詩，將是這個時代難得的聲音。我相信，讀者會在鄭烱明以及笠下詩人的作品中，發現中國詩傳統的諷諭精神的維繫和發揚，而對表現出此時此地中國人心聲的作品引起共鳴。任何企圖將詩政治化或以詩以外的目的加以曲解的意圖，都將引起詩人更進一步的抵抗和反擊。中國詩自「詩經」以來的美刺諷諭的偉大傳統就是這樣形成的，而一個民族的詩文學，也因這個批判精神的活躍而更趨成熟。

一九八〇年十一月廿四日
加州望月軒

一個人間性的詩人

——讀鄭烱明詩集「蕃薯之歌」有感

耿白

逃避現實是當前大多數詩人的通病，這種不健全的心理乃是源自詩人本身的自私、投機和無知。遺憾的是這一類的詩人繁殖力特別驚人，牽親引戚，幾乎瀕臨「族繁不及備載」的地步。以致形成一種變態的氣候，橫掃着我們的整個詩壇。

詩人也是人，更週延的說，他也和一般人沒有兩樣，要吃喝玩樂，有愛增是非，能够名正言順地行使基本的公民權，或參與其他的社會活動。總而言之，他是這個社會的一份子，所以他的精神和藝衆生相關連，更彼此相濡以沫。

因此，逃避現實的詩人，就是存心要把自已棄絕於這個懷育他，招喚他的社會。儘管他的肉體照常給這個社會製造垃圾，但他的精神却因囿於某些人爲的禁忌，而開始和所生存的現實畫清界綫，學做悉縮噤聲的塞蟬，從此客於對這個社會付出愛心。

既然基於本身的自私和投機而不願意去碰觸現實，只有逃避到虛無飄渺中去騰雲駕霧，用以痲痺良心的譴責，萬一不愼墜落現實時，則立刻表態他是「過客」，完全和這個社會沒有瓜葛，也毫無眷念。

這種介乎晉朝士大夫「無事細手談心性」的逃避風尚，毋寧是我們當今詩壇的悲哀。以一個有血有肉，有靈性的詩人，竟然自我作賤到刻意去規避一些不足懼的現實禁忌，連一抒胸間的塊壘都不可能；與其如此，還不如去做個半瘋顛的乩童，或許比幹個無給職的詩人痛快些。

而不幸中的大幸是，畢竟我們的詩壇還存有極少數憑良心，有自覺的詩人，他們面冷心熱，不忮不求地力換着詩壇的狂瀾，爲我們的時代，爲我們的社會寫下鏗鏘有力的見證詩篇，詩人鄭烱明就是其中之一。

說鄭烱明是一個有良知，有自覺性的詩人，乃是由於他在十五年來的詩創作上，一貫秉持着不用時代隔閡的語言寫詩，同時不寫現實中沒有的東西，否則即是逃避的文學，即是欺騙的文學。他本諸這份理念，默默地耘詩，爲本地鄉土文學的使薪工作盡了應盡的最大心力。

他一方面行醫，一方面努力不懈地寫詩，前者是以仁術懸壺濟世，後者則是爲人間世許多受創的心靈療傷。這份恫瘝在抱的襟懷和往昔醫界文學前輩的志節，確實是不謀而合。

綜觀鄭烱明的詩作，在亦分的反映現實之中，包含了他對悲苦人世的關愛，對這塊生於斯，長於斯的鄉土的擁抱，更對現實社會的若干不正常現實給予人性的諷諫，使一切的奸詐虛僞無所遁形，因此在字裏行間流露出爲天地立心，爲生民立命的浩然正氣，讓我們親炙列一份眞摯高貴的詩人品性。

且讓我引用幾首他的詩作的片段，來描繪這位深具人間性詩人的輪廓，並藉以印證今天的詩壇還存有靈智清醒，風霜傲骨的詩人；更期盼這顆寂寞無玷的良心能夠引發那些沉淪、閉鎖的心靈的共鳴。

其一

從市區的傭工介紹所走回家
似有走不完的路在脚底延伸
一邊觀看華燈初上的街景
一邊內心想着
多需要那點點的燈暈照亮落寞的前程　（路）

其二

有些神是不能批評的
正如有些東西不能吃一樣
倘若不小心批評了
是會像誤食毒物一般
突然變成一朵鬱金香死去的
沒有辯解的餘地

其三

我不是一隻老實的狗，我知道
因爲老實的狗是不吠的
在這樣漆黑的晚上

我的主人給我戴上一個口罩
好讓我張不開嘴巴吠叫
吵醒大家的美夢
——我瞭解他的苦心

然而我是不能不吠的啊
作爲一隻淸醒的狗
即使吠不出聲
我也必需吠，不斷地吠
在我心底深谷裡吠
從天黑一直吠到黎明

其四

我們已經習慣
在這樣一個孤獨的時刻
爲了愛，爲了理想
不怕被誤解
默默地向前走着

我們深信
只要在我們底心中
有一股暖流存在
我們就能繼續走下去
沒有不能到達的地方

（暖流）

其五

幸福之路眞的這麼難行
這麼遙遠，這麼痛苦嗎？
我不相信

如果我們追求的不是幻影
沒有什麼能阻擋我們
因爲目標就在前方
我們即將抵達
歡樂的歌聲也將開始高唱

（追求）

揆諸所舉諸詩，大致可以看出鄭烱明詩作的特色及所展現的樸實風格。身爲一個人間性的詩人，他不裝聾作啞，而把現實中所見所思，透過冷靜的筆觸，一一勾畫出來，使讀者身感心受，這是他令人激賞的地方。

在此，應該特別一提他的壓卷之作：「蕃薯」與獻給魏京生的「給獨裁者」兩首力作。前者是以一種理性的內省審視蕃薯的存在困境，並給予蕃薯肯定的生命價值；後者則是基於人道精神，以詩人的良知，對魏京生表現大無畏的反極權壯舉，作了最坦誠的精神支援與呼應。

茲値作者的詩集將行付梓之際，承他不棄，使我對原稿能夠先睹爲快，十分感動地讀完全部的篇章，深刻了解到一個現實主義詩人批判精神之所在，並懷想起這塊可敬的鄉土上，「在我們出發之前已經╲有人踏上了旅程」追求着生的幸福，不禁掩卷靜思，着實有着一股不能自已的激情，在我的胸臆間澎湃與迴響。

一九八一、二、十、于高雄

蕃薯之歌後記

鄭炯明

「蕃薯之歌」是我的第三本詩集，它收錄了最近四年來寫的二十幾首，和「歸途」、「悲劇的想像」裡的部份詩作，目的是希望讀者能瞭解我寫詩的一貫的精神和性格。

嚴格說來，從「歸途」到「蕃薯之歌」所使用的語言，並無多大的改變，這和近年來詩壇的語言一百八十度的轉變截然不同，我不敢說十五年前我有先見之明，我只是在當時這樣覺得：要用「平易的語言，寫出內心眞正的感受」，因爲「用時代隔閡的語言寫詩，那是逃避的文學」。「歸途」的出版，使我知道詩是什麼；現在「蕃薯之歌」的出版，使我知道詩該寫什麼。我不盼望大家都朝着相同的路前進，但在今天，如果我們的詩還沉溺在極端的個人主義，陶醉於虛無情感的賣弄，以逃避現實的挑戰爲能事，不能凝視生活四周的環境，那麼我眞不知道，我們的詩何時才能開花，何時才能結果？

我不否認有當一個時代的鼓手的企圖，就像在「鼓」一詩中所寫的：

奮力敲打呀
不分晝夜
以深沉有力的鼓聲
敲醒那些終日昏睡的靈魂

我知道我不是一個完美的鼓手，可是我多麼希望您傾聽，希望「蕃薯之歌」帶給您一點心靈的慰藉，使爲理想的明天而奮鬥的幸與不幸的人們，都有活下去的決心和勇氣。

感謝陳千武（桓夫）先生和杜國清先生的賜序，感謝巫永福先生的題字，與瑞鵬兄的封面設計，使本書增色不少。感謝「笠」同仁的鼓勵，感謝關心「蕃薯之歌」的每一個人。

一九八一年一月二八日

陳坤崙作品

討論會

時　間：民國七十年三月八日
地　點：高雄鄭烱明寓所
出　席：林宗源、林　南、莊金國、謝碧修
劉德有、楊青鑫、黃以約、曾貴海
蔡信德、蔡文章、鄭烱明、陳坤崙
書面意見：孫太山、許正宗
整　理：許振江

I 陳坤崙作品

地獄夢

在夢中
火車把我載到一個陌生的城市
那兒的燈火
一明一滅
高高的四四方的樓房
是一座一座的墳墓
走在墳墓和墳墓間的小路
和我擦身而過的人
總是沒有一絲的笑容
走起路來總是那麼沉重
好像脚上被誰銬上了
厚厚的鐵鏈
我是來拜訪
那個遠離我的人
看看他在地獄裏
生活還好嗎？

雨　滴

從天空我開始掉下來

我張大我的眼睛
看雲朵東跑西跑

聽風唱歌給我聽
看地上的房子那麼小
小的和我一樣

漸漸地房子
越來越大了
我知道我太小了
小的可憐

我知道
祇要我和泥土接觸
我就歸泥土所有
什麼也不留下

壺中水

裝在壺中的水
被熊熊的烈火煮着
滾過來滾過去
想逃跑
四面是堅硬的鐵牆

在壺中煮着的水
耐不住煎熬
一個一個化作青煙
飛上藍天

留在壺中的水
接受火燙身的痛苦
發出一陣又一陣的哀號
而等待茶解渴的
是誰啊

鋤頭

蚯蚓啊
別怪我的無情
我沒有眼睛
也沒有力量控制自己

那個頭戴斗笠的人
你也別怪他
他不能看到躲在泥土裡
無時無刻忙着翻鬆泥土的你

當鋒利的鋤頭
無情地把你分屍
眼看着你那樣地掙扎那樣地控訴
我也無可奈何

蚯蚓啊
怪自己吧
爲何生來
是躲在泥土裏
必須等待這突來一擊

舉頭三寸

舉頭三寸
有一個神明
無時無刻在監視着你

無論你走到那裡
他跟着你走到那裡
你永遠無法擺脫他的跟蹤

他注意你的一舉一動
甚至你已安然睡去
他也要察看你夢裡的世界
到底隱藏着什麼

他把你的所做所爲
一條不漏地記下
等你死後
做爲判你下十八層地獄的證據

Ⅱ討　論

鄭烱明：舉行作品合評，可以說是笠詩刊的一貫特色。作品合評的目的，就是想藉大家對詩的討論，使大家對詩能夠更加了解。

在年輕一代的詩人之中，陳坤崙是很認眞創作的一位。他已經出版兩本詩集「無言的小草」和「人間火宅」。編有王詩琅全集第五卷「余清芳事件全貌」第六卷「三年小叛五年大亂」。今天，我們從「人間火宅」裏選出較有代表性的五首來討論，希望大家對陳坤崙使品的特色。話言、意象、技巧等等，踴躍發表意見。

林宗源：我曾在笠八期「談意象」中說：當腦中的意念受刺激時，外界的自然喚起內在的自然，也就是喚起沉於意識的意念，再由想像推動，經選擇與綜合，那意念經技巧透過詩的話言，借文字記錄，詩仍成。

又說：有些人，忽視語言的比喻性（意象的射影），以爲那是不新鮮，淺白的話言。在此，我的意思是，詩人應該從日常生活中，那淡淡的，淺白的話言，去尋找掌握語言內在的隱喻性，以構成詩的話言。這個問題，我曾經向烱明兄談過，很久以前我也曾經與千武兄討論，千武兄主張詩語的典雅，我則主張詩語的平白通俗，從今天要討論的五首詩來看，坤崙兄已經能掌握詩話言的隱喻性。

我曾嘗試以熟知的物的結構，事物的過程，心的秩序等當作型式，打破由意念透過話言，借文字而表現的約束，直接以語言供出，讓意念在意識中任意馳騁，再把意念化爲意象，根據以上我對語的觀念與追求，來簡言坤崙兄的詩。

坤崙兄像我一樣，經過病痛而認知社會的現實，而反省生命的意義，構成他的諸多詩作的背景，寫出那些無可奈何，躲在泥土裏，等待突來的一擊，滾過來滾過去，想逃跑、四面是堅硬的鐵牆，祇要我和泥土接觸，我就歸泥土所有，什麼也不留下等等的詩。

今天，我只想探求他寫詩的歷程，其他我想諸位會談得很多。

「雨滴」：是借雨從天空掉下，以至歸於泥土的歷程觀念，也就是我所說的事物過程，構成詩的原型。當一種意念自以爲與萬物一樣，等到面向萬物而自憐，而想到死後化無的意念下，借雨滴的歷程，以詩的內涵寫出，看起來好像沒有刻意去經營的詩的型式。

「壺中水」：以水在壺中被燒的歷程，發爲詩的型式。

「鋤頭」：以農夫挖土耕作的片段過程，構成詩的型式。

「擧頭三寸」：是以心的秩序發爲詩的型式，那沉於意識的傳統觀念，所謂擧頭三寸有神明，伊會記錄你的一擧一動，做爲死後判你轉生、或上天空、或下地獄的證據，這種心理歷程構成此詩的型式。

「地獄夢」：是以生活中的片段，如拜訪朋友的過程，構成詩的型式。

當我們創作時，往往會爲詩的型式的多樣性、創造性等問題，花心血刻意地去追求，或是爲內容與型式的妥當表現，用心思考，我想這在創作時，是會破壞因刺激而產生的聯想活動，不能完全把握由感動以完成的瞬間狀態，往往寫不成詩，或勉強寫成而內容不能成爲詩的骨肉。因此，我發現以熟知的物的結構、事物的過程、心的秩序，甚至方程式，等等都可以發爲詩的型式。因熟知，諸種型式的模型已經活在意識內，在創作的時候，才能做到內容與型式同時俱來，也唯有內容與型式同時產生，詩的型式才會呈有機性，隨着詩想的發展，構成多樣性的詩的型式。換句話說：詩人應該時時突破自己的詩型。

我希望坤崙兄對詩的型式，有更大的突破，向多樣性，創造性的詩型前進；關於詩的內涵，希望坤崙兄，逃出堅硬的鐵牆，不要在壺中，滾來滾過去，面向人性，人類整個的問題，廣大的宇宙，作強而有力的一擊。

莊金國：陳坤崙的筆調是消極而負氣的，他所鋤觸的莫不是苦雖生命無力的掙扎，把人生比做壺中水」而祈望「擧頭三寸」有神明？他們揭露的雖是自古以來無時不在發生的可嘆悲劇，然而我更相信，要維護人的尊嚴，首需自立積極的人生觀，自棄必將爲人所棄，自信也必將爲人所信之。綜觀陳坤崙的詩，迄無生趣可言，這很雖使人苟同，一個人生活得再苦，亦能苦中作樂吧，何況人性中並不見得有絕對的好與壞，人與人之間的因果關聯，僅基於片面的我「是」彼「非」的兩極觀照，有時不儘切合實際的，我希望他能多選幾個角度觀看人生諸樣相，豐富視野，使能包含較多引人共鳴的聲音。

林　南：讀陳坤崙的詩，使我有一種赤裸裸，血淋淋的感受，從林宗源、莊金國兩位剛才所講的，我們可以讀出他所表現的那種世界，根據他的詩作，我發覺到坤崙的詩有幾個特色，現在簡單地提出來。

一、我認爲陳坤崙的詩的語言，只是他表達思想的一種工具，因此，他比較少顧到語言的藝術性和多樣性。

二、陳坤崙的詩的表現，是非常知性的。在感性方面比較缺乏，可以說他是一個理念非常清晰的創作者。他不會昏迷在自己文字的遊戲裏面，這樣子寫詩，我覺得非常辛苦，不知道他以後會不會改變自己的是種意念。

三、陳坤崙的詩是沒有辦法分割的，也就是沒有所謂的金句，他詩的高潮、詩的精華，常留在最後，對一些比較粗心的讀者，可能沒有辦法細嚼出他詩的內涵，如果把最後一段兩三行抹掉的話，那就好像挖掉龍的眼睛一樣，失掉這首詩的價值，這首詩的內涵。

以「地獄夢」來說，他是用夢，這個夢是很巧妙的一種比喻，夢是無罪的，夢的世界裏面，我們不能做爲一種被批判，不能做爲犯罪的事實，可是他用他的地獄加上這個夢呢，來諷刺眼前世界的這種意象，像這種表現，他是在最後一句：「我是來拜訪那個遠離我的人，看看他在地獄裏，生活得還好嗎？」跟我們這個現實世界接觸，會產生一種悲劇感，使每個人的心靈上，都會產生一種哀痛的感覺。

林宗源：我希望大家能提出意見來討論，不要一個個報告，報告完了就沒有了。每個人講完以後，大家都提出意見討論，這樣較有意義，也較能深入。

我感覺陳坤崙常常是抓住意念，便開始寫詩。

陳坤崙：抓住意念以後，再醞釀一陣子，等到非寫不可時，才寫。總之，要有感動才寫下去。

林宗源：這和我問你的一樣，就是說有感動時，把你的思考活動的經過，透過語言寫出來，沒有去考慮語言文字的問題。

陳坤崙：是的，我沒有考慮文字。

林宗源：他這種寫法和普通我們用文字來寫的不同，

純粹用文字寫詩時，如有任何感動，一定先考慮到文字的問題，這樣子寫，常只有佳句而無佳篇，換句話說，不能一氣呵成，不能把握那感動的瞬間，予以完美地表達。

曾貴海：我們寫詩一定要有自己的風格，自己的特色，陳坤崙已出版了兩本詩集，我感覺他已有屬於自己的風格和特色，當然，這個風格和他的個性，生活的環境遭遇，病痛的折磨等等多少有關。這些對他的人生觀有很大的影響，這個人生觀多少會支配他詩裏的人或物、或對事物的看法。所以，陳坤崙的詩中所寫的人或物大部份比較卑微、渺小，容易爲人所忽略的，和時常面臨困境。在心理學上來說，一個人或物在面臨困境的時候，有三、四種可能產生的情形；第一、就是逃避。第二、就是想辦法解決。第三、就是順從。第四、就是反抗。而陳坤崙所面臨的困境，當是早就被命運安排好的，而且是非自由意識的，不是自己願意的，但又不得不接受的一種比較絕望的看法，也就是命該如此時，誰也沒有辦法的變。

另外一點，陳坤崙比較突出，優秀的詩，就是說他正不安於被安排好的命運，要反抗，而且非常有勇氣地面對它。這時候陳坤崙的眼睛會張開得很大很大，誠實地寫出他的感想。但是陳坤崙很少用另外一個方法：解決它。譬如：打倒它。他大概從來沒有這個想法，我希望陳坤崙以後在創作時，是不是可以在思想，經驗方面，隨着年驗的增大，對社會的感受，慢慢地建立起用另一個角度觀察世界的態度，那麼，他的詩的風格大概會有很好的改變。

劉德有：今天我算是一個客人。承蒙笠詩社邀約，來參加坤崙兄作品的討論，我非常的感激。笠詩社能開放門戶，做到把詩超乎詩社之外，這種精神，實在叫人欽佩。坤崙兄的詩，很明朗。所使用的語言，大部份都是日常用語。因此，要欣賞他的詩，就像他在第一本詩集「無言的小草」裡頭一首「醜陋的木瓜」的詩所表達的一樣。雖然，醜陋的木瓜，好表看來並不美，可是木瓜是要給人吃的，要吃，除非你剖開它的皮，親口去嚐它的肉，否則是絕不能品嚐出它的甜美與否的。欣賞坤崙兄的詩也是一樣，他的詩，並不着重在文字的修飾上，所以有時候讓人看起來，雖免有澀澀的感覺。然而，詩的本質，並不在於文字的華麗與否，而是在於它內容的好壞與否？充實與否？我們欣賞兄的詩，應該透過語言文字，去思考它背後所蘊藏，所要表達的價值。如此，我們才能品嚐出坤崙兄的詩的味道。

在今天所要討論的五首詩裡頭，我個人比較喜歡「壺中水」這一首。作者在這裡，藉着壺中水被熊熊烈火煮沸的景象，以及煮沸後，一個必然的答案，來表達出現實的人生。如果我們細細來咀嚼這首詩，實在是够人尋味的；尤其是最後二行，非常突出。沒有這二行，這首詩眞要失色多多了。

其次，我想談談「雨滴」。這首詩的哲學性非常濃。往往，一個人剛步入社會，總以爲自己很了不起，其他都不值一視，一旦涉世愈深，便知曉這種想法的不是。這時候，漸漸地房子越來越大了，自己呢？實在是小的可憐。或許這時候，個人才幡然會悟到，原來我們赤裸裸來到這世界，回去時，畢竟也應該赤裸裸地離開。到這時候啊！我們所爭的名，所奪的利，還是要還給泥土，自己什麼也不留下，這是多麼諷刺的一件事啊！

另外三首，也頗耐人咀嚼，尤其是「舉頭三寸」，可以站在許多不同層次，不同方向去欣賞。嚼來不禁令人叫好。

黃以約：現在要我講話，說起來我是還不夠格，我看過坤崙兄的兩本詩集，我感覺風格非常相近，在我的感覺，他所寫的詩在內容、題材，所描寫的不管是大或小，所給予我最大的衝擊，就是作者在詩中所表現的悲天憫人的心懷，雖然他所描寫的人或物都是十分渺小，可是透過思攷，我們可以在詩中發現很多值得我們深思的大問題，不管是現實的，人性的等等，我要說的就只有這些。

楊青矗：我不是笠詩刊的同仁，也不是詩人，所以我講的話好像議員質詢一樣，是很天眞的。這五首詩給我的感覺都是另有所指，但是不是如此，我不知道。人常喜歡用乙來做甲的比喩，而已往往較接近。而詩人寫的詩有時會用丙用丁用戊來做比喩，如果遠離甲，效果便差，排了有親身經歷過的人外，其他一般人能夠體會的便比較少，這是非可惜的。

讀這五首詩，有一種無可奈何的感覺。「無可奈何」常常是一個弱者表示抗議的方式，但假使這個弱者有一天變成一個強者的時候，便可能放棄這種抗議方式，至於選擇什麼方式表達個人內心的感受，我想作者應該有絕對的自由。

剛才有的人要求陳坤崙在語言方面求改進，有的人希望不要把重點都放在後面，我認為這都是次要的，最要緊的是要讓讀者知道你在寫什麼，不但知道你在寫什麼，而且有所感動。也就是讓強者認識別人對他的看法。當強者知道弱者或是別人對他有這種看法時，他的處事可能就會有所斟酌，不會毫無顧忌。

莊金國：剛才楊青矗所講的，我有一點意見。我感覺他對這些作品有些誤會，某方面的誤會。如他用甲乙丙丁戊這種比喩法，我認為不能完全說明文學的特性。好的比喩，不會被侷限在狹小的範圍，應有普遍性。因為文學的表現有一種是間接性的表現，有一種是直接性的表現；也就是一種是暗示，一種是明示，不是說一切表現的方式都是明示比暗示的效果較好。

坦白說，「壺中水」這首詩，小學六年級的學生都可看懂，但是不是能夠完全體會。這是另一回事。陳坤崙所用的詩語言，已經非常淺白，如果坤崙這種詩，還不能打動讀者的話，我想這是讀者本身的問題，而不是作者的責任。所以寫詩，描寫一件事情，並不能像攝影機，有見必錄。讀詩，讀者要像在喝茶、喝老人茶。如果要把讀詩好像在喝自開水，求直接的功能，直接見效。這樣你會很失望。文學作品就像喝茶一樣，需要解渴的作用沒錯，可是在喝茶的過程中，我們要講究其特色、風格，而不是要說什麼就直接說出來，文學和新聞不一樣，要分得清楚，文學作品要經過藝術的處理，所以你剛才說那是一種遺憾，其實不是，這是追求藝術必須要做的一個階段，這是我的一點看法。

鄭烱明：今天討提的作品主要是我選的，陳坤崙的詩的特色是詩中有強烈的自我意識和現實的批判精神，這是第一點。

其次，他所使用的語言很平白，也是他的優點，就這五首詩來說：「地獄夢」詩中的我，可以看做是詩人良知的化身，他來找這個遠離他的人，在這個地獄裏面生活得還好嗎？其實這地獄就是我們現在的活地獄，也可以說是現實，用良知的化身來看這現實社會，是對這個世界的人的一種關心。

「鋤頭」一詩，作者是以較消極、宿命論的觀點來處理的，而「壺中水」這首詩，頭兩段是敍述性的，高潮是在最後一段，尤其最後兩行，給人一種很驚訝的感覺，壺中水在裏面哀滾，痛苦叫着，而外面竟然還有人等着要喝它，詩的高潮就在這裏，作者製造的這個高潮，給讀者一個很深的感受，在陳坤崙所有的作品裏，這首詩是較客觀的寫法，也比較特殊，而其他的詩，自我意識常常很強。

「舉頭三寸」是一首成功的作品，不論是語言的把握，詩想的發展都很自然，不造作，表現出很深刻的意義，可以讓我們對這個現實有所反省，做爲我們如何治下去的一種體驗。

對於陳坤崙的詩，我有一點建議，就是他應打破目前的世界，不管是習慣性的思考，或是把自我提昇到太高的主觀性的寫法，他應該擴大他的視野去看這個世界，度過這個灰色的時期。另外一點，語言的平易純樸是沒有錯，但還當加強語言的鍛鍊，以期在淺白的語言當中尋找出有力的詩的語言，產生另外一種深刻的意義，我看這是今後我們應該追求的，也是八十年代的詩人所要克服的難題，陳坤崙如能從這條路再追求，我相信他可以寫出更好的作品。

林宗源：這是對人生的體驗的問題，假如有達到那個境界，體驗愈深，自然所寫的內容就會愈深刻，這和語言沒有關係。

鄭烱明：體驗達到那個程度，寫出來的詩的境界，當然是達到那個程度。

林宗源：詩人本身如能建立對宇宙的看法，就有他特殊的精神世界呈現，這是語言去追求內容的問題。

鄭烱明：但必需以大家都有這個體會做大前提……

林宗源：如有這個體會，那就要看你能否準確地作用語言，像我剛才所說的，要抓住語言的隱喻性，如果能抓住這點，自然就能準確表達心中的意象。

蔡文章：我現在的看法和以前不大一樣了，以前我總認爲詩和散文要有分別，而以淺白的語言寫成的詩總給人家一種散文的感覺。我現在就不認爲這樣，不管你寫詩也好、寫散文也好、寫小說也好，我們應重視的是內容和感情。

陳坤崙的詩讀起來好像沒什麼感情，或說一種很莫可奈何，悲哀的感情，他的詩表現出來就是這樣。

我的看法是，他沒有刻意要去追求文字的藝術，只不過是重視內容，抓到一個意念，然後，把它很自然的寫出來。但如烱明所說的，文學的藝術性也很重要，文字能夠追求到更高的境界，當然更好。

這五首詩的篇名都很特殊，他能以雨啦、水啦等小事物爲題材，可見他能從小的世界看到更大的世界。

謝碧修：老實講，讀陳坤崙的詩對我來說是件很痛苦的事。在我悠閒地坐在草地上享受假期時，會突然挨小草憤怒的一拳而跳起來；當我走在路上時，依稀聽到「都市的泥土」在吶喊而希望能凌空而行……如此好似陷入草木皆兵之境，我看不要多久就會成爲嚴重精神分裂病患。其實陳坤崙是個自律甚嚴，社會道德觀念很強的人，因此他以悲憫的心，嚴肅地，不厭其煩地向我們剖示世間事事物物艱苦的一面，提醒我們時時反省自己是否在無意中傷害到別人；企圖喚起我們的良知，以我們的意志來改善已存在的苦難，而不是無知地在殘酷的自然定律中再加上人為的壓力。

我覺得他的詩是很大衆化的，文淺顯，年少的可將其當作兒童詩來讀，而年長者可依各人之人生經驗去體會那隱藏在淺白文字後的人生哲理，像這裡所選的「雨滴」便是兒童詩味很濃的，卻也顯示出一個人生的過程，從只看到自我的世界而漸覺自我之渺小，而最後也終將消失於泥土中，什麼也不留下。「舉頭三寸」乃借用民間宗教的一句「舉頭三寸有神明」提醒我們要隨時約束自己的行為，一心向善，連做夢都不能有壞念；而這幾首詩讓我感受較深的是「壺中水」與「鋤頭」。他帶領着我們觀看水在壺中受煎熬的痛苦，就好像人受生活之煎熬，而最後的「等待喝茶解渴的／是誰啊」把本來觀望者也打入局內了，使我們不禁驚醒，是因為「我」要喝茶才使得「水」必須使之如此苦痛的嗎？而在物物相剋之下，有許多無奈之處，不用去怪如何人，而要怪自己，只有自己努力奮鬥，跑出陰暗的泥土，讓頭戴斗笠的人看到你，那被揮動的鋤頭便不會將躲在泥土裡的蚯蚓分屍了。

而從「無言的小草」到「人間火宅」之所以讓人覺得沒有多大差別，我認為主要是因為陳坤崙觀看人生的角度是相同的。一個人的生活環境塑造其人生觀，而左右將各種事物的觀感，尤其像他這種理念很強烈的詩，更能顯現出文如其人。我們無法批判「觀念」之是抑非，固其自有產生背景。我覺到他雖悲觀但並不消極，只要我們讀了他的「生為小草／祇要有根／沒有任何東西能把我毀滅」便可以知道。正如我前面說過的，他是企圖以人生之灰黯面來諷、刺，以喚醒我們之良知的。

林宗源：我一直以為語言不必強求，一首詩最重要的問題，在它的內容；你有沒有建立你的精神世界，以及對人生，宇宙等有沒有獨特的看法，這點才需要追求。

林　南：但是，語言的藝術性也很重要啊。

林宗源：何謂藝術性？當一首詩完成時，如果它的表現完整，沒有廢話，這不就表示你使用詩的語言已達到藝術性的要求了嗎？

林　南：問題是你如果都用同樣的原料來做，雖然味道不大一樣，但會讓讀者讀起來感覺很無味，缺乏變化，好像你永遠在重複你自己，我認為這是一種不長進。文字本身是一種工具沒錯，但是工具也要不斷的翻新，才能給人家一種新鮮的感受，才能達到你所要表現的世界。

林宗源：你要翻新，除非去創造新的文字。

林　南：可是習慣可以改變呀！

林宗源：語言問題是次要的。

林　南：我說的是新鮮感，你在表現的時候，雖然內涵不同，面對的世界不同，但你可以挖掘人生的另一種問題。表現的時候，語言型式最好要有變化，有變化，作品讓人讀起來才會感覺得不但在內涵，且在文字，能給人一種新鮮感，吸引讀者的注意，並進入他的世界。不然文字再看都是這樣，而且文字使用久了，還會有墮性，雖然你有很好的內涵，但是你使的文字可能沒辦法完全表現。

林宗源：這可能是沒特殊的內涵，因為他再寫都是這樣，關於這點，我想不是語言的問題。

鄭烱明：我覺得你們兩位對語言的看法不同，是由是對語言的界說不一樣的緣故。一個詩人對人生、事物有獨特的見解，如果不經語言表現，如果能感動讀者？同樣的，光有語言的技巧，而無實質的內涵，寫成的詩便不會有深度，而停留在技巧的賣弄。所以說，「語言是一種思考」這句話我們應該多加體會，才能對語言有更深的認識，寫出更好的作品。一個多月前，我和李敏勇訪問白萩時，對語言的問題談得很多，白萩認爲語言和思考是一體的兩面，也是這個意思。所以我們論語言時，如果下的定義不同，爭論是不會有結果的。

林宗源：語言也不是完全不注意。

鄭烱明：就是說，一首成功的作品，語言和思考都要同時達到某種境界才行，因爲你的語言和思考已經融化爲一致。

林　南：語言和你的意念完全吻合，要達到這個境界不簡單，像中國文字說的「文而不質，質而不文」，文質並重最重要，但是這種意境不容易達到，語言的追求也要給人家一個新鮮感，這很重要，不然只重表現的意念（內涵），有時表現出來，却不是詩的，沒有達到所謂詩的意境，所以我認爲語言有需要翻新。

林宗源：這就是他沒有把握到語言的特性，像隱喩，象徵性等，沒有純粹語言問題，是他沒有把握到的問題。

曾貴海：林南說陳坤崙的詩已經達到有內容，語言也很明朗化。有內容，但是語言鍛鍊不够，鄭烱明是說以後語言要注意，並擴大視野的世界的角度。語言的明朗化，已經是被大家認同的一種趨勢，這是一個定義的問題，而林宗源先生所說的語言的追求，譬如他努力於把臺灣話變成一些較新的東西，這也是一種嘗試。鄭烱明所說有他的意思；鄭烱明的作品，比較有感動性，原因即是他對語言的思想性方面有進步，所以他用自己親身的經驗，給陳坤崙建議以後應注意的問題。

莊金國：過去，陳坤崙一向很堅持自己的看法，說起來，這也是固執，他很少追求語言，認爲語言的追求不算什麼，其實這也不見得，這個功力就是他的技巧，只不過功力有時候不够而失敗，有時候成功，也就是有時候有達到這首詩的目標，有時候變成粗製濫造。譬如說：陳坤崙的詩集裏（包括每個曾出過詩集的人）免不了有幾首失敗的作品。我看陳坤崙的第二本詩集和第一本詩集，我感覺他的詩的境界並沒特殊的改變，只不過他的抗議性有一部份和以前不同，像「無言的小草」的下一輩子變成鬼才來報復的心裡，我感覺很消極和「擧頭三寸」完全是殊途同歸，換句話說，他的意識並沒有改變，沒有突破過去的境界，他的兩本詩集可以當做一本詩集來讀。

我們寫詩，應該是第一本詩集到這種階段，到另外一本時，應該有另外一種階段。對這種問題，在過去用這種看法，到另一個時間，應該有另一種看法，可能會較清楚，他却變成兩本詩集都是同一個模式去處理，所以陳坤崙近幾年所寫，只不過是重複了他一本詩集的意念。

在選討論的作品之前，我曾和烱明說過，第一就是我表現比較完整的作品，所以今天要討論陳坤崙的作品，語言的毛病是結構的問題，比較少。這五首詩中，我以爲較弱的是那首「雨滴」，其他四首都很不錯，因此要深入討論陳坤崙的詩，包括他的思想性，所使用的語言，那就要談到沒有選出的其他的詩，才比較具體。

鄭烱明：陳坤崙的第二本詩集「人間火宅」雖然和弟一本所寫的題材及思考的習慣，相差不多，如果我們用心去讀，你會發現他的語言還是有進步，你們注意讀就知道，你會感覺較自然、成熟。

莊金國：這是應該的，譬如說你在廿歲的時候講的話，到三十歲，還說同樣的話，只不過語氣改變，但給人的感受便不同，三十多歲所說的，給人的感覺便較老練，較成熟，這是必然的。一個人隨着年齡的增長，思想的層次必然愈來愈深刻，比較不會鋒芒外露。

曾貴海：剛剛莊金國說「無言的小草」所寫的死後再來報復和「拳頭三寸」，他的看法都一樣，但我有不同的意見，我以爲這首詩有關連到信仰的問題，那就是神。陳坤崙有一種道德感，就是因果報應的觀念。普通我們鄉下人的迷信因果觀念很深，是指你做好就有善報，不是說化做鬼來報復的心理。所以說他的人生觀方面，和以前的也有一點改變，毋寧說這是較積極、較健康的一種看法。

蔡信德：看到「壺中水」這個題目，我就想起古人所說的「壺中日月長」這句話，然而這首詩所暗示的壺中的日子却很難過。我最近常看烱明的詩，使我聯想到，「壺中水」這首和烱明的「蕃薯之歌」都是對一種存在困境的表達，但這首詩有三個層面的看法；第一個層面，一般的看法；讀完後，感覺到這是在寫壺中水，受到煎熬的無奈。第二段、「耐不住煎熬／一個個化作青煙／飛上藍天」經得起考驗的，其實他沒得到什麼生命的價値；第二個層面來看，就是說現實本來就是一種煎熬，所以說四面八方都把我們應得高高的，銅牆鐵壁，你想逃跑也沒有辦法，如果往深處想，根本就是造化弄人；第三層面來者；較深入的看法，其實，壺中水所暗示的就是一種受難中的不屈的靈魂的一種反應，尤其到最後，「而等待喝茶解渴的／是誰啊」，這句話就很耐人尋味。

前面說的這首詩和烱明的部份詩作相似，但烱明表現的較達觀，甚至到後來，他要從田野站起來，他要強調他的存在，要宣佈他的價値。而陳坤崙的詩沒有這方面的暗示，他的詩寫得很好，但是有一點，各人的人生觀不同，坤崙比較欠達觀。

「拳頭三寸」詩裏面說到神明，但是一般人看到就會想到裏面所講的是指良心，所以不論坐臥，生活中都要受到他的束縛，如果說這種神明是另有所指，不是種單純的神明時，那這首詩就較有意義了。在我看，這神明就是在陰曹地府裏面的閻羅王前那御用的小鬼，所以我們的生活，我們的思想連我們的夢都要受到影響。

「鋤頭」一詩，坤崙的宿命觀較重，譬如說：生來必須等待這突來一擊，我感覺他的悲觀的色彩很重。

這本詩集取名「人間火宅」非常好，看到書名，所以聯想到詩中寫的人間種種百態。

蔡文章：這是我的一點感想，我認看這個世界不一定要從壞的那一方面去看，有時候也需要從較正派那方面去看，我寫的散文，和他的詩的看法完全不同，我追求的可能有歪招。但是無論如何，我們的世界還是非常美麗的，如果我們要活下去，應該不要太悲觀，而陳坤崙大部份的詩作，我讀起來都帶有一種悲哀的色彩存在。像「鋤頭」「壺中水」，你的暗喻或表達的意識的內容雖然不錯，但是可以用另外一種方式來看表現呀，由於常常接觸陳坤崙的詩，我的散文也有一點改變，我沒有完全和他一樣。把我以前認爲美好的事物，現在用其他的角度來觀察，舉例說，寫鄉土的東西時，像刈稻，收甘蔗，逘去我會認爲那是田園之樂。如果只從表面來看，是很快樂沒錯，因爲刈稻的人，收甘蔗的人是很快樂，但這種快樂是浮面的，現在我也寫悲哀的一面，因爲刈稻和收成，無論怎麼豐收，也無法賺錢。

我的意思就是詩除了內容，也應該追求一種美，也就是文字多少要有變化，我寫的散文也淺白，但我已漸漸追求文字的變化，語言的白沒有錯，但也要兼顧藝術性。

林宗源：我剛才所說的，不是文字的變化，是追求語言的隱喩性、放射性等，而不是追求表面變化，要追求語言的內涵，去豐富詩的內容。

蔡文章：我的意思是文字組合起來就變成語言。

林宗源：語言是要去抓住、創造它，才能給我們深刻的感動，而不是去追求那個美的世界。文字和語言的性質不同。

蔡信德：我們生活的世界可以從好的一面去看，但也要恰如實際，不然就變成虛僞了。

蔡文章：我的意思不是說他要完全改變，而是認爲他的題材某一部份的表現，他要換另外一種較好的角度去看。

楊青鑫：每一個作品都有他的立場，這個立場代表作者對人生社會的看法，樂觀主義者有他的環境，悲觀主義也有他的環境，樂觀主義者最好不要求悲觀主義者跟他的看法一樣，就像一個跛脚的人如果跟一個正常的人一起去娛樂場所，他還是快樂不起來。

我認爲文學創作應該要自由發展，當你的悲觀完美地表現在作品裏面，自然會產生一種影響力，來影響這個社會，給悲觀的人會改善它們的悲觀，變得比較樂觀。

莊金國：悲觀如何能改善樂觀？

楊青鑫：悲觀不是永遠的，悲觀是暫時的。

莊金國：至少在這首詩裏面是悲觀的，如果用悲觀來改善樂觀？

楊青鑫：我的意思是一個在戀愛中的少女，幸福的人所寫出來的作品，（莊金國：這不過是給他增加痛苦。）和一個被遺的少女所寫出來的絕對不一樣，這是一定的，例如一個很幸福家庭的婦女寫出來的作品會給一些還未結婚的少女一種嚮往，要得到她那種幸福？

莊金國：那如果……

楊青鑫：那如果一個不幸運的少女寫出來的作品，便會對一些還未結婚的少女產生一種恐惶。如果社會所發表出來的作品，都帶有一種不幸和悲觀，暗示結婚後非常不快樂，很痛苦，除了影響人家不敢結婚以外，還會影響那些不擇手段要結婚的人。

莊金國：照你這種說法是較小我的……

楊青鑫：等我講完！我的意思就是讓作者去自由發展，時間到了，他自然會改變自己。

莊金國：依你所讓的，今天根本就不需要這個討論會、作品討論就是一種對作者的批評，作者來此當然希望聽到大家對他的作品的觀感，我們的討論最主要的並不是說坤崙你一定要怎樣，只不過是提供一點意見，給他做一種參考而已。

楊青鑫：對啊，這不過是一種參考而已，我認爲坤崙最好將這些意見當做參考，不要因爲這些意見影響他以後的作品，不然就會……

鄭烱明：就會變成不是陳坤崙寫的。

（衆人大笑）

陳坤崙：好的批評本來就能引導創作，雖然是先有創作才有批評。今天大家這樣批評我，說不定可以引導我創造出另一條路，所以你們怎樣講都沒有關係，我只有洗耳恭聽。因爲我的詩寫出來之後，已經變成爲一種公共財產。作爲一種公共財產的時候，你想用什麼觀點批評，我都恭聽。好的文學批評可以引導創作，這是一定的。謝謝各位。

林　南：詩人以詩的形式來表達他的意念，我覺得陳坤崙的文字要有所改變。中國文字是很豐富，具有很大的彈性的，像許達然的散文給人很新鮮的感覺，會吸引人去讀他的世界。他把中國文字的彈性發揮出來。

做爲一個詩人，當然他可以堅持他的意念，不管對世界的看法是悲觀或樂觀。今天他選擇詩的形式，便必需充分利用他的工具，一個意念可以用許多文字來表現，像以前唸魏晉時期的文學，那些文字非常美，是有其價值的，因它豐富了我們文學的生命、語言的活力，不會變得單純枯燥。

坤崙的詩就有重質不重文的危險，重複、缺少變化的語言，會給人家一種較乾澀的感覺。

林宗源：乾澀的原因，是他所使用的語言都大同小異。

林　南：我感覺他寫詩十分辛苦，他的作品非常深沉，剛才莊金國說「雨滴」是這幾首詩裏較弱的，但是我感覺，他有時候需要多寫這些東西、放鬆自己，寫些較輕鬆的東西，休息就是爲了趕更長遠的路。我們讀杜甫的詩，杜甫也有他輕鬆的一面。用比較輕鬆的態度觀察世界，是刺也好，詼諧也好，幽默也好。才不會在狹窄的範圍，人生本來就有太多的無奈，但又不能不面對它。

Ⅲ書面意見

孫太山：以一個詩讀者的立場來看，我個人認爲陳坤崙的作品有三個特色。一、語言淺白。二、取材自生活中的卑微事物。三、自我的色彩非常濃厚。

這些特色足以說明，陳坤崙的詩植根於生活，他從實際的生活感受出發，經過醞釀，才寫成詩，因此，這是健康的，有它的血與肉。

在語言方面，沒有澀的文字，用語非常淺顯，較容易被人接受，陳坤崙希望以精鍊，淺白的語言，來表達他的理念，這一點是成功的。

他的作品的題材，大多是取材於我們日常生活中未加留意的瑣碎事物，如「雨滴」、「壺中水」、「鋤頭」等。這種情形也說明他對現實生活的關愛，及對週遭的敏銳觀察。

其次，我還認爲，陳坤崙的詩中還充滿着反抗性，換句話說，是對這齷齪的現世社會的抗辯，「鋤頭」寫的是弱小動物的無奈的命運，「地獄夢」企圖從另一個未知的世界，來觀照當今的世界，「壺中水」表現被囚禁著無盡的哀號。

因此，陳坤崙的人生觀，令人有宿命的感覺，在他的作品中，生命是痛苦、不幸的，卻不得不活下去，畢竟詩人的靈魂是清醒的，所以詩人把他的詩變成對現實世界的抗議。

不過，陳坤崙往往在詩中加入太多自己的形象，他習慣把卑微的東西作爲自己的映射，使其詩的領域並不廣濶，缺乏那種豁然開濶的「無我」精神，如果他能打開心靈的胸襟，去擁抱無私無我的廣大世界，走出自我的象牙塔，應該會有更可觀的成就。

許正宗：任何藝術家如欲達到偉大的境界，必須經過自我表現的過程，(可算是風格的建康吧。)在自己造就的世界裡，苦心經營，直到無愧於「時代性」的展現，才能達到完美的境界。詩的創作，無論其本質或形式，常常因作者本身的內在感覺，與詩語言的應用，各有其不同的表現方式。而讀者，對於作者個人內在世界的外延，也有「看山」與「爬山」視界上的差異。所以，詩的晦澀或明朗，並不能死板的予以論定，孰優孰劣，以藝術的着點，只要主題表現恰當，寫出，都有其不同風格的美。

此次陳兄作品的討論，我也就其作品中，作者表現詩裡的「我」的位置，提供個人一點管見。總觀「地獄夢」、「壺中水」、「雨滴」、「鋤頭」四首作品，作者都在追尋「個人現實的位置」，既想肯定本身的價值，也有想突破現實的無奈。也許每一個藝術家，都會面臨這種世界，也常以此爲題材。如「雨滴」與「鋤頭」，表現了那種所謂聽天由命的觀點，也正是宿命裏的一種「肯定了的絕望」的表現；另外，「地獄夢」一詩也隱藏着對生命一種刻板的，不知不覺底絕望，這種詩也就成爲詩的架構及主題了。

一首作品整體結構的思考，必須尋找適切的語言，且將創作的題材賦予價值，並且深深注入生命的律動，如此就會給讀者有一種突出的感覺。我比較喜歡「壺中水」那種纖細的線條所構成的簡潔的表現，作者從自己內裡省視出來的，配合着他的堅感，以及作者對語言操作的自如，我想「壺中水」該算是一首完整的詩作。

關於「鋤頭」：整體上作者是以蚯蚓自比呢？或是以鋤頭自比呢？(如標題所示)是以蚯蚓的「絕望的生活」自比呢？還是以鋤頭自比的「那種無可奈何的態度」，無情地把蚯蚓分屍的「勇敢」來安慰自己呢？這是我對作者在詩中那種模稜兩可的態度的小小疑問。假使這首詩，作者只不過是要描寫「人—鋤頭—蚯蚓」之間，一種自然界的推衍現象。則以上的疑問，也就變成我的庸人自擾，誰不知道這一揮鋤頭，蚯蚓一定斷身呢。

至於「地獄夢」一詩，我對作者在詩中所寫的「高高的四四方方的樓房／是一座一座的墳墓」，那種把世界(城市)直接了當的比喻成地獄，我覺得有點牽強。還好，作者只不過是在夢中去拜訪一位遠離的朋友？或自己？

鄭烱明：今天陳坤崙作品的討論會，除了笠同仁以外，還有幾位關心詩的朋友來參加，大家都發表了精闢的見解，我相信今天的討論，不但給作者，也可以給參加討論的每一個朋友，帶來很多的益處。

李魁男

從病理現象學到現象病理學的世界

——陳坤崙的詩

㈠

陳坤崙在他的第一詩集「無言的小草」後記中說：「爲了紀念過去和病魔決鬪的那段冗長而憂傷的日子，我決定出版我的第一境集。裏面的作品都是在我患了重病以後完成的。那時我正是一個十七歲青年。至今我的病已痊癒了。」這使我想到因患了不治之病了死的日本詩人村上昭夫，進而浮現了病理現象學的兩種詩世界。

因了病痛的體驗而產生的詩思考，是位於生與死之想像力磁場的愛與恨交織的詩思攷。在村上昭夫的詩作中，流露的是一種在絕望中的人類愛與同情心。一種透視了無的詩構成，即如村野四郎所說的：「比石川啄木及宮澤賢治還深的心頭與造形的文學。」請看詹冰氏迻譯的這首「老鼠」。

老鼠　　村上昭夫

試一試拆磨老鼠吧
因此世界的一半就會痛苦

試一試使老鼠吐血吧
因此世界的一半就會吐血

如此

試一試虐待一切的生物吧
因此
世界就會分裂爲二

爲了分裂爲二的世界
至少我要向幾億年後的人們說話
老鼠是會痛苦的東西

老鼠是會吐血的東西
除非一隻隻的老鼠也能被愛
世界的一半
就不能被愛了

同樣是病理現象的詩世界，村上昭夫這種絕望的倫理與美與陳坤崙懷著與病魔決鬪，終而戰勝了的境遇與抒情是截然不同的。

然而，這種決戰性的病理現象學的詩世界，也使我們發現到詩的抒情與倫理的美。而這種質素正是陳坤崙的出發；正是陳坤崙的詩的原型呢。

(二)

從病理現象學出發；陳坤崙的第二詩集「人間火宅」表現了現象病理學的新的較廣濶的詩世界。

透過對現實的觀察和切入而非病痛的體驗，陳坤崙是以健康的生命力，愛與同情心親近周遭的世界。而現象世界的病痛在陳坤崙的詩人之眼中；成爲刺戰他心靈的「物」，使詩的胚芽成長，牽掣著心，不能逃避脫離。

泥土

不幸的我
是生長在都市裏的泥土
細砂碎石水泥和油
把我緊緊地蓋住了
厚重的建築物
層層疊疊地把我壓住了
汽車的輪子像一條鞭子
經常抽打我的背部
不幸的我
是生長在市裏的泥土
我有眼睛不能看
我有手不能動
我有嘴巴不能說話

從「泥土」的現象裡／不／從「不幸的我」的現象裡，病理的世界使我們洞觸到更深的主題。使我們體會了更強烈的問題意識。使我們對生存的現實環境對應出一種更眞摯的反省。

鐵窗

一抬頭
每家每戶的門窗
全都裝上鐵門鐵窗
生活在這裡的人
喜歡把自己的家
裝飾成監獄

感覺生活在裡面
才能獲得安全。

從「鐵窗」的現象裡，不，從「監獄」的現象裡，病理的世界使我們刺激到更親近的主題。使我們感受了更到身的問題意識，使我們對生存的現實環境相驗出一種更實在的反省。

現象病理學的詩世界，無疑是陳坤崙第二詩集「人間火宅」中的人間像吧！

三

病理的世界終非醫療的世界。

因此，我們僅能向陳坤崙索求紀錄之眼。希望透過更敏銳更細膩的觀察而提供給我們的病歷卡，成爲一頁歷史，一頁詩的眞實，更希望詩人之眼更準確，詩人經驗與想像力更純熟洗練，希望詩人的愛心永不止息。希望詩人從現象病理學的世界再出發……

(19810310)

杜榮琛童詩三首

陀螺

弟弟喜歡玩陀螺，
他的陀螺在地上轉了幾圈，
就停了；
地球是一個大陀螺，
不知道誰本領那麼大？
使它在天空中一轉就轉不停。

魔術師

尺蠖是個有趣的魔術師，
他把自己扮成小樹枝，
倒立在樹上看風景；
高興的時候，
還會把身體當尺，
替樹兒們量一量身高呢！

鞭炮

過年過節的時候，
大家都喜歡聽聽你的歌聲；
可是，你唱得太快又太響了，
歌詞也含糊不清。
我敢打賭，
你一定沒有好好上過音樂課。

許達然譯

印地安人詩歌

俄吉卜威族(ojibwa)短歌

我的音樂
　達
到天邊。

※樹歌

　風
就是
我怕的。

※共享

來，
讓我們
喝。

※別離

來，
我要走了。
我求你
讓我走。
我會再回歸。
別爲我哭。
看，
我們將很高興
當我回歸
再相見。
別爲我哭。

※疑

來，
我懇求你，
讓我們唱歌
怎會觸怒你？

※一個婦人的歌

你走來走去
試着要回憶
你答應過的，
但你想不起來了。

※在我的胸膛上

在我的胸膛上我流了血！
看——看！我奮戰的疤痕！
群山在我叱喝時震顫！
我爲生存而打。

※箭　歌

深紅
　是它的頭。

※戰　歌

他們談論着我
說：「跟我們來吧！」
有任何人
會爲我哭泣嗎？
　我太太會爲我哭泣。

※一個將死在異鄉的人底歌

要是我死在異鄉，
　要是我死在不屬於我的土地，
無論如何，雷，
隆隆的雷，
將帶我回家。
要是我死在這裏，風，
衝過大草原的風，
風將帶我回家。
風與雷，
他們到處都一樣的，
那麼就無所謂
要是我死在異鄉？

(俄吉卜威族原住美國伊利湖與北達柯特州間。選譯在這裏的是他們在哥倫布到美洲以前老早就創作的歌。)

譯自：Thomas E. Sanders and Walter W. Peek, eds., Literature of the American Indian (Beverly Hills: Glencoe Press, 1973) pp. 121-177

許達然譯

愛斯基摩人詩歌

一、餓　餓

你陌生人只看到我們快樂無慮，
如果你們知道我們必須經歷的恐懼，
你們就瞭解我們食、歌、與舞之欲。
我們當中沒有不經歷過不好狩獵的冬季，
許多人餓斃了。

我們從不驚異聽到
有人餓死——我們已習慣了。
不必責怪他們：疾病一打擊
或壞天氣阻擋打獵，
大風雪使我們的呼吸都有問題。

我曾看過一個聰慧的老頭上吊
因爲他快要餓死了
就自己選擇死。
死前用海豹骨塞住嘴，
以爲那樣就會有足够的肉
在死人的土地上。

曾經在冬季的飢饉
一個婦人生下嬰孩時
人們圍躲在她快要餓死的身旁。
嬰孩在地上要生命做什麼？
母親餓得快死時他怎能活？
所以她勒死他，讓他冰凍
然後吃他而活——
後來抓到海豹，饑饉過去了
母親活着癱瘓
因爲她吃了自己的一部份。

那是能發生在人們的。
我們都體驗過
且知道人可能的忍受，所以不判斷他們。
而吃得飽飽好的人
怎能瞭解饑餓的憤怒？

我們只知道很想要活下去！

譯自：Jerome Rothenberg, ed., Shaking the Pumpkin: Traditonal Poetry of the Indian North Americas (Garden City New York: Doubleday, 1972), pp. 396-397.

二、老人的歌

我老了，
我活過很久了，
許多事我都懂，
但四個謎我不能解開，
哈—呀—呀—呀。
太陽的來源，
月亮的性質，
女人的心，
及爲何人有這麼多蝨，
哈—呀—呀—呀。

譯自：Peter Freuchen, Book of the Eskimos (Cleveland: The World Publishing Co., 1961), p. 275

三、歌唱的歡樂

創作歌：
好極了，
但大多沒成。
願望達成：
好極了，
但時常消過。
獵到馴鹿：
好極了，
但你很少打着，
而站着如熊熊的火
在平原上。

譯自：Tom Lowenstein, tr., Eskimo Poems from Canada and Greenland (Pittsburgh: University of Pittsburgh Press, 1973), p. 45.

非馬譯

拉丁美洲詩選

童年

(巴西) CARLOS DRUMMOND DE ANDRADE

我父親騎馬下鄉去了。
我母親留在家裡，在椅子上縫衣服。
我的小弟弟躺着睡着了。
我，一個孤單的小孩在芒果樹下，
談魯濱遜漂流記，
一個長得沒有結尾的故事。

在正午的白色陽光裡一個很久以前—
而且永遠忘不了的—
在奴隸宿舍學會唱歌爲我們催眠的聲音
喚我們去喝咖啡。
咖啡黑得像這老黑女人
可口的咖啡，
好咖啡。

我的母親坐著縫衣服，
看着我：
—噓……別吵醒弟弟……
看看停在搖籃上的一隻蚊子，
深深嘆了口氣。
遙遠的某處我父親正在巡視
墾植的綿延的樹林。

而我竟不知道我自己的故事
比魯濱遜的還要來得美麗精彩

室內

(巴西) RONALD DE CARVALHO

熱帶的詩人，你的餐室
簡樸不做作如靜靜的菓園；
在透明的缸裡，充滿雜草的水，
游着紅色的魚，金黃的，粉紅的；

綠色的百葉窗透進來亮閃的微塵，
太陽的微塵，善變而緘默，
加重沉寂的光的微塵。
敞開你的窗。外頭，在眞空下，
所有的都在唱歌！每片葉
是一隻鳥，每片葉是一隻蟬，每片葉
是一個聲音……
孤獨農莊的空氣裡充滿了芳草，
被踐踏的叢藪，香蘭，燠熱的樹林的味道。
熱帶的詩人，
給我，用你彩色的玻璃杯，一口水。
（多可愛的風景，倒映在一杯水裡！）

新生的意見

（古巴）REGINO PEDROSO

直到昨天我還彬彬有禮溫文和氣…
去年我喝黃葉的雲南茶
用精緻的瓷杯，
並且闡釋老子、孟子，
以及聖人中的聖人孔夫子的經文。
在寶塔的庇蔭下
我過我的日子，和諧而安詳，
潔白如池中之蓮，
典雅如李白的詩
看白鴿在黃昏光滑的
天幕上翻觔斗。

但我被機械嘴裡轟然傳出的
異族的回音驚醒了：
巨龍用葡萄彈的咆哮放火—
使在夜裡被謀殺的
我的兄弟們震顫—
燒我的竹屋
以及我古老的塔。

而此刻，從我新良知的飛機上，
我看歐洲的綠原，
以及她壯麗的都市
在石與鐵裡開花。

在我眼前西方世界原形畢露。
握一長串的世紀在我
蒼白的手裡，
我不再受野蠻的鴉片麻醉；
今天我邁向民衆的進步，
在毛瑟的板機上訓練我的手指。

在今天的火上
我不耐地煎熬明天的藥；
我要用我玉製的大烟管
吸新時代的氣息。
一種異樣的不寧驅走我垂眼裡的睡意。
為了深深看一眼地平綫上的風景，
我躍登過去古老的牆……

直到昨天我還彬彬有禮文和氣……

印地安女郎

（秘魯）EMILIO VASQUEZ

這是田野之愛的詩
自衆水之源
在那失落的午后
妳的眼睛用狂野燃燒我
我老兵的胸喇成了
一面咚咚的鼓
賈斯婷娜
　我在忠心地
　　為妳的靈魂
看守這一片野櫻桃與紅花。
我將造一顆新星
用荷花
為我們吻紅了的日子
　然後在妳唇上
　　晨光將翩翩起舞
手牽着手我們將一躍過河
到我們夢中的草原。

死去的報務員

（秘魯）RAFAEL MENDEZ DORICH

在戰壕後面，在沒有人看到的
悲劇發生後，
橡皮的耳機
套在他的頭上。
死去的報務員
依然聚精會神地
繼續收聽命令。
像一群迷途的
記憶
夢的摩爾斯電碼
在他眼前逡巡。
他訴然有訴覺，他突然有所覺，
這死去的報務員：

聲音在他張開的手間振盪，
還有他的耳朵，在死亡裡冷卻，
傾訴着來自星際的默波………

死寂的夜　（巴西）MANCEL BANDEIRA

死寂的夜裡
在燈柱傍
蟾蜍呑嚥着蚊虫

沒有人走過街上，
連個醉鬼都沒有。

但確實有一列影子：
那些曾經走過的人的影子，
那些還活着以及那些已死去。

流水在河床裡哭泣。
夜的聲音……
（不是這個夜，而是另一個更空曠。）

陽凱廣場的華爾滋　（智利）WINETT DE ROKHA

石雕的女人，在紫羅蘭叢中裸露，
因空氣的觸摸而臉紅，、
她蘋果與向日葵的胸脯
忍受燠熱黃昏粗鄙的曲調。

純潔的曲綫，
狂歡生命的爆炸，
懸浮的美的點滴，歌。

我用無邪的眼刺穿她，
黃昏轉過頭來
正捉到我
把我影子的外衣
披上她的花肩。

雨夜　（烏拉圭）JUANA DE IBARBOUROU

天下着雨…等等，別睡。
聽風在說什麼
還有用小手指在窗玻璃上
輕敲的水在說什麼。

我在全心傾訴
訴魔幻的姐妹
她睡在天上，

同太陽親近，
現在下來了，活潑歡欣，
拉着風的手
像一個旅人
自奇妙的國度歸來。

波動的變有多快活！
欣欣向榮的草該多興奮！
什麼樣的明珠將凝結
在松樹厚密的枝葉上！

等等，別睡；讓我們傾訴
雨的韻律。
把你沉默的額頭
放在我的乳間。
我將感到你溫暖的太陽穴
撲撲跳動
活像兩隻鐵鎚
敲打着我的肌肉。

等等，別睡。今夜
我們兩人自成一個世界，
爲風雨阻隔
在溫暖的臥房裡。

等等，別睡；今夜我們是：

也許，深植的根，
明天將自此迸發
可愛的莖，未來的種族。

多面的觸手

——給陳千武

本田晴光

前些日子，宮崎氏送我一本你的詩集「媽祖の纏足」，用北原兄的畫裝飾的這本書很有風味。能看到你多面的觸手的情況，好像吹在枯葉的風颯颯的聲音，在月光裡繪上美麗的剪影畫一樣。

就自然或以人的感覺，對歷史與現實，有很多難予表現的，還埋藏在作品的底邊似的，希望有一天你會把那些挖掘出來，重新給我們看到你的本性。能很自由的想、說、發表，才是基本的人底世界，但目前的人底世界，總是無法弄清楚這一點，實在需要確立這一觀念。

看了「午前一時的觸感」一首詩，我想到我們所畫的世界地圖，地圖上不必要國名。人類都在同一個地球上，各自棲息生活着，可以坦率地活下去。能够把手伸至最癢的地方，那是人與人互助互愛，嚴肅而美麗的心靈上的姿勢，但是爲甚麼還有怎樣也抓不到的地方呢，事實，那個地方就是最癢的地方……。訴說那最癢的是什麼，雖然被隱藏着沒說出，但那所暗示的應該十分明顯，（不過，實際上也還有很多不懂那含意的人）。若是一個人的手抓不到的地方，由大家合作的手必定會抓得到；能做到這一點，地球才能走著正常自轉的軌道，人都會互相牽着手而維持希望和安慰的。然而仍然還要苦心慘憺地經營，這種歷史的現實，懸掛在你底心靈上的人間痛苦，反響到我這兒來似的，眞是有良識的人們，都有點令人不耐煩地撫摸着地圖。

「童年的詩」一首裡，「我底童年，上＜公學校＞的書袋裏／裝滿着教我做＜賢明的愚人＞的書籍／我們朗誦＜伊、勒、哈＞／合唱＜君が代＞的國歌／禁止說母親的語言。違反的紀錄／被貼在教壇的壁上，紀錄着悲哀／養成賢明的愚人的悲哀喲」，由於殖民政策受到傷害的臺灣民衆，而敢做了那種愚行的權力者們拭不掉的事實，內含着鬱血的思想，一邊必須隱匿着抵抗的前額，鮮明地描寫着這種悲哀，但事實不僅這些憤怒而已吧。過去的歷史事實，若在現在換了另一種姿態，把眼光偷偷岔開繼續下來的話，要把那樣歪曲了的怪物，以絕對不能容忍其存在而監視着才好。向不該存有畏怯的人間世界，帶進來各種不信或不安的是誰？必須要抓住這一點……。

在「信鴿」一首詩，「我回到了，祖國／我才想起／我底死，我忘記帶了回來。」事實早已死去了的，而穿過這昏黑的死，才能重新問及死，很明顯的回想，瞭解了沒帶着那慘痛的死回來。我們永不能再迎接那種悲慘的死，對這一事情，絕不能疏忽大意。

「故事」一詩，對人間觀察的嚴肅性，也不能忽視。

今天就寫到這裏，下次再寫……。

一九八一年三月二十日夕

古丁小傳

古丁，本名鄧滋璋，湖南瀏陽人。民國十六年十二月廿三日生，民國七十年元月廿七日因車禍罹難於林口長庚醫院。著有詩集「收獲季」、「革命之歌」、「星的故事」；評論集「新文藝論集」、「截斷衆流集」。曾參與創辦「葡萄園」、「英文中國詩刊」、「秋水」等，並爲同仁。

古丁作品

待遇

雖然給我以最薄的軍衣和最少的口糧
我仍充滿歡愉；感到驕傲
因這是你從最少的裡面分給我最多的

不要憂煩着薄待了你的戰士，我的祖國啊
貧困不會使我們的愛情枯萎
我奉献我的血，我的肉軀來充實它

——選自「收獲季」

當那些聰明人唱着頌歌走向你時
在老遠的地方你便看到了他們

我走向你時，祇帶着靜默的祝福
並留心不觸碰路上的東西，我怕引起你注意

他們獻出他們的心在你手上
然後等待着拿最好的報酬
我奉獻我的心就悄悄的走開
使你不要知道那是誰的

——選自「收獲季」

草　葉

我走進自己的人生了
一片土地由自己看守
守一棵樹從地上長大
然後在樹下看遠處的一顆星升起
一條地平線把它細細嚼過
然後　吐向空中

那時候，仰首　月色低垂到我的
額上
風景剛剛睡醒
一顆露珠在無人注意時悄然形成
集一宵的誠心誠意
施給我　慰藉一匹小小的草葉

——選自「星的故事」

大地之歌

——對現階段臺灣創作歌謠的隨想

傅敏

約莫是十年多以前了罷！正當音樂界的許常惠，史惟亮著力於民歌採集工作的那陣子，當時的文學季刊曾經舉辦了一次叫做「大地之歌」的對談，由白中道和戴文博兩位美國人談美國民歌的歷史淵源，意義以及整個的影響。

那一次對談，把美國四〇年代和六〇年代的兩次歌謠復興運動底特質；共同的以及差異的，都揭示了出來。雖然兩次運動都顯示了美國人民對於既存信念和價值發生疑惑而去傾聽俚野中歌聲的共同性。但前者都是根源於全球性不景氣引發的西方價值體系之困惑；而後者則爲富足的物質生活中的尖刻自我批評意識。

十多年後的現在，我們終於也有了知識界背景十分濃厚的民謠歌手的出現和所謂的民歌彌漫在我們呼吸的空氣裡了。有許多愛好音樂，作曲並演唱的音樂青年，在吉他的弦音伴奏下，吟唱出彼等認爲是當代民謠歌曲的歌聲。而且也確實得到青年們的激賞。

從這些個所謂的當代民歌手大部份以吉他伴奏的情況，可以看出彼等有一大部份是從西方音樂或搖滾樂覺醒過來的，通過吉他的簡單的旋律，他們的素朴的歌聲的確也產生出和整個流行音樂界奢浮華麗的大相逕庭的音樂來，這不能不說是一個好現象。

然則，想要從目前的創作歌謠中尋求某些深邃意義的東西，確又顯得有些困難呢，不談舊有的，流傳的民謠底演唱。純粹是創作底，所產出的歌謠領域裡，實在很難發現到像兩次美國歌謠復興運動對美國知識文化界新意義的，對當前臺灣知識文化界的新意義來。而時興的，却有一大部份並沒有呼吸到當代的經驗和感情，不是新懷古就是淺薄的濫情或感傷。

我們的歌謠復興運動，倘若會產生以後的民謠，供後人歌唱，必然需要注入某些當代經驗，新的感情或意識，更纖細的呼吸到我們現在所生存的這個現實罷？這麼說來，僅憑操作簡單琴弦或吟唱是不够的。特別是我們的文學界，實在富有著創造出有新意義的歌詞的責任。這也許是一個新的視野，一個能够萌生大地之歌的視野。

笠一〇二期（1981.4.15）

情念的人間

封面設計．繪圖：鍾進福

閉上眼睛，但現實在腦海裡呈現。
閉上眼睛，但風土在腦海裡呈現。
從遼敻的田野到起伏的山巒，
從潺潺的溪流到壯濶的大海，
我們的島在海的擁抱與天空的撫慰中編織著歷史的夢，
而歷史在我們心中烙下印痕，
而印痕在我們的詩中彰顯。

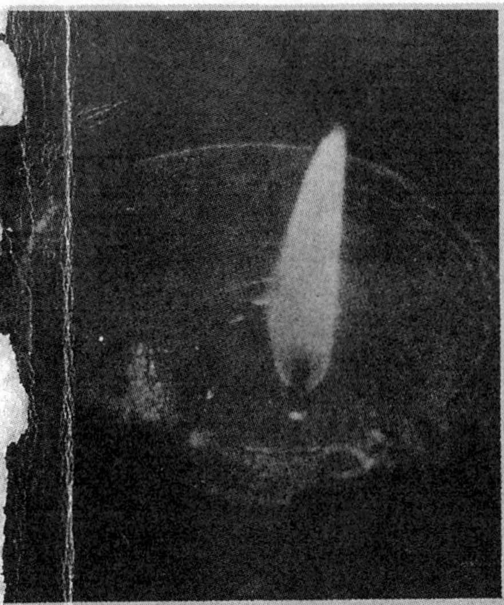

中華民國行政院局版台誌1267號
中華郵政台字2007號登記第一類新聞紙

笠 詩双月刊
LI POETRY MAGAZINE 102

中華民國53年6月15日創刊
中華民國70年4月15日出版

發行人：黃騰輝
社　長：陳秀喜

笠詩刊社
台北市忠孝東路三段217巷4弄12號
電　話：(02) 711—5429
社長室：
台北市中山北路六段中16街88號
電　話：(02) 551—0083
編輯部：
台北市浦城街24巷1號3F
電　話：(02) 3214700
經理部：
台中市三民路三段307巷16號
電　話：(042) 217358
資料室：
【北部】淡水鎮油車口121之1號5樓
【中部】彰化市延平里建寶莊51～12號

國內售價：每期40元
訂閱全年6期200元，半年3期100元
海外售價：美金2元／日幣400元
港幣7元／菲幣7元
歡迎利用郵政劃撥21976號陳武雄帳戶訂閱

承　印：華松印刷廠 中市TEL (042) 263799

詩双月刊

笠

LI POETRY MAGAZINE

1981年 6月號 103

封面設計・繪圖／鍾進福

時間的纖維

時間消失在過去。
時間呈現在現在。
時間延伸在未來。
而路的盡頭地平線的彼方有經驗的堆積；
而路的前端遙遠的視線牽繫之處有想像力在萌芽。
有我們的現實在輾轉著，
連帶著我們的眼，我們的心。

▲卷頭言▼

人間之詩

李薌男

尤琴妮亞・金茲包格（Eugenia Ginzburg）在她的回憶錄「在狂風中」裡，記錄她在西伯利亞監獄的十八年黯慘生活。在無邊的地獄與不時展現人性光輝的天堂境界間輾轉掙扎的這名女子係於一九五五年獲平反，翌年離開莫斯科至巴黎——而於一九七七年與世長辭。在她的回憶錄，我們讀到了詩怎麼樣帶給她活下去的力量和慰安，也讀到了她怎麼樣在沒有紙筆的情況下，把勞改營中的人、事、物編成一首有押韻的長詩，以便記憶而後蒐集成冊的動人故事。

這裡，我們特別引述她談到詩的一些經驗，一些概念，分享給喜歡詩和寫詩的朋友們。

——三十年代，死於集中營的蘇聯詩人奧西波曼廸斯就曾經說過：「詩就是力量。」「只有在人爲詩亡的國度裡，詩才受到尊敬。沒有任何地方像這裡一樣，有那麼多人死於詩歌。」

——「至少他們不能把詩搶走。」「他們剝掉我的衣服，我的鞋襪，我的梳子。他們使我半裸，讓我受凍。但是他們不能把詩奪走，它們永屬於我，就算在地牢，也能生存。」

——「詩是對抗不人道的現實世界的堡壘，是一種不妥協的頑抗。」

的確，詩的力量不但撫慰了史達林魔掌下的犧牲者，也爲他們延續了無以爲繼的生存意志。從經歷了史達林殘酷的古拉格監獄、集中營與放逐凍原而僥倖生還的不滿份子作品中，我們了解到詩的無所不在與堅強。

這位跟索忍尼辛一樣經歷，但不似索忍尼辛震怒的蘇聯女性，服了十八年刑，把自己的經驗變成證言，也帶給全世界詩的希望和曙光。

在我們感嘆詩在現實的社會中沒有它的地位，我們感嘆人們不喜愛詩的時候，讀到金茲包格敍述他們經常滯留在禁閉室，除了冰凍的石精與地面，便是肆無忌憚經常跳過她臉上的老鼠時，她背誦普希金、布洛克、尼可拉索夫、秦契夫等俄國詩人作品，應該特別讓我們感到須要自我覺醒。

只有在詩能够帶給人們現實中的慰安，詩能提供人們追求善美的力量，我們的詩才會有價值，詩人才會眞正是一個有用的人。

願大家深思！

笠一〇三期 目錄

卷頭言

詩作品

非馬

競選十二生肖

——名單依筆劃多寡爲序

鷄(一)

聞鬧鐘起舞
一隻早起的
鷄
在鷄欄裡

鷄(二)

偶而也偏過頭去
看看天空
呼嘯而過的
是哪一門子的遠親
偶而
也拍拍翅膀
想喔喔喔高歌一曲
却被先聲奪人的鬧鐘
鬧得興緻全無
而在這站都無處的鷄欄裡
居然有人天天蹲下來生蛋
還理直氣狀地嘓嘓
兩個恰恰好
一個不算多

龍

見首不見尾的
龍
我想我永遠不會知道
你究竟是禽是獸是神是人
或者你祇不過是
一個美麗的神話
但傳說在東方
一個同樣美麗的島上
你留下了不少
龍的傳人

貓

溫柔體貼
在脚邊摩挲的
馴猫
總愛咪咪跟着你
把天眞無邪的尾巴
擺在你不提防的鞋底
讓你看看
狂牙怒背
一吼而山河變色的

猛虎本色

鴨

被踩扁了的嘴
再怎麼牙牙
也學不會半句
清脆道地的京腔

豬

只要看一眼你這付嘴臉
便知你是以食爲天的族類
但養得胖嘟嘟的身體
要等到被刮得白白淨淨
煑熟了抬上供桌
獻給同樣以食爲天的神人
才披紅掛彩得到應得的風光

鼠

臥虎藏龍的行列
居然讓這鼠輩占了先
十二生肖要排得公平合理
只有大家嚴守規律：
只准跑，不准鑽！

猴

調皮搗蛋的是你
他們却去殺那無辜的鷄
莫非他們把你當成猩猩
而惺惺，不，腥腥相惜

蛇

出了伊甸園
再直的路
也走得蜿蜒曲折
艱難痛苦
偶而也會停下來
昂首
對着無止無盡的救贖之路
嗤嗤吐幾下舌尖

馬

倒不曾嚐過
退役將軍在小喫店裡
切髀肉燒拿手
酸辣湯的味道
牠從未把枯焦的戰場
幻想成可馳騁的
青青草原
從未把高高堆起的人體
當成可一躍而過的柵欄

兎

溜出月宮
到凡間來
偷喫
新長的菜心
今天早上
妻又在指桑駡槐

我却只悶聲
在肚子裡爲嫦娥叫屈
因我知道
女人的嫉妒心理

虎

你一皺眉
所有的耳邊
便呼呼響起風聲
蓄勢待撲——
嚇呆了的眼睛們
對着越張越大的
血盆大口
竟視若無睹不知走避
如受催眠
而你只不過
張嘴打了個呵欠
伸一下懶腰
在鐵柵欄裡

狗

虛張聲勢追得鷄飛貓跳
以便安安穩穩做人類的最好朋友
這還不說，夜夜
牠豎起耳朵
把每個過路的輕微脚步
都渲染成鬼號神哭

禿鷹

對弱小民族來說
是太霸道了一點
所以富正義感的美國人把牠們捉了去
鑄千千萬萬響叮噹的金幣
從此縱横蒼穹的傲鷹
成了受保護的珍禽

羊

沒有比你更好應付的了
給你什麼草便喫什麼草
還津津反芻感恩不置
即使從未沒迷過路
也不相信靈魂會得永生的話
（永生了又怎麼樣？）
你還是仰臉孜孜聽取
牧羊人千篇一律的說教
而到了最後關頭
到了需要犧牲的時候
你毫無怨尤地走上祭壇
爲後世立下一個赤裸裸的榜樣

火鷄㈠

太多感恩的話
要一口氣說出來
便成了
只有上帝才聽得懂的
咯嚕咯嚕咯嚕
咯嚕咯嚕咯嚕

火鷄㈡

伸直喉管
讓脹滿胸中的讚美詞

連珠砲般
向這世界射出
在感恩節還很遙遠的時候

火鷄㈢

咯嚕咯嚕咯嚕
搶着替人類說出
去年感恩桌上
被噎住了的禱詞

非馬

端午

照例
一隻隻龍舟
爭先恐後
出去
照例
一隻隻龍舟
垂頭喪氣
回來

找遍了
所有的大江小溪
湖沼溝渠
找遍了
那水花一濺後
一下子便過去了兩千多年
且看樣子還會緜緜下去的
時間之流
就是不見踪影

或許
我們該
循江入海
或許
我們並不眞的知道
屈原的
模樣

双峯駱駝

馱着太行王屋兩座大山
從一個海市蜃樓
走向
另一個海市蜃樓
被風剷平了的沙漠上
你是愚公後悔移去的風景

牛

牛的悲哀
是不能拖着犂
在柏油的街上耕耘
讓城市的孩子們
了解收穫的意義

牛的悲哀
是明明知道
牠憨直無光的眼睛
不能把原屬星星月亮的少年
從霓虹燈的媚眼裡引開

一九八一年三月芝加哥

陳明台

遙遠的鄉愁(四)

1天空和枯枝和女人的聲音

秋天曾經是晴朗的涼爽的天空
冬天曾經是美麗的裝飾的枯枝
女人的聲音曾經是溫暖的充滿的喜悅

像受傷的小鳥
女人從高高深遠的天空
墜落而下
像切斷的枯枝
女人在蕭蕭的風裡
搖幌殘軀

打從那個事件的黃昏
女人的聲音是狂人的咀咒
女人的聲音是鬼女的呼號
秋天的暗鬱的天空是生的哀愁的象徵
冬天的乾癟的枯枝是死的僵凍的形狀

2逝去的女人

逝去的女人
必然是懷著滿肚子的委屈
沉默地
從高高的天空
以無比的勇氣　飛降而下

逝去的女人
必然是持著非凡的覺悟
捨去一切
在血泊的路面
靜靜地　瞌上眼睛

逝去的女人
必然是比誰都能够理解
最心愛的人不在的悲傷

逝去的女人留下了
眞摯的愛以及　離別的哀愁
双重的死
給予無法不繼續活下去的男人

3懷　念

並不是有些什麼特殊的煩惱
在夜半裡
突然驚醒于　夢見伊的夢
並不是有些什麼特殊的意味
在馬路上
突然停住脚
仰起頭望著高高的天空
伊以飛快的速度投降的天空

漸漸在淡忘的時間裡
一切只是
一種無意味的
懷念
回顧消逝在塵土中的昔日
　失落的
伊的鉅大無比的愛情的
懷念

4　海　㈢

不斷地吹拂的海風打亂了髮絲
冷清清的海濱的小鎮的早朝
只有掛在竹竿上的魚網
無聊地在幌蕩著

突然　遠方駛進來
龐大的觀光巴士
跟隨舉著旗子的响導
大群的行列步出車站
一瞬間　不知在那兒
消失了踪影

屹立在街道的兩旁
矮小的木屋的前面
婦人們顯現了瘦削的身子
默默地開始一天的工作
無視周遭的一切
機械地晒著魚在木架上

在防波堤上坐著
聽得見波濤捲起浪花
遙遠的地平線
飄蕩過來母親層層疊疊的溫柔叮嚀

飄蕩過來母親層層疊疊的溫柔叮嚀
環繞著小鎮的四周
海的
無限的寂寥
在擴散著

鄭烱明

手帖

迷惘

我不知道爲什麼
你拒絕我
像拒絕一隻狗
與你同眠，那樣無情

我們曾是一對戀人啊
人人羨慕的戀人

我不知道爲什麼
你厭棄我
像厭棄一隻豬
與你同行，這樣蔑視

我們曾是一對兄弟啊
人人讚賞的兄弟

而現在——
是有什麼秘密怕我獲悉？
是有什麼謊言怕我揭穿？
使你不能坦白
必需戴上虛僞的面具
說心中不想說的話
做心中不想做的事
還是我在你底眼中
根本不是一個人！

抬頭望著無語的天空
我不知道
我眞的不知道

告訴我，孩子

告訴我，孩子
你在哭泣什麼
不要隱瞞

在這樣靜默的夜裡
雖然只是輕輕地哭泣
像一條細小的溪流的嗚咽
但我們聽得十分清楚

告訴我，孩子
是誰打了你
戲弄你，辱罵你
剝奪你說話的權利
不讓你參加遊戲

或是有人狠心遺棄你
故意不給你東西吃
所以你餓得哭了起來

都不是？
那麼，孩子
你到底在哭泣什麼？
你到底在傷心什麼？

啊，我明白了
是為這無邊的
令人驚懼、戰慄、失望
不知何時結束的黑暗
而哀痛？

孩子，擦乾眼淚
停止你的哭泣吧
相信我
黑夜即將過去
黎明就要到來……

颱風過後

颱風過後
所有的街道滿目瘡痍
破碎的瓦礫，吹落的招牌
連根拔起的樹幹
堵滿垃圾的溝渠……

有人開始在路上
哼著輕快的歌曲

然而，狂肆在我們心中的風暴
猶未停止激烈的侵襲
我們不得不把脆弱的愛苗
疏散到一個遙遠的安全的地方
一切的悔恨自那兒誕生

北原政吉

遊頭汴坑

檳榔

憧憬焦急地要向前走
追憶却要早點回家而嘆息
分離的人不得不哭着
背道而馳
在鄉下小村遇見的
光景　使我難忘
出售新公寓的工地
排很多旗牌　拚命地招攬顧客
而被鋸倒的大樹
曾經高聳的枝椏上
有小鳥叫而舞着
暴露黃皮的丘陵砂土
每次被扔上卡車
就發出拒絕的悲痛聲音
默默望着工程　店前的檳榔粒很可愛
遂買棵小粒　剛一咬
嘴裏便開始騷動了
嚼我果實亂吐者罰金六〇〇元
但亂墾丘陵森林的人該受何罪呢
瞬間我無法答覆　把咀嚼的果粒呑下去
忽而受到責備似地頭昏昏
咳咳吐出來的是鮮豔的血紅

在吊橋上

車子駛過鳳凰木、木麻黃的林蔭路
曾有過兵營、操練場、火藥庫的地方
聽同車的何先生說明光復前的地理風俗
我心裏歷史的齒輪匆忙的開始滾轉

嗅嗅蒸發的生活氣味
在臺灣長大的我 覺得恢復了安靜的活氣
赤銅色皮膚晒在陽光下 敏銳的眼神
投擲飛石
吹起口哨走過滿是髑髏般的石頭河灘

渡涉淺水 走入頭汴坑村
站在長龍吊橋上翻開寫生簿
但吊橋搖晃難捕捉風景
何先生和村民抓着鐵絲在談話
對岸只剩下鐵筋的大建築遺物
是年輕一個男人 夢見鄉村的繁榮
想獨資建造新樂園
却因資金週轉不靈死胎腹中的
夢和理想也要集中力量
我們隨着吊橋的搖晃邊談邊點頭

（陳千武譯）

猫鼻頭

周伯陽

它像隻碩大的猫
一直蹲在灘頭上
讓熱帶的陽光任意晒
使得滿身發黑褐色

把鼻頭伸進巴士海峽中
尋找魚類的腥臭
當做一頓豐盛的佳肴

蔚藍色的浪花
從遙遠的對岸菲律賓
一波一波地滾滾湧過來

頭上的大尖山
是許多遠洋漁船
歸航家鄉的永恆標誌
出港時精神抖擻
萬里波浪祝福你一帆風順
豐收入港時
昂起頭歡迎你一路辛勞
晚霞悄悄地走過來
向海上抛下大漁網
霎那間把海染成鮮紅

按：猫鼻頭係在恒春海邊的大岩石，很像一隻大猫而得名

北影——原諒我·百合子

百合子

我抱着妳生前
常為我在桌上插的
野菊來看妳
一早起下個不停的細雨
使妳的墓濡濕
一朵無名的白花
低垂下頭
像是一早起就等累了我

不瞞妳
當那天醫生偷偷地叫住我
說除非有人捐一隻腎
妳便無救的時候
我不自覺地用双手
抱住自己的肚子
我害怕自己的腎
會被割下一隻
這就是
我對妳的愛
後來 雖然妳
從妳的母親
得到了一隻腎
還是沒有用
妳終於死了

是妳嚥下最後一口氣的
前一天
好像病的不是妳
而是我
妳溫柔地
執起我的手
說再也沒有一個人
會照顧你了

妳的大眼裏
湛着盈盈的淚水
說實在話
那天我在花街裏抱了一個女人
而後
偶而覺得對不起妳
才來看妳的

前二天
聽到妳不行了的消息便趕來
不是妳已經走了
老是在寫些賣不出去的詩
妳從來也不皺一下眉頭
要來些縫縫補補的活兒
夜以繼日地做
看着堅強得像向日葵的妳
一天一天地消瘦
都不知道是病了
想到殺死妳的
就是這個我
一時悲從中來
孩童般地放聲而哭
祇在那個時候　我說
我把腎臟給妳　妳要的都給妳
所以百合子啊　妳回來吧
也說
從此我願守住妳
直到永遠

已經三年啦
原諒我　百合子
我已經和別的女人住在一起
今天是妳的忌辰
也到了中午時分才想起
藉口說去看一個朋友
慌慌張張地跑出來
我跪在濕漉漉的地上
讓淚水掉落
自己是這麼一個
無情無義的人
我悲不自勝

原諒我　百合子

貝殼

桓夫

妳死了變成貝殼
我會亂打沙灘的浪濤
每次湧來 潤濕妳
却又不得不退潮
顯然 喪失了自我

愛沒有終局
愛加愛 愛到死
死不痛苦 不悲傷
死是貝殼 身歷浪濤的
邊緣 享受永恆
平靜底愛

筍

楊傑美

我帶着鄉下少女純潔的夢想
從鄉村的泥土走向都市的霓虹
在這繁星閃爍的天堂
我躺在飢餓的天使
顫顫跪祭的祭台上

當你一層一層剝開我的外衣
你開始吱吱磨動你的牙齒
一口遺忘了很久的
潔白的鄉愁便從你的舌根淡淡地湧起

假像

莊金國

到處有光
到處分明着
無所隱藏的
愛憎

愛國有罪嗎

愛國神聖得
可以亂拋
帽子
這樣簡單的道理
爲什麼你不信？

媽媽回家看我

陳坤崙

有一天深夜
媽媽回家
在窗外叫我
阿崙！阿崙！
當我從夢中驚醒
依舊聽到媽媽叫我的聲音
隨即推開房門
往院子裡看

媽媽叫我的聲音漸漸遠去
在深夜的庭院裡
我怎麼找也找不到媽媽的影子
媽媽回家看我
我看不到媽媽
我想問媽媽的生活好嗎
却再也找不到媽媽了

詠鳥

三首

許其正

飛燕

展着雙翅
飛過去，又飛回來
一隻燕子，兩隻燕子……
一雙燕子，兩雙燕子……

軟語輕盈
翩翩自如
翱翔無羈
伴隨着豐富的春……

我定定地看着
滿眼滿懷地希望
牠們能够
永遠這樣：

軟語輕盈
翩翩自如
翱翔無羈
放懷海闊天空……

黃鶯

不是時候不飛來
即使捉來養也養不活
不是高樹不棲息
鄙棄塵寰，見人即逸
而且鳴聲殊異常禽……

這不得不讓我得到這個結論：
「鐘鼎山林，
　各有天性，
　不可強也！」
哦，「不可強也」！

仙鶴

清臞秀逸的體態
雪白玉潤無污的羽翼
徜徉乎林澤
翩翩飛翔乎雲漢
長鳴入空震天地
節省飲食
淡泊明志
柔靜幽嫻
瀟灑自如
善舞而長壽……
這是何物？
果然仙鶴也！

詩兩首

蔡榮勇

她

自從在彰化
邂逅了
她
我變得非帶喜歡照鏡子

有一天
接到她的來信
「我覺得我倆沒有愛情」
我才發現她是面毛玻璃

燒熱水

一根短短的火柴棒
咔嚓一聲
火的生命就在
乾材上誕生了
且不斷地吐血
再吐血
且明亮的熱燙的
受了感動的水
不由得
哭出聲音來

海與窗

林外

海

一個姑娘　坐在防波堤上
在夕陽西沉後的一點餘光中
注視脚底下的浪花掀着白裙
疑問地搜尋着海的裸足
望着一葉小舟在暮中出海
爲釣魚人夜間及落雨的生活神思飄揚
凝視着以無限的力量鼓起的海的胸脯
以及隨即傾洩坦如肚腹的平柔
把感覺傾注於海風吹動的髮絲
看着海　我會害怕
天黑了　我不敢在這裏
她說着，輕吻身偎着的男人的唇角
當男人凝眸注視着她
她仰臉說　月亮快出來了吧

窗

大家都知道　我是眼睛不是嘴巴
我知道我看到什麼
何必要逼着我說
生氣關掉我的眼睛
我也不氣你的魯莽
我禁不住要笑的是你的愚蠢
怕黑暗，爲我裝上玻璃
關掉我的眼睛　只是爲我戴上眼鏡
即使拉上窗簾
我的視力還能透視
這，也許你不信
你不知道　你的把戲
會一一在我的眼睛留下影子
而且　我們會互相打「光」語
我還能知道別的眼睛所看到的
如果你曉得　我知道的　比你所做的還多
你會抖得骨頭都碰碎

向日葵

曾貴海

從戰後的土地伸出來
不成比例的莖
扇開偌大的花朵
一眼望去
滿田的頭
齊一膜拜向太陽
太陽
白日唯一的神
重覆著無比權威的啓示

信我愛我並追隨我
否則凋謝枯萎
而當夕陽燃成古國的暮色
燃成黑夜的藍霧
溫柔純淨的謎音
自灣洋山川湧現
沉落的花臉
該朝向那個方位呢

樹

李新久

寫給用生命寫詩的陳秀喜女士

生命的樹

無限驅迫所壓不住的
這堅韌的綠
在鐵蹄踐踏下的土地
生命的樹在頑抗在生長

愛的樹

烈日焦烤時，風雨侵襲時
愛的樹會伸出覆葉去抵擋
嫩葉仍可安然入睡

詩的樹

沒有了葉子如何讚美陽光？
只有詩的樹知道葉子的可貴
乃從根做起
緊緊的攫住自己的土地吸取營養
長出葉子
歌頌日月星辰

重逢

林梵

死亡正誘我安眠
只有幽深能收容我
燃燒熾烈的熱情
免去煩憂，解脫
一切的愛別離苦
在寧謐安穩之懷
我能更澄明清澈
更能感動世間有情
一一爲身後代言
我在無涯深處
等妳。是的，死亡
誘我安眠，以動宕
多姿，撩人的身態
輕身說：來。
心靈敏銳易感的人
不宜獨自悲涼行旅

光亮和陰翳，變幻
莫測的無常世景
生命喲，無非
一場夢的影子
遺憾此生來遲了
如此地情眞意苦
仍然深心無所依止
旣無法強行扭斷
情慾的索鍊
開啓另一扇生之門
下次輪迴，如何
也要及時到臨
以我深刻的愛
來包容前身
且不許妳再掉淚

詩

曾美玲

我願雙手化作金翅膀—
以白雲爲家，虹彩是搖籃
笑看雨妹沿銀河飄落
揉散綠樹青山的寂寞

聆聽風姐輕歌妙舞
矜持的水仙都羞紅了臉……
要不，就請海神輕點魔棒
雙手化作銀鱗翅—
以蓮荷爲蓋，藻苔是毯被
彩魚繽紛是我青梅竹馬
咕嚕咕嚕……

不知是雨吻湖，還是魚戲我？
若是金翼，雙手採藍天
若是銀翅，雙手掬碧海
更把萬紫千紅盈滿心
流入左手
舞向右手
譜出一宇宙的戀曲！

冰山

張綉綺

曾畏懼每一處創痕
猶如那小小火山口
慘然一聲
爆
裂
曾厭倦每一趟被羈泊的航程
如似一卷長長的詩箋
緩緩然被
攤
開
曾瘋狂式的抹煞每一個夜晚

如似那春雪溶化後的肌膚
覆滿額際被石化的條紋
逐漸　逐漸
冷
却
於是呵白靈
我冷峻後凝聚的高溫不再
只因呵
我已凍化成一座不被溶解的
冰
山

化粧

李照娥

將身子挪近些，仔細的瞧瞧
另一個我
刻着一對弦月眉
彎彎的眉梢一點紅

沾着寶拉牌胭紅
仔細點，用力的刷
刷成兩個大太陽
發射逼人的光
亮麗的對臉上無彩的女人說

不要臉
香水佈滿了私處
今晚將以戰勝的女人姿態
挽着從妹妹手中搶來的丈夫
溫柔的說
我要

註：寶拉牌乃日本名牌化粧品

岩石

德有

你爲什麼不說一句話
是不是沒有什麼話可說
是不是怕一旦說出了心底話
將會遭到有心人刻意的曲解
啊！難道你就這樣沉默一輩子

生活在海的邊緣
日日夜夜
你忍受無情的風吹日曬

時時刻刻
你感受洶湧的浪潮擊打
無情地歲月啊
就這般漸漸地刻劃出
你百孔千瘡的面貌

啊
那可是你多少話語的縮影
那可是你多少心酸血淚的見證

痲將桌上

黃樹根

(1)

完完全全
痲死自己
醉沉沉睡的靈性
沒有太陽和月亮的
界野
摸牌的隻手
摸不著良知的
那一張
所有王牌都
握不住
血管裡
所有血液都混濁了
那有血紅的傲岸
那有理性的叩擊
如果能痛痛快快地痲下去
回家的路
任它
完全溺死在
妻無言的
守候裏

(2)

回家有路麼
上帝的十字架
引導著
羔羊任自羔羊
迷途是一回
快樂的闖蕩
左
右
皆惡狼
入口處
不收門票
面目可憎不可憎
也在
扭曲的臉型外
流汗吶喊而已
總是等待
那一刻
無盡機運
自桌面乾坤
扭轉將來
滾滾
如浪濤
排山倒海
捲回
所有失陷的
江山
失陷的脚步
在泥淖裏
也掙扎著
想抽回麼
碰
一聲炮響沖耳
所有清醒都
嚇跑了

葉寄民

日本現代詩的淵源和流變（續）

3.初期詩壇的光和影

日本近代詩壇是以「新體詩抄」為其呱呱之聲誕生的。音色既多樣又混沌，反映着啓蒙時期縱橫交錯的開化思想，產生出不少詩人和詩集。詩壇直可以說是「大風起兮雲飛揚」，「詩人群起兮天一方」呢。現在我們予以一瞥。

明治十五年十月（一八八二）、竹內節編的「新体詩歌」（共五集）敲打鑼鼓出場後，「新体詩林」（明治十八年）、山田美妙編的「新体詞選」（明治十八年）、竹內隆信編的「纂評新体詩選」（明治十九年九月）等，就陸續出籠。然而，這些詩集皆模仿「新体詩抄」，實在乏善可敍，都是七五音數上，試着押韻，改行、改段等，在形式方面似乎有所企求蛻化，但，可以說是改寫的長歌（註1），加上一些新花樣，看不出有什麼藝術性。難怪山田美妙要在「新体詞選」上指這些新体詩說：「豈非『和讚』『鞠唄』，即為直譯西洋文章乎？既無神韻可言，文法亦錯誤百出」，「囫圇吞棗，無是非之別，混淆西洋之風，汚蔑日本固有之詩趣」而大加鞭撻。一言以蔽之，這些詩集大都趨向雅言，是「新体詩抄」的一個轉變，長歌体似乎藉這個機會要復活了。不過在這些「新体詩歌」裏值得一提的是「自由之歌」或「外交之歌」，這幾首詩是社會思想，政治意識寫成啓蒙詩的，皆出自小室屈山（一八六〇—一九〇八）之手，他是個記者，又是政治家，曾為學習英文學赴美學習。他參加自由民權運動（註2），當地方小報的主筆開展過自由民權的論爭，校對過「新体詩歌第一集」，以政治家的活動來說遠比詩人的活動出色得多。

自由之歌

在天願為自由鬼
在地願為自由人
自由喲，自由喲自由

你我之間
是天地自然的契約
……（中略）
為了爭自由，亙古以來
有多少人生離死別
吾等東洋人
雖然他有不同卻同此心
人的自由是天經地義的
勉勵吧眾人！
怎可讓人指為卑怯之民？
當我寫完這首詩
正值春夢濃，
卻歡暢地聽見
叫醒人們的鐘聲連綿不斷

這首詩，有植木枝盛（註3）「民權田舍歌」的影響。反映着明治十年左右的思想，詩中抒寫在羅馬企圖樹立獨裁被刺殺的凱撒，法國大革命、英國克林威爾革命，美國獨立戰爭等不少外國的歷史事實，讚美不迭，然而，以之為政治詩却也不出口號，原因就在這些詩一點兒也沒有剖析日本當時的現實情況，也不曾向明治時代的天皇制表示懷疑和抵抗批判的姿態，是以其自由的概念是一種時髦而浮光掠影的東西，無法訴自感性而昇華到理性認識，無法成為活生生的、能呼吸的思想來感動讀者。話雖如此，但在那時，却是頗為前進。超乎常識的。括而言之，「新體詩歌」是走向雅言的傳統詩歌世界的。在這樣情況下，新體詩逐漸失去觀念詩，思想的形式而嗜好風花雪月、詠史。小室屈山的「自由之歌」本來可以視為在民權運動如火如荼地開展時，糾正「新體詩抄」高高在上的啓蒙主義式的「由上而下」的詩歌革新運動的偏差，可是這一連串政治意識濃釅釅的政治詩，隨着民權運動退潮，終於變得聲勢微弱，在明治十七年「自由堂」解散后便消聲匿跡了。「自由之歌」可以說是日本瘖啞的「馬賽曲」。

日本最初的新體詩抄個人創作詩集就是「十二個石塚」，出版於明治十八年十日，作者湯淺半月（註4）是以該詩代替畢業演講朗誦的。作者根據舊約聖書上「約書亞記」和「士師記」的猶太英雄耶弗他故事，以五七音長歌形式歌唱エリコ城民話的長篇敍事詩，是由「緒言」、「荒野」、「古塚」、「舊城」、「溪流」等六章所構成的。湯淺半月素以美妙之聲受到讚美，朗誦完畢、與會者掌聲不絕於耳是不難想像的。

給「十二個石塚」寫序文的是植村正久。他以尖刻的筆觸批評「新體詩抄」終究不過是國立大學究們的詩歌改革運動，說：「據官改良詩歌，欲據官造就詩人，其妄想可謂至此已極！」接着讚美道：「是於日本未見其類之史詩也。其體不啻獨創蘊蓄道德之感覺，鼓舞愛國正義之氣，使讀者不勝感動……」。該詩之所以引人注目，也許是聖經上的異國故事惹人好奇心。植村的讚美是言過其實的，而且他說的「道德之感覺」，「愛國之氣」，無非是日本傳統道德觀念上的「孝」或「復仇」而已。事實上，該詩以神和人之關係為主題却通篇看不到內在精神的矛盾所激起的緊張，都失之於外界的平面描寫。北原白秋評論說：「律動緩慢、張力稍弱，然而其行文之流利和韻味不典雅超越以前平庸鄙俗的讀詩之類多多也」，這句話似較公允。總而言之，其可取之處即在給當時日本草創期詩壇提出史詩形式和傳統長歌的體裁。

「十二個石塚」出版的翌年（明治十九年）四月，山田美妙編的「新體詞選」殺青。該詩集是硯友社同仁的山田美妙、尾崎紅葉、丸岡九華等（註5）的詩選集。山田美妙的「戰景大和魂」，詩句慷慨激昂。丸岡九華以「法國革命」高吟自由民族思想，尾崎紅葉以「書生歌」鼓勵年輕書生該立志。一看便知道山田美妙的「戰景大和魂」一詩是承受着「拔刀隊」軍歌調思想的，「不管敵人有多少萬，都是烏合之衆啊！就算不是烏合之衆，正義之理在我方……」這些詩句曾被譜成曲子在中日甲午戰爭時諷誦一時。「拔刀隊」以降的軍歌調詩歌深深扎根於愛國的浪漫情調，委實恰如其分地表現着踏上近代化的日本這個國家的內在本質。

山田美妙在文學上的成績說來：應該在其著作「日本韻文論」（一八九〇年）和內田魯庵、森鷗外等人引起論爭而促使詩壇前進，以及通過他的不少詩論，格律研究，實踐以口語寫詩等刺激詩壇力爭上游這幾點。

繼「十二個石塚」之后，風行一時的就是「孝女白菊之歌」。作者是落合直文（註6）。此詩是自明治二十年（一八八八年）二月起至翌年五月，分四次連載的長篇故事詩，其五百五十二行，以五七音的「今樣」（註7）一氣呵成的。該詩是翻譯井上巽軒所作漢詩的。井上的「孝女白菊詩」於明治十七年一月連載於「報知新聞」，發表後即轟動一時，據管谷軍次郎的「日本漢詩史」昭和十六年）說：井巽軒作的「孝女白菊詩」是「我國自古至今第一長篇」，「此詩一出，倏然傳播於世，遂而膾炙人口，落合直文將它譯爲新體詩，德國的佛羅連茲博士譯爲德文，畫家以它爲畫，書法家書寫其詩，文學，社會幾無人不耳聞白菊之名者也」。下引井上巽軒的漢詩以窺其一斑。

阿蘇山下荒村晚，夕陽欲沉鳥爭返。
無邊落木如雨繁，隔水何處鐘聲遠。
此時少女待阿爺，出門小立空悲嗟。
鬢髮如雲風中亂，嬌顏春淺美於花。
阿爺一朝衝寒起，蘆花風外渡野水。
曉月影昏野廟西，遙遙去入深山裏。
不知猶爲遊獵不？數日不歸何處留。
……（以下略）

落合直文頗爲恣意地翻譯上面漢詩，不過故事的情節是相當忠實地遵循着的。他以七五音四行的形式創造了一種新體。序上，他說：「現在的詩只用古言是不對的，況且要以五七音來寫長歌，是難以唱出來的。短歌語言少而難盡其意。」並言及內容和形式的關係而表示自己要革新形式之意，「這樣，從現在起只能以今樣寫詩了」他解釋自己以「今樣」詩體翻譯的理念。縱觀當時詩壇，「孝女白菊之詩」一出，即被十七種雜誌競相轉載，可知「新體詩抄」以降之詩已不能滿足人們求之於詩的新意識，已經孕育着希冀嶄新的抒情詩的事實，確實，詩壇已經站在抒情詩的十字路口了。「孝女白菊之詩」其價值在於取材於明治的社會而出之以新體詩，其音調，措詞均比「新體詩抄」洗鍊而富文學性，可是，仍無法完全擺脫古典的修詞和詩情的窠臼，也可以說是反映着日本近代詩會口語化，還有一大段要斬荆披棘的坎坷不平之路，而人們期待新聲之心正殷切呢。

註1：參閱第一章1.新體詩的源流註7。

註2：小室屈山：一八五八～一九〇八，詩人、記者、政治家。生於栃木縣宇都宮。本名弘。初爲「栃木新聞」記者，後到東京入「團團珍聞社」於此發表作品。晚年擔任「大和新聞」主筆。立足於自由民權論思想創作詩文，所作「自由之歌」「外交之歌」等主題明確質朴的東西頗受歡迎，在這一方面起了啓蒙性作用。

註3：植木枝盛，一八五七～一八九二。評論家，自由民權運動者，生於土佐國，現在愛知縣井口村，於藩校習漢學及洋學翻譯書等。明治八年到東京，開創「明六社」，三田（現在的慶應大學）演說會，吸取開化思想，十年回鄉參加「立志社」，此后即爲自由民權運動之戰士，奠定該運動的基礎理論。民權運動式微后，十八年於高知縣的「土陽新聞」提唱婦人解放，改良演劇論等。著有：「民權自由論」、「言論自由」「東洋之婦女」等，另外自綠論文和隨筆。在文學史上說：除了政治文學作品先驅的「數民權之歌」，「新體詩歌、自由詞林」之外，上述的」民權自由論」等口語文體的活用也有文章史上的前衛意義。

註4：湯淺半月，一八五八～一九四三。詩人，聖經學者。本名吉郎。生於群馬縣碓冰郡安中村。明治十年入同志社英語學校。明治十八年九月赴美。明治二十四年獲得耶魯大學Ph.D學位後回國，於母校擔任舊約之講解。著有「十三個石塚」、「半月集」等詩集外有不少有關宗教方面的書。他以基督徒之信仰爲核心，或爲詩人，或爲聖經翻譯者，表現其才華，一方面在圖書館事業及演劇方面頗多活動。

註5：文學社。一八八五年二月，由就學於大學預備班的學生尾崎紅葉、山田美妙、石橋思案以及在一橋高等商業的丸岡九華等四人所創立。出版「我樂多文庫」，在明治二十年代的半封建社會上，多方面從事文學活動，把文學價值廣泛地傳播於社會上是其一大功績。尤其日本的自然主義文學的誕生，該社可說是一大原動力。

註6：落合直文；一八六一～一九〇三，詩人，國文學者。生於宮城縣。明治十五年入東京大學古典講習科，十七年春退學入軍隊。明治二十年春退役，翌年當上「皇典講究所」講師。他主張運新體詩運動在內，要革新韻文須從擴大內容，形式的複雜化，內在韻律多樣性，是一個折衷的改良主義者。

不斷自我超越的詩人

——白萩訪問記

訪問者：鄭炯明・李敏勇
時　間：民國七十年一月二十五日
地　點：臺中市白萩寓所
整　理：鄭炯明

白　萩　這位在我國現代詩壇上佔有重要地位的詩人，一元論藝術的堅持者，在沉寂十年之後，終於提筆寫出他的第一篇作品。從這篇內容充實的訪問，我們可以窺探白萩的創作背景，他的人生觀、藝術觀，以及永不向自己、傳統妥協的創作精神。無疑地，白萩還是要去流浪，在詩中流浪他的一生，而且不在一個定點安置他自己。那麼，我們對白萩要展現給我們的詩的世界，拭目以待吧。

鄭炯明：記得大約十年前，民國五十九年左右，我在臺南陸車八〇四總院當實習醫師的時候，那時您也住在臺南，我曾爲您做過一次簡短的訪問，將記錄文給某刊物發表，可是因故未刊登，原稿也遺失。今天在這裡做比較正式與完整的訪問，想不到已過了十年，時間實在過得眞快。「六十年代詩選」對於您有一段介紹是「從十八歲起，就在詩壇上扮演著重要角色的天才詩人」，從這個介紹可以知道您很早便開始詩的創作，而且有極優異的成績，現在請您談談開始寫詩及當時詩壇的情形。

白　萩：這要從我的童年說起。我是民國二十六年出生的，也就是正當蘆溝橋事變的那一年。當時臺灣正受著日本高壓的殖民政策所統治。我曾在日據時期接受兩年的日本幼稚園教育，以及考入臺中師範附小，讀了一年級，臺灣便遭到大空襲，學校停止上課，大家疏散到鄉下去。約經過半年之後，日本無條件投降，學校才恢復上課。但國民政府接收人員尚未來臺，教育文化呈一片眞空狀態。當時日文廢止，學校只好教漢文。兩年後，才教國語。所以我是從小學四年級起，才開始學ㄅㄆㄇ。由於只接受二年多的日文教育，談不上對日本文學的認識，就是對當時臺灣文壇以日文寫作的作品，也無法瞭解，開始學習國語後，在五六年級時，我常看洪炎秋先生所辦的國語日報，也嘗試著投稿一些小笑話、童話之類的文章，拿了一點稿費，給我很大的鼓勵。小學六年級時，有空常到臺中圖書舘，因此開始接觸到我國的古典文學，像李白、杜甫、白居易等的詩集；誦讀很多。我的國文程度雖然不錯，但小學時則對算術比較有興趣，藝術方面則喜歡書法。小學畢業後，我考上省立臺中一中，也以第一名的成績考入省立臺中商職。

由於我的父親是生意人，再加以我當時的家庭環境而言，父親希望我唸商職，因此我到臺中商職註冊。當時臺灣剛光復不久，社會上非常不景氣，經濟非常蕭條，謀生不易，家裡實在無法予我上大學這一條路。進入初中後，我仍喜歡數理科，雖然在那時候我也看了一些三十年代的新文學作品及古典詩。民國四十年，我讀初二的時候，母親病故，給我打擊很大。母親係因不明之病在床上躺了一年多，不能起床，甚至後來不能翻身，父親爲了醫治母親的病，變賣了不少家產，於是生活愈加困苦。家中的慘況，母親病的種種形象，給我很深刻的影響。自母親去逝之後，我變得沉默寡言。學校下課、放學，我常留在教室或校園呆坐，胡思亂想。有一種想把內心的苦悶表達宣洩出來的強烈慾望，於是便開始寫些散文，常在臺中民聲日報的學生園地發表。我第一次接觸到新詩是在學校圖書舘，讀到了張自英的「黎明集」和明秋水的「骨髓裡的愛情」，感覺這些詩和我以前讀的古典詩不一樣，因此引發了對詩的興趣。我讀到「藍星週刊」，是高一時，由於同學蔡洪津的介紹，因此和蔡洪津、游曉洋投稿給「藍星週刊」，但以我的作品較多，幾乎每期「藍星」上都有我的詩作發表。我寫詩的速度很快，有時老師在上面講課，我却在下面寫，一節課下來，我已經完成了兩三首。我就這樣地努力創作，約一年半後，民國四十三年，覃子豪先生來信通知我說：獲得了第一屆中國新詩獎，那時我才是一個高二的學生，在領獎場合，引起詩壇普遍注目。我當時實際學習國語的時間不過七年左右，對於詩語言的操作能力，常令覃子豪先生感到驚訝，所以他說我是「天才詩人」，我猜想這是主要的原因。尤其是當時政治環境的變遷，令所有使用日文創作的臺灣前輩詩人紛紛停筆之際，我以一個僅受數年國語教育的本省籍青年，出現詩壇，便顯得突出，與衆不同。

李敏勇：您曾把詩與人生的歷程，依次分爲童年的詩、青年的詩、中年的詩、老年的詩，剛才您談到如何接觸文學，從您的敘述裡，我們知道您是屬於沒有童詩的一代，就這點說，與從寫童詩出發的一代是否有所不同，或有何特殊的意義？

白萩：我覺得我出生的年代是屬於苦難的年代，從幼稚園的日文教育開始，一上小學一年級，就一直過着躲避空襲的日子，學習語言非常困難。臺灣光復後，先學漢文，再學ㄅㄆㄇ，國小四年級才開始唸國語，眞正學習中文是在初中的時候，這個階段是臺灣的政治、經濟、文化最混亂的時期。母親臨終前，腹部鼓脹，背部生褥瘡生蠕虫，加上家中經濟困難，近乎三餐不繼的狀態，這些景象深刻印在我幼小的心靈裡，影響我以後詩的創作與人生觀。母親病逝後，父親沒有再娶，一直做餅的生意。我有弟妹六人。父親每天早上五六點即起床做餅乾謀生，無暇照顧家庭。我讀初三時，常常早上只喝一杯白開水就到學校去上課，中午向同學說要回家吃飯，其實是父親還在忙，沒空煮飯，只好再猛灌開水，回到學校。一直到傍晚下課，在臺中家職就讀的大妹早回家，才能煮晚飯吃。我常說，我個人的家庭遭遇和時代環境的變化，造成我今日寫作的基調。

鄭烱明：在您獲得第一屆中國新詩獎後，是否對您的創作有鼓勵作用？

白　萩：我當時寫詩並沒有想到要成名或出鋒頭，只是內心有很大的苦悶急著要宣洩出來，因此不知不覺地選擇較能容納的詩的形式。我的得獎，是由於覃子豪先生的推薦，我們開始一兩年間只靠通信連絡，我推測他起初是把我誤為一位三四十歲的中年人。當他知道我只是一個光頭的高中生時，他實在很驚訝。獲獎後，我還是繼續創作。

李敏勇：第一屆中國新詩獎有幾位？

白　萩：除了我以外，我記得還有彭捷、向明、林泠、吹黑明、孫家駿，是由現代詩社與藍星詩社分別推薦的。

李敏勇：有位作家曾經說過，出生於鄉村，童年在鄉村度過的人，比在都市成長的，將來在文學藝術發展上的潛能較大；一個在困苦的環境中長大的人，比較能創造出偉大的作品，這種見解，您認為如何？

白　萩：生活在苦難中，體驗自然會比較深刻，這是當然的。不過是不是一定能創造出偉大的作品，我想這不是絕對性的。我們可以看一下目前的臺灣文壇，你會發現有一批隨政府撤退來臺的軍中作家，他們佔有很奇特的文學位置，這種情形在外國是很少的。這些軍中作家，經歷了中國大時代的動亂，離鄉背井，當然有豐富的感情、苦悶、心境要表達出來，便自然地逼他們走上文學之路。

李敏勇：請您談談參與「藍星週刊」、「現代詩」、「創世紀」等的活動情形。

白　萩：開始寫詩時，我的作品主要發表在「藍星週刊」。由於寫得很勤，獲獎時我已經寫了兩三百首詩。因作品太多，「藍星」消化不了，也在「現代詩」上發表，現代派成立時，曾邀請我參加。參加現代派之前，我也在「創世紀」上投稿，大約從五、六期開始。以後認識葉泥先生，在他主編的「復興文藝」、「南北笛」也發表過評論及詩。「藍星週刊」後來改成一個月一次的詩頁，我便不再發表詩作。「創世紀」改版時，我是「排名編委」，未實際參與編輯。我詩的風格，和當時的是有點不同，為什麼會這樣，我也不知道，我個人的文學影響很複雜，覃子豪先生曾辦中華文藝函授學校的詩歌班，我却不是函授學校的學生。「現代派」未成立時，刊登的作品和「藍星週刊」並無顯著的不同。

李敏勇：剛才談到「藍星週刊」、「現代詩」、「創世紀」的發展，與民國五十三年出現的「笠」，各有其不同風格的存在。我有一個感覺，有些人對「笠」故意採取漠視的態度，原因有可能是詩觀的不同，以及某些非詩的因素。不過，這些詩刊和其成員，他們對您的作品皆有肯定的評價，這是否由於您多少曾參與各詩刊的活動，而且作品不嘗在當時或現在，都有超越個別小團體的特殊的風格存在？

白　萩：事實上，別人對我的評價如何，我並不十分瞭解，我在詩壇的活動常是獨往獨來，很少和其他文學團體發生很深的關係，可以說比較超然的。如果詩友相聚，我常不客氣的批評，所以當時有人說我是「詩壇的不良少年」。文學團體免不了對其他觀點不同的個體，予以排斥。個人淵源在那裡，流派的色彩便在那裡。但作品本身的價值應超越流派才對，客觀的評價才能產生，你否定別人，別人也一定否定你，這是相對的。我寫詩純粹是個人感情的表達，不喜歡攀交情。

鄭烱明：二十年前，您曾在「蛾之死」的後記上說：「藝術之所以能偉大的呈現在我們眼裡正是由於技巧的偉大」，現在您是否仍持相同的看法？

白　萩：對於這點，我現在還是抱著相同的看法，「技巧」並不是表面的一個名詞而已，它有双重的意義，即可視的與不可視的，可視的包括那些手法、文字、語氣和格式；不可視的包括，如何觀照，如何捕捉和捨棄意象，如何加深感受，使成為一首好詩。技巧的提出是為了討論的方便。強把技巧與內容分開，這種兩極的二元論法，我不贊成，我的藝術觀是一元論的，「技巧包括內容」。譬如有三十年語言經驗的技巧便有天壤之別，而這個不同絕不止於表層。

李敏勇：請談談您對語言的看法？

白　萩：我在「蛾之死」時期提出的技巧論，可以說代表我當時對詩另一面的瞭解，以及對當時詩壇一般的反論。到「風的薔薇」，「人本的奠基」是對艾略特的詩及理論的反抗的論點。寫「天空象徵」時，大家已比較關心詩的語言，以語言的本質來論詩，我認為這是最深入的論法，不像過去的詩論，停留在一般的文學通論，形式啦內容啦等等，不只論詩也可以拿來論小說。以語言的本質來論詩是我的詩論的基礎，也許有人會說，語言之外還有經驗存在，如此討論又會陷入二分法的危險。以語言論詩，我個人有屬於自己的整套看法，我剛才說過，我的藝術觀是一元論，是同時兼具本質與表相。

鄭烱明：在「人本的奠基」一文，您曾提出稍異於艾略特的「傳統與個性」的見解。

白　萩：我對傳統與個性的看法是，個人的才具必需吸收傳統而見充實，必需接受傳統的砥礪才見光輝。沒有傳統的吸收與砥礪，才具是非常單薄、短暫，沒有依靠。才具必需投入傳統中鍛鍊，一面接受一面反抗，詩人的創造方越具深厚，心靈越是成熟。現代派於民國四十五年成立時，信條中有一條是「知性之強調」，導致當時詩壇有一種詩，讓人讀了不生感動的現象。寫詩固然不是把感情毫無節制的宣洩，但也不是完全泯除個性。純粹主知是沒有詩存在的。記得「藍星」成員攻擊「現代詩」時，林亨泰曾做過修正，說詩中的主知成分只是百分比多寡的問題而已。「人本的奠基」要強調的是，文學是一種感動，不管傳統如何龐大，它只有進入人類的心靈才有價值。

鄭烱明：從您發表的作品看來，我以為「天空象徵」中的「阿火世界」，是一個重要的分界點，請您說明為什麼會有這個轉變？

白　萩：我寫「阿火世界」是對當時詩壇的一種反抗，原因有二點，一是對詩語言的重新瞭解，經由造作、艱深、晦澀，不合日常生活節奏語言的厭倦中，走入平易，生活化的語言裡。二是認為，所謂純粹詩離開現實，不知我們生存的空間發生關係，不是一種正常的現象，才寫出

「阿火世界」諸詩。經過這層蛻變，我再寫了「香頌集」。

鄭烱明：我記得第一次讀到「阿火世界」的語言，給我很大的震撼，雖然我自己所使用的語言已經非常平易。「天空與鳥」的詩作，也結我很深刻的印象。「阿火世界」的語言儘管略嫌粗糙，但我們可以把它看做是對晦澀、詰屈聱牙的語言，逃避現實的寫法的一帖瀉劑。談到這裡，使我想起，我和陳明臺曾在「笠」以通訊的方式談過「語言的問題」，認為詩語言的口語化必需建立在對現實的反省上，否則詩的表現將只停留在一些事物的表相而已。

白　萩：人類使用語言的變化，使我們不得不凝視現實，凝視我們存在的環境。

鄭烱明：如果我們審視十多年來所使用的詩的語言，可以說「笠」早已警覺到語言變化的趨勢。

李敏勇：只是沒有做整體的更具深度的思考，對語言的本質，這是非常可惜的。

鄭烱明：不過我認為，由於對語言的注意與實際操作，已經促使詩壇對語言的認識，逐漸導向一個方向，這已難能可貴。有人曾問，「笠」為什麼沒有加入鄉土文學的論爭，其實「笠」一直在走這條路，何必做無謂的紛爭。

李敏勇：常有人說「用語言寫詩」，常會彼誤成「用語言的技巧」在寫詩，忽略了語言本質的思考，「天空象徵」以後所使用的語言，和以前的有顯著的不同。

白　萩：「天空象徵」是一個過程，從寫作的年代（大約民國五十七年）看，我用語言來論詩也有十幾年了，現在回想起來，我之所以有這種語言的思考，是源自我大量閱讀現代語言學，語意學而發展出來的，不是我個人獨創。由於對語言的重新思考，使我有屬於自己的語言體認。

李敏勇：日本詩人田村隆一曾說，日本戰後的改變，對一般人而言，當然是都市的破壞、死亡，政治經濟的改變，對戰爭的恐懼等等，而對詩人來說，語言的變化才是最大的改變。意即每一個年代所把握的現實的語言都不相同，當環境改變時，一切都在變，語言也是，如此才能準確地表達變後社會的喜怒哀樂，這種論點您以為如何？

白　萩：「語言是存在的住所」，人類外界雖然千古以來就存在，但如不經人類賦予語言，對人類來說就不存在，這是對語言更深一層的想法。我以為「語言是一種思考」，這點應特別提出來。語言不只具有傳達和記錄的功能而已，一個人靜默獨坐思想，語言不停地在腦裡一閃一閃而過，想到汽車，一定有「汽車」這個語言浮現，如果沒有「汽車」的語言浮現，便無法感覺到「汽車」。語言是一種思考即是指此，所以做為使用語言的詩人必需多加鍛鍊語言。

鄭烱明：這麼說：表面上您是用語言在寫，其實是用思考來操縱語言在寫？

白　萩：不錯，語言就是思考，是一種外界的技巧，也是本身的內容。

李敏勇：有很多我們沒有看過的現象，沒有認識的語彙，無法出現在我們的腦中，也無法思考。

白　萩：在現實裡，我們往往有視而不見，聽而不聞的情形，為什麼？因為語言沒有在腦中被使用，被思考，如果你專注語言，情形就不一樣。有人認為先有經驗的存在，再用語言來表達，而我的看法是：語言就是經驗，是一致性的。談到創作的過程，也許你會說沒有經驗怎麼可以創作，事實上，在創作時，你沒有辦法把整首詩的經驗先存在腦裡，才開始寫詩。詩的開始是語言的開始，由一點的逐漸擴大，延長，而結束。創作的產生是情緒觸發的結果，然後用語言去捕捉，就我而言，下筆之前是沒有詩的存在，即使有也只是一點點感觸，它是零亂的片段的，只有把整首詩完成之後，我才瞭解整個大概，而不是先有整首詩的經驗在那邊，而後用語言紀錄下來。

李敏勇：經驗只是創作過程中的一個契機，譬如看到一件車禍，有人受傷流血倒地，這個經驗不一定馬上成為詩，但如果與先存在腦海的某個意念互相激盪、迸發，便可能產生詩。

白　萩：我想我們將語言的界說要搞清楚，「血」、「汽車」固然是語言，但語言不單指名詞，它尚包括動詞、副詞、連接詞、虛詞等等。語言的連結產生無數不同的意義，不要把語言的範圍侷限在一個狹窄的角落。語言是思想，和經驗結合為一。舉我寫「雁」的過程來說，這首詩大家的評價不錯，事實上我寫這首詩的動機很簡單，並不像論者所分析的那樣複雜。當我住在臺南新美街時，有一段時間正逢失業，有不知何去何從之感。其日早上，看到窗外的天空有一道閃光映入眼簾，我注意了一下，是一隻雁，由這點引起的感動，使我一句一句寫下當時的心境。

李敏勇：看到雁的閃光是一種契機，由此觸發了您存在腦中累積的經驗（語言），而寫出了「雁」這首詩。

白　萩：「雁」寫的是對現實、生命的反省。

李敏勇：在討論語言時，常因論者界說的不一，而形成岐義。

白　萩：所以要先下定義：「語言是一種思考」，才能討論。我一直不同意把經驗和語言分開的二元論，經驗是零亂無秩序的，只有經過思考，經驗才會以語言的秩序呈現，也才有完整的意義。

李敏勇：同一個經驗，就以眼前桌子景象來說，由我們三個人用語言來描寫，結果都不一樣，因為語言的組織法不同，呈現的意義也不同。

白　萩：語言的使用不是詩人的專利，科學家、小說家、評論家都使用語言，為什麼有的成為詩；有的成為小說；有的成為報告。我想成為詩的本質，其語言最大的特色是：詩的語言有切斷，飛躍性之故，它必會留下思想的空間，而不是說明性的，一句一直往下連接不斷。詩語言的本質，我認為是存在於語言的斷與連。散文的語言是連接性的，一直往後敘述下去，至於所謂詩的現實性、批判性，這只是詩人因生活的態度所採取的立場，和詩的本質無關。

李敏勇：仍為一個詩人，您有沒有過最大的文學的企圖？

白　萩：我寫詩只是想到那裡寫到那裡，也沒有要寫出一首古今往來的傑作的野心，純粹是感情的抒發。我的文學生活是現實的記錄。

鄭烱明：您在臺南新美街完成的「香頌」詩集，對您的寫作歷程或人生體驗，是否有特別的意義？

白　萩：寫「香頌」詩集時，我個人已進一步地體驗到語言的本質，同時站在現實的立足點，寫屬於我個人的，有時間性，有空間性，屬於我生存場所的環境。不同於過去充斥詩壇的那些虛無，沒時間性質，生活空間的作品，這是它特別的意義吧。

鄭炯明：表面上您寫的是個人的生活現實，但作品發表後，引起讀者的共鳴，那麼這個經驗已經取得共通性，文學的價值便在這裡。讀「香頌」詩集，讓人有一種人生無可奈何的感覺，不錯，生活是艱苦的，但卻不得不活下去，這就是「人」的困境。

白　萩：一個生命從呱呱落地，而成長，而壯大，然後衰老，走向死亡，這是永遠無法改變的宿命過程。有時候會想到，既然要死爲什麼要生，要生就不要死。我曾說過，童年的詩表現生之歡樂，青年的詩表現愛的企求，中年的詩將以良知批判生存的社會，老年的詩感歎生之無奈，對死亡勇敢的擁抱。生與死之間，生命因愛的接觸，兩性結合，使生命顯得更豐潤。人活著，負有對家庭、社會、國家的責任，以及創造新生命延續生命的義務。當新生命誕生後，人必需負責加以妥善照顧，使其成長。人的存在也許虛妄，但要活下去，對自己、家庭，甚至擴大至社會、國家、民族，都有做爲一個人不可逃避的責任。

李敏勇：您認爲目前詩壇應注意的是什麼？

白　萩：我認爲最重要的是對詩本質的把握，必需多加鑽研，詩的本質就是成爲詩而不成爲散文或其他的東西。我個人的看法是；也許詩是存在於語言的斷與連。我們要對語言做更進一步的學習，以期待能得到漂亮的斷而又有飛躍性的現代的語言，如此便能創造出更好的作品。

李敏勇：請談談當前詩壇的主要課題與趨向。

白　萩：從「蛾之死」到「香頌」，我寫詩的歷程大約也是三十年來我國詩壇發展的過程。今後詩將往何處去，我想我們對語言已經有較深的瞭解，如果每個詩人各自站在不同的角度，來挖掘、創造語言，一定會寫出屬於我們這一代特有的詩篇。這些具有時代性、民族性的作品，也將達到世界性的水準，我們應該有這個自信。

鄭炯明：您曾是中國時報叙事詩獎的決審委員，請您談談對叙事詩的看法？

白　萩：我雖曾參與叙事詩獎的評審工作，但我不知道主辦單位爲什麼要特別提出叙事詩來，也許它是以新聞工作者的角度來看，叙事詩常有新聞的性質存在，也能促使詩人關心所生活的現實，換句話說，加重詩人的社會責任和大我的追求。

鄭炯明：對於「笠」一百期的出版，您有何感想？

白　萩：好像有一種「這麼快」、「唉，一百期了」，引起我注意的感覺。「笠」創刊的動機很單純，創刊初期大家常常互相鼓勵，不要讓它夭折，沒想到能繼續出版到現在。一百期的出版只是一個歷程，對我而言，並沒有已經功成的感覺。倒是時間的飛逝，讓我驚訝它的快速，就像你開頭說的一幌十年。

鄭炯明：您已停筆將近十年，有沒有考慮再寫下去？

白　萩：這一次停頓是第二次，第一次是在「蛾之死」出版後，停了大約七年。這幾年我雖然沒寫，可是仍舊關心詩，有時仍翻讀古詩詞。我覺得傳統詩的語言的用法，有許多值得我們去研究、學習。如果我再提筆，我要寫的是有別於自己過去的作品，尋求新的表現方式，否則寧願讓它停頓，這也許是我個人的固執，不過我是這麼堅持。我不希望重複別人或自己寫過的東西。

論黃騰輝的詩

李魁賢

黃騰輝（1931- ）新竹縣竹北鄉人，東吳大學法律系畢業，二十歲左右開始寫作，可以算得上臺灣光復後用中文寫作的第一代作家，寫作範圍很廣，包括詩、評論、短篇小說，惜自己未留存，大多散逸。詩多發表於早期的「新詩週刊」、「藍星週刊」、「今日新詩」、「青潮」等，曾有出版詩集「畫像」的計劃，惜未實現。

黃騰輝自大學畢業後，曾在政界基層活躍過一段時間，頗有表現，後轉任工商界發展，事業順利，寫作日荒，一九六四年笠詩刊創刊後不久出任發行人，經常參加同仁間之詩活動和作品合評會，笠詩刊編輯部曾收集其一部份舊作，題爲「拾穗集」刊於笠53期（一九七三年二月），一九七六年起開始有新作發表。黃騰輝詩作曾入選日文『華麗島詩集』（一九七〇年），『臺灣現代詩集』（一九七九年），和中文『美麗島詩集』（一九七九年），尚未有專集出版。

黃騰輝早期的詩也洋溢着少年的浪漫情懷，而逐漸傾向於寫實風格，時時透露出批判的精神，他寫過不少四行詩，以精密的語言捕捉單純的心象，簡捷地呈現出詩人所要表達的意念。近年重新出發所寫的詩，雖然作品不多，却每一首都尖銳地介入現代工商社會的核心，寫出了經濟活動對現代生活的影響和干擾，產生現代詩壇上有數的以經濟觀點寫成的詩作。

以經濟生活來掌握現代精神，可以說是最根本的途徑之一，這也許是黃騰輝的獨得之秘吧！至於一般誤以扭曲的新奇語言代表現代感，黃騰輝並不以爲然，他曾寫過一篇題爲「不要從現代脫線」的短文，他說：

『以邏輯式的意義或晦澀的文字的羅列來誇耀「新銳」或「現代」，漸漸地成爲一種新的「流行調」』。

我並不否認近十年來從現代化生活中提煉出來的純理智的，或者對社會，對文明含蓄着豐富感覺的作品，遠較抒情的作品感動得深刻。但爲了跟上「現代化」，却「拿詩做文字的積木玩具來玩耍」，這就有點「脫線」了。

有許多作品，的確「現代」得令人難以理解。我曾懷疑自己的欣賞能力，然而，經許多人再三品味，仍找不出感動的地方，而只是一行行不易解析的文字與意象的參差交錯，恐怕很難同意它是一首詩。

『當然，我並不主張詩的「明朗化」要比詩的本質重要。但，至少作者似乎應該替讀者留一條欣賞的路。』（笠16期，一九六六年十二月）

黃騰輝對詩的本質的看法，也許可以從他的詩中找出端倪，這種「以詩論詩」是最直接的第一手資料來源。他在「題」詩中寫着：

正如從情人的眸子看出她的心底，
我也想從我的靈感中呼出我的詩的名字。
因爲，我對我的情感是如此忠實，
所以，我珍惜地把它爲我的詩加冕。

在另外一首「我的詩」中，他吟咏着：

我的靈魂是孤獨的，
我的筆下，是一連串寂寞的話語。
我們是如此親蜜，却從不知你的名字，
但，有人把你的名字叫做詩。

因此，構成黃騰輝詩精神的主體是：「愛」與「孤獨」的組合物，正與筆者在『赤裸的薔薇』詩集代序的短文「孤獨的喜悅」中陳述的觀點不謀而合。

「孤獨」是詩人精神上保持靜觀的要領，可以在與事物相對時，保持冷靜的態度。「孤獨」並不是指生活上的孤離，做爲一個現代詩人，毋寧更應涉入現代變動不居的社會生活中，去挖掘新的詩的形象。

正如黃騰輝自述：「賣電梯、賣電腦、賣科技……賣現代，也賣靈魂。偶而，靜下來看一首詩。也忽然使自己想起了，我仍然是一個人。這樣的速度，這樣的密度，明年又是另一個新的世紀被科技寵壞了時代，人文與道德萎縮得那麼可悲，微波烤箱烤着塑膠香腸的生活裡，惟一能撿回一點人性的恐怕就是詩人。」

由這裡可看出，黃騰輝從事競爭激烈的現代工商業，他賣最尖端的科技產品，在這樣煩雜的業務生活上，免不了有時也會出賣「靈魂」，違背自己意願的勾當，因此，他以詩來救贖，不論是閱讀他人的作品，或是自己動筆，都是拯救靈魂的神聖工作。因此，黃騰輝是爲了生活的見證而寫詩，他不必爲了做詩人而搜索枯腸，而矯揉作態。在近期作品中，「非情」成爲黃騰輝詩作中的特徵之一。

生活

注視着粗糙的手指
我看到，生活中的瘦影，
貧血的、孤獨的……。
嘆息，
是窮困與疲倦的呻吟，
衰弱的，可悲的……。
這些都是考驗，
在我空虛的心靈中推砌一幅美麗的遠景。

遠景之下，我忍受着——
手指的粗糙，嘆息……

這是黃騰輝早期的詩作，但已擺脫少年多愁善感的浪漫情緒，傾向於寫實的手法。他以浮光掠影的筆調，淡淡幾筆，勾勒出一付貧苦人家的生活窮境。

生活對於不同階級的家庭，意義自然有很大的出入。有人生於鐘鳴鼎食之家，受到鑽營得法的長輩的呵護，一生悠哉優哉，不知生活壓力的滋味，好像天上的明月。有人出身寒微，從小要爲起碼的溫飽而苦鬪，挨餓受凍，似乎家常便飯，生活像一付挑不動的重擔，壓得彎腰駝背，好像地上的泥鰍。這是最爲兩極化的特例，當然，有人因遊手好閒，家道中落；有人因勤奮自勵，漸入佳境。雖然以生活條件而言，人絕不是生而平等的，而且因出發點的不同，使得一生際遇有雲泥之判，但在很多情況下，也因各人所付努力的不同，而改變一生的命運。

生命的成就，有時不能單純從俗世上的事功來取決。以生命的本質來追究，毋寧應以是否能突破自我局限，時時提昇自己來完成生命價值的英雄抱負來評斷。

這一首「生活」約略地點出了這一個方向。詩中的形象遭受了肉體與精神上双重的挫折，由第一段的「粗糙的手指」和「瘦影」，描繪出負荷過度的勞動者身姿，「貧血」強化了營養不良的徵象，「孤獨」更襯托出工作和生活上的疏離，境遇之惡劣，可以想見。第二段偏向精神上的哀憐，當然，「嘆息」與「呻吟」是肇因於生活上的挫敗，引起心情的重大壓迫。「窮困」造成過份勞苦的「疲倦」，有必然的因果關係，而身體上虛弱的因，也往往導致精神上自悲自嘆的怨嗟的果。

到第三段筆鋒一轉，把所有生活上的逆境，視爲「考驗」，無異於孟子所謂：「天將降大任於斯人也，必先勞其筋骨，苦其心志」的觀念，因此，因「考驗」自勵來展望「遠景」，正是一種自我完成的期許，人常依靠這種英雄性格的反射，而求得超越前進。最後一段更表現這種自我期許的顯著性，由於有遠景的映照，才能堅忍着肉體的折磨（「手指的粗糙」）和精神的低沉（「嘆息」）。

這是一首非常缺少化粧術的詩作，但因沒有掩飾，才更顯露眞實的本質。詩要以本質面目呈現，才能經得起批判。

公寓

建築師玩着火柴盒子的積木遊戲
十層二十層把一個都市推向蒼穹。
那都市人的悲哀——密度的壓力
是要交給空間去擔負的。
地震、颱風……那些天災都是偶然的，
反正歷史不會把這筆帳記在你的頭上。
於是在「經濟價值」的鼓勵下
你又大量地生產了火柴盒。
我們子孫三代就是這樣被擠在火柴盒子裡，
坐着花轎嫁過來的母親；
討論着每立方公尺空氣售價的孩子們……

我們有同一種語言却無法溝通。
每一個火柴盒都隱藏着許多神秘，
每一張臉孔都是嚴肅無比，
這裡的人情薄如紙，
也許因爲人口的壓力在膨脹，
生活的壓力也在膨脹。

這是黃騰輝經過大約十年的封筆後，重新出發寫下的第一首詩，發表在「笠」43期（一九七一年六月），可以說是黃騰輝後期作品的先聲。

「公寓」顯示了黃騰輝逆旅於都市生活的漩渦中，痛感都市文明壓抑了人的尊嚴，斲喪了親切的人際關係，因此，他掌握了現代化都市人住居的特性，並將描寫的觸鬚伸到生活上的幾個層面。黃騰輝採取的是積極介入的態度，他揭露了都市現實的面貌，而不像某些詩人以模糊不清的形而上的概念，去揮舞機械式都市形象。

生活上最基本的要素，脫離不了衣、食、住、行。對於黃騰輝所旅居發展快速的臺北市來說，衣和食不虞缺乏，甚至供過於求，造成顯著的浪費，但住和行却是愈來愈嚴重的問題，由於人口爆炸的威脅，以及有限土地的開發利用配合不上，乃有變本加厲的傾向。

「公寓」也就成爲都市畸形發展中的特色，從四層、七層、十層，到二十層的逐步向空中發展，就像兒童在玩積木遊戲一樣。以「積木遊戲」巧妙比喻公寓的建築，有多重的意義，除了明喻逐層加高的類似性外，還暗喻着缺乏獨特機能的設計性，只是按照基本單元呆板地層疊，並隱含着沒有計劃的隨機作業，成爲胡亂拼湊的產品。進一步我們發現積木遊戲的構成單元，竟是火柴盒子，則不但無法期待具有獨特設計機能，且根本毫無機能，因爲只是一個封閉的盒子——極言其小的火柴盒子，一種密不通氣的窒息感油然而生。更令人難以忍受的是，這種積木遊戲，不容市民參與，而是由建築師「玩」出來的傑作，顯示了都市人聽人擺佈的自我失落狀態。「玩」字不但扣緊「積木遊戲」的動作，並暗示着建築師對公寓設計態度的不嚴肅。

「密度」是每單位容積內的重量，但「人口密度」是以每單位面積內的人數來計算。地球上人類基本上在二次元的單層平面活動，如能分散在二層，則密度應可減半，依此類推，向空中多層次的發展結果，人傾向於三次元的空間活動，因此，密度的壓力可由空間來分擔。但實際上只能解決作息所需空間，其他活動仍以在二次元的單層地面爲主。

但因土地有不能成長的特性（海埔新生地是例外，但畢竟有限），節節增值成爲必然，造成都市房價高漲，爲了分攤土地成本，也是促使公寓房子以積木方式向上堆高的主因，基於「經濟價值」，造成「火柴盒」的大量生產，而人也就愈無法自拔地自囚入火柴盒內，像一根根火柴。

都市生活的發展結果，帶來小家庭制度的興起，有三代同堂的已屬罕見。三代中是以詩中自述者居中，上一代的母親，是坐着花轎嫁過來的，已屬過去的一代，除了民俗表演外，新生代恐怕再也無從看到花轎，和上一代嫁娶的風光了。下一代的孩子，則已「現代化」到必須計畫購買空氣的時代，這看似誇張的表現，但因都市空氣汚染結果，事實上已經有人在討論如何供應新鮮空氣的問題，目前空氣清鮮器之類的設備和裝置已經應市，預料必然逐漸風行。黃騰輝在此以最精要的情節，點出上下代間因時代變化造成多大的生活和觀念上的「代溝」，即使用同一種語言，却無法溝通，因爲，這不是語言的問題。

最後一段進一步提到人際關係的阻碍，當然「火柴盒」的密閉性，可以達成最好的隱藏效果，而隱藏的結果，因缺少交會，彼此不能瞭解，神秘感乃油然而生。在都市公寓生活中，鄰居不相識的情形比比皆是，人情之薄自可想見，人臉孔的嚴肅，大概就像火柴頭吧，沒有表情。末二個的「膨漲」不是「膨脹」，因爲「壓力」只能增降，不會膨脹，如果產生壓力的體積「膨脹」則依氣體定律，壓力會成反比例降低。故此處的「膨漲」應指「膨脹般快速的增漲」。

「公寓」是以現代的特質來看都市生活，事實上這樣的公寓風也已吹向郊區，向鄉村滲透了，生活的壓力日見高漲，是難以阻遏的巨流，如果沒有良好的策略來疏導，會使巨流提早氾濫。

石油

地球心臟，
千萬年精釀的血液。
人類只是饑餓的寄生虫；
貪婪的吸飲。

上游的……
下游的……
連接着複雜的蜂巢分子式，
提煉着生活的夢

石化工業渡過巔峯的黃金時代
之後，却是一片汚染，
有一天，地球只是宇宙間最骯髒的垃圾場

地球心臟，開始疲憊，
貧血、衰老，……
爲了飼養那一批冷血的「經濟動物」

石油是天然可燃性油狀物質，由大部份碳氫化合物所構成。石油之形成有二說法，其一爲無機說，謂在地球形成時，因火山氣體與石灰岩之作用，在高溫高壓下生成碳氫化合物，原包藏地球核心，逐漸向地表滲出。另一爲有機說，謂古代（一千萬年以至四億年前）繁殖之動植物殘留的有機質，因腐敗、分解，變質成以脂肪、脂肪酸、蠟等爲主之物質，在地層中受到地壓、地熱、細菌、觸媒等之作用，長年累月而變成石油。

由地層抽出之石油，稱爲原油，呈褐黃色，蒸餾而得揮發油、汽油、煤油等。石油可經裂解、重整等化學製法，發展成無數的有機化學原料，構成龐大的石油化學工業。一般民生所需，舉凡塑膠、合成纖維、人造橡膠、醫藥等等，都從石油來，可見石油對人類的重要性。

自從中東產油國，開始以其盛產之石油爲經濟武器，操縱世界市場，節節提高石油售價，不到十年間上漲約二十倍，如今已達每桶三十餘美元之譜，引起世界性嚴重的通貨膨脹。造成全球遑遑不可終日的石油危機，對現代社會即然如此影響深遠，却似乎未引起詩人的關心，黃騰輝的這首詩足以表現他積極介入現實生活的態度。

詩中把地球看做生物，以石油為其血液，是「巨視」觀察的意象，明確而得體。如果對地層結構稍做瞭解，則其盤桓交錯的油層，與人體無遠弗屆的血管，頗相類似，因此，主題意象相當精準而凝煉。寄生虫是靠另一生物生活只取其益而無回報的動物，此處將人類貶為寄生虫，靠吸地球血而活，在意象之處理和發展上，非常一致。以「飢餓」和「貪婪」來形容人類的行為，也是採取「巨視」的觀察，詩人似乎立足於太空上的某一座標，對人類作了尖刻而擊中要害的批評。

石油化學工業因具有產品連鎖性，即某一製程之生成物，可做為次一製程之反應物（原料），故前一製程稱為上游，後一製程則為下游，彷彿是江河般連綿不盡的流程。有機化學中之芳香族化合物結構式典型為六角形，類似龜殼，亦與蜂巢相彷彿。如上所述，很多民生必需品可由石油取得，故有「提煉着生活的夢」句。

「石化工業」為「石油化學工業」的簡稱，一、二十年來，石化工業發展神速，可謂黃金時代。自從石油競相漲價發生危機後，已經每下愈況，發生經營上的難題。而石化製品之難以自然分解，也造成了嚴重的廢棄問題，例如塑膠，不能化解成泥土，則變成永遠處理不掉的垃圾，以致環境污染，都是人類過份貪婪招來的後果。

人類拼命抽取石油，大量浪費結果，石油產量日竭，一如生物血液補充不及，因此，疲憊、貧血、衰老等現象為其必然後果，在此仍以地球視為生物體來表現，意象前後統一，絲毫未放鬆。這些犧牲都為了人類，以冷血的經濟動物呼應起初的寄生虫，詩人對人類的批判是一貫的。「經濟動物」原譏稱日本人，為了經濟發展，不擇手段，無孔不入，只顧自己，而妄顧他人，正與只取其益而不思回報的寄生虫習性，相當契合。

景氣

一片風雲，
挾帶着黃金的雨，從天而降。
人口暴漲聲中無立錐的焦急，
以及傳播工具的法螺灌溉下，
一夜之間，荒土成金。

工廠的機器在加速，
人們忙碌。……
都是為了趕上那一陣黃金的雨
於是　製幣廠的印鈔機也在加速。

乘上風雲的暴發戶，
傲慢地自豪，
——從經濟邏輯的夾縫裡長大。

只有沉醉於銀行存摺自慰的傻瓜，
沮喪地從古老的夢中驚醒。

由於石油危機造成全世界的通貨膨脹，貨幣貶值，基於保值心理，投機者搶購黃金和房地產，連帶地，萬物都在哄抬下，以致價格飛漲，造成缺乏實質基礎的假需求，形成市場上的「景氣」現象。

「景氣」這首詩所要表現的，是以經濟觀點來看世界。以「風雲」表現景氣的突如其來與變幻莫測。風雲作，大雨至，似乎是自然現象，而「黃金的雨」可有二項解釋，以「雨」為主題，則「黃金」可形容好景氣來的正是時候，至為寶貴，可紓解經濟上的困境。反之，以「黃金」為主題，則「雨」可形容景氣帶來財富的雨水之豐沛，源源不絕。「從天而降」固為下雨之自然現象，但也暗示着，景氣缺少實在，為意外橫財，當然也有邀天之寵的意思在。

「景氣」的推動是由土地投機開始，表示不正常的經濟動機，但也是市場供求律的必然結果，尤其是人口年增加率達千分之二左右的情況下，為求得有立錐生根的據點，人人希望置產以求安居，有恆產者才有恆心，原是好現象，可是由於傳播工具的宣揚，造成超乎正軌的推波助瀾，「一夜之間，荒土成金」，多少暴發戶因而產生。此處「傳播工具」應指被利用做廣告媒體而言。

「法螺」為軟體動物，產於海中，殼為螺旋狀，上部延長，形略似梭。大者於螺頭穿孔吹之，發聲甚響而遠，中國古時軍隊用以示進退，今釋道齋醮多用之。一般假借「法螺」猶言吹噓、搧惑，帶有不實或欺蒙之意。

為了應付假需求，趕工生產，通貨發行也隨之快速增加，印鈔機加速製造結果，通貨膨脹於焉造成。

在通貨膨脹聲中，大多數人為生活日緊而苦惱，但長袖善舞的商場鉅子，却常能乘上風雲，而累積財富，在衆人痛苦中求得歛財的快樂，免不了會「傲慢自大」。所謂經濟邏輯是指經濟發展上的必然原則，但經濟問題事實上並無顛踣不破的定律，因此，死守過去經驗的人，反而常失去機會，而當機立斷的人，才能掌握先機。因此，懂得在夾縫中生存的人，往往成為暴發戶，經濟學家却常發不了財。

在亂局中，最吃虧的當然都是勤儉持家、忠厚老實的人，省吃儉用，儲蓄生息，眼看着銀行存款日日增加，欣喜之餘，不料霹靂一聲，利率趕不上物價指數，結果是存款數字明昇，財務能力暗降，等到驚醒時，沮喪之情，不言可喻。

「公寓」「石油」「景氣」都是以經濟問題構成詩的骨架，這是當今詩壇上少有人處理的素材，因此，顯示了黃騰輝獨特的詩風，他眞正可以稱得上「現代詩人」而無愧，他的詩的觸鬚甚至伸到最尖端的科技領域。

電腦

以一個數字邏輯支撐的迷信，
曾經使我們醉心於生活的密度。
但，為那科技設下的數量剖析，

却巧妙地計數起複什的靈性與情素。

讀着以數字羅列的詩，
吃着只計算卡路里值的營養餐，

哎！一個過份迷信於計數邏輯的
變態人生。

「電腦」是電子計算機的俗稱，主要分爲數位計算機和類比計算機，前者是以數字來表示數目，而後者則直接用以測量，易言之，數位計算機是用來計數，而類比計算機則用來測量。電腦的出現，被稱世界文明史上的第二次產業革命，對現代科技的發展，有不可磨滅的貢獻。但電腦之過份侵入生活領域，免不了對人生產生質變，或數字化，這是黃騰輝在此詩中提出批判的重心。

「邏輯」在電腦科學上是指電子計算機利用電子廻路進行的邏輯操作，以邏輯數量產生比較、決定、和執行等。詩中所稱「數字邏輯」和「計數邏輯」，均係指數字化邏輯操作而言，亦即將物理變數的類比測量轉變成爲以數字來表示。而在詩中，「物理變數」顯然指向生活品質，甚至精神文明的產物。

詩短，表現上極爲集中。第一段指出人類對電腦數字邏輯的迷信，夢想着藉科技發展來提高生活的品質。詩人使用「生活密度」，是故意採用「密度」的科學用語。一般言之，「密度」的定義是，每單位體積內所含的物質重量，因此，「密度」是品質的函數。

第二段筆鋒一轉，指出人類利用電腦於科技發展做數量剖析，意猶未足，竟然侵入了精神生活的範疇來了，例如以電腦作曲、電腦繪畫、電腦寫詩，甚至電腦擇偶，這些有關靈性與感情上的問題，竟然也以電腦來處理。

結果，在精神生活上，文學心靈上最精煉的詩，變成以「數字羅列」，一方面表示着是電腦數字邏輯的產物，另方面代表純知性的內涵，不一定表示眞正以數字符號湊成，否則已變成數學演算了。而在物質生活上，以計算卡路里來衡量餐食的營養，已無味道可言，即人類生活變成科技發展的俘虜。「卡路里」是熱量單位，食物是以在人體內消化時產生的熱量，來維持生機與活動體能。

最後，詩人感嘆過份迷信於電腦計數邏輯的人生，是一種變態，即脫離了人生本質，生活似乎變成了手段，而非目的。

短短八行的詩，分成四段，正好符合起、承、轉、合的發展。相當知性的詩，却引起讀者久久不能自已的感動波瀾。

黃騰輝以經濟及科技對生活的侵略觀點寫詩，是很具現代感，但他不以玄想來僞裝，而以赤裸裸的現實來表達，保持着詩想淸晰，脈絡分明的特點！（69、6、10）

八十年代的詩展望

鄭烱明

過去，一般論者，在探討臺灣現代詩的源流與發展時，常常不能避免地，誤以爲臺灣現代詩運動，是由於紀弦、覃子豪從大陸帶來詩的火種而觸發，而忽略了原以臺灣本土爲活動中心，不斷透過日文或中文，努力於詩的探索的另一個泉源。幸好這個偏頗，近年來由於有心人對光復前臺灣詩史資料的整理與發掘，使大家有機會重新認識臺灣現代詩運動的背景，並修正若干不正確的觀念，這是一個可喜的現象。換句話說，臺灣現代詩之有今日的成就，實是緣於兩個來自不同根球互相激盪的結果。

三十年來現代詩的發展，可以用四個字來形容：「崎嶇坎坷」。它一方面要擺脫傳統的壓力，另一方面要創造新的契機，可謂忍辱負重，然而由於種種複雜的因素，使得臺灣現代詩成長的過程，充滿了挫折和不快的經驗。不但詩人與詩人之間互相攻擊、排斥，有意抹殺對方的成就，且某些實驗性的作品，更受到關心詩的人士的非難。不過，有遠識與經得起考驗的詩人們，仍然以他們的文學良知和道德勇氣，不畏艱難地繼續向語言挑戰，期望寫出更多更傑出的詩篇，以獲得中國新文學史上應有的地位。

如果我們檢討自「現代派」的成立（一九五六）到七十年代末期的詩壇，我們將不難發現，現代主義的推動，至少在詩方面並沒有成功，其原因並不是在「橫的移植」這點上，而是在客觀的社會環境不能與之配合，這才是它眞正的致命傷。一個新文學派別的產生，如果光靠少數的幾個發起者在前面搖旗吶喊，而廣大的社會層面沒有介入、參與，那將只是曇花一現而已，更何況發起者本身沒有建立完整的理論體系。

現代主義運動雖然失敗，但是它並沒有消失，因爲「現代化」是世界性的潮流，在我們日常生活中，不管是精神的或物質的領域，莫不受到現代化的影響。科技文明的進步，已經成爲我們傳統的一部份，這是誰都無法拒絕的，我們只有將之消化、吸收，使成爲未來發展的營養，現代化才有意義，否則徒具形式的表面改革，將是邁向理想世界的絆脚石。

當「藍星週刊」與「現代詩」相抗衡時，倘若我們只讀到双方論爭的文字，可能會產生錯覺，認爲它們是屬於兩個不同的詩的派別，其實只要我們認眞審視兩者發表的作品，將不難發現「藍星詩社」與「現代詩」，在本質上並無太大的差異，所以白萩在「淵源、流變、展望」一文中說：「覃子豪的血緣，說起來也是一個溫和的現代派，他的詩觀基本上也是屬於現代派的產物。」至於後來的「藍星」主流被導向「新古典主義」的傾向，主要是受了余光中的影響所致。

「新古典主義」的流行產生一個問題，就是利用傳統詩詞中的綺麗文字或美的意象，如何能確切表現這個錯綜複雜，瞬息萬變的時代面貌的問題，無疑地，這種嘗試是註定要失敗的。我們並不反對從傳統古詩中汲取語言、意象經營的技巧，做為現代詩的滋養，但我們懷疑盲目地使用不屬於我們這個時代的語言，把感情寄託在幽古思情的「新瓶裝酒」的寫法，能表現多少這個時代的心聲？答案當然是微乎其微的，那麼一九五四年成立的「創世紀」詩刊如何呢？

「創世紀」在創刊之初是揭櫫所謂「新民族詩型」的，以寫出屬於中國的代表民族聲音的詩為鵠的。但一九五九年改版後，卻走向「現代主義」的道路上去，承繼了現代詩社的路線，而與藍星詩社對峙。尤其後來超現實主義的實驗，影響整個詩壇鉅大，也招致詩評者的詬病。當然，把五十年代末期與六十年代初期的那種過份放縱語言，過份重視聯想的切斷，迷戀純粹經驗式的夢囈，以及自我否定的盛行，使詩變得晦澀、脫離現實的狀態，完全歸咎於「創世紀」的主要成員，如洛夫、瘂弦等，是有欠公允的。事實上，如果稍微注意一下當時的政治社會背景，我們便不難瞭解，為什麼會有這種混亂的局面發生。然而我們不能不指出，由於少數作者對超現實主義的誤解或欠缺全盤的認識，所導致的詩的歧義，造成一般讀者與報刊雜誌排拒詩，不刊登詩的現象，是非常令人遺憾的一件事。而這個「懼詩症」一直到最近數年，才慢慢消退，各報刊雜誌又恢復了詩的介紹。

正當整個詩壇逐漸委靡逐漸陷於虛脫的狀態之際，「笠」詩刊在一九六四年的出現，不啻給詩壇帶來刺激和一線生機。「笠」雖然沒有喊出任何主義或口號，但以誠摯純樸的詩的態度，試圖扭轉詩壇的逆流，這一份用心在現代主義盛行時，是被忽略的。因此，當近年來使用的詩的語言逐漸口語化、明朗化，所觸及的題材逐漸趨向寫實的社會性時，有人會誤為是七十年代初，一連串的外交挫折，或後來鄉土文學論爭所產生的結果，其實這種紮根於現實的詩文學的自覺與反省，早在「笠」的創刊當時，便已展開。我們可以從出版的前幾期「笠」，及日後活躍於該詩刊的桓夫、白萩、非馬、杜國清、鄭烱明、李魁賢、趙天儀、李敏勇……等諸人的作品中，獲得印證。

「笠」能連續不斷地按期出版，且突破一百期，可說是一項奇蹟。這也說明了一個事實，就是堅定藝術的、社會的、鄉土的三者平衡的發展，將是八十年代詩壇共同的趨勢。不管是小我的抒情，或大我的追求，都不能離開我們生活的世界，一個支持我們使我們繼續活下去的世界，如此，完成的作品才有意義。

杜國清說得好：「我所期待的八十年代的中國詩，將是以純粹白話文所寫的，能繼承古典詩和西洋現代詩在藝術上的技巧，而在精神上，以眞實的經驗表現出此時此地我們中國人的悲歡與哀樂，寫下我們這一代中國人的苦難心聲、精神和理想，這種『現實主義的藝術導向』的作品

。」（見「笠」九十七期「現實主義的藝術導向」一文）

展望八十年代的詩文學，雖然有一個極重要的課題在等待我們克服：即如何從白話文中提練出具有飛躍性、節奏感與深度的詩的語言，也許這不是一項容易達成的目標，甚至是一種永無休止的語言的鬪爭，但我們應該有信心去面對它，研究解決的方法，寫出我們這一代眞正的心聲。

五十步與一百步

非馬

去年九月我在臺北的時候，「中外文學」主編之一的張漢良先生請我吃飯，飯後我們談到「中外文學」，他滿肚子委曲地說：「中外文學要刊載舊詩了！」當時他似乎還特別提到以寫「五四運動史」聞名的周策縱先生。

所以兩三個月後當我收到海運寄來的「中外文學」一百零一期，看到新詩與舊詩並列的目錄時，除了在心裡嘀咕一聲「好一個『中』『外』文學！」外，倒也不曾太吃驚。只是對于今天居然還有那麼多人熱衷于寫胡適之先生在六十多年前便要革掉命的玩藝兒，而且帶頭寫的，竟是對新文學運動史有深切瞭解的周策縱先生，不免微微感到諷刺與滑稽罷了。

但當我讀到編後記裡企圖用五十步與一百步的藉口來爲舊詩做人工呼吸時，我便忍不住要說幾句話了。

我不反對舊詩，舊詩裡有許多東西值得我們寫新詩的人虛心學習與借鏡。但是我反對現代人寫舊詩，更反對把欲斷魂的舊詩抬上現代文學的殿堂，同新詩分庭抗禮。何況，即使舊詩同新詩眞如所說的五十步與一百步，我們也要珍惜這五十步的差距。須知這五十步得來不易，每一步都洒滿了先驅們的血汗。我們斷斷不能向後轉走回頭路！

無可諱言，新詩在這六十多年裡曾不止一次迷失了方向，走了不少的寃枉路不說，還同廣大的讀者群衆脫了節，實在是很可悲的事實。但補救之道，不是開倒車，而是把眼睛向前方，試圖找出一條可行的康莊大道。近年來的鄉土文學論爭已使不少沉迷于超現實的詩人們回到現實裡來，這是很可樂觀的現象。我們熱切地期望新詩能趁機奮起，一口氣向前跑它個幾百步，不要老是停在一百步，更不要消極地退回到五十步上去。

許達然

中國文學的前途

—在艾荷華「中國週末」文藝座談會上的講話

我就從社會寫實的闡發，題材的增廣，與知識水準的提高來展望中國文學的前途。

中國文學將繼續社會寫實的傳統。當代中國文學已從反映「現實」的自然主義之描述發展到探討與批判「現象」的積極創作。在這一世紀，社會寫實傳統與民族主義結合後內涵更豐富了。大陸上，作者對普通人的關切成了三十年以來文學界的特徵。島上，這十多年來，漸多的作者懷着社會良知擁抱大衆，並且又恢復了日據三十年代與四十年代初就已展開的反殖民主義。生活在臺灣的作家，本着對鄉土的熱愛，對民族的肯定，與對受輕視的人民的關注，已很有技巧地揭示「經濟發展」的本質並叙述社會裡眞正的工作者與犧牲者。這種在意識與意義上是民族的與社會的「鄉土文學」已滙成島上文學的主流，勢將更洶湧。只因欺壓還猖獗，反映與反抗的文藝創作也就繼續。

近代化的中國作家已掌握更廣泛的題材了。做爲一個發展中的國家，中國經歷了不同的近代化過程——大陸的共產主義革命與臺灣的資本主義實驗。近代化的衝力促進了各種變遷，也尖銳化了社會與文化的衝突。舊態度在改變，新觀念在構成；中國作家已叙述，也將繼續在探究中國近代化的錯綜經驗。近代化的一個可貴經驗——政治與社會意識的覺醒——已充實了文學內容。但中國內外，一般老百姓與知識份子的困境仍存——在現實與文藝裡。

在這大衆傳播時代，教育的普及不但激起更多中國人的文學興趣，也將提高創作水準。要求看到描寫他們曾被忽略的生活，更多的讀者將成爲作者。雖然目前中國專業作家並不多，但隨着社會分工，專業作家也將增加而專心致力創作。讀者的眼睛是明亮的，相信知識水準的提高不但刺激文學批評而且促進文學創作的品質。

民間文化（FOLK CULTURE）與高文化（HIGH CULTURE）已融和了。願中國作家可以自由發揮，讀者可以自由批評。勇敢地創作與批評，我們期望優秀的中國的文學與文學的中國！

（小平譯）

非馬選譯

集中營裡的童詩

※一九四二年到一九四四年間，有一萬五千名十五歲以下的猶太兒童被驅進德雷金集中營，等着被轉運到其他有煤氣室的集中營去處死。就在這悲慘的環境裡，這些天真的兒童，用他們的筆，寫出了他們的恐懼，他們的希望以及他們對這世界的控制—這個充滿了花草，鳥獸，蝴蝶却同時也充滿了仇恨，痛苦與死亡的世界。

那得看你如何看法

MIROSLAV KOSEK

I

德雷金充滿了美。
它在你此刻清亮的眼裡
以及我聽到的
街上遊行的踏步聲。
德雷金的猶太區，
在我看來，
是一平方公里土地
被從自由世界割開。

II

死亡，遲早會找上每個人，
你發現它無處不在。
它甚至追上
那些鼻孔朝天的傢伙。
整個廣大的世界
被某種公理所統治，這樣
可憐人的苦痛與災難
也許會變得可口些。

在德雷金

Teddy

當一個新的孩子到來
每樣東西在他看來都好怪。
什麼，我得躺在地上？
喫黑馬鈴薯？不！我才不！
我得待下來？這裡好髒呵！
地板—看哪，到處是泥巴，我怕！
要我睡在上面？
我會搞得髒兮兮！

這裡有哭叫的聲音，
還有呵，這麼多的蒼蠅。
大家都知道蒼蠅會傳染疾病。
嗄，有東西在咬我！那不是跳蝨嗎？
在德雷金，生活像地獄
而我什麼時候才能回家，我不知道。

謀事在人，成事在天

Koleba

I

誰在普拉格不能自立，
誰從前家財萬億，
在德雷金這裡便是個可憐蟲，

他的身體青紫又疲痛。

II

誰從前吃得了苦，
誰便能捱過這日子。
但誰要是慣于使奴喚僕，
他呀，便得自掘墳墓。

是的，就是這樣子

Koleba

I

在德雷金所謂的公園裡
一個奇怪的老爹坐在
所謂的公園某處。
他的鬍子長到膝蓋
在他頭上，一頂小帽。

II

他用齒齦啃着硬麵塊，
他只有一個牙齒。
我可憐的有勞碌齒齦的老頭，
吃不到軟麵包，扁豆湯。
我可憐的老灰鬍！

蝴蝶

Pavel Friedmann

最後的，最最後的，
那麼富麗，明亮，耀目的黃。
也許只有太陽的眼淚
洒在白石上唱的時候……
那麼，那麼黃，
被輕輕帶上高處去。
牠離去我知道是因爲牠想
向世界吻別。
七個禮拜了我住在這裡，
關在這猶太區內
可是我在這裡找到我的同胞。
蒲公英招喚我
還有白色的栗樹在庭院裡燭燃。
只是我沒再見過一隻蝴蝶。
那隻蝴蝶是最後的一隻。
蝴蝶們不住這裡，
在這猶太區。

我要獨個兒去

Alena Synkov'a

我要獨個兒去
到那有更好的人的地方，
在不知名的遠處，
那裡，沒有人殺害另一個人。
也許更多的我們，
成千上百，
會達到目的
在不久的未來。

花園

Franta Bass

一個小花園，
長滿了芬芳的玫瑰。
路很窄
一個小男孩在它上面行走
一個小男孩，一個可愛的男孩，
像那成長的花。
當花開時，
那男孩便已不在。

小老鼠

Alena Synkov'a

一隻小老鼠坐在架子上，
翻着他的皮衣捉跳蚤。
但他捉不到她—多可惱！—
她深深躲在他的皮裡。
他搔搔又扭扭，不得安寧，
那跳蚤眞是個可惡的東西！

他的爸爸來了
翻看他的皮衣。
他捉到了跳蚤便一口氣跑
去放進油鍋裡。
小老鼠大叫：「快來看哪！
我們的午飯有又肥又脆的跳蚤！」

鳥歌

Alena Synkov'a

留在巢裡不出去
他根本不知道世界是什麼樣子。
他不知道什麼樣的鳥懂得最多
也不知道我要唱什麼歌，
世界有多可愛。

當露珠在草上閃耀
大地溢滿晨光，
一隻山鳥在灌木上唱，
迎接黑夜後的黎明。
我便知道生活是多麼美好。

喂，打開你的心扉
向美；找一天到樹林裡去
編一個記憶的花環。
然後要是淚水糢糊了你的視線
你便知道，活着有多美妙。

給奧格

Alena Synkov'a

聽！
船上的汽笛響了
我們必須啓航，
向一個不知名的港口。

我們將航行一段長長的路
而夢將成眞。
呵，摩洛哥，多甜的名字！
聽！
現在是時候了。

風在唱着遠方的歌，
只要抬頭看天
並且想到紫羅蘭。
聽！
現在是時候了。

美國詩選

肯尼茲·勃克

非馬譯

作者簡介

肯尼茲·勃克（KENNETH BURKE）一八九七年生于匹茲堡，現居于紐澤西州西北部山間的一個堆滿了書籍的農舍裡。他對諸如美學、心理學、社會學、神學、通訊理論等，都貢献良多，詩名反而不著。其實他從一九一五年開始寫詩，到今天沒有間斷過。他幾乎無所不寫——押韻與不押韻的十四行詩，抒情詩、双行詩、自由詩，不一而足。但不管他寫什麼，總令人一眼便看出是他的詩。他有他自已的與衆不同的聲音。一九五五年他出版了「瞬間之書」，一九六八年出版了「一九一五至一九六七詩選」。

合謀者

在別人聽不到的地方，偷偷地，
他耳語：「妳獨一」；她：「你無双。」
一場公平的交易。他們在一起合謀，
合法地，圖占便宜。
走到市場，他們從公共貨倉裡
取出桌子、椅子，還有別的，
據爲己有。這些東西，
他們認爲多多益善。
占有，保存，撫愛——
除了他們，還有誰配？

天黑之後，在關起的百葉窗裡，
門上鎖，燈滅熄，
在婚姻的私室他們一言不發
各自取出他們的傳家之寶
他的同她的合在一道，把玩通宵。

善意謀殺

一絲不苟
我們把蕣荣花蓋起
讓它們
超過它們的季節

直到，離情縈懷，
想起年老體衰，
而且它們看起來無精打彩，
我說：
「它們想死；
我們該讓這些花死去。」

那天晚上：
在嗡人的滿月清光下
它們無遮掩地躺着。

清晨，
在陰影裡
當太陽的光線
努力自西北向它們爬來，
在一層冰衣裡
它們平靜地去了。

沉，沉…何物懸垂？

八十
讀他二十的時候
寫的詩
暴風雨過去了
巨樹間一陣強風
雨滴濺落
在屋頂上

大貢物

他很突出
這詩人，
非常活躍，
產量驚人。

當他揮動起來
老天爺他眞的揮動——
你最好站遠點。

碩大？
莊重？
勻稱？
冷靜的自我肯定？
這傢伙都有了——
還有曲線。

我說的
是個馬屁股哪！

水橋晉的詩

林鐘隆譯

日本的友人水橋晉先生新近出版了第一本詩集，「悪い旅」在日本頗得好評。讀過之後，也覺得很新鮮。選出三首較易於了解，較便於翻譯的，介紹給本刊讀者，了解水橋先生個人詩作的風貌。

漂　流

你的手臂會有疲痲襲來
接着是無數漂流的連續
不久手臂就成熟而透出不好的氣味
用生銹的刀子削下來
只有青青的肉噴起
其次是胸部　然後向腹部

一支手指着說
如果渴了
就飲這優美地溢落的水
蹲下潤過喉嚨
一個你便消失
比蛇更聰明的眼睛說
換乘這條船
舒舒服服地睡
脫下襤褸的鞋子渡過
於是又一個你消失了

油和木屑
如同花一樣開的
無涯的擴散
那裏有所謂際涯呢
本是要到達的
有槳的船
在黑色太陽的汪洋與掄轉下
沒有持槳的人
也沒有該有的手臂的人
是要到何處去的船呢
流水似乎在某處停住
只有彎曲的手臂
和龐大的擴散並排着
向着天空展開着

晨

咯都一聲　降到
早晨最深的地方　是好的
從時間的凹處
窺視着還未開始的嘈雜　等待

靜悄悄的長長的一瞬
停止的一個早晨
再加上　霧　使
天窗
白扉
道路
在朦朧的微亮中開始流動的那種早晨
向最深的地方
喀都一聲降落下去　是好的

黑色的蕊

坐在黑暗中
吱嘎吱嘎地響着骨頭就好
有什麼　不知道比較好
眼珠　也沒有較好
不要多事地
從夜的深處汲取星光較好
其實是不想愛
以召來你溫柔秩序的手指
將
　摸索着堆積而成的半生的女人
　從此波浪的起伏更遠處
　擴展而來的微笑
而我
　掉落在影子與實體之間

　從滑動的斷層窺視你
互相凝視　並不是眞的
我們雖然互相凝視過幾次
　每一次　你就像在眼中歸納而成的
黑色的蕊一樣
且每一次被留在退潮的邊上
周圍的荒地　無限地延伸
神經疲乏得萎垂下來
被遺落下來的不僅是我們兩人
腐敗的汚物　小小的阿米巴
歡鬧的原形質等
華美地寂寞
自我們出生開始
傾斜的夕暮就掛在地平線的邊緣
要看淸
一任其綿綿巴巴的某種東西
須相當長的時間
我們　沒有一巴掌的土地
茫然佇立着時
還是過了頗長的時間
在別人眼裏相來許是相當厚臉皮
所以把夜拉近來
拉近來　使成爲黑暗
啊　像睡衣一般捲在身上
關閉起來
之後　在冷冷的背的那一邊
手指摸不到的骨與骨的間隙

依着　難於承受的遊戲
最近的夜相當健康
並不是每一個人都像洪水一般
過着盡情的生活
只是在極微小的
齒輪的齒咬合的不吻合中
吱嗄吱嗄地軋出油聲而已
毫無道理的漫畫書
對我們是必要的
要捨棄什麼奪取什麼
但不是這樣的事
在無人知覺之中
風有時把受精作用
在隱藏的花兒的最垂直的黑暗深處
和緩而確實地完成
但是我不是風
何況要受精我是太男性了
自平常的早晨到夜晚
像鎖鍊的環一樣　僅使不脫落而已
不　只是不知道脫開的方注而已
所以請不要用那手指
溫柔地摸索
不要用放一個法碼
使我這傾斜的天平
以憐恤的眼睛保持平衡
即使錯說
也請絕對不要寬恕
如同鯊魚一般過分貪欲
變得心地很壞
對柔軟終究無注習慣
雲垂到沒有脂肪的身子
那陰影裏隱藏着害臊的你
用手指孜孜地捅着毛孔
我每天做這惡夢
來吧　打倒我吧
在我的面頰上用力摟吧
然後　你就在
首次送出的一個一個鼓動的輪圈中
緊緊地關閉吧
給我黑暗吧
坐在黑暗中
不必憐恤疲憊的神經
必然是愉快的事
直到你粒狀的蕊
將過熟的嘔吐
向着黑暗緩緩開始流淌
我會不斷地
急促急促地呼吸

沙揚娜拉裏的溫柔

周伯陽

徐志摩（一八九五年——一九三一年），原名章垿，浙江省海寧縣硤石鎭人，生於民國前十六年，在國內讀過上海滬江大學，後轉學北京大學。後來到美國留學，在哥倫比亞大學讀銀行學，而後又到英國倫敦大學政治經濟學院研究，再轉到康橋大學的王家學院作選科生。民國十一年回國，做過北京大學、清華大學、上海光華大學、南京中央大學的教授。二十年八月，從南京乘飛機到北平，中途過山東省黨家莊，飛機觸山岳，焚燬遇難。

他與胡適、梁實秋等在上海創辦過新月雜誌，倡導自由主義的文藝。他的思想很受英國羅素，印度太戈爾的影響，謳歌人生愛，自然愛。

他的著作有：志摩的詩，翡冷翠的一夜，猛虎集。他的詩融和歐美詩律，跟中國詩的風格，形成一種新抒情詩體，在奔放曲折裏能充分運用俗語、民歌的複疊調。

他的人生觀眞是一種「單純信仰」，一個是愛，一個是自由，一個是美。他夢想這三個理想的條件能够會合在一個人生裏，這是他的單純信仰。他的一生是愛的象徵，愛是他的宗教，他的上帝。他覺得沒有愛，又沒有自由的家庭是可以摧毀他們的人格的，所以他下了決心，要自償還自由，要從自由求得他們的眞生命，眞幸福，眞戀愛。他說：「第一、不承認他是把他人的苦痛來換自己的快樂。第二、他也認戀愛是可遇而不可求的，但他不能不去追求。」，他又說：「我將於茫茫人海中訪我唯一靈魂之伴侶；得之，我幸；不得，我命，如此而已。」因此他離婚，第二次又去結婚。因爲他的信仰太單純了，而這個現實世界太複雜了，他的單純的信仰禁不起這個現實世界的摧毀。他是一個可愛的人，眞是一片春光，一團火焰，一腔熱情。

沙揚娜拉一首　贈日本女郎

最是那一低頭的溫柔，
像一朵水蓮花不勝涼風的嬌羞，
道一聲珍重，道一聲珍重，
那一聲珍重裏有蜜甜的憂愁——
沙揚娜拉！

這一首沙揚娜拉的作品是徐志摩爲了贈日本女郎而寫的，我國的詩人寫出日本女郎的詩作品很少，同時沙揚娜拉適切寫的不錯，不但我們喜歡它，而又被名音樂家替它譜曲，短短五行計三十八字裏，表現出日本女郎的溫柔。

我們心裏頭有三個願望，吃中國料理與討一個日本太太及居住在洋房裏，日本女郎很溫柔，所以我們想要討一個溫柔的女郎做太太，這是應該的，日本女郎爲什麼這樣溫柔呢？這是長期間培養的成果，這個是與羅馬不是一天所造成的同樣理由。受了家庭環境的影響最大，日本在德川幕府時代及明治時代與大止時代都注重女子教育，女子教育的背景是儒教——孔孟的學術思想爲中心，這樣幾百年間培養出來的，德川幕府連國家考試也是由四書五經爲中心出題。

日本特別注重女德，培養三從四德、溫柔、體貼。在第二次世界大戰以前日本還有公侯伯子男等貴族的制度存在，貴族的小姐還要到另一家貴族的公館去實習去操作家事、禮貌、生活規範、國民生活須知等工作。然後又要去學習插花、彈琴（普通家庭小姐自由）等。貴族的小姐如此，普通家庭的小姐就去貴族的公館學習操作家事爲榮。這樣一代——一代長期間就變成不會驕傲，有小姐脾氣的也變成溫柔體貼。當小姐長大將出嫁時髮師就梳一種髮型，叫做抹去角的髮型（消除發脾氣之意，角就是發脾氣）當天將前往婆家時娘家長輩女人利用髮型再三吩咐要忍耐不要發脾氣孝順翁姑，溫柔侍候妳的夫婿，給她在心裏有一個良妻賢母的準備。

那一低頭的溫柔，徐志摩在開頭就吟出日本女郎的特徵，水蓮花不勝凉風的嬌羞，第二行就把她美化爲一朵水蓮花，珍重再見，日本女郎的情意綿綿，而蜜甜的憂愁，這第四行好像有矛盾，其實不是，依依不捨難於離開的心情，心與聲混合起來變做複雜的感情，他把日本女郎的溫柔，蜜甜的憂愁，表現得無遺，沙揚娜拉——珍重再見。

特別記錄

本社

今年二月十日，在馬尼亞的國際桂冠詩人協會(UPLI)，由菲律賓詩人拉克遜（ARIEL H. LACSON）簽署的一封信函，通知本刊社長詩人陳秀喜女士說，該協會將由詩人拉克遜於二月二十日來臺北，頒贈榮譽賞給陳秀喜，以表彰其英文詩集「最后的愛」（The Last Love）的傑出成就，並示意安排公開場合受賞，謂有關事宜即向在中國文化大學執教，多次擔任我國出席國際性詩人會議官方代表的瞿立恆教授（Prof. Chu, Li-Heng）洽詢。但經陳秀喜打電話至瞿府連絡有關事宜，瞿太太回答說，瞿立恆已打國際電話給拉克遜，將不來臺北頒獎給陳秀喜，並轉告說要陳秀喜不必等了。此事終於莫名其妙地無聲無息。陳秀喜女士對有無獲頒獎賞並不在意，但對此事感到費解，特公示有關信函，列入臺灣現代詩史的特別記錄，並告知詩壇社會。

UNITED POETS LAUREATE INTERNATIONAL

THE AMERICAS·EUROPE·BRITISH ISLES·AFRICA·ASIA OCEANIA·POETS IN EXILE
P. O. BOX SC 410, MANILA, PHILIPPINES

HON. ARIEL H. LACSON, Ph.D.
President and Coordinator General

February 10, 1981

Miss CHEN, Hsiu-Hsi
20 Lane 175, Chin-Chou st.,
Taipei, Taiwan, Republic of China

Dear Miss Chen:

I deem it an honor to have met you in Seoul, Korea in July of 1979 on the occasion of the 4th World Congress of Poets and also in Tokyo, Japan wherein I was invited to deliver a lecture speech on "East and West in Modern Poetry." I now consider you a friend.

I have read with much interest your book "THE LAST LOVE" and this led me to believe that along with Patrick Brian Cox of Australia, who happens to be the UPLI Vice-President for Oceania, you are one of the greatest living love poets of our era.

In this regard, the Board of Directors of UPLI decided on conferring on you an AWARD OF DISTINCTION. I am tentatively scheduled to arrive in Taipei on the 22nd of this month. May I then request you to please arrange for a ceremony on the occasion of my awarding you a certificate during my stay in Taipei.

Kindly get in touch with Prof. Chu, Li-Heng who serves as UPLI Director for R.O.C. affairs. His home telephone number is (02) 861-1198.

Prof. Chu is in the best position to brief you on my schedule of activities while in Taipei. Thank you very much and I hope this letter finds you in the best of health.

Your sincerely,

ARIEL H. LACSON

華民國行政院局版台誌1267號
華郵政台字2007號登記第一類新聞紙

笠 詩双月刊 LI POETRY MAGAZINE 103

華民國53年6月15日創刊
華民國70年6月15日出版

行人：黃騰輝
長：陳秀喜

詩刊社
北市忠孝東路三段217巷4弄12號
話：(02) 711—5429
長室：
北市中山北路六段中16街88號
話：(02) 551—0083
輯部：
北市浦城街24巷1號3F
話：(02) 3214700
理部：
中市三民路三段307巷16號
話：(042) 217358
料室：
北部】淡水鎮油車口121之1號5樓
中部】彰化市延平里建實莊51～12號

內售價：每期40元
訂閱全年6期200元，半年3期100元
外售價：美金2元／日幣400元
港幣7元／菲幣7元
迎利用郵政劃撥21976號陳武雄帳戶訂閱

印：華松印刷廠 中市TEL (042) 263799

詩双月刊

笠

LI POETRY MAGAZINE

1981年 8月號 104

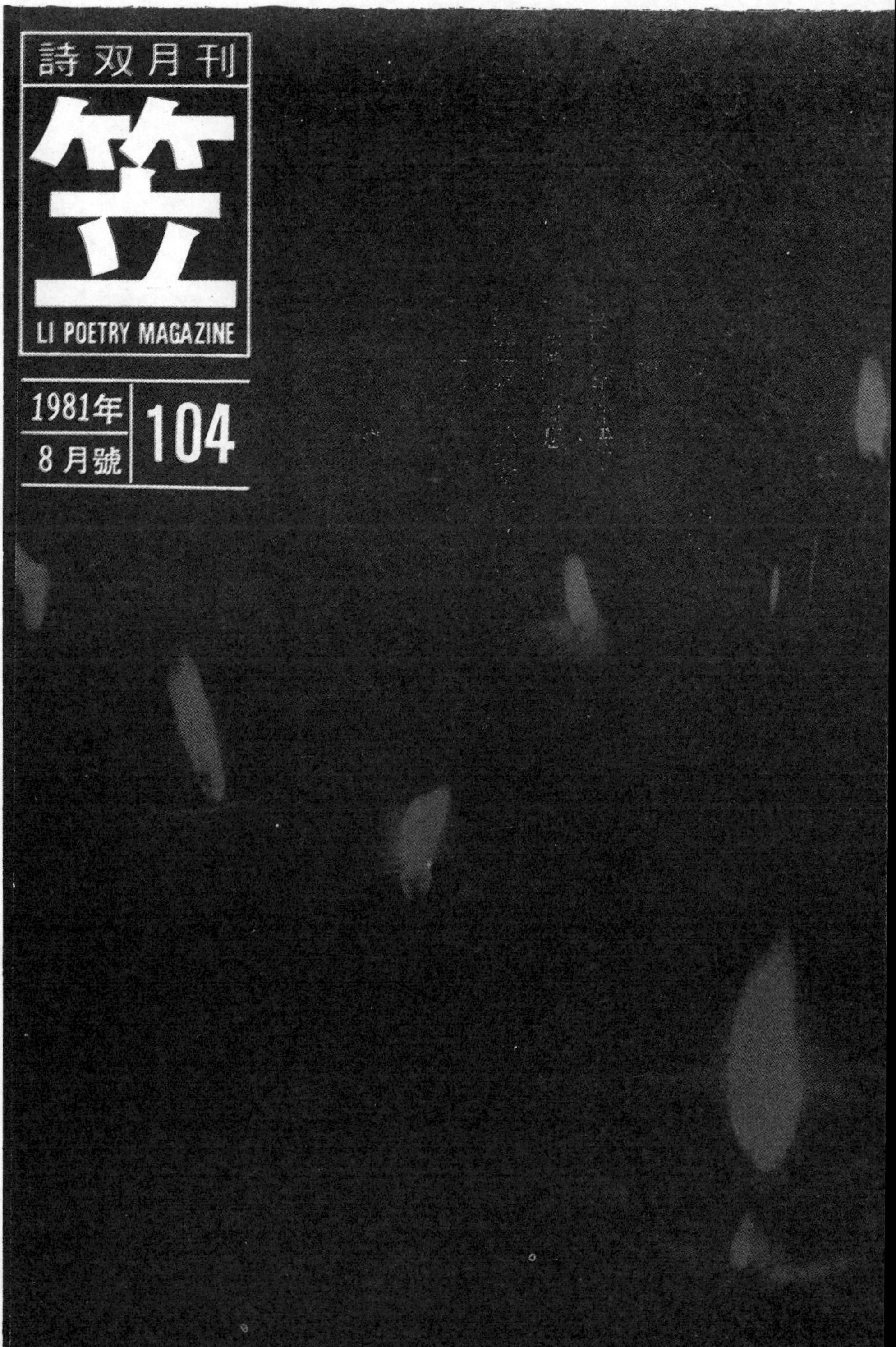

封面攝影：李元本

光與影

是那一排燭火給生光
是那一排燭火穿戳了黑暗
黑夜無聲無息
隨著影子消失了
光長存
在我們充滿希望的心中

▲卷頭言▼

擴大視野・加深層次

李薌男

從鄉村到都市

近幾年來，臺灣的詩學界經歷了一次文學運動洗禮後，更加深了對於鄉土的認識與關愛。我們看到許多詩人，許多詩作品介入鄉土的現實，透露出人間的訊息。顯示了自一九六四年笠創刊揭示現實主義藝術功向導向以來，最廣最深的共鳴。

熱愛鄉土，顯示了詩人們的可貴情操，因爲唯有對自己土地的摯愛才能走出愛人間的路，唯有對自己周遭的人們關愛才能邁向愛世界的路。從許多詩人的態度與作品，我們強烈地感受到這種現象，這種趨勢。

然而，僅僅停留在鄉村的現實是不夠的。在都市化的步伐十分急速的今天，在農村農業與工業的發展與變遷急遽的今天，這種過程，甚至這種結果，都需要詩人們加以注視和關切，我們必須指出：都市也是我們的現實。我們必須像關切鄉村一樣地去關切它。

從鄉村到都市，從本土到世界，我們的詩人必須立足於自己土地的現實，擴大視野、觀瞻於整個的世界。

從顯像到隱像

反對晦澀，以平易的語言表現詩世界，最近幾年來詩人詩法的傾向。這在爲了粉碎爲難懂而難懂，打破無意義的空洞的難懂這一層意義上，是一種必然的路徑。就像瀉劑一樣，對整個詩學界有良好的作用。

因爲我們用語言來思考，藉著語言我們的經驗和想像力有秩序地呈現出來。許多過去詩壇上難懂晦澀的現實，只是無力駕馭語言或混亂的思考能了。爲了調整這種弊病，透過平易近人的語言這一方法，達成了許多豐碩的成果。

我們必須認眞思考我們的語言，不能僅停留在表達顯在的單純的表象世界。因爲現實並不侷限於日常性，而爲了捕捉更眞實，更現實的核心，我們必須能夠從捕捉現實的顯像進而深入現實的隱像。

詩比歷史更眞實。唯有進入現實的深處，詩才更有力量，詩才更有價值。

笠一〇四期 目錄

臺灣新詩回顧

海外詩

俳句選粹

作品合評

浮世繪

旅人

書

日日不說話
沈默就是生活的姿態

翻開我的胸膛
裏面的文字
走出一條思想的道路
教你不再迷惘

無聊的時候
就坐在我的身旁吧！
告訴你一段哀怨動人的故事

期望每天被打開
被翻得破爛的虐待
產生巨大的快感

窗

高高的大窗
攝下遠方的美景
營養自已

低低的小窗
裏面漆黑黑一片
什麼也沒有
只有一框淒凉

望著高高的大窗
去望著低低的小窗
眼睛彈出人生的高音低調

牙膏

擠出一顆白色的眼淚
洗淨你的牙齒

爲了純潔的愛
你我早晚各相會一次
在唇間呢喃不止

我們共同合作
驅走那惱人的蛀蟲
走向健康的明日

血般珍貴的白色的眼淚
爲了你
不怕流盡

玉蘭花

一朵朵的玉蘭花
穿梭馬路
把每輛汽車都變成香車

望著香車裏的美人
兜售玉蘭花的少女
滿頰的汗流出了一般羨慕

路口飄著玉蘭花香
香氣告訴人們：
賺錢不容易

附記：往昔在忠孝東路和新生南路交會路口，常見一、二位少女，不顧被車撞之危險，於路間穿梭兜售玉蘭花，目睹此景，有感而寫成此詩。

曾貴海

花草兩首

曇花

——悼早逝的藝術家X

等
待
美麗而英勇無比的X
某一夜
選擇衆花萎睡的時刻
炸開久藏的夢
迅雷般的燃燒
裸袒的軀瓣
慷慨激昂的
狂、笑、而、去、了

含羞草

風來也一樣
雨來也一樣
風聲雨聲何曾陌生
開不顯明的花
守住小小的野地
一步一步的衍伸過去
手牽手
心連心
展開手臂上的刺
閉緊雙唇而堅忍的拒絕
頑童與無賴的手脚
鋤頭以及挖土機
而當衆人的話都說完了的深夜
才含羞的開口
說夢

風景

楊傑美

故鄉

故鄉是一幅被遺忘了的風景。無聲地安着息，在母親隨身從故鄉帶出來的相簿裏發霉，枯黃。

自從那年冬天被一場暴風雪席捲到臺灣，母親就再也不曾向人提起；「故鄉啊，你是我永遠再也無法看見的一塊土地嗎？」只是每天對着西方無語的雲天，喃喃這句無人聽見的語言。

日月波連潮水不停地滾起，看不見的歷史的灰塵漫天飛落，像那年冬天飛舞的雪花，終於淹埋了母親唯一的記憶，唯一溫暖的夢。

靜靜地長眠於母親新築的墓裏，故鄉，是一幅永遠被人遺忘了的風景。

變味酒

好久好久沒有休假的他，下班以後打開餵得發脹的冰箱，拿起一瓶啤酒咕嚕咕嚕喝進現實的肚裏：「好酒好酒」；當經濟繁榮訂單一張緊接一張，老闆的臉笑得像一潭冒着泡的啤酒。

好久好久沒有加班的他，上班以後打開三分飽的冰箱，拿起一瓶米酒咕嚕咕嚕喝進現實的肚裏：「苦酒啊苦酒」；當景氣低迷訂單時斷時續，老闆的臉陰得像一潭沒有泡的米酒。

好久好久沒有職業的他，從就業輔導中心回來，打開餓得發抖的冰箱，拿起一瓶冰水咕嚕咕嚕喝進現實的肚裏：「好冰好涼的水啊」；當經濟蕭條工廠關閉，打發走最後一批遺散的工人，老闆的臉冷冷的像一潭冰涼的涼水。

阿水的祈禱

許達然

煮啊！你要把我燒到什麼時候？已經很燙了，怎麼還不滾？無光却要我造影，暗遮問題却要我愛答案。毫無問題的是我無罪。別再把天堂說得天花亂墊，我偏愛搬不走的土地。別再把我當西班牙牛侮鬪，我是這裏人。別再把我當賭注，我不是浮士德。是你輸掉自已，被通緝才躲避。遠看大家翻，譯你，我都不信；很久了，環不滾，就下來吧！我請客。

墾丁詩抄

周伯陽

墾丁　青蛙石

像隻碩大的青蛙
從對岸菲律賓跋山涉水
經巴士海峽在墾丁登陸
游過廣濶的藍色海峽
已疲憊不堪無法動彈
只好蹲在岸邊做片刻的休息
欣賞福爾摩沙的旖麗風光

本來你是個大岩石
滿身坡上青草而僞裝青蛙
前面的樹叢隱瞞不了體軀
保護色也保不了你的巢窩
背後的波浪洗不清你的疲勞
黃牛群在草地上放牧
悠悠惬意過着舒暢的生活
看你長久賴着不動彈
有時以戲弄的心情
向你發出吼聲來嚇唬你

鵝鑾鼻燈台

你誕生於滿清末年
眩耀寶島最古老的燈台
站在福爾摩沙最南端的黃丘上
凝望巴士海峽藍色的海面
菲律賓的椰子林也在視界裏

四周的海鷗爲你飛舞
天上的雲霞以你爲友
候鳥路過向你打招呼
爲了消弭無聊和寂寞
浪花播放美人魚的戀歌

夜晚是你活躍的時刻
爲黑茫茫的海上
放出一道光芒在巡邏
引導海上航行的船隻

你誕生前這海域常發生意外
如今來往船隻的生命財產
有了你才有安全的保障、
你的貢獻永恆不朽

不分晝夜總是樂於站崗
不但不會感受厭倦
風雨阻止不了你的信念
往來的船隻可享受平安

墾丁森林遊樂區

又名墾丁森林公園

一進園門
兩邊的森林遊樂區古木參天
奇花異草熱帶濶葉林
是寶島最完整熱帶氣候的風景
林間漫步可增進身心健康
茄苳巨木向你揮手打招呼

花卉點綴在林園裏
百花競艷花香滿園
蝴蝶飛舞引伴來欣賞
爲南臺灣最佳天然風光
保存最原始樸素的風味
彷彿令人置身於世外桃源

遊客一邊上坡一邊遊玩
花樹，石筍寶穴，銀龍洞，
仙洞，雨傘亭，垂榕谷……
觀海樓在丘頂高處
登樓遠眺巴士海峽
蔚藍色波濤來勢洶洶
從菲律賓陸續湧過來拍岸

眞是別有一番情調
實爲一個理想的旅遊好去處

按：墾丁森林遊樂區係墾丁國家公園的一部份

北原政吉

旅台詩輯

龍的眸子

旅宿在昔日懷念的片倉街
國光大飯店
三樓房間的窗 喀喀
春雨輕輕 敲着門

在床上 仰起半身
透過窗看得見的弘法寺 現在的天后宮
住在那屋頂上的龍
招我去散步

被夜雨化粧過的龍姿很美
遂站在窗邊忘我地望着
忽而 我看到龍的眸子映着「新」的金色文字
不由得把臉頰偎倚在窗說 不行
一線 冰冷的雨絲流了下來

燃燒的嘴唇

頭一次咬檳榔
從頭汴坑回來的路
像快樂之 後呸呸吐出
唾液 是紅褐色的臺灣土壤

於是擔心嘴唇的顏色
用手背擦拭幾次
但咬過檳榔的嘴唇的顏色
不褪 是華麗島的顏色 血燃燒的顏色

唯有的一個嘴唇
現在該說甚麼？
關於臺灣 或你 或您
旅人的嘴唇想着

千變萬化的語言的洪水
封閉憂愁的嘴唇默殺着
神不給烏秋或猪講話的嘴唇
怎樣爲燃燒的臺灣底嘴唇 期待眞實

頭汴坑

說想要去鄉下　就帶我
去頭汴坑摘枇杷

枇杷不願晒太陽　不願蟲來煩
頭上披着舊報紙匿藏着臉
像新娘拼命地在化粧

舊報紙的數目大約二、二八〇張
都刊登着傷心的報導而黑黑

枇杷的味道也會微妙地變化吧
大胡蜂把觸嘴插進紙袋的裂縫
偷偷探知枇杷的成熟度

時爲三月七日　土地公生
讓舊報純去照顧枇杷
園丁却爲演布袋戲的事而忙去
廟門左右點上紅蠟燭
土地公在望得見枇杷園的小廟裡沈默着

朋友何君站在廟前恭敬地鞠躬
我祈禱他年老的岳母的病早點治癒而合掌

遠　望

渡過古老的橋
人和車都在奔走
堅強又活潑地
一直線　不知奔向去何處

會怎麼樣
畢竟爲甚麼
想知道眞實
但橋的左右都遙遠而看不清

河默然推送濁流
山脈仰着天不語
然則　人和車都向那邊
向着那邊拼命地奔走

從昨天的束縛被解放
克服今天的苦難
賭於未來的命運
有如看剪影畫

這一戲劇性的眺望世界
登台的人群或車子裡
有陳或周或黃的夥伴在
確實都在

（陳千武譯）

桓夫

家變

我，不久就死去的人
你們要跟我爭甚麼
愛情？
噢！沒有比那種白濛濛底死鬼
　更捉摸不定……
金錢？
嗯！白銀一塊塊儲在瑞士銀行，要提款
　不那麼簡單……
爭風吃醋
不團結，是咱們的傳統習慣—
所有親戚朋友
所有千子萬孫都知道
都知道我快死了
你們之中，誰能脫顯而出
接我棒？
猪，飯桶，不懂事的怎能當董事長

算了
榮華富貴
歸我儘享受也不多久
敗家子，你們跟我鬧甚麼
就這樣，讓我
安祥驕傲地享受到殯儀館去吧
去，聽聽
賤賣音樂的樂士們吹打騷雜難聽的驪歌吧
不准你們爭
不准鬧

鳥和樹

林　外

一隻鳥
千千萬萬的樹　不歇脚
飛越過萬重山
必定選擇那樹歇息

一棵樹
千千萬萬的鳥　不思念
一千三百六十五天
天天思念那隻鳥

那隻鳥兒來了
在樹枝上蹦蹦跳跳的問樹
我來了　你快樂嗎
樹沙沙地發出笑聲　點點頭

那隻鳥兒飛走了
樹不禁問自已

鳥兒爲什麼不問我
她飛走之後　我怎麼過活

旁邊的一棵樹朋友忍不住問他：
她不問你，你不會自已說？
那棵樹搖搖頭頭　說
她有巢在別的樹上
叫她搬過來　我說不出口

返鄉組曲

非馬

舞鞋與泥脚

把雪白精巧的
芭蕾舞鞋
套在
龜裂的泥脚上
然後教他墊起
不合節拍的脚尖
隨着西洋音樂
轉呀轉地
現代化

孤單的旅程

烟霧瀰漫的機艙裡
眼睛們早已習于
視而不見
「禁止吸烟」
「請繫安全帶」
從廣州到汕頭
我發現
我竟是機上
唯一失去自由的旅客

痰

吞下那麼多
祖傳秘方的靈丹
却依然無法
消痰化氣

也不等塵沙漫天括起
便七嘴八舌
把個廣州城
喀喀
吐成一個
大痰盂

友誼商店

在友誼商店門口
我親眼看到
面紅耳赤的夕陽
因拿不出護照
而被硬生生擋駕

我也明明看到
黯然地他轉身離去
却在無意中發現
什麼時候
他竟擠在櫥窗外
同衆多妒羨的眼睛
向內張望

重逢

深怕冲淡了重逢的歡樂
親友們彼此提醒
「過去的就讓它過去吧！」
然後別過頭去
偷偷揩掉
到了眼角的淚水
然後在臉上
用力撑開
一張綳摺的笑容
像撑開
久置不用的一把陽傘

小巴士

馱着滿腹離愁
在千瘡百孔的土道上
僕僕顛簸

越近深圳
路途越是
斷腸
超載的小巴士
越磨磨蹭蹭
不肯向前

我知道它
怕在天黑前趕到終點
怕眼睜睜看着
去一批不願離鄉背井的遊子
三脚兩步
越過邊界而去

挑擔的老嫗

——羅湖車站

眉笑眼開
把我手中笨重的行李
一把搶了過去
挑在肩上

頓時
她步態蹣跚
而咬緊的牙關
却連連迸出
「不重不重」
她不知道
她龜裂的脚板
正叭嘀叭嘀
一下下
重重打在我負疚的心上

羅湖車站

我知道
那不是我的母親
我的母親
她老人家在澄海城
十個鐘頭前我同她含淚道別
但這手挽包袱的老太太
像極了我的母親

我知道
那不是我的父親
我的父親
他老人家在台北市
這兩天我要去探望他
但這柱着拐杖的老先生
像極了我的父親

他們在月台上相遇
彼此看了一眼
果然並不相識

離別了三十多年
我的母親手挽包袱
在月台上遇到
柱着拐杖的我的父親
彼此看了一眼
可憐竟相見不相識！

後記：去年秋天，當我隨着人群湧上從香港開往廣州的火車時，心情的冷落—既不激動，更乏熱情—連我自己都有點吃驚。在家裡同離別了三十多年的家人靜靜相聚了一個多禮拜，又黯然地分手。在回到美國之前，我又回到臺北看望年邁的父親，同時也看看朋友們。臺北日新月異的繁榮熱鬧，不但不曾化解我心頭的冰塊，反而增加了它的重量。我想我大概是病了。

這樣懨懨地過了一個多月，直到有一天早晨，吐出積食般吐出了這一串詩，才覺得好過些。

「舞鞋與泥脚」是在香港直達廣州的火車上，看到螢光幕映出優雅的芭蕾舞時，泛起的一點矛盾心情。我一向喜愛芭蕾，但不知怎的，當我的眼睛一下子從窗外土灰色的現實轉到五彩繽紛的螢光幕上時，竟連舞者的一舉手一投足都使我覺得虛假可憎。

「孤單的旅程」則是我從廣州搭飛機到汕頭途中的一點經驗。當我發現我可能是機上唯一使用安全帶的旅客時，孤單的旅程更形孤單。

「小巴士」寫我回香港前小巴士漫長的土路歷程。

「羅湖車站」則是在回香港的火車上，我恍惚的腦裡以邊界的羅湖車站爲舞臺演出的一幕時代悲劇。

一九八一年二月二十三日　于芝加哥

現代名詩鑑賞

雁

白萩

我們仍然活著。仍然要飛行
在無邊際的天空
地平線長久在遠處退縮地引逗著我們
活著。不斷地追逐
感覺它已接近而抬頭還是那麼遠離

天空還是我們祖先飛過的天空
廣大虛無如一句不變的叮嚀
我們還是如祖先的翅膀。鼓在風上
繼續著一個意志陷入一個不完的魘夢

在黑色的大地
與奧藍而沒有底部的天空之間
前途祇是一條地平線
逗引著我們

我們將緩緩地在追逐中死去，死去如
夕陽不知覺的冷去。仍然要飛行
繼續懸空在無涯的中間孤獨風中的一葉
而冷冷的雲翳
冷冷地注視著我們。

觀察白萩的雁的世界

李魁賢

停筆將近十年的白萩，終於又整裝出發了。在笠百期紀念會上，當白萩斬釘截鐵地說：「若我再重新組織語言時也可能再寫詩」時我們幾乎已聽到了產聲的預告，當然，白萩沒有使我們失望。

在笠一〇一期（第二個百期的第一期），白萩發表了「雁的世界及觀察」，包括兩首詩「觀察者」和「受難者」。雁的意象在白萩詩中，已幾乎成爲追求生命實存的原型。這樣說也許過於武斷，因爲在這之前，白萩僅發表過一首「雁」，描寫不息地追求存在意義的生命，而在這前後相距十五年當中，除了白萩停筆將近十年的空白外，在其他詩作裡並未再出現過雁的意象。

「雁」被公認爲白萩的傑作之一，很多人討論過它的意義、技巧、和語法。白萩的雁之令人感動，在於強烈地表達了追求是存在的眞實意義，在笠五年詩選中它的評語是：「表現一種歷史性的使命，對生命存在的一種觀點。並在時代的魘夢裡，給人以堅守的力量，充分發揮了詩人的人本精神。」

「受難者」似乎是一首未完成的作品，如果以語言的演算來說，第一段七行好像慢板以個體的取樣爲標的；第二段變成快板，節奏加快，由個體逐漸推向群數；第三段是變奏的形式，重複並強化了「一隻就獨飛」的主題，可是在最末段却以「不似無光的堆雲，隨風倒退」突然煞住。二隻、三隻、四隻的主題都沒有重現。

至於「觀察者」，無論在詩的醞釀或事件演進的佈局方面，或緩或急，都恰到好處。白萩很重視語言的機能，他常強調以語言來探索存在，然而當他說：「當我再重新組織語言時也可能再寫詩」時，究竟他是指以語言來思考詩想呢？還是詩想控制在語言的脈絡底下？不過，不可否認，語言在白萩手中好像塑性體一般，運用得自通自如。然而他所謂的重新組織的語言，我們發現其肌理是倒推越過「香頌」和「天空象徵」中的詩輯的「阿火世界」及「天空與鳥」，而與「天空象徵」中的「以白晝死去」接龍，正好「雁」一詩是「以白晝死去」輯內的作品，可以拿來和「觀察者」作一比較。

「雁」整個的場景非常單純：一群雁飛過沒有背景的天空。白萩以如此單純的意象，構成了他的理念的世界，表現了生命在宇宙中的原質，在無邊的天空中，微小的生命幾乎無足輕重，但終能以不變的意志，持續飛向前程。在這樣幾乎宿命的追求中，白萩是以那不變的意志來展現執著的一種悲劇性格，並以參與的觀點來自勵，就是說詩人是自雁群中的角色看外界，再襯托出自身的存在。

到了「觀察者」，則全盤易位了。詩人站在觀察者的立場來看整個事件的進展，因此在佈局上，不但雁的角色，連危機四伏的外在場景，都在細無遺地落在觀察者掃描的範圍內。詩人雖然是一個第三者，但在詩中却是隱身的第一人稱，雁是第二人稱，陰謀者成爲第三人稱，因此，在這三角關係中，不難看出詩人的同情心是落在雁的身上。

「觀察者」分做五節，第一節完全是參謀作業，第二節是現場的佈置，第三節裡雁完全在陰謀者的算計中落入了陷阱，第四節裡雁的命運已在被欺騙下難脫陰謀者掌握。詩人一步一步地按排外在的境遇，悲劇性的氣氛逐漸加濃，到了第五節終於拼發，語言急驟，眞可應了「說時遲，那時快」的俗語。割裂的語言表現了「目不暇接」的緊湊，而最後的浩刧餘生者，已向天空深處隱遁，才似乎稍微緩和了一口氣，詩人的悲憫和惻隱的同情，使我們深深感動。

白萩從「雁」的理念世界，推展到「觀察者」的現實世界，有着很大的變化。但從「雁」的切身參與，到「觀察者」的冷眼旁觀，似乎進入中年的白萩也保守起來了。白萩在「詩與人生」座談會（六十九年十月十二日）綜合討論中強調：「我主張詩人應該積極的參與人生各種的活動，有其行動才有效果」，應該也是對自己的期許吧！（七〇、三、一四）

雁的思攷

李薌男

在廣濶無邊際的天空，飛行的雁群顯得多麼渺小。

這些雁象徵了歷史的時間和地理的空間中的我們嗎？仍然活著，像是經過了浩刼的無可奈何的素描與感慨，不只是活著，仍然要飛行。飛——是在逃避什麼？或在追求些什麼嗎？

也許，地平線標示著能夠佇落停息的地方罷！然而，似乎越飛距離那兒越遠，一直在遠處，永遠在遠處，却引逗著我們的想望。也因爲有了地平線的影像和希望，我們才鼓起勇氣，鼓起毅力繼續飛行的罷！

活著，對於我們只是不斷地追逐而已。追逐什麼呢？追逐著感覺已接近，但抬頭却還那麼遠的目標的嗎？這麼說來，生命中的莊嚴也包含著悲切，希望中凝聚多少破滅的願望啊！

不只是我們，我們的祖先，我們祖先的祖先，甚至我們的子孫……我們面對著的生存的境域是可以從歷史中去體認，去印證的，它是那麼大，那麼虛無。

而我們並未幻滅，並未消沉。我們仍然像祖先們那不停息的追求意志力，努力地飛。不但爲了飛越殘害，更爲了飛向目標。但是，歷史却是一頁讓每一次意志破滅的歷史，這又多麼殘酷啊！

絕望中，想像著我們將慢慢地死於追逐的奮鬪過程中。大地鬱黑，而天空深邃而奧藍。我們所追求的目標，只是那麼遠離的地平線，只是逗引我們的破滅的夢想而已，而我們的死滅會像夏陽一樣，被黑夜無聲無息地覆蓋吧！

雖是這樣，注定我們仍然要飛行，繼續承傳歷史的不滅景象和精神，高懸在廣濶的天與地之間，像飄搖在風中的一片葉子。

而注視著我們的雲翳啊！這般冷冷的，好像不曾使你感受到什麼嗎？

× × × × × ×

這就是白萩的「雁」。無論從歷史感或從現實觀去認識，我們都能強烈感受到白萩冷徹入骨的人間意象，透過「雁」的飛行意象，我們活生生地看到了我們在歷史現實的生活的一幕。這種象徵，無疑是深刻虛無的，但是其眞摯性，眞實感亦不容排斥的。透過這種出奇的冷靜的意象，所有的憤懣才不致迸裂出來，也才能讓我們對自己的處境能更眞實的品味。

趙天儀

開拓兒童詩的新境界

——兒童詩評鑑有感

板橋教師研習會，在今年五、六月間所舉辦的兒童文學寫作班，已經順利結束了。研習員都意猶未盡，依依不捨。這一次的研習會，跟過去一樣，分散文、童詩、童話、小說等組分組習作，指導教授有林良、馬景賢、許義宗、楊思諶、林鍾隆及筆者等參加。童詩組由范姜春枝女士參加輔導。童詩組一共有八位參加，因為生活輔導員桃園縣教育局督學吳正牧先生，一邊熱心參加聽課，一邊也努力童詩寫作，而且也提出了他的作品參加討論，所以，實際上一共有九位。

這裏所說的兒童詩的創作，是指成人為兒童寫詩而言，正如成人為兒童寫童話或小說一樣。成人為兒童寫詩，一方面固然要考慮兒童的成份，另一方面也要考慮詩的成份。有童趣而缺乏詩質，或有詩質而缺乏童趣，固然都不夠理想，但站在詩的立場來看，前者尚未成為詩，後者還算已成為詩。從兒童接受詩的教育來看，我以為兒童欣賞詩，是要接受真正的好詩的薰陶，在這個意義上，我們為兒童寫詩，但是要寫出真正的詩來。

一首詩的要素，基本上，可以包括詩的情感、音響、意象及意義。當然，就一首詩來說，四者往往是渾然一體的結晶品。所以，我們將依這四個要素加以檢討。

一、蔡慧華作品：她的詩，樸實而清淡，意象還不夠突出。以「我想說的話」、「媽媽的眼淚」及「我錯了」三首較好，「我錯了」一詩，以「我的心裏，一刻也不能安靜」，來表現打破茶杯、拿了兩塊錢及撕破課本的懺悔的心情，情感真摯。

二、沈榮光作品：他的詩，在寫實中寓有鄉土生活的情趣。以「烤蕃薯」、「小水滴」、「影子」及「懷鄉」四首較突出。「烤蕃薯」一詩，表現了農家兒童生活的樂趣。試以他一首「小水滴」的詩為例：

「一顆小水滴失了伴伙，
獨自跑到荷葉上。
一邊滑溜，一邊想起，
同時來到大地的伙伴，
不禁着了慌。

四週都是高圍牆，
爬也爬不起，

滾也滾不出，
這可怎麼辦？
天黑了，
小鳥已回巢，
一切都靜靜地，
只有小水滴，
還在滾呀滾的滾不出來。」

這首詩，以一顆「小水滴」，寫出了一種回不去的落寞的心情，有一種童話般的想像，生動自然。

三、黃東永作品：他的詩，不只注意自然景物，也不只留心生活情趣，而且也注意兒童成長過程中的心現的表現。以「紅屋瓦」、「打瞌睡」及「我要跟你一齊長大」三首較圓熟。「紅屋瓦」表現了一種犧牲的精神，「我要跟你一齊長大」，則刻劃了成長過程中的情感。試以他的一首「打瞌睡」的詩爲例：

「早上我起來看書
白紙上的黑字走進我眼裏
我的眼珠變黑了
我抬頭看看窗外
葉子跳進我眼裏
我的眼珠變綠了
花兒跑進我眼裏
我的眼珠變紅了
天空飛進我眼裏
我的眼珠變藍了
一陣風吹來
把我給叫醒了」

這首詩，是一首有顏色的詩，不同的事物「走進我眼裏」，呈獻了「黑」、「綠」、「紅」、「藍」的不同的顏色，想像力奇特，像一連串彩色卡通的特寫，詩意盎然。

四、謝富文作品：他的詩，情意濃郁，平實自然。以「蘆筍」、「月夜」及「遊戲」三首較好。「蘆筍」與「月夜」兩首詩，部較富於抒情性。而「遊戲」一詩，則頗富於戲劇性，煞是有趣！

五、洪芳州作品：他的詩，較能融合自然與生活感受的表現。以「風箏的願望」、「小時候」、「拾穗」及「空氣」四首較佳。「風箏的願望」表現了想斷線獨自飛翔的願望」。「小時候」與「拾穗」都表現了鄉村的生活情趣。試以他的「空氣」一詩爲例：

「噴農藥的時間又到了
每天放學回家
走過稻田邊的馬路
常聞到刺鼻的農藥味
眞難聞喲
有時不注意猛吸一口氣
幾乎要窒息
噴農藥的農夫不怕嗎

很多人都說
都市空氣汚濁
鄉下空氣新鮮
但混有農藥氣味的空氣
是新鮮的嗎
那麼甚麼地方
才有新鮮的空氣呢
那麼甚麼地方
才有新鮮的空氣呢」

這首詩，表現了我們的生存空間，受到農藥的汚染，值得我們再三深思反省。

六、張賢坤作品：他的詩，想像力豐富，且有意追求立體化的表現，以「山的家庭」、「蝴蝶」及「傘」三首較突出。「傘」是一首圖象詩，生動自然。「山的家庭」一詩，把山隱喻為一個家庭，以最團結、最自由。最同諧、最溫暖的四種意義性來捕捉山的意象，生動有趣，意味深刻。

七、陳宏銘作品：他的詩，有一種歌謠風，且較注重現實的素材。以「椰子樹」及「賣饅頭」兩首較好。「椰子樹」是一首抒情性的小品，「賣饅頭」是一首敍事性的故事詩。後者在歌謠般的節奏感中，表現了詩的戲劇性的對白。

八、林煌耀作品：他的詩，注意意象晶瑩的表現。以「風箏」、「甘蔗」及「容樹」三首較好。「風箏」想像豐盈，「十蔗」意象鮮活。「榕樹」一詩，有童話情趣的表現。

九、吳正牧作品：他的詩，有時富有抒情性，有時重視教訓寓意的表現。以「撒謊」、「寬恕」、「小雨」及「愛的嘮叨」四首較為出色。「撒謊」與「寬恕」兩首詩，比較富有寓意。「小雨」是一首抒情性的小詩。「愛的嘮叨」則比較寓意深刻，表現了兒女對嘮叨的反響，從反抗而逐漸地變成瞭解，意味深遠。

從以上九位的作品中，他們都注重詩質的表現，有意融合自然與生活感受的和諧，又在兒童心理、鄉士生活及寓意深刻等方面，也有了進一步的開拓。我們希望，這些兒童詩的習作，只是一個基礎，盼望他們能繼續努力，為我國兒童詩的創作，帶來一些新的生力軍，共同來創造兒童詩的新形象、新境界。

板橋教師研習會二三八期兒童文學寫作班

兒童詩選

沈榮光作品

烤蕃薯

你撿小竹片，
我拿圓泥團，
一團一團堆成小土窰。
你生火，
我送柴，
燒得土窰熱烘烘。
蕃薯一粒一粒放進去，
泥團一個一個往下疊。
時間到了，
大家忙着往裏挖，
你挖的大又熱，
我挖的小又黑，
大家吃得笑呵呵！

小水滴

一顆小水滴失了伙伴，
獨自跑到荷葉上。
一邊滑溜，一邊想起，
同時來到大地的伙伴，
不禁着了慌。
四週都是高圍牆，
爬也爬不起，
滾也滾不出，
這可怎麼辦？

天黑了！
小鳥已回巢，
一切都靜靜地，
只有小水滴，
還在滾呀滾呀的滾不出來。

影　子

為什麼老是跟着我。
有時比我高；
有時比我矮，
道理可不明白。

大家部穿得好漂亮，
紅紅的，
綠綠的。
只有你，
永遠一襲黑色裝。

懷　鄉

早上起來，
向窗外一看，
滿街的車子。
才想起，
離開故鄉已遠了，
吃著早餐，
想起一塊兒割稻的兄長；
走在街上，
就想起屋後的小徑；
童年的歡樂，
又呈現在眼前。
有那麼一天，
我還是要回去。

黃東永作品

紅屋瓦

綿紗的雨
豆子的雨
箭矢般的雨
通通走過我家的屋頂
而紅瓦啊！
您彎著身體難道不怕風不怕雨
您的臉憔悴了
您的身體佝僂了
您瘦了我們却胖了
我們站了起來您却倒了下去
您老了　我們更深愛著您

打瞌睡

早上我起來看書
白紙上的黑字走進我眼裏
我的眼珠變黑了
我抬頭看看窗外
葉子跳進我眼裏
我的眼珠變綠了
花兒跑進我眼裏
我的眼珠變紅了
天空飛進我眼裏
我的眼珠變藍了
一陣風吹來
把我給叫醒了

我要跟你一齊長大

昨夜我哭了……
孩子！當你輕輕擦拭我的淚珠
我是多麼地幸福
孩子！不要！不要遠遠的看我
不要怕踏壞了我
我身上埋藏了你最心愛的彈珠
你會想起懷念的小白狗
小時候我們一樣高
一樣的心情
最愛與你一起翻筋斗
最愛聽你心中的小秘密
現在你長大了
我們的距離也遠了
你愛上了電動玩具
愛上了電視機
愛上了輸錢的遊戲
孩子！當你累了你會發覺我最美麗
可是我不要只做一棵美麗的小草
不要只做路邊的裝飾物
我要和你一齊長大

謝富文作品

蘆荀

棵棵綠細竹，
披著蓑衣，
迎著朝曦，
吮吸那晶瑩的露珠，
孕育著無限的生機。
是誰點燃了戰火，
想侵佔你們的疆域，
逼得你們，

個個持刀帶槍，
行行排列整齊
像大地勇士永不屈服。

月夜

月兒冉冉地昇起，
溫柔地輕吻我的臉頰，
天空繁星熠熠，
點綴著寂寥的大地。
陣陣悅耳的蟲鳴，
傳入夜歸人的心中，
頓時想起了溫暖的窩，
立即加緊向前的脚步。
嫵媚娉婷的月兒，
牽引著沈沈的大地，
進入夢鄉，
網住了一夜無聲的寂靜。

遊戲

弟弟戴著，
爸爸的安全帽，
說他是無敵鐵金剛。
妹妹綁著，
媽媽的頭巾，
說她是木蘭號。
碰！碰碰！
什麼聲音？
木蘭號哭了，
無敵鐵金剛也哭了。

洪芳州作品

風箏的願望

我要學老鷹
在天空翱翔
可是一根線牽引着我
只能迎風飛揚
我要學飛機
在天空飛得高飛得遠
可是一根線限制了我
只能這樣地飛翔
討厭的線啊
斷掉吧

斷掉吧
讓我像老鷹
自由翱翔
讓我像飛機
飛得高飛得遠

小時候

爸爸時常向我們提起
在他小時候
家鄉的河水多麼淸澈
可以嬉戲
可以照自已的影子
去可以捉到很多很多的魚
現在的河水
爲甚麼一片汚黑
什麼也看不見
誰還敢下去
魚啊，魚
也不知游到那裏去
爸爸小時候的生活
一定很有趣
眞羨慕喲

等我們長大了
除了一架電視機
還有甚麼値得我們回憶

空氣

噴農藥的時間又到了
每天放學回家
走過稻田邊的馬路
常聞到刺鼻的農藥味
眞難聞喲
有時不注意猛吸一口氣
幾乎要窒息
噴農藥的農夫不怕嗎
很多人都說
都市空氣汚濁
鄉下空氣新鮮
但混有農藥氣味的空氣
是新鮮的嗎
那麼甚麼地方
才有新鮮的空氣呢
那麼甚麼地方
才有新鮮的空氣呢

拾穗

割稻機走過去
每一捆甩出來的稻草
還有完整的稻穗
多麼可惜啊
快快撿起來
我們的眼睛像老鷹
一株也不放過
我們更豐收了

張賢坤作品

山的家庭

山的家庭最團結。
老老少少，
手牽著手，
肩併著肩，
一起抵抗狂風，
一起忍受烈日。
山的家庭最自由。
仰望天空，
俯視大地，
任何景色，
都在眼簾裏。
山的家庭最和諧，
白雲依偎，
動物棲息，
總是
微笑的照顧著。
山的家庭最溫暖。
綠樹當守衛，
小草織衣裳，
小鳥在歌唱，
難怪他們從來不搬家。

蝴蝶

蝴蝶是花園裏的郵差，
一會兒掛號信，
一會兒限時專送，
疲倦時，
到花姑娘開的冰菓店，
吸一口菓汁，
又愉快地趕著路

傘

雨，
下著，
低著頭，
趕快回家。
書包淋濕了，
衣服也不暖和。
突然一把傘在面前閃亮著光輝，
那是媽媽的傘！
我抬起頭來，
雨已停了，
感激地，
喊著：
媽！

陳宏銘作品

椰子樹

一個人拿那麼多掃把，
不是太貪心嗎？
而且，
你又是這麼滿天亂舞，
根本不想好好掃，
你自已看一看，
灰灰的天空，
仍然是灰灰的。

賣饅頭

(一)

大哥，我的大哥，
在這麼冷冷的晚上，
你把月亮戴在頭上
我把星星插在鬢上；
叫賣饅頭的聲音，
只有汪汪的野狗回答你，
只有呼呼的寒風回答我，
你來回叫著，
我來回喚著……。
大哥，我的大哥，
是不是我的聲音不够大，
是不是你的饅頭不够大，
還是，
冬天的脚步太近了？
還是，
黑夜來得太快了？

大哥，我的大哥，
露水濕了你的衣，
淚水濕了我的臉，
你的叫聲愈來愈小，
我的哭聲愈來愈大。

大哥，我的大哥，
黑夜裏，
白白的大饅頭，
一個個涼了。

㈡

小妹，我的小妹，
雨水打疼你的小臉，
石子刺傷我的脚板，
街道却像冰涼的鐵籠，
你的叫賣，
我的吆喝，
我們啞啞的叫聲，
衝不破這冷冷的夜晚。

小妹，我的小妹，
月亮照著回家的路，
握緊我的雙手，
披上我的外套，
別讓冷風搖擺你的單衣，
別讓顫抖寫在你的身上，
別讓我的淚水滴下來。

小妹，我的小妹，
冬天來了，
春天不會遠了，
小妹，我的小妹，
回家的路近了。

林煌耀作品

風箏

天氣熱了，
你穿著一身
鮮明七彩的泳衣，
在藍天游泳。
我望著
那優美的泳姿：
點點頭是蛙式，
擺擺頭是自由式，
上下起伏是蝶式，
高興了
還會用仰式躺著呢！

甘蔗

你最愛穿長褲
又很節儉，
褲管不够長，
接了又再接，
過年了，
也不肯換件新衣裳。

榕樹

老公公很慈祥，
鬍鬚長又長，
年紀大又大，
心地好又好，
怕小毛蟲兒著涼
—撐雨傘
怕小毛蟲兒太熱
—撐陽傘
希望小毛蟲兒快快長大，
變成美麗的蝴蝶姑娘。

吳正牧作品

撒謊

誰把墨汁弄翻了？
誰把花瓶打碎了？
誰把書本撕破了？
不是我！
不是我！
……。
爸爸呀！
如果您的臉不像關公；
爸爸呀！
如果您的拳頭不那麼緊！
我就會回答：
「是我弄翻的，
是我打碎的，
是我撕破的，
請爸爸原諒我！」

寬恕

一個小朋友，
把球擲在我身上。
本來想揍他；
狠狠地揍他！

但他道歉了！

我只好忍著痛，
強忍著痛：
「沒關係，
以後玩球要小心！」

我們手拉著手，
變成了好朋友。

小雨

雲兒被媽媽趕出來，
傷心得哭了！

你看——
到處是她的淚水……。

愛的嘮叨

老是埋怨媽媽嘮叨，
什麼事一說再說，
眞是討厭！

最近媽媽去旅行，
也把嘮叨帶走了，

我的耳根很清靜，
想媽媽的心卻很忙！

漸漸地我發覺，
最關愛我的人，
就是嘮叨的媽媽。

蔡慧華作品

我想說的話

報上說：
學琴的孩子不會變壞，
媽媽說：
聽話的孩子不會變壞，
老師說：
用功的孩子不會變壞，
我想說：
寫詩的孩子也不會變壞呀！

媽媽的眼淚

媽媽的眼淚，
一顆顆，

一粒粒的往下掉。
媽媽的淚水，
一排排，
一串串的掛在臉上。
媽媽！媽媽！
是誰讓你傷心？
是不是不聽話的我惹您生氣？
還是爸爸跟您賭氣？

我錯了

老師？
桌上的茶杯是我打破的。
媽媽！
皮包裏的兩塊錢是我拿的！
爸爸！
弟弟的課本是我撕破的。
看了您們
脹紅的臉，
凶巴巴的雙眼，
我一句話都不敢說。
可是我的心裡，
一刻也不能安靜。

藍祥雲編
陳秀鳳譯 日本兒童詩小集

老師的薪水有五萬元了吧

老師的臉

五年級　吉田多惠子

上課中的老師的臉
隨著說話
喉嚨的圓珠兒
忽上忽下
急忙地蠢動
鼻子邊還起了皺紋
「老師講話太多
將來不就早點
變成老公公嗎？」

星期六的辦公室

五年級　前橋光孝

星期六的辦公室
正在打掃當兒
桌上放著
大碗、便當等
漂起陣陣飯香
「唔，眞好呀！」
擦辦公桌的時候
順手摸摸它
大家笑了，我也笑了
你們很想吃了吧

五萬元

六年級　栗原昇

大家瞎猜老師的薪水額
「拿了六萬元該高興了，老師。」
「嘻嘻」

「可不是只有一萬元了？」
「嘻嘻」
「……告訴我們，老師」
「……」
「我知道，五萬元了！」
三十來歲
有兩個孩子的話
一定是五萬元了
喏，老師」
「哇哈哈哈哈，哈哈哈」
「太少了嗎？」
「哇哈哈哈哈，哇哈哈哈哈」
老師一直笑個不停

老師

六年級　佐藤英夫

老師變成大猩猩了
滿臉長著鐵絲的
稀罕動物—大猩猩
捉起來賣給馬戲班吧
可撈一筆橫財呢
費盡了苦策
好不容易逼到
密林中沼澤邊
大猩猩露出獠牙
反撲過來了！
大家哇的一聲四處逃散
於是我提心吊膽地
在那有黑星點兒
像佛面般的額上
瞄準
雙連發獵槍槍口
大猩猩忽然
乞求憐憫似
軟無力氣地坐在草地上

顛倒

五年級　小野塚眞弓

眞想反罵老師
老師的哭臉
一定很有趣吧
百般發問如果答不出
就大聲叱責
然後罰他站牆角好了
老師的臉
定會羞成大紅色吧
哈，快哉快哉！

老師的西裝

五年級　黑田定弘

老師在請述詩歌

每當說一段
就趕緊湊合領子
或是扣扣鈕兒
總是分心在西裝上
看上去
好不自在呀
我暗自想
他的神經會不會有問題

中井老師的臉

六年級　猫羽雅子

目不轉睛地觀察老師
像馬兒般細長的臉
突出來的大眼球
好不雅緻的臉啊！
可是當他一生氣
表情就完全崩變了
當他笑的時候
眼睛就瞇成細線
儘管如此，他還是
我們的老師啊！

老師的臉

六年級　池田晉三

老師雖然帶著眼鏡
但打分數時
就把它拿下來
沒帶眼鏡的臉好可怕呀
當他罵我們的時候
我就想
「這樣面孔一定很有效」
他打了呵欠
下顎就會脫臼
我眞擔心
眼鏡會不會掉下來？

希望

六年級　乳井美子

我的希望是當醫師
日本的孩子們
世界的孩子們
大家都抱有希望
有的人是大總統
有的人是飛行員
各種行業各種希望
大家都爲着實現它
去努力，去奮鬪
我也不例外
日本的孩子啊
世界的孩子啊
大家來實現自已的希望吧

陳千武的工場詩及其他

臺灣新詩的回顧／作者自譯

上弦月

月、是上弦月
在雨後晴朗的天空
要告訴我什麼
想誘惑我什麼
在空氣清純的夜裡
對陌生人的憧憬
對戀人非非的想思
我煩惱、孤獨地嘶喊着
我嗚咽、悲哀地彷徨着

月、是上弦月
淡細的光
在昏昏的地平線上
照着朦朧的黑影
照着我底思維
憎惡的現實蹂躪了我底夢
脆弱的青春唯一的夢
被覆沒而悲哀而寂寞
艷麗虛飾的現實失去了美
失去了純情的童心

月，是上弦月
今宵我又彷徨過大街
却沒人要聽我底純潔
對陌生人的憧憬惱亂了的心思
看少女美麗的背影也憤懣的我
一切被憎惡的現實俘虜着
隱匿純情、忘却童心
爲了虛飾、野狼般飢餓的女人們、走過
夜的美姿，我仍覺得憤懣

—民國二八年八月十七日作品，刊於臺灣新民報

大肚溪

張開兩腿伸直
水喊着
繞過浮在溪中沙灘的水、水、水
淼淼到遙遠的對岸
白沙小丘上
北風吹笛，通報颱風要來了
咻咻，吐着赤外線 圍繞小丘
咦！湧起浪波的青藍的水
緩慢地，要把今天流走
「喂！喂！把竹筏划過來」
一個少年捧起長竿
一個少年蹲在竹筏
一個少年瞄準着船來的相機
喳喳的摩擦聲
「——把竹筏划過來」
提着公事包的官服喊着
「船夫不在嘛……」
少年抬頭叫了一聲
「不要嚕囌，划過來」
水流湧起了漣漪
竹筏在官服脚下大搖了一搖
北風把薄紗捲上天空
那他傢伙，眞是厚臉皮……
丟下擦手的白色紙片，像白旗

飛昇高高的堤防上去

—民國二八年九月，刊於臺灣新民報

哭泣的靈魂

說不盡的痛苦，壓搾心房
憂愁與懊惱
蹲着仰望天空的男人
爲了夜夜的夢而恐懼
捨棄虛幻底戀的彷徨
哭泣在睡靜的葫蘆墩上
——啊啊，忍着人間世底無情
今夜，銀河又出現在墩上
說每十五年才接近一次地球的火星
閃爍着淡黃的光
心痛的男人不怕現在臨死
只想擁抱閃紅的火星
急激的衝動……
蹲在播放黑暗的橋上
曾經有過金馬奔跑過的葫蘆墩橋上
葫蘆墩的神喲
吹散仰望天空的憂愁
吹散他的純情吧

—民國二八年九月二一日作品，刊於臺灣新民報

油畫

監禁室的牆上；
我凝視着一張油畫
浮出鮮明的赤黃
的風景
畢竟在訴說甚麼？
寂靜的房間；
挾在鐘的敲打聲裏
遙遠的昔日的夢
奔向我的腦中閃過
赤黃的風景的山
是懷念的故鄉
毫無華美的生活
人生二十的煩惱是甚麼？
童心喚起我
看，在將來
我底童心也知道
命運會怎樣呵

—民國廿九年九月五日，刊於臺灣新民報

工場詩

1.纖維粗造機

一

濶綽的怪物的整隊
大象般 黑黑的生態
恐、恐、恐、恐
發出萬籟的聲音
不論有多少原麻
都呑掉乾淨
這個機房眞壯觀
在汽缸的肚子裏
滑進的原麻絲帶 湧上來
咬緊的齒輪們 在跳躍

二

恐、恐、恐、恐
衝破未明的空氣
碎麻機和纖維機
在工廠前線咆哮的你們
在澄清的機房一角
我停站着 可是
你們都不給我一瞥
是的
我只不過是驚喜你們偉大的
　　小人物而已
爲了眺望你們 在機房一個角落

每天從早晨就這樣站着
拘泥於強猛狂吠的你們

2. 延線

一

邊把溢出來的纖維帶　押入纖維筒
女人們走着
走四公尺長的路程
去又回來
從早到晚　一年當中
回來又去
手壓抑纖維帶　揑斷纖維
把長長的人生航路
走來走去　走不出圈兒
走來走去　邊走着
有時毫無拘束地　挺着腰
向延線機那邊的夥伴微笑

二

恰、恰、恰、恰
以永恆不變的響聲
延線機喘着氣
心神穩重地喘着氣
（好像品格高雅的老人）
邊喘着氣邊吐出纖維帶
纖維帶氾濫着
使女人們手忙脚亂起來
恰、恰、恰、恰
機械越起勁地唱
纖維帶越氾濫
女人們不得不加快步子
被纖維帶控制着命註定的一生

3. 精紡

一

咭—咭、發響着
日夜不休地咭—咭　發響着
主軸的廻轉成爲
被少女的手掌愛撫過的
無數的陀螺
流着—流着絲線的瀑布
現出白色閃閃的生命
美麗的整隊的陀螺
有如詩般被點綴着

二

站在精機旁……
以不虛僞的健康的思念
培養絲線的成長而歡喜
活潑的眸子的少女們
轉滾着好淘氣的笑聲
又被主軸的廻轉撥散了
與生俱來的永恆的明朗

三

令人懷念的
咭—咭發響的聲音
令人喜愛的淨白絲屑
降在少女頭髮上
積成純潔的白霜——

4. 紡織女

讓紡織機前的裙子跳舞
白色光脚　領唱着
纏絲線　不斷地纏絲線
絲線絆住手指了
堅強的鋼鐵斷斷續續的響聲
如唱片韻律　好順利地旋轉
額上流着汗　胸脯鼓起着
跟魯笨年輕的梭子
從早到晚狂舞着

—民國三十年作品，刊於臺灣新民報

夕陽

鐵軌上
映着零散的餘暉
孩童們亮起高興的臉跳上
被遺忘了的手推台車
緩慢地從慢坡滑下——
車上的孩童們擧起双手
向小小的氣流歡笑
圓圓的臉
裸體的胸脯　舒暢地流着
一次又一次
手推台車從慢坡滑下
只要總工頭不站在高臺上
沐浴着巨大餘暉的
孩童們
是忘記回家的雛鳳啦
鐵軌上
油汗亮着

—民國三十年五月作品，刊於臺灣新民報

苦力

日正當中
全都露出赤銅色的背脊
油和汗
使鈍厚的肌膚亮着
給舊式的壓搾機　揷上細長的圓木
旋盤輪子就吱吱吱吱地發響了
苦力們
比划船更簡慢的動作
以水牛般的步子開始轉動
啊，這就跟羅馬時代
囚犯勞動的電影鏡頭
一模一樣
那些臂腕的筋肉　鈍重的眼神
還有懶倦的脚步——
既然如此
我就是倒背着手　拿着笞刑的
囚犯監守了？
我只壓抑着寂寞感
慢步走——

—民國三十年作品刊於臺灣新民報

夏宵

相思樹枝椏伸向西天
還未消盡的紅雲，徬徨着不知飄向哪兒？
黑猫匍匐在屋頂上
十六夜月在夜中
啊啊，爲了明天做活的年輕妻子又要去汲水
紅雲不知飄去哪兒？

月光照亮少年的臉
黃梔窺視着，等候誰來訪？
期待虛幻淡薄的螢光

漁火照亮在水面
夜景就要優美的甜睡了……
月亮，在天空濶步走着
讓灰色版畫形象大地

人們迷醉於歌仔戲的舞臺
是夢？
遊歷過田園綠窗的月亮
美麗的少女安靜地不知在等待著甚麼

—民國三十年作品刊於臺灣新民報

秋色

河那邊
灰白倉庫的屋頂上
紅紅的

夕陽在燃燒
倉庫裏發散的黃味
儲滿着英國少女頭髮般的
印度原麻
小時候 我常常爬上原麻堆
俯伏在柔軟的褥子似的睡着
啊！秋風送來懷念的
原麻的黃味
我不是少年工
但是 刻上段階的工場
震顫巨響的堅牢的建築物
仍然是我最親暱的溫牀
伸直双腿在丘上
我喜愛巨大圓紅的落日
忽然有一台手推台車
載着裸身的苦力
向灰白倉庫的進口駛去

——民國三十年作品作品刊於臺灣新民報

冬的感觸

心灰哀哭的天空
覆蓋着搖晃在嘎嘎風響的
冬的外景
我們快樂地走上
不知道什麼地方的
白色小徑
像柔美的舞女
麥穗舞着
在美麗的園地
紫色的甘蔗花
也舒暢連綿不絕地搖着
金黃的葉咯咯咯咯響着
啊，風稍爲吹大了
忍着浸進來的寒氣
有如新鮮的果實般咬着
簡樸的愛情
帶上藍色的面紗吧
在深甚的歡喜裡
春天要來，——不久
溫和高興的季節
就要流進活潑的園地來

——民國三十年作品刊於臺灣新民報

時

悄悄而來的步子
却激烈地敲打着胸脯
我知道

快要變換的命運
拖着鉛錘
來訪—— 那個影子
在冷酷的北風吹過
帶來新萌芽的時候
就會來宣告挑戰。
我瞑目
瞑目中聽到的聲音
於預感寂寞的心戰慄着的
你那悄悄而來的「時」的步子

—民國三十年作品刊於臺灣新民報

終

風喊叫屋頂
柊的樊籬 花萎了
季節 釘上鐵的十字架
黃昏 寂靜的時候
只有追憶使人哀憐
瞑想却像薄紗般恍惚著
愛萌芽的春天
成爲戰慄的過去
在昏暗的秋日
凝視着被冷落的草叢
現在 兩個人的純潔
愛已終結。
和着單音 悲哀低訴的絃
風一般地歌唱吧
向鐵的十字架 挽着手—

—民國三十年作品刊於臺灣新民報

旅情

下着毛毛雨
悄悄襲來的黃昏的寂寞
頻頻敲打着心宮
在山峽的小車站
山的水墨畫的旅情
有如麥穗被橫掃
把今天的回憶點綴在眸子裏的
原野的歌
憂愁寒冷孤獨地回響着
手摘的白梅花枝
焉然
懸掛着少女們的歡笑
風死在站員的肩膀
慢時的小火車不久會進站吧
青淡的瓦斯燈
在小型的車廂裏

絢爛地會開着甚麼花呢？
——民國三十年作品刊於臺灣新民報

風的日子

玻璃窗上
白雲未被阻止的流着
蒼藍的天
秋陽傾下　射進來的光
很明亮
而工場裏繼續着最熱鬧的戰鬪
喜氣活現的面貌
拼命吼動的手
在顫動的軍艦般的工廠平面
在綠色的屋頂
風怒吼着
含苞怒氣的強力彈性
在空中執拗地旋渦着
而……
玻璃窗却保持着
晴朗的氣氛
——今天是領上半年奬金的日子啊
——民國三十年作品刊於臺灣新民報

境地

清爽　清爽的
杉木伸直
伸直向天空
竄進密林
踏着落葉的心是
空虛的——
這裏，冬天來了
亞熱帶的
冬天來了
朋友啊
把歡喜告訴我
朋友啊
把悲哀告訴我
愛季節
愛枯木
愛少女
啊、密林是
歡喜和悲哀的
合作境——
——民國三一年作品刊於臺灣新聞

春色

罩手看太陽　看到掌紋的血紅　我停下來　站着　擁
抱微風旋律的春　把春滿滿吸進胸脯　隨着慾望向溥紗煙
霧的臺灣海峽　伸長手臂的我　今朝的平野　却像蝴蝶結
緞帶般那麼明朗

埤圳的水緩慢地流着　美人蕉花開了　黃紅的花粒在
水湄整齊美麗地羅列着　輕輕　匿藏影子的蘆葦根　在處
女般澄清的空氣裏很香　而我的靈魂裏　有棕櫚的葉柄在
搖晃

以閃耀的田園情緒　磨擦稻田的細葉　使綠色的小浪
波流着　只是在無止境的大道上　拍達拍達踐踏着草露的
我底思念深處　似乎聽到黎明的密林裏行軍的士兵們濕透
了的赤色靴響……

遙遠的那邊　斑鳩顏色的小塔亮着的周圍　戰爭把霓
虹掛在清明一時的生之上　朝陽豐盈的光　正氣的額上有
神在……　就這樣我要向這條無止境的直線大道　一直走
進去

——民國三一年作品刊於臺灣新聞

月出的風景

散播在天空無數的紙片
絲綿的顏色
是給我們的美麗的揷圖
安靜的合唱裏
有我們的歷史疊積着
星星把光投入眸子
讚美溫柔夜的草原
蟲鳴不擾亂我們的情意
把身偎倚平行的樑木
風吹撫着柔髮
在我心胸鼓脹起來的藍色思念是什麼？
啊，月亮染紅了山脈的一面
拖着尾巴的很多影子
伴着風晴朗的風景
誕生在那裏面的
我底歷史的一頁
你底歷史的一頁
說要把戰時的友情鑲入綺麗的畫框
我給你譜上甜蜜的文字吧
你看　夜鳥飛向東方去了
角型建築物的煩雜
也從我們的視界消逝了
憧憬從黑色的山脈面
把希望的歌
把黃金的曲子
飄浮起來　讓圓圓的月亮出現

——民國三一年作品刊於臺灣新聞

三首希臘詩

(希臘)卡法非作

非馬譯

城市

你說：「我要到另一個國度，能要去另一個海洋。
那裡有比這更美好的城市。
我的所有努力都註定失敗；
而我的心—死人般—深深埋葬。
我究竟還要在這鬼地方呆多久？
舉目四顧
到處是我生命焦黑的廢墟，這裡
在這個我毀損又浪費了這麼多歲月的地方。」
你將找不到新的國度，你將找不到新的海洋。
這城市將追隨你。你將在同樣的街上
躑躅。你將在同樣的鄰區老去；
你的頭髮將在同樣的屋裡變白。
你到達的永遠是這個城市。別癡心妄想—
沒有船會載你，沒有道路。
當你在這裡毀損你的生命，在這小角落裡，
你便已同時把它從整個世上斲喪。

久遠以前

我想述說一下這個紀憶，
但它此刻已模糊—幾乎什麼都沒留下—
因爲它是那麼久遠，在我少年的時代。
茉莉般的皮膚……
那個八月的黃昏—是八月嗎？—
我還記得那双眼睛：藍，我想……
啊對，是藍；青玉的藍。

蠟燭

未來的日子站在我們面前
像一排點燃的蠟燭—
金黃，溫暖，明亮的蠟燭。
過去的日子落在我們後頭，
一排陰暗的燃盡了的蠟燭；
近身的幾支猶在冒烟，
冷却，熔燬，垂頭喪氣。
我不想看它們；它們的形狀使我悲傷，
而記起它們原來的光亮更使我心痛。
我向前看着我燃燒的蠟燭。
我不想轉過頭去看，心驚肉跳，
多快呵，黑影越拉越長，
多快呵，另一支死去的蠟燭加入了行列。

非馬譯

俳句選粹

四季

春

頭一個好夢……
而他們却笑我
說我杜撰

新年禮物……
呵，嬰兒在她裸胸上
小手亂動

今年頭一陣風……
便所裡的油燈
晃盪一陣之後便不動了

今年頭一個夢……
我嚴守秘密
自個兒微笑

冰與水
舊嫌盡釋
一塊兒滴落

穿着新衣
感覺大不相同
我看起來
一定像另外一個人

啊猥褻的風……
葺匠在屋頂上工作
我看到你的屁股啦！

春晨奇景……

可愛的無名小山
在霧海裡

經過玩偶店
拿起最小的一個……
我突然笑了

池裡朦朧的月亮與夜空
碎了……
笨手笨脚的黑蛙

銀般輕柔的河邊……
拋網入水聲
撈月？

鎮紙壓住歡樂的相溥
在店裡……
好奇的風

啊啾！
春寒料峭……
我剛看到的頭一隻雲雀
哪兒去了？

農夫，抬起你的頭……
給這過客指路
他將微笑着消失

早安，麻雀……
在我乾淨的走廊上寫字
用你露濕的脚

在矮樹籬上
誠實的梅樹
把葉子均分
一半在裡，一半在外

河邊的梅樹……
你映影的花
眞會流走嗎？

在我肩後……
跟隨我的朋友
在花雲裡失了踪

低潮的早晨……
柳樹的裙子
在爛泥裡拖曳

馬先生來了……
快，快，快樂的小麻雀
快快讓路

張開瘦削的双臂……
一朵牡丹花

這麼大！
我的小女孩說
對着燭火
牡丹花也在燃燒……
靜寂如死

頭一隻螢火蟲……
但牠溜走了
而我……
空氣在我指間
但如果我捧着牠
我能否觸到
這鼓翼蝴蝶的
輕飄？

那短暫的一刻
當螢火熄滅……啊
難耐的黑暗
跌回地面
在載歌載舞的旅程之後……
失却靈魂的紙鳶

什麼，在雨中旅行？……
但還有什麼地方
他可以走蝸步？

夏

手按在地上
派頭十足的老青蛙
在朗誦他的詩篇

當我把牠拾起來
放進瓶裡……
螢火蟲
點亮了我的指尖

金色房間裡
疾勁的草書……
驚逃的麻雀

花瓣落……
接着鷄啼，看……
又是一瓣

雨綿綿的午后……
小女兒呀
妳永遠教不會
那隻猫跳舞

現在看這跳蚤；
他根本不會跳……而
我因此喜愛牠

游動的鷺鷥
啄它
直到它破碎……
水上的滿月

蝙蝠在黃昏時份出來……
女人在路上……幹嗎
那樣子盯着看我？

成群青蛙跳入
當牠們聽到一隻青蛙
撲通……嘩啦……

小銀魚
頭朝上流
身往下流
在清澈的急水裡

看……那宮殿……
你可從蚊霧的
小洞裡窺見

恭喜你，伊薩……
你活了下來
餵今年的蚊子

最短的夏夜……
清晨
燃還在
海灣裡燃着

水裡的月亮
翻一個白
筋斗……是的
然後漂走

連打蒼蠅
這些邊防兵……啊
都兇惡而準確

你聽到那隻胖青蛙
在榮譽座上
唱低音？那是頭兒

而每天清晨
就在這小屋頂上
我私人的雲雀

別浪費大好時光
跟我來……

小蝴蝶

作實驗……
我把月亮掛在
各式各樣的
松枝上

輕輕輕輕拍
病房裡的
蒼蠅……因爲
我想睡覺

認眞的店員……
不浪費一絲一毫
清風
在架空的竹枕上睡午覺

夏夜的蚊蟲
被灼紛紛
跌落
在我的詩稿上

又起涼意……
葉子銀色的
底面
晚風吹過

我用水桶
舀起月亮……然後
撒在草上

在那場病後
對玫瑰
長長的凝視
都會累壞了我的眼皮

夜很熱……
光着上身
蝸牛
在享受月光

從浴室出來……
涼颼颼在她乳上
走廊裡的
暖風

吥！一個酸李子……
兩道細眉
縐在一起
在可愛的臉上

你非要來煩擾我
還能轉動的
病眼不可？……

穿梭床上的蒼蠅

橋上的涼意……
　月亮，只剩下你同我
　不曾
向睡眠投降

連綿的雨裡
　還轉向
　太陽？……
忠心耿耿的向日葵

悶熱遲滯的午后……
　突然乎
　停住……
慢慢跌落的扇

夏夜月光下
　他們去探訪
　墳墓……
品味涼意

近旁一隻夜鶯……
　但我的頭
　穿不過
小小的窗格

夏日驟雨
　沿着整條街
　佣人們
砰然關上窗遮

驟雨
　打在木板
　同花蕾上
不分皂白

湮沒在雨裡……
　一條小河
　幾個屋頂
一座不着岸的橋

秋

在燈籠的光裡
　我的黃菊
顏色盡失

晨霧的街道……
　用白墨水
　一個畫家在畫
人們的夢

一棵倒下的老樹……
迴响着
黑暗的
深山雷鳴

在內殿
的壇上
誦經
一個蟋蟀和尚

悲傷的黃昏蟋蟀……
是的，我又虛度了
一白天的時光

去年你偷走的我的瓜……
今年我擺
在你墳上……我的孩子

我們站住不動
聽遠處鐘聲……
柳葉凋落

黃昏微風……
水波輕拍
鷺鷥的足脛

一隻濕水鳥
抖牠的羽毛
在向晚
夕陽的返光裡

下不完的雨
困在屋內的小孩
扯弄着
新買的風箏

黑暗無邊的夜……
一度，在紙門外
一盞燈籠走過

他們走了……但
他們點亮了
花園的小燈籠
在他們的小屋上

我敢靠你
給我不渝的友情嗎？
親愛的牽牛花

風裡的草……
在半空中徒然搖曳
一隻秋天的蜻蜓
現在那老稻草人

看起來同
其他的人沒有兩樣……
傾盆的秋雨

這裡是一棵黑樹
脫盡葉子……
除了千千萬萬的星星

從病中起來
我走向菊花……
它們聞起來好冷！

夜裡醒來
我把我的秋咳
加入蟲鳴

白菊
使周圍的東西
顯得富麗

咯吖……咯吖……
男人們
爲魚網打樁
在白霧的清晨

精緻的含露的
荆棘……

一刺
一水珠

從寺階上
我向
秋月
抬起我眞摯的臉

在這凝滯的霧裡
那些人叫喊着
在船與山之間

夜漸漸冷了……
此刻
找不到一隻蚊蟲
來撲燭火

他的帽子被吹走了……
無情的
風雨
打着稻草人

在我村裡
我想剩下的稻草人
比人還多

燕子南飛……

我草與紙做的房子
祇不過一歇脚處

在風暴之後
揀拾柴火……
三個強悍的老太婆

路旁的麥莖
被我們緊握的手指
揑斷……
當我們微笑着分手

寒意驟降
襤褸的相者
何故驚訝？

世界冷了……
我的釣絲
在秋風裡
嗦嗦抖動

冬

小孤女……
獨自吃晚飯

在冬日的黃昏

冬夜月下
冷風括過小河
磨砂頭的銳角

新建的花園……
石子安頓下來
和諧地
在頭一陣冬雨裡

當我抬起頭來……
我僵硬的身軀
躺在刺骨的寒冷裡

在冬日的田裡
大膽的麻雀
成群結隊飛着
從稻草人到稻草人

燒洗澡水的柴火……
感謝這
最後的服務
忠心的老稻草人

我的骨梢
同深冬的

冰棉被
針鋒相對
在我黯淡的冬日……
纏綿病榻
最後我問
鄰居近來好吧？
躺着的老狗側耳
傾聽……
莫非牠聽到
掘洞的鼬鼠

一千個屋頂
一千個
市聲……
冬晨的霧

昨夜初雪……
早晨港灣
對面
突現白山

看那紅草莓……
像許多小足印
落在
園裡的雪上

冬日黃昏的雪……
未完工的橋
變成白色的拱門

月下的雪野……
這裡血淋淋的
武士
拋擲高貴的生命

午夜流浪客
走過積雪的街道……
同狗吠聲相呼應

黃樹根作品討論會

時間：七十年六月十四日下午三時

地點：高雄鄭烱明宅

出席：杜文靖、游喚、林宗源、棕色果、莊金國、蔡信德、曾貴海、謝碧修、陳坤崙、戴訓揚、鄭烱明、黃樹根

整理：許振江

鄭烱明：在未開始討論之前，我謹代表笠詩社歡迎遠從臺北來的文靖兄，及游喚、戴訓揚兩位詩友，參加今天黃樹根的作品討論會。

黃樹根最近出了一本詩集「黑夜來前」，是選自十年來發表的詩作合輯而成。從這本詩集裡，我們大約可以窺探黃樹根作品的風貌及其創作歷程。爲了討論的方便，我們從其中選出了「搖籃曲」、「吵嘴」、「回首」、「長官訓話」、「戶口普查」等五首，希望各位發表意見。

莊金國：黃樹根的多數作品感性敏銳，而知性則有待加強。這可能和他開始寫詩時，受到現代主義的影響有關。不過黃樹根畢竟是在臺灣土生土長的，他雖傾向抽象的表現，其抽象仍緣自具象的理念，除少數作品稍嫌晦澀曖昧外，大抵是落實的。這五首討論的作品中，我認爲「搖籃曲」、「吵嘴」和「長官訓話」比較出色。

「吵嘴」是典型的家常詩，把夫妻之間的吵嘴，影響房事進行的挫折，表現得非常細緻而有趣，尤其是收筆三行，以新婚照甜蜜的影像，對比詩中這位先生從高潮而低潮的「失態」，頗爲傳神。

「搖籃曲」一詩，題材包羅的範圍甚廣，從戰爭到天然災害，身爲父母的無論置身何種逆境，首先想到的，是如何保護孩子能夠「安安穩穩地睡在搖籃裏。」而做爲中國人的父母，想到當前中國人在世界上若干抬不起頭的窘境，那種無可奈何的自嘲：「只是永遠被肯定宿命的中國」，是值得讀者警惕的。只不過我不太同意是「永遠」這個字眼，因爲中國的種種「歹運」都是人爲的因素造成的，中國人只要能夠爭氣，把勇於內鬪的性格蛻變爲勇於容納異己，將會有很大的改觀。

「長官訓話」比較抽象，但很成功。作者從李白的一句「黃河之水天上來」，演化爲詩中那位喜歡講話的長官滔滔不絕的形象，不會予人有抄襲感。第一首第三節的「某些嗑瓜子的臉型」比喻聽者默默咀嚼訓話的神情，很有意思。第二首最後兩行「那人講話的唇齒抖動／想也是一種食慾的表示」，諷刺的方式很別緻，只是唸起來不太順口。

「回首」第二段的「那亮光刺我眼神／的逼近」，語法怪怪的，第三段顯得有點散亂。至於「戶口普查」，只是把戶口普查的過程，以一般的感覺描述出來而已，沒有特殊的意味與啓示。

以黃樹根近十年來的創作成績「黑夜來前」詩集而言，我認爲「終點」、「郵筒」、「死的感覺」、「送爹上

青山」、「手搖冰」、「賀卡」、「臨池」、「花花世界」等都屬佳作，其他尚有多篇題材亦可經營得更完美，却因沒有好好運用、剪裁而失敗。

游　喚：黃樹根曾是我踏入文學的啓蒙師，所以我現在唸他的詩倍覺親切。他早期的作品，就像金國兄剛才所講，受七十年代的詩影響很大。故在「黑夜來前」的詩，我覺得黃樹根在追求詩的內容與題材方面，很成功。因爲他從生活中出發，把生活四周的事物提昇出詩，我想這是一個眞正生活詩中追求的方向。就像杜甫寫的「老妻畫紙爲棋局，稚子敲針作釣鈎」，我個人很喜歡這一風格的詩，沒想到在黃樹根的作品，也可讀到很多這一類的詩。像「吵嘴」寫新婚跟妻子的感情變化，讀來印象很深刻。「搖籃曲」也是，讓我感受到一個詩人兼一個平凡的父親，以及做爲一個中國傳統的讀書人的精神和情感。另外，我覺得詩中的生命力非常強烈。

我有一個建議，黃樹根已是三十多歲的詩人，應該有計劃的寫作，這樣比較能看出詩人的風貌。

曾貴海：這五篇作品裏，我比較偏愛「搖籃曲」和「回首」。「搖籃曲」常在音樂方面，藉著旋律，使孩子催眠、安睡。黃樹根這首詩，可以說是一支變調的搖籃曲，他一面唱著現代社會給予爲人父的一種煩亂，另一面又要唱著，使孩子能好好地安睡，然後又希望他長大後平凡，也希望他成爲勇士。「搖籃曲」表現一個父親望子成龍的苦惱和矛盾。

「回首」一詩的意象比較鮮明而簡潔，但最後三行「懷念是容不下我／回首的／貪婪」，如果回首沒有美好的人或物，而都是「驚心的魘語」，是不會令人貪婪的回首的，因爲那會觸痛過去的傷痕。所以我認爲這首詩的詩想是不是有衝突和不協調的地方，這點……

黃樹根：感謝貴海兄的指教，今天我好比一個赤裸裸的人站在這裡，希望各位不要吝於批評。我寫詩常受感性的驅使，用語言把自己的意念表達出點，所以知性可能比較薄弱，這點剛才金國兄也提到。

關於「搖籃曲」，我有一點要補充的。我在寫這首詩的時候，並沒有想到要表現望子成龍的矛盾心態，事實上，我在文字裏儘量隱藏自己內心的悲痛。詩中的孩子給我太多的感觸，我不想多談。當時我只是盼望，那些現實外在的紛亂不要去干擾你（孩子），只要好好地長大，長大到什麼樣的程度，你就是什麼樣的一個人，不要有太多的希求或非份之想而已。所以期望孩子將來做一個英雄的心態，並不是我要表現的，即使去扮裝一名小勇士，那也是在軒轅和蚩尤戰事的夢中。我實在不敢再回想我寫這首詩時的心境。

再談「回首」。這首詩在「聯副」發表時，曾引起某些人的誤解，把詩的主題聯想到所謂「回歸」，這可能和我在詩中寫「春草綠否／王孫歸否」有關。其實「回首」主要是描寫我對於童年生活困境的一種感受，譬如在詩裏寫的「「那條小路愈來愈窄／像小時候的褲管／再也容納不下我／臃腫不堪的／成長」。當然這首詩比較感性，可能也經不起分析，但我企圖用強烈的方式表達。

謝碧修：我對「搖籃曲」有一點意見，詩中第三段的「晚上七點半的新聞氣象／每天都在重複／沒意思」，「沒意思」這句應該可以不必寫出。然後接著「韓戰／聯合國發瘋」，這樣比較連貫。另外「搖籃靜靜搖」，是指輕輕搖動？第三段末行「血流紅紅映在小臉上」，主要於說孩子很可愛，不應受外界感染，這一行似乎多餘。從「搖籃曲」可以看出一個父親對孩子的愛。

「吵嘴」是描寫夫妻之間的生活，用「魚刺」的比喻很好，也很新鮮。「長官訓話」以「黃河之水」比喻訓話的長篇大論與滔滔不絕，有幽默感。黃樹根的詩，常以生活細瑣爲題材，這需要有高度的技巧才行，才不會流於庸俗無味。

蔡信德：讀黃樹根的詩使我感到，他的心境比我輕鬆，這是他可愛的地方，他能淺嚐即止，而我是愈陷愈深。在今天討論的作品中，我最欣賞「長官訓話」。這首詩寫得很傳神，也很幽默，不造作。另外「戶口普查」，有諷刺的意味，但表現不夠準確。

陳坤崙：剛剛大家討論「搖籃曲」，由於黃樹根有過喪子之痛，如果我們對作者的生活背景有所瞭解，相信更能體會詩中的含意，引起共鳴。

綜色果：黃樹根早期的詩較注重技巧，有雕琢的痕跡，最近寫的較圓熟，自然，從他所寫的詩可以看出他的個性，他的人就是這樣。剛才大家對「搖籃曲」、「回首」談得很多，這牽涉到詩的多義性，常常一個作者下筆時很單純，但發表後，讀者却有各種聯想。

我覺得「長官訓話」最後一段，讀後給人發出會心的微笑。

杜文靖：黃樹根的詩給我的感覺是，他的詩的素材大都取自日常生活，看電視也好，睡覺也好。由於素材的容易取得，因此，在文字的使用上，往往缺少凝鍊，沒有做更好的修飾，譬如在「戶口普查」裏，有「這是一回辛苦的查訖／基層人員努力啊」。這樣的句子，我看是多餘的，因查訖就是查完，查完還要努力嗎？

樹根兄的作品不少，在表現上常露出輕鬆的一面，在這種情形下，詩人要注意詩語言的運用，不要使語言變得鬆懈，甚至有偏差發生，如此，讀者才容易進入詩人的內心世界，引起共鳴。像「搖籃曲」背後所隱藏的詩人的痛苦，除了熟識的人，一般人沒有辦法完全體會那個痛苦，則詩人所採取的表現方式是否恰當，便値得考慮。

還有，剛才謝小姐說「吵嘴」第一段，用「魚刺」的比喻很好，我却覺得出現太突然，應該有一個鋪排才對。樹根兄的詩，感情充沛是他的特色，但語言的鍛鍊還需加強，我不知說得對不對，這是我個人的看法。

鄭烱明：目前詩壇所使用的語言，已逐漸走向口語化，讓讀者覺得親切，這是好現象，但也需注意詩的語言，避免造成鬆散、粗俗、缺乏深度。詩的語言問題，並不止於文詞的修飾，而於要深一層觸及語言背後眞正的意義，這是我對語言的看法。

黃樹根的詩集「黑夜來前」，對於親情（包括父親、妻子、兒女）的描寫，數量不少，有其成功的一面。他也擅長表現幽默諷刺，像我們今天討論的「吵嘴」和「長官訓話」就是。我認爲「戶口普查」還可以寫得更好更深刻一點，尤其作者本身經歷這項工作。

林宗源：讀黃樹根的詩，我有一點感想，他的詩抒情意味很濃，偏重自我情感的抒發，且常用字的排列追求詩的形式。一個作家應該建立他的人生觀或世界觀，並在作品裏表現他對理想世界的追求，如此，寫出來的作品才有份量。生命力才能持久。假使作品沒有思想性，讓人讀了，會感到那只是徒具感歎的形式罷了。這點很重要。

杜文靖：談到詩形式的問題，我和宗源是一樣，認為以文字的排列來追求詩形式的美，是沒有必要的，但假使詩人是以自己的個性，對語言的感受，去追求屬於自己的一種形式。我想那應該是被容許的。五四以來的新詩，雖然大都無形式的限制，但要突破也不是簡單的事。

至於詩人的追求，是不是要有世界性或更高的境界，我的看法是，一個詩人追求的方向有很多種，當然希望有人去追求世界性的創作，但不一定每個人都要這樣，只要詩人在他生活的世界裏，創造自己詩的美感，感動他周圍的那些人，這樣也可以。

陳坤崙：作品追求世界性是一種理想，並不是口號，同時要有民族風格做基礎才行。

黃樹根詩的特點是忠於生活，從詩裏可以看出詩人生活的脚步，可是看不出他的理想是什麼？這樣講也許太苛求。剛才游喚兄說杜甫也寫家庭的事，可是他有人道主義的理想，他的詩反映他那個時代的心聲，所以我建議黃樹根要確立自己的人生理想。

談到今天討論的作品，「吵嘴」裏有一句「夜晚預定的／纏綿」，是不是結過婚的人都這樣？我不知道。（大家笑）像「回首」與「長官訓話」有引用古詩詞，如「黃河之水天上來」、「不知天之既白」、「春草綠否／王孫歸否」，雖然安揷效果不錯，但我認為還是儘量避免借用較好，我相信詩的語言是要創造，而非因襲。

戴訓揚：黃樹根的詩表現生活的感情很強，這是純粹文學的表現，剛才有人要求他有什麼思想性，這較偏向思想家……

林宗源：做為一個作家，他的作品應建立它的思想性。

杜文靖：我補充一點，所謂思想，並不是說他要影響什麼人，影響全世界的思想，而是一種自我的信仰，一個對自己有約束力的中心思考。

陳坤崙：即使為藝術而藝術，他本身也要有理想。

戴訓揚：在詩中表現出一種理想，也不能代表說這首詩就是好詩。

林宗源：這要看他表現得好不好而定，我們可以看看世界上偉大的作家，不論古今中外，他們的作品中莫不蘊藏著一種巨大的生命力，一種崇高的理想，而這個理想是要去追求才能達到。

戴訓揚：這是另外一個問題，最重要的是內容。黃樹根寫的是生活的東西，當然包括他的感情和思想，必須配合得好，才能成功。

林宗源：知性和感性是詩的兩個要素，一首詩不可能完全把主知和抒情分開。

莊金國：強要求作者達到什麼思想性，我以為那是不可思議的要求，有些詩在作者提筆寫出來時，只不過想表達作者感情的某個層面而已，並沒有什麼大的企圖，像「吵嘴」要表現的是夫妻之間的情緒變化。如果能引起讀者共鳴，那麼這首詩便算成功。今天我們讀唐詩宋詞，常就作品本身去欣賞，不一定要去瞭解作者是什麼思想，因為前人的作品不可能全部流傳下來，也不可能只有某類的作品才能流傳。我們可以比較黃樹根和鄭烱明的詩，他們的創作企圖便不一樣，前者偏重小我的抒發，後者常描寫大我的感情。有時候我們很難說那一類的作品成就較大，只要一首詩本身表現完美，這就夠了。

陳坤崙：我不贊成分什麼大我小我，其實文學都是從小我出發，才能達到大我。就像一首詩雖然寫的是小成的情感，但它能感動多數讀者，也就是詩中所寫的達到人性的共通點，有很強的感染力，那麼也就變成大我。

莊金國：我想文學的題材，內容不應被侷限在某一方面，而應包羅萬象才對，有嚴肅的，也有比較趣味的，如果我們強求作者都要以某種方式來處理他的題材，寫出來的作品不見得會更成功，因為個人的性格、遭遇和習慣不同。

蔡信德：舉一個例子，我讀歐亨利的小說和杜思妥也夫斯基的「卡拉馬助夫兄弟」、「罪與罰」的感受完全不同，歐亨利筆下的小人物也有他們的愛與憎，但我讀杜思妥也夫斯基的小說，會為他書中所寫的人類的靈魂在世上受到的折磨和掙扎而感動，這是層次不同的原故。

莊金國：同樣是好作品，因表現的企圖不一樣，而完成較小或大部頭作品。

林宗源：這不是題材大小的問題。

蔡信德：作家要追求的就是一種宇宙性。

杜文靖：我的看法是不一定要追求什麼，最重要的是作品給人讀後有沒有感動。要分大我小我，我看是這樣分，感動愈多人的愈大，感動愈少人的愈小，至於題材，形式都不重要，你如果只寫家庭瑣事，可能就沒有辦法感動更多的人。

林宗源：以家庭問題為題材，寫得好照樣可以成為好作品，關鍵在你有沒有觸及問題的核心。我剛才說一個作家應該在作品裏表現他對理想世界的追求，不能只求寫一首好詩就好，就感到滿足，是要和大家共勉。文學的道路是漫長而無止境的。

杜文靖：依我看，每個人各自追求自己的，目標不同，也不能強迫，有人要追求高一點的也可以，我嘛我是追求愛情就好了，哈哈！我希望黃樹根再提高他的境界，寫出更優秀的作品。

黃樹根：我的詩表現我現實生活的一面，換句話說，我的詩是我的生活體驗，當內心受到創傷或有所感觸時，我把它寫成詩。對於人生，我不敢有什麼奢望，我只求有一個健康的身體，和一個幸福的家，這就是我的理想。各位也許沒有看到我現實生活的一面，不瞭解我的個性，在現實裏，我感覺行動比語言重要，也常露出火爆的樣子，但在文學裏，我不放棄對藝術性的追求，像在「長官訓話」、「吵嘴」表現趣味性和幽默，或語言的美感，這是我的生活的反映。

烱明說得對，我的詩集裏，寫親情的佔了不少。戴訓揚說，他在「阿菊日記」裏看到一股人道主義的悲憫情操，我想我沒有那麼大的涵量，我很卑微，但表現在詩中，卻給他看到人道精神的存在，我想也有可能，因為我對「她」產生一種同情，起先是我看她，後來我變成一個花街女郎來看這個世界，但我感覺這種同情並不是很偉大的企圖。每個人有他的人生觀，他的立場，我的詩沒有表現很強烈的思想性或尖銳的個性，這個我知道。我常說，你看我這本詩集，你就能瞭解我這個人。這是我的一點感觸。

鄭烱明：剛才大家熱烈地討論黃樹根的作品，不管讚美也好，批評也好，我相信都會給作者很大的刺激，希望他不要以目前的成績為滿足，能更上一層，寫出更優秀的作品。今天的討論就此結束，謝謝各位。

作品合評

一、巫永福的「泥土」與吳晟的「泥土」
二、杜潘芳格的「平安戲」與「中元節」
三、非馬的「魚與詩人」、「鳥籠」

北部合評

七十年四月
李魁賢事務所

出席：巫永福
林鍾隆
趙天儀
李魁賢
李敏勇（記錄）

中部合評

七十年五月
臺中文化中心

出席：陳秀喜、林亨泰
桓　夫、白　萩
陳金連、林宗源
趙天儀、李魁賢
李敏勇、鄭烱明
許正宗、何豐山
蔡榮勇、蔡宇義
倪遠宏、張庭蓀
張典婉

南部合評

七十年四月
鄭烱明事務所

出席：鄭烱明
陳坤崙
莊金國
曾貴海
林宗源
棕色果
許振江（記錄）

作品合評

一、巫永福的「泥土」與吳晟的「泥土」

1.泥土

巫永福

泥土有埋葬父親的香味
泥土有埋葬母親的香味

飄過竹簇落葉微亮著
向那光的斜線鳥飛去

潮溼的泥土發出微微的芬芳
寒冷的泥土發出淺春的芬芳

閃耀於枯葉的光底呼吸裡
新鮮而豐盈的嫩葉亮著

微風也匿藏著早來的溫暖
雲霞也打著早春已來的訊息

嫩葉有父親血汗的香味
嫩葉有母親血汗的香味

2.泥土

吳晟

日日，從日出到日落
和泥土親密爲伴的母親，這樣講—
水溝仔是我的洗澡間
香蕉園是我的便所
竹蔭下，是我午睡的眠床

沒有週末、沒有假日的母親
用一生的汗水，辛辛勤勤
灌溉泥土中的夢
在我家這片田地上
一季一季，種植了又種植

日日，從日出到日落
不了解疲倦的母親，這樣講—
清爽的風，是最好的電扇
稻田，是最好看的風景
水聲和鳥聲，是最好聽的歌

不在意遠方城市的文明
怎樣嘲笑，母親
在我家這片田地上
用一生的汗水，灌溉她的夢

北部合評

李敏勇：巫永福先生詩業的成就，主要是奠定在臺灣光復前；而吳晟則是光復後近幾年來活躍的青年詩人。這兩首「泥土」在臺灣詩壇上許多以泥土爲題的詩作中，或許可以比較出許多不同的質素來，特別是兩首詩寫作的年齡却是青年時代，而政治經濟文化背景又那麼地不同的時代。

首先，是否請在座談一談，兩首詩作所表達的主題。

趙天儀：在還沒有談到正題之前，我先談一下有關日據時期以日文寫作，發表的作品我們應如何加以重視的問題。過去，常有人有意漠視日據時代以日文創作的作品，不給予應有的評價。事實上，透過譯成中文，我們重新面對了許多那時代的精緻心靈和紀錄，豐富了我們的文學傳統。譬如巫永福的詩，就使我們有這種感受，雖然時間那麼久遠、意義和價值常存。

巫永福「泥土」中的香味，是一種崇高的象徵，特別是泥土的香味。

吳晟這首「泥土」，給予我的震撼性較弱，吳晟的泥土被借喩母親的形象，而巫永福的泥土事實上等於父親，等於生命。

李敏勇：我再談一下我的看法。我認爲這兩首詩有一個主要的差別，在於吳詩較具日常性，而巫詩則相反。我們一般都把日常性排斥於詩的國度之外。但吳晟這首詩的價值，在於他處於都市化速度急遽的今天，對被認爲粗俗的鄉村現實加以擁抱的感情，這種感情是高貴的。問題是這種感嘆具有的意義層次如何？

而巫永福這首泥土，直接把握到「生命」。他透過自然物、自然現象。掌握了生與死的不息現象，詩的本身透明而優雅。

李魁賢：兩首詩基本精神都是在肯定泥土，但兩首詩的技巧方面有很大的差異，巫永福這首詩帶有很重的象徵主義色彩。象徵主義是用到聽覺、味覺、視覺等感受來表達。巫永福這首泥土中有香味、光等視覺、味覺要素，透過這些要素表現物象的生命。吳晟這首泥土，很明顯的是寫實的，用日常生活的描述來表達感受。巫永福用父母一生對泥土所下的血汗，甚至肉體都埋葬在泥土，再循還到從泥土開出的嫩葉和香味，技巧很高。吳晟則直接用日常事件表現。巫永福用意念表現，吳晟用事件表現。

李敏勇：兩位詩人在寫「泥土」時的文學運動背景，是否影響到詩的表現，此外，兩位詩人在不同時代不同生活背景的美感經驗之不同是否也有影響？

李魁賢：這也有很大的影響，兩首詩當然可以看出不同的背景，但都十分眞摯。

林鍾隆：這兩首讀起來，給我的感受有很大的不同。吳晟這首詩實際上是寫母親，巫永福的泥土則實實在在寫泥土，巫永福的泥土是共通性的，吳晟的泥土則較個人化。

趙天儀：兩首詩的想像空間差異很大。不過從巫永福的作品看起來，臺灣已有的詩文學傳統很珍貴，光復前即有這樣的程度，也頗令我們興奮。

中部合評

桓　夫：此次作品合評題目是臺北編輯部所提出，分北、中、南三區分別討論，今天北部和南部有多位同仁來中、共同參與此會，我們先請北部編輯李敏勇做個說明。

李敏勇：巫永福是日據時期就活躍的詩人，吳晟則為光復後成長，現在享譽甚隆的詩人。在光復前後的不同時代，不同的政治社會環境下這兩首「泥土」具有不同的意義和價值，請加以比較分析。

林亨泰：他們的題材相同，差別為詩人創作時之意識形態。巫永福把父母的意象透過泥土來連貫。吳晟其為農家子弟才能寫出如此的意象，把樸素生活和現代文明生活做為對照，這都是生活的寫照。

李敏勇：巫永福這一首詩的寫作時代是光復前可否就其環境探討一下其與時代的關連性。

吳晟是處於農業社會轉型都市化逐漸強烈的時代，可探討這首「泥土」在這種轉型中的意義！

林亨泰：任何一人都有其對鄉土之愛，因經意識形態而不同，詩切入的焦點不同，感受不一。

白　萩：第一、二句：「泥土有埋葬父親的香味；泥土有埋葬母親的香味。」語句不順，有臺灣國語味道，不知道原詩為中文，或由日文翻譯而來？

林亨泰：語句流利不流利與詩好壞無關。詩不一定要流利，這樣也有其味道，我覺得最有味道的為第段，這一段不就是在現有的中國句法之外，更開拓了一種新的表現法嗎？

白　萩：「泥土」不一定是「鄉土」。巫永福這首詩有二個衝突的象徵含義：即泥土與葉子的關係。這首詩明顯的宣示了成詩時的時代環境：所謂泥土是：潮濕的泥土；寒冷的泥土。而葉子有三種形想、落葉、枯葉、嫩葉。當葉子老去，成為枯葉，掉下而成為落葉，埋在泥土裡。因此泥土有埋葬父母親的香味，在潮濕寒冷的泥土中發出淺春的芳香，滋養着嫩葉的成長，因而嫩葉也有父母血汗的香味，表現生命力的不屈及延續。

吳晟「泥土」一詩，雖然標題為「泥土」，但整首詩祇在寫他的母親安貧愛鄉，對泥土並無伸義，倒不如改為母親恰當些。

林亨泰：題目雖為「泥土」其所代表的不一定是泥土，僅就守義的解釋未免太窄一點，應當從它的象徵意義的廣大面去着眼。

李敏勇：巫永福的詩着重於生命的永恆意義之探索，吳晟的詩則較重現實的擁抱。它有明顯的不同，我希望各位談談它們的不同和時代的關聯性。

亨魁賢：此二首詩表現技巧顯著不同，巫永福採取象徵主義的手法，以感官的味覺（香味）、視覺（光）等來表達詩人的感受。吳晟則以寫實主義的觀點，描寫現實的物象。今早讀到剛接到美國出版的『里爾克——疏離的鍊金術』(Rilke, Tbe Alchemy ol Alienaton) 其中有一章以疏離 (Alienation) 和轉化 (Translormation) 解說里爾克的詩「天鵝」，個人會試借用來解說此二首詩。里爾克的「天鵝」描寫天鵝在陸地行走，步伐笨拙而艱苦，產生疏離（或稱外化）現象，但進入水中，變成自適自如，風葉絕代，而且有王者之風，這便是轉化過程。巫永福的泥土，一開始說明双親歸土，無論就作者的心情或双親的存在，都與現實產生疏離感。但由泥土所生長植物，從落葉、枯葉，到新生的嫩葉，顯示双親墾殖的成果，甚至以肉體化為肥料培育的成就，顯示了轉化的過程。吳晟的詩所描寫的現實，若依社會發展之由農業社會進到工業社會，則保守於農業社會生活中的人，對工業文明會產生疏離感，這是詩中所表達的，但僅依存於農業社會的現實，却無進一步轉化過程的表現。因此，巫永福與吳晟以同樣泥土爲題的二詩中，可從轉化過程之有無，比較出二者生命力的強弱。

趙天儀：我們對詩的瞭解方式有二：顯義和隱義。巫永福的詩爲對歷史悲劇的感受，吳晟是以知識份子的角度來看農村。巫永福的詩振撼的意味要強烈一些。

蔡榮勇：巫詩的主題應在最後「不在意……她的夢」，他是站在農人的觀點來批判社會，面對農村，勇敢的站出來批評，此首詩的轉換較小。

陳秀喜：巫永福的詩有如一滴露水，較有美感，吳晟的詩是一滴滴的水。

杜榮琛：泥土是孕育大自然生物成長的本源，可引伸或象徵父母對子女的親情，和國家對人民的恩情；巫先生的詩由落葉→枯葉→嫩葉意象的捕捉中，表現出身處異國對中國（泥土）的懷念，也道出血緣裡中國人薪火相傳的隱喻。

吳晟先生的詩樸拙、自然而有力，語言不矯飾、不造作；是一種對社會環境的批判。讀他的「泥土」，讓人覺得很親切，若曾生長在昔日農村的人看了此詩，必會有所感動。

趙天儀：吳晟的詩顯示其對工業科技高度發展和農村社會之間的掙扎，似較喜愛農村，愛其原有的生活，巫永福對歷史的變化較有體驗。

桓　夫：我們如純以對詩的喜愛與否來看，巫的詩較爲喜愛且有親切感，吳晟的「泥土」表現手法較爲直接，沒有把詩意象化，這是以喜愛與否來看的。

何豊山：兩篇皆基於熱愛鄉土的意識爲出發點，並無明顯的政治意味沒充分的時代不同之感；兩篇皆意象顯明，平易近人，具濃厚的感性，使人容易接受且親近，而表現的手法却迥異。

巫永福的「泥土」，有超越時空性連結兩代的情感且流露出薪火相傳的使命感，顯意上係對亡歿父母的思懷，隱意則以泥土的芬芳，樹的紮根以及樹葉的老化枯黃與新嫩的滋長相銜，充分表露出繼往開來的時代使命感與中國固有傳宗接代的傳統道德，讀來令人心臟震撼餘意裊然，意象遼濶，是其成功之處，而其使用樸拙的文字更流露著樸拙的美感。

吳晟的「泥土」，描述上一代的辛勤耕耘，重寫實、寫景，具有顯明的繪畫性色彩，而詩內所稱的母親，並不一定係指自己的父母，兼有鄉野一般婦女的通稱；它的人物寫母親，而不使用父親形象，自亦其成功之處，傳統上「男主外，女主內」，由鄉村婦女須以汗水灌溉泥土，更襯托出男人的倍極勞苦；吳晟「泥土」語言文字的使用相當靈活優美，由正處於科技發展，文明衝擊的內心掙扎與徬徨，更顯現出對泥土的熱愛。

張典婉：吳詩「清爽的風，是最好的電扇，稻田，是最好看的風景，水聲和鳥聲，是最好聽的歌。」帶有很中國很傳統的風味，這首詩娓娓寫來，有類似小品式的格調，很能表達吳晟的心思，是以生活爲着眼點，較偏重個人的觀點。在「不在意遠方城市的文明」及他對泥土所用的字裡行間中，可以嗅出一個農村知識份子的感懷。

巫詩則以「潮濕」「寒冷」等字眼描述當時在日據時代知識份子對祖國的渴望，藉着自然的現象來寄托他熱切的情懷，而由優美的文字寫出他對泥土、家國的遙望，「新鮮」、「嫩葉」、「豐盈」……等字眼就是希望，整首詩看來較有大我的觀念。

許正宗：巫詩的主題，是新舊時代的銜接，傳統延續的接受。吳晟的主題，是他母親心血的付出。利用鄉土性的語調，描述母親在文明時代變化中，固執自己的生命方式，作者在詩中也隱約少許的愁緒。

兩者各有主題，各有風味。

林亨泰：詩的本質應是含蓄的，散文的本質則是如實的，兩者代表爲文學的二個極端，但其中間界線却很難劃分清楚的。不過，「含蓄的」和如實的二方都值得我們去探討的。

白萩：巫詩並不難懂。吳晟的詩，其語言的淺白性不能說有什麼開創，所謂其鄉土性，也不能說是他首先開端，三十年代的作品中多的是。巫詩所以感人是有其做爲詩人的人生立場；生存態度。我想，喜歡看打籃球和愛打籃球是兩種不同的態度，面對人生，也是如此。兩詩的不同點在此，結果也就顯出高下之別了。

楊傑美：巫永福的泥土是生與死輪廻上演的場景，表現的手法較具象徵性，描寫泥土與人的自然性的聯結，傾向於自然現象的思考。吳晟的泥土是現實人生夢想的場景，表現的手法上，敍事和說理的色彩較濃；所描寫的主題是泥土與人的社會性的聯結，傾向於家族或社會的倫理的思考。

南部合評

鄭炯明：今天我們要討論的是巫永福和吳晟的作品，他們各在不同的時間寫了一首「泥土」，等下希望大家比較兩位詩人對育孕我們生命的泥土的看法，以及從詩的技巧、詩人的現實觀等比較兩詩的異同點。

巫永福的「泥土」原文是日文，經桓夫翻譯成中文，在笠詩刊發表。吳晟這首「泥土」是民國五十三年發表於幼獅文藝。這兩首詩都肯定孕育我們生命的土地，這是相同的地方，但巫永福的寫法較客觀、冷靜，而吳晟是用母親做出發寫的，「我」的投入比較濃厚。

陳坤崙：巫永福的泥土是用象徵的手法寫的，有一種落葉歸根的味道，像「泥土有埋葬父親的香味，嫩葉有父親血汗的香味」，有犧牲才有希望，雖然終結是父母埋在泥土中，可是由落葉會產生嫩葉，這樣表現出一種理想主義的遠景。

吳晟的泥土所採取的是寫實的手法，他把觀察母親在田裏工作的情形，藉母親的口吻說出，反映都市文明的演變，影響鄉村的生活，有反諷的意思。「水溝仔是我的洗澡間，香蕉園是我的便所，竹蔭下是我午睡的眠床」，他用這些來肯定母親在農村的生活方式。由於時代的演變，人口往都市集中，形成農村的勞力不足，這是目前一般的現象，而生活在都市的人往往受功利主義的影響，鄙視孕育生命的泥土。

鄭炯明：都市文明的發展常破壞自然的景觀，造成所謂公害問題，現在已受到全世界的關注，我們不要小看表面的影響，事實上，我們可以預見公害問題，將是未來人的生存必需面臨的一個重要的課題。

莊金國：剛才陳坤崙說巫永福的泥土是象徵的，吳晟的泥土則是寫實的，我有同感。吳晟的泥土給我的感受是，讀第一遍的時候覺得不錯，第二次第三次再唸時，便覺得有點想當然耳的感覺。對鄉村的懷念，瀕乎一種鄉土的濫情，譬如他說水溝仔是我的洗澡間……，以我這個草地囝仔出身的來看，我能體會他寫的情形，但問題是這首詩的主角是母親，一個老婦人在水溝仔洗澡，在香蕉園……，如此聯想起來，我覺得十分格格不入，雖然我不排除這個可能性。詩的表現必須經過選擇、過濾，寫實也不是完全的生活的記錄，否則只是一種報導而已。相反的，如果是用父親的角色來寫，我想就不會那麼刺眼了。

鄭炯明：我想吳晟用母親的口吻講這些話，是不是在一般的想法裏，土地代表一種讓我們的生命生長的要素，從母親與大地的聯想，使作者採取這樣的寫法。

曾貴海：在討論之前，我曾仔細看過吳晟的詩集，在「泥土篇」系列有五首詩，平均一首詩出現「母親」有四次，所以有必要對「母親」的含意做一解釋。當然，狹義講是指某位女性，廣義則象徵孕育生命的東西。我感覺由於吳晟與母親相依爲命的生活，使他對母親產生一種濃郁的感情，以心理學術語來講，是有一點「戀母情緒」存在，所以這首詩的泥土是象徵大自然的根源。

吳晟用現實的手法，利用鄉村的情景，把母親和土地的形象交叠在一起，這是我的看法。

莊金國：我並不這麼認爲，因爲作者一開始就寫與泥土親密爲伴的母親，意思很明顯，這首詩如果說以母親來象徵泥土，我覺得關聯性很弱。吳晟和巫永福在象徵技巧的運用上，相差很多。

林宗源：從萬物的生聯想到人的生命的生長，寫出對泥土的關愛，兩首詩都是從這個意念出發的。不過我感覺吳晟那句「不在意遠方城市的文明怎樣嘲笑」有點問題，城市文明也是泥土的演進，思想、感受、制度只有鄉土的才算好嗎？

陳坤崙：我想這是在諷刺都市人輕視鄉下人的生活。

林宗源：所謂鄉土的意義，應該是廣泛的，而不是指抱守舊的不放，才是鄉土的，才是好的。

鄭炯明：人類似乎都有戀舊的習性。

莊金國：我們不要一概肯定所有生活於都市的人，都有蔑視鄉村的想法，物質享受的差異難免使一部份人有優越感，但那是局部的，不能代表整體。

棕色果：從精神面貌來看巫永福的泥土，此詩所呈現的是廣大的，有一脈相承的味道，由於巫永福身經日本殖民政策的痛苦，故詩中所表現的趨向傳統的承繼。而吳晟是由小見大，從他的詩中，反映農村生活的情形，且從傳統跨進現代的意識。

莊金國：照棕色果的說法，好像巫永福的表現手法比較陳舊一點，但我不這麼認爲，象徵的寫法有象徵的好處，如果就兩詩的表現技巧來說，我以爲巫永福的泥土比吳晟的泥土高一籌。

不過巫詩的第五段「微風也匿藏著溫暖／雲也打來早春的消息」我讀了幾遍，覺得好像突然插入，如果刪去，整首詩的效果會較好，因爲末段是承接第四段而來的。

陳坤崙：我覺得不必刪掉，因第二段的「飄過竹叢落葉亮著／向那光的斜線／鳥飛去」與後面互有輝映。

巫永福的詩裏有兩個重要的意象，第一個是泥土，泥土就是埋葬有父親和母親的香味，其次是樹葉，枯葉因落下再長出新葉，作者利用很簡單的泥土和葉子做意象，把他的理想表現出來，也就是人類與大自然的生生不息的運轉。

吳晟的泥土是寫實的，他以母親和泥土的結合，表現生命對大地的堅持，當然，在實行過程中，母親要付出相當大的代價。

那麼，也許有人會生一個疑問，究竟是象徵的好還是寫實的好呢，我的看法是如果技巧高明，兩者都會令人感動、震撼，而不是採取那一種寫法的問題。吳晟說「水溝仔是我的洗澡間」，我感覺太誇大，水溝仔會不會太小？

莊金國：水溝仔有時是指圳溝……

林宗源：這樣描寫可能粗糙一點，但不會影響詩的表現。巫永福的泥土比較擬物化，有隱喩存在，而吳晟是擬人化，如果適當加入母語，可能顯得更富有親切感？

莊金國：用象徵的手法便不大需要。寫實的詩容易懂，也較容易感人，但要有相當的內涵才行，才能耐得住一讀再讀。

鄭烱明：一首好詩要能打動讀者心靈的深處，它不但被人瞭解，也給人知道它完整的表現是什麼，雖然有時候知音太少，但並不損它的藝術價值。

曾貴海：讀巫先生的詩，我有一個感覺，泥土象徵新陳代謝、綿延生命的場所，他利用兩個相對的不同的意象表現這首詩的意義，而不是用象徵。第一是死的意象，用落葉、埋葬、鳥飛去等來表現。相對的是生的意象，用閃爍於枯葉的光、嫩葉和春來表現。然後整首詩因意象的襯托，泥土的象徵才呈現出詩的效果。

林宗源：所以這首泥土讀多次，比較不令人感到厭煩，換句話說，它的空間性、意義性較大。

二、杜潘芳格「平安戲」、「中元節」

1.平安戲

杜潘芳格

年年都是太平年
年年都演平安戲
只曉得順從的平安人
只曉得忍耐的平安人
圍繞著戲台
捧場著看戲
那是你容許他演出的
很多很多平安人
寧願在戲台下
啃甘蔗含李子鹹
保持僅有的一條生命
看，
平安戲。

2. 中元節

杜潘芳格

你
喜愛在紛雜人羣裏
追求「忘我」。
而我
越來越清醒。

貢獻於中元祭典的豬，張開著嘴緊緊咬著
一個「甘願」
無論何時
使牠咬著「甘願」的，
是你，不然就是我。

中部合評

鄭烱明：杜潘芳格在笠詩刊發表的作品雖然不多，但她與陳秀喜的詩，很明顯的不同於臺灣詩壇上其他的女流詩人。一般女性詩人所寫的詩，常只描寫身邊的細瑣或感情，只是陰柔之美，不見剛陽之氣，而杜潘芳格的這兩首詩，現實批判的意味很濃，也給人很強烈的感覺。我認為「平安戲」和「中元節」，都是有豐富內涵的好詩。在「平安戲」裏，做為一個人，如果必需忍辱偷生，才能在戲棚下，看平安戲，那是多麼悲哀的一件事啊。至於「中元節」中，咬著一個「甘願」的被當做祭品的豬，杜潘芳格巧妙地用「橘子」（臺語）和「甘願」的諧音，達到了揶揄諷刺的效果，因為咬著「甘願」的，其實是非常地不甘願的。

倪遠宏：唸她的詩給人感覺出一種無奈，「甘願」為其被強迫的「甘願」，看平安戲也是被強迫去看的。

錦　連：杜女士所追求的是心靈上的，對社會的批判性很強，這種強烈的批判性是和一般女性詩人所不同的地方。

我認為詩作品和其本人生活態度應有其一致，若沒有深刻感受，則寫不出好詩。

李敏勇：「使牠咬着「甘願」……」是希望對其不合理的地方有所改善，而產生的自我批判。

桓　夫：杜潘芳格本身是為基督徒，以此寫這二首詩，却寫得很深刻很好，對社會民間的狀態，社會現象的表現，語言很適當鄉土味很濃，二首寫的都很突出。

白　萩：這二首詩寫得很好，以女性詩人能寫出這樣的詩，實在是異數。在上與下，統治與被統治的衝突之間，作者所觸及的不只是諷刺、反抗、批評對方，而深入到譴責自己！「是你們使他如此的！」「在豬的口中含一個「甘願」，是你也是我」。引人深思。

林亨泰：有濃厚的象徵性，並非僅靠文字戲法所能做到的。以平常的文學表現出深刻的感情，這是為我喜愛的。

李魁賢：杜潘芳格這二首詩有濃厚的階級意識，但與生產階級無關，而是支配者能受支配者的階層。二首詩中階級的組成不同，「平安戲」顯示受支配者的「平安人」為多數，而在幕後支配的「他」是少數，故呈正錐形△，然而「中元節」中支配者的「你」「我」變成多數，被支配者的「猪」是少數，而呈倒錐形▽，這種現象毋寧更令人觸目驚心，因此，批判性更爲震撼。其次，杜潘芳格在二首詩中都善用了反諷的表現。「平安戲」中的平安人，必得要順從、忍耐，表示實際上是「不平安」的。而「中元節」中猪之咬着「甘願」實際上也是支配者強制執行的，顯示實際上「不甘願」。超現實主義者喜歡用矛盾的陳述(Paradoxicae Statent)語句，但杜潘芳格採取矛盾的境遇(Paradoxicae Situation)，可以說更高一着。

何豊山：一般女詩人大抵常離不了古宋李淸照式的巢宦，皆喜鴛鴦蝴蝶式的顧影自憐與感懷傷情，以艷麗或消沉的筆法表現自我。而杜女士獨以平淡寓意深邃的手法來處理現實社會的問題，反映出上一代的無奈與認命的人生，實屬不可多得之作品。

她刻劃出了殖民地下的人民，樂天知命，安於現實，生活跟隨著人潮走，但求溫飽、順從的生命，正是受宿命論支配嘲弄的一般人，也正是標準的臺灣殖民意識。

兩篇中具濃厚的政治意味，重覆語言的運作很成功；在「平安戲」詩中，重覆使用「平安」字眼，而流露著內心的掙扎、反抗與不平安。在「中元節」詩中，以人代表統治階層，而以猪的被擺弄地做犧牲品象徵殖民地下的被統治階級，重覆使用「甘願」字眼流露著內心的無奈渾噩，諷刺著失却自我的生活。

內在受存在主義意識影響頗深，而以反面筆觸來顯現，意象深遠。

杜榮琛：她的詩理性較濃厚，感性較少；這是能其他女流詩人所不同之處。「平安戲」一詩描寫出大多數人都容易安於現實，甚至隨波逐流；而沒想到應如何去改變它，使現實更往理想推進。

「中元節」是借嘲諷而轉向自諷的批判性詩作，在字面看不出特殊雕琢處，但骨子裡給人內心的震撼很大；我對她這兩首詩都很喜歡。

許正宗：聽了各位的解析，才知杜潘芳格詩中，含有臺灣日據時代的政治因素在內。本來純從詩句上多少也能體會作者對生命價值的批判，但是加上述的政治因素，則更能瞭解其人其詩。個人以爲作者藉著這二首詩，透過對周圍的環境，以他自己的生命價值予以批判，讓人覺得內容含有作者的思想與處世的智慧。而這種文學表現方式，正足以發人深省。詩中，作者從「平安戲」這個典故的字義，加以再延伸，用這一個特別的視點去與現實接觸，詩語言在作者精心凝聚下，從層次的排列中，襯托作者對現實的參與態度，也含有一群古老傳統中國人對生活情境的「知命」，不是臺上演戲的角色，那就閒適的看平安戲。

第二首的中元節，若是讀者不知道以猪含柑，是用來隱喩統治者與被統治者，將使人沒有辦法與第一段聯想。個人以爲像這種以「甘願」典故入詩，處理不好時，對讀者會產生冗贅或對作品的隔閡，作者借猪嘴含柑的甘願，引述爲詩中對生命必然性的那種屈服的無奈，也隱有藉此祭典爲自己的祭典，假如用電影蒙太奇的手法來表現，感受可能予人更深刻，也不會如詩句在欣賞時，感覺到聯想上的錯雜。

楊傑美：杜潘芳格的「平安戲」主題是批判現代人和現代社會的無意義行爲。這在第一段的——年年都是太平年，年年都演平安戲——中就可以採測出來。平安戲之由來，本是農業社會中，為歡慶渡過了一個太平年而舉行的一種社會慶典。其存在的背景是，科技未發達的農業時代，人們對於大自然的災難，和社會的災難（如戰爭）的恐懼，以及置身於災難的恐懼中人類生命朝不保夕的危機。而這三十年來，生活於臺灣的人們，由於科技的發達，幾乎年年都是農業豐收，工商繁榮，又沒有戰火的肆虐；在這樣年年都太平的安逸之中，無論「演」平安戲或「看」平安戲的行為，早已成為一種習慣性的，無意義的，重覆的「社會虛偽」。杜潘芳格的「平安戲」也就是企圖向讀者指明它的諷刺性。

一般來說，女性詩人由於天賦的直覺本能，和豐富而細緻的感情，作品的風格多屬婉約的、哀怨的抒情。而杜潘芳格的詩，却是冷的、嚴肅的、批判的，屬於知性表現的風格。這樣的風格，在當今我國的女詩人中，恐怕於一種稀有的異數吧。

南部合評

陳坤崙：依臺灣的民俗，演平安戲都是在年底，表示一年結束了，從頭到尾都很平安的意思，但是在日據時期，在高壓的殖民政策統治下，要保平安實在不是一件容易的事。

戲的內容常是一些有民族意識的忠孝節義之類的，偶爾隱藏有反抗的意識在裏面，有句俗語說：戲棚下站久我們的，所以潘芳格寫這首平安戲，現實的批判很重。

關於中元節，我小時候住在菜市場邊，也常參加普渡，每看到猪仔咬著柑仔，便忖惻：猪仔為什麼要咬柑仔？我曾問過很多人，都得不到正確的答案，有人說是裝飾用，但在這首詩裏，柑仔就是甘願的諧音，也許柑仔就是甘願。

林宗源：我看不能這麼講吧，應該有它傳統民俗的意義。

陳坤崙：把柑仔想做甘願，是詩人的妙喻。對了，前幾天我請教一位老者，他的解釋是，普渡要殺生，是冒瀆神明的，所以讓猪咬著柑，使牠不要講，以杜其口，是不是眞的如此，我就不知道了。

鄭烱明：目前臺灣的女詩人，能寫出以現實為立足點，而又有深度的作品的，實在很少，潘芳格可以說是其中的一位，從我們要討論的兩首詩，可以證實我的看法。

這首「平安戲」，讓人讀後內心非常沉痛。有的人為了求生存，有時候連人的尊嚴都捨棄也沒有關係，但求能活下去就好，只要有一口氣在就行了，何況還能站在戲棚下吃甘蔗吃李阿鹹，有一點享受，誰不要？所以我讀這首詩心情很沉重。「平安戲」是一首富意義性的詩，潘芳格以她細膩的觀察寫出，對現實的反省，不為事情的外表所迷惑，必需具有敏銳的觸覺才行。

「中元節」也是一首思考性的詩，剛開始讀時不能確切抓住作者要表現的意義，但如注意讀下去，便可瞭解。一隻猪仔在普渡時，被人殺死後，內臟被拿光，嘴巴還張開大大的，咬著「甘願」（柑仔）說，我是甘願的，是多麼大的諷刺啊！尤其最後一段說，「使牠咬著（甘願）的，是你，不然就是我」，更令人深思。

莊金國：論潘芳格的詩，使我聯想到宗源兄寫的不站在人的立場講話的一些詩，平常我們關心的事情，常離不開與人有關的東西，我想有時候換一個角度，站在人以外的立場，替某些事、物講話，會有意想不到的效果。

至於「平安戲」，讀後心情的沉重，簡直無法用語言形容。最近常來烱明這裡，途中常見賣房屋的廣告噱頭，也在路旁搭戲臺，演唱流行歌曲，扭呀扭的，吸引觀衆，這種情形和詩中所寫的差不多，的確，在混沌、浮箏的現實裏，仍能保持清醒的人。並不多，這是我的一點感慨。

棕色果：潘芳格女士的詩有她的特色，一般女詩人所寫的，大都是身邊的家庭瑣事，而潘芳格能從家庭走入廣大的社會，可說非常難得。「平安戲」中的觀戲的人，爲求向現實妥協，所以採取明哲保身的態度，只要能生存，受一點汚辱也沒關係，當然，詩中所表現的，也有反諷的意思。另外，我覺得「中元節」一詩中，供獻於中元祭典的豬，張開着嘴，緊緊地咬著「甘願」，這個意象很鮮活。

林宗源：說潘芳格和一般女詩人的詩不同，由於我對其他的女詩人不熟悉，所以無從比較。

鄭烱明：講講你的感覺就好。

林宗源：從潘芳格的這兩首詩來看，我感覺表現得很好，有獨創性，就詩的創作來講，這點很重要。這也使我聯想到什麼八十年代，幾十年代詩選，像這種優秀的作品都沒有選進去，我眞懷疑那些詩選的代表性。像中元祭典的豬，咬嘴緊著「甘願」，這是神來之筆，整首詩所表現的也很完整。

莊金國：「中元節」的第一段是說明性的，「而我愈來愈清醒」似可不必強調。

鄭烱明：不，那是一種襯托，與「追求忘我」和咬著一個「甘願」都有其關聯性。

林宗源：詩應該用隱喩來表現才耐讀，我個人追求的也是朝此方向。「忘我」是抽象的東西，潘芳格用一個抽象的東西來表現具象的象徵，效果不錯。

鄭烱明：語言的厲害就在這裡，這兩首詩的語言都非常平易，但在平凡之中，語言所代表的意義，却非同凡響。語言的追求應達到這個境界才行，過去有的詩人爲了營造意象，而忽略了語言意義的功能，造成有佳句而無佳篇的情形，現在情況似乎好了一點。不過目前也有一部份的詩，有語言濫用的跡象，使語言失去節制，也要注意。

林宗源：這就是上回我在討論陳坤崙的詩時所講的，是作者對詩本質把握的問題，不單純是語言的問題。潘芳格的這兩首詩，最可貴的是她的獨創性。

三、非馬「魚與詩人」、「鳥籠」

1.魚與詩人

非　馬

躍出水面
掙扎著
而又回到水裏的
　魚

對
躍進水裏

掙扎著
却回不到水面的
詩人

說
你們的現實確實使人
活不了

2.鳥籠　非馬

打開
鳥籠的
門
讓鳥飛
走

把自由
還給
鳥籠

中部合評

何豊山：非馬以躍動的意象來表露出內心的意識形態，表現得很成功，想像力豐富，十分耐讀而回味無窮。

「魚與詩人」一詩中：以水作爲現實的限界；魚或詩人都應生活於屬於自己的天地，倘不得其處，祇有受現實的淹沒。以他獨特的筆調寫來，傑出且優美。

「鳥籠」一詩中，以打開鳥籠的門是最不容易且最難之處，要打開鳥籠的門一句起首是其成功之處，而毅然決然地做到正啓開整篇之門，最後是把自由還給鳥籠，意義深遠，耐人尋味。

張典婉：非馬的詩現代感很濃厚，從內在精神層面到外放，探討其對人生的態度，乃至最後的妥協，這二首詩很貼切地把握了生活的素材及語言。

詩的節奏一如電影剪接的明快，讀者順著作者筆下讀去極易被同化，動力多於靜態的感受，很快達到作者寫詩的目標，但是易造成晦澀，而且未必大家都能接納這樣的文字組合。

杜榮琛：我非常喜愛這兩首詩的語言手法，有多一字則嫌太多，少一字則嫌太少的感覺。作者在「魚與詩人」中，從魚的掙扎入水而活，詩人的掙扎入水而即將淹死，道出現實給詩人的衝擊和無奈。

「鳥籠」一詩可以說開放了自我，還給自我當生命主人的權利；也可以說拘限他人自由，也相對的拘限了自已。

趙天儀：語言的表現乾淨俐落而且有矛盾語法的意味。

林亨泰：詩的好壞不是語言的問題，重要的是如何參與跟怎樣切入現實。非馬在觀點上抓到了詩的本質之後，便以獨特的思考方式，以及從特殊的角度去構成他的詩，這是一個思考的問題。

白　萩：據我和非馬相交二十多年所知，和林亨泰所說的相反，非馬是一位非常注重語言的詩人。非馬的詩，常有反逆的思考，「魚與詩人」是位置的互換；「鳥籠是反逆的說法，引人驚愕，因此產生力量。

林亨泰：語言和思考是不分離的。語言不僅傳達的媒介，而且更是思考本身。

李敏勇：這兩首詩的結構安定完整，以最簡單的型態演出嚴肅的主題。

林亨泰：詩不是作文，不是錯一、二個字的問題，而是一錯全錯的問題。

趙天儀：切入方法既要準確，語言也要全新。

白　萩：人用語言思考，不只用語言表達，修改文字，並不就屬於修辭。人用語言思考，並不一次就準確無誤，有時也需一遍二遍的修正。

鄭烱明：今天討論非馬的詩，使我想起另一個詩人季紅的作品。季紅的詩的語言也非常簡潔，凝鍊，在十多年前讀他的作品，感覺有他特殊的風格。停筆多年後，最近再次讀到他發表的詩作，雖然清新如昔，但已覺得和生活有一段距離，而非馬雖然也採用意象派的寫法，但他的人間味還是很重，較能使我感動。

白　萩：季紅的詩受意象派影響很深，非馬也是如此，比較起來，非馬對人生和社會較爲關心。

許正宗：季紅前些日子刊在聯合副刊的詩，是一種對任何事物，別爲假定，別爲想象，自定一套主觀的推理方式。非馬的詩則是將客觀的事物現象，經過主觀想像的改造重現出來。二者詩的形式各有其象徵手法，不可混爲一談。

其次以讀者的觀點來看，非馬詩的形式是一種高度昇華後的再現，個人以爲，其表達情意的媒體，容易造成讀者只能無條件接受或排棄它。有時如不看題目，往往詩中的描述，不能聯想出其意義。

非馬的詩也含有很濃郁的「知性」，但是在其簡短，簡潔及分割詩句的詩作中，假使意象的經營，沒法使「主題意識」很明顯的表露出來，則其「一行語句分割成數行」會有一種缺失，就是詩成爲拊在紙上一推肢解的語言，離不開紙上的排列位置。將其詩誦讀，聽者可能會不知所云。另外非馬的詩經過多遍的閱讀思考，可發現詩中意象的繁富，在針對現實的諷刺批判中，醞蓄對社會人生的關懷，將讀者的思緒帶入更深的思想領域。

個人以爲詩的表現方法，如果人人都寫同一種類的詩，則詩多樣性的美，將被扼殺。詩是順要各有各的風格才好。

白　萩：若要眞正讀懂非馬的詩，我想應在三十歲以後。

林亨泰：要用心去看它感受它。

趙天儀：詩人應有其獨立性格，若是如此則對詩不會形成扼殺，不一定每人都會去學他。

趙天儀：對詩的現代化和民族化我們並沒有馬上達到。若以科學未看他的美是不同的。

林亨泰：詩應是多樣性的。

白　萩：我們今天稱讚非馬的詩，並不意味它就是我們詩壇上最好的詩，非馬的詩雖然有一針見血式的深刻，但廣度顯然是不够的。

趙天儀：年齡不同，讀詩的感受也就不同，若能更耐心，更以了解的態度去讀它，感受會不同，不妨以更寬懷的心去了解他。

桓　夫：同意許正宗的看法，非馬的詩是要用看的而不是唸。現代詩是用看用思考的詩。

李敏勇：欣賞文學藝術，是需要訓練的，透過不斷的閱讀而鍛練出鑑賞力。

楊傑美：非馬的詩中最重要的是對於現實的深刻觀察，非馬的觀察，總是跳脫於事象外表的控制之外，而直指事物存在的核心。美國著名的鄉土畫家魏斯在談論自已的畫時，曾說他所要在畫中表現的是「事實背後的我眞實」。在談論非馬的詩時，我們也可以說，非馬在詩中所要表現的是「現實背後的非馬的眞實」。這種立基於現實的土壤中，以詩性的想像力加以耕耘和灌溉，所收穫的詩，必然是具有如生命般動人的質素的。爲了要直指事物眞實存在的核心，非馬發展了他個人特有的簡潔而近於抑制的風格。十多年來，不論詩壇外在環境如何變化，非馬始終一貫不懈地，實驗，試煉，堅持自己的風格。

例如在「鳥籠」這首詩裏，非馬不寫把自由還給鳥，而寫成把自由還給鳥籠，這樣的觀察，的確會使讀者大吃一驚。一般人對鳥籠的觀察大都是單向的，大都只注意到鳥的自由，忽視或遺忘了鳥籠的自由；非馬的觀察則是複向的，他的視矚同時落於鳥於鳥籠兩端。在非馬的眼中，鳥籠因爲擔負着「關鳥」的使命，不得不緊張地監視着，而鳥則不斷地掙扎着要飛出來；這二種對立的情境對於鳥而言，固然是沒有自由，對於兢兢業業想把鳥關住的鳥籠又何嘗有自由可言？非馬的這種觀察，不禁使人聯想到某些犯人的囚禁，和某些家庭中父母對於子女的拘束。

總之，非馬的詩是非馬以想像力貫穿現實所獲得的深刻而眞實的產物，這種賦有活性的詩的眞實，往往令讀者爲之震撼而低徊不已。

南部合評

曾貴海：非馬是經過現代科技訓練的一個詩人，所以他的詩，在我看起來有如圖畫詩，他往往將語言像機械零件般組合排列起來，而後使它變成一個有色彩，有空間形態的畫面，這畫面不是積木遊戲，却能很尖銳地表現出現代人的一種感受和觀念，使一些我們平時看起來平淡無奇的人、事、物、有一個新鮮的意念。

坤陳崙：我很同意這個看法，非馬的詩喜用對比，反諷和驚訝的手法。係在「魚與詩人」中的「躍出水面／掙扎著／而又回到水裏的／魚」，他就是把「魚」躍排到上面，對跳進水裏掙扎著却回不到水面的詩人說「你們的現實確實使人＼活不了」要讓我們驚訝，反省，籍著這尾魚的話，形一種寓言式的反諷。「詩人」依我看是死人的諧音，人跳進水裏也可能是自殺。「鳥籠」一詩，是藉用鳥和鳥籠的關係，探討自由的問題。鳥籠爲了要關鳥，鳥籠本身也失去自由，就像我們費盡心機去控制一個人，本身的自由也受限制，這是相對的。

非馬的詩很冷靜，他選擇的意象也很突出，且又不失去詩的完整性。

鄭烱明：非馬雖然長年居住美國，但他這十多年來創作的豐富，不遜於國內的詩人，也替笠詩刊介紹了不少當代的詩作。非馬的詩有幾個特點，一是他的語言十分簡練，其次是工象突出，另外一點是，他的詩常給人一種新鮮感、諷刺或批判的味道。

「魚與詩人」裏的魚，對躍進水裏回不到水面的詩人所說的「你們的現實確實使人活不了」，是一句令人沉思的話，作者是否暗示一個詩人，如果離開現實，便無法生存，就好像躍進水裏掙扎，却回不別水面的詩人，因爲詩人的現實是在水面。

莊金國：非馬的「魚與詩人」和潘芳格的「平安戲」是兩種截然不同的表現手法，他們寫時都非常冷靜，以知性的筆觸寫出，而非馬有動感，潘芳格則是靜態的美，語言中蘊藏深刻的意義，兩者皆令人感到驚訝、震撼。

所以我認爲，所謂技巧不單隔限在動的、活躍的狀態，才叫技巧，只要功力到家，以慢動作鏡頭處理，同樣可達完美的效果。技巧本身應無新舊之分，只有好壞之別。

鄭烱明：非馬的詩有時候整首詩只有一句話而已，但這句話已經去蕪存精。

莊金國：所以他的詩雜質很少。

鄭烱明：這是非馬語言的特色。在這裡，我還要提出一點，就是「鳥籠」所採用的反逆思考，「反逆思考」可以增加我們對事物的瞭解，擴大我們思考的領域。

棕色果：非馬詩的意象常集中於一點，語言的張力很夠，「魚與詩人」最後那段「你們的現實確實使人／活不了」，是不是太露白了一點？

莊金國：我想不會，這樣寫已算含蓄了。

紀錄美麗島的悲歡
光復以來最代表性的現代詩選

美麗島詩集

笠詩社出版
精裝一五〇元
平裝一二〇元

莊金國詩集

鄉土與明天

大漢出版社
五十元

杜國清詩集

望月

爾雅出版社
六十元

非馬譯

裴外的詩

大舞台書苑
三十元

日本圖書館協會選定圖書
獲日本文化界評價高水準的日文本

臺灣現代詩集

もぐら書房
二〇〇元

拾虹詩集

虹

笠詩社
十六元

陳明台詩集

孤獨的位置

笠詩社
二十四元

李魁賢詩集

赤裸的薔薇

三信出版社
三十元

趙天儀詩集

牯嶺街

三信出版社
四十元

陳千武譯

田村隆一詩文集

幼獅文藝
六十五元

臺中市立文化中心文化服務部代售書刊

中華民國行政院局版台誌1267號
中華郵政台字2007號登記第一類新聞紙

笠 詩双月刊 LI POETRY MAGAZINE 104

中華民國53年6月15日創刊
中華民國70年8月15日出版

發行人：黃騰輝
社　長：陳秀喜

笠詩刊社
台北市松江路362巷78弄11號
電　話：(02) 711—5429
社長室：
台北市中山北路六段中16街88號
電　話：(02) 551—0083
編輯部：
台北市浦城街24巷1號3F
電　話：(02) 3214700
經理部：
台中市三民路三段307巷16號
電　話：(042) 217358
資料室：
【北部】淡水鎮油車口121之1號5樓
【中部】彰化市延平里建寶莊51～12號

國內售價：每期40元
訂閱全年6期200元，半年3期100元
海外售價：美金2元／日幣400元
港幣7元／非幣7元
歡迎利用郵政劃撥21976號陳武雄帳戶訂閱

承　印：華松印刷廠　中市TEL (042) 263799

詩双月刊

笠

LI POETRY MAGAZINE

1981年 10月號 105

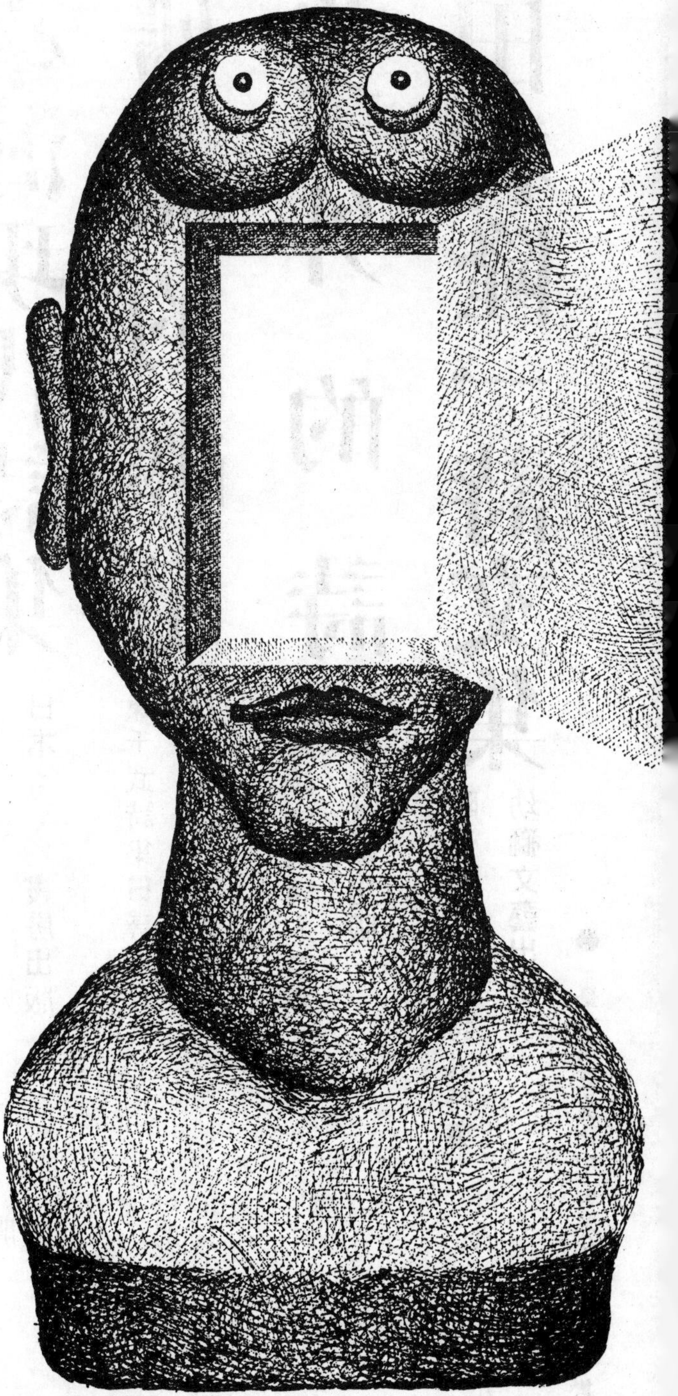

卷頭言

誰是眞正的詩人

郭成義

本屆世界詩人大會，我國自費陪團隨往出席的代表張香華女士，在會中擬以英語朗誦其作品，却遭我代表團負責翻譯及庶務工作的秘書瞿立恆教授阻止，並要其改唱歌謠「茉莉花」，引起張女士及其作家夫婿柏楊先生之不滿，而於返國後之記者會上暴露上情。

我國參加此項世界性詩人集會係自民國五十八年第一屆就已開始，官方屢次透過鍾鼎文先生私人之安排選派代表出席，不料自第一屆起就發生了「月亮與泥鰍」事件的笑話，充分顯示了我們某些「大詩人」爭名奪利的假資格與反自卑心態。

此時我們不想爲誰辯論功過，但這些表面上看來似乎只是內部協調不足或個人之好惡衝突而已的笑話，實際上却是國內現代詩壇及部份詩人歷經畸型進化所結出的惡果，見微知著，我們不禁又要想起「誰才是眞正的詩人」這樣的話題。

早在民國五十八年，評論家必也正（羊令野）先生就針對這些代表人選資格問題提出存疑：「代表團人選既是代表，亦即代表中國詩壇，何況又是一個國際性的集會，縱然以個人名義出國，也有其代表國家的必然性，所以代表必須是好人。此處所謂好人也者，乃是說詩寫得好，情操要好，出席此類國際性集會能替國家做一些好事，可是這個代表團之中，有些人却缺乏這些好的條件，眞是鴉鴉烏也。代表誰？即代表作爲一個詩人的自己，還是不够格的。」

要歸溯造成這種不得人選的因素固然很多，但詩壇到處充斥著假性詩人以致造成眞身辨認障礙症的事實，却是個幕後主因。

我們同意一個眞正的詩人應該能寫好詩，在活動道德上也能有好的操守，可惜我們現在所見的「名」詩人，大都是名字經常見報或聚會經常露面而「成名」，倒不是以「好詩」而出了名，這其中「成名」的意義和奧妙，實在值得我們深思。再依劣幣驅逐良幣的道理，這些人只有遭受被埋葬的命運，難怪假詩得以到處橫行，而我們也派不出像樣的國家詩人代表。

假若詩壇一直未能覺醒，不能共同努力打破這道瓶頸，將來想拯救這塊淨土，恐怕會越來越難，說不定我們的官方文化部一旦成立，也許會接受某大牌詩人的建議，爲求整頓及管理方便，所有詩人一律須經檢覆請領類似「理髮師執照」或「演員證」的「詩人執照」始得合法執業吧？

笑話應該好笑，可惜的是，我們的笑話常常不好笑。

笠一〇五期（一九八一年十月號）目錄

卷頭言

詩作品

□詩的見證

李魁賢

二十幾年來讀詩、寫詩、譯詩、談詩，深切感到詩是恍惚不定形的神龍，每個人對詩的觀念，都是依據自己經驗投影照射下的皮影，甚至個人隨着對世界事物觀察的體驗，以及心智的成熟過程，而一再的修正。

每個人都有迷惘的時刻，因此而可能有自省的超越。詩人以其異於常人的敏銳心思，應更能掌握從迷惘到自省的歷程，這是基於詩人的精神素養，建立忠於良心的獨立判別基礎來支持。

有人說詩是青春的文學。不錯，因爲每個人一生中至少都有一段時間是接近詩人的心態，而這一段時間又大部份是在人生的青春期。有些人在心中醞釀詩素，未能成形，有些人幸能發而爲詩，使詩素具形，但不久便消聲匿跡了。在一生中的短短青春期能創造出代表性的優秀詩篇，而呈現以詩人身份存在的成就，畢竟只是有數的天才型人物。因此一般而言，能否突破青春期而繼續操持詩的利器，才算是詩人身份的憑藉。

因此，詩是一生的事業，當然不是「青春的文學」所能概括。而詩人的成就是以其心智發展過程中對世界事物的態度來顯示。要成爲一生追求不息的詩人，那麼首要訓練和培養對世界事物的觀察，追究事物生命的起源及其本身存在的意義，亦即詩人必定要養成對眞實與假相分辨的能力，這項分辨的基準不在政治意識的立場，而是以人道爲依歸。

世界事物常爲一切世俗功利所蒙蔽，尤其在輿論也競逐於功利的社會，唯一可能使世界事物的眞實生命彰顯而保存一線命脈的機會，有賴先知型的文學家，尤其是詩人。因此，詩的存在，要以不阿諛社會，不取寵權貴，不討好報紙副刊及雜誌編輯，才能顯示其起碼的意義。

詩人精神領域的建立，重於一切。詩的價值不在於被選入課本，不在於被譜成校園歌曲，不在於被抄夾在高中女生的筆記內，不在於列入朗誦節目單內……，而在於有沒有使讀者感受到心靈的悸動、不快、悲痛……。詩畢竟不是潤滑油，也不是廣告招貼，而是時代齒輪間的砂粒，是良心的追緝令。

對於詩作的總括性認識，應以「自然率眞」爲尚。詩貴創作，創作必以技巧爲先導，但詩質爲體，技巧爲用。技巧的運用在使詩質如何透露出威力，技巧是手段，不是目的。技巧隨着詩質，詩質隨着詩想，詩想隨着詩人精神走，是自然的順勢。

詩的產生是在詩人精神運作下，遇到外界意象的擊發，滲入詩想的漩渦中，在內心醞釀和相激相盪下，逐漸獲得澄清，而成爲詩質凝固，然後以文字技巧使之定形。因此，文字技巧是最後的修飾，不可本末倒置。

意象的捕捉要順其自然，才能獲得最佳的契合。詩人從觀察世界事物當中，不斷地儲存意象，與事物作不盡的關聯試探，因此在思考（詩想的凝聚）中，意象會自然浮現搭配，而詩常常就此自然流露。這樣的意象是以整個境遇的背景來扣合，而發生象徵的意義，與文學的表面意象加以羅列，成爲包圍性的逐獵技術操作，是不可相提並論的。前者着重精神的運作，後者强調文字的機能，前者即使以事物的生命爲主調，但看得到人的位置和影子，而後者縱然以人的斳氣宣示，卻終歸爲形所役，看不到人的形相。

率眞是以眞摯性爲基調，通俗言之，有怎麼樣的素養，產生怎麼樣的詩，因此，詩路的變化常隨氣質的丕變而來。躲在咖啡館高談濶論的詩人，除了自己的喜怒哀樂外，不會重視生活的甜酸苦辣。

眞摯性的另一面是，生在怎麼樣的時代，寫怎麼樣的詩。詩人既以敏銳的觸覺來觀察世界事物，所關心的必然是時代（現狀）的形相，他不能放棄對時代批判的立場。詩的功能在於傳送意思表達的美感經驗，因此，詩人與傳達對象的讀者之間，必有共同關切的課題，這種可能性是由時代和社會所架構成立的。因此，詩人耽溺於內在經驗的玩味，是沒有意義的，因爲這也是青春期自戀的方式之一，而詩人的歷程要從擺脫青春期後的步伐足跡來追踪。

二十幾年來的詩生活，使我深深感受到詩本身就是縮影的宇宙，無形無相，而又經常處在膨脹狀態中，膨脹是對外來壓力的現象，詩是不屈服的肯定，否則必然被壓縮而畸形。詩人不是職業，不必以詩人的身份自戀自虐。

在特殊的社會環境下，廟堂詩人已變成不鳴鳥，一切的牽制都在鼓勵詩人費盡心力於文字技巧的末節，使詩人忽視了以人道立場的精神來作發言，來針砭社會和喚醒眞知的自覺。

是良心的詩人，就應該擦亮眼睛，是愛詩的讀者，也應該擦亮眼睛，是眞正關懷的詩的批評家，更應該擦亮眼睛。

詩人

杜國清

社會是製造歷史的機器
每一階層　一組齒輪
每一齒輪　一個生命
由時間的巨帶轉動
而那操縱的手　背後
仍有操縱的手　背後
是一隻看不見的手

詩人是齒輪間的砂礫
時時發出不快的噪音

大齒輪咬住小齒輪
小齒輪咬住更小的齒輪
繞着世代相承的軸心
共爲理想的未來　轉動
而那看不見的手啊一招一揮
竟有一群　有齒無唇的微笑隱現
竟有一把匕首　於中午
刺死老嫗　又刺入
幼女的心臟……

神啊　您是唯一目擊的證人
詩人是齒輪間的砂礫
時時發出不快的噪音

有的齒輪　失落
有的齒輪　腐敗
有的齒輪　謀叛
有的齒輪　金光閃閃
而大多數　似乎已看見那不見的手
却仍安分守己　保持沉默

詩人是齒輪間的砂礫
時時發出不快的噪音

齒輪　無血　却有過剩的潤滑油
齒輪　有聲　却無表達感情的語言
齒輪　切切　咬住鄉土的苦悶
齒輪　遲遲　軋出曖昧的喜怒
齒輪　急急　輾出時代的軌跡

時代的證詞　發自
齒輪間的砂礫：
詩人不昧的良心
每當自我刑求
發出不快的噪音

七月廿六日

誰撥錯了電話

桓　夫

最長的一日，電話鈴響了
拿起話筒「喂！喂！」
乘着電流傳來的聲音說
「對不起，我又撥錯了電話……」
你撥錯電話了嗎，眞的？
我想聽
聽你清晰悅耳的陌生聲音
我要聽
聽你親切脆弱模樣的似曾聽過的聲音
不會打錯電話號碼的你
却撥錯了電話
我喜歡聽
托於電流說「我撥錯了電話……」
在世界各個角落頻頻傳起的聲音
有甚麼企圖似的
誰？沒打錯電話號碼
却說撥錯了

令人看透的欺騙陰謀
必是發生某種事件的前兆……
你又撥錯電話了嗎
不，錯在電話接頭那邊
顯然被異質的電波干擾過……
而且薔薇又被揉雜了一朵
天天有人撥錯電話
我想知道
眞的是你撥錯
或者是我聽錯

請原諒我

鄭炯明

請原諒我，愛人
當我提筆的時候
我沒有想起你
想起你的容貌
你的聲音，你的溫柔
以及你一切的一切

只想起那些
爲理想的明天而奮鬥的
幸與不幸的人們

他們走到那裡
我的筆跟到那裡
他們快樂我就快樂
他們憂傷我就憂傷
啊，我的詩將隨他們
走進浩瀚的時間之海

去航行，去接受考驗
不在乎狂風驟雨
我是不由自主的
請原諒我，愛人

從有鐵柵的窗

李敏勇

記得嗎
那天
下著雨的那天
我們站在屋內窗邊
你朗讀了柳致環的一首詩
「…………
…………
唉！沒人能告訴我嗎？
究竟是誰？是誰首先想到
把悲哀的心掛在那麼高的天空？」
順手指著一面飄搖在雨中被遺忘的旗
很傷感的樣子
而我
我要你看對街屋簷下避雨的一隻鴿子
牠正啄著自已的羽毛
偶而也走動著
牠抬頭看天空
像是在等待雨停後要在天空飛翔
我們撫摸著冰涼的鐵柵

它監禁著我們
說是爲了安全
我們撫摸著它
想起家家戶戶都依賴它把世界關在外面
不禁悲哀起來
從有鐵柵的窗
我們封鎖著自已
我們拒絕眞正打開窗子
讓陽光和風進來
我們不去考慮鐵柵的象徵
它那麼荒謬地嘲弄著我們
它使得我們甚至不如一隻鴿子
牠在雨停後
飛躍到天空自由的國度裡
而我們
我們僅能望著那面潮溼的旗
想像著或許我們的心是隨著那鴿子
盤旋在雨後潔淨透明的天空

註：柳致環—韓國詩人，「」內的詩句是他詩作「旗」的結尾。

臺灣民謠的苦悶（二首）

郭成義

月夜愁

曾經在黑暗中
你熟悉的身體
已變得很怕光亮了
即使小小的期盼
也只能在夜暗裡
偷偷的展示

忽現的月光
假扮你乍然回來了似的
輕輕拍我肩胛

這才知道
怕光的我
原來已變得不能傾吐了……

孤戀花

在別人看不見的地方
你選擇那裡和我相會
所以
也只許讓我
寂寞的失戀

雖然已經沒有傾吐
我依舊痴呆的
收拾你過去的誓言
終日爲我灌溉……

在你看不見的
我陰冷的底下
都逐漸向上竄生的
連綿不盡的愛啊
是否又堅硬一點了呢？

天列哭

林宗源

一面手槍又擱厚話
一面列洗高雄的天
列哭的天目屎是伊的話
講高雄的天黑汁汁
一支一支的煙筒吐滿腹的花

問伊爲何哭斷阮的路
問伊爲何哭倒阮的厝
問伊爲何哭碎阮的心
列哭的天目屎是伊的血
問阮爲何趉在厝內偷偷仔哭
問阮爲何物洗家治的天
問阮爲何物洗家治的心

伊企在風颱的路頭
伊企在地動的所在
伊企在土脚很軟的土地
列哭的天流阮的目屎
一面列洗阮的心
一面列洗阮的天

李勇吉

雨

雨奔跑夏日的脚步聲
一切熱的景緻揚起
向我細訴

季節流動雨
雨成長生命
又消失生命
伸手
握住一拳雨
夏季就恆地掌中嗎

蟬聲
拔出夏日悽愴的高音
在雨裏
唱過我淩亂的心頭

雨滲入土壤
思考它的睡姿

血的事件

杜榮琛

掌猛拍
我打死一隻蚊子
蚊子流著我的血

刀猛劈
砍死兩頭牛
牛流著屠夫的血

槍猛扣
殺死許多人
人類身上流著自已的血

僅只走在馬路上

趙廼定

僅只走在馬路上
我就孤單
——在樓與樓比高比大中
在個個盼望飛翔高空之中
他們知道高代表權威與財力而競相踩高蹺
僅只走在馬路中
我就孤單
大樓已把太陽遮掩
大王爺又要搬遷
低頭沉思
一看我影已遺忘
——我竟成形單影不見
僅只走在馬路上
我就孤單無依
我仰頭想把高樓看
但見一葉昏眩入我眼
——要爬多久，才上得了那
高高在上的樓房？
僅只走在馬路上
我就孤單無綠意
聽說大王爺又要搬家
爲的讓出安全島讓車輛通行
他們要的是交通效益，要的不是心裡的綠意
——那盈眼的一點綠意

鳥語

陳坤崙

關在籠裡的鳥
天一亮
吱吱喳喳
吵吵鬧鬧
像在發表民主高論
又好像在爭吵

我不懂鳥的語言
鳥爲什麼這麼喜歡說話
也許因爲被關在狹小的籠裡
失去自由的緣故吧

垃圾筒

黃樹根

(A)

整天張著
大嘴巴
痴痴的等
痴痴的等
等成一張白痴臉

主人才送來
美味可口的
殘渣

吃飽了
舔舔唇角
嘴巴就閉上
不要吭聲
不要吭聲

(B)

送來什麼
你吃什麼
沒有選擇餘地
退一步
就無葬身之地

張著悲哀的大口
有容乃大
無欲則剛

逐漸腐朽
逐漸敗壞

生命就如
一堆垃圾般
無可奈何嗎

車禍的輓歌

趙天儀

警車停下來
救護車一路鳴響而來
一切都太晚了
一切都成過去

車輛改道行駛
交通警察在十字路口指揮
雨從鼻樑滑下
朦朧的視線籠罩著

十字路口邊緣
一部漆藍的大卡車下
躺著兩具屍體
白色被單下，血染紅了土地

扭曲的麾托車旁
生命在一刹那間
也扭曲了
血肉模糊地，讓雨水浸溼

雨，在淒涼的冷風中落下
雨，在濛濛的路面落下
生命的終站
怎麼也這樣地血濺途中

一切都太晚了
雨不停地落下來
白色的被單更溼了
血染紅了的土地也更水花飛濺了

許達然

兩三行小集

一、凱旋門

過去勝利已是顚倒的凹啊！
現在通過無門的窄門

二、運煤夜車

硬寂駛
要使出光明的黑

三、蝗的收穫

公開暗下來　連文言文都吃了
亂標點後V飛走

四、水仔看瀑

怪怪　高處一定很不舒服才猛吐
痰竟白談得如此
壯聲勢

怪病兩章

詹冰

1.

昔日，看到了好詩，
被感動而流淚……。
那是人生的一大快事！

近日，不感動也不流淚。
是不是沒有好詩呢？
或者我患了感動喪失症？

2.

有時，夢見了
年青的太太——。
花甲之年，還有這樣的驚喜！

明明知道，青春不再來。
可是夢中的太太太美了！
可能我得了老人相思病？

讀舊詩有感

非馬

寥落古行宮　宮花寂寞紅
白頭宮女在　閒坐說玄宗
——元稹「行宮」

說着說着
黃昏便降臨了
耐不住寂寞的
七個白頭宮女
什麼時候
竟變成七隻
現代的白頭翁
在逐漸陽暗下去的天空
哇哇唱和

眷情兩帖

賴益成

1

愛情的紅色布幡
在天空招搖
而鴿群們充耳不聞
向着虹的一端飛去
留下藍藍的一片空洞……

2

飛去多年的心愛小鳥
突又飛回
而樊籠早已支離腐朽
在心靈的窗
我暗暗看她
流淚

許正宗

雪

未曾見雪，直到27歲那年攀登合歡山去印證雪的傳聞。之後想捧回家的雪却被必然地遺落。溶化在路上的泥濘震撼住

坐上急駛在泛黑的瀝青公路上回城的汽車裡。用觀看蜂湧窗外連接不斷的商店招牌。掩飾偷偷用眼角餘光描視殘留鞋底的雪骸

回家後。躲在密室裡翻尋踏出校門前夕孫教授的贈言——潔心如雪

快速的看了一遍。然後無奈的撫慰痛失丟雪哀哭的心

花蓮平和國小六年級生的兒童詩

快要走了

耿素秋

再過四個月
就要脫掉
黃帽子
進入
虹形的大門
坐在波浪形的教室裏
天天唸
ABC了

老師的老花眼鏡

鄭夏芝

老師的老花眼鏡
好可怕
戴上去
東西變大了
看了眼睛發花
他爲什麼不會呢

放　假

陳秀娥

放假
使我忘記做功課
連課本
也不知道
放在那裏去了

郵　差

李秀蘭

好像一棵大樹
全身都是綠的
分不清楚
那個是人呢

鋸　子

張阿玉

鋸呀鋸呀
鋸幾塊木板
搭狗窩
鋸呀鋸呀
鋸幾塊木板
做個木箱
把寒假玩的心
也關起來了

勾勾手

周秀鳳

勾勾手
讓手指說說話
蓋個章
做錯事了
不能再做
爬窗戶
去拿報紙
不可以
手勾了
章蓋了
以後不可做錯事了

夜　曲

陳蕙蘭

青蛙咯！咯！
小蟲吱！吱！
一個第一部
一個第二部
唱出了
沒有音符音調的
小曲
青蛙呱！呱！
小蟲唧！唧！
它們不斷的
改寫歌譜
完成了夜世界
最偉大的作品

高雄林園國小六年級生的兒童詩

林加春指導

鞋子

黃嘉敏

載著兩隻電線桿的車
ㄌㄧ ㄉㄚ ㄌㄧ ㄉㄚ陪著我
一會兒在學校
一會兒在馬路邊
他們累了一整天
卻不能在床上
和我一起睡覺

樹

黃靖淑

你整天站在那兒
當糾察隊
指揮著風兒
往那走
你不覺的累嗎

妹妹的寶盒

蕭秀如

妹妹的寶盒裏
裝的是幻想
裝的是糖果
不知有沒有裝著我

風兒的問

黃絢南

有一天
風兒問花兒
花兒擺著頭不理他

有一天
風兒問蝴蝶
蝴蝶笑著臉
慢慢的飛回家

有一天
風兒問著我
我連看也不看他

有一天
風兒問細沙
細沙就忘了回家

心

許容眞

姊姊的心
像一塊軟糖
媽媽的心
像一個正在燃燒的火爐
我的心
像一塊冰
我要媽媽的心
把我溫暖 溶化

下課十分鐘

劉茂成

你唱歌
我來踢
一二三四五六七……
他追我
我追你
大家玩的笑嘻嘻……

動物世界討論會

曾貴海

游喚整理

時　間：七十年七月十九日

地　點：鄭烱明宅

出　席：李旺台、孫太山、洪田浚、林宗源、鄭烱明、黃樹根、蔡文章、游　喚、曾貴海、莊金國。

討論作品

小鷄

母雞帶小雞
母雞最疼愛的是那隻
高大雄壯
羽毛漂亮的小公雞
啼起來比誰都響亮

但是，最先離牠而去的也是那隻

猴

猴子的祖先
一心一意地
想變成人的樣子
聽說
人是最完美的了

從遠距離的膜拜
到近距離的接觸
最後是黯然的回到樹上

至於庭院裡穿上了新衣的猴子
經過幾天幾夜的端詳注視
倒使我有着迷惑的尷尬

螞蟻

早上起床，側目見到
一大群螞蟻
圍在昨夜剩餘的菜餚旁
埋首搬着發酸的美食
不知是某種毫無理由的不快
或則是被侵犯的憤怒
抑或是哺乳動物本能上的輕蔑
一揮手
蟻屍滿桌

如果：用水冲走牠們呢
　　用晨報撣走牠們呢
　　乾脆讓牠們搬個精光呢
其實這些都是情緒的決定

小鳥

—其一—

小鳥問母鳥
母親
我們日夜不停的飛
不是想找一個固定的家嗎
　　不是啊，是想逃離不明的天候

—其二—

小鳥問母鳥
母親
我們停下來這麼久了
還想飛向那裡呢
　　是啊，已經夠久了
　　還是飛向傳說中的天堂呢

—其三—

小鳥問母鳥
母親
有些好朋友走了
我們打算怎麼辦
　　憨嬰仔。我們不是候鳥
　　趕快去生火煮飯吧

討論

莊金國：曾貴海早在民國五十五年嘗試寫詩，那時他正在高雄醫學院就讀，曾以筆名「林閃」在笠詩刊發表「詩的纖維」等作品，頗似鄭烱明的「二十詩抄」——是所謂「即物主義」小品。當時，臺灣詩壇正流行着現代主義等逃避現實的虛無風潮，曾貴海的早期作品也部份受影響。其後，他有好幾年中斷寫作，直到兩年前才在行醫之餘恢復創作。

今天討論的「動物世界」系列四篇，並非單純的即物小品，而是另有所指的。

黃樹根：乍看這首詩，會以爲是時下流行的兒童詩，只不過在追求童趣，其實是藉着這些動物，引喻更嚴肅的主題。就像莊金國講的，是另有所指。例如「猴子」，是由詩人外在的觀察，然後藉著猴子的語氣來表達生命的理念，這是非常嚴肅的處理態度。

不過，寫這類詩，一定要先瞭解動物的習性，表現出來才不會顯得牽強。這幾首就有這毛病，有些地方似乎與動物的習性不合。

莊金國：你是指那方面？請舉個例子。

黃樹根：譬如「小鳥」中的「是啊，已經夠久了／還是飛向傳說中的天堂吧」，使人感受不出傳說中的天堂指的是什麼，另外第三段的「憨嬰仔，我們不是候鳥／趕快去生火煮飯吧」這生火煮飯，對鳥類來說，也太離譜，其毛病出在不能掌握鳥的習性，而是勉強詩人自己的意思，硬要小鳥也會生火煮飯，這很難讓讀者接受，像「猴子」中的「猴子的祖先／一心一意地想變成人的樣子」，我們怎麼知道猴子眞的想變成人？

李旺台：不不，這是用人的觀點來看猴子的。

鄭烱明：用人的觀點來描寫異類，也是一種寫法。

李旺台：「猴子」最末一行有個「我」字，這個我指的該是誰？

黃樹根：人啦！人啦！

李旺台：所以這是詩人自我的觀點。

游　喚：這四首詩，總的說來，簡樸可愛，因爲這些詩都以動物爲母題，便會牽涉角度觀點的問題。我覺得「小鳥」處理的最成功，從頭到尾，觀點統一，非常完整。「小雞」和「猴子」就有些混亂，尤其是後者，到底是站在猴子的角度呢，還是站在人的觀點，實在很難分辨，我想來想去，人類若是從猴子演變來的話，那麼，作者說是從人的觀點出發的。可是，第二段却又說「從遠距離的膜拜／到近距離的接觸／最後是黯然的回到樹上」，似乎又改爲猴子的觀點了。

至於內容思想方面，這四首詩對於我們日常生活中，每常忽視的問題，重新予以認定，讓我們感受人性眞實可愛的一面，這也是「動物世界」特別感動人的地方。

洪田浚：這四首「動物」詩，都帶有某種抗議，從抗議中表現對現實的某種不滿。但是，詩中並沒有進一步引導讀者進入一個更完美的境界，只是像「傳說中的天堂」，隱隱約約，讀者不容易感受出來。

莊金國：在座的各位都還年輕，寫作的路途還很遙遠，所以我每次討論作品時，都較注意語言的問題。

先說「小雞」，由於篇幅小，且作者的企圖也不大，只是點出一般人錯誤的觀念而已。

「猴子」應說可以經營得更好。

第一段後兩行「聽說／人是最完美的了」似可去掉。第二段首句「從遠距離的膜拜」，我覺得「膜拜」這兩個字不恰當，最後一行「倒使我有着迷惑的尷尬」文字不通。

「小鳥」最後一行，也就是剛才黃樹根所提的「我們不是候鳥／趕快去生火煮飯吧」我以為是一種落實生根的想法。

李旺台：我認為一首詩中觀點要統一，在「動物世界」這輯詩裡，我想，不必都用動物的觀點去寫，可以選擇最適當的觀點。

這四首詩，詩質似嫌薄弱倒是句與句間的張力很強，已經提供了某種感染力，而不一定要像洪田浚說的定要引導讀者進入一個完美的境界（轉頭，面對斜坐的洪田浚）。

林宗源：（吭了兩聲，指着李旺台）關於你剛剛講的，只要感染力夠就夠了，我想，這還不夠；這只是情緒的反應，一首詩中，一定要有完整的思想，才夠，一個作家，要有他自已的理想，不能光只是情緒的發洩，一定要去追求那個理想。

另外，用擬人化手法來寫動物，也要注意動物的習性、共通性，太離譜了，就像黃樹根說的，讀者不易接受。

就型式來說，我覺得「小鳥」這首詩，不必分成三章，用單篇經營，應該更一氣呵成（關於這點，李旺台不表贊同，兩人都側近頭，爭論着…）。

孫太山：「動物世界」都是藉着小動物來返照人性，這是主要精神。

「小雞」這首，是影射人群當中，有一種人擅於逢迎，善作表面功夫，我們可能會以為是好人，這首詩即在提醒我們這錯覺。

「小鳥」是用擬人手法，其中有一種幻想（如傳說中的天堂），但作者的基本用意，則是要我們落土到現實來（如趕快去生火煮飯吧）。

李旺台：（似乎與林宗源已討論出一個結果）如果這樣（指着曾貴海說：）以後你再寫這類詩的話，要選擇你熟悉的動物來寫，不要刻意去追求；因為我不相信刻意的東西是合乎自然的。

洪田浚：對，要合乎自然，像「伊索寓言」就是能夠自然表達一種理念，到一種超然的境界。

莊金國：前面大家所爭論的「境界」問題，葉石濤先生的見解或可引來供大家參考。他說，文學的境界可分為下列三種：一、描寫一般浮面的喜怒哀樂。二、深入挖掘人性的眞實虛僞。三、提昇人性為神性的宇宙觀。

鄭烱明：一般的詩，可分為三類：其一、強調節奏美感。其二、強調視覺感受，如圖象詩。其三、屬於寓意性的詩，曾貴海這幾首就屬於這一類。

曾貴海是站在動物的角度，配合自我觀察，以重疊的觀點探討生活的意義。

剛才游喚說「猴子」的觀點淩亂，我不以為然，我認為作者是用重疊觀點。另外像「小鳥」、「小雞」，則是用人的觀點來寫。

這幾首詩都有暗示性、象徵性，而最重要的，作者的意思要對現實的批判，和對斯時斯土的肯定。

李旺台：烱明兄提到第三種比較傾向意義性的詩，我讀此間幾位詩友的作品，也常有這感覺，覺得你們太強調意義性，可能會減輕詩質。我建議不要忽略了追求美的詩質，包括音樂的，意象的美。

鄭烱明：現代詩本來就比較偏向思考性，西洋如此，中國也如此，事實上，意義性的追求也是一種美。

洪田浚：像方思的詩，他用抒情

方式表達帶有哲學的理念，多數很成功，所以這也可歸類為意義性的詩。

莊金國：好像沒有人提到「螞蟻」呢？我很欣賞第一段最後二行「一揮手／蟻屍滿桌」，語句簡短有力，非常瀟灑，倒是這段第三行「圍在昨夜的菜餚旁／埋首搬着發酸的美食」，前者「昨夜」不必重複說明，因為詩一開頭就標明「早上起床」，那剩餘的菜餚當然是昨夜的了，後者之發酸的「美食」也嫌太想當然耳了，那完全出自人類主觀的想法。

黃樹根：莊金國說發酸的美食不貼切，我不同意他的看法。

鄭烱明：對，這是矛盾語法。

莊金國：我的意思是，這是作者以人的觀點強為螞蟻下斷語，食物就食物，何必標榜為美食。

黃樹根：我認為那是一種強調。

李旺台：依我看，發酸的美食，是詩的語言（哈哈，衆人爆出一聲，舒解爭論的氣氛。）

游喚：對了，剛才我講過了，把角度與觀點混攪一起，應該是觀點而不是角度。

李旺台：你指的是人稱觀點？

游喚：對，不過呢，我建議曾貴海以後如再寫這類詩，要選擇適當的題目，也就是題材，因為這種詩不是全知觀點，只有主知抒情的詩才能用全知觀點。除了觀點之外，也要避免用詮釋性的語句。

林宗源：這樣會大大減低詩質吧。

（遲到的陳坤崙一進門，就被在座的人催着要讓他趕快發言。）

陳坤崙：臺灣歌曲有一首叫「一隻鳥仔哮啾啾」，就是藉着鳥兒的吱吱叫，表達對現實的抗議。

曾貴海這四首詩也一樣，像「小鳥」就是告訴我們，在當前這種困境中，我們要怎麼活下去。屠格涅夫有一首散文詩，寫大麻雀為保護小麻雀，奮勇抵抗外來的侵襲，英國的文學批評家柯律列姿(Hartley Coleridge. 1796-1849)批評這首散文詩是「悲壯的美」，覺得曾貴海這首詩，也是藉着動物表現人生的問題，層面很潤，也很含蓄。

蔡文章（書面意見）：細讀曾貴海的「動物世界」之後，使我覺得非常驚呀，因為他不純為描寫小動物，而是從小動物的觀照中反映人生的某些問題。

「小雞」反映人類社會的各階層，大抵忘恩負義者多，亦可解釋為羽毛愈早豐滿的面臨生命外來的威脅愈大。

「猴子」這篇說明猴子是猴子，人是人，因為猴子如果硬要變成人，只有被人玩弄了變成猴不猴的，畢竟人類的社會，不像猴子想像中的完美，整首詩我喜歡如下三句：「從遠距離的膜拜／到近距離的接觸／最後是黯然的回到樹上」這首詩也啓示：我是我、你是你、他是他，何必羨慕他人，活在自己認為最適合自己的天地裡才，是最幸福的。

「螞蟻」很清楚地寫出小動物的存在與否，往往決定於人類或其他動物的情緒變化，人類是個善變的動物，甚且有「順我者生，逆我者亡」的劣根性。

「小鳥」則是暗喻人類為了追求一個完美的環境，一直不停地追尋着，但到處是「烏煙瘴氣」結果失望了，只好「看破紅塵」，得過且過矣！

莊金國：今天我們很高興邀請到三位新聞界的朋友，來參加這個座談會，我認為詩的讀者群欲求擴大，讀者不妨多多參與詩的討論會，詩人更須和讀者多多溝通意見，尤其在我們這裡，詩與讀者的距離，一般來說，相距太遠了，希望在我們這一代能把它拉近，不要再有無謂的歧見或誤會的現象。曾貴海兄的再出發，很明顯的，我們可以看出他已朝向反映時代的寫實的大道，相信以他對人生，文學的摯誠態度，他的步子將會更趨踏實而穩健的。

楊傑美的求眞與愛心

陳千武

雖然楊傑美帶着揶揄的口吻闡明自己說；「我是廣東籍的臺灣郎」，但是我聽了，對他一點〔異曲〕的感覺都沒有。他強調「我是標準的中國人」，「吃臺灣的蓬萊米長大」，「脚從不曾離開臺灣的泥土」；這跟住在這個島嶼很多人的處境一樣，沒什麼特別值得宣示的。不過，有一點該認爲他〔說得也是〕是：「外省人聽見我講臺灣的客家話／認爲我是臺灣郎／本省郎聽見我說的國語／有外省腔／因此認爲我是外省郎」的感慨吧。凡據於語言的腔調，分別外省和本省，是最通俗而愚笨的想法。由於臺灣在歷史上有過日本「內地人」和臺灣「本島人」的強烈差別痛心的遺痕，才留着這種愚劣的觀念而特別敏感。事實，持有差別異己的觀念，大都持着無稽的優越感與利己過強暴露缺點所引起的，令人厭惡。如果，像最近日本的小學生所喊的口號：「愛人類、愛世界和平、愛父母、愛地球清潔、愛遵守交通規則。」那樣具有大同世界的人道精神，就對人與人之間的差別歧視，實在覺得無聊而可笑。

楊傑美寫「阿公傳奇」說：

「在鄉下住了一輩子
　也耕了一輩子的阿公
　除了客家話
　連一句國語和閩南語也不懂」

深深呼吸着阿公傳承的泥土鄉愁，寫詩從脚踏實地的泥土中萌芽生長。他寫阿公表現得十分平易，令人有如看到自己的阿公那麼無限的親切感。這證明楊傑美是據於求眞的善良性格與愛心而寫詩。

楊傑美寫詩的態度風格，在其第一次發表的詩「我始終不能忘記」裏，就已經顯露出端倪。

「垂首
　鐵達時竟然不達時
　長、短針擁着一隻銳角的夾邊
　死吻瑞士天空的一朶孤雲」

以有趣而優雅的日常用語，內含着詩人的機智和哀愁，這一首詩以探索的形式表現了鮮活的詩思。跟這一首詩同時發表的「早年的記憶」卻是紀錄了身邊瑣事底生活的詩：

「媽媽擔着沈沈的鉛桶走下坡去了
　夕陽把她的身影拉得好長好長
　弟弟滾着滿身的泥巴回家了
　蠟黃的臉被薰的更蠟黃
　爸爸挾着公事包走上階來了
　疲乏的眼珠閃着黯黯的光
　我坐在森林的庭院裏
　想着明天
　也許會出個大太陽」

這是一種反映眞誠的生活表現。證明楊傑美所說的詩是「完整的自我與自然的自我完全的溶合」溶合得很美。

敲　門

有人
站在那看不見的黑暗深處
不斷地擂打着我的門戶
這在一切都沉寂下來的午夜時分
那咚咚的敲門聲
像慶典時喧嚷的鼓
不停地擊打着
我的心頭漸漸昇高的納悶——
是否有某一個
被關在那看不見的黑暗世界裏的人
刻正此站在我的房門口
想要進入我的世界嗎
喪失了體溫的人
是否也會懷念着
血管裏流動着血的溫暖的
春天一樣的日子
像死去的飛蛾
懷念着蠟燭燙熱的火焰一樣
在這一切都已經停息下來的
午夜死寂的浪潮裏
有人
正伸出他魯鈍的手
不斷地擂打着我
開向明日晴朗世界的門戶

這一首詩發表於民國六十三年八月出版的笠詩刊第六二期。詩的主題是在午夜時分，有人不斷在敲着我的門，敲門是凡俗的行動，似不值得成爲詩的題材，但楊傑美卻把它寫成一首好詩。詩的語言也不怎麼美麗與特殊，只是一般日常用語。詩一開始就說：「有人／竟在那看不見的黑暗深處」，這一句打破了「敲門的人」通常站在門口的一般觀念，不無搖動了讀者特異的感覺。感受看不見的黑暗深處的神秘性，是表現心象的技巧。第一段給人衝擊的那個敲門的人不可思議的存在，在第二段却把「敲門聲」以及「被關在看不見的黑暗世界裏的人」來到「我的房門口」，想進入我的世界的情況，表現得很清楚。這種重述的表現，增加了讀者對這一意象的確認更深刻。如此詩人讓讀者在第一、二段深刻地確認了詩的主題之後，在第三段再進入意象的新發展，詩說「喪失了體溫的人，是否也會懷念：溫暖的春天」，這是使用反語，使其更懇切地令人懷念故人的手法。故人「被關在那看不見的黑暗世界裏的人」在「午夜死寂的浪潮裏」伸出魯鈍的手「不斷地擂打着我，開向明日晴朗世界的門戶」。不管這個「喪失了體溫的人」是誰，是自己的親人也好朋友也好，詩人把他從「黑暗世界」裏引導向「明日晴朗世界的門戶」，是這一首詩的焦點，從「看不見」到「懷念着」「不斷地擂打着門」而進入光明的世界，給讀者感受意想不到的醒悟。這一首詩把黑暗與光明的兩個世界，用「懷念」與「敲門」的自意識做媒介，自然地連結起來。這是把經過訓練的詩人的意識介入於精神活動的作品，沒有感性的腐蝕，以知性支撐着詩的發想，才令人感到有趣。

李敏勇

現實的風土

——林宗源的詩世界

1.

在臺灣現代詩壇，林宗源是一個獨特的名字。

要了解林宗源的詩世界，首先須嘗試了解他的語言觀點。在「以自己的語言、文字，創造自己的文化」一文中，他肯定地認爲臺語是活潑的、富情趣的、優雅的。不僅如此，臺灣話在他心內，如同自己的細胞，在創作的瞬間，能自然而然地呼出，是有生命的語言。對有人以爲臺語粗俗，不能用來寫詩，他十分不以爲然。並且堅信：不用自己的語言創造的文學，不算鄉土文學。

而林宗源的語言，照他自己的說法，是「以母語吸納北京語而構成的語系」，那是因爲在受日語教育階段時臺語不但熟練且不曾忘記；光復後接受北京語教育時也習讀漢文，而交織成獨特的語言。

這種情形，和戰後用來比喻從用日文寫詩改用中文寫詩的所謂「跨越語言的一代」並不完全相同；雖然面對的困扼有些相同。前者是以漢文爲根基的過渡；而後者則爲兩種語言的跳接。

林宗源因此而構築了他相當獨特的詩世界。

哭一聲無目屎的哭

我是忍受不住子宮的黑暗
而用力從出來呼吸的生命
來到人間竟然還是黑暗的半冥

哭一聲無目屎的哭

想起在子宮的日子
雖然是寄生的生命
吃睏攏總免煩惱
我爲什麼傪脫離母體
叫一聲無路用的語言
赤身空手來到世間

是為了白食母體的血良心物安
也是為了行使自立的意志
報出一聲名字佔有脚踏的土地

從這首「哭一聲無目屎的哭」，就可以看出林宗源的獨特語言，感受到他「用母語溶合國語而構成的自己的語言」，感受到他的感受。

對於有臺語經驗的人而言，一定不會有困難，可以輕易地進入他所要表達的詩世界罷！那意義，那情狀，不是給我們強烈的震撼嗎？

我們用語言來思攷，用文字來記錄。倘若沒有在本質上加以徹底的反省，也許會造成背離詩愈來愈遠的地步。林宗源提供臺灣詩人們深切的課題！林宗源也提醒臺灣詩人們不能忘却歷史，在歷史中行經的路程。

2.

根源於對母語的重建，林宗源詩世界不但顯示了對臺灣鄉土現實的透徹觀照，更呈現了對世界現實的深入透視。這種鮮活而廣濶的現實主義，反映出林宗源的詩性想像力與經驗的廣大版圖。

人講你是一條蕃薯

人講你是一條蕃薯
破開有黃色的肉
流著白白的血
物開花赿在土內生長
無愛日頭
就是把你煎、煮、烤
甚至粉碎，也物出乎
有一點點仔的土與水
就惨瘦瘦仔大
有影無？

你的肉很甜
你的身價很便宜
你被埋在土內
無意志無希望惨走出土孔
就是把你生吃一半
你還是會活、會大、會笑
你反無想惨反抗
只會怨嘆命運
流著白白的目屎
無聲音
你是物列哭？

人講你是一條蕃薯
破開有黃色的肉
假如你會流出紅紅的血
你的肉也會變紅
你就會開花
無驚日頭

敢站在你的土地揚眉吐氣

你是物是蕃薯
人講你是蕃薯
只會點頭
互相爭著活卡大條
大條去給人人咬一嘴的蕃薯
無土也會亂生根的蕃薯

去死
去死

末了兩行「去死！去死！」使我們想到臺語那種表達痛愛的語意。因愛而痛責，這種相反於字義的語意，說明了語言是多麼富有多面的意涵！

透過對蕃薯的思攷而表達的人間的思攷，這種對物象的觀察，這種對物象的敘述，這種對物象的同情和批評，不但給予我們詩的趣味，更給予我們詩的深邃意義。

臺灣近期的鄉土文學運動反映在詩學方面，如果能向這種發展成果索求見證，一定會更加豐碩和深入。因爲，像這樣的詩不但在社會性意義方面具有強有力的形象，更在文字性意義方面含有強有力的形象。這種詩人的感情與態度才是深刻而正直的。

看那蕃薯！那脆弱的人的投影！看那蕃薯！那苟活人的投影！看那蕃薯！那埋在泥土裡在暗黑貧瘠的世界亦然要生長的生命！

人講你是一條蕃薯。人呵！你呵！

從我們的土地，再放眼世界，林宗源在另一首詩中，呈現了廣大的版圖。

一支針補出一個無同款的世界

阿母手取一支針
看見小弟撕破的地圖
放落我的破衫
我講：阿母趕緊呷我補

阿母從中東縫一針
一針亞洲一針南北美一針
一針北美洲一針歐洲一針
一針非洲一針西伯利亞一針
阿母講：您小弟呷一個舊的世界撕破
　我先呷它補幾針

阿母讀無幾字物舉很趣味
取起剪刀剪來剪去
取起針線縫來縫去
　縫出一張伊心內的地圖
我講：阿母你呷美國縫在中國的位置
　呷中國縫在美國的所在
　呷俄國放在中東
　呷日本、德國放在俄國的位置
　阿母產油的中東也無補入去

阿母講：嬰伆知世事
　它是阿母心內的地圖
阿母取起針和破衫
我趕緊接過來
補好我心內的破空

這是一首在當今臺灣現代詩壇上，視野極爲廣濶的詩，一個破碎的世界，修補的努力。當今許多詩人奢談時代，奢談世界性，却常在虛離的文字堆砌中迷失。這首詩提供了借鏡，提供了啓示的意義。最重要的是，透過林宗源所講求，所強調的臺灣母語，藉著補破衫的事情，掌握了如此龐大，如此深刻的課題。

從最小到最大，從最近到最遠，從生邊瑣事到國際大事，林宗源這兩首詩表現了一個詩人的視幅，一個詩人經驗和想像力的世界之深與廣。這種繪出眞摯，繪出深義的詩，不是空洞的美文可比，更不是形式的思維可比，這是屬於林宗源的活生生的，廣濶的詩世界。

3.

在「剪一段童年的日子」這首長詩中，林宗源用他獨特的語言記錄了第二次世界大戰中，臺灣被美軍空襲的童年經驗以及他的生命歷程。開拓了長篇敍事詩的新視野。

此外「電冰箱的故事」，則以濃厚的戲劇性，以劇場演出方式，捕捉一個敗壞世界的形象。在詩法的實驗上，也具有很大的意義。

「剪一段童年的日子」分爲㈠三月初三㈡偷走轉來的日子㈢放假的日子三個小題。記錄了戰火中的臺灣，更記錄了慘白的童年，是一頁流血的歷史詩篇。

「電冰箱」則揭露了封閉而敗壞的世界，那世界中的形形色色。那媲美芥川龍之介「羅生門」的戲劇性手法以及對人性的透徹批判，使我們對現實經驗的反省更爲深刻。

林宗源的獨特語言的發展，經歷了對臺灣鄉土、世界現實的廣大振幅而躍進入長篇敍事詩、戲劇性詩篇的更開濶領域。這種獨特聲音，這種獨特形象，一定會在臺灣現代詩的歷史據有一個輝煌的篇章。我們期待他更進一步的鍛鍊，我們盼望著他有更豐碩的收穫。

論吳瀛濤的詩

李魁賢

吳瀛濤（1916—1971）臺北市人，臺北商業學校畢業，在學中即開始參加文藝活動，一九三六年參予發起成立臺灣文藝聯盟臺北友部。現存作品最早爲一九三九年的詩創作，一九四二年曾以「藝妲」獲「臺灣藝術」小說懸賞。一九四四年旅居香港，與詩人戴望舒等交往，並以中、日文發表詩作。臺灣光復後，於一九四六年起任職臺灣省煙酒公賣局臺北分局，直到去逝前不久退休爲止，擔任公務員凡二十五年。

吳瀛濤是笠詩刊創辦人之一，一生熱愛詩的創作，作品約六百首，曾出版詩集『生活詩集』（一九五三年）、『瀛濤詩集』（一九五八年）、『瞑想詩集』（一九六五年）、『吳瀛濤詩集』六卷（一九七〇年）（包含青春詩集、生活詩集、都市詩集、風景詩集、瞑想詩集、陽光詩集），散文集『海』（一九六三年），遺有『憶念詩集』一種未出版。吳瀛濤也是一位民俗研究者，出版有『臺灣民俗』（一九六九年）和『臺灣諺語』（一九七三年）二種。

吳瀛濤是一位熱愛生命，關懷現實的詩人，他的詩雖有些耽於哲理的瞑想，但也有不少富於情趣的作品。無論是偏向理性或偏向感性的詩，都能透示出詩人介入的精神和態度，他是一位很執著，認眞的人，不管是在生活上或創作上，他很少虛僞或作假，周伯乃稱他是「一位眞摯的詩創作者」，是很中肯的評論。

詩扣緊生活的環節，是吳瀛濤一生奉行不貳的戒律，因此他的作品一直尊行着現實的寫作方針，他三十八歲時寫的一首詩「荒地」，很恰當而充分地發揮了的詩觀：

我寫詩，是在寫生活
除非寫生活，我能寫什麼
離開生活的詩是無聊的
沒有詩的生活也多荒凉
詩滋潤生活，使生活不會寂寞
而於生活的荒地，詩的開花是多美多純潔
我曾以苦難的歲月換來淚光的詩篇

啊，成爲詩的主題的生活
一如喜愛鮮麗的花朵，我更深愛這一片未墾的荒地

除了未及收入『吳瀛濤詩集』裡的十二首「舊時代的詩篇」比較寫實外，吳瀛濤對詩的處理方式是採取表現的

手段，他對詩本質上要求時代意識和批判性。他在「現代詩的回答」裡寫過：「任何時代，詩是精神方面的所產。……這一時代的詩人的精神是最具有時代意識與人類意識的，這就是說，現代這一個時代的詩精神是比任何時代都更高更深刻，那麼成爲這種高度而深刻的詩精神的主要因素是什麼，談到這一點，應該指出批評這一個字眼，現代是批評的時代，現代文學是批評的文學，現代詩也是與批評精神爲其精神的詩。批評是高度的知性，也是最高度創作之一種，總之，現代詩的世界也可以說是批評精神的世界，詩人一方面要面對着現代的極其複雜的外部世界，同時也要面對人間存在的極深的內部世界，批評精神成爲了詩人的依據，形成着他的世界觀，了解現代詩應從這一點的認識開始。」（笠十一期，55、2、15）

批評精神最能顯示詩人的立足點，我們可以說，批判性是詩成爲「有所表現」的不二法門，吳瀛濤在「現代詩的批判性」一文理強調：「作爲一個對時代負責的現代詩人，寫詩是艱難的途徑，詩人要付出苦淚的代價，負起人類的十字架。這一點，詩人對苦難的人類環境的掙扎，他所喚起對人類生存的批評，對現代生活的自省，他都難能可貴的。」做爲一位「在野詩人」，如果要避免哭淚的代價，大可去吟風弄月，但吳瀛濤堅持以批評來救贖苦難，證明他是一位清醒的詩人。

因此，他要求詩人「要有信心，要有愛，要有強烈的生命。詩不應該被戰後的虛無和混亂扼殺。是的，詩人要負起重新開拓的使命。」準此以觀，詩人不能隨波逐流而應培養先知的洞察力，要有「自反而縮，雖千萬人吾往矣」的氣概。這樣的詩人注定要寂寞的，而寂寞是磨練耐力的最佳策略，吳瀛濤正是這樣的一位寂寞詩人。

黃昏

咚咚咚咚地墜落下去
直至墜落的聲音消失
我凝聽於足邊岩石的深縫

那是一段似乎很長的時間
我手裡的小石墜落了，遙遙墜於忘却的地下
留了空渺的餘韻

繼而大地盡被黃昏的陰影領略
隨之冥冥的海的呼嘯也來襲
使我陷於一陣莫名的寂寞

這是吳瀛濤在臺灣光復前的早期作品，寫於二十六歲，正是「爲賦新詩強說愁」的年齡，但這首詩除了結尾略有些感傷意味外，並無自怨自艾的愁滋味，倒有些幽玄的跡象。

詩，開頭就隱去了主詞，或是詩人所描述的物象。整個第一段詩裡，讀者找不到究竟是什麼東西「墜落下去」，因而產生懸疑，這是很特殊的表現方式，當然讀到第二段時，知道明指的是「我手裡的小石」，但在情況還沒有明朗之前，却可以給讀者很多的想像。

爲扣合題目的「黃昏」，最易引起聯想的可能是夕陽，若夕陽墜落時，竟然會發出「咚咚咚咚」的聲響，是很令人感到驚奇快慰的詩想，好像一個被踢出去的空罐頭。

這樣的聯想在最後可以獲得印證。

第二和三句是一種倒裝句法，意即作者在足邊岩石的細縫凝聽，直到墜落的聲音消失。這種凝聽的行爲，表示作者的「關心性」，暗示出墜落的東西與作者有切身的關係，而因墜落於「岩石的深縫」表示找回的機會渺茫，因此，作者痛惜的心情可以想見，而以「直到」暗示凝聽時間之久，加強了關切惜別的情懷。

第二段首句詮釋了前段凝聽之久，而「似乎」的不肯定語詞，顯示因專心凝聽而不知時間之久暫。接着指明所墜落的是「我手裡的小石」，是作者所能「掌握」的東西。明指的雖然是小石，其實，詩人另有隱含。依自由落體重力加速度計，每秒增加每秒三十二呎之速度，大約十公尺。因此，不論作者所立足的岩石深縫有多深，小石墜落到底不夠幾秒鐘而已，僅只一剎那。「一剎那」對失落者而言也許會成爲很長的時間，而且詩的誇大語言更可助長此項表現，但與通常經驗比較，似乎有距離。

因此，詩中的「小石」實隱含着第一段令人聯想的「夕陽」，而「遙遙墜於忘却的地下」的表現才明朗化。因「地下」指地平線以下，與夕陽西下的意象能够配合，否則小石頂多僅能落到「地上」。而「忘却」指夕陽下沉後忘了回來。

前二段以小石隱喻夕陽，無論在聲音和形象上，一實（小石）一虛（夕陽），而實者若虛，虛者若實，充滿了幽玄。「手裡的小石」隱喻所能掌握的夕陽，乃象徵了擁有的光陰、光明。

最後一段首句「繼而大地盡被黃昏的陰影領略」，印證了前述虛者（夕陽）若實的推論，因爲夕陽西下，黃昏掩至，乃爲必然，若止於表面的小石墜落，與黃昏是連貫不起來的。「領略」原爲「理會」之意，此處當係「佔領侵略」的縮語。

接着「海的呼嘯」也來襲，當然原有的「餘韻」也被掃除，而「冥冥」意指混沌幽暗，益顯其恐佈氣氛，在此失去光明，陰影湧至，海聲喧嘩的外在情況下，詩人變成孤立，而爲了固守本質，只有自甘寂寞了。

給零雁

冬去春來
行盡荆棘的路
零雁！你要歸來
歸來看看你的故鄉
看看故鄉山河回復昔日的面目
歸來吧，零雁！
鼓着自由的双翼飛回吧
暗澹的歲月已過去
故鄉光復了
光復了的故鄉在迎等着你！

一九四五年，臺灣終於擺脫日本統治，光復回到祖國懷抱。吳瀛濤在臺灣光復那一年寫下這首詩。

雁是候鳥名，狀似鵝，嘴長微黃，背褐色，翼帶青灰色，胸部有黑斑，鳴聲潦亮，飛行成陣。「零雁」指孤單零丁之雁，喻遠離親族，落單淪於異鄉之人。

候鳥因氣候變化而遷徙，通常是在北方生活的鳥類，因冬季冰雪封地，難以生活而飛向南方過冬，等冬去春回，再飛回老家。候鳥的遷徙看似到遠方旅行，其實是大冒險的行爲，每年在途中遇到惡劣氣象而喪生的，數以億計。

這一首詩「給零雁」是寫給日據時期，因不堪忍受壓迫或爲了尋求民族自決運動，而不得不在那種惡劣的環境下，學候鳥遷徙異鄉，但在臺灣光復後，大家紛紛結伴回到故鄉，却因故仍滯留外地而形同零雁的人。

臺灣處於亞熱帶，是候鳥過冬的好去處，因此，候鳥在臺灣的行踪，和北方正好相反，是秋來春去，因在此是客居。而詩中以「冬去春來」落筆，是站在候鳥本籍的觀點看，爲了扣合詩中主題而轉折。

荆棘刺多，故荆棘之路難行，以喻困境，由此可見上述「冬去春來」，不但爲描寫候鳥歸巢而轉折，同時更能配合苦盡甘來的處境。這裡的「行盡荆棘的路」當然指的是零雁，也是一種倒裝句法。

接着呼喚零雁回來看看故鄉山河回復昔日面目，意即大地解凍，春回人間的世界。詩人假借對流落異鄉不得歸來的親友的召喚，間接表達出對臺灣光復的欣喜之情，是藝術技巧的運用。吳瀛濤不採取直接謳歌的方式，而免落於言詮。

第二段以「故鄉在迎等待着你」，和第一段的「歸來看看你的故鄉」相呼應，前者是故鄉對遊子的懷柔，後者是遊子對故鄉的歸依，二者相通才能成立和諧，而不致有所扞格。另外以「自由的双翼」加強飛回的自適自如，並暗示飛離時的被迫。

海流

大陸北方已開始積雪
惟今天戰亂鮮紅的血却印在雪上
驚醒了這裡南方初春的淺夢
這是鷄鳴的清晨
我正在打開古老的地圖，涵想祖國多難的命運
而一般懷念的熱情如同浩盪的海流奔騰萬里

這是吳瀛濤在一九四八年寫的作品，那一年大陸情勢開始逆轉，動盪不安的氣氛也深深感染到光復不久的臺灣。

吳瀛濤這一首短詩，充分表現了臺灣青年關懷祖國的心態。這首詩是寫於年初，亞熱帶的臺灣，春來得早，二月立春，已是艷陽普照，而在北方，時令上正是嚴冬未盡，積雪愈厚。而「積雪」不但明寫氣候的酷寒，並暗喻人間景象日蹇，苦難加深。

雪上的血印，這種鮮明強烈的意象，像艾青等許多詩人處理過。一方面是紅（血）白（雪）視覺意象的明顯對比，另方面也是冷（雪）暖（血）感覺意象的絕對歧異。由此引伸爲天（自然）人交鬬的對決，而象徵內在條件與外在情勢的抗衡，當然，最重要的是直喻戰亂的冷酷。

南方的臺灣，初春來臨，正是春耕播種時期，人們懷想着預期辛勞的收穫，孕育遠景的夢，但被北方戰亂的跡象所驚醒，因爲當時剛回祖國懷抱的臺灣，與祖國一體的命運是無法割離的。

第二段所謂「雞鳴的早晨」，一方面是寫實，極言其早，另方面還暗示着「雞鳴不已於風雨」的意思，充分表示當時臺灣青年對祖國情勢的關切，一大早便攤開地圖研究現勢。所謂「古老的地圖」也是一方面實寫圖年代之久，必定遠在日據時期便已珍藏，表示臺灣人民對祖國的殷望由來已久，固不自光復始，另方面也暗示着地圖上中國版籍的古老。

「湎想」料係「緬想」之誤。南史孔淳之傳有「緬想人外，三十年矣」句。「緬想」意指懷思、思念。又「浩盪」亦似為「浩蕩」之誤。全首醞釀到最後，乃直言詩人，對祖國殷切懷念，直如海流浩蕩奔騰萬里。

我是這裡的陌生人

很多條路，我都沒有走過
很多角落，我也沒有到過
這就是我住的都市
我是這裡的陌生人

國際標準的觀光旅社
通宵達旦的大舞廳
交易色情的咖啡室
還有，五色繽紛的委託行
滿貼紅紙條的介紹所

違章建築的地方，已拆蓋高樓大廈
滄海桑田，一坪高達幾萬元的地方
眞是車水馬龍，號稱不夜城的繁華區
琳瑯滿目，最最現代化的十里洋場
這就是我住的都市
我是這裡的陌生人
上下班，每天走於同一條路上
打滾在這生活的小圈裡
我有都市人莫名的悲哀

這是一九六四年作品，吳瀛濤時年已四十九歲。這首詩表現了一位生活刻板而嚴謹的都市人的茫然，更顯示作者哀樂中年的心情。

人住在都市裡，看似頗具動態，其實常被囿限於狹小的活動空間，反而不如在農村裡，一望無際，不但遠親近鄰，連家畜植物都充滿和睦感。都市裡由於房屋節比鱗次，視線完全被阻斷，隔街如隔山，沒有走過的地方對我們都是陌生的。而由於人的活動範圍有限，尤其是一位每天固定上下班的公務人員，除了他固定行走的路線外，對其他部份就毫無所悉。儘管一輩子住在同一都市，但因大部份地方沒到過，自然會形同居住地的陌生人了。這是第一段破題的表現。而這種陌生感，深深影響到人在都市中失落的情緒，好像是機械人，每天重複同樣的單調動作和生活，失去了靈性和認同感。

接着，詩中第二段臚列了五種都市的代表性熱門行業，表示都市是利、慾競逐場所，而這些都與作者無緣，因為他對這些行業也都是陌生人。這些典型行業的列舉，不僅強調作者的陌生感，而且發揮了批判性，表示這些是都市的畸形相。

第三段進一步描述都市的特性，由於人的蝟集，隨之建築業必然興盛，而繁榮的結果，致使地皮高漲，公務人員只有旁觀別人暴發成富的份。而不管不夜城也罷，十里洋場也罷，對於一位生活嚴謹而且奉公守法的公務員而言，也是不能涉足的地方，在在都顯示他確是這個都市的陌生人。

最後一段呼應到第一段，強調了「上下班，每天走於同條路上」，更形限制了人在都市裡行動空間的狹小，在如此狹小的生活圈裡，人的存在眞像「一條蛆虫」（白萩詩「形象」），微不足道，而這種都市人的悲哀，也足以令我們反省人的價值，尤其是詩人，認知重振精神文明的使命，思考如何在狹小的現實生活圈裡，來開拓廣大無垠的精神生活圈。所以詩人應時刻警惕，如何走向並占有先導的立場和地位，是一項重要的課題。

空茫

一對眼睛在昨夜的深處睜開着

我走得很快，被追着

我走向靈魂的角落，被追着

爲何有那對眼睛，爲何追着

我已不知在走着什麼地方

像要倒下，可是沒有倒，也沒有停足

黑黑的影，黑黑的星，冷冷的夜

走着，被追着，遠遠的海音

空落地在那邊一具屍體

這是吳瀛濤五十歲的作品，和前舉「我是這裡的陌生人」一樣，顯示進入中年以後的吳瀛濤，對人存在的問題，頗多思考。

形式上，這也是一首很特殊的詩，每行自成一段，或者說，每段均只有一行詩，是很少見到的例子。而這首詩的氣氛，充滿着幽玄和神秘。

起首和前舉「黃昏」相當懸疑，倒底這是一對什麼樣的眼睛呢？是誰的眼睛？只曉得具有相當的威脅性。睜，直視也。直視的眼睛總會引起人的疑懼，何況立於黑夜的深處。敵暗我明，對於生命是極爲不利的立場。「我」處於暴露位置，而那對眼睛的主體卻一直隱匿在難以窺伺的幕後，更顯示生命的茫然無依。「昨夜」應指時間連續之過去性，意即窺伺情形並非偶發，而是有一段時間的連續性。

第二段由第一段的靜態，突然改變成動態，在生命遭受威脅情形下，「我」開始逃命，可是對方也追上來，二者的關係頓現緊張。而敵強我弱的態勢也已彰顯。

「靈魂」指精神或心意，與物質或體魄相對而言。因此，「我走向靈魂的角落」有兩層的意義，其一爲，「我」原來只是一付驅壳，如今尋求精神的力量，其二爲，原先是魂魄一體，但警覺到外在驅體之不能抵禦，轉而以精神力量來對抗。總之，求助精神力量的意圖是很明顯的。效果如何，暫無交待，但已開始反省和思索「那對眼睛」的意義和代表性，以及爲何發生追逐。似乎沒有答案。這樣一來，「我」已經失去任何確定性，因爲沒有答案，就無法採取對策，則連適應的可能性亦極爲渺茫。這樣的處境豈不是卡夫卡在「審判」一書中描寫的K的狀態？

在試圖追究敵方的線索時，却連自已所處之方位亦告茫然，而造成威脅之對方及來源，却均成爲未知數，如此，造成極爲荒謬的一種境遇。

在如此情況下，無論逃向何處，均受到不放鬆的追逐，以致心竭力拙，顯示難以支持，幾乎要倒下，可是還是拼着一口氣，繼續走。

到了第七段，「黑黑的影」出現了：其實在夜裡，黑影已溶入一片黝黑裡，什麼都看不見，不過加強了隱形對手的神秘和恐怖。連星都是黑的，實際上已是全面黑暗，而夜不但黑，且又冷，外在條件幾乎令人難以忍受。但在惡劣情況下，仍然是無止息的逃避和追逐，此時，出現了「遠遠的海音」，這是詩人所嚮往的海，代表下意識中所存在的超越境界。而詩人試圖以高層次的精神活動來救援和安慰，是在幾乎走頭無路情況下的一線生機。

最後空茫地留下屍體，才解開那威脅生命的謎，原來是「死亡」。而從最後的結局看，似乎生命必然是失敗的，徒然剩下殘餘的屍體罷了。但如果仔細推敲，從第三段之有「靈魂的角落」和第八段出現的「遠遠的海音」看，那生命的本質還是居有安然不受威脅的地位，而解脫不了絕滅的，其實是軀體的存在。

吳瀛濤一些瞑想的詩篇，頗富哲理，有時還透露一些禪機，在他晚年的作品裡，逐漸傾向於參悟生死的問題，不過他實際上不談禪，只是有點玄，却仍然堅持以直覺去感悟詩想，而留給讀者一些思考的線索。

—七十年九月七日

後記：僅以本文紀念吳瀛濤先生去逝十周年。

從抒情趣味到反藝術思想

——三十年來臺灣現代詩方法論的追求

郭成義

對立於自由情緒的感情傾吐作用，而使堅硬的藝術要求或思想體系過剩地介入於表達藝術上的多數型態，是近代文學藝術活動史的一條重要脈胳，其中，呈多樣性革命的現代詩成長歷程，於此據有其顯明可觀的豐富性。

詩之起初，約可歸於抒情的需要。我國早期抒情主義的理論輪廓，可從三百篇中追溯起源。詩經大序：「詩者，志之所之也，在心爲志，發言爲詩，情動於中，而形於言，言之不足，故嗟歎之，嗟歎之不足，故詠歌之，詠歌之不足，不知手之舞之，足之蹈之也。」這種原始性、自由情感的催動，當是詩歌連襟或其他文藝生命之必然生存的根源，也是人居於「生」的陰暗部位而向宇宙外界試求放射光訊的一種情結解放。

詩根據美學上的解說，與其他遊戲、藝術起源略似，是一種缺乏實用目的的自由活動，但這並不排除詩歌在人體生理機能上，也有其伸張制衡的調節意識存在。假如說詩只是感情情緒反應狀態下的有意行爲，固然無法滿足詩長久以來所具體追進的定義觀，但是，即使在現階段，每當我們談到詩之本質概念的時候，大都沒有人願意忽視那些沉澱前後的抒情趣味，這當然是大部份的詩人，對其創作行爲當時之心理情感歷史活動的瞭解，略較其創作後的靜態文藝更具親媺性與明朗的結果吧，其實也是——抒情之本能在詩人內心的迴響，有其不可忽視的臍帶秘密。

十九世紀詩人華滋華斯（W. Wordsworth）在其「抒情民謠集序」上表示「詩是強烈情感的自然流露，它起源於寧靜中所回憶的情緒，且在類似的氣氛當中，這種創作活動繼續下去」，而且「當自願地加以描寫時，心靈上大致處於一種愉快的狀態」，因此，在體驗這種愉快的可能下，使我國自有詩詞創作以來，包括外國早期詩人的作業，在純粹的抒情緣分底下，確實緜延了一段漫長而芳香的詩史，即在近代五四白話詩時期，雖然末期的文藝家們多少面臨了現代主義初期的暗示，抒情詩的傾向，仍然把我們的幾位白話詩人如徐志摩、劉大白、戴望舒等人擁向較高的位置，同時由於稍早法國象徵主義暗喩技巧的日漸加入，使得抒情詩得以走向更爲自由、美麗、而多變化的魅力領域，歷久不衰。

情調背景的選擇，四時風物的心境，特別是情詩方面的豐收，應屬抒情詩顯著的路線，徐志摩「偶然」、「再別康橋」，劉大白「我願」，戴望舒「雨巷」等等，均曾受到廣大的喜愛而流傳，部份傑作對近代詩之抒情印象，也頗具影響。

是飄落深谷去的
幽微的鈴聲吧

是航到烟火去的
小小的漁港吧

如果是青色的珍珠
牠已墮到古井的閟水裏

（戴望舒：印象）

這種清新鮮活的意象，即使是處在數十年後的部份現代詩人，仍須戮力以赴的。可惜當時的詩並非都能有如此的表現，大多數仍然只趨向於直率的「自然發生式的寫法」，對於象徵主義的啓發性技巧並未掌有剴切深入的鑿痕，以至釀成風花雪月的新詩形象，即在我國新詩地盤移至臺灣以後，同樣也產生了一派以風花雪月爲創作習性的練習詩人，而較有可觀的詩人，隨後銜接了現代主義的晦澀表情，製造流行性虛無技術的仿抒情。

算是奢望吧！那藍空裡，
如火的艷陽，閃耀的光華，
充滿生之鼓舞，美的憧憬。
我心力俱疲，只爲這期待，
如此漫長，如此渺遠。

（陳敏華：期待）

這是失去預言的日子
在憂鬱藍的穹蒼下
我們採摘不到一束金黃
很多很淡的顏色湧升
很多虛白 很多灰雲 很多迷離
很多季節和收割分離

（蓉子：白色的睡）

沒有重來的人了。小樓寂寞
影子在影子裡拉長
沒有人步過彫花的長廊了
虛無，一片虛無

（葉珊：寄你以薔薇）

這大抵還是練習階段的作品，僅及於個人化的，內心情感世界寄予對外普通事物的抒情，而呈現了一番「爲賦新詞強說愁」的少年面目。稍後，渡過此一練習心態而作業的詩人，又逐漸由於對創造新鮮事物與感情的發見，以及沿現代主義冲擊而來的對技術至上論的崇拜，而導致了原來抒情趣味的優位性被削弱擺平，使知性意志下的晦暗情調抬頭，從此埋下現代詩多辯爭的新胚。

倘使你的表情和衣飾溶解
溶解了山川的殊異，倘使
羞澀仍低於枇杷的秋景，你的赧意
掠奪了廿載石梯的孤寂
施施然入晦暗的人魚酒店。「可惜
人生，不向吳城住，」
雨後暴晴。九月十六。死了滿園雛菊
撕毀了南宋詞，獨留一個吳夢窗
右鄰的高加索人在屋頂上
修理複雜的天線，其妻洗染於市
一旦你也熱中於栽培剪革的事業
我便屬於植物的綱目

（葉珊：花箋）

我那沒有次元的身軀如何例行地
掛懷著我曾經誕生那件事而欲問：

一泓清水曾否爲接那月色而等待
一棵樹曾否爲呈風的體態而生長
自從人群引出了慶典，脚步帶來了城市
那高高的雲層一再下傾鼓聲一再向上
海即以無涯的顫慄承受着我們
以其無色的蔓延反叛一列列好奇的眼睛
白日啊，當你依山而盡，不識羞恥的女子
此時就以搖蕩的双乳洗滌那些風
此時就公然以私處推出自然

（葉維廉：河想）

不合理的文字連結，或無邏輯的思想跳躍，一再經由相同心態的詩論配合提携，又造成現代詩壇的一陣騷鬧。同時，由於紀弦所領導而蓬勃於臺灣的現代派曾經提倡「反抒情主義」，林亨泰更據於「再別康橋」的創作方法，抨擊徐志摩「這種自然發生式的寫法，已經不被今日的詩人承認是詩的寫法了，只能承認爲散文式的寫法。其中流貫的調子，與其認爲詩的音樂性，毋寧視作散文的音樂性，而應該加以排斥」，雖然這並非宣告抒情詩之滅亡，但在當時已可從多數的作品上加以瞭解，抒情的面目確已受到當時詩人的懷疑和改變當中。主知主義思想的昂起，迫使抒情的自然景觀遭到破壞而歪曲。但是，後來生長於臺灣本土新生一代的詩人，對於抒情詩傾向的選擇和經營，却又保留有較新的創造性和濃厚的浪漫氣質，護住了抒情詩的重要命脈。

蝴蝶逍遙地採訪春息
迷人的背影招呼着雲彩
我在想
他的翅膀載不動我的鬱悶啦
但是，每一次
我記起從前——
啊，當牠爛的兩翼悠然一閃
我的衣裳印著蝴蝶的微笑
同時，數不盡的委曲
隨花粉貼在脚上
翩翩地
飛上天去

（鄭烱明：蝴蝶）

纏綿了一整夜
疲倦中不知妳何時離去
早晨醒來才發現
原來妳是牆頭上的
一朵小花
以爲妳再也不願離去
而妳却悄悄地
彷彿抱著無限的委曲
僅留下一點鮮艷的残紅
匆匆走向露水中
證明妳一身的潔白
尚未熟悉妳黝暗中的臉龐
妳已不再綣戀
何以又禁不住掉下哀傷的眼淚
那樣失神的回頭

（拾虹：花）

這種抒情傾向，是自覺於抒情詩人早期的責任隋性與近期的技術偏差所改變過來的，注重詩想的發見和詩質的把握，且因此時詩壇已發展成取向前衛性問題的完整藝術要求，乃嘗試向抒情趣味索取思想和方法上的進步。

臺灣的新文藝活動，由於環境背景的現實需要，必須毫無選擇地全盤吸入外來現代主義主體下各種新的學術思潮，特別是超現實主義之用心超越浪漫與象徵說的傳統地位，而贏得了擁護詩人的出頭，但由於起步的緩慢及突然，囫圇吞棗的結果，自然造成消化系統的偏差，超現實主義之反藝術形式心態，倒成爲五十年代我國現代詩重新由藝術理論出發的原動力。

詩的藝術論是一種正常而必須的事實，一般之文藝思潮運動，即我們稱爲「主義」者，要不外對於相關的創作藝術活動，採取現實或技術上之要求、限制、擴大和反對的意義而已，詩一方面是據於藝術創作的信念而產生之行爲，另一方面又以表達工具的身份出現，而且是願意成爲表達給公衆的理想訊息時，就難免不能脫離於藝術能力的檢定，梵樂希（P. Varery）「詩及一切藝術的靈感，被深深地藏匿著」，畢竟含有被創作的需要，是詩與藝術對等根源的双胞關係，艾略特（T. S. Eliot）也進一步表達了「詩本來是一種藝術，詩應該給與的第一印象是對於藝術感情，而詩應該引起的第一個問題是藝術問題」，因此，通過藝術層次的錘鍊，詩的條件才能更具有豐富的價値性吧。

在此，抒情主義的遜位，使得詩的題材、物象、形式及詩想的優位配置顯得突出，而造就了詩的藝術觀追求的一面，尤其是透過語言及文字的引導而產生之視覺或音感意義，頗具用心。

一條蜘蛛絲　直下
二條蜘蛛絲　直下
三條蜘蛛絲　直下
千萬條蜘蛛絲　直下
　包圍我於
——蜘蛛絲的檻中
被摔於地上的無數的蜘蛛
都來一個翻筋斗，表示一次反抗的姿勢
而以悲哀的斑紋，印上我的衣服和臉
我已沾染苦鬥的痕跡於一身
母親啊，我焦灼思家
思慕妳溫柔的手，拭去
纏繞我煩惱的雨絲——

（桓夫：雨中行）

眼光移過
　在
那喘着氣的
　被熱情燒爆了的
　　荒漠的
胸
脯
上
　我逃避
我的丈夫
　又舉起多毛的手
　　向我的腰摟來

（白萩：仙人掌）

可是，表面上簡明易懂的語文經驗被認爲是不够的，這就是依附於詩的藝術價值觀而被共識的說法，之後，因爲我們在探求人類內心世界的精神文學，曾被視爲是一種高尙的文明教育，詩人重視其心靈視矚的偉大，詩的作用在此也擔當了應有的角色，例如阿諾德（M. Arnold）說「詩雖絕非宗教，但可爲宗教最主要的代用品」，引來了日本詩人村野四郎的戲謔，隨稱「詩雖絕非哲學，但可爲哲學最主要的代用品」，然後爲了迅速有效地表現詩人與外在世界對決後的領悟，並加強其某些撞擊力或喪失感的特殊效果，便不斷在詩裡頭放進異於常數的東西，包括哲學、美學、文字、聲韻等等過剩成渣的理論來建立它的創作系統，甚至單獨以圖畫性之組合或空句予以形式表達，卒至現代詩發展成一面喧嘩的鬧市景觀的時候，已發生了過多的晦澀案件。

基於梵樂希之「詩給作者的主題難，晦澀原本是存在的」，艾略特氏並且說「我自已感到熱愛的作品，是一讀難懂其意義的詩」，因此，我們此間的多數晦澀詩人也同意相當的晦澀程度是應該的，瘂弦於其「詩人札記」上表示了類似的看法「晦澀乃是發於作者爲求達到某種強烈藝術效果時之表現上之必要」，詩評家李英豪更將晦澀認爲是一種肯定的價值，「而且是此等價值的整體的連續」，是由於讀者「太明晰和邏輯化而使內感失調或失差」以致難懂，所以「艱澀非存於詩人本身，而是存於讀者身上」。從這些類似心態之理論維護下的詩人，於是勇敢地出發了，養成了晦澀文體就是現代詩技術的普遍概念。

歲月，貓臉的歲月，
歲月，緊貼在手腕上，打着旗語的歲月。
在鼠哭的夜晚，早已被殺的人再被殺掉。

他們用基草打着領結，把齒縫間的主禱文嚼爛。
沒有頭顱眞會上升，在衆星之中，
在燦爛的血中洗他的荆冠，
當一年五季的第十三月，天堂是在下面。

（瘂弦：深淵）

兩臂將我們拉向上帝，而血使勁將之壓下
乃形成一種絕好的停頓，且搖蕩如閒着的右腿
閒着便想自刎是不是鏽斷腰帶之類那麼尷尬
我們確够疲憊，不足以把一口痰吐成一堆火
且非童男

（洛夫：石室之死亡）

你看到自己在溪流的懷鄉症裡解衣
解衣並且沉沒。飛散的意象
那不是魚鱗，不是毛髮，也不是伐到的年輪
一個黃昏的燦然，夜的虛假

（楊牧：傷痕之歌）

私生的天使
迭次鎮守着
堵隔海天的小陽春
風之蝙蝠
穿飛我們愁念的錐輪
許是昨夜是今夜的橄欖石
自驚恐的幼瞳中裂碎

（葉維廉：聖・法蘭西斯哥）

神。
乃
旋
乃
「一握之

芽。
乃
黑之
芽
乃
黑之
旋

（碧果作品）

面對這些目意識分解及重組後的知性集合體，早已不像潛藏於詩人內心的情感那樣簡單，由於讀者本身未必具備過去類似性的共感條件，而對詩所傳達的意義，只好接受了被拋棄的命運，以致出現現代詩無讀者的悲慘環境。

實際上，後來的人却漸漸發覺，晦澀的必要原本是不存在的。

高克多（J. Cocteau）早就說過「詩就是正確，是數字，但是一般人把不正確的事象稱為有詩意，把詩視為幻想的東西」，而提出思考的計算說。對艾略特而言，當他認清詩的本質的當時，於其完成「荒地」一詩之前，也表明了要「儘量淺明的寫」。村野四郎於此更有着較為露骨的批判，他認為晦澀「大抵的情況是想要確當地描寫，但為掩飾自己未成熟的技術，及由於怠惰的心理所造成。畢竟，表現上的不足，即意味着認識上之不足，因他們所表現的朦朧不清的作品，通常對詩的主題缺乏明瞭，且未竟究極的意識之故，另一方面却裝作似乎很有把握的姿態，其實只是在玩弄無根據的暗示與比喻罷了」。晦澀之發生，既屬世界性，則其悔醒，亦具有國際趨勢，英美詩壇自艾略特晚年起，已自覺到反晦澀趨勢的終必來臨，那麼，曾以晦澀自豪的臺灣現代詩人，自亦沒有不緊追跟進的道理，余光中於其「在中國的土壤上」一文作了上述觀。

至此，反晦澀的聲浪，已幾近成功地追平了部份詩人自恃懷挾奇技的逼人氣勢。

這是，相附於藝術論的追求而升起之主知的機械主義一般狀況。可以說，這些大都屬於我們之間四十歲以上的詩人所親身參與的遞變，也許是把現代詩壇推向一個可能更接近於詩的踏板，不過，也只是呈現一種踏板的功能而被共認而已，其後的詩人，根據以往的經驗教育，操持了一個創新性的直覺能力，正朝我們亟待閃光的思想底片漸漸飛近而來。

竟連那最後的貧窮
也給淋濕了
走着，這是一旦陷入
便無力突圍而出的生活

雨仍然在落着
眼底已全映滿了
天的晦暗
看天還有什麼用呢
雨不斷在落着

害怕變成無用漂流物的他
突然被堅硬的路
在街角
活生生地切成兩截

原本可以眺見田野的窗口
現在已被高大的建築物封閉了

（陳鴻森：走在雨中）

望過去
除了自已隆凸的腹部
以及妻失望的表情
再也看不見什麼

在建築物的陰影裡
窗臺的一株植物
憔悴地倒下

（凱若：併發症Impotent）

根植於現實生活直覺能力的復甦，而有其「究極意識」之顯像的年輕一代詩人，以脫離於過剩藝術繃帶下的傷痕，無牽掛地享受著新抒情的慰撫。他們由前期詩法的教養中汲取感情，又叛逆性地揚棄近代主義無內容的情操，有秩序地展開了現實生活的精神版圖。鄭烱明於其詩集「歸途」後記裡闡述了：「五年來，我嚐試用平易的語言，挖掘現實生活裡那些外表平凡的，不受重視的，被遺忘的事物本身所含蘊的存在精神，使它們在詩中重新獲得估價，喚起注意，以增進人類對悲慘根源的瞭解。」這種瞭解，是繫帶著眞實性的描寫而出發的，因此陳鴻森在「烱明論」裡談到了：「一般漠視詩性現實，却亟欲追求美或知性的發揚底詩作，無非是依靠一時的情緒及技術寫出的，終究是難以獲得我們眞正的感動。」這對既存舊有美學及機械形式的反抗，終於有了可靠的意欲。

可是，反對也不僅只是背叛的意義而已，對這些後期的詩人們，他們是據於一種創造的本質而論的，甚至把它當作是創作的介人。傅敏曾經歸趨出一個事實：「我們據以認知詩的，無非也是由過去的詩作所規劃出來的，詩之觀念的擬設相。這個擬設相所構成的理想秩序，對於未出現的詩底函數具有很大的考驗和壓力，順應或敵對它都有產生出一首詩底可能性，但它的眞正變更，却有待於眞正新的東西底介人，有待於異質的介入。」而這個介入的異質，從以後的發展上看來，不外存在於現實物象的思考和環境生活的對蹠，並且隨著日漸鋒利的語言與穩定的方法，瞄準新的精神落點的刺激物質。

詩以思想及其客觀物象的閃光爲本質，而以語言定其思想理則爲方法的知覺，不僅是對近期社會性傾向的新堡壘劃出一條捷徑，同時也將人性的自由形象從意外的現實缺口裡予以適約地解放。

在伸腰的咖啡時刻
偶然注視到蒼蠅
優美的姿勢
也抑制不住一股遐思
假使有一天
也能悠閒地欣賞別人在忙碌
這樣想着
彷彿自己就是那隻蒼蠅了
却忽然看到
蒼蠅的醜陋面目

（李魁賢：蒼蠅）

夜黑以後
現實有一個缺口
我是打那兒
逃亡的
雖然你

像監禁終身犯一樣
監禁著我的一生
然而
逃亡以後的我
是自由的
你不能捕獲我愛的掌紋
你不能捕獲我恨的足跡
（李敏勇：夢）

這些，大抵生長於臺灣本土的詩人，儘管在習作初期也曾多少受誘惑於難解的西洋模式和混亂的形式主義，可是都能很快地回到本土氣質的路上，創造清潔的感覺情懷。即在早期的多數其他詩人，在面對這一個趨向的時刻，也逐漸轉移了原先所固執於詩的外型重心，而對詩的眞實與社會性嘗試加以理解，當然，另一部份的人却對它的「藝術性」懷有警戒和遲疑，認爲對舊式美學的放鬆，將會導致詩性的幻滅，這裡，桓夫有一個確實的描述：「有些現代詩人對詩的意義性毫無重視，反而批評具有內容表現的詩說『忽略了藝術的一部份』，顯然就是指忽略了『做』的藝術的部份，而無法認清其經過詩的技術表現，思想已經像薔薇那樣芬芳出來的事實。」

依附於詩的場合而能稱之爲「藝術」的東西，實際上並非隱藏於表面的造型，那些修辭文字與美學形式，不過是擔任一個較爲投機的傳達媒介的次元素而已，眞正的藝術性，非向由意義所喚醒的共感經驗索取不可，亦即隱藏在詩的最終影像的美感裡吧。如果，不具有這樣清醒的自覺，終究，還是會像普魯東（A. Preton）那樣，晚年在法國的文壇裡敗下陣來。

詩，根據其本身內裡的歷史而言，是一種私人化的感情及知覺的片斷或延續，無論其爲抒情、藝術、思想、生活的一部份，或表現了浪漫、象徵、現代、超現實主義的中心面貌，仍必須根源於方法論的具體追求，始能愈加美麗地呈現於公衆而成爲有價値意義的歷史。而方法的創新或復古，不是攀附於表面的一時趣味，却是人在追求其「宇宙性」的廣大意味上，賦予同步技術的默契。因此，正確與適任的問題，是我們站在追求和探討的唯一立場，錯差了這種條件，是無法與眞正的詩對決的。

三十多年來，臺灣現代詩的方法取向與轉進，大致居於不穩定的狀態，其間的壁壘，亦很難有一劃分清楚的絕對界限，但比諸過去的情況，目前正似乎出現未有的曙光一般，我們難以預測未來眞實的演變如何，但到底優越的方法論的追求，還是很明亮地響在詩人的內心深處。梵樂希之「作者，依據其所能做的補償其任何命運的坎坷」，對一個處於現實命運龐大的世界底下的詩人，越發顯見其慢慢壯大的光芒。

——完稿於七十年九月十八日清晨兩點

紐西蘭閨秀詩選譯

李魁賢譯

對位法 (Counterpoint)

Hilda Phillips

一種
幽默感
指揮
生命交響樂
調和了
快樂
不幸
衝突
和悲傷。

孤獨的旅行 (Lonely Journey)

B. B. Whyte

請別傷心，因為我們的路程
如今必須分道，幸福
就如生命，畢竟短暫。別哭泣，
我請求你——前面展望的歲月
還有其他的愛情，而雖然和我們
不同，却仍然甜甜蜜蜜。
沒有人能偷走我們
共享的快樂，那些欣悅的夜晚
以及不可思議的夢；但如今
我們二人必須各走各路
不曉得引到何處，直到那一天
我們生命的燭光黯淡
而火焰……消失。

希臘詩

卡法非詩選

非馬 譯

城市

你說：「我要到另一個國度，我要去另一個海洋。
那裡有比這更美好的城市。
我的所有努力都註定失敗；
而我的心—死人般—深深埋葬。
我究竟還要在這鬼地方呆多久？
擧目四顧
到處是我生命焦黑的廢墟，這裡
在這個我毀損又浪費了這麼多歲月的地方。」
你將找不到新的國度，你將找不到新的海洋。

這城市將追隨你。你將在同樣的街上
躑躅。你將在同樣的鄰區老去；
你的頭髮將在同樣的屋裡變白。
你到達的永遠是這個城市。別癡心妄想—
沒有船隻載你，沒有道路。
當你在這裡毀損你的生命，在這小角落裡，
你便已同時把它從整個世上斲喪。

大流士

詩人弗納吉斯正在

寫他史詩的關鍵部份：
大流士，海斯大皮士之子，
如何征服波斯王國。
（是他，大流士，傳位給我們
輝煌的皇帝米茲賴達第士，代爾尼蘇士及
伊伐培多。）
但這便值得深思；弗納吉斯必須分析
大流士該有的感覺：
自傲，也許，還有陶醉？不！更可能
是一種對偉大的虛無認知。
詩人對此問題深深思索。

但他的僕人衝進來，
打斷他告訴他一個極端重要的消息：
同羅馬的戰爭已開始。
我們的許多軍隊已越過邊界。

詩人一下子嚇呆了。多不幸！
我們輝煌的皇帝，
米茲賴達第士，代爾尼蘇士及伊伐培多，
此刻怎可能還有心情來管希臘詩？
在戰事當中—想想看，希臘詩！

弗納吉斯憤慨不已。多可惜！
正當他有把握以他的大流士
成名，有把握
使妒忌他的批評者永遠閉嘴。
多大的打擊，對他計畫的可怕打擊。

如果只是打擊，倒也罷了。
但我們是否眞的認爲在阿米索斯安全？
這城鎭的防守並不太好，
而羅馬人可是最可怕的敵人。

我們卡巴多西亞人是否眞是他們的敵手？
可能嗎？
我們能同羅馬軍團一較短長？
偉大的上帝，亞洲的保護神，救救我們。

但在這所有的驚惶與憂傷裡，
詩意不斷地來了又去：
自傲與陶醉—那是最可能的，當然：
自傲與陶醉必是大流士所感到的。

上帝遺棄安東尼

午夜，突然你聽到
一個無形的行列經過
帶着微妙的樂音。
此刻別哀悼你衰微的命運，
事情不對勁，計畫
都成空—別徒然哀悼它們：

像一個早有準備，且充滿勇氣，
對她說再見，對離去的亞歷山大。
最重要的，別瞞你自己，別說
它是個夢，你的耳朶欺騙了你：
別用這樣空洞的希望作賤自己。
像一個早有準備，且充滿勇氣，
符合當日領受這城市的身份，
堅定地走到窗口
用深沉的感情傾聽。
但別用呻吟，懦夫的哀求；
傾聽—你最後的樂趣—那些聲音，
那奇異隊伍的微妙音樂，
對她說再見，對你失去的亞歷山大。

亞歷山大來的使節

在地奧懷已經有幾個世紀沒見過
像爭王位的兩兄弟送來的
那麼貴重的禮物了。但一旦有了它們，
僧侶們却爲了神諭的事而憂心忡忡。
他們需要運用他們所有的經驗
來決定如何巧妙地表達，兩個人之中—
這樣的兩個兄弟之中—該得罪哪一個。
所以他們連夜秘密開會
討論這椿家事。
但使節們突然回來。他們要走了。
回亞歷山大去，他們說。而他們根本沒提
神諭的事。僧侶們聽了大爲開懷
（不用說他們可以把那些貴重禮物留下）
可是他們同時也大惑不解
這突來的漠不關心的意義。
他們不知道昨天使節們聽到的這個嚴重的消息：
「神諭」已在羅馬宣讀；紛爭已解決。

蠟燭

未來的日子站在我們面前
像一排熾燃的蠟燭—
金黃，溫暖，明亮的蠟燭。
過去的日子落在我們後頭，
一排陰暗的燃盡了的蠟燭；
近身的幾支猶在冒烟，
冷却，熔燬，垂頭喪氣。
我不想看它們：它們的形狀使我悲傷
，而記起它們原來的光亮更使我心痛。
我向前看着我燃燒的蠟燭。
我不想轉過頭去看，心驚肉跳，

多快呵，黑影越拉越長，
多快呵，另一支死去的蠟燭加入了行列。

禱告

一個水手在海上淹死了。
不知情的母親，在聖母像前
點了一根長長的蠟燭，
祈禱天氣變好，他快快回來，
她豎起的耳朵一直對着風向。
在她禱告祈願的時候，神像傾聽，肅穆，哀傷，
知道她等待的兒將將永不回來。

老頭

在嘈什的酒巴裡間
一個老頭俯在桌上；
他面前有一份報紙，身邊沒有同伴。

在他可憐的晚年，
他沉思他很少享受的歲月
當他力壯，能言，風度翩翩。

他知道他老了許多；他感覺到，看到，
但年輕的日子似乎就像
昨天。多短促的時間，多短促的時間。

他默想智慧如何欺騙了他；
而他如何相信她—多傻！—
那騙子的謊言：「朋友。你有的是時間。」

他記起他抑制的衝動；犧牲了的
許多歡樂。每個失去的機會
此刻嘲笑他無知的謹慎。
……但這麼多的回想使老頭
暈眩。俯在酒巴的桌上
他沉沉睡去。

牆

沒有體恤，沒有憐憫，沒有羞恥，
他們在我四周造牆，高且厚。
此刻我坐在這裡不知所措。
我什麼都不能想：這命運
咬嚙着我的心—
外邊我還有許多工作要做。
他們造牆時我竟渾然不覺！
我沒聽到他們，一點聲響都沒有。

神不知鬼不覺地
他們把我同外界隔絕。

未來銀行

爲了保障我困苦的生活
我將不亂開支票
自未來銀行。
我懷疑它有足够的資金。
我也擔心當頭一個危機來臨，
它會突然止付。

加法

我不問我是否快樂。
但有一事使我高興；
就是在那有許多數字的
偉大加法裡—我憎恨的加法—
我不是其中的一個
單位。我不被算在總數裡。
而這喜悅使我滿足。

港口

一個年輕人，二十八歲，坐船來到
這小小的敍利亞港口，
想學做香水商。
但在旅途中他得了病；一上岸
便死了。他的葬禮，最寒傖的，
在此地擧行。在他死前，
他喃喃說了些「家」及「很老的父母」的話。
但他們是誰沒有人知道，
也沒有人知道在廣大的希臘世界裡
哪個是他的國家。
其實也好。因爲這樣，雖然
他死在這小港口，
他的父母還一直希望他活着。

窗

在這個我度過空虛日子的黑暗房間裡，
我繞室徘徊。
尋找窗子。
要是能打開一個窗子就好了。
但沒有窗子可找—

至少我找不到它們。而也許
找不到更好。
也許亮光會是一個新的暴君。
誰知道它會暴露些什麼新東西？

完蛋

被恐懼與疑慮所呑沒
心翻騰，眼警戒，
我們拚命找出路，
計畫如何避免
可怕地威脅着我們的明顯的危險。

但我們搞錯了，那不是我們當前的危險：
消息錯誤。
（或者我們沒聽清楚，或者我們沒搞對。）
另一個災難，一個我們做夢都沒想到的，
突然地，狂暴地，降落在我們身上，
發現我們毫無防備—來不及了—
一下子就把我們攫走。

頭一級

年輕詩人伊夫孟尼斯
有一天向席歐克利透斯訴苦：
「我已整整寫了兩年的詩，
却只寫成了一首牧歌。
它是我唯一完成的作品。
我看到，傷心地，詩的長
梯，高不可攀。
而從我黏着的這頭一級，
我將不可能爬得更高。」
席歐克利透斯駁斥道：「這種話
既不得體又褻瀆神明。
單是在這頭一級，
便該够你高興驕傲。
到達這一步已非同小可：
你已做了一樁神奇的事。
即使這頭一級
也已高出凡世多多。
能站在這一級
你必須是獨當一面的
思想的市民。
能加入這城市為市民
可不是件簡單平凡的事。
它的議會裡多的是
不上騙子的當的議員。
到達這一點非同小可：
你已做了一樁神奇的事。」

聲音

那些死去的，或死人般
失去的
愛與理想的聲音。

有時它們在夢中向我們訴說：
有時在沉思裡心靈聽到它們。
而經由它們，我們似乎
聽到我們生命裡第一首詩的聲音—

像夜裡的音樂，
漸遠漸弱。

單調

一個單調的日子緊接另一個，
同樣單調。同樣的事
將一次又一次發生，
同樣的時辰來了又去。

一個月過去了，帶來了另一個月。
不費心思便可猜到前頭是什麼：

所有昨日的厭倦。
而明日過得一點不像明日。

老人的靈魂

在他們疲憊襤褸的體內，
坐着老人的靈魂。
這些可憐蟲多不快樂啊
而他們過的可哀生活多無聊啊
他們戰戰兢兢深怕失掉他們的生命，他們多麼
愛它，那些迷醉而矛盾的靈魂，
坐着—半悲半喜—
在他們老朽的，破舊的皮內。

一九〇三年的日子

那以後我再找不到他們—所有都消失得那麼快……
詩意的眼，蒼白的臉……
在幽暗的街上……

我再沒找到他們—我找到完全是意外，
而又那麼輕易放棄，
過後又苦苦期盼。

詩意的眼，蒼白的臉，
那些嘴唇—我再也找不到他們。

久遠以前

我想述說一下這個記憶，
但它此刻已模糊—幾乎什麼都沒留下—
因爲它是那麼久遠，在我少年的時代。
茉莉船的皮膚……
那個八月的黃昏—是八月嗎？—
我還記得那双眼睛：藍，我想……
啊對，是藍；青玉的藍。

喚起幻影

一支蠟燭便够了。它柔和的光
會更合適，更親切
當幻影來到，愛的幻影。
一支蠟燭便够了。今夜房間裡
不該有太多的亮光。在深坑的夢想裡
所有感受，同着柔和的光—
在這深沉的夢裡我將組合形象，
來喚起幻影，愛的幻影。

在時間改變它們之前

他們滿懷哀傷地分手。
他們沒要它：環境使然。
生活的需要逼使他們中的一個
遠走—紐約或加拿大。
他們彼此的愛，當然，已大不如前；
他們之間的吸引力已漸漸減退，
吸引力已大大減退。
但分手，却也非他們所願。
是環境。或者是命運
像個藝術家出現且決定把他們分開，
在他們感情完全死滅之前，在時間改變它們之前：
似乎永遠爲對方保持自己一向的模樣，
二十四歲的好看的年輕人。

他本來打算閱讀

他本來打算閱讀。兩三本攤開的書，
史學家或詩人寫的書。
但他讀了還不到十分鐘

便放棄，在沙發上半睡着了。
他嗜書如命，
但他才二十三歲，長得又帥；
而這個午后愛神穿過
他完美的肉體，他的唇，
一個慾念的溫暖穿過
他可愛的肉體—
對歡樂採取的形態
不帶可笑的羞恥。

當它們活生生來到

試着把它們留下來，詩人，
你那些性慾的幻象，
即使它們之中能靜下來的並不多。
把它們擺進，隱約地，你的詩行裡。
試着把人們留住，詩人，
當人們活生生來到你心中，
在夜裡或在日午的明亮。

我去了

我沒有節制自己。我完全屈服而去了，
向那些半眞半幻的歡樂，
向燦爛的夜，
討烈酒喝，
以尋歡聖孚的神氣喝。

在船上

像他，當然，
這小小的鉛筆畫。
潦草的素描，在甲板上，
神秘的午后，
愛奧尼亞海在我們四周。
像他。但我記得還要好看些。
他幾乎有點病態的敏感，
而這突出了他的表情。
他似乎要好看些，
此刻我的靈魂把他招回，自時間。
自時間，所有這些東西都很古老—
這素描，這船，這午后。

一個被放逐的拜占庭貴族在寫詩

讓輕浮的人說我輕浮。

我一向對正經事
認眞。而我敢說沒有人
比我更了解
教皇或聖經，或教會執事。
每當他有疑難，
與當他碰到教會裡的問題，
保湯尼蒂斯總來找我，第一個來找我。
但被放逐到此地（上帝咀咒她，那惡毒的
愛利尼•道凱娜），無聊得緊，
寫寫六行及八行詩自娛，
詩化神話裡的漢密士及阿波羅及戴奧尼索斯，
或席撒利及伯羅奔尼斯的英雄們自娛，
並不有失身份；
寫最精確的抑揚格詩，
例如—恕我這麼說—
康士坦丁堡的學者們都不知該如何寫的。
也許因為這點精確才惹起了他們的非難。

它們的開端

滿足了他們不合法的歡樂。
他們起身，匆匆穿上衣服，不說一句話。
他們各自離開屋子，偷偷摸摸。
而當他們在街上搖搖幌幌走路，
他們似乎懷疑他們身上有什麼東西洩露了
不久之前他們躺在什麼樣的床上的秘密。
但藝術家的收穫可不少：
明天、後天、或一年之後，他將寫
活潑新鮮的詩行，而此地便是他們的開端。

塞雷皮廟的祭司

我慈愛的老父親
他對我的愛永遠不變—
我哀悼我慈愛的父親
他兩天前去世，就在天亮前。
耶穌基督，我不斷努力
在我每一個思想裡、話語裡、行為裡，
遵守祢最神聖教堂
的誡律；而我拒斥
所有不認祢的人。但我此刻哀悼：
我悲泣，呵基督，為我的父親
雖然他是—說來可怕—
那被咒的塞雷皮廟的祭司。

亞利比亞來的王子

阿里斯多孟尼斯，孟內勞的兒子，
西利比亞的王子，

在亞歷山大停留的那十天，
一般講起來還討人喜歡。
爲了符合他的名字，他也穿希臘衣服。
他高興地接受榮譽，
但他並不特意去追求；他是謙遜的。
他購買希臘的書籍，
特別的歷史及哲學。
最重要的，他不是個多話的人。
大家傳說他是個淵博的學者，
這樣的人當然不多話。

他根本不是什麼淵博學者或別的東西—
只是一個平凡的，可笑的人，
他取了個希臘名字，穿希臘衣服，
舉動學得多少像個希臘人；
他一直擔心，他會不小心
用希臘話裡粗野的咆哮，
破壞了他相當不錯的名聲，
而亞歷山大的人，像平常一樣，
將會取笑他，他們眞是些可厭的傢伙。

這就是爲什麼他只講寥寥的幾句話，
小心翼翼地注意他的措辭及發音；
而他差點被脹死，
憋了那麼一肚子的話。

在小亞細亞的一個小鎮上

艾提安來的消息，關于海戰的結局，
當然出乎意料之外。
但也沒有必要另起草文告。
只要把名字改一改。那裡，在最後
幾行，把「自凱撒的模倣者，殃民的
奧太維亞斯手裡，解救羅馬人。」
改成「自殃民的安東尼手裡，
解救羅馬人。」
全篇便切合時宜。

「給最榮耀的得勝者，
戰無不勝攻無不克，
經營政治的能手，
這小鎮熱切期望
安東尼得勝……」
這裡，正如我們說過的，改成：
「期望奧太維亞斯得勝，
認爲它是宙斯最好的禮物—
給這全能的希臘保護者，
他親切地尊重希臘的風俗，
他受每個希臘屬地愛戴，
他顯然值得大加讚揚
而他的功績該被詳盡地
用希臘文字紀載，以詩與散文，
用希臘文字，名聲的工具。」
等等，等等。這樣便切合時宜。

卡法非略傳

非馬

卡法非（C. P. CAVAFY）一八六三年生于埃及的亞歷山大。父親爲希臘移民，是亞歷山大頗有名望的進出口商。七歲喪父，家道因之中落。九歲隨母搬到英國。在英國住了七年後又返亞歷山大，被送入一家商業學校讀書。該校校長是一位熱心的古典學者，在他的指引下，卡法非深深愛上了古典文學及古代希臘的文化，並在長大後成爲希臘公民。

一八八二年亞歷山大發生反洋人及教會事件，許多歐洲人被殺，英國轟炸亞歷山大港。卡法非隨同母親及兄弟回到希臘的康士坦丁堡，投靠經營珠寶且爲當地望族的外祖父。在他外祖父家的這三年當中他認識了不少社會賢達，也研讀了拜占庭及古希臘的歷史。這些歷史成了他終身的興趣，並且是他詩中材料的豐富來源。他也繼續研究語言，用原文讀但丁，並且寫下了他的第一首詩。

在這段時期裡，卡法非也開始對通行民間的希臘白話發生興趣，他讀了用這種語言在一六五〇年寫的一首長詩，也接觸了許多希臘的民歌。同時他也讀了用文言及白話寫成的希臘當代詩。他特別對那個在意大利受過教育，把小時候學到的白話應用到詩裡的希臘大詩人D. Solomos感興趣。

一八八五年卡法非同他的母親回到亞歷山大。由于他一位哥哥彼得的支助，他得以繼續鑽研拜占庭及古希臘的歷史，同時大量閱讀拉丁文、法文、英文等文學。

這時候的亞歷山大已今非昔比，商業衰微，社會蕭條，整個埃及都在仰英國的鼻息。卡法非雖不熱衷于政治，在這種情況下也感觸良多。這些悲觀的氣息多少反映在他早期的詩裡。

一八九一年供應他生活的哥哥彼得死了，卡法非決定自食其力。次年他進入灌溉部當臨時雇員，一當便當了三十年，因爲他是希臘公民，所以在一九二二年他退修時，依然是一名臨時雇員。與他同住的母親，很可能在金錢方面幫助過他。根據灌溉部的檔案，由于卡法非熟悉多種語言—古代及現代的希臘文、英文、法文、義大利文、拉丁文及阿拉伯文—所以頗被器重。也許因爲這個緣故，他們才准許他每天下午到一個股票交易所去當了好幾年的掮客，賺點外快。

一八九五年左右卡法非遇到比他小七歲的 Anastasiades，從此他們成了好友。在英國長大且受過教育的 Anastasiades 對繪畫頗有天才。他們兩人都醉心于法國及英國文學。Anastasiades很喜歡卡法非的詩，而卡法非也把他當成可信賴的朋友與批評者。在他們交往不久，卡法非便把他的詩稿，筆記，對文學，作家及時事的評論等，隨便寫在紙上寄給他。而這些 Anastasiades 的文件，今天便成了研究卡法非最有用的第一手資料。在這被稱為 Anastasiades 檔案裡，還有由卡法非的另一個哥哥約翰譯成英文的卡法非的二十首詩。

使卡法非提早在希臘受到重視的，Anastasiades 也有一份功勞。一九〇一年卡法非用 Anastasiades 給他的一百鎊到了雅典，在那裡他碰到有名的小說家 Gregory Xenopoulos 及許多什誌編輯。一九〇三年當卡法非再度到雅典時，Xenopoulos 選了卡法非的十二首詩，並且寫了一篇文章，在什誌上介紹他。

一八九九年卡法非的母親突因心臟病去世。接着的幾年裡，他的幾個哥哥也相繼去世，剩下的哥哥約翰于一九〇六年去了開羅，保羅則于一九〇八年移居巴黎。卡法非一個人孤零零住在一個公寓裡度他的餘年。

據說卡法非每年大約寫七十首詩，但他只留下四五首，其它悉數銷燬。他寫了詩，也不急着發表，而且每首詩都經過再三的修改，有時寫作與發表的時間間隔竟長達一、二十年。他曾在用英文寫的筆記裡說過：

「延擱又再延擱發表，我得到的好處有多大！」

「想一想……那些在二十五、二十六、二十七及二十八歲寫的拜占庭詩以及許多別的垃圾，會帶給我多大的難堪。」

「好處有多大！」

「而所有那些在十九及二十二歲之間寫的詩。多可怕的垃圾！」

有時候他也寄詩稿給雜誌社，但通常他都把詩稿寄給朋友，先讓他們鑑定，覺得有價值才拿去發表。他似乎對輿論懷有病態的恐懼，寧可自己化時間在住處印製活頁的詩冊，分送知己。在一九〇七年寫的一篇題為「獨立」的文章裡，他說出了他的耽心：

「當作家知道只會賣出極少數的幾冊時……他便得到了創作的自由。」

「當作家知道一定，或至少可能賣光他的初版，甚至再版，便會受到銷路的影響……幾乎不知覺地，有時會想到大衆所想，所喜歡，所要的東西，而作出一些小犧牲—這邊措辭稍為不同一點，那邊省略掉一點。而沒有比這更損害藝術（我一想到它便發抖）的了！」

一九〇四年他四十一歲時終于出版了他的第一本詩集，不過只收了十四首詩，出版後也沒送書給詩評家。儘管如此，他的書還是引起了相當的注意，詩評家們開始寫甚至講他的詩。

一九〇七年卡法非開始對一個叫做「新生活」的少年團體發生興趣。還是為了促進白話的文學團體出版了一本「新生活」雜誌，卡法非雖然因年紀過大無法成為會員，但他經常為該雜誌撰稿。他以白話家自居，但他時常指示白話的問題，同時也洞悉傳統文學語言之美。希臘文言是他傳統的一部份，而他從未放棄他的家族與階段所使用的這種語言。反而，他在詩裡巧妙靈活地調和了文言與白話，成了他詩的一個特色。

一九一○年他出版了第二本詩集，在第一本詩集的十四首詩外，又加了十二首。「新生活」在一九○八年到一九一八年間，不間斷地發表他的詩作。在希臘，他的作品也廣被流傳，並且開始被譯成法文，意大利文，德文及英文。但他有生之年沒再出版過詩集。

使卡法非聞名于希臘之外的，Anastasiades也是個大功臣。介紹卡法非同英國小說家佛斯特（E. M Forster）認識的是他。那時正是第一次世界大戰，佛斯特志願在紅十字會服務，駐紮在亞歷山大。成了好友的佛斯特把他的作品介紹給艾略特、湯恩比、勞倫斯等人。一九四九年卡法非逝世十六週年紀念時，佛斯特在寫給Anastasiades的信上說：「我常想那可怕的戰爭帶給我的好運與機遇，使我結識了我們這一代偉大的詩人之一。」

一九二二年他自灌溉部退休後，白天除了讀書便是寫作，有時朋友來看他，也有從國外來的訪客。晚上他散步到附近的咖啡店，那裡一群朋友及慕名等着他一起喝土耳其咖啡，聽他風琴般的聲音。有時他去晚了，而談論已開始，他們便把他安頓在一個中心位子，從頭再來過。他們談論的，可能是詩、歷史，或時事。有時他也談談他自己的詩。

一九三二年六月，卡法非患了喉癌，但他拒絕就醫。七月病況轉劇，終被朋友說服，進入雅典紅十字醫院開刀。開刀後聲音全失。十月返亞歷山大，次年（一九三三年）年初舊病復發，被送進亞歷山大希臘醫院，四月廿九日逝世。次日被葬在亞歷山大的希臘社區公墓。

略談卡法非的詩

非馬

今年四月初一個禮拜天的下午，我到芝加哥城郊一家小小的舊書店裡，同一群詩的愛好者，擠在書架的空隙，或站或坐，圍聽一對男女，分別用希臘文及英文，朗誦希臘詩人卡法非的詩。

這是一系列的双語詩朗誦活動的一部份，由伊利諾州藝術局贊助，一個私人非牟利機構主辦。已經朗誦過的有德國、法國、印度、西班牙等國的詩，即將擧辦的有英國及美國，還有中國。

在那天朗誦的詩裡，一首題爲「城市」的詩，最引起我的注意。不用美麗的詞藻或動人的意象，而能把主題表達得那麼完美，不能不令人佩服。也因此引發了我再一次譯介外國詩的興趣。

卡法非是個同性戀者。他一生中寫了不少露骨的情詩。雖然他所描寫的愛情，很少超過肉體的慾情—偶然的，短暫的，單方面的—但他既不隱瞞，更不矯飾，只像一個無知的小孩，盡情享受自然賦予他的強烈本能。不過這些詩對一般人講起來，未免顯得瑣碎，甚至有害。

卡法非眞正的成就，依我看來，是他的歷史詩。卡法非是一個有歷史癖的人，廣涉史籍，常常在歷史的字裏行間，尋求靈感。並以歷史爲背景，虛構人物與故事，表達他對世界與人生的觀點。

他的歷史詩，有些是關于古希臘的歷史，偶而也涉及羅馬的衰亡。但他最喜愛的有兩個時期：一個是亞歷山大王朝覆滅後羅馬帝國設立希臘附庸國的時期，另一個是康士坦丁大帝在位及其後當基督教剛剛取代異教成爲正教的時候。關于這兩個時期，他給了我們不少令人噴飯的軼聞及人物素描。他筆下的希臘世界在政治上是無力的，因此政治成了被訕笑的對象。表面上，這些附庸國都各有自主權，但大家心裡明白，那些統治者只不過是羅馬的傀儡。像艾提安之役這類對羅馬人有重大影響的事件，對他們却無關痛痒。反正他們總得聽從命令，誰來發號司令又有什麼分別呢？

艾提安來的消息，關于海戰的結局
當然出乎意料之外。
但也沒有必要另外起草文告。
只要把名字改一改。那裡，在最後
幾行，把「自凱撒的模倣者，殃民的

奧太維亞斯手裡，解救羅馬人。」
改成「自殃民的安東尼手裡，
解救羅馬人。」
全篇便切合時失。

（在小亞細亞的一個小鎮上）

卡法非對基督教與異教無所偏袒。羅馬異教的天國在地上，他們重視現世的和平與繁榮，而基督教的天國則在天上。在「朕即上帝」的時代，基督徒受迫害是理所當然的。但到了康士坦丁大帝（公元三〇六至三三七年）時期，基督教占了上風。雖然不至于受迫害，但爲了避免成爲社會的笑柄，異教徒紛紛改信基督教。在「塞雷皮廟的祭司」一詩裡，一個改信了基督教的異教徒的兒子，在親情與信仰間矛盾地掙扎，像極了一個流落在鬧市裡却念念不忘泥土氣息的鄉下孩子：

耶穌基督，我不斷努力
在我每一個思想裡，話語裡，行爲裡，
遵守祢最神聖教堂
的誡律；而我拒斥
所有不認祢的人。但我此刻哀悼！
我悲泣，呵基督，爲我的父親
雖然他是——說來可怕——
那被咒的塞雷皮廟的祭司。

（塞雷皮廟的祭司）

卡法非善于在詩裡運用諷刺與幽默。這方面的詩有「西利比亞來的王子」，「大流士」，「在小亞細亞的一個小鎮上」，「一個被放逐的拜占庭貴族在寫詩」，以及「亞歷山大來的使節」等。其中尤以「亞歷山大來的使節」一詩寫得最成功：爲爭王位而向僧侶們賄賂的兩兄弟；爲神諭事而左右爲難，連夜祕密開會的僧侶；使節突然決定離去却絕口不提神諭的事，使僧侶們心頭放下大石（禮物照收不誤！）却不免心裡納悶；原來神諭已宣讀（何方的神明？），紛爭已解決。

短短的兩節詩，却高潮迭起，鮮明地刻劃出「天子」們爭權奪利，勾結神棍僞造天意的嘴臉，能不令人絕倒！

而這，便是卡法非獨特的歷史詩。

一九八一、七、二十九
于芝加哥

參考資料：

1. The Complete Poems of CAVAFY, Translated by Rae Dalven, A Harvest Book (1961)
2. C. P. CAVAFY: Collected Poems, Translated by Edmund Keeley & Philip Sherrard, Edited by George Savidis, Princeton University Press (1975)
3. CAVAFY, A Biography, by Robert Liddell, Schocken Books, N. Y. (1974)

李魁賢譯

一九六三年諾貝爾文學獎得主

謝斐利士詩選

我的歷史神話

要是我有食慾，也只能
嚐嚐泥土和石頭。（注1）
亞杜・韓波

註1：引自法國詩人韓波（Arther Rimbnaud）著『地獄裡的一季』，見莫渝譯本三八頁（大舞臺）。

一

使者喲
我們盼望着等他三年

我們一直專心地注視着
海邊　榕樹　星星
參與犁的鋒刃或船的龍骨
我們尋尋覓覓那最初的種子
使古代戲劇得以重新揭幕。

我們回到殘破的家園
嚐試鐵銹和塩水
四肢無力，口裂嘴爛。
我們醒來就往北走，異客呀
藉傷過我們的無瑕天鵝翼
投身人迷霧裡。

冬夜裡，強烈的東風使我們發狂。
夏天，我們失落在不死的白日苦惱中
我們帶回了
粗俗藝術的這些雕刻。

二

在洞窖內還有一口井。
曾經容易
從那深處取出偶像和裝飾
以歡娛仍然對我們忠實的朋友。
如今繩索已斷；只有井口的索痕
使我們想起遠揚的幸福：
觸及邊緣上的手指，詩人如是說。（註一）
手指頃刻感覺出石頭的冷感
而身體的燥熱傳入石內
而洞窖以其靈魂作賭且輸掉
每一瞬間，充盈着靜謐，無一水滴。

註1：此處所稱詩人係指戴奧尼息斯・索羅莫斯（1798—1857）。「觸及邊緣上的手指……」語出索羅莫斯著『薩金託斯之女』第一章。

三

記着你被處死的浴池（**註1**）

我醒來，双手捧着大理石頭像
使我的手肘疲累至極。何處可放？
正當我從夢中脫身，它剛墜入夢中
我們的生命就合一，如今難以分離。

我瞪視着眼，不開不闔，
我對着始終欲言的嘴巴說話
我壓制着已突出外皮的臉頰。
我再也無能為力了。
我的双手，又回到我身上，
殘缺不堪。

註1：題句出自亞斯契勒士（Aeschylus, 525—456 B. C.）著『供奉女群』四九一行。奧雷斯鐵士在其父阿加綿農的墓前，對着父親憶起被溺死之地的浴池。

四

亞歌船隊員（**註1**）

至於心靈
若要瞭解自已
就得進入

必須凝視的心靈內。（註二）
異客不是敵人，我們已在鏡中見到他。

他們是好小子，夥伴們。他們不會抱怨
因爲疲倦，因爲飢渴，因爲凍寒。
他們靜如樹木，動若波濤
他們接受風雨的巡禮，
接受夜和陽光的沐浴，
居變化之中，他們不變。
他們是好小子，日復一日垂閉着眼
他們老是汗出濡槳
呼吸合乎韻律節奏
而他們的血液湧上柔弱的肌膚。

有時他們唱歌，垂閉着眼
當我們通過盛產阿拉伯無花果的荒島，
朝向夕陽西下，
犬吠海角的遠方。
若要瞭解自己，他們常說，
就得進入必須凝視的心靈內，他們常說
而槳槳在日落當中
敲打着海面的金波。
我們通過很多海角，很多島嶼，海
接連着海，海鷗和海豹。
有時，不幸的婦女悲慟
痛哭失去的子女，
而其他人以野蠻的臉追尋亞歷山大大帝
和沉落在亞細亞深處的榮耀。
我們拋錨在海邊，浸淫於夜香
身處鳥鳴中，留在手上的海水
令人憶起大大的好運道。
但是旅程永無窮盡。
他們的心靈變成有槳和槳架
有船首威嚴的頭像
有舵的軌跡，
有打破他們臉上形象的水。
夥伴們一個接一個死去
垂閉着眼。他們的槳
標示他們在海邊睡眠的地方。（註三）

沒有人記得他們，而這個字是「正義」。

註1：根據希臘神話，隨着伊亞遜搭乘人類最初所造大型船亞歌號，出發前往探求金羊毛的探險隊員。參見趙震譯『希臘神話』（志文）。

註2：此部份引用普拉頓著『亞爾基比亞德斯』一三三B起。根據詩人自註：蘇格拉底對亞爾基比亞德斯說的話和波特萊爾在詩集『惡之華』中「熱戀者之死」一詩（參見杜國清譯本，純文學），刺激他寫出此詩。

註3：參見荷馬著『奧德賽』（遠景版）十一卷八八一九二行，對奧狄秀斯最年輕的部下愛坡納的陰魂說：

請把我生平戰甲裹來焚化我，

並爲我建碑在海邊，
庶幾後代人，好把我這可憐人兒紀念。
要求你把我生時慣用楫，
也植在我墳墓之間。

五

我們不認識他們。
深藏我們中心的希望說道
我們從小就認識他們。
我們可能見過他們兩次，他們就上船了，
煤貨、糧貨，和我們的朋友
永遠消失在遠洋外。
黎明發現我們在微弱的燈火傍
在紙上笨拙而費力地繪出
船，船歌雕像，和貝殼。
黃昏時，我們下到河邊
因爲河向我們指出通海之路
而我們在柏油味道的地洞過夜。

我們的朋友已去　也許我們從未見過他們，也許
我們只有在睡眠仍然引導我們接近
氣喘的浪濤時不遇見他們。
也許我們追尋他們是因爲我們追尋着
超越雕像的另一個生命。

六

M.R.

雨中的花園及其噴泉
你只能透過毛玻璃後面
低低的窗才能看見。你的房間
沒有光，但炉邊的火焰
和偶爾遠方閃電的光芒會顯示
你額頭上的縐紋，老友喲。
花園及其噴泉，在你手中
是另一生命的旋律，超越破裂的
大理石和悲劇的巨柱
和靠近新築的石坑，夾竹桃叢間的舞步，
罩霧玻璃會自你的末日把它切掉。
你就不能呼吸，大地和樹液
會自你的記憶衝出，敲打
這片玻璃，被世界外面的雨
敲打的這片玻璃。

七

南風

海向西連接山脈。
左方南風吹，逼得我們發狂，
這陣風要剝肉露骨一般。
我們的房子在松樹和皂莢之間。
大窗。大桌
供寫信，這些月來
我們寫給你的信，並落
在我們之間的空隙，加以塡滿。

淸晨的星星，當時低垂着眼
我們的時間和季節比塗在傷口的油
還甜，比口蓋上的冷水
還要欣喜，比天鵝的羽毛還要安然。
你用空手掌握我們的生命。
吃過流亡的苦頭後，
夜裡只要我們站在白牆傍
你的聲音就像溫火的希望傳來；
而風又對着我們的神經
磨利它的剃刀邊緣。

我們每個人都對你寫同樣事情
每個人在別人面前保持沉默
我們每個人分別注視着同樣世界，
山脈上的光和影
還有你。
誰會從我們心中起出悲傷？
昨夜下了一場豪雨。今天
又是陰翳的天。我們的思念
像昨天雨後的松針
堆在我們門邊，且徒然
試圖造塔，瞬即崩潰。

聳立在我們面前的山脈，把你隱藏，
但裸向南風的岬上
這些被殺戮的村落中
誰會淸算我們決心遺忘？
誰會接受我們在此秋末的奉獻？

八

究竟我們的心靈在追尋什麼？
他們遊蕩在廢船甲板上，擠滿
臉色蒼白的婦女，哭泣的嬰兒，
無法忘懷自已，即使飛魚
或桅頂所指的星星；
被留聲機唱片軋音所消滅，

在無目的的朝聖之旅中無可奈何地遇到
外國語囁嚅破碎的思考。

那麼我們的心靈在追尋什麼？
他們在腐朽的飄海浮木上
從一個港口蕩到另一個港口。

移動碎石，每天勉強
呼吸拂掠松樹的涼風，
在這個海水游游
在那個海水游游，
沒有觸覺，
沒有人，
在那國度裡，不再是我們的祖國，
也不是你的祖國。

我們知道那些島嶼至美，
我們就在那周圍摸索，
或許低些，或高些，
反正離不遠。

九

港口古巷，我不能再等待，
無論是前往松島的朋友，
或前往梧桐島的朋友，
或前往廣濶海洋的朋友。

我打生銹的砲，我划槳
使我的身體亢奮，下定決心。
帆只發散出其他暴風，
噴來塩巴味。

如果我要自己留下，我但願
孤獨，我不願如此無止境等待，
我的心靈四散到地平線，
這些線條，這些色彩，這一片靜謐。

夜星把我帶到常春花園中
死者長程漂泊的期待。（註1）
當我們停泊在常春花間，我們但願
找到可看見亞當尼斯受傷的山林空地。（註2）

註1：根據荷馬史詩，開常春花（或作日光蘭）的原野便是死者的國度。參見遠景版『奧德賽』第十一卷及第二十四卷十七行起：「……這纔得到那日光蘭田，便是群鬼之所管領……。」

註2：根據希腊神話，美少年亞當尼斯觸怒亞德米斯，在狩獵中被豬觸死。他的血中長出秋牡丹，而阿普洛廸爲亞當尼斯之死而悲泣的淚中長出薔薇。

一〇

我們的國土受圍，群山
以低空爲屋頂，不分晝夜。
我們無河，我們無井，我們無泉，
只有一些水池，乾枯；有聲響，是我們
崇拜的對象。
聲音沉滯，空虛，就像我們的孤獨，
就像我們的愛，就像我們的身體。
我們奇怪，我們曾經有能力建造
我們這些房屋，這些茅舍，這些羊欄。
而我們的婚禮，——結露的花冠，結婚的手指（註1）
對我們心靈來說，已變成不解的啞謎。
我們的子女如何
誕生？他們如何成長？
我們的國土受困。被兩塊
黑色的衝突岩石包圍（註2）。當我們
在星期天走下港口去呼吸空氣，
我們看見，被夕陽所照射，
未完成旅程的斷木，
不再知道如何去愛的身體。

註1：希腊正教會的結婚儀式中，結婚男女双方有交換花冠和指環的習俗。

註2：衝突岩石指 Symplegades 絕壁，是希腊神話中，亞歌船隊員在黑海附近遇難處。所謂衝突岩石的巨岩，其底部不固定在海底岩石上，不斷搖動，船只要被夾在中間，必定船破人亡，無一倖免。

一一

你的血有時像月般凍結。
在無窮盡的夜裡，你的血
張開着白翼
在黑岩，樹木形態和房屋上方
一絲光線來自我們幼年的歲月。

一二

海中瓶

三塊岩石，一些燒焦的松樹，一所荒蕪的教堂
而在較高的地方
同樣的風景，複製般，重新開始。
三塊岩石形成門狀，生銹般，
一些燒焦的松樹又黑又黃

而一間方形小屋埋在灰泥中；
再高到山崗上，一再重復，
剛好同樣的風景一層又一層攀升
直到天際，直到日落晚天。

我們在此停泊，修理破裂的槳
喝些水，討些睡眠。
令我們辛苦備嚐的海幽深且人跡未至，
展開無限的寧靜。
在此海濱礫石間我們找到一個銅幣
爲此擲骰子決勝負。
最年輕的贏了，隨即消失無踪影。（註1）
我們划着破槳重又出海。

註1：此處亦涉及「亞歌船隊員」指奧狄秀斯最年輕的夥伴愛坡納。

一三

九頭蛇

海豚揮旗並砲擊。
曾經令你的心靈受苦的海
載着許多色彩華麗的船隻，
加以搖滾，都是蔚藍帶着白翼，
曾經令你的心靈受苦的海
如今在陽光下爆開了五彩繽紛。

白帆、光線和濕轆轆的槳
敲鼓的旋律在溫馴的波浪上。

你的双眼注視時必然美，
你的双臂張開時必然雄壯，
你的双唇，一如往昔，必然靈活。
如此不可思議；
你正追尋你在灰燼之前
或雨中霧中風中所追尋者，
甚至到光線正黯淡之時，
當城市正沉淪，而自人行道
耶穌向你剖示他的心房，
你在追尋什麼？你來幹什麼？你在追尋什麼？

一四

光中三隻紅鴿子
在光中繪出我們的命運。
以我們所愛的
人們的彩色和姿勢。

一五

Quid txatavw' opacissimus?（註1）

睡眠像一棵樹，用綠葉把你包裹，
你像一棵樹在寧靜的光中呼吸，
而在清澄的池塘裡我凝望着你的臉：
閉着眼簾，睫毛刷着水面。
我的手指在柔軟的草中找到你的手指，
我給你把脈一會兒，
而在別處感覺出你的心痛。

在水邊的梧桐下，月桂樹間
睡眠把你移動，把你分散在
我四周，我附近。我無法觸及你的整體
連同你的靜默無語；
看着你的影子時大時小，
消失在其他的陰影中，在
放縱而又束縛你的另一世界裡。
給予我們生存，我們就生存。
可憐那些耐心等待而
迷失於茂盛梧桐下黝黑月桂樹間的人們，
以及那些孤獨地對水池和泉井說話
而沉溺在他們聲音漩渦中的人們。
可憐那些與我們同難共苦的夥伴
投入太陽中，像廢墟遠方的烏鴉，
沒有希望共享我們的報酬。

在睡眠之外，請賜給我們平靜。

註1：引用羅馬政治家普里尼書簡集（I•3）中「濃蔭的梧桐……」句。

一六

名字—奧雷斯鐵士

前進，前進，再前進！
多少圈，多少血液的循環，多少黑壓壓
層層圍繞的臉孔注視着：觀衆注視我
當我挺立馬車上揮手，榮光煥發
他們注視着我，響起如雷的采聲。
馬的唾沫打擊我的肌肉。何時馬會
疲倦？車軸起火。何時車軸
會燒斷？何時韁繩會斷？
何時整個馬蹄可完全
踏在地面，踏在柔軟青草上，於
春天時你可摘到雛菊的罌粟間？

你的双眼眞可愛。你不知道眼睛要看哪裡
我也不知道看哪裡，我，沒有祖國，
我在此奮闘——多少圈和循環！——
而我感覺到在車軸上，在車輪上，
在殘酷的車距上，双膝虛軟。
双膝容易悚懼，只要神有意。
無人逃得掉；沒有力量能抵擋，你不能
逃過養育你，在此競賽中，於衆馬喘息間
你繞圈而又追尋的大海，
以秋天時唱出靡靡之音所用的蘆笛
你再也無法找到海，在討人厭
而且不能原諒的黑色復仇女神之前，
無論你怎麼奔馳，怎麼繞圈，循環復循環。

註1：參閱索福克勒斯著『艾勒克特拉』六九四行以下。係以奧雷斯鐵士報吉參加戰車競賽情況的口氣描述。

一七

阿斯廸亞納斯（註1）

如今你正要去，就帶着孩子吧，
有一天他在梧桐樹下看到光，

號角齊鳴，鎧甲閃耀
汗出如漿的馬匹俯身水槽
在翠綠水面上，以其
潤濕的鼻孔在擦水。
刻繪着我們先人縐紋的橄欖樹
具有我們先人智慧的岩石
而生存於大地上的我們兄弟的血
是雄壯的喜悅，對懂得祈禱的
心靈而言，是豐富的殷鑒。
如今你正要去，在最後決定日
的黎明，沒有人說得出
他要殺誰，如何達成他的目的
就帶着這孩子吧，他看到光
在梧桐葉下
並在教他研究樹。

註1：是赫克特和安德羅瑪科之子。特羅亞城陷落時，尚年幼的他被涅奧普特列莫斯或奧狄秀斯所殺。另一說是，逃出後重建特羅亞城。參見荷馬著『伊利亞特』第六卷四〇二—四〇三行。

一八

遺憾讓大河通過我的手指間，

不飲一點一滴。
如今我嵌入石頭內。
我全部的伴侶就是，
長在紅土上的一株小松樹。
我所愛已隨房屋消失，
去年夏天所建的房屋，
在秋風之前崩潰粉碎。

一九

即使風吹也不會使我們清爽
而絲柏下的陰影仍然狹小
全部繞着斜坡攀到山上。
他們重重地把我們壓下，
朋友們再也不知道死法。

二〇

安德羅美達（注1）

在我的胸膛，傷口又打開，
當星落，變成與我的身體在一起，
當靜寂在人的脚步之後降落。
這些嵌入歲月裡的石頭，會把我拖多遠？
海，海，誰能把它排放至乾？
我看到手每天黎明時招呼着貪婪的兀鷹，
我困在使我自已受苦的岩石上，
我看到樹木呼吸着死亡的黑暗平靜
然後是雕像的微笑，沒有動態。

註1：衣索匹亞王國的公主，因美自負，惹怒海神普西頓，興風作浪，淹沒平原，並把安德羅美達縛在礁石上。參見趙麗譯『希臘神話』（志文）一三八—一四〇頁。

二一

在此朝聖之旅動身的我們
注視着破碎的雕像，
我們忘了自已並說生命，
不是那麼容易滅絕；
死亡有未繪在海圖上的道路
和它本身的正義；
在我們挺立垂死之際，
變成石頭群族之一，
硬的和脆的都結合在一起，

古代的死者已逃出限圈，重又甦醒，
在奇異的沉默中微笑。

二二

因爲在我們眼前通過如是多的事物
以致我們的眼睛什麼都看不見，但超過我們，
在我們背後，記憶像被圍困一夜的白色映幕，
我們看到上面的奇形幻影，比你還奇異，
通過並消失在胡椒樹不動的葉群中；
因爲我們充分明瞭我們的命運，
在碎石間徘徊三千或六千年，
挖掘廢棄的建築，也許曾經是我們的家，
試圖想起年代和英雄的功績；
我們能嗎？
因爲我們已被逮捕，因爲我們已被驅散，
而且已與虛妄的困難相鬪，
迷失，然後又找到路，滿是盲目的軍隊，
沉入沼澤和馬拉松湖內，
我們能以正常方式死去嗎？

二三

再多一點，
我們就會看到盛開的杏樹，
在陽光下閃耀的大理石，
海，掀浪。
再多一點，
讓我們再站高一點。

二四

這裡是海的堡壘，愛的堡壘的終點。
有一天會在我們告終的地方生存的人，
如果濃血會上升溢流他們的記憶，
讓他們別忘了我們，當春花中無力的心靈，
讓他們把犧牲者的頭轉向黃泉。
萬事已完的我們會教他們和平。

希臘土風舞

一、尙多林島（註1）

要是你能夠，就衝下黑壓壓的大海，忘掉
向踐踏你在沉潛的來生中睡眠
的裸足吹奏的笛聲。

要是你能够，就在你最後的貝殼上，
寫下日期、姓名、地點，
然後投入海中，使它沉沒。

我們發現自已在浮石上裸身
望着島嶼在海上升起，
望着紅色島嶼沉沒
在其睡眠中，在我們睡眠中。
我們裸身站在這裡，拿着
秤量欺人的天平。

權力的浮面，無遮的意志，深思的愛，
在正午矯陽下成熟的計劃，
以及年輕的手拍肩時
命運的過程；
在破碎，沒有抵抗的地方，
在曾經是我們自已的地方，
島嶼沉沒，像灰、像鐵銹。

廢墟中的祭壇
和被遺忘的朋友們
泥淖中的棕櫚葉。
要是你能够，讓你的双手在此
於時光的彎道中，隨着
已接觸到地平線的遠船啓程。
當骰子擲到石板上
當矛擊中胸甲
當眼睛認出異客
而愛流出
自刺破的心靈；
當你四顧而發現
四周盡是斷足。
四周盡是殘手。
四周盡是森然的眼睛；
當再也無從選擇
你自已願意的死亡，
就諦聽一聲嚎叫，
甚至狼嚎——
你的大限；
要是你能够，就讓你的双手啓程；
把你自已掙脫不忠實的時代
下沉。

抱巨石的人，必然下沉。

註1：尚多林島（Santorin）是希臘西克拉德斯（Cyklades）群島中最吸引遊客的島嶼，地質上是由浮石和瓷土所構成；在其海灣內有島嶼出沒。此島曾經是遠古宗教的發源地，每年夏季遊客如織，島上遠古文化遺跡已逐漸從深層熔岩中挖掘出土。

二、米克湼（註1）

把双手給我，把双手給我，把双手給我，
我在夜裡
看到山頂上的尖峯
我看到遠方溢滿月光的平原
看不見月亮；
我轉頭，看到
黑岩亂堆在四周
我的生命全部向外張開像一根弦，
起始和終結，
最後時刻
我的手。

抱巨石的人必然下沉；
我盡力長期抱着這些石頭，
我盡力長期愛着這些石頭，
這些石頭是我的命運。
被我自己的土壤所傷
被我自己的衣服所折磨
被我自己的神明所譴責，
這些石頭。

我知道他們不明白；而且我
經常遵循的道路
是從殺人者到犧牲者
從犧牲者到懲罰
再從懲罰到下一次殺人者；
我在無窮盡的紫色舖墊上，

探索着我的路向
在那返鄉之夜
當復仇女神的叫嘯
在疏落的草中開始——
我已看到蛇和毒蛇交錯
糾纏着被咒咀的一代
我們的命運。

石頭發出的聲音，睡眠發出的聲音，
在世界黑暗的地方，聲音更低沉，
植根於旋律中的勞苦記憶
以遺忘的脚踐踏大地。
全部裸露的身體沉入
另一時代的基礎中。眼睛
一直注視着你無論如何願望
也不能識別的記號。
心靈
爭着變成你的心靈。
即使沉默也不再是你的
在磨臼業已停止轉動的此地。

註1：米克涅（Mycenae）是古代希腊城市，在佩羅彭湼素斯半島（Peloponnesus）東北方。是太古青銅器時代文明之中心地，西元前十五到十一世紀繁榮於地中海沿岸諸國。

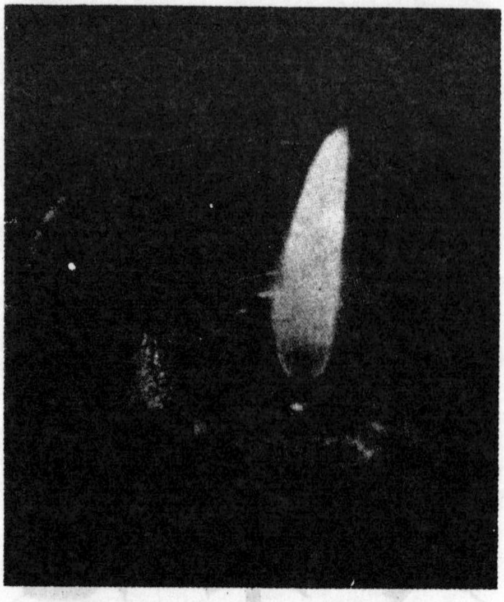

中華民國行政院局版台誌1267號
中華郵政台字2007號登記第一類新聞紙

笠 詩双月刊 LI POETRY MAGAZINE 105

中華民國53年6月15日創刊
中華民國70年10月15日出版

發行人：黃騰輝
社　長：陳秀喜

笠詩刊社
台北市松江路362巷78弄11號
電　話：(02) 711—5429
社長室：
台北市中山北路六段中16街88號
電　話：(02) 551—0083
編輯部：
台北市浦城街24巷1號3F
電　話：(02) 3214700
經理部：
台中市三民路三段307巷16號
電　話：(042) 217358
資料室：
【北部】淡水鎮油車口121之1號5樓
【中部】彰化市延平里建寶莊51～12號

國內售價：每期40元
訂閱全年6期200元，半年3期100元
海外售價：美金2元／日幣400元
港幣7元／非幣7元
歡迎利用郵政劃撥21976號陳武雄帳戶訂閱

承　印：華松印刷廠 中市TEL (042) 263799

詩双月刊

笠

LI POETRY MAGAZINE

1981年 12月號 106

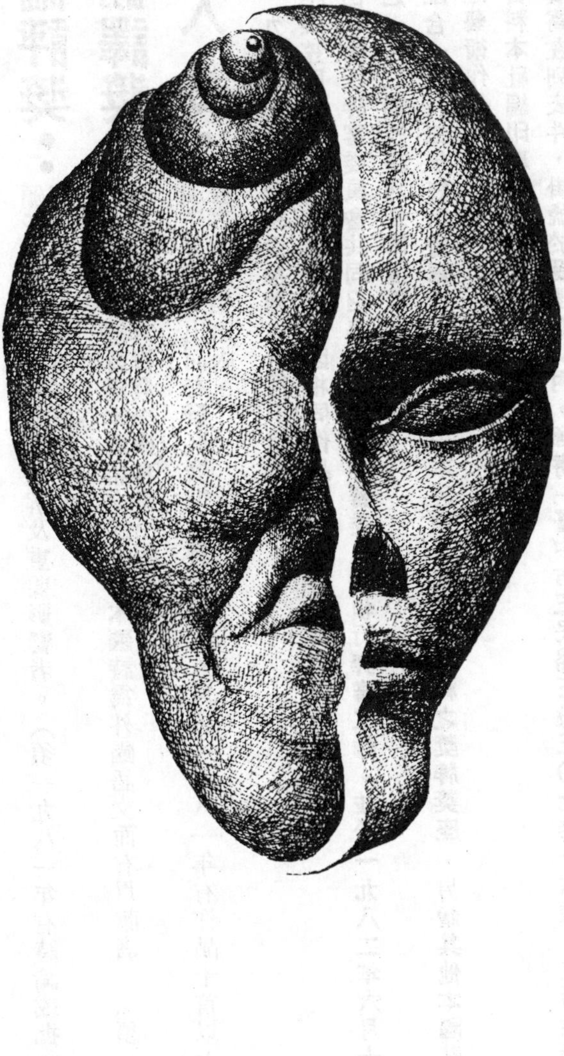

第二屆（一九八二年）笠詩獎

1. 詩創作獎： 頒予詩創作有獨特風格及傑出成就者。（須一九八一年有作品十首以上發表或詩集出版。）

2. 詩論評獎： 頒予詩論或批評有獨特見解及重要影響者。（須一九八一年有詩論或批評五篇以上發表或專書出版。）

3. 詩翻譯獎： 頒予譯介外國詩爲本國語文或譯介本國詩爲外國語文而有貢獻者。（須一九八一年有專輯發表或專書出版。）

4. 新人獎： 頒予表現突出而有發展潛力的詩壇新人。（須一九八一年有作品十首以上發表或詩集出版。）

・即日起至一九八二年二月底接受推薦。自行申請不受理。

・被推薦人不限笠同仁，唯已在其他單位因相同作品而獲獎者，請勿再予推薦。

・由桓夫、白萩擔任評審委員會共同召集人，組成評審委員會執行評審工作。並於一九八二年六月十五日出版之一一二期笠詩刊公佈獲獎人選。

・頒獎典禮配合一九八二年笠年會舉行。獲獎人由本社頒予象徵笠精神之獎牌獎座，另贈其他本國藝術家惠贈之藝術作品。

・有關得獎資料本社編印專集，以資紀念並爲傳誦。

・推薦人請填寄左列表件，掛號於受理期間內，郵寄「臺中市三民路三段三〇七巷一六號—笠詩獎評審委員會。」

卷頭言

審視與驗屍

拾虹

長久以來，我們一直期待著偉大的詩作品出現，但是偉大的詩作品在那裡？如果偉大的詩作品尙未出現，那麼偉大的詩作品將會在何時，在那裡出現？那麼多孜孜不倦地寫着詩的詩人，面對着「我要寫出偉大的詩」，到底抱着什麼樣的襟懷與態度？這是個值得深思的問題。這個時候、這個地方、這些人，應該已經具備了產生偉大詩作品的條件，爲什麼偉大的詩作品仍然遲遲未能產生？是否跟詩人的創作態度有關？所以，在還沒有發現偉大的詩作品之前，讓我們先尋找偉大的詩人吧！誰是偉大的詩人？誰具備了偉大詩人的條件？

我們一直認爲做人比寫詩重要，但寫好詩的基本條件在於你是否能够作一個眞實的人。什麼時候、什麼地方、什麼人，拋棄、無視或超越這個現實，都顯現出無限的虛僞。一個詩人對於生存的環境，如果不具有受難者的虔誠，是不可能寫出偉大的詩作品的。

以這個觀點來審視這個詩壇，我們發現太多的所謂現代詩，其實是現代「屍」，是屬於綠卡文學的一部份（包括人在這裡，心不在這裡的）。這些現代「木乃伊」，穿着美麗耀眼的外衣，除了讓人感到迷亂之外，不能讓人感知時代的脈博，解剖刀划下去沒有鮮血。他們的價値，對於存在的現實，又有何意義？綠卡文學是不可能出現偉大的詩作品的。

如果綠卡文學統治了這個我們呼吸的土地，是這個時代的悲哀與恥辱。如果在這個土地生長的詩人，沒有成爲大詩人的自我期許，什麼時候才會有偉大的詩作品出現？

笠一〇六期（一九八一年十二月號）目錄

卷頭言

詩作品

巫永福作品

觀音山

觀音山霧潑春天
峰崖幽谷響清泉
獨漢坡上風和日
北海閃閃思萬千
東臨淡水青田接
遠眺北千高樓連
山樹頂天松葉翠
麗陽當中心怡然
河岸草長小船泊
飛蝶來去如花仙
小鳥啾啾枝間轉
山脚寧靜佛寺前
忽聽汽車驚鵝鴨
油臭掩鼻是何緣
本知這乃文明惡
也只自笑愚大癲

書

線寫竹片無聲音
綴字成句義更深

策簡讀來發心智
編章篇篇識辭林

簿紙翻開文化成
文意分明思惟生

沈默如金安泰裡
讀久領悟則成行

攝合章句綴人生
喜怒哀樂扣心情

聰慧加深可自得
膛胸有趣眼更清

遠望

滿山茫霧晨氣喜
陽升光散鷄鳴天
煙雲化解一片無
山脚流水青田擬
河水洋洋度船過
翠柳投影草岸邊
民歌飄來水上白
隻鷺遠飛如小箭
風和日麗儘眼秀
幸有如此好留連

周伯陽作品

溪頭之景

大學池是個正圓形的池塘
池塘裏染滿了綠水
拱形的竹橋懸掛在池塘上
橋上來往的遊客
都是愛好這觀光的好去處

神木依舊屹立在山上
耐得住三千年的寂寞
內心一直渴望交個朋友
每天很熱心接待來往的遊客

夜晚一大片薄霧
把整個深林深鎖起來
森林裏是一片黑暗
偶而遠處有鳥聲
嘹亮的突破寂靜

太魯閣之遊

在太魯閣東段入口高掛着

東西橫貫公路的彩色牌坊
太魯閣早已聞名中外
兩岸盡是大理石峽谷
斷岸迫峙，雄奇瑰麗

立霧溪浮出沙金
在大理石溪床上亮晶晶
引誘遊客徘徊留連
長春祠有三六五層石梯
能登上天堂也能下去地獄

寧安吊橋懸掛峽谷上
鳥瞰澗水的奔流
燕子口一帶
在絕壁上雕刻許多洞穴
讓燕子群回來
仍住在去年的老巢窩

九曲洞奇石怪岩特別多
鯨魚石　青蛙石
老鷹頭　印地安人頭
石頭獅子　大象頭

海拔八〇〇公尺
文天祥站立在谿谷間
就如他的正氣歌
永恒悠揚於山顛

關子嶺豪雨

陳秀喜

豪雨逗留五晝夜
關子嶺回歸原始
人潮洶湧的脚音
是潺潺溪水的變奏
採石灰岩的商人
炸壞土石的團結
山坡的竹林
伴着暴雨滑下

岩石擋着山路
泥沙陷入深谷
道不是道來去不得
客運車渡假去了
電力電話跟着去
渡卅多年來最長的假期
這段日子不可有
生、死、病、等
無醫村怕交通斷絕
村民們互相自勉
點燃蠟燭

造成巨人的影子
頭在屋頂搖曳
手在燈下運筆
心聞不到秋蟲鳴
墨色的枕頭山
淅瀝中儘管打坐
鉛色的雨空
襯托山陵碩大

突然
閃電要天明以前
再來一場大雨
隆隆雷霆催促
鑼鼓陣自天上來了
睡中驚醒的人
赫然看到香蕉樹倒下
呢喃着：
聞山中夜雨最怕人

一九八一、九、五、艾妮絲颱風

微笑

桓夫

影子從廣大的沃野
慌慌張張
闖進綠色的房間
房間裏很多臉孔
微笑著表示歡迎

然而從焦土上收回不久的
微笑 仍然很膽怯
以爲影子是太陽的化身
才緊緊倚偎著影子
才留下終生的遺憾

反逆太陽的颱風，一次又一次
由影子捲起的颱風
使微笑變成昏黑的化石了
再徵笑一次呵，影子那麼喊著
喊著 影子却回不去本籍了
臉孔總無法再笑出來

阿土起火並記其他

許達然

一、阿土起火記

根都拔掉了，土豆還是土豆，被剝後才裸落仁，仁很多都給人吃了，殼，阿土起火。

葉都除掉了，蔗不甘是棍子，被削後汁被擠又被壓後，都乾澀了，粕，阿土起火。

很炎哦！

二、公共汽車上看分類廣告

阿美　母去逝　速回／本人遺失身份　證明無効／消除青春　痘令你完美／覔　待優／冷　氣　高價收買／出國廉讓狗／忍痛出售／強壯能做粗工／命　先談過去　不對免收／各種修理／政府立案　秘密調查

三、勳章

榮譽曾是兩條腿斷得的一個勳章，記憶已是默默發炎的傷口，不摸也痛，叫故國連父母死都沒看過，老回不去，活得不快活，寂寞是厝，住着發霉的榮譽。

岩上作品

黃昏之惑

黃昏裏彌留的狀態
落日鈎抓着山頭
疲憊欲睏的眼簾
回顧一片山河
昏黯而暈眩

捨不得寸寸用脚踩過用手搓過揉過的土地
你知道
不得不離捨的軀殼
將心寄繫何處？

明日何其遙遠
黑夜何其深長

一九八一、七、廿一

風景

山臥
水抱
雨後的風景
鏡子
映出幸福的影像

我們不是欣賞雨景的
雨停
鏡子墜破了
未上演的風景呢？
我們的期待
成了風雨中敗葉殘瓣的一叢
雛菊
相望而驚愕

一九八一、八、廿四

車禍

林外

路過時
只看到一部倒著的脚踏車
一部停著的大卡車
還有一群人
沒看到你
再經過時
人走了，車也不見了
只見到一灘血
流了一公尺長的痕跡
也不知道你怎麼樣子
雨後
血跡消失了
你，也就被人遺忘了

林宗源作品

節育的問題

人口+人口+人口
糧食—糧食—糧食
爲了減輕爆破社會的秩序
提出兩個恰恰好
一個不算少的歪理

請想
請看
做愛+做愛×做愛
人口+人口÷人口
一個一個不願開墾地皮的人
一個一個歪種又愛爽的人

伊不知土地可以受精有身的都市
山與海也可以通姦私生的都市
伊不知星球也可以做愛有囝的星球
人只知影節育人口不知節育戰爭
伊不知一支草有一點露

神啊！你怎會做出即款歪種的人

垃圾車

叫魂的車迫近
趕魂的腿大步細步
幾個人在車尾等候
偆落來的一支手，

叫魂的圓舞曲
跳舞的七支手
舞出骯髒的現代
吹入阮發火的鼻孔

跂在車尾
看伊越翻越臭愈亂的答案
找無半粒鑽石的手
舞在市政府跳在車頂
看阮愈氣愈哭越去的面

蘇大頭啊！請你
護鳳凰銀冠底在偲哭餓的胃
讓阮趕魂的腿回魂

鄭烱明

情詩三首

歸來

那天
站在高高的陽臺上
迎著晨曦
等我釋放歸來
不停地向我揮手的那人
是你嗎？我心愛的人
不是？
那麼讓我想想
呵，對了
她的頭髮沒有你的單純
她的皮膚沒有你的健康
她的笑容沒有你的會心
還有，她的眼睛
不像兩盆熊熊的火焰
燃燒著熱情的光芒
不過這些都是次要的
最重要的是——
你能與我度過

一段漫長的苦難的日子
我現在不想告訴你什麼
只求你能諒解我
那樣，我就不再內疚
不再覺得自已
是一個命運的挫敗者
繼續向邪惡挑戰
你答應嗎？
我心愛的人

愛

爲了逃避檢查
爲了逃避監視
我把我們的愛
藏匿在一個隱秘的地方
提防那些蠻橫的搜索者
不知何時
會破門而入
掠奪我們僅有的
生的希望
瓦解我們的意志
你知道嗎？愛人
在這個年代裡
愛不但需要勇氣

運用智慧、技巧
更是需要拼命的一件事
所以，我現在
已經得了神經衰弱症
但我一點不覺得懊悔

抉擇

不要輕易相信
你所看到的一切
不要輕易被甜密的謊言說服
放下你的武器，愛人
有時候
你以爲事情的發展應該這樣
而結果却那樣
毫無道理可言
你不必氣憤
也不必失望
人生就是這麼一回事
誰都不能預測
明天將發生什麼
只有相信你自巳
當一把染血的利刄
巳經逼近你的喉頭
而歷史的假面尙未揭開……

利玉芳作品

男人

我的左手是你
我才握起筆桿
你就很靈犀地
遞給我稿紙
固定我的稿紙
幫助我移動稿紙
使我能夠暢通無阻地
寫著左手與右手之間
曾經發生過的愛

心

日記一點兒也不保險
怕第三隻眼睛
怕突然半開的抽屜
怕來不及在將死的時候焚燬
日記一點兒也不保險
心　不就是一個很日記的鎖嗎
沒有人知道多少個愛人被我鎖住
也沒有人知道我將帶走多少個愛人

陳進士作品

深山中的一具石像

在繁枝密葉後面
你說終於等到你了
我摸摸你的肩胛
是我日夜端視的鏡中人
是了一定是了
是以我跪下爲你高歌
而默默的讚賞若默默的拒絕
默默的排遣若默默的迎迓
你說等的終於又不是你了

春神

我們依舊看見鴨游的暖水
岸旁身爲花的不能不開
對面馳來的
燕子正馱著你的形象飛行
也許海水曾經枯乾，山嶺曾經換位
如今江流開始洗滌其銹牀

四散的山靈又回來且規定了
日及月的位置
如今，暖水裡游著的：
不知是鴨群
還是你的憂愁

臺灣民謠的苦悶（六）

郭成義

望你早歸

是你親手栽種的植物
每當月圓時分
總愛無事地
伸長我瞭望的影子

而忍受著
這極大哀憐的深夜
只有我能不理會
日漸萎暗的月色吧
不眠的那植物
終也模擬成我招喚的手

沉不住氣地向你指揮
一次又一次的夜深
天亮

春花夢露

於是
我輕輕地呻吟了起來
在即將露白的幻想之前
僅有的一點溫暖
是不能斷掉的啊

持續著
已經失散的溫暖
而不得不回味下去的呻吟
偶而飄出窗外
凝成粘液一般的—愛

早晨的床上
不知何時也飄來一滴
是你不小心遺留下來的嗎

心茫茫

像落葉一樣走動的
外面閃現的影子
到底是什麼

不可自制的心
也這樣
望過來
跟過去的
到底怎麼啦

懷疑你已回來似的
閃跳的心
却突然窺伺到
什麼也沒有的
就是你撩人的禮物嗎

心酸酸

離開了多年的夫君
寫信回來了
失去語言很久的我
縱然已不能辨認
酸痛的手迹
夫君的手帖

確實寫下很多安慰
緊緊披蓋在底下的我
也許不會再冷了

濕黃的棉被
每天
總是密密麻麻的又寫上
夫君當年的囑咐

北原政吉

旅台詩輯

眼紅的水牛

水牛的臉從正面看　眞是威風堂堂
眸子却潤濕地紅紅
大鼻孔嵌上金環
是水牛生氣的原因
主人認爲是一種裝飾品

粗麻繩一條不離金環
繫在椿子也認做爲家人服務的
水牛在其尊嚴的臉上
隱藏着蒼黑而逞強的野性
默默把身軀沈入泥池裏
從內部燃燒出來的身軀
只露出鼻尖把身軀沉入水中

水牛常維持着正常的體溫
意欲過着安靜的生活
但因過於勞働
把鬪爭心也燃燒掉了

雖然如此 水牛仍理智的耐着
向前垂着頭 左右搖一搖笨重的角
註定甚麼命運才這樣做
主人毫不瞭解
更不替水牛想一想
水牛是消耗品 在機械時代裏是不經濟的生物
於是，水牛的夥伴愈來愈減少
今天是三月八日 從臺中到臺北
在高速公路透過巴士窗
看到充血眼紅的水牛
那隻水牛已不是水牛了
是爲憤怒燃燒的精神生物

加令

跟李君在街上散步
看到熱鬧的小鳥店
飼養加令的圓筒型鳥籠
很多吊在店門口
加令看我們走近
突然銳厲地鳴叫了一聲
問李君，鳥說甚麼話？
是說：「不關你的！」
我心跳地反覆說「不關你的」
又看隔壁的鳥籠，那隻加令也激昂地鳴叫了
李君尷尬地說：加令講「滾開！」
我想訓練鳥說話的老師一定愛鄉心很強
覺得很有趣
店主人看我是個好顧客　拼命的推銷說：
每隻都會講「自由」「要公平」「吝嗇鬼」「我愛你」
等等很多話啊
是你教的嗎
是啊
店主人有力點了頭
我似乎瞭解了他的想法　於是
買了能叫「自由」「要公平」的兩隻
帶回旅館　回國的時候放生了
兩隻加令從鳥籠被解放
就伸展翅膀在春天街頭的人群上空飛翔
尖銳的聲音鳴叫着「自由」「要公平」而消失不見了。

鳥之夜

沒有人做伴的我　今天又只一個人
徘徊過鳥的這邊那邊
從市街到鄉村而來到山麓這個森林

今夜把住的地方定下來　忽而感到旅中很寂寞
然而　鳥或牛的數目減少了很多
人口數却過份的增加了
市街大廈高樓林立著　寺廟像競艷似地化粧了鮮目的彩色
田園有耕耘機或播種器之類在吼叫
不但如此　我們的天空
也有比我們的身軀幾千幾百萬倍大的飛機在飛
似乎幸福地很不錯　但是
對於我　寧可　反而常碰到
眼睛和臉現出險惡相
心神不定的人類
在胸脯上扎了刺似的感覺
也許是競爭打敗了　或不滿現狀的吧
怎麼做才好
反正是人類的事　會互相解決吧
雖這麼說　這個世界却不那麼好過
爲甚麼那樣
我是孤獨的流浪者
註定追著太陽旅行的命運
只希望這個森林被留下來

啊啊，街上的燈開始熄滅了
該睡了
那麼人類請不要做太非人道的事啊
夜間突襲抓人實在太過份
應該互相考慮對方的幸福才對，那麼
明天必會晴朗吧
晚安！我要睡了

（陳千武譯）

賴益成作品

木棉樹

什麼微笑是無言最好的抗議
呸！這等虛矯我學不來
祖先的血液仍在我體內湧動
　　仍在我體內湍流

早衰的華髮又算什麼
我還要用血淚
灌溉孤禿的枝椏
開鮮紅燦燃的花朵

我就是這種又臭又硬的個性

我就是我
——獨樹一幟！

曇花

泥封的眼睫總無端的引頸
凝眸，仰望不是欽羨浮華
守候也不是矯情弄姿
更不是為情終身緘默
祇因我懂得生命的驚蟄悸動
從不隨意許諾
從不輕言吐露
恁花綻與歿
　日出與落
孤莖瘦葉的我
早已慣于餐飲夙風夜雨的
翡冷漂落
而冥夜歷程之間的
凋與謝，我從無一句怨言
即使在星垂的湧動裡
至多我也只芬芳的
吐露一聲：
愛。

潘思音

記憶

你是躺在河床上的泥土
日復一日，河水流過你
有些會被河水帶走
有些則留下
好像我的記憶
我希望所有不如意的記憶
都能讓河水帶走
而高興的記憶長存我心頭
不可能小河流會帶走了兩種

專心

啊！又是我最討厭的課
我一直告訴自己
要專心　專心
但　我的心已飛出去了
它乘著夏日的微風出去了
飛向那無人所知的世界去了
當它回來時已太晚了
"Carolin 回答第二題"
我無可奉告式的笑了

董一中

誰

誰褪去了花與葉的光芒
誰使天空飛機墜落
無數蜜蜂尋不到蜜
無數人們擺脫不了原始恐懼
用愉悅的歌想掩飾生存悲劇
痛苦畢竟還會來臨

生命掙扎與矛盾
唯有眞誠悲歌方能形容
誰叫我如此思想
誰使我如此脆弱
不能和風和雷光比鬪
終究倒下死亡

邱一新　西子灣之夜

暮色，從防波堤外
從遙遠的魚鄉移過來，而螃蟹
在人工礁群中左右觀察
此刻，提燈的漁船，噗噗地
衝刺浪花，聲音果敢而不悔
爲倚門望歸的妻子，爲富庶的
高雄，爲臺灣的收穫響亮
這時溫婉的月光，不分經緯
繁殖愛情。哦，年輕的中山大學
擁著一些年輕的情侶，散步
默默注意一艘軍艦驕傲啓碇
滑行，任人著迷，而我盤算著
下一次歸航，在街上，根據潔白的
海軍口音和表情，愉悅地，想像我們的
海疆，肥沃而安穩……

波烟

蚊的物語

嗡…飲血　黑夜的暴走族
——一秒前　祂是的
現在糊在兩片手掌中的是：
　祂與一團污血
　是祂的血　也是別人的血。

蚊的傳說

上帝派　蚊子下凡
自從〇〇年〇月n十1日開始任職
——人類出現不肖後代的次一日
專吸人間的惡血
〔從此人們再度進入和平時期〕
如今　蚊子雖也出了
不成「子」的從代—孑孓
竟吸窮人的血
或許是—
　富人的血油溷
　不及　勞動者的清甜
雖如此　然在無奈中
擦死了一位蚊子
　也必毆痛自己的手掌
合十　是懺悔也是念恩

作品合評

—旅人作品三首

洗衣板

想起老家
——廣大 油綠的森林
便憎恨眼前狹小的浴室
不過 她來了
以美麗的衣裳飄落
飄落我身
溫暖似林中疏落的陽光
水龍頭開始唱起幸福之歌
有了水花
一朵朵在衣上
在我身
在我記憶中：
經常落在老家的雪
就是這樣的顏色和紛飛
我是北國的木頭
居然愛起南方的衣襟
但拙於巧言
只會默默地揉動 揉動
也許這樣勝過千言萬語

窗

高高的大窗
攝下遠方的美景
營養自己
低低的小窗
裏面漆黑黑一片
什麼也沒有
只有一框凄凉
望著高高的大窗
去望著低低的小窗
眼睛彈出人生的高低音調

牙膏

擠出一顆白色的眼淚
洗淨你的牙齒
爲了純潔的愛
你我早晚各相會一次
在唇間呢喃不止
我們共同合作
驅走那惱人的蛀蟲
走向健康的明日
血般珍貴的白色的眼淚
爲了你
不怕流盡

作品合評

I 楊傑美作品三首

筍

我帶着鄉下少女純潔的夢想
從鄉村的泥土走向都市的霓虹
在這繁星閃爍的天堂
我躺在飢餓的天使
顫顫跪祭的祭臺上
當你一層一層剝開我的外衣
你開始吱吱磨動你的牙齒
一口遺忘了很久的
潔白的鄉愁便從你的舌根淡淡地湧起

廢油桶

我已經殘破不堪了，你們才把我堆棄到倉庫外面來，那麼整齊地排列的姿勢，是要向每一隻路過的眼睛宣告我醜惡狼藉的面貌嗎？是的，我的廣大的胃曾吃過嗆人的汽油，用來燃燒的柴油，潤滑機器的機油，焦黑的溶溶黏黏的柏油，不論怎麼難吃的東西，我都會高高興興地仰頭大口把它嚥下。打從進廠的那天開始，你們就把我不停地浸潤、貫注、推倒、滾動、豎立、衝撞、磨擦……，我的胃壁慢慢地被時間腐蝕而穿透了。「這隻桶已經沒有用了，把它當下脚品賣掉吧。」我已經疲憊不堪了，你們才把我從生活的集中營裡解放出來，那麼整齊地排列的隊伍，是要向天空和每一隻路過的眼睛揮手告別嗎？

敲門

有人
站在那看不見的黑暗深處
不斷地擂打着我的門戶
在這一切都沉寂下來的午夜時分
那咚咚的敲門聲
像慶典時喧嚷的鼓
不停地擊打着
我的心頭漸漸昇高的納悶——
是否有某一個
被關在那看不見的黑暗世界裏的人
此刻正站在我的房門口
想要進入我的世界嗎
喪失了體溫的人
是否也會懷念着
血管裡流動着血的溫暖的
春天一樣的日子
像死去的飛蛾
懷念着蠟燭熨熱的火焰一樣
在這一切都已經停息下來的
午夜死寂的浪潮裏
有人
正伸出他魯鈍的手
不斷地擂打着我
開向明日晴朗世界的門戶

北部合評

時　間：七十年十月三日
地　點：臺北李魁賢事務所
出　席：趙天儀、李魁賢、喬林、李敏勇
紀　錄：郭成義

李敏勇：今年笠年會決議由鄭烱明負責策劃作品合評，本期選了旅人和楊傑美的各三首作品作爲合評對象，他們平常在笠上被討論的機會不多，但也具有典型的笠同仁作品風格。

趙天儀：二人的題材都趨向於物象的即物性感受，但旅人的抒情方法比較顯得親近可懂，容易討好，楊傑美在表面上就較難給人掌握第一次印象，這在於語言與image的轉變所造成之詩難懂或易解的關鍵性問題。詩不像白開水，但可從日常生活的平易性找出不平凡的意義。楊傑美用會說話的「我」化爲「廢油桶」加以表現，正如林宗源寫燕子的話一樣，站在第一人稱的立場。但物象的意義本身如不加以擴大，就會受到象徵性的深淺所限制，如何準確地表現物象，而與感受打成一片，是他們共通的問題。

李魁賢：可是，處理上的好壞才是主要問題。要表達一種偉大的東西，無論用單一觀點或全知觀點都能達到目的，小說家的觀點不能隨便轉移，但詩人却能擁有較多的變化，所以詩人本身的素養、物象的觀察力、以及如何從語言上發覺新關聯，才是詩人迫切的課題，否則無論用「我」或「第三者」的觀點來寫，都未必能有完整的表現。我覺得旅人現時的作品比起以前，意象較爲集中，表達的意念也很乾淨，大致傾向自我溶入，只有「窗」是偏於第三者立場，反喻出現實生活的不同面。這三首作品，在基本上都有準確的詩質表現。

趙天儀：旅人的image，類似電影蒙太奇式的鏡頭轉換，處理得不錯。

喬　林：目前詩壇很流行這種「方法」，包括我在內，大家一窩風，就落入了固定的巢臼，這是缺點。比較這二人的作品，楊傑美語言上的浪費，就顯得旅人的結構比較老練週到，訴說很淡，但背後的意義不致消失。像「洗衣板」很有中國人隨遇而安無怨尤的耐性，「我是北國的木頭，居然愛起南方的衣襟」是一種無奈的註解，「窗」有稍強的對比，却沒有前者的衝擊性，「牙膏」更淡。

李敏勇：我以爲旅人的「窗」是三首詩中技術最完整的，透過大小的窗看出人生的高低。「洗衣板」本來是寫鄉愁的，但又出現少女洗衣裳的羅曼蒂克情調，後面「老家的雪」和「北國」是否寫大陸來臺時代中的遷移悲劇？如果是，這裡的物象就有矛盾，究竟，旅人在詩中所追踪的中心是什麼？

李魁賢：可能起寫時無決定性意念，「北國」或許是從水和雪簡單的聯想中引出的image，北方有雪，所以想起源頭，對比出自然界的存在而產生疏離狀態的心情吧？

李敏勇：那到底是反對都市文明的自然鄉愁，或是具有流放感的地理鄉愁，這其間的差異很大。

李魁賢：應該是根據自然的鄉愁而出現的，地理上的鄉愁是隨後從「雪」及「南北」的聯想上反應過來。

李敏勇：所以，要掌握物象觀察的中心思想，應該要能強烈地把不相關的或矛盾性的多餘聯想予以排斥掉。

喬林：不過，也可以借重強烈的相關感情予以發洩，只要不過份依賴文字。像楊傑美，就有點淪於說理的味道，缺乏感情。

李敏勇：這種物象的發展，已由過去的趣味性質，演進到目前對感情、倫理、及同情的處理上。如「牙膏」一詩本身雖不具有崇高的感情，但却有「好的感情」。這首詩如讓「創世紀」的人或碧果他們來寫，可能會很離譜。可以說詩的情操，目前已傾向於對美和善的追求。

李魁賢：還有對生命本身的追求，「牙膏」從潔白的牙齒與牙膏的同族意識起源，爲了共同完成工作，牙膏不惜被消耗掉而促成保存健康的牙齒，這是詩人爲達成目標而犧牲奉獻的精神表徵。

趙天儀：「洗衣板」雖有濃厚感情，但意念隱蔽，「窗」則概念化，缺乏自我溶入，所以客觀的說，「牙膏」因爲與人具有生命性的連結，顯得有味道。

李敏勇：三首都有不同的方法，「洗衣板」屬於自說自話，「窗」是人看窗，窗看人生，「牙膏」則連結了「我」和「你」的關係。主題和方法本來都是必須自行追求的。

趙天儀：方法上，白萩曾談過物象的深淺會影響詩人的想像或象徵，如受到這層限制，就無法進一層表現，所以詩人不僅要開拓新方法，而且還應超越。最近陳映眞強調要「題材解放」，我認爲還不够，應該是「思想解放」，詩人要是認爲「這是詩，要寫這樣的詩」，那麼就不會有開濶的詩路。既然日常物象很容易受到空間宇宙的限制，詩人應當對既有的認識當作基礎素描似地加以超越。

李敏勇：就像圖裡雖然想畫蘋果，却往往會加上茶杯，焦點就更豐富了。

趙天儀：旅人的詩，給普通的讀者看，是很不錯的，但對本身已爲詩人的讀者的體驗而言，或許不會滿足。

喬林：我們會感覺到，是前面已有了路，才走上去的，是以先認定已足的「詩」爲前提，才決定怎麼走向這個「詩」。

趙天儀：詩人面對大千世界，必須要有性格演員那樣寬濶的戲路和演技，以既有的基礎和訓練擴大題材的層面。

李魁賢：楊傑美對物象的掌握與旅人相差不遠，不過在語言的表達上，旅人似對後面的發展比較胸有成竹，楊傑美則是一步一步的試探，雖無旅人的完整性，却具有濃厚的象徵力，表達空間較寬。「敲門」一詩雖缺乏固定的物象表達，但使我想起桓夫及白萩以前說過的，敲一扇門的意義不大，可是在曠野上敲門，就能造成巨大的語言震撼，給人很多想像。

李敏勇：他的「筍」有笠年青一代同仁的共同精神，「廢油桶」則是典型的生活產物，他是通霄中油公司的職員，對廢油桶的感受較多，可能就生活中人事的報廢而寄予「集中營」的慘敗意象表現出來的。到了「敲門」，暗示越強。

趙天儀：由於他的刺探性，對心中的表現處於未知狀態，所以從未知到明朗化的過程，比旅人的冒險還大，必須反覆推敲。如「筍」從鄉下的少女到被剝開了外衣，以致於最後湧起的一口鄉愁，都是漸進式的探求。不過「廢油桶」從頭到尾都很難體會出作者所要表現的思想，只是知識性比較濃厚罷了。其實詩可以透過不違背物象的合理性而去違背科學性的解釋，往往看似不合理，却可造成合理的感受。

李魁賢：「筍」是兩個 image的双線發展，一個是物象本身的「筍」，事實上寫的却是從鄉下來的少女，這兩線意象的發展，是一對一的比喻，少女從鄉下來到都市，犧牲了自已的純潔，去奉献給別人，影射出「筍」的類似形象，而整個image都未喪失。

趙天儀：這種擬人法相當成功。

李敏勇：語言上的斷連却有失敗，「我躺在飢餓的天使，顫顫跪祭的祭臺上」就是一個不合理的斷連，強把一句斷成兩句。倒數第三行的「牙齒」應是不必要的比喻，容易將前面的思想斬掉。

李魁賢：可能是不甘願吧，「牙齒」是少女遭受暴力的「惡魔」形象。

李敏勇：大概想到「筍」，就直接想到牙齒的關係。後面的結論似過份肯定對方。

李魁賢：詩中的「我」很軟弱，毫無反抗，如果運用疑問句或反問法的結論，或許會比肯定更爲堅強。

喬　林：前後的銜接不順，後面淡淡的鄉愁和前面任人宰割的意象不連結。

李敏勇：對「筍」有過份具體的描述，反而被約束住了的關係吧？

趙天儀：不過，双線image均有新的發展。

李敏勇：主題還是在「筍」，少女部份的表現較弱。

喬　林：少女的發展比較牽強，所以鄉愁也只是點到爲止。

李敏勇：不必要的語言也很多，像「鄉下少女純潔的夢想」，既然是少女，本身就具有純潔的意義。

李魁賢：對物象的觀察訓練固然要緊，但語言尤應予以淨化，想從新關係中找出生命，須進一步追求。

趙天儀：詩雖然要超越語言，但語言本身的確切性也很重要。

李敏勇：語言不準確，思想的把握就不明顯有力，反而只能碰碰運氣，這點，倒不如「廢油桶」率直的抗議！

趙天儀：詩不止是image和語言的問題而已，但我認爲二者都是詩裡的衝突條件，詩人據以發展出他的精神世界。

李敏勇：造成好詩的條件，在秩序上應以精神→思想→方法爲先後，這也是素人畫家存在的道理。偉大的作品，有時就其社會意義而言甚具價值，但就其文學家的立場而言，却不一定是最好的。

趙天儀：讀者的態度和教育，對詩都是一種決鬥，甚於此，楊傑美比旅人就具有更多的挑戰性，旅人親近溫和，楊傑美則須透過思考上的探討。

喬　林：有時因爲技巧及用字的問題而造成詩意象空間的留白，可能會留給我們更多再創造的聯想機會，但也可能是一失敗。「筍」的場景配置就有問題，「我躺在飢餓的天使」和「顫顫跪祭的祭臺」，特別是突然跑出一個「你」，這個「你」是站在什麼位置？

李敏勇：正確的場面應該是桌上有一盤冷筍，但是在吃的時候，由於筍肉的潔白而想起鄉愁，也可說，鄉愁是覺得白筍很好吃，而流口水的形容。

李魁賢：剛剛喬林說到留給我們空白的想像的有兩種，成功的一種表示象徵性的佈置良好，使我們可以想像，而失敗的一種，是我們由於不懂而非加以想像不可的。旅人的易懂，顯示他屬於成功的一種，楊傑美則有失敗的危險。「廢油桶」詩從反質經驗的想像來看，既然已從「集中營裡解放出來」，應該是自由的，可是，却沒有解放後的自在感啊。

喬　林：每一個字都能發生效果，這是詩人必須敏感的地方，楊傑美對於文字比較不警戒，以致於造成塑型的偏差。最好，都不要使用形容詞，但確實很難。

李敏勇：形容詞不適合在本體思考上出現，如「我眞悲哀」，這是詩人的懶惰和差勁，但如果要形容自己正走在一個什麼地方的話，不妨間接使用。

趙天儀：我以為形容詞的介入，容易使詩人依賴不必要的詞彙寫詩。

喬　林：本來，形容詞也有其限制作用，比如花→紅色的花，範圍逐漸縮小，對詩是一種傷害。

李魁賢：「敲門」一詩對詩人精神懷抱或語言佈置，較富感受性，尤其安排了兩種不同世界以描述詩人的精神層次。

喬　林：詩末「開向明日晴朗世界的門戶」，指意不甚清晰。

李魁賢：是與前面的「黑暗」對比，顯示一個處於困境底下的人，向「我」要求開門，以便走向美好的世界。

喬　林：「我」就是門嗎？但「不斷地擂打著我的門戶」，却表示我並不等於門。

李魁賢：後面「不斷地擂打著我，開向明日晴朗世界的門戶」，是我與門戶的對等語，所以「門」應該等於「我」。第一段「不斷地擂打著我」如不加上「門戶」，也許比較不會有爭論。

李敏勇：作者本身未有精密的計算，作品讀起來就有可能脫離原來的意思，這不同於詩的多義性可被接納的啊。

喬　林：處於門內的我其實也是黑暗的，因為還要等待明日的晴朗，所以門外的人即使進來了，也不見得就有光明。

趙天儀：外面是黑暗的，為什麼進來之後却是光明，對此並沒有合理的交待。

李敏勇：本詩的暗喻性很強，問題是我們曾否持有與他共同的體驗呢？也許「敲門」是一種要求保護的投靠心態，但門內的我說不定也缺乏別人的保護吧。

李魁賢：「魯鈍的手」意象不明確。

李敏勇：可能是受害的手。

趙天儀：本詩可能只抓住了「想進來」的刹那意義。

李魁賢：用象徵手法加以表現的詩，通常都很難捕捉其確定的意義，只不過本詩在語言上的前後呼應略有脫節現象。

喬　林：本詩的象徵僅是一種影像，表現一個無力的受害者似的影像，沒有較深遠的思想性。

李敏勇：黑澤明的電影通常呈現無希望的精神，但到最後我們總會發現初升的太陽或小孩的啼哭的思想顯像，這是我們須要注意的事。

中部合評

時　間：七十年十月四日
地　點：臺中市立文化中心
出　席：康　原、白　萩、鄭明助、楊傑美
蔡榮勇、何豐山、陳千武

白　萩：「洗衣板」算是一首情詩，以洗衣板和衣服的關係建立互相間愛情的寫法。不過其彼此之間的關係有點牽強，是屬於初階段寫詩的一種方法，顯得生硬，因此給我的感動力並不很深。

康　原：白萩認爲是一首情詩，我自已認爲，第一段「廣大—油綠的森林」指的是大陸、「狹小的浴室」爲臺灣、從大陸來臺灣感覺到空間的狹小。第二段表示來到臺灣後結婚了，把自已比喩爲洗衣板、太太爲衣裳。第四段「揉動」表示生活和夫妻情感的揉和。若純以情詩來看這首詩缺乏感動，若以大陸來臺灣的象徵方式來看，較有社會性，詩的意義性也較高。詩應是多層次的，靠意境來傳達作者的思想，每個人的感受不同，詩第三段的「在我記憶中……經常落在老家的雪」顯然表示他從大陸來的。

何豐山：我認爲這首詩是指流浪者安於現實和想念老家的心境、有情詩的成份在內，但表現出的愛情意境並不理想，「木頭」是死的爲何被揉動？是一種被現實驅役的愛，若以流浪者的角度來看，較好。

白　萩：這首詩寫大陸來臺的經驗是有的，但以洗衣板和衣服來形容自已和她就太牽強，沒有交待淸楚，爲何自己是洗衣板，衣服是女孩子，其間關係很勉強，「揉動」是被動的，和整首詩的關係並不存在，若視爲這是即物性的詩，但缺乏客觀性，所表現的却受物體輪廓、線條色彩的限制，如「牙膏」的那首所比喩的形象也令人難予接受。又「窗」一首描寫窗之高低所站立的位置不一樣，「高高的大窗」應是從裏面往外看的，「低低的小窗」是從外往內看的。「營養自己」這句話値得斟酌，用語不貼切，詩應注重技巧，須深刻地去探討語言的機能。

楊傑美：這三首詩有其個人的主觀強加進入，但我讀後感覺還是有感動，「老家的雪」「南方的衣襟」指的可能是大陸，作者把其生活的背景和歷史的背景溶入了，和現實也有關連，只是關連性不够嚴密。造成了牽強。

白　萩：是一種一廂情願勉強拉攏的意思。

楊傑美：我認爲旅人對愛的感覺是比較寧靜的、被動的，感受不是激烈的，但應是眞摯的、細水長流的，是一種慢慢的體會，就整首詩的眞摯性來說，還是有感動。

蔡榮勇：我剛開始看過這首詩並沒有愛情的感受，認爲是一種批判性的詩，楊傑美的的詩「筍」不同處，「筍」是一種客觀性的現實批判，「洗衣板」是直接現實生活體驗的批判，白萩以技巧來批判時，認爲沒有銜接，但詩若太重視技巧的批判，有時會把美的形象破壞掉，反之則會較有美感，「洗衣板」詩語言上表達有點不當，但在詩的戲劇性、親切感很不錯。

鄭明助：洗衣板和衣服的關係，二者皆有其含蓄的內在美。

陳千武：看旅人這三首詩，就可瞭解他寫詩的手法，

捕捉詩的意象從那裏着手。「洗衣板」一首有愛情的表現是很明顯的，但詩想缺乏明確的聯貫，第一句「想起森林」使人聯想到由大陸來臺是很自然的，但也不必特別想到那些，這不是很重要的問題。「我是北國……衣襟」具有戲劇性，但也缺乏明顯的指甚麼地方。就整首詩來說有其感動，只是不够精密，意象是片段的，應該有統一的聯貫才好。「窗」所描寫「高高的大窗」給我的聯想是指高階層的人，「低低的窗」則指低階層的人，因高階層的大官才容易只顧「營養自己」、「漆黑一片、凄涼」表現出小人物的心境，這首詩的比喻倒不錯，但批判性不很強烈。「牙膏」的表現手法也一樣象徵與現實混雜在一起，令人覺得比喻得牽強。詩有新鮮的意象但比喻牽強，是因爲比喻的事象缺乏類似性。

白　萩：我認爲寫一首詩若要主觀就要完全主觀，要客觀則完全客觀，以這裡五首即物性的詩來看，楊傑美的「廢油桶」寫的最好，寫詩若不能爲人所接受不能算是好詩。詩要能挑起別人的沉潛的經驗。而寫詩的先決條件係透過語言技巧來和讀者接觸。

楊傑美：讀旅人的「窗」使我想起桓夫先生也曾寫過一首「窗」，那首詩裏有批判性、抗議性，也有內在的掙扎，反應社會時代的變動，較有震撼性，旅人的這首「窗」是比較單純意象的捕捉，對所剛從事於詩作的人對此首詩的印象會較爲深刻，而讀過詩很久的人則不能接受，這首詩是一種輕描淡寫的，不够深刻，詩應要深刻到能產生新的東西。「牙膏」中所寫的「擠出……眼淚」是很勉強的湊合，這種聯想缺少共通性。

陳千武：把一種東西拿來比喻另一種東西，一定要有類似性的連貫，才能給讀者聯想美的感動。

白　萩：今天合評的六首詩裏，我最喜歡「敲門」這一首，給人的感動很深刻，作者這種感覺的獲得是一種瞬間無意中得來的，「被關在……溫暖的」表現出門裏門外、生與死、光明與黑暗的對立關係，有作者個人獨特的體驗，較有戲劇性，也較爲深刻。

陳千武：以欣賞詩由立場來講，每個人不同，旅人的詩有抓到刹那間的感觸，這也是一種詩的方法，但整體有連接不起來的地方，而片段的意象却不錯。

康　原：「窗」所描寫的景象，給人的感動較小，詩應不是解說的，是表現的，不過用牙膏比喻眼淚有連接不上的感覺，比喻得很牽強，詩的味道密度不够。楊傑美的「筍」一詩所指的應是純潔的少女到了都市受別人欺侮而聯想到自己身世的種種，給人的感覺較爲深刻。

陳千武：一般人寫詩大都使用象徵與比喻。旅人的比喻不完全意象化留有現實的痕跡。「洗衣板」一詩却在動作裏面，表現戲劇性的詩的演進有其美感。

蔡榮勇：六首詩中「敲門」一詩較有思想性、批判性。廢油桶是一口氣把它寫完的，我想這和作者從事於石油公司的工作有關係，有時寫詩並不一定要表現什麼，沒有經過深思熟慮，只是表現它美的一面，寫的就粗糙一點。詩應是要有深度，才會像陽光一樣發出光芒。

何豐山：旅人詩的語言運作不太協調，連繫性太過於薄弱，詩偏向於敍情方面，有喧赫和悲哀的對比，只是記錄而沒有批判性，令人讀起來索然無味，「牙膏」可能只是表現純潔的愛，意境較高，但所引用的比喻還是不適當。

鄭明助：「窗」是由自己的視覺感受，表現人生的幸與不幸，「牙膏」寫的雖有點牽強但有犧牲奉獻的精神，楊傑美的詩「筍」寫少女的遭遇，連帶叫人應有反悔感：「廢油桶」有自我的反衝感，到最後有捨不得被廢棄的感覺，「敲門」給人很思想性的感受，屬於思想性較高的人所欣賞，初階段的人看來較爲模糊。

康　原：各位認爲「敲門」這首較有思想性，但我認爲他的意境不能引起我足够的聯想，裏面有很多交待不清的地方，到最後也沒把「敲門」表現出來。

蔡榮勇：我認爲「敲門」是一種反諷的語氣，把主旨說得很清楚，把心裏的意象表現得不錯。

楊傑美：我寫詩都有背景，「敲門」是在民國六三年寫的，那時詩壇的詩社會性的批判沒那麼普通濃厚，我寫這首詩主要的主題是寫生的肯定和存在的思考「喪失了體溫的人」是在想一個人的死是很論斷的狀態，一個死去的人是否會很想進入活人的世界，於是用「敲門」來引喻。「咚咚的敲門聲」是故意用來連貫襯托門裏門外與死和生的世界，思考「死」究竟是什麼，用敲門來表達死對人生的意義，用死來肯定生，一個人死了之後，會不會體會到活的可貴，會不會想回到活人的世界，「正伸出他魯鈍的手」死人的手應是較爲魯鈍的，但是急迫的想要進入明朗的世界，整首詩的主要目的在肯定生的價值。

陳千武：「敲門」表現敲心靈之門：從語言裏我們可以感受到作者很深刻的詩想，詩的分段與否並不重要，這首詩寫的很好。

何豐山：楊傑美的詩前二首和第三首所表現的形態不一樣、前二首是顯性的表現，第三首表現爲隱性的境界較好，第一首寫的是弱肉強食的心境，第二首寫出小人物的悲哀，第三首所寫的死則應爲心靈之死而不是肉體的死，「敲門」象徵心靈境界的臺階，第三首較爲晦澀不太容易咀嚼，要慢慢去體會。

楊傑美：我寫詩都是心裏面有眞正的感受和眞正的意象，才儘量表達自己的感受，至於表達的如何那就不一定了。「筍」中的鄉下少女，因筍是長在鄉下的，於是用筍來做成聯想，接着鄉下少女在都市的種種過程，於是用一層一層剝開我的外衣表現。

陳千武：依詩想來講，旅人的詩滲有異質，楊傑美的詩則較順。「筍」用少女來比喻其類似性尙能給人接受的是，剝開外表，有其淨白的意象，和少女的淨白能得聯想，感受才自然。

楊傑美：「廢油桶」的寫作背景是在民國六六年，有一次去見趙天儀先生，他的談話給我一些啓示，他認爲笠同仁不妨寫些自己工作範圍內的事，於是我就寫了一些生活環境中的感觸，「廢油桶」是以擬人化的口吻寫的，把自己當作廢油桶來比喻，現實社會是一種功利主義的想法。「打從進廠」就一直不斷的被利用，直到毫無利用價値時，丟掉，跟公司裏的領班所提起的，爲公司工作了幾十年退休了，公司連一點歡送的儀式都沒有，毫不重視，這首詩有此種抗議的意象存在。

陳千武：「廢油桶」所寫的抗議不是直接的，是以詩的技巧寫成。寫詩要抓住詩的本質。

楊傑美：寫詩是否一定要有批判性？這是近幾年來詩壇所提倡的。

陳千武：不一定，批判性也是現代詩具備的一個要素，但不是必須的。寫詩要有詩的感觸，若太平淡，沒有感觸，只是賣弄語言，必寫不出好詩。今天合評的這六首詩都抓到了詩有其感觸而表現出來的，假若在技巧表現上有點瑕疵，那只是據於個人的感受不同，以詩本身來講我認爲每一首詩都有其本質與特色，引人感動。

「臺灣民謠的苦悶」序說

郭成義

從較遠的，那個古老且含蓄的感情所綿傳過來的，對臺灣民謠的感動，於我具有著過濾生命的哀愁與美底現實情調。

根據這種抒情的本質而加以擴張衍變的意思，是我寫下「臺灣民謠的苦悶」二十二首詩的主要材料之一，但在另一方面，這一系列的詩，却純粹是爲了一種個人寓情的苦悶而發動的，確切的說，這原本是爲了紀念因我而過世的三哥所寫下的——被隔離的親情底紀錄，所以在發衍的當初，即被我安排了「紀念亡兄成吉的歌」這樣的子題。

爲了替我辦事而半途傷生於車輪下的死去的哥哥，是只能拙劣地唱唱閩南語歌謠的那種典型的鄉土男人，却在他死後，以純潔而多情的哥哥底形象出現在我心頭，每想起他撫弄吉他而無牽掛地唱起來的時候，却像持有永恆且濃厚的哀愁底掛念撞擊著我。當年他卅一歲未婚的年青生命，也許是我認定了未來的歲月裡延續著他的感情而活下去的唯一重量吧！

「始終沒有把民謠唱好的／車禍死去的哥哥／母親接著他唱下去／稅隔房斷續傳來的／流著淚的臺灣民謠啊／唱不完的臺灣民謠啊／哥哥必然也能知道／不得不唱下去的苦悶」

這樣纏繞不休的，借由臺灣民謠的苦悶形象所牽連上來的感情背景，一直是這集作品的基本詩質。而這裡所收集改寫的，大抵是三十年代前後，日據時期底下的民謠作品，原來的題材，大都屬於少女暗念兒郎的哀情意識，充滿著矛盾而又濃烈地期待的不可明告底情操，本質上受制於異族統治下的憂鬱陰影，而內心又極力地反抗閨房式的孤獨，因此呈現了早期臺灣婦女多暗喩的內心世界。

詩裡多次沿用暗夜的守望，月色的喩託，隔離的哀愁，花物的象徵，素手的招喚等等，原本也是本土民謠的暗喩材料而加以擴張的，至於反問句成反質狀態的運用，使我在面對已受題目本身限制下的新愛情底發見上，得以操持較爲寬濶而多變化的思考方法。

於選擇既存的民謠題材上，大致傾向已爲人們所熱愛的歌曲，部份根據題目的聯想而來，部份却根據歌曲的主要內容予以擴張或延伸，而有了抒情底想像的追求，即對含有現實環境批判意味的作品，如「雨中鳥」「雨夜花」「月夜愁」「孤戀花」「農村曲」「賣肉粽」等，也不免透露著抒情的掩飾性。

也許，沒有臺灣民謠，就不會有今天我們可以體驗的本土感情的豐富遺產，追進的說，如果未有日據時代的現實陰影，也未能發見日漸敏感起來的某些傷情意識吧？背負著三哥臨去前悠長的歎息，透過臺灣民謠一樣纏綿的愛恨，在遠方，我確信有一個愛我或我愛的人，以莫名的曙色向我挑撥著無盡的生息。這些詩，也可以說是獻給她的。

七十年十月十二日

談幾首有關乞丐的詩

鄭念青

一談起乞丐，似乎很容易讓人聯想到乞丐一副齷齪的模樣，懷著畏怯的眼神，穿著一身襤褸，爲了三餐的溫飽，踽踽獨行於路上，挨戶向人乞討的情形。如果行乞也算是一種職業的話，那麼它也是一種古老的職業了。在農業社會時期，乞丐的產生，除了個人或家庭環境的因素之外，因天災、戰爭所造成的飢荒，常是主要的原因之一。但在近代工業社會裡，由於經濟的快速發展，加上社會福利的有效推行，已使淪於行乞爲生的人日漸減少。以臺灣來說，除在廟宇或市場邊可見到很少數的殘障的行乞者之外，幾乎已難見到乞丐，然而在世界上某些經濟落後窮困的地區，當乞丐仍是一種生存的方式。

由於乞丐基本上是一個弱者，他的不幸頗能引起詩人的同情，所以常成爲被謳歌的對象。最近，湊巧連續讀到幾首有關乞丐的詩，甚覺有意思，便一併把他抄錄下來，同時抒發一點感感，以供讀者參考。

一、乞丐　萊蒙托夫

在這修道院的大門首，
倚著一個求乞的丐者；
奄奄一息、形容消瘦，
幾番風寒！幾日飢渴！
他只望麵包一口，
眼中流露出深深的哀愁；
却有人在他伸出的枯手；
放上一塊小石頭！
這正像我乞求你的愛，
飽含熱淚與滿腹苦痛；
而你對我美好的情懷，
總是欺騙！總是嘲弄！

首先介紹孟佳翻譯的舊俄詩人萊蒙托夫寫的「乞丐」。譯詩曾發表於臺灣文藝，後收在「俄羅斯抒情詩選」。目錄上的作者是萊蒙托夫，而詩題目下印的卻是普希金，想係張冠李戴，因手上無資料可查，只能做此臆測。

這首詩是寫一位飽經風雨，消瘦得奄奄一息的乞丐，倚在修道院的門前，渴望能以麵包充飢，但卻有人在他枯乾的手上，放一塊石頭！這是何等的諷刺啊，由此詩人聯想到他所乞求的愛，雖「飽含熱淚與滿腹苦痛」，却也遭到同樣的對待；欺騙與嘲弄。令人不覺為那位命運悲慘的乞丐唏噓，也為詩人企求愛情的不順一歎！

二、乞丐　雨果

一位窮人在風雪中走著。
我敲敲窗戶；他停在
門口，我禮貌的開門引進。
驢子隨著農人與背上之物，
又回到城裏市場。
這位老人住在山坡下的
小屋，成天孤獨盼望的想著
灰色天空的一線光，大地上的一個錢，
双手伸向人間，與上帝毗隣。
我喊道：「您進來暖個身吧，
請教您尊姓大名？」他說：「我叫
勒波荷。」我拉他的手說：「進來吧！正直的人。」
我給他一罐牛奶。
老人冷得發抖；他對我說話，
我不加考慮的回答。
我說：「您衣服濕了，該在壁爐前
烘烘。」他走近火旁。
他的大衣原是藍色，為蠹所噬
整個攤開在熱爐上，
被炭火照出千瘡百孔，
蓋在爐灶，彷彿綴滿星星的夜空。
當他烘乾流滿雨水
又破又舊的衣服。
我想他必是充滿祈禱。
無心於我們的談話，
我注視著看得見群星閃爍的衣服。

此詩抄自莫渝的「法國十九世紀詩選」。雨果（1802～1885）是法國十九世紀浪漫主義的大詩人，莫渝在介紹雨果的詩的特質時，特其分為三類，一是抒情詩，二是諷刺詩，三是史詩。抒情的題材包括：①倫理情感與童年回憶②同情心③愛情④大自然⑤死亡。

無疑的，這首「乞丐」充分表現雨果做為一個詩人的同情心與關懷。在風雨中，雨果不但請這名窮人進門來暖身，而且還給他牛奶喝，要他把濕了的衣服烘乾，處處流露著詩人豐富的感情。詩的發展是敍述的，但最後寫大衣「為蠹所噬／整個攤開在熱爐上／被炭火照出千瘡百孔／蓋在爐灶，彷彿綴滿星星的夜空」，巧妙的比喻，使整首詩活潑起來，也暗示著生的希望。

三、乞丐之歌　里爾克

不管雨淋和日曬，
我常逐門挨戶走過；
忽然我把右耳
放在左手。
然後我遇到了我的聲音
好像我從未聽過。

此外。我無法確知誰在此呼喊，
究竟是我還是任何誰。
我為卑微的施捨而呼喊。
詩人呼喊卻有更大的口胃。
最後我還是班上双眼
掩蓋我的臉；
然後以臉的重量放入手中
看來幾乎是靜止不動。
他們却沒有想到我無
放置我頭顱之處。

「乞丐之歌」是李魁賢譯自里爾克（一八七五～一九二六）「衆聲」九首作品中的一首，其他八首是：「盲者之歌」、「自殺者之歌」、「寡婦之歌」、「白痴之歌」、「孤兒之歌」、「侏儒之歌」、「癩者之歌」。（請參見「笠」五十一期，六十一年十月）。

里爾克雖是一位探索生命存在的「純粹」詩人，但他並沒有忘記對人間的不幸付出更多的關懷。我們從他在「衆聲」所表現的詩人對生命的尊重，不分貴賤，令人油然起敬。

「乞丐之歌」顯露詩人對生命熟悉又陌生的微妙感覺。里爾克不寫乞丐如何如何，他自己溶入乞丐這個角色，說：「我遇到了我的聲音／好像我從未聽過」，又說：「此外我無法確知誰在此呼喊／究竟是我還是任何誰」，有懷疑才有反省，有反省才能確認存在的事實。當詩人喊出「他們却沒想到我無／放置我頭顱之處」，其實他早已對生命有了妥善的安排。

四、乞丐

村野四郎

他的襤褸
雖在光中照耀
但貧窮　比它更透明
於是蹲在陽光下的他
很顯明地可看出
像一切被溶解後的
核一般

隨著時間的過程
他就從淡薄了的陽照中
向新的陽光
慢慢地　挪移

那是存在的移動
像無依靠的幼兒
帶緊跟著的靈魂

村野四郎的這首「乞丐」，選自陳千武翻譯的「日本現代詩選」。透過詩人客觀而敏銳的觀察，我們隱隱地感到詩人的語言已然觸及存在的核心，而呈現一種安祥、和諧的美感。

詩人形容乞丐的一無所有，說他蹲在陽光下「像一切被溶解後的／核一般」，然後為了獲得更多的陽光的移動，「那是存在的移動／像無依靠的幼兒／帶緊跟著的靈魂」。如此的寫法，是根據村野四郎自己所把持的現代主義的反俗精神，同時以德國新即物主義的理念，做出發的一種獨特的創作。

明白這點，我們便瞭解，爲什麼讀村野四郎的「乞丐」的感動，不同於雨果的，也不同於里爾克的原因所在。

五、乞丐　　艾　青

在北方
乞丐徘徊在黃河的兩岸
徘徊在鐵道的兩旁

在北方
乞丐用最使人厭煩的聲音
吶喊著痛苦
說他們來自災區
來自戰地

飢餓是可怕的
它使年老的失去仁慈
年幼的學會憎恨

在北方
乞丐用固執的眼
凝視著你
看你在吃任何食物
和你用指甲剔牙齒的樣子

在北方
乞丐伸著永不縮回的手
烏黑的手
要求施捨一個銅子
向任何人
甚至那掏不出一個銅子的士兵

此詩是以四句「在北方」的敍述而展開，平實而不誇張地描寫乞丐悲慘的形象，令人想起三十年代的中國，因戰亂、飢荒所造成的民生凋疲的情形，而有無限的感慨。素有「憂鬱詩人」之稱的艾青，對於這種人間不幸的題材的把握，應該是最能引起共鳴才對。

六、乞丐　　鄭烱明

我走在黑暗的小巷
沒有人看我一眼
我蹲在閃爍的陽光下
沒有人看我一眼
我躺在公園的椅子上
沒有人看我一眼
我暴斃在一家店鋪的門口
卻吸引成群看熱鬧的人

鄭烱明的這首「乞丐」，只有短短的八行，是以第一人稱的我，自述乞丐悲哀的遭遇，同時對人性有著深刻的諷刺。

對於這首詩，陳鴻森曾評述：「以空間技巧的選擇和結構，現出其『事件性』，無情地暴露了人間的冷酷和群衆的盲目，生前的存在一直被漠視著，從那『沒有人看我一眼』的辛酸的無依裡，包含著多少的襤褸及飢餓呢？但一暴斃，卻立刻吸引了一群幸災樂禍的圍觀者，介於這前後冷熱間的，乃是龐大的人性的自私和無知。」

艾青說「飢餓是可怕的」，但比飢餓更可怕的，是人性的自私和無知。

從以上所舉的六首有關乞丐的詩中，我們可以看出詩人在不同的時間，不同的空間，所完成的類似題材的作品，各有其不同的風格存在，不管是抒情的也好，知性的也好，諷刺的也好，都寫出了人類靈魂深處的東西，這點是不容否認的。

郭成義

都是語言惹的禍

—評蕭蕭「現代詩七十年」一文

一

本年十月間，女作家三毛應邀在高雄先後舉辦了兩場演說會，前往聽講的人數，總計超過萬人以上。熱情得幾近瘋狂的觀衆，竟然擠破了中正文化中心會堂的玻璃門窗，這是臺灣一般文藝集會中難得一見的盛況。

儘管在眞正的純文學領域裡，三毛永遠不如黃春明、白先勇或陳映眞那樣，享有較爲崇高的評價，但她在讀者心目中所創下的優美形象，却是當今文壇所掩飾不住的。

相對於現代文學家所揭示的崇高的個性，我們如果把三毛列入於「通俗作家」那種稱謂的意義，那麼，被一般文學家所唾棄的「票房價值」，却不自覺地補償了三毛的文藝生命，而超越現代文學所無法達到的職業力量。

以其本身極富傳奇性的情感色彩，多產地透過平淡的語言所描繪下來的——日常生活型態的小說，三毛在臺灣似乎又逼近了第二個瓊瑤的熱潮，即使是偶然的結果吧，畢竟也顯見出讀者對她的文藝世界，懷有高度的同情與嚮往。毋寧說，三毛是比瓊瑤更具有思想及活動型的作家，這在對瓊瑤純粹的愛情熱逐漸冷靜下來的時期，當然可以很快地補上了那個瑰麗的位置。

本來，站在寫詩的立場，這些都不足以和我們攀上有力的關係，但經過這層觀察，而又回到努力了卅多年的現代詩的領土上，我們不禁又要傷感地發問：我們的讀者哪裡去了？

有那麼多的「大詩人」，也有不少活動型的詩的宣傳家，而仍然無法使現時代的人對現時代的詩產生起碼的關心，這種與廣大的讀者群疏離的事實，也許有兩種正反的解釋：

第一、與任何純粹的文學藝術一樣，詩本身也具備抵抗通俗性票房價值侵入的個性，只以創造性的精神條件加以認識或概定的——追從本質論的存在而存在。

第二、表現於讀者面前的詩，本身即是錯誤的、壞的、不可理喩的詩，而致最後全面遭到讀者形象化的拋棄。

對於具有宿命性意義的第一種解釋，雖然是可以被信任的，但如果同時也加負了第二種解釋上的責任時，我們即很難想像它的存在是否仍可那麼固執。無論如何，被拋棄的命運，終究還是會很頑強地在消耗這個存在的體力吧？

而往往，我們在這個現代詩壇裡所看到的，就是這種不幸加負的等值發展，因此，對處於現階段而有幸握有現代詩發言權的任何一位「大詩人」或詩的宣傳家，我們實在不希望再見到他們以錯歪的概識來帶領已屬稀有的詩讀者——這是，比例於教育的理則所提出的一點忠實的呼籲。

二

自立晚報副刊在十月十日、十一日、十二日三天連載了蕭蕭「現代詩七十年」一文，文中對從胡適白話詩以降及至目前現代詩的發展過程與縱橫的淵源多所陳述，可以說在不自覺間透露著史料性的可能，另一方面卻也給初學者或詩讀者帶來一些補給的意義，這在略顯蒼白的詩壇，未嘗不能憑添一點血色。

蕭蕭以接近一半的篇幅介紹了現代詩社、藍星、創世紀、以及笠詩社等幾個影響近代詩壇的主要詩派，其中對「創世紀」的推崇較著，並且沿用張默的話語表示該詩派「在創作方面，盡可能作多方面的實驗，講求獨創與多樣性的展示，包括語言與技巧的探討，聲音與色彩的交感，外在形式與內在秩序的調和，想像與聽覺的開啓及切斷，象徵的應用與捕捉，以及張力、歧義、矛盾情境的釀造等等」，姑不論這種漫無邊際的評語是否恰當，以及這些繁雜的追求早該使所有國內外的重要詩派或世界性的大詩人黯然失色，即在假定的信任下，我們所看到的這些只環繞在詩本質的外圍論的實驗，只徒然敗露了「創世紀」不敢面對詩本質的精神上的虛脫和耗弱。

居於這種不當的認識及評論出發的蕭蕭，於介紹笠詩社時提出如下的看法：「笠詩社同仁的作品大致有三個特色，一是鄉土精神的維護，二是新即物主義的探求，三是現實人生的批判。其缺點則在語言的訴求上未至圓熟，三代詩人均普遍存在這個缺憾。」我想，這個語言上的缺憾，無非是蕭蕭受教育於「創世紀」迷戀以求的「文字化」的語言形像所推派下來的一種奇異等待的結論所生。

更重要的是，在這個詩壇上，持有這種心態的與詩相關的人，倒不僅是蕭蕭一個人。

三

發起於德國的新即物主義，在窮極於挖掘實存物象背後所建立起來的——對建築美學的根源技巧，本質上即以無語言便無物象存在的思考透視，用以對抗同世紀之超現實主義所追踪的夢囈世界。那麼，被認定具有「新即物主義的探求」為特色的笠同仁們，確實是不能不對語言的深入瞭解與操作感到小心。從這一點觀察上所顯露出來的結果是：如果不是觀察者本身對新即物主義的內容與特性毫無所知，即是笠同仁的語言作業已經成功，才有可能被與講究語言能力的新即物主義提携並論。

另一方面，從事實的跡象加以審視，發行了一百多期的笠詩刊，從來對於語言的注重與探求，已很明確地顯現在各種評論、翻譯、或作品合評所發表出來的態度上，其密集度與偏重性，是臺灣的詩刊多所缺乏的。誠如蕭蕭所說，復刊後的創世紀，已一洗六十年代意象繁雜、晦澀之弊，而有了以「生活的語言」入詩的自覺，這未嘗不是由於笠同仁多年以來所賣力執進的影響所及吧？根本上，生活的語言、眞實的語言、思考的語言等等，乃是笠自早期以來即不斷揭櫫於言行的重要觀點。未對笠作根本的熟悉，而斷言笠在語言上未至圓熟，除了患有概識性認差症以外，至少還是一種極端不公的論斷。

能夠留有一點餘地而讓蕭蕭做出這種論斷的，必然是存於表面一般印象的作品部份，這就牽涉到了什麼才是詩語言的本質推論，包括蕭蕭個人對詩語言的認識問題。

語言並不是文字。

四

以由作品本身去解釋並究明作品的立場，是十九世紀哲學家海德格建立其「解釋學的詩學」的主要色彩，並曾以語言爲題多次發表演講，因而提出了「語言爲存在的住所」這樣深緻的立論，他說：「不管任何場合，語言對人的存在最具親近，到處可有語言產生。因此當人思考著實存可見的東西時，就有語言充分考慮了語言本身所呈示的事象。爲了決定語言，而遇到語言，這是極爲自然的。」

這就是「語言即思考」的本質論的推展，亦即新即物主義詩人的物象構造法。

笠主要同仁白萩，曾據於現時的立意對語言有所考察，他說：「文字雖然記錄了語言，使語言實相化，但筆下的文字並非就完全等於腦中的語言，其間存着間隙，有待於從學習中使語文合一。文字雖然比語言多了形態的機能，但我們千萬不要忘記人是用語言來思考，而不是用文字來思考的這個事實。由於現代社會逐漸養成了人的速讀習慣，語言的意義，不必經由音響的傳達，而改由文字的形態去辨認，無形中對語言的音響漸少體認，在語言成爲思考時，根源上就無法發揮全部的機能。」

以著這種語言實相化了以後的文字經驗，做爲修辭工具的二手認識對待語言，是蕭蕭所以對笠同仁感到語言上的缺憾之主要心態。這裡，我們可以從他早期對被詩壇公認毛病最多的詩人碧果提出讚賞時，不自覺地說出了「詩思先語字而存在」，即可確認他的謬誤——當時，還引起詩人岩上在笠詩刊爲文加以駁斥。

海德格所謂的「爲了決定語言，而遇到語言」，如果移植到蕭蕭那種錯誤的觀念上，即變成了「爲了遇到語言，而決定語言」，這其間的誤差結果，我們可以再從蕭蕭過去所發表過的作品上，予以計算出來。

五

蕭蕭是不屬於多產的詩人之一，在他與林煥彰、喬林等人共同創辦龍族詩社的初期，於創作上始顯出其個人旺盛與完整的生命期。他的作品以簡潔凝鍊的意象取勝，其對物境的觀察，確也多少流露著一種難能的智力，而在形式空間的按排上，也有較爲突出的嘗試。

天空一直就在那兒
空
著
・
・
・
・
起初眞的有些樹聲
一
絲
絲
雲
・
而後是斜斜的鳥鳴翳入雲中
雲斜斜翳入空中
・
而後
閒著一支——孤單的水仙

從這首題名爲「深」的詩裡，可以看出蕭蕭對意境趣味的經營，可是對此形式的有意安排，却被笠同仁林鍾隆以「現代詩的形式問題」在龍族詩刊上加以檢視，認爲是毫無意義且不合身材的排列。事實上，如不經過這層排列，內中的畫意視象便無法強固地擔負起整首詩的唯一力量，而遭到必然的拋棄。這就是典型的無思考的詩，是遇到語言才決定語言的詩，本質上即已沒有精神，沒有生命，而必須依靠形式及文字的修飾架構予以補足的。

天何裂而無這些雨花？
雲
而陰，而影
只是不知
天
何裂
而爲這些
雨
花
只是，不知
雨花
何裂而爲
這些
只是
雲

這首「舉目」，更不知是爲何爲而爲，只徒然的認知一些雲雨天和斷裂的文字，顯然與碧果有私淑上的關係，反不如「深」有其一定的詩想可循，再如「不一」這首詩：

若是有得唱就歌

驚醒桃花
一樹
一池
相遇了九九八十一

圖

不提陣式陣圖
雁字亡入南方
竟然一一落地
竟然一一為泥

——歌起

以這種過度超越語言思考理則的面目，經常出現在蕭蕭的作品中，對於已具名氣的年青詩人蕭蕭，實在更讓我感到一種莫大的缺憾與懷疑，以身兼詩的宣傳家為職志，不斷以詩的編選人和指導者身份出現於讀者面前的，究竟，是懷著那種極其不確的認識而出發，我們還能期望什麼？

笠同仁趙天儀說過：「劣詩常常因本身詩質的稀薄，卻不惜利用裝飾性的化裝出現，正如無異品質低劣的物品只求包裝的漂亮一樣！僞詩則往往因本身詩素的貧乏，卻不斷地利用擬似艱難深奧的語言出現，不錯，詩是一種語言的藝術，然而，語言的花招卻也常常隱藏著詩性的貧弱與墮落。」

卸下語言的花招，其結果才是語言的。

六

蕭蕭在「現代詩七十年」一文所說的笠三代詩人，包括從巫永福到錦連的戰中派—跨越語言的一代，從黃騰輝到白萩的戰後派—後期跨越語言的一代，以及從杜國清以降的戰後新生代—接受中國語文教育長大的一代。

檢閱這三代同仁在語言上的執握，雖然未必持有相同的水平，但就語言本質的提示，卻有共通體驗的可靠性，他們所運作的語言，當然不是蕭蕭錯誤認定的語言，本身不以實相化的文字裝飾為其始終的意義。

沉沉地
四周皆是黑暗的重疊
一棵發光的樹下
他屈身撿起了月亮
仰天而不停地把手臂伸展
一隻狗
露出銳利的門牙
瘋狂的吠著

（錦連：地獄圖）

這是認為寫詩與生存態度息息相關，而珍惜地使用著相當貧乏的語彙寫詩的第一代詩人錦連早期的作品，在距離已近三十年的今天，他的作品仍然相當尖銳地站在我們的土地上，以著站在黑暗的現實位置上挺身而出的不祥的叫聲呼喚著我們，對心象的捕捉，充滿鮮明有力的感情，即使以有限而平易的語言發現出來，仍然可於瞬間喚醒我們相對的心象反應，這是語言本身裸露著飽滿的精神，未遭到包裝上的阻礙而產生思考上的線索吧！

打開
鳥籠的
門
讓鳥飛
走
把自由
還給
鳥
籠

（非馬：鳥籠）

這是遠在美國的屬於第二代的詩人非馬作品，他的形式與前面蕭蕭的作品無獨有偶地相同，可是，由詩中所滲透出來的那種思考上的震撼，却富有極大的生命力，這絕非蕭蕭故佈文字疑陣的視覺法，是由於思考本身的精準，而使語言的斷連達到劍拔弩張的飛躍性，即在意義上，也促進了更具威力的反想方法，綿綿不絕地摻入我們的迴響。

非馬的作品，大部份具有這份實力。在面對蕭蕭多情而却無力的作品之後，顧視著非馬率眞的語言，實在令人嗟歎語言之不至圓熟，好像反而不是笠同仁的專長吧？

無視於周遭冷冷環視的眼睛
夜夜看見您
漠然搖幌的手
此刻　行人稀疏的街道
猛然　促使我靠近
某種不可理解的心靈的震顫
驚訝了您的臉孔
以及我的。。。。。

（陳明台：視覺之外）

刻正負笈日本的陳明台，是戰後新生代的年青同仁中，比較求取語言的感情位置的一位，年來更傾向於語言的象徵性的發揮，而有著冷靜與浪漫的双重叠覆的獨自個性。這首詩是他中期時代的作品，在語言上顯露出晦暗的神秘意識，終極却能借著。。。。的表情符號，使意象逐漸明朗化，而產生莫大的驚愕和無窮的回味。這種圖視符號的運用，在臺灣現代詩裡，曾被大量嘗試，補足了文字語彙所無法達到的功能，在空間位置上，也極其直接的擔任著思考上的聯絡意義。

如果，將這種圖視符號置於一種抽象的感情上，便無法發揮明確的意義，如前面蕭蕭的作品「深」，幾個橫列的・・黑點，只做到了隔離意識的本能，即使拉長了「深」度，也未能提供較為具體的生命。這就是，把視覺上的符號本身當作是一種語言而加以處理的陳明台，所優越於把符號當作是一種文字而加以延伸的蕭蕭，其最大的認識上之異同。

七

根據以上的比較，我們可以發覺，當日本詩人田村隆一高興地喊著「畢竟這就是語言來找我了」的這種美麗的發現時，我們仍然有人持著「我找到了語言」這樣乖逆的自慰來建立其個人無視本質的詩學，實在讓人洩氣。

陳芳明曾經推崇蕭蕭是今日年輕一代的詩人中，專攻詩論的一個，「雖然他的理論還不很成熟」——實際上，要建立成熟的理論，必須先具備有正確的詩觀，沒有正確的詩觀，自然不會有成熟的理論，這是必要的程序。

認眞的說，蕭蕭的理論修養，是建基在他的創作態度上，這本來是無可厚非的，可是，一旦涉及批評及教育的可能，如沒有正確客觀的方法，對現代詩壇是深具危險性的。

蕭蕭在感到笠三代同仁語言上未至圓熟的缺憾的同時，是否也能意識到當今詩壇有多少詩人在語言上與笠某些同仁具有類似性傾向？即使不提如林煥彰、喬林等曾經具有笠同仁身份的詩人，而包括受到蕭蕭私人青睞的吳晟、羅青等人，不免也透著蕭蕭所說的「抽樸的笠」的影像吧。

更令人感到玩味的是，蕭蕭在敘說現代詩人的努力過程時，除了從紀弦以降、藍星、創世紀、笠等四大詩派予以解釋之外，還表示歷經「吳晟的鄉土意識，羅青的理趣，向陽的方言詩，楊澤的文化關懷，現代詩人的努力，已贏得了文學史上的肯定地位」，這無疑是把笠以後的詩壇，完全定位在這四個人的主要面目上，這種私人情感的施捨，究竟，能給我們的詩壇帶來多大的代價呢？

長工阿伯的名字遺忘了
在為人照管的果樹園
果樹園的小木屋
長工阿伯的名字
被人遺忘好多好多了
……
在一次兵禍中
和當時臺灣的青年一樣
阿伯的青春
埋葬在南洋構築工事——
構築日本軍閥貪求的惡夢
……
任命運隨意作弄
任欲隱不隱的傷痕
隨意鞭韃
不知道怨恨，更不懂氣憤
馴服的長工阿伯
一生都是孤兒

這是從笠詩刊第七十三期所部份節錄下來的吳晟作品「長工阿伯」，這也是被稱爲鄉土詩人吳晟比較據於現實感情所寫出的詩，他的語言，就是在笠上常見的語言，而且是笠裡接近次等的語言而已，在思考上未掌握住有力的線索，只徒然地呈現著意義上的形骸。在他更多的作品裡，也夾雜著許多文言型式，最近在聯合報發表一系列從美國寫回來的家書式的詩，更淪落爲散文式的思考，完全喪失了詩語言之間飛躍的力量，在意義上，也未具有公共見識。

光武新村賣饅頭的
劉奶奶，今年六十六
才十六就死了丈夫，說是軍閥鬧的
二十六大楞子死了，說是鬼子害的
來臺灣那年，二狗子沒來得及
以後娘倆就失了消息
眼看小木屋拆，大高樓起
眼看點心店多熱狗店擠
六十六歲的劉奶奶仍是早起晚睡的

想在光武新村外，賣她親手做的熱饅頭這是發表在笠四十七期羅青的詩「光武新村」，與吳晟的「長工阿伯」有異曲同工之處，是居於戰後殘敗意識的考察，而探測出現實的感情。羅青的詩比較注重謠律的音樂性，以致語言遭到約束，本質上還是屬於不化裝的詩，可惜在感情上缺乏煽動性，不能令人感到應有的撞擊力。本來這類的題材，可以處理得相當有力，由於詩質薄弱，終顯不出特殊的境界。面對這種廣大的題材，笠同仁所表現出來的，就有語言上魅力十足的感情。茲隨意摘取陳鴻森的一首散文詩「妝鏡」，以供檢視。

風老愛吹拂著，媽媽那猶未梳理過的頭髮；自從爸爸去打仗以後，遠方，便成了媽媽的妝鏡

一面玩弄著伊胸前那條項鍊，一面斷斷續續的說：「閃爍著……這樣……美麗的色……彩，正是會叫人悲哀的事啊」

風仍在吹拂著，媽媽那還沒梳理好的頭髮；然而卻無情的把鏡面打破，那一列列急駛而去的軍車

隱藏在詩人內心的情感素質，被表現於外面時，必然以對等的美企盼著，而詩人作業能力的好壞，乃是秤量這種企盼實現的等值物。詩人的美，存在於所能認識的詩的美吧！

曾在笠活躍過的向陽所發表的方言詩，是依附著朗誦的方法，始見出其獨特的風味，這點與戰後派詩人林宗源之以方言思考的語言本質是不同的，因此在向陽的方言詩之前，林宗源實在更具有純粹的代表性的。

而楊澤歐式風情化的「文化關懷」，在面對著笠第一代同仁桓夫的「咀嚼」一詩時，不免又會露出了其「精神不在家」的虛弱地位啊。

八

「蘇紹連回中部領導詩人季刊」。

這是蕭蕭文中的一句話，如果改變一下，說「在林煥彰所領導的龍族詩社下的蕭蕭」，不知領受人的心裡感覺會是如何？

心裡時常感覺到領導氣味的詩論家，其態度上一定無法平衡，而其所論，也必無法達到客觀公正的要求。

多麼希望這些不當的言論，是蕭蕭措詞上的不當，而不是蕭蕭態度上的不當，更不是蕭蕭認識上的不當。因為蕭蕭在我的感覺上，一直是一位機智型的詩人，而他為現代詩業所做的努力，也一直是我們詩壇上所欠缺的。

笠的存在，當然不一定是個完美的結合，部份的同仁，多少也存在著仍待克服的問題，特別是在笠上所發表的非同仁作品，很可能會造成蕭蕭模擬化的指認，不過，我相信在笠上發表作品的詩人，大都具有追求眞實的語言的勇氣，這是據於一種共通體驗所投擲過來的基礎認同，站在實存的生活環境的詩性鄉愁底下，畢竟是有所執着的一群。

當早年的余光中站在美國的土地上，面對全美風靡的搖滾樂，不禁嗟歎著現代詩的孤獨而黯然；今天我們站在自己的土地上，重新透過三毛所受讀者形象化的擁護，而看到現代詩壇無情的一面時，不禁對於詩本身的努力，感到一層更為渴盼的戀情，這是需要每一位與詩相關的人祖誠共進的事。基於這份眞情，而向蕭蕭有所求正的，希望也不只是一個人或一個詩社的最終利益罷！

（七十年十月廿三日）

趙天儀

現代詩的美學

——在塩分地帶文藝營講話

一、前言

詩在臺灣，如果以中國古典詩來看，則約有三百年的歷史；如果以中國新詩來看，則約有六十年的歷史；如果以中國現代詩來看，則約有三十年的歷史。

中國現代詩在臺灣展開，產生了三種思潮：

(一)、國際主義：認為現代詩是世界性的運動，中國現代詩必須在橫的移植之下，接受西方現代詩的影響與衝擊，因此，西方現代詩的思潮，如象徵主義、意象主義以及超現實主義的理論與技巧，直接或間接地，或多或少都影響了中國現代詩的創作。

(二)、傳統主義：認為現代詩不能只是橫的移植，而且必須是縱的繼承。因此，要從中國古典詩的傳統中，重新燃起薪火，從詩經、楚辭、樂府、唐詩、宋詞等古典詩中尋找傳統的餘燼。相對於超現實主義，提出所謂新古典主義。

(三)、本土主義：認為現代詩固然需要橫的移植，接受外來的影響與衝擊，也需要縱的繼承，接受傳統的洗禮與挑激。但現代詩畢竟是現代的產物，在時間上是當代的現代精神，在空間上是以現實的環境為出發，現代詩必須注重歷史的、地理的以及現實的立足點，才能產生全新的創造。

二、現代詩的出發

提倡現代詩，就是要求詩的現代化。如果說中國古典詩是吟唱性的，重視聲律，重視韻律與節奏，重視形式的規範；那麼，中國現代詩却是視覺性的，現代詩並非不重視詩的韻律和節奏，但更重視意象的創造。中國現代詩受西方詩潮的影響，也有走向意象的文學的趨勢。

但是一首詩的創造，往往是詩的情感、音響、意象與意義的渾然一體的表現，過份強調了意象的表現，也會使其他的要素相對地減低。因為意象不等於詩，雖然說詩需要意象的襯托。如果說意象就是詩，何不乾脆取消詩的名稱？但我們知道，取消不了！

在中國現代詩的發展過程中，曾經強調知性，但也有主張以抒情性來抗衡。知性意味著詩不只是情感的告白，也就是說詩乃一種思考的活動，是以意象的飛躍與聯接的語言來思考。抒情性本來亦為詩的要素，也就是情感的拓展，但是，過份溺於情感的表現，也無法創造詩的新境界，如果說詩的音樂性、音響的表現，是一種想像的時間的持續；那麼，詩的繪畫性，意象的表現，該是一種想像的空間的飛揚。

三、從下而來的美學

美學思想的萌芽，在古代的希臘與中國，都有其淵源。但眞正開始使用美學（Aesthetica）這個字眼，却是德意志的包姆加登（Alexander Gottlieb-Baumgarten, 1714—1762），他認爲美學是感性的認識之學，而邏輯學是理性的認識之學。美學有感性的意義，也就是說美學一方面涉及感性，但是，另一方面却是透過感性的認識，而成爲一種體系的基本構想。

近代實驗美學的代表費希納（Gustav Theador Fechner, 1801—1887），在他的「精神物理學」的心理的立場，以實驗爲出發點的歸納的、記述的研究方法，在美學的研究中加以採用，而他在「美學入門」（Vorschule der Aesthetik, 2 Teile, 1876）的序文中，他認爲從來的哲學的、思辯的傾向之美學是「從上而來的美學」（Aesthetik von oben），相對於此，科學的、經驗的美學是「從下而來的美學」(Aesthetik von unten)。也就是說，美學有哲學的美學以外，還有科學的美學的興起。

現代詩的美學，是現代美學分工的一個趨向，可以說是現代藝術的美學的一環，是以現代詩的創造發展爲經驗的歸納。

西班牙現代哲學家奧爾得•葉•加塞（Ortego y Gasset; 1883—1955）在他的「藝術的非人性化」（The Dehumanization of Art）一書中，曾經把西方的現代藝術的特徵，歸納爲下例七點：

㈠、從藝術中去除人間臭味。
㈡、避免活的形象。
㈢、使藝術成爲非藝術以外的任何物。
㈣、把藝術當作完全的遊戲。
㈤、把藝術的本質當作反諷（Ironie）。
㈥、警戒膺品，並且因此熱望細心地表現眞實感。
㈦、不考慮藝術是持有重要價值的普遍性的行爲。

我認爲中國現代詩在臺灣的發展也有非人性化的取向，也就是抽離了人間臭味，遊離現實，而走向爲藝術而藝術的傾向。這種傾向的現代詩，往往以超現實主義或新古典主義爲護身符。事實上，現代詩對現實性、民族性、思想性以及鄉土性的重視，乃是爲了要糾正這種過於非人性化的偏差。

四、現代詩的方法論與精神論

如果說詩是語言的藝術，也就是說，詩是通過語言的表現，而完成美感經驗的傳達。那麼，中國現代詩，必須善用中國現代語言。所以，那種扭曲了中國現代語言，不是唐詩宋詞的調調兒的抄襲，就是硬梆梆的西洋語法的生吞活剝，站在中國現代語言的創造來看，都是鬼話連篇，不像我們現代中國人所說的生活的語言。中國現代詩爲了追求詩的藝術性，已使不少所謂的現代詩，脫離了中國現代語言的血液，流於蒼白的美文的傾向，變成少數詩人風花雪月的玩具。

所以，我認爲中國現代詩的方法論，首先應該建立在中國現代語言的創造性上。換句話說，唯有中國現代語言的創造性，通過了外來語言的衝擊，方言的挑戰，而以中國現代語言爲基礎，也就是在國語的融會與交流之中，兼消文言，錘鍊白話，也就是提昇日常生活的語言，通過詩的表現，化成爲詩的語言。

因此，通過中國現代語言的創造，詩的思考才是活潑的、生動的、有血有淚的。以這樣的詩的思考所建立的現代詩的精神論，是現實主義的藝術導向。這種現實主義的藝術導向，要能通過外國現代詩的了解，中國古典詩的教養，但是，却以關懷此時此地的我們中國人的歡樂與哀愁爲出發，鼓舞我們民族的自信心，從而建立創造屬於我們這一代的情淚心聲的現代詩。這種中國現代詩，是人性化的、是平民化的，是進取性的。而不是非人性化的、貴族化的、倒退性的。

五、現代詩創造舉隅

詩人杜國淸在「現實主義的藝術導向」一文中，曾經說：「關於過去臺灣詩文學的發展，李魁賢先生曾經扼要的指出三個主要趨勢：一是純粹經驗的藝術導向，一是現實主義的社會導向，一是現實主義的藝術導向。」純粹經驗的藝術導向，使現代詩脫離人生，逃避現實，徘徊於超現實主義的亞流，或徬徨在新古典主義的矯揉造作中。而現實主義的社會導向，固然解放了詩的題材，擴大了詩的視野，可惜往往有非藝術性的取向。因此，現實主義的藝術導向，一方面拓寬了詩的社會性，現實性，民族性以及鄉土性，另一方面也提昇了詩的創造性，藝術性及思想性。

試舉詩人桓夫的一首「咀嚼」的詩爲例：

下顎骨接觸上顎骨，就離開。把這種動作悠然不停地反復、反復。牙齒和牙齒之間挾著磨爛的食物。（這叫做咀嚼）
——就是他，會很巧地咀嚼。不但好咀嚼，而味覺神經也很敏銳。
剛誕生不久且未沾有鼠味的小耗子。
或滲有味的蚯蚓
或特地把蛆蟲聚在爛豬肉，再把吸收了豬肉的營養的蛆蟲用油炸……。
或用斧頭敲開頭蓋骨，把活生生的猴子腦汁…。
——喜歡吃那些怪東西的他。

下顎骨接着上顎骨，就離開。——不停地反復着這種似乎優雅的動作的他。喜歡吃豆腐，自誇賦有銳利的味覺和敏捷的咀嚼運動的他。
坐吃了五千年歷史和遺產的精華。
坐吃了世界所有的動物，猶覺饕然的他。
在近代史
竟吃起自己的散漫來了，

有一位日本友人曾經告訴我：「臺灣眞好？」我問他：「爲什麼呢？」他回答說：「臺灣是吃的天堂。」一談起吃，我就想起桓夫的這首「咀嚼」的詩來。如果我們知道，當桓夫在創作這首詩的時候，他說國語的本領實在沒有我們新生代的詩人那麼流利，但是，他竟然操縱著這麼靈光的中國現代語言，且帶著強烈的批判性，以反諷的口吻來表現咀嚼的意義，咀嚼的過程，以及咀嚼的影響。從咀嚼而發展到對自己的民族性的批判，充滿了同情，充滿了感嘆，更充滿了哀愁。這種批判，正是一種希望，一種寓意，一種象徵。

這首詩，從現實的素材著手，但所發展出來的竟是超越了現實，是對歷史的，民族的深刻的反諷。讓我們做爲一個中國人，不得不深深地反省和警惕！我認爲這首詩，便是一種現實主義的藝術導向的例子。

試再舉詩人林亨泰的一首「弄髒了的臉」的詩爲例：

你說臉孔是在白天的工作弄髒了嗎？
不，該說：是晚眠時才會弄得那麼的髒。
因為，每一個人早晨一起來，什麼事都不做，
所忙碌的只是趕快到盥洗室洗臉——。

當然啊，他們之所以不能不趕緊洗臉，
不只為了害羞讓人看到自己有一幅醜臉，
更是為了他們因為在昨日一段漫長黑夜中，
竟能安然熟睡——這不能說是可恥的嗎？

在一夜之中。世界已改樣，一切都變了，
今晨，窗檻上不是積存了比昨日更多的塵埃？
通往明日之路，不也到處塌陷得更多不平？
這一切豈不是都在那一段熟睡中發生了的？

如果以我們曾經經歷過像日本戰敗，中國八年抗戰勝利，臺灣光復的那一段歷史性的一頁的一代，我們就能深深地了解與領悟林亨泰在這首詩中所說的「在一夜之中，世界已改樣，一切都變了。」雖然表面上看起來，這首詩也不過是描述了個人在一夜之中「弄髒了的臉」的經驗，好像得自經驗的偶然。然而，這首詩，却不只是個人的經驗，而是有意拓展爲普通性的經驗，因爲這種經驗是人人可能經驗到的普通性的經驗，而把這種經驗提昇爲對歷史性，宇宙性的經驗。所以說，這首詩，有作者的知性的思考，在一夜之中的兩種經驗兩個世界的對比，可以說，表現了一種閃光的智慧，有洞見有透視的力量，如果說桓夫的「咀嚼」，是在反諷中賦予詩的批判性；那麼，林亨泰的「弄髒了的臉」，該是在象徵中透露了詩的智慧，有一種領悟，一種機智，一種溫柔的忠告，這首詩，也是現實主義的藝術導向的一個抽樣。

六、結論

純粹經驗的藝術導向：固然強調了現代詩的藝術性，却也使現代詩日趨墮落，成爲詩人無聊的一面，在咖啡室裏，在象牙塔中，風流自賞，流風所及，使現代詩日漸蒼白，頹唐，而脫離現實，在詩的迷魂陣裏孤芳自賞。

現實主義的社會導向：當然是針對著純粹經驗的藝術導向而來，可以說是一種偏差的糾正，也是一種抗衡的力量，以口語化的語言來表現現實的素材也是無可厚非，然而，也需注意意象的塑造，以及音響的效果，不可使現代詩流落到非詩的邊陲。

現實主義的藝術導向：可以說是針對以上兩種現代詩的導向底平衡的取向，中國現代詩以中國現代語言爲思考的工具，通過了現實生活的經驗，化爲普遍性的體驗，創造屬於我們這一代的普遍性的感受的詩作，表現我們個人的心聲，同時也扣緊了我們這一個時代的脈膊和心跳的聲音，意大利美學家克羅齊（Benedetto Croce, 1816—1952）認爲美是一種成功的表現，而醜却是不成功的表現，甚至不是表現。中國現代詩的成功的表現，還有待於我們大家來共同努力。

詩集評介

愛的探索者

—評陳秀喜詩集「灶」

趙天儀

女詩人陳秀喜女士，自日文短歌集「斗室」出版以後，雖然繼續寫了不少的日文短歌。但是，由於她的自覺，她也開始使用中文來寫現代詩；一則想跟兒女們能進一步地溝通，二則做為一個中國人，一個愛的探索者，來表現自己生命中的歡樂與哀愁。從「覆葉」到「樹的哀樂」，是以一個母性的愛為出發，表現覆葉的憂愁，吟詠樹在成長中的哀怨與苦悶。而今，她的第三部中文現代詩集「灶」，則共收錄四十首詩。就她的詩的創作來說，可說又邁向了一個新的境界與里程。

「灶」這一部詩集，用單字「灶」為名稱，可以說非常別緻。在臺灣，「灶」曾經陪伴過許多女性的一生，由於從農業社會跨進工業社會，「灶」逐漸地被瓦斯爐、煤氣筒或電爐等所取代，目前恐怕只有鄉村還保留著一部份，也可以說是一種逐漸消失中的鄉土用具的一部份。所以，「灶」是一種對過去的眷戀，一種對鄉土的惦念，也是一種對女性心靈熱滾滾的象徵。

陳秀喜女士在「灶」這一部詩集中，仍然是環繞著以愛為主題來出發，他表現了情人的愛、友誼的愛、衆生的愛以及鄉土的愛。在不同的愛的對象中，她自有不同的看法與詠嘆，但是，幾乎都是一針見血地刺進了愛的動脈裏，讓它流動著、哀嘆著、呼吸著。

在「也許是一首詩的重量」中，她表現了一種深刻而真摯的詩觀，她如是歌詠著：

高傲的大樹有雷劈的憂慮
常被踏殘的小草不羨慕大樹
小草重整根和葉期望屹立的歡呼
梅花不嘆形小滿足自己的芬芳
不妒玫瑰多彩多刺的艷麗
古人自大自然得到和平的啓示
黑暗之後晨光出現既不稀奇
煩惱之後邁進智慧的時代來臨
詩擁有強烈的能源，真摯的愛心
也許一首詩能傾倒地球
也許一首詩能挽救全世界的人
也許一首詩的放射能
讓我們聽到自由、和平、共存共榮
天使的歌聲般的回響」

這首詩，表現了詩的功能說，把詩的精神透過她的想像與期望熱烈地反映出來。她說：「詩擁有強烈的能源，眞摯的愛心」，這該是古今中外都能首肯的詩的精神吧！在這四十首詩中，她的詩，當然不只是表現了我所指出的下例四點的領域，但是，我還是歸納出下列這四點來加以詮釋與說明，也許比較容易把握她在詩中所表現的愛的探索。

一、情人的愛：情人的愛，可以包括婚前與婚後；婚前，可以說是單純的情人的愛。婚後，則由情人的愛躍昇爲夫妻的愛，但是，這種躍昇，却是幾家歡樂幾家愁。陳秀喜女士，固然也嘗過歡樂，却也嘗到了哀愁。以「渴望」、「最後的愛」、「棘鎖」、「假像不是我」以及「玫瑰色的雲」等幾首，最能表現她的心情與感受。

試以她的詩「渴望」爲例：

空地
可以種菜
菜是食物
可以種花
花給人心悅
空地有它的價値
倘若
心空着
沒有菜
沒有花
怎能得到詩
渴望一顆心
充滿着愛心
擁有心愛的
灌溉精神的菜
灌溉愛的花
收穫一首詩

這首詩，表現了她對愛的精神的渴望，我們知道，肉體的愛是要建立在精神的愛，才能發揮愛的眞諦，也就是所謂靈肉一致的境界。她所渴望的，是「一顆心　充滿著愛心　擁有心愛的　灌溉精神的菜　灌溉愛的花……」，她所渴望的，原是這麼平凡，也是這麼眞摯，然而，她的遭遇如何呢？

在「棘鎖」一詩中，最能瞭悟她坎坷的一生，試舉例如下：

卅二年前
新郎捧着荊棘（也許他不知）
當做一束鮮花贈我
新娘感恩得變成一棵樹
鮮花是愛的鎖
荊棘是怨的鐵鏈
我膜拜將來的鬼籍
冷落爹娘的乳香
血淚汗水為本份
拚命地努力盡忠於家
捏造着孝媳的花朵
捏造着妻子的花朵
捏造着母者的花朵
插於棘尖

含著「福祿壽」的微笑
掩飾刺傷的痛楚
不讓他人識破

當 心被刺得空洞無數
不能喊的樹扭曲枝椏
天啊 讓強風吹來
請把我再捏造著
一朵美好的寂寞
治療傷口
請把棘鎖打開吧！

這首詩，表現了她在愛的創傷中，探索「一朵美好的寂寞 治療傷口」；她的內心雖然充滿了哀傷，却強烈地嘶喊著：「請把棘鎖打開吧！」這是多麼強烈的愛的呼喚啊！不錯，她做過孝媳、妻子及母者，然而，她畢竟還是嚮往著玫瑰色的雲。

試以她的詩「玫瑰色的雲」爲例：

夕陽逐漸沉下
一朵白雲多情
還在天邊逗留
染上餘暉依依之情
愛意一致之時
天空一朵玫瑰色的雲
造成和諧的黃昏
回顧時
彩雲已無影蹤

心中深深銘刻著
遐想 愛相映的形象
回憶一朵玫瑰色的雲
到老邁愈是溫馨

這首詩，以「玫瑰色的雲」來象徵晚年的伉儷情深，因爲當「愛意一致之時 天空一朵玫瑰色的雲 造成和諧的黃昏」。她希望有這樣和諧的黃昏，因爲「一朵玫瑰色的雲 到老邁愈是溫馨」。把作者對愛的理想，以一朵玫瑰色的雲，襯托了出來。因爲這樣和諧的黃昏，是多麼令人留戀的人間寫照，可惜，往往是如此地可遇而不可求，是多麼令人無限地感慨與唏噓呀！

二、友誼的愛：因爲對情人的愛的失望，轉而在友誼的愛之中獲得補償。友誼的愛，往往是君子之交淡如水那樣溫馨的境界，所以，她在長輩、同輩、晚輩，同性、異性，甚至異國的友人之間，由於她的友誼的愛，也獲得了許多空谷中的迴響。而在她的詩之中，只表現了其中的一部份。例如：「你是浪心漢」、「鄰居的愛」、「關愛的手掌」、「時間終於向你屈服」、「你是詩 你是愛」、「你是鉅富的人」、「你的愛」及「友愛」等幾首，都可以證明。

試以她的詩，「時間終於向你屈服—献給故張文環先生」一首爲例：

時間已追回
寒流襲來時
失蹤的春暖

你 突然離去
帶走愛護同胞的心
帶走洗雷的筆
泰山梁木萎
時間追不到你

從今以後
臺中的街頭
難遇見你的笑容
日月潭的晨陽
照不到你的風采
泣血的桌上
少了一雙筷子
我們的淚能泛舟
卻無法載你回來

臺灣的文學史上
你是一棵常青樹
追隨你的人們發現
你坐鎮在書架上
時間追不到你
時間終於向你屈服

在臺灣的新文學史上，張文環先生是一位歷史性的人物，在日據時期的臺灣新文學運動，以日文寫小說的有數的作家之中，張文環先生是極有創造力的一位。他大部份的作品，都發表在當時的「臺灣文學」等文學雜誌上。戰後，沉默了約二十多年，重新以日文寫了一部長篇小說「滾地郎」，顯現了他實刀未老，且表現了他那豪邁的風格。可惜，天不假年，他的三部曲尚未全部完成的時候，就突然逝世。做為他生前好友之一的陳秀喜女士，為了對他的回憶與崇敬，使她連續完成了兩首悼念的詩篇。

「時間終於向你屈服」這首詩，表現了張文環先生的為人的風範，時間不但沒有征服他，反而向他屈服。這首詩，表現了她的仰慕、她的珍惜以及她的堅毅。同時也表現了她自己豪爽的性格，有如張文環先生的豪邁的性格，是一種女中豪傑的風範。

三、衆生之愛：從人類、動物到植物，甚至非生物，一草一木，一花一石，都能觸動她的靈感，賦與詩以新義。在人與人之間，有親情的愛、情人的愛、友誼的愛。在人與物之間，則可以移情作用，而創造有情世界。陳秀喜女士除了善詠花以外，對於衆生的愛，也充滿了關懷。所以，如「醜石頭」、「含羞草」、「影子與梔子花」、「鳥兒與我」、「夢想的寶石」、「蚊子與我」、「強風中的稻」、「託木犀花」、「菩提樹的聯想」、「凋謝的曇花」、「榕樹啊！我只想念你」、「一隻鳥發出苦嘆的聲音」、「溪魚的話」等幾首，都表現了她對萬物的關懷，也就是對衆生的愛。

試以她的詩「榕樹啊！我只想念你」的一段為例：

榕樹啊
你的葉子是
我最初的樂器
你是我童年避雨的大傘
你是曬穀場的涼亭
你是老人茶、講故事的好地方
你是小土地公廟的保鑣

你是我家的門神
我在異鄉
椰子樹的懷抱裏
還是只想念你

從這段詩中，我們可以深深地感受到作者從衆生的愛發展爲鄉土的愛的表現，把榕樹與我的生命擁抱結合在一起，而且恰到好處地表現了榕樹的生態。

四、鄉土的愛：在鄉土的愛裏，可能包含了親情的愛、情人的愛、友誼的愛以及衆生的愛。不過，我們却格外地珍惜那種具有創造性，但又逐漸地在消失中的鄉土情懷。「灶」、「探訪烏脚病人記」這兩首作品，便是顯著的例子。

試以她的「灶」一詩爲例：

百年以後
大家都使用瓦斯
人們只知道工業用的煙囱
不知道曾有泥土造的灶

灶的肚中
被塞進堅硬的薪木
灶忍受燃燒的苦悶
耐住裂傷的痛苦

灶的悲哀
沒人知曉
人們只是知道
詩句中的炊煙
娽娜美麗—

灶是過去臺灣農業社會的產物，幾乎家家戶戶都有一口灶。灶，煮熟了飯，炒好了菜，滾開了水。灶，伴著女性的一生。灶，充滿了燃燒的感情，在「灶的肚中，被塞進堅硬的薪木，灶忍受燃燒的苦悶耐住裂傷的痛苦」。不錯，作者即使在表現這種鄉土情懷中，也表現了女性一生痛苦的象徵。這種象徵，不但是表現了女性的苦悶，而且也表現了社會變遷中的鄉土的苦悶。

綜觀上述陳秀喜女士的心路歷程，我們可以深深地瞭悟與警惕！詩不是語言艷麗的裝飾品，詩是生命痛苦的結晶體。她跨過了語言低欄的障碍，朝向詩的崇山峻嶺，她正一步一步地，留下了她那血汗交織的脚印，把她內心的澄明的世界，透過外在鮮活的物象表現出來，乘著詩的意象的翅膀，透過智慧的語言，迎風飛揚。

陳秀喜女士本身的生活就是一座愛的發光體，在她的愛的光芒中，賦與詩的創造以一種愛的探索，讓她的詩，在樸實的語言中產生一種人性的芬芳，實在令人珍惜、咀嚼與懷念。

美國現代詩選譯

史丹利•康尼茲的詩

非馬譯

史丹利•康尼茲（Stanley Kunitz）一九〇五年生于麻薩諸塞州，在哈佛受教育，在哥倫比亞及耶魯等大學教過書。曾到蘇俄及波蘭當過文化交流學者。一九六九年至一九七六年，他主編過耶魯年輕詩人叢書。一九七四至一九七六年，擔任國會圖書館的詩顧問。一九五九年得普立茲獎。一九七〇年被選爲美國詩人學會理事。翻譯過俄國詩人 Anna Akhmatova、Andrei Voznesensky，及葉夫圖先寇等的詩。從一九三一年起，他參加過八種重要文學人名辭典的編纂。他的第一本詩集出版于一九三〇年，到一九七九年，共出版了七本詩集，一本評論集及一本譯詩集。

一九七一年出版「試驗的樹」後，他寫道：「對世上的罪行與時間的不公，我仍同從前一般無法寬容。」在他詩裡出現的罪行與不公是：一個痛苦童年的回憶以及身不由主參與科技對人類心靈的可怕暴行。

對于形式，他比同代的大部份詩人更狂熱。在他的詩裡，我們能覺察到一種白熱的抽象感性，有如現代雕塑家用堅硬的金屬，塑造出優美的形象，奇突地躍向純粹之境，不容你不正視。

畫像

我母親從未寬恕過我父親
的自殺，
特別是在那樣尷尬的時候
在一個公園裡，
那春天
當我等着出世。
她把他的名字鎖
在她最深的櫃裡
不讓他出來，
雖然我聽到他砰砰捶響。
當我從閣樓下來

手裡拿着一幀臘筆畫像
一個寬唇的陌生人
鬍子耀武揚威
眼睛深褐而鎮定，
她把它撕成片片
不說一句話
且重重擲我。
今年六十四歲了
我還能感到
頰上的灼痛。

夏末

攪動的空氣，
受阻的光
警告我無愛的日子
將在當晚幌盪。

我站在失去魅力的田野上
在割剩的枝梗與石子間，
愕然，當一隻小蟲唧唧
向我唱我的膝骨之歌。

有藍注入藍色的夏日，
一隻禿鷹自它無雲的塔，
燃燒的穀倉頂上疾降，而我知道
我生命中的那一部分已成過去。

北邊的鐵門早已
叮噹打開：鳥，葉，雪
正揮軍前進，
一陣殘酷的風括起。

畫家

他的畫一年比一年陰沉。
它們塡滿了牆壁，它們塡滿了房間；
終于它們塡滿了他的世界——
除了他的狂喜。
當聲音消歇，他便跑去聽
莫扎特沙沙作響的靈魂
不停地旋轉。
來來去去，來來去去，
他踱着塗滿顏料
轉一次身便縮小一點的地板，
困在他龐大的虛空裡，
對着他的仇敵狂吼。
最後他手裡拿着一把刀
在他浮誇的風景畫框間

為自己砍開一個出口。
從他破碎了的宇宙罅隙，
一線天眞無邪的光
傾注而入。

不甯

多年前我失去了
我父母的地址。
父親與母親躺在
他們不被照顧的小床上，
隱藏如地鼠
無人造訪。
我無需召喚他們。

我一熄燈
便聽到他們騷動，不滿，
在他們各自的地盤，
在死裡如在生中
彼此遠離，
不交談
除了在那片公地
他們兒子的心上。
他們擠過窄窄的裂縫
然後，猛然脹大，
溜進我幽靈的洞穴，
不受歡迎的訪客，但並非
不被愛，双面神的
黑魔使。

許達然譯

愛斯基摩人詩歌(續)

一、歌者的喜悅

(在愛斯基摩的一種方言裏「作詩」與「呼吸」幾乎同義。——譯者)

作曲是很棒的職業
但常常歌沒作成
達到願望是很好的命運
但常常願望落空
獵鹿是很棒的職業
但我們很少做得優越
所以我們站着
像一把明亮的火
在平原上

二、母親的歌

屋子這樣靜寂
安寧在房裏
外邊暴風雪嚎叫
狗卷曲用尾巴包着鼻
我的小孩在長石板上睡覺
背躺着，張開嘴呼吸

小肚子凸得圓通通的
假如我開始因喜而泣是不是就怪異呢？

三、私自的歌

（一個受尊敬的獵者故意在歌裏貶低自己以產生諷刺的效果。）

飢餓的時候
但我不想打獵
我不理會老人的忠告
我只想做夢與盼望，不管別的
我只理會謠言
我喜歡小馴鹿與牠們長角的年歲
沒人像我
我太懶太懶了。
我就是提不起勁去獵取肉。

四、孤獨的歌

只有風神知道
山那邊是什麼東西
但我慫恿我的隊伍前進
繼續前進
繼續前進
（譯自Ruth Finnegan, ed., A World Treasury of Oral Poetry (Bloomington: Indiana University Press, 1978), PP. 229, 236-237, 247.）

一九八〇年諾貝爾文學獎得主

米洛舒詩選（上）

杜國清譯

導言

王紅公（Kenneth Rexroth）

米洛舒是波蘭的主要詩人之一，不論在政治上或文學上，所有派系莫不公認。至於他是否列於其他可能的兩三個競爭者之上而獨占鰲頭，那主要的是鑑賞趣味的問題，他大部分被翻譯成法文和英文。他本人一直對波蘭的現代詩努力不懈地加以翻譯和介紹。他的翻譯，最初得到道地英美人士的協助而完成，本身莫不具有相當高的詩的成就。他本身的詩具有強烈地基於人性的文學感受性所產生的一種微妙和深度，具有對人類心靈及其語言的複雜性的一種卓越的瞭解，以及在當代作家中少有的一種經驗幅度。他已形成了他個人的語言風格，亦即忠實於他的本國語言和文化傳統的一種文學的人性關切（a literary humanism），而不必拋棄波特萊爾以來所進行，且已建立了現代詩語言之國際風格的那些革命性的語言探索。而且在他完成這種風格的時候，正是這兩種因素，尤其是在所謂主要語言的詩中，呈現出普遍衰退的時期。

使他贏得國際聲名的第一本散文著作〔按：指『被囚的心靈』（The Captive Mind）〕，不幸被用於冷戰的爭論中。事實上，它反映出他本國在他寫那本書時極端嚴厲的意識形態的分裂，而今天在「人民民主國」中，大多數主要文學家都會同意他的。他的見解終於大致獲勝，尤其是在波蘭。他的自傳〔按：指『吾土吾國』（Native Realm）〕是一本小傑作，當代良心與感受性的一項歷史文件。然而，他的聲望建立在他的詩上。它已跨過流放的邊界，且爲他贏得了他在波蘭的同事們的尊敬和讚美；他的詩已經跨過了語言的國界，以翻譯屹立於今日以英文和法文所寫的極爲少數眞正重要的詩作品之中。

譯者記

去年十月，米洛舒獲得諾貝爾文學獎的消息傳出之後，我接到臺北中國時報副刊來電，問我知道不知道他，能不能隨即翻譯一些他的作品。老實說，我從來沒聽過他的名字，更沒看過他的作品，因此只能在電話中回答，等我到大學的圖書館借些作品來看看再說。其實，不只是我孤陋寡聞，在他獲得諾貝爾獎之前，知道米洛舒的人，正如『時代』雜誌所報導的，只限於他在加州大學柏克萊校園斯拉夫語系的同事，以及對詩的興趣極爲認眞的少數而已。

那天，我在大學圖書館借到了兩本米洛舒的詩集：一是一九七三年出版的『詩選』(Selected Poems)，一是一九七四年出版的『冬日鐘聲』(Bells in Winter)。看了以後，我覺得他早期的作品，遠較後期放逐美國以後寫的更令我感動。理由是，他那些表現極權統治下的生活經驗與反抗精神的作品，具有一種撼人的力量，對於在生活上或精神上深受共產極權威脅的中國人，該是最能引起共鳴的。在這點，我看出他的作品，對中國讀者具有特殊的意義。甚至於，我相信，他的一些表現時代聲音的作品，對中國現代詩人，更當具有相當的啓示作用。於是我開始翻譯他的作品；兩個月間，我將他的『詩選』整本譯完。

就我翻譯後的印象而言，米洛舒的詩具有大多數西洋現代詩人中知性重於感性的特徵。感情冷歛，思想銳敏，常有反諷的筆致，用字簡潔有力，每有不完全的句法，因此詩風凝重而不流麗，語調沈鬱而非浮滑，而且意象明確、想像奇突，往往具有超現實的興味。然而，他的詩也有不少英美現代詩中爲人詬病的晦澀，尤其是吊書袋以及表現過於個人的特殊經驗，因此，典故、地名、人名等等，往往成爲讀者理解上的一大障礙。

在翻譯時曾遇到不少疑難的地方，其中大部分承教於東方語文系與俄文系的同事，尤其是Professor Chauncey Goodrich, Professor Albert Kaspin 以及 Professor Robert Backus，讓我深覺「疑義相與析」的同僚情誼的可貴。其中一部分無法解決的問題，我曾於今年五月特地到柏克萊向詩人本人請教。可惜詩人米洛舒已舉世聞名，只能給我一個鐘頭的「辦公時間」(Office hour)，其間不知有多少人敲門和電話鈴響，而在匆忙中，無法跟他詳問和討論，實在遺憾。有些詩句，譯者老實說也不太了了，只好依樣畫葫蘆直譯出來，千萬請讀者原諒。疏忽或誤譯的地方，在所難免，尚請讀者指正。

杜國清

一九八一年十月六日

美國加州大學‧聖芭芭拉校園

1.

使命（A TASK）

在畏懼和顫慄中，我想我會完成我的生命，
只當我促使自已提出公開的自白書，
揭示我自已和我這時代的羞耻：
我們被允許以侏儒和惡魔的口舌尖叫，
而眞純和寬宏的話却被禁止；
在如此嚴峻的懲罰下，誰敢說出一個字，
誰就自認爲是個失踪的人。

應該、不應該（SHOULD, SHOULD NOT）

人不應該喜愛月亮。
斧子不應該在他手中失去重量。
他的院子應該有爛蘋果的味道，
且長滿相當多的蕁麻。
一個人說話時不應該使用他感到親切的字眼，
否則撬開種子，發現裡面是什麼。
他不應該掉下一點麵包屑，或向火中吐唾沫
（至少我在立陶宛是如此被教的）。
當他踏在大理石階上，
鄉下佬，他可能使勁兒用長統靴將它鏟除，
如在提醒：石階並不是永久存在的。

教訓（LESSONS）

自從在那低簷的屋子裡，
城裡來的醫生剪斷臍帶，
而白霧斑斑的梨子
靜躺在繁茂的草窩裡那瞬間，
我就在人類的手中。他們可能勒死
我最初的啼聲，以巨大的手絞死
我那激起他們惻隱之心但毫無防禦的喉嚨。
從他們那兒我接受草木鳥獸的名字，
我住在他們的家鄉，不太荒涼，
不太耕作，有田，有牧場，
也有水在停泊於棚屋後的船中。
他們的教訓，的確，遇到在我心中
深處的障礙，而我的意志黯然，
不太依從他們或我自已的意圖。
其他的人，我不認識或只知道名字，
在我裡面踱步，而我，驚懼之下，
在我心中聽見上了鎖而搖搖欲墜的房間，
人們不該透過鑰孔窺視的房間。
他們對我無關重要——卡兹米耳，雷荷里，
或者艾米麗亞，或者瑪嘉麗塔。

但是我不能不自已一個人重犯
他們的每個缺點和罪孽。這使我感到屈辱。
因此我想大聲叫喊：我之不能成爲我所想望的
與我之成爲現在的我，都不能不責怪你們。
陽光常落在我書中的「原罪」上。
而且不只一次，當中午在草中嗡嗡作響，
我在想像他們中那兩個，以我的罪，
踩踏一隻黃蜂，在伊甸園的蘋果樹下。

希臘肖像（GREEK PORTRAIT）

我的鬍子稠密，我的眼瞼半掩着
眼睛，正像那些知道看得見的東西的
價值的人。我保持緘默，這正適合
學到「人心比人言含蓄更多」這點的人。
我拋棄了故鄉，家園與公職。
並非我在追求利益或冒險。
我並非陌生人在船上。
我平凡的臉，稅務員、商人
或軍人的臉，使我成爲人群中的一個。
亦非我拒絕對地方神祇表示
適當的敬意。而且我吃別人吃的東西。
這些將足以說明關於我自已。

幸　福（HAPPINESS）

多暖的光！自那明亮的海灣，
桅檣，像雲杉，纜索的靜息，
在晨霧中。那兒，溪水潺潺
入海，在小橋邊——一管長笛。
遠處，在古代廢墟的拱門下，
你看見一些走動的細小身影。
一個戴着紅巾。有樹，
城壁以及山巒在清晨時。

鵲的本性（MAGPIETY）

一樣而不太一樣，我走過橡樹林，
驚訝於我的詩神，內摩莎妮，
竟一點也沒減少我的驚訝。
一隻鵲在尖聲叫，我說：鵲的本性？
什麼是鵲的本性？我永遠無法達到
鵲的心，嘴上的毛鼻孔，正當下降時
一再更換的飛姿，
因此我將永不了解鵲的本性。
然而假如鵲的本性並不存在，
我的本性也不存在。
誰會猜想到，幾世紀之後，
我會又創出關於普遍原則的爭論？

內摩妮莎（Mnemosyne）：**古希臘司記憶之女神。**

宣　判（SENTENCES）

什麼構成了手的訓練？
我將說出什麼構成了手的訓練。
有人懷疑抄寫記號可能錯了，
可是手只抄寫它所學到的記號。
然後它被送到墨漬和亂塗的學校，
直到它忘了什麼是優雅。因為甚至蝴蝶的記號
是一口當中盤繞着毒煙的井。

也許我們應該將他描繪以鴿子
以外的樣子。像火，嗯，但那是我們無能為力的。
因為當火在壁炉上消耗乾柴，
我們在火中尋找眼睛和手。那麼把他畫成綠吧，
一切菖蒲的劍葉，在草地的步橋上，
奔跑，以他那赤脚的重步聲。或在空中
吹着樺樹皮的喇叭，那麼大聲，在那更遠的下邊，
竟隨那爆聲滾落了一群小官員，
他們的制服鈕扣解開而他們女人的梳子
迸飛如斧子砍桌時的碎片。

仍然這是太大的一個責任：將靈魂
從注意蜂鳥、椅子與星辰的主意，這種生活的地方誘回。
將他們監禁在兩者居一之內：男性、女性，
於是他們在分娩的血中醒來，哭泣。

命題與反命題（THESIS AND COUNTER-THESIS）

——愛上帝是愛自己。
繁星和海洋是由珍貴的「我」所充滿，
甜美如枕頭以及被吸吮的大拇指。
——對崇拜神的人那是最不恭敬的了，
假如在暖草中唧唧叫的蚱蜢，
能夠榮耀那稱為「存在」的特性，
以一般的方式，而不將它當作他自己的假面。

什麼意思（WHAT DOES IT MEAN）

它不知道它閃閃發光，
它不知道它飛翔，
它不知道它是此非彼。
而且，越來越常，目瞪口呆地，
「高樂」牌香煙將熄滅，
對着一杯紅酒，
我沉思是此非彼的意義。
正像頗久以前，當我二十歲。
但那時有個希望，我變成什麼都可能，

或許甚至是隻蝴蝶或畫眉，藉着魔術。
現在我眼見灰塵濛濛的地方道路
和小鎮，那兒的郵政局長每天喝醉，
由於悲哀，只能對自己保持本來面目的悲哀。

唉，但願天上繁星圍繞着我。
但願萬事一再以這種方式發生：
所謂的世界反對所謂的肉體。
假如我至少反抗我的矛盾。我不。

密特堡根 (MITTELBERGHEIM)

葡萄酒沈睡在萊茵的櫟木桶裡。
我被密特堡根的葡萄園中一個教堂的
鐘聲喚醒。我聽見一個小泉
幽幽流入庭院的井裡，木鞋的
得得聲在街上。菸草涼乾
於屋簷下，而耕犁與木輪，
山坡與秋，與我同在。

我一直將眼睛閉着。不要催我，
你，火，權力，威勢，因爲時間還早，
我活過了多年歲月；正如在這半夢中，
我感到我正在到達移動的邊境，
越過那兒，顏色和聲音成爲眞實，
而這世上的事物連結在一起。
且不要強迫我張開嘴唇。
讓我相信我將會到達。
讓我流連在這裡，密特堡根。

我知道我應該。他們與我同在，
秋與木輪與菸草懸掛在
屋簷下。這裡，到處
都是我的鄉土，不論轉到哪兒，
不論用什麼語言，我都聽見
小孩的唱聲，情侶的交談。
比誰都快樂，我將收到
一瞥眼光，一個微笑，一顆星，以及膝間縐摺的
綢衣。寧靜，觀看，
我將走在白日柔光中的山丘上，
眺望水色、城市、道路、風俗。

火、權力、威勢，你呀，抓住我
在你的手掌中那手上的縐紋
有如南風所梳理的
巨大峽谷。你呀，賜與肯定，
在恐懼的時刻，懷疑的時期。
爲時尚早，讓葡萄酒成熟吧，
讓旅人沈睡在密特堡根吧。

密特堡根：位於法國東部，東經七度、北緯四十八度的小城。

波庇耶王（KINE POPIEL）

波庇耶，波蘭史前傳說中的
國王，據說被一個大湖中
他的島上那些老鼠
吃掉。

誠然，這些並非像我們的罪行。
那全是關於菩提樹幹刻成的獨木舟，
以及一些海狸毛皮。他統治沼澤，
那兒麋鹿在嚴霜的月下發出回聲，
而山猫在春天走向乾竭的河邊低地。

他的柵欄，他的木材堡壘以及城樓：
夜之衆神的鰭所建築，
能被水面那邊隱藏的獵人看見，
而他不敢用他的弓推開樹枝。
直到他們中的一個帶着消息回來。風追過深水，
將最大的船，空的，趕入燈心草中。

老鼠吃掉了波庇耶。鑲滿鑽石的王冠，
他後來才得到。而遺留給他，永遠消逝的他，
庫房裡存有三枚哥特硬幣
與銅條的他；遺留給他，逃掉了的他，
沒人知道在哪兒，帶着他的兒女和女人的他：
伽利略、牛頓和愛恩斯坦將陸地和海洋
遺留給他。因此長久世紀以來，
他可以在王座上用小刀磨亮他的標槍。

無　常（NO MORE）

我應該敍述有時我如何改變
我的詩觀，如何我竟會
認爲自己今天是古代日本
許多商人和工藝人之一，
他們安排詩句，吟咏櫻花，
菊花以及明月。

只要我能描述威尼斯的妓女們
當她們在涼廊以一根細枝戲弄孔雀，
而從錦緞，他們腰帶的珍珠中，
釋放出沈重的乳房以及紅紅的鞭痕，
在扣緊的衣服標示腹部的地方，
一如西班牙大帆船的船長所見那麼生動，
當他那天早上滿載黃金上岸；
只要我能爲她們那悲慘的骸骨，
在門上有油膩污水舔着的墓地，
找到一句話，比她們最後使用、
在墓碑下腐朽、幽單地盼望着光的
梳子，更持久的一句話，
那我就不懷疑。從無可奈何的事物中

能收集到什麼？什麼也沒有，至多是美。
因此，櫻花對我們必然是足够的，
還有菊花以及明月。

河流越來越小
(RIVERS GROW SMALL)

河流越來越小。城市越來越小。而美好的庭園
顯出我們從前未曾見過的：殘葉和灰塵。
當我第一次遊過湖水，
它似乎無涯，假如我最近到那兒去，
它就會像個洗臉盆，
介乎冰河後的岩石與檜木之間。
哈利納村附近的森林從前對我是原始的，
發散着最後但在最近被殺的死熊的氣味，
雖然耕地仍可從松樹間看見。
過去是個人，現在是統一模型的一個花樣。
意識甚至在睡眠中改變原色。
我臉上的特徵熔化，如蠟人在火中。
而在鏡前誰能對人類的一張臉表示贊同？

哈利納 (Halina)：詩人渡過童年的一個立陶宛的小村莊。

致雷傑•饒

雷傑，要是我知道
那病的原因就好了。
多年來我無法接受
我在的地方。
我覺得我應該在別的地方。

城市，樹木，人聲，
缺少現存的性質。
我要靠繼續前進的希望活下去。

在別的地方有一個眞正現存的城市，
眞正的樹木、聲音、友誼和愛情。

你願意的話，
將我瀕臨精神分裂的
特殊病例，與我方明的
救世主的希望，連在一起吧。

在暴君統治下不自在，在共和政體下不自在；
前者我渴望自由，後者渴望貪污絕跡。
在我心中建立永久的「都市」
永遠免去不必要的奔忙。

我最後學會說出：這是我的家，
這裡，在海上落日的熱紅煤塊之前，
在面對着你們亞洲海岸的海岸上，
在適度腐敗的偉大共和政體下。

雷傑，這並沒治癒
我的罪過和羞恥。
不能成爲我應該成爲的
一種羞恥。

我自己的形象
在牆上變成龐然巨大，
而靠着它
我那可憐的影子。

這樣，我終於相信
「原罪」：
這只是自我最初的
勝利而已。
受到自我的折磨，它的哄騙，
你知道，我給你一個現成的論據。

我聽你說，解放是可能的，
而且，蘇格拉底的智慧
與你頭頭的智慧相等。

不，雷傑，我得從我是什麼開始。
我是在我夢中出現，向我
揭示我的秘密本質的那些怪物。

假如我有病，這毫不證明
人類是健康的動物。

希臘不得失敗，她那純潔的心，
只有使我們的痛苦更加劇烈。

我們需要在我們脆弱時，
不是在至福的榮耀時，愛我們的神。

無助的，雷傑，我的本份是痛苦，
掙扎、落魄、自愛與自恨，
爲「天國」禱告
以及閱讀帕斯卡。

雷傑・饒（Raja Rao, 1908— ）：**印度作家，主要作品以英文寫作，有『防寨的乳牛及其他小說』**（The Cow of the Barricades and Other Stories, 1947）**『蟒蛇與繩』**（The Serpent and the Rope, 1960），**『猫與莎士比亞』**（The Cat and Shakespeare, 1965）**等。**

帕斯卡（Pascal, Blaise, 1623-1662）：**法國哲學家、數學家及物理學家。**

而城市屹立於光輝燦爛中
(AND THE CITY STOOD IN ITS BRIGHTNESS)

而城市屹立於光輝燦爛中當數年後我回去。
而生命逐漸耗盡，羅特勃夫或維雍的生命。

子孫，已經誕生，在跳着他們的舞。
女人照着用新的金屬做成的鏡子。
一切是爲了什麼，假如我不能說話。
她站在我上面，沉重，像在軸上的地球。
我的骨灰放在小酒館櫃台下的罐子裡。

而城市屹立於光輝燦爛中當數年後我回去，
回到我的家，在一個花崗岩博物館的陳列框中，
與染睫毛油，乳色玻璃瓶，
以及埃及公主的月經帶陳列在一起。
只有用金盤鑲造的太陽，
在漸暗的鑲木地板上從容不迫的脚步吱吱作響。

而城市屹立於光輝燦爛中當數年後我回去，
我的臉用外套覆蓋，雖然那些可能還記得
我欠債沒還的人，沒有一個仍活着，
我的恥辱並非永久，卑鄙的行爲將被原諒。
而城市屹立於光輝燦爛中當數年後我回去。

羅特勃夫（Ruteboeuf）：**約於一二五四至一二八五年間活躍的法國詩人。**

維雍（Francois Villon, 1431－？）：**十五世紀法國詩人。**

2. 昔影（How once he was）

讚歌（HYMN）

你我之間沒有別的。
沒有從大地深處汲出汗液的植物，
沒有動物，沒有人，
也沒有在雲間走動的風。

最美的形體像透明的玻璃杯。
最猛烈的火焰像水，洗濯旅人疲憊的脚。
最綠的樹像鉛，盛開於夜深。
愛是焦乾的嘴唇吞下的砂子。
恨是獻給渴者的鹹水壺。

流下去吧，河水；舉起你的手，
城市；我，玄土的孝子，將回到玄土，
有如我的生命未曾有過，
有如創造語言和歌曲的，
不是我的心，不是我的血，
不是我的壽命，
而是未知的，不具人格的聲音，
只有波浪的拍擊，只有風的合唱，
以及高大的樹木
搖擺的秋姿。

你我之間沒有別人，
而賜與我，以力量。
白色山脈吃着地上的草原，
向海，他們走去，他們的海濱勝地，

新而又新，每天太陽傾過
小河陰暗的幽谷，我誕生的地方。
我沒有智慧，沒有技能，沒有信仰，
但我獲有力量，它扯破了世界。
我將碎裂：一個大浪，衝向它的海岸，
而年輕的浪將淹去我的痕跡。黑闇喲！
沾染了黎明的第一道閃耀，
像從被破開的野獸中取出的肺臟，
你在搖動，你在下沉。
有多少次我曾與你浮沉，
在夜半木然不動，
聽見你那嚇得發抖的教堂上的某種聲音；
松鷄的叫聲，石南的颯響在你裡面潛行，
而兩個蘋果在桌上發亮，
或者，打開的剪刀在閃耀—
而我們是一樣的：
蘋果，剪刀，黑闇與我
在同樣不變的
亞述，埃及和羅馬的
月光下。

季節來了又去，男女交媾，
小孩在半睡中讓他們的手跑過墻，
且以口水沾濕的手指畫着土地。
形體來了又去，像似無敵的東西，崩潰。

然而，在興起自海上的「衆邦」中，
在墜落的行星造成的山巒將朦朧出現的地方，
遭受毀壞的街道中，
反抗已成過去與將成過去的一切，
青春衛護它本身，嚴厲如太陽塵，
既不愛上善，亦不愛上惡，
一切打滾在你無邊的脚下，
因此你同以壓碎它，因此你可以踐踏它，
因此你的呼吸轉動輪子，
而脆弱的結構隨轉動而震顫，
因此你給它餓餓而給別人酒，塩和麵包。
號角的聲音尚未被聽到，
呼喚着離散者，有些躺在山谷裡的人。
冰凍的地上還沒有最後的馬車的轔轔聲。
你我之間沒有別的。

一九三四

夫婦雕像(STATUE OF A COUPLE)

你的手，吾愛，現在冰冷。
天上穹窿最純粹的光
燒穿了我。而現在我們
像寂靜的兩片平原躺在黑闇中，
像凍河的兩道黝黑的河岸，
在世界的深壑中。
我們往後梳的頭髮雕刻在木頭上，
月亮走過我們烏木色的肩膀。

遠方的黎明，夜經過，靜寂。
豐潤的是愛的韻律，枯萎的，妝奩。

你在何方，居於何種時間的深處，
吾愛，逐步走下何種深淵，
且說，何時我們無聲嘴唇的冰霜
可不阻擋對神聖火焰的接近？

在雲的、泡沫的、銀色的森林中，
我們活着，觸撫我們脚下的土地。
而且我們揮動着黑色節杖的大權，
以贏得忘却。

吾愛，你的胸脯被齒子刻穿，
對它過去以外的事一無所知。
對破曉時的雲霞，天亮時的憤怒，
春天時的陰影，它都毫無記憶。

而你引導我，像從前天使引導
托拜亞斯，走到倫巴底的赭色沼澤。
可是一天到來，當一種跡象使你驚嚇，
一種金科玉律的聖傷。

以尖叫，握住不動的恐懼於你的纖手，
你跌入安放骨灰的坑裡，
那兒，北方的樅木或義大利紫杉，
都不能保護我們古老的情人床。

過去怎樣，現在怎樣，將來怎樣—
我們充塞這世界以我們的叫喊和呼喚。
黎明回來了，紅月已落，
我們現在知道了嗎？在一艘重船上

一個舵手來了，抛下絲繩，
將我們彼此緊緊綁住，
然後他在朋友，過去的敵人，身上
傾瀉一把雪。

一九三五

托拜亞斯(Tobias)：見『**舊約**』外典之一「**托比特書**」(Tobit)。托拜亞斯的父親托比特，是個虔誠的猶太人，雖是好人却是瞎眼，要求上帝拿去他的生命，上帝聽其禱告，派大天使拉菲爾去幫助。他父親叫他到遠地城市做生意，年輕的托拜亞斯和他的狗，由於菲爾(化成年輕人)引導到莎拉家中。(她受惡魔的傷害，七次結婚，結婚當天，七個丈夫被害，求神賜死)他們結了婚，回到父親家，治癒了父親的眼睛。

金科玉律(Goden measure)：指「**中庸之道**」(Golden mean)或指耶穌的金言(Golden Rule)：「己所欲，施於人」(As ye would That men should do to you do ye also to them likewise)見路加六章二十一節，馬太七章十二節。

聖傷(Stigma)：指聖者身上頗似耶穌受難釘痕之痕傷，引申爲記痕、特徵、恥辱、瑕疵。

創造日（DAY OF GENERATION）

當，一旦糾纏於兩脚的動作，
騎脚踏車的人們在公路上轉彎時傾身，
於小孩般的玫瑰色的大氣中，
而一切爲別的形狀而準備，
爲非凡人的脚的輪廓，

當，掠過晨霧以兩脚的飛馳，
他們在清晨進入某個人類的城市，
而郊外的向日葵衝過薄霧，
而白楊的幽靈在空中輕快舞動，
那時，一個農婦彎曲在筐子下，
在破曉時刻走着，穿過人群，
那些看不見的居民，他們的樓房
是不會被被她的眼睛發現的

※　※　※

只要提起你的手觸撫一個人的
臉頰就夠了，只要找到一件綢緞服裝，
只要認識古老日子的一個微笑，
一條像泡沫的鎖鏈，一個鑲貝的梳子。
一個男巫拿起魔杖或鑿子
叫道：變！從空中帶來
具有不動速度的一輛四馬拉的馬車，
或者，一個雨水刺穿的銅臂。
而在曾有一圈白色空間的地方，
現在微紅的小火焰來回跑動。
那空氣由於被碰到而變得如此濃，
竟至一層又一層變爲瀑布。
它們旋轉，硬石般的花朵的螺旋，
整個大地發散出如春天的閃電氣味。
魔杖，鑿子從你們手中落下。滅亡。
太遲了。一個無拘束的合唱推進。
蘆笛的橫列，靈巧手指的橫列。
旗煙低拍在那上面。
深淵被觸及而現在逐漸消逝。
爲了小巧如玩具的歷史的緣故，
向着悲痛的命運的男巫的劫數。
而露水沾濕的紀念碑將在廣場閃耀。

※　※　※

於是脚的飛馳掠過破曉時刻，
也有一個農婦帶着筐子
而向日葵搖曳在薄霧上。
現在另一個人叫你進去，
現在另一個人召喚你，
而你同時是自己又不是自己。

尾　聲

因此是你的命運揮動你的魔杖，
喚醒暴風雨，衝過暴風雨的中心，
暴露紀念碑像灌木叢中的巢，
雖然你曾想要的只是摘一些玫瑰。

編輯手帖

● 笠詩刊一〇六期出現在您面前時，已是一九八一年歲末了。在寒冷的季節，希望這些詩，本國或外國的；這些評論，能帶給您一些精神上的溫暖，也希望新的一年，穿過冬的春天，笠詩刊能提供喜愛詩，關心臺灣詩文學發展的朋友們，更新的風貌。

● 在「卷頭言」——「審視與驗屍」一文，拾虹呼籲大家重視對生存環境的關懷，正是笠同仁所強調的生活立場及生命態度課題。不能拋棄、無視或超越這個現實，才有感動人的作品出現。

● 這一期刊出杜國清中譯「米洛舒詩選」上篇，下期將續刊下篇。這位一九八〇年諾貝爾文學得主的波蘭旅美詩人，曾批判三種拙劣的詩：「官方謊言的共謀」、「喉頭即將被割的酒鬼的歌」及「大二女生的讀物」，放眼我們的詩壇，也是一針見血的批評。他的詩確有批評推崇的：具有強烈地基人性的文學感受性所產生的一種微妙和深度，具有對人類心靈及其語言的複雜性的一種卓越的了解，以及在當代作家中少有的一種經驗幅度。值得研讀。

● 本期詩作品，有許多是新人的創作。他（她）們在許多前輩詩人和中堅世代詩人，新進世代詩人行列，初現了光采。我們希望能看到他（她）們持續不輟，常有作品發表。

● 作品合評這一期分別由中部及北部討論了旅人（李勇吉）及楊傑美的作品。旅人的創作歷程也有相當年份。楊傑美近期在笠詩刊上十分活躍。一〇五期笠，陳千武亦曾有專論談到楊傑美，是新銳的聲音。

● 鄭念青「談幾首有關乞丐的詩」，比較討論了中外的一些以乞丐爲題的詩，使我們看到了在不同國度、不同時代的詩人對人類的共同之愛，我們也希望有討論本國相同主題作品的專文，比較研究本國詩人的詩作風貌。

● 郭成義「都是語言惹的禍」，則對「論壇健兒」蕭蕭，在一篇專論中的一些觀念和認識，加以討論。相信，我們不難從二者的評論文章中發現到癥結所在。我們呼籲重視詩論與批評的眞摯、誠正態度以及有這種態度之前應具備的認識程度與了解能力。

（李敏勇）

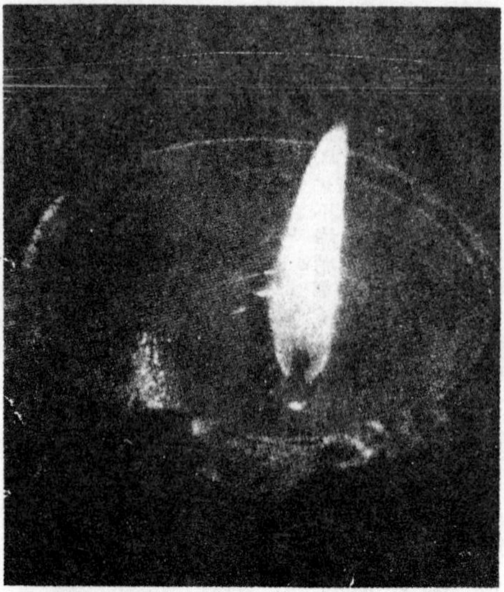

中華民國行政院局版台誌1267號
中華郵政台字2007號登記第一類新聞紙

笠 詩双月刊 LI POETRY MAGAZINE 106

中華民國53年6月15日創刊
中華民國70年12月15日出版

發行人：黃騰輝
社　長：陳秀喜

笠詩刊社
台北市松江路362巷78弄11號
電　話：(02) 711—5429
社長室：
台北市中山北路六段中16街88號
電　話：(02) 551—0083
編輯部：
台北市浦城街24巷1號3F
電　話：(02) 3214700
經理部：
台中市三民路三段307巷16號
電　話：(042) 217358
資料室：
【北部】淡水鎮油車口121之1號5樓
【中部】彰化市延平里建寶莊51～12號

國內售價：每期40元
訂閱全年6期200元，半年3期100元
海外售價：美金2元／日幣400元
港幣7元／菲幣7元
歡迎利用郵政劃撥21976號陳武雄帳戶訂閱

承　印：華松印刷廠 中市TEL (042) 263799

詩双月刊

笠

LI POETRY MAGAZINE

1982年 2月號

107

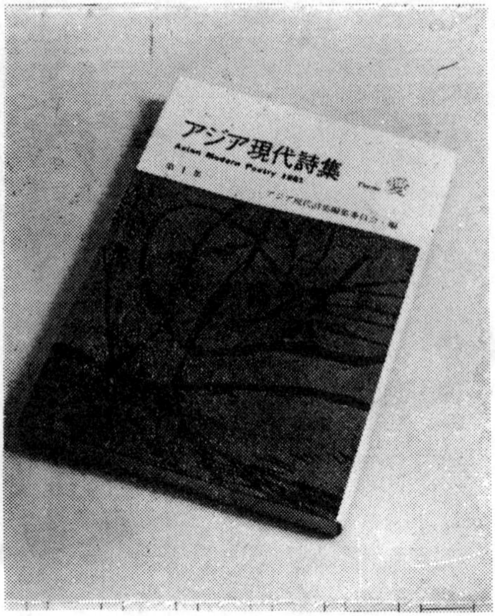

・「亞洲現代詩集」第一集

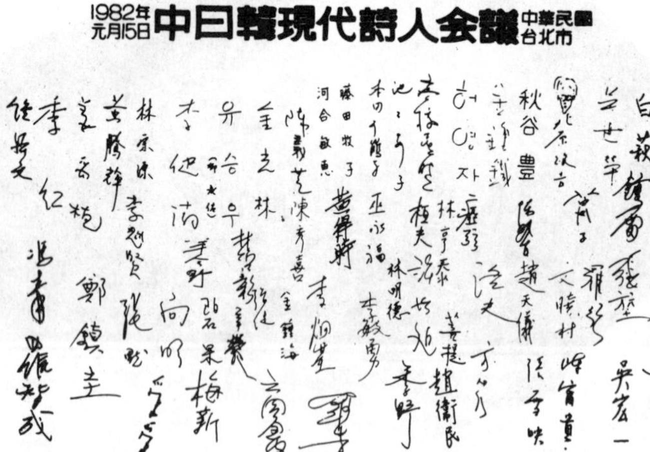

・中日韓現代詩人會議簽名式

▲卷頭言▼

共同的愛

李敏勇

「亞洲現代詩集」第一集，於一九八一年十二月，在日本出版了。

中、日、韓詩人，把共同的交流願望，透過這一部堂皇的中、日、韓、英對譯詩集，實現出來，是一件大事。這首先要感謝桓夫、白萩（中）、秋谷豊、高橋喜久晴（日）及具常、金光林（韓）諸氏。是他們的辛勤耕耘，獲致了豐碩的成果。

「亞洲現代詩集」第一集，主題爲「愛」，廣泛地發抒人類之愛，象徵了三國詩人的憧憬，更象徵了超越國界，超越國籍的人的理智與感情的吟唱。在戰後的亞洲，揭示了文化交流的新紀元。

雖然，戰後這三個亞洲主要國家的發展步調不盡相似，政治、經濟、文化上的現況也各有特徵。然而，追求人類愛的憧憬與熱情，是共通的。透過「亞洲現代詩集」的出版，特別是各國語文對譯的同時性演出，無疑將帶給各國詩人之間更深一層的相互了解。

三國詩人爲慶祝「亞洲現代詩集」第一集的出版，及檢討、策劃第二集的編集，今年元月在臺北及臺中，有了一系列的活動。相信會爲預定今年在臺北出版，明年於韓國漢城擧行慶祝活動的「亞洲現代詩集」第二集奠定良好的基礎。

藉著「亞洲現代詩集」的出版，亞洲地區有共同文化底層的各個國家詩人的心靈的吟唱，將譜出共同的亞洲之歌。譜出永恆的旋律。我們期待著。

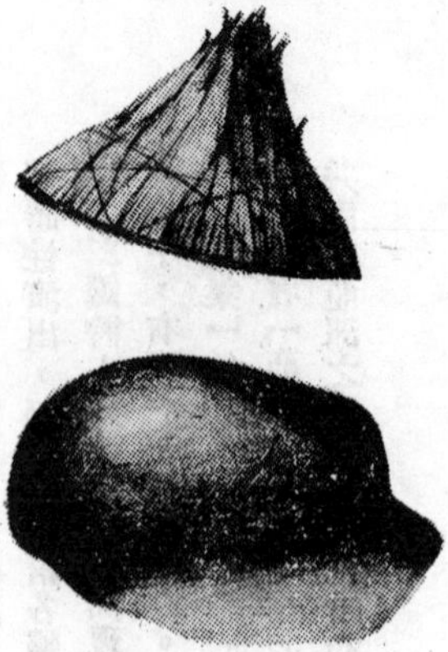

笠一〇七期（一九八二年二月號）

目錄

詩作品

許達然

一二三四行

一、吃蛇

總之越冷越吃：越毒越補

二、渴

看不慣連蒼蠅都溺不死的水
阿水乾脆全喝了

三、聲明

發言人說
他沒說過
遺憾：負責人不敢承擔

四、聞看

蟑螂吃饑民圖
吃掉嘴還是無血肉
一孔又一孔又一孔
腥臭

捕鼠籠

曾貴海

清晨，擺在屋後的捕鼠籠
圍聚了一些鄰居
興奮的臉上滲透出神秘的喜悅
注視著籠內竄動發抖的小鼠
如何被切斷生息

洒些酒精再劃根火柴擲進去
放入水中看氣泡何時消失
用尖銳的鐵條戳牠幾下
這都是人類思考後的決定嗎

大量的食物不是常被故意的拋棄於海上
狂飲暴食的人不是滿街都是
空氣陽光水和大地是誰破壞的
一些不相關的罪行
常被嫁禍於無從辯解的族類
是那隻看不見的手在點燃仇恨的野火

毀掉心中那些窄小的捕鼠籠
放走牠吧
任何藉口都不能判處牠唯一的死刑

鄭炯明

質問

是誰
使得籠中的小鳥
如此驚惶、不安地跳躍
撞痛了
久未飛翔的翅膀

是誰
使得牆裡的人們
如此不甘心地沉默
苦苦等待
可以自由發聲的一天

是誰
使得寧靜的
故鄉的天空
蒙上一層看不見的陰影
隨時有起風暴的可能

站在樓頂的窗口
懷著一顆受創的心
不斷向熙攘的街心質問
而回答他的是
陣陣刺耳的喇叭聲
與到處飛揚的塵土

交流

趙天儀

我想你知道
有些事不用解釋
正如愛是一首不落言詮的
奧秘的抒情詩

我想你已經知道
多次的邂逅
在語言的交流中
溝通著我們默默的慕情

當花還沒凋謝的時候
我凝視著花
當星星還沒穩去的時候
我仰望著星星

在冷靜而溫暖的手心裏
讓我握住
就像握住自己的命運
那樣地不可思議

非句集

非馬

・吻

猛力
想從對方口中
吸出一句
誰都不願先說的
我愛你

・脚

被鞋子寵壞了的
脚
因突然想起
龜裂的土地
而隱隱作
癢

・秋

秋天
是忙碌的季節
有那麼多的夢
要掃

・醒

醒來匆匆上完廁所
又鑽回溫暖的被窩
剛才夢到哪裡了？

・冬

整個空間
在北風中搖盪
如一隻空空的
大鳥籠

・雨（改寫日本俳句）

紛紛然
雨打在葉上
葉落在雨上

林宗源

兩帖

握一把微笑的夢佔有鄉土

眼內有風獨步的影
輕輕地踏着雜草
涉過織滿星星的水面
飄入我倒在竹筏的心內

每一獨步有跋落的恐懼
在寂靜的草地
在一波搖動一波的塭內
面蓋着草笠抗拒有鬼的黑夜

腦海有雲慢遊的影
攜帶一個伴舞的月娘
輕盈地踏着風的音律
在夢裏輕吻鄉土的心

愛情似一股熱血
在心裏發狂地盼望
激情挑撥我寂照的心
握一把微笑的夢佔有鄉土

腦在獨步
腦在慢遊

濁水溪

一邊流著清支支的目屎
一邊流著黑汁汁的血
一邊想起妳時空倒流的命運
一邊想起妳被人欺侮的身世
阮活在妳黑白分明的心內

去深入妳的腹內向心藏走去
去追究水源向上帝抗議去
爲什麼阮佔有妳的身
竟然無法度與妳談愛

不管源頭是清是濁
不管流入海是濁是清
不管濁水變成清水的預兆
阮只想躺在妳的胸部
讀破妳的夢
給妳寫一首妳與阮戀愛的詩

工業社會的種種

趙廼定

◎行人優先

紅燈規定不能走
綠燈你走
危險
——可要當心轉角竄過
來車

該清楚
路是供車跑
沒什麼人行專用道

該清楚
一分錢有一分的發言
我們車——繳稅多
我們人繳稅少

注意！當妳走過綠燈
讓讓繳多錢的車吧
可別把「行人優先」揹在胸前
昂首似企鵝
引頸盲盲和車相撞
在斑馬線上

◎跳　　樓

搭電梯直上是樂事
更開心在高樓窗邊俯看
騰雲駕霧有暈眩

他展如鳥之翅
從小窗櫺衝出
欲飛往更高的天空
那兒有個傳言

人群聚攏來
說有人輕生爲愛
有人跳樓爲的債

他在馬路上裸露成
一朵薔薇
爲了實現飛的夢言

◎善良人註定受騙

詐欺者影着煮熟蝦影
扮誠摯嘴臉
而後收刈一長季金銀

善良人總是頂慈悲青天
善良人耐不下淚眼滴滴

詐欺者是吃屍鷹
是軟硬骨的動物

果若曾陷入受騙之谷
站直身軀吧
將自我塑造免疫

果若不曾受騙
我告訴
小心防範
你會將話置脚底
踩踩吐吐痰
直到有天
詐欺者影着煮熟蝦影
收刈一季你袋中錢財

善良人註定受騙
只因頭頂青天
只因耐不住冷淚

直到有天
化成俎上肉
你認識最誠摯嘴臉

這是牛痘接種
當你第一次受騙

岩石和浪花

告訴我
漂來的溫柔
是從那裏來的

已經等待多年的溫柔
今夜才漂到
的那一朶浪花
開著美麗的酒

溫柔的纖手
撫我醉濃的心說：
「不再回去了」
是呀
這是等待多年才等到的一句話

月色般的柔情
旋著冷硬體肉的火焰，
拍著久藏的青春
昂大血般的臉
激動得流淚了
當浪花也瘋狂的時候

然而「不再回去」的
話瞬間沈落海底
只有頻頻回首的浪花的眼神
閃動著戀之多

旅　　人

男人掏錢的動作最漂亮

我從口袋裏掏出一首詩
小狗搖搖頭走了

我從腦中掏出一本書
小猪把眼睛閉起來了

我心靈掏出一株愛苗
一片片的水田都拒絕播種

我從口袋掏出錢
有的女人說這個動作最漂亮

旅　　人

賣瓜的說瓜田

畫家舞動毛筆
抹去詩人的詩句
詩句也不屑看毛筆一眼
畫家手握的色彩說：
「只有我才是藝術」

釋迦牟尼來了
穆罕默德叫他退回去
耶穌拔尖道：
「信我者才能得永生」

亂紛紛的聲音
在人間的舞臺上喧嚣

旅　人

名　片

許多人喜歡吃大名片
該說它又香又甜
所以我的名片上常印著
董事長
委員
大導演
讓他們彎腰吃個飽

反正霓虹燈下的過客
不曾看過暢銷書一根
孔子已被我鎖在抽屜裏
我喜歡看新論語一名片
擠入街中的喇叭聲
跟著吹
看不到商店反射鏡裏的臉紅

旅　人

訪友記事

李進發

中正路是條長長的街道
引我從偏僻的鄉下
來到繁華的都市

中正路一段的兩旁
儘是愛比賽誰高的大廈
愛比賽誰漂亮的商店
這應是都市的心臟地帶吧
我從這裏經過
像愛吹口琴的人
吹過一排晰亮的琴音

中正路二段並不太長
經過一所新蓋不久的國民中學
琴音戛然而止
前面依然是筆直延伸而去的一條路
而竟只是一些碎石舖在
雨後的土地上

沒有路燈的照明
只好自己點亮微弱的車燈
躲閃著陷阱般的水窪
和陰險難防的泥漿
路旁正在搶建的建築工地
也會突然伸出一束鋼筋來
這些未依法規領導的建築物
竟也會在中正路二段過去

這條尚未命名的碎石路旁
爭先恐後地冒出來
路的不平
使得路途成爲艱辛而遙遠
我的朋友明明說是住在三民路
並且說是中正路過去就到了
而眼前忽然是一個魚池
然後就沒路了

怎麼會呢？
忽然是一個魚池
然後就沒路了？

困惑佔領我
失望正要俘虜我的時候
一束燈光亮過來
推開眼前的黑暗
我向前問路
順著他的手指望去
魚池邊
隱約有條小徑
坎坷而泥濘
「過了這段黑暗，就是那條
寬濶明亮的大路了！」

是的，我相信
即使路途險惡
即使有時困惑
有時走錯
但我一定不要退却
一定不要回頭
一定要找到你
我敬愛的朋友

吳重慶

葬

此刻。

所有敬愛她的，以及

憎惡她的，都

聚向一群。凝聚成

一場寧靜的

暴風眼。

此刻。

靜躺著的她

以影子

覆蓋子孫的行列；却在

一鋤、一鋤的

泥沙中

下沉。

黃恒秋

在每個村莊的每個夜晚

假如我是個月亮
在每個村莊的每個夜晚，一盞一
　盞的
燈火將被輕輕點亮的時候
掛在樹梢的我——剛好搭著最後
　一班
由城裏開來的巴士，趕一場夕陽
　的約會

我可以明顯的望見，在地圖上
當避冬的鳥飛去而春天嚼著綠色
　的舌齒
耕牛們的喘息與灶門裏柴火的追
　逐
掛在天空中的我，在每個村莊的
　每一個夜晚
圓圓的臉也有一個圓圓的心願

偶而濃濃的夜的酒泉裏激起
幾顆圍繞著發熱並且閃亮的珠粒
在每個村莊的每個夜晚，擎起細
　細的燈焰
窺見被蠱惑著的大地的搖動
以及早熟的菓籽一顆一顆掉落

啊——假如我是個多情的月亮
面對宇宙無邊的淵源做遐想
從自我廻旋的陰暗裏，選擇日復
　一日的辯護
當人們舞蹈以不死的心
傾聽——在每個村莊的每個夜晚

陳 俊 卿

家 書

阿爸的話
信封裝不下

被殖民過的筆管
依然涓涓流出
叮嚀與呵護

七十年的銀髮
繫過創痛
更繫著無比的希望

孤燈下
辛苦寫成的一封家書
字字都是溫馨
和智慧

註：據媽說：爸每次寫信，總寫到半夜。軍旅之中，偶得家書，尚有幾個日本字，感動而珍之。

德 有

天公是個大好人

天公是個大好人
他站在高高的地方
什麼事都不管
甚至光天化日下
一畦一畦的甘蔗燒起來
濃濃的烏煙
燻黑了他的臉
他依然無所謂的笑著

天公眞是一個大好人
他有一個很大很大的
度量
再多的空氣污染
也不能惹他生氣

莊金國

兩首

神木

白蟻蛀空了
黑蟻扛走碎屑
表皮褪盡了
更見光滑

至於葉子
可有可無
枝椏與枝椏
有人酷愛蕭條

在孤峯頂上
在斷崖邊
一株挺拔蒼勁的老樹
傳說是騰雲駕霧而來

寬容

思想的距離
仲手可及
巧與不巧碰着
堪堪錯過

這一回不比那一回
恰正面對面
轉過你的臉來
睜大你的眼睛

不要疑忌
該怎麼說就怎麼說
該怎麼做就怎麼做
從此莫分離。

楊傑美

菜蟲三章

(一)

爲了殺死菜蟲
人們
用農藥噴了菜蟲一頭一臉
菜蟲死落在泥土上

吃了沒有菜蟲的菜
人們內藏
充滿農藥
終於倒在菜園中
變成菜蟲

(二)

菜蟲咬過的菜
人們
不喜歡
在菜園或菜市場

菜蟲咬過的菜
被丟棄在一旁

其實
菜蟲咬過的菜
才是眞正好吃的菜
沒有殘餘的農藥
儘管放心地
吃！

㈢

人們，費盡心機，總想把菜蟲消除；
菜蟲去了一批又來了一批，無法除盡。

有一天，當我又在菜園裏噴洒農藥，一隻菜蟲猛然從菜心裏探出頭來，憤怒地對我說：「爲什麼你們一心想消除我們，却無法消除那些人類社會中的菜蟲呢？」
說完，便憤怒地死去。

許其正

兩首

慧眼

有一種說法
說只有慧眼才能見到
鬼神
這慧眼叫做什麼陰陽眼吧

另有一種說法
說只有慧眼才能識知
英雄
這是所謂「伯樂知千里馬」吧

又有一種說法
說只有慧眼才能測出
徵兆
這叫做什麼「未卜先知」吧

再有一種說法
說只有慧眼才能窺探
奧秘
這是所謂「見微知著」吧

果眞有慧眼嗎？
如果眞有
你寧願要那一種？
你寧願要那一種？

失落

他的記性很差
常常失落東西
幾天前才聽說他失落了手錶
現在又聽說他失落了鋼筆
有時聽說他失落了帽子
有時聽說他失落了衣服
總之，常常聽說他失落了東西
甚至聽說他失落了
童年，失落了
青春，失落了
黑髮，失落了
一身肉……
終至，失落了
自己

其實，誰不曾失落
和他一樣？

（七） 郭成義

賣肉粽

含有溫熱內心的肉粽
只在夜裡叫喚我的空虛

不是故鄉的肉粽
不能治療我多年的胃酸
叫聲却還那麼響亮

我變得不敢再想起宵夜了
在這飢寒的閉室
我只能看守滿腹的酸腐

捱過天亮
誰也不能再來賣肉粽
我那嘔了滿地的早餐
叫得比誰都響

農村曲

趁著天還未亮
早點趕到新翻的田裡
接收大地

泥土剛剛甦醒過來
又揉著疲軟的睡意
一步一步
陷入我發凉的脚跟

新翻的曙色
暗自收割著我
深深陷入笠下的陰影

我趕緊拚命地散播
好一片綠油油的警戒啊

臺灣民謠的苦悶

阮不知啦

早已知道
不能再說謊了
偏偏在你背離的時刻
倔強地揮別

當你回頭的剎那
原本充滿悔恨的我
却又不自主地
垂下了手

直到你完全消失
我遼濶的視野
突然被淒迷的風塵給反擊回來
那樣無情地追問：
你還好嗎

滿面春風

只輕輕的碰觸
便無防衛地臉紅起來
也許你還聽得見
波波的血紅聲

寂寞的血液
那是經過一番挑逗
就能自動歡呼出來的
青春的化粧嘛

臉紅的時候
才想到卸粧的孤獨
不禁低下了頭
對你說
不要

追憶之歌

敏感的皮膚

巫永福

雖知徒然
由於皮膚敏銳的反應
知道有個特高特殊的眼睛
緊緊地看我在尾行
但只得裝個不知

雖知困難
由於調皮的念頭興起
要試一試嘲弄的功效
乃在火車站臺人群中避
滑進厠所裝個方便

只見特高驚慌
走來走去東望西望
看得好笑滑稽
一會兒進入車廂一會兒走入人群
一會兒不見了

但特高也頂機警靈敏
則於車站出口處站着等我
我的行李隨被其一手接去
他趕緊正式出示名片表明態度

即我乖乖合作了

啊！日治時我還那麼年青
算來也將近五十年
而我的青春已不復再來了
眞是好像不久以前的事
也好像遙遠的眠夢

霧社緋櫻

梢來春的信息
霧社櫻崗上
緋紅的櫻花
又盛開了

一九三〇年十月
山胞花岡二郎，一郎
頭目莫那爾道
反抗日帝國主義暴政
率衆英勇起義未成
飲恨而死

風和日麗下仍舊
有如二郎，一郎悲憤的鮮血
緋紅的櫻花默默地
又怒放了！啊！

旅臺詩輯

北原政吉

陳千武 譯

龍

睡眠中突然　碰、碰、碰
銳厲的鞭炮炸聲吵醒我
打開國光大飯店的後窗
以迷糊的睡眼俯視下界

從天后宮院子
剛剛發射出宇宙船昇龍號
龍彎曲着U字型巨軀
用尖銳的脚爪力踢黃色屋頂
威風堂堂　向金黃光輝的太陽
飛翔去

噢！多麼壯大華麗的夢
月亮被凌辱
連太陽的火都被刼走了的今天
仍要遵守祖傳的精神

看那華麗勇壯的龍姿
十分高興的我
不知道是爲了招福驅邪
才在屋頂下設爐鳴響鞭炮
我感動地凝視著龍

龍的新式宇宙飛翔
必須要成功
必須要成功

野狗

戰敗要撤退的那天早上
臉蒼白的那個傢伙
邊解開我的頸圈
邊說讓你去自由生活
但事實是不得不棄之不顧了哩

隨便你好了
我底心已經決定
不再爲任何人搖尾巴

想給我嵌上新頸圈
泥脚進來的傢伙吹着口哨
遇而顯出鮮肉伸出一隻手
不小心走近口就被脚踢
吠了，就說瘋狗　捉去關起來

我是被棄置的狗　沒有戶藉的野狗　瘋狗
被罵　被視爲危險的
但在宇宙上是平等的生物
長久徘徊了之後
我瞭解帶著人面具的那個傢伙的眞面目了

在媽祖廟的屋簷下　我抱着自已的影子睡
夢見適合於我咬的傢伙
咬大胖得不均衡的猪的肥肉
沒聽到天的聲音不夢醒
但天天早晨　信者的誦經和鞭炮拼命的響喊
連我底靈魂都要吵醒

青蛇

身長過長
對於我眞不利
要逃脫要襲擊
不錯　都是行動
但說逃避的時代多麼長呵

從孤獨脫出的方法　現在不必想
目前的敵人是視我爲仇人的
那些人類

感覺今世是地獄
就是他們出現了之後的事

神話時代的交際早已終結
但多麼執拗的傢伙們

我喜歡自已做成的自由
跟那些傢伙毫無關係！

那要從現在的環境脫出
而由對面的生活開始

有時侯我會夢見
很冒險的咬上那些傢伙
但是我能吞下的是青蛙或老鼠
盡能也吞掉鷄而已
這麼一想，我想要有個身長比例的軀幹
和較廣角度的下巴

等著那樣的時代來臨
必先要有能耐的精神
其他都是以後的事啦

一九八二年新春

桓夫、白萩、林亨泰、錦連談片

訪問：曾清吉（拾虹）、李敏勇（傅敏）、陳明台、鄭烱明

桓夫

傅敏：笠出刊列現在已有十八個年頭，您對去年的笠與臺灣詩壇有何看法？特別是，去年年底以中日韓三國詩人爲主的亞洲現代詩集出版了，是否可以請您談談，在編輯此一國際詩集時的感受，比較三國詩人對于現代詩的進求有何感想？今後對詩交流的具體計畫等等。

桓夫：綜合近來對於笠詩刊的論議，大抵上是歸結笠的特色于鄉土性，現實性的追求，指責笠詩刊不重視藝術性的表現。事實上這是一種十分偏頗，缺乏理解的看法。笠從創刊以來，不只強調鄉土性，現實性，更重視詩的藝術性的追求。本來詩人寫詩必須帶有使命感，從使命感自然會產生強調現實性，批判性的詩觀，笠詩人的重視現實，批判現實是自然的傾向而有其重大的意義的，至於說笠疏忽于藝術性的追求，那是錯以藝術性的追求只是在技巧，文字的表達上下功夫就可以的觀念造成的偏見，在翻譯日人及國人的詩作時，我就深深感覺到笠同人的作品，不只在詩的精神內容方面不輸於人，即使在創作技巧，表現方法方面也優於人，笠詩人在追求詩的表現方法方面極注重詩的技巧與內容的探究和一致完整的要求，只要仔細翻閱笠詩刊，當可發現笠重要詩人的作品都致力於藝術性的追求。即使在方法論的硏究方面，示具有綜合各種表現方法的傾向，從寫實到新即物到現實的方法論有所綜合而形成今日笠的風格，這種技巧的綜合的成果使笠詩人的作品

在亞洲現代詩集中大放光彩、毫不遜色。我們應該理解，融合詩的技巧，注重詩的精神，才能產生具有永恒性的作品。

關于亞洲現代詩集，現在雖只出版了第一集，但是我們是有意繼續出刊下去的，當然種種必須克服的問題很多，等日韓詩人來華以後，還須對這些題加以研究討論。由于此一詩集的編輯，我深深感覺，詩人固不能不注重自身的立場與環境，但是詩人也不能只侷促于自身的環境來創作，將來我們必須努力擴大視野，具有世界性，國際性的思考，藉此促進詩的交流，創造高水準的作品。

傅敏：我相信透過亞洲現代詩集的笠詩人的作品，應該可以使一般人更了解笠詩人的特色，矯正偏頗的看注。至目前為止，許多人對笠的作品都以自已固定的觀念去讀、去看、也就是往往陷于一般定型的美的、藝術的觀念，而不從基於現實改變而造成的美的意識的變化的多方面的角度去考察，容易發生錯誤及偏失。

桓夫：此種就一定型的觀點看詩，也就是說只講究注重看得見的美，而不能發現附著于詩精神的看不見的美，不加以思考而讀詩實在是詩壇最大的毛病，安易地讀詩，批評詩的批評家，詩人太多了，這些都會妨害現代詩的進步。所以，我們必須從讀詩的觀念加以改革。

白萩

明台：我覺得白白萩對語言的論法十分有見地，如對語言的斷與連的見解就有其獨特性而保持帶新的一面，有時可作為論斷比較好詩與劣詩的標準，頗有實用性。

傅敏：這是對詩與散文的本質有正確的認識造成的結果吧。

白萩：關于語言論，沙特就十分厲害，他在論語言時不以其為有意義的東西，如畫家或音樂家，他們使用的工具，顏色、音等都可以自在地與日常連結起來而不會崩潰，但是我們使用的工具—語言若沒有了意義則結合不起來，這就造成了處理表現的工具的不同，事實上，詩人應該具有類似畫家所處理的表現的工具的觀點。

傅敏：我想也就是由于語言與音樂，繪畫的色彩，音樂有不同的性格，往往走純粹表現會造成失敗，因為音及色彩本身即具有能令人感受意義的功能，而語言則不同。如田村隆一的詩「恐怖的世界」開頭時，從一隻針而引起的，藉落地而表現其靜的概念，這是有其特別的處理語言的方式才能得到成功，而臺灣的詩人們有許多都對語言缺乏自覺，無所鍛鍊，因為造成安易地對于已存在觀念的接受而泛泛地表現。

白萩：語言在先天上有黏的功能，由于此一功能會造成表現的日常化，通俗化，因爲詩人往往容易受到過去的別人的影響，使用現成的概念。

傅敏：這是十分有趣的問題，如非馬曾介紹過蘇聯詩人葉夫圖先寇的作品，即提到俄羅斯語言中「啊！悲哀的」意味著「愛」，有時語言在連接之外會產生不同的意義。還有、白萩的語言論，往往只被視爲是技巧論，這是詩壇一般的看法、白萩是方法至上以爲論者。

白萩：我曾經在蛾之死裡表達過，沒有內容的人才強調精神本質，已掌握了精神本質的人只要談論技巧，強調技巧就同以了。

烱明：我常常想一個問題，往往一般以爲十分好的詩句，我們都不以爲然，原因何在？如所謂一般公認的好的詩句：「窗戶一推出，就見滿天星」「躺成一條河」之類的，雖不能類說沒有絲毫令人驚訝之感，在精神，現實的追求上却無法令人感到什麼。只令人懷疑而已。

明台：那些就是一般所謂詩的語言吧：我們在一開始就排斥了那些語言的空泛的羅列，而欲從精神本質去追求，所以會產生與一般人不同的感覺呢！

傅敏：這是一種對語言的習慣性造成的結果，他們這種追求的方法不不說有些機智，但是我們是努力于追求意義，表現意義而不只是單純地作知識或文字的羅列，如白萩有一句詩：「一滴血滴在雪地上，比刀槍還愴痛」紅的血落在白雪地上，熱的冷的色彩、溫度諸種感覺均象微襯托出來，這種對語言的運結，賦與新的意義與機能的方法才算是有所成功。而不像「一擧手就成一個炸裂的太陽」「關掉滿天的星斗」這種由于語言的方法論的追求的錯誤而產生缺乏自覺一直錯下去的表現，往往因而造成故意誇

陳明台、鄭烱明、李敏勇、曾清吉、白萩、劉克襄、桓夫

1982年元月1日攝於陳千武寓所

張，矛眉與強調扭曲的結果我們則努力于找尋表達新的意義的關連或有新的機能，還有一個毛病是，目前新一代的詩人寫詩往往太直接、如愛、恨，往往直接就說出愛恨。

白萩：工具論就是上述提及的語言論，這是一個探求的問題，但這並非一切，接下來還有方法論，如何切入，如何切頭切屋，又接下來有詩人的立場問題，再深入則有生存的態度，對環境對應的態度。而題材題目也有許多問題可以探求，本土性，國際性都須考慮。

明台：白萩您對現在報刊，詩誌上的新生一代作品有何感想？

白萩：事實上我對那些作品不太能產生感動。其原因首先在于技巧不成熟，語言不簡鍊，談起來就不能產生傾賞詩的快感。再加上題材十分平淡，沒有令人感到有趣，新鮮的發想，這或許源于對詩不太考究的緣故吧！

傅敏：現在年青的新生代的詩人缺乏與前輩互相討論的機會也是一個原因吧：他們必須一面跌倒一面追求，而且大家都覺得寫詩很簡單，又要力求詩簡單易懂，大家看不懂則不是好詩的觀念往往造成不太好的影響。

烱明：其實現在新生的一代也經不起批評，大家均自信滿滿。還有三十年代的寫法的流行，越發使一些人感到詩是容易寫的東西。

白萩：詩的語言可以簡單，但是跳得開的話還是會產生深度的。這點十分重要。

1982年元月2日攝於彰化林亨泰寓所

鄭明烱、陳明台、林亨泰、錦連、李敏勇、曾清吉

林亨泰
錦連

李敏勇：談到臺灣現代詩的發展，我覺得民國四十五年「現代派」的成立，其實質意義超過「現代詩刊」，雖然參加現代派的成員，彼此之間風格互異，日後仍據於「藍星」、「創世紀」及「笠」而活動，但這並不減低「現代派」，對臺灣現代詩的發展的重要性。不知道您的看法如何？

林亨泰：什麼時代出現什麼刊物有其特殊的意義，「現代派」成立時，幾乎網羅所有當時詩壇的詩人，除了「藍星」的主要成員如余光中等，及「創世紀」具有軍人身份者外，可以說比較活躍的詩人都參加「現代派」。因此，現代派」對當時的詩壇有不可忽視的影響。舉例來說，像「創世紀，不再主張初期的「民族詩型」而走向比「現代詩刊」，更現代的路上去，便是一個明顯的例子。另外，有一點值得注意的是，「現代詩刊」，也好，「藍星」，「創世紀」也好，很多優秀的作品都是在「現代派」成立以後才出現的。

陳明台：請談談您與「現代派」的關係。

林亨泰：民國三十九年師大畢業後，我即回到彰化縣的故鄉，不再注意文壇，一心想隱居下來。有一天，我的學生問我是不是有文章在報紙發表，我說沒有呀，便叫學生拿來給我看，原來是民族晚報刊了我的日文詩集「靈魂的產聲」的翻譯。後來知道那是李莎的女友的譯作，曾拿給葉泥修正，以後便由葉泥翻譯。不久，搬到彰化，在書店看到「現代詩刊」讓人感到它有意欲打開一番新氣象的姿勢與衝勁，如此，再激起我寫詩的慾望，便以「恒太」爲筆名，向現代詩刊」投稿。我與紀弦的結織是這樣的，有一次我看到方思的詩集的預約廣告，便向它預約，但很久沒有新書來，報紙上也說詩集已出版了，我便寫信給紀弦詢問詳情，他才回信說那純是廣告做法，其實尚未出版，一俟出版會馬上新書給我。信中並說他和葉泥一直在找我，問我有無繼續寫詩。我告訴他「恒太」就是我的筆名。如此，我們聯絡上。不久。他和葉泥來彰化，我也連絡錦連、李篤恭等，大家談得很投機。他們回臺北後，便寄來「現化派「成立的通知，包括信條，究竟是什麼因素促使紀弦提出成立「現代派」的構想，是不是和那一次暢談與看到前寄去的輪子」等詩作有所關連，我不敢確定，總之「現代派」就這麼成立了。我也在那時期寫了很多所謂「符號詩」，在「現代詩刊」上連載並發表幾篇詩論。我寫那些作品的目的是要打破當時詩壇固有的觀念，可以說是一帖瀉劑。所以詩一發表便受到批評、指責，其實放眼國外如日本，法國現代詩運動，其過程莫不如此，要瞭解符號詩的產生，應該用另一個角度去觀察。

鄭烱明：我覺得對您來說，這是一項犧牲的工作。到目前為止，還有人會對那些詩做情緒的指責呢。

陳明台：那麼「銀鈴會」呢？

林亨泰：「銀鈴會」是以中部愛好文學的青年為主的一個團體，以張彥勳等為主要連絡人，活動時間大約在民國三十三至三十七年間，成員很多，不一定都有作品，有的只是一個文學愛好者而已。我在「銀鈴會」時期寫的詩像「靈魂的產聲」，與「笠」的風格較接近。

鄭烱明：請談談為什麼要寫「意象論」？

林亨泰：在過去那段身體欠佳期間，看了不少有關語言學、美學與文藝科學的書，覺得有必要以新的觀點來看詩。意象論的批評不同於意象派，不侷限至詩的範圍，也可擴大至小說、藝術，我用這些新的觀點來論詩，只是一種嘗試。

陳明台：從「靈魂的產聲」到「長的咽喉」，「非情之歌」到弄髒了的臉」，您對詩的看法有沒改變？

林亨泰：我開始寫詩是目前這種風格，像收在臺灣現代詩集的「坐在海苔上」那是早期的作品。一個詩人的寫作有好幾方法，可以偏重形面上思考的，可以偏重技巧的表現，也可以偏重社會性的表現。我看的書很雜，有時難免受到影響。最近有興趣想再寫點什麼，也整現了兩本詩與詩論集，一是「鹹澀的原點」（中國現代詩的出發），一是「抒情變革的軌跡」（中國現代詩的茁壯）。

陳明台：請錦連先生談一點詩壇感想吧？

錦　連：由於對中文的操作一直深懷警戒，因此懼怕讀到順暢流利的語言。以穿衣服做比喻，就是有些詩穿得很漂亮的外衣，都讓人感到缺少獨特的個人的體臭。原因可能是生活體驗不夠，詩人對自己的生命沒有認真要活下去的那種負責態度所致，把寫詩當做詩人的第二生命。換句話說詩人及有盡全力去追求個人內在及外在的世界，應耐性的演在較多，而別人也因某種顧慮，不予坦率指出，我想這是一種通病。

陳明台：對於「鄉土」我們應有什麼認識？

林亨泰：「鄉土」不是方法論上的問題，如果以題材而言，對詩並不是很重要的質素。一般人對鄉土的關懷，從自己熟悉的環境出發，那是無可厚非的，任人一個人都如地，問題是，不要把鄉土當成一種「廉售品」，或太標榜。有人拿鄉土來攻擊現代，我覺得這是一種錯誤的觀念，鄉土和現代並不衝突。現代化是世界各國追求的目標，它的成果由各民族來分享，這是非常自然的事。詩的表現不是止於外在事物的表象，應進一步內部世界更深的挖掘，才能打動人必。

拾　虹：鄉土的受注目，可能和社會性及對現實的抵抗被重視有關。

座談記錄

陳秀喜詩集「灶」出版紀念會

時間：七十一年一月　地點：臺北大陸餐廳

出席：巫永福、黃騰輝、陳秀喜、趙天儀、李魁賢、北影一、梁景峯、拾虹、李敏勇（傅敏）、李勇吉、趙廼定（記錄）

（陳秀喜詩集「灶」出版紀念會）

黃騰輝：今天能藉著陳秀喜詩集「灶」出版紀念會、聚會、討論詩，感到很高興。

「灶」的形象，年輕人可能不一定了解。所謂「灶」，即為廚房，以前我們稱之為「灶脚」。當時我們的生活均以「灶」為中心，所以灶與我們的生活關係非常密切，如在冬至日，我們所做的湯圓，即是要拜灶，也就是說，在前人的觀念裡，對灶是很尊敬的，並且認為有神存在。

記得那時有句俗語：「大目新娘找不到灶」，當時新年出嫁，均要下廚與「灶」為伍，而上言即是在責備新娘不諳家事，不懂「掌灶」（不廚掌灶），可見當時女人的一生是以「灶」為中心。

由以上得知「灶」在我們觀念中是很溫暖的，以灶爲題材來表現，當然也深感親切。

本人今天深爲慶幸「灶」詩集的出版，能供年長者回憶，重新體會昔日；也希望嗣後有更多此類題材的詩集出版。

巫永福：「灶」與我們生活之密切性，可從農曆十二月送灶神及正月迎灶神看出。所謂送灶神即是每年十二月十六日，灶神回玉皇大帝處報告時，我們所給予祂的一種送行拜拜，又因灶日日與我們相處，我們日常生活的一舉一動，祂都深爲瞭解，而人的日常生活難免有不當的行爲或思想，所以做湯圓—甜又黏的，用之拜拜，以期灶神報告時，多說好話。由此可知灶在民俗上亦佔一重要地位。因「灶」集僅剛談一兩首，尙未深入研讀，未便置評。

陳秀喜：感謝各位同仁到場參加，此次所以開一出版紀念會，係承傅敏之協助，後因年歲已高，本集恐爲未集矣。

我常深感詩人應爲時代的見證人，我之出版「灶」，亦即在見證這個時代。

至於談到灶，首先我要提醒的是，劉文三於本集封面所設計的灶，不是紅磚的，而是土磚砌成的，也就是說，那是一種更樸拙的形象。而本集名「灶」，係趙天儀所命名。

最近我個人對國家、社會、家庭有很多感觸，詩集中各詩，均係對國家、社會、家庭的感觸而萌發而抒。

最後要感謝「笠」同仁的砥礪，沒有笠同仁，不會有此集之出版；並且希望嗣後同仁能一本初衷不吝指教。

趙天儀：「灶」係陳社長第三本詩集，如加計日文短歌「斗室」，應爲第四集。「灶」詩在「龍族」發表時就給我很深印象。

記得小時，長至灶般高，常因碰到灶角而哭泣，當時祖母就安慰，又如在灶中烤地瓜等等，印象均很深刻，給了我很多回憶。

當時鄉下是土磚砌成的多，而城市則大多爲磚造；惟因今天瓦斯爐風行，灶也就因之消失。沒想到陳社長對這種熟悉的物，能賦予生命。社長的第一本詩集「覆葉」，以表現父母子女親情爲多，至「灶」的出版，則已脫離前述個人情感，轉而對社會加以關懷，也就是說，「灶」把臺灣的鄉土風情表現了出來。

於今跨越語言的一代，如林亨泰、陳秀喜等，對語言的使用，均抱持謙虛感，因之外界批評「笠」，說笠語言大有問題，不成熟。其實，從他們的作品來看，並不見有語病，而以其能流利使用二種語言，反而是年靑人所難予跨越的。如陳女士用語貼切，很能捕捉住意象，他們都可輕易的使用日、臺語，對中文亦能運用自如。何況語言成熟必須思想先成熟，才能貼切使用。

以此觀之，「灶」語言並不適於美麗辭藻，而以陳女士的詩的語言來表現，反而更貼切。

跨越語言的一代，如思想情感成熟，其中文用語不成爲詩語言上的問題，如果多看幾次，我們可以發現其好處。

最後，希望陳女士此集出版非最後一集。人家說，出版詩集如生個子女，希望陳女士有更多的子女出現。

李魁賢：剛剛趙天儀已提及該詩集的精神，惟因出版前本人得以先睹，個人有些觀點，特借出版會報告，社長詩集一向以「愛」爲主題，此非言陳秀喜詩一成不變，而是說陳詩作品，均係以「愛」爲一貫。

陳秀喜生辰在本土，語言上似略吃虧，但因其作品係俯拾即得的素材，所以通過熟練的母語（臺語），再用中文來表現，更可把握詩的精采處。本人並不認爲語言在詩中佔絕對地位；僅因語言而表達，可能反而脫離了詩。而雖在語言上略有缺失，但能以詩精神來表達，反而效果更佳。

陳集詩的意象把握得很乾淨，印象準確，在愛的主題下，從個人以迄國家，陳詩中均有批判性。林亨泰說，對於生活環境，詩人要以詩來批判，此批判觀，笠同仁均具有。而一般的詩，通常在追求語言表現，因之反而失去詩精神之立足點。這也就是說，每個詩人均應回頭看，詩追求的是什麼？表現什麼？雖然批判性非詩之惟一特性，但在今天，批判性應爲一新方向，並且強調詩之精神，如此詩人的地位方可確立。

在笠中，陳秀喜與杜潘芳風格均爲閨秀詩人，但其批判性並不因性別之差異而有別。

北影一：詩不於語言遊戲，而應爲思想之表現。

陳女士的詩都非常的好，如「灶」，陳女士對沒生命的事物賦給了喜怒哀樂。又如「花賊與我」，寫出外在的孤單，可由別人安慰，但靈魂深處的孤獨則沒法被安慰。

梁景峯：記得小時候的灶分爲二：一煮飯，一燒地瓜或者開水。

「灶」在本詩中亦可解爲母體，美麗青春的子女均爲灶所生，但人們只看到灶的炊煙，不見其痛苦。

該詩集看起來，好像沒什麼，其實均有其精神之存在，本集中採對比手法的很多，如：「灶」、「醜石頭」、「鳥兒與我」、「花賊與我」、「蚊子與我」、「採訪烏腳病人記」，均很精采，把「我」心中的遺憾悲哀表現出來了。

又：「蚊子與我」和「採訪烏腳病人記」前半段，在對比中表現了生命，惟表現的似較收斂。也就是說，對此有「生命」的物，美好的題材，本可擴大很多，把更多的意象寫進去，此點亦爲笠同仁通病，亦即僅集中在題材中，而省略了聯想，所以略嫌簡略。

拾虹：「灶」在我印象中很深刻。社長詩以「愛」爲貫穿，以生活爲焦點，所以有些不須要使用的文辭、意象亦使用了，顯得有點鬆散。而因題材取自生活，與生活關連性很彌，所以深具感動性，讀了「灶」詩，即令我憶起母親在灶旁生火的情景。

梁景峯：「灶」另有一義，即在表明母體生產的痛苦，面對灶詩，我們就感到上一代的痛苦。

以詩語言特質來看，笠被認爲在詩語言上，沒有他人所追求的藝術美的特性，但「灶」以生活語言來表達，反而很貼切，所以說，回要與生活關連，否則鄉土詩無以表達其激動性。

傅敏：對我來說，社長的年紀正是我母親那一代的年紀，所以社長的詩，使我感覺到我母親那一代的詩。我感到溫暖與眞實。每個時代都其特殊的感受性，讀陳女士的詩雖「灶」，也可捕捉到不同的情念。

北影一：詩並非單純語言思想。詩人應毋爲尋找語言，而失其眞情，僅從語言倉庫中找出辭彙使用，而不能感到其思想的過程以及眞情，似非好詩。

李魁賢：在語言問題上，如何追究詩所表達的機能，可從轉化爲另一種語言時，是否仍能留其情感而看出。如果該詩並非僅使用語言來架構而成的，則經轉換後，仍可不失其為之詩。

趙天儀：以寫詩觀點來看，並無現成的詩的語言，在語言舖成詩時，才是詩的語言。只要處理得當，即為詩的語言。

任何時代均有文學出現。陳秀喜很早即用日文寫詩，但到這種年紀還寫，那就不簡單。記得跟我一起出發的朋友，有些僅寫了那麼一本「初戀詩集」即不再寫，只有如白萩等仍在寫，所以詩人到底應該是開花好或者長青才好，確是很耐人尋味的一個問題。

梁景峯：以形象選擇問題來看，如「灶」，亦有很強烈的形象。讀「灶很容易的就可想起里爾克的「豹」，「豹」的長處是用欄—來呈現其強度。

但「灶」用字太精簡，如能更強烈的表達灶在燃燒時的形象，描食物由生而熟的過程，並加以連貫，而集中意象於灶中，其動力可能更強。也就是說，「灶」詩衝略嫌不足，如果能更具象一點，把火與灶，火與人的關係表現出來，規模加大點，効果可能更好。

傅　敏：詩作者僅對所追求的加以分析表現，而批評家則更探討到所能牽涉的整個範圍，更包含的表現是否強弱的問題，所以批評家的意見常可供作者參考。

詩人與批評家對「詩」的看法，有時有距離存在，這種距離的存在，有時則是各人的偏執。

梁景峯：當然，「灶」作者已有很多內容，但仍可擴延。

李魁賢：這就是說，作者是主觀反射，而批評家則是客觀的看。所以創作者本身在創作過程中，要保持批評家的觀點，以期作者與第三者更關連。也就是說，詩創作完成，不要就此定型，而應做第二、三次的檢視，並擴大其空間。詩作者自己完成一首詩，應先擺一擺，不要急於發表，過一段時間，可能會發現少了什麼，然後加以擴大其角度。

趙天儀：語言在詩中只是一種創造的行為，於加工後才使用的。兒童語言在破壞中才有創造性，用之表現即為作品。

最近詩壇又有整齊如豆腐干的作品產生，如讓其泛濫，可能會產生創造性的危機。

我們要用活的語言，不用死的、少用的，要追求活的語言，至於生活上的語言，當然是活的語言。

傅　敏：就是說要動員活的語言，不要揀既成，已連結過的語言本便用。

拾　虹：每個人寫詩均有其特性，詩的好壞只在於表現與思考之間的遠近關係而已，如果表現得具體，與使用中語言密切，那就應為好詩，

趙天儀：詩可以友邏輯。超邏輯、概念。

詩語言可切斷，但思考與表現應可連接。今天唯美主義和艱澀難懂在我們的環境中，是存在着的，本人對於此均不以為然，很想突破之，也希望現代詩所表現的是一片清新。

李勇吉：我對於「灶」的印象，可用三個字「單純美」表示。單純美並非沒味道，而是中國文學中的一種境界，一如繁複美一樣，具同等地位

社長的詩，有三點可以證明其為單純美：㈠詩句不長。㈡詩眞誠。㈢具樂府性。在創作中，她深切瞭解此詩，而非找尋意義套上的，別人看起來亦不易生歧義。

國語與方言

——林宗源詩集『根』序——

林亨泰

任何語言本來都是方言，沒有所謂國語與方言之分別。但，由於語言統一是近代民族國家所不可缺的條件。因此，其中一種語言自從被指定爲國語以後，其餘語言也就成爲所謂方言了。就國家的完整與統一而言，這種政治考慮與措施不但是合理，而且也是必要的。

不過，即使如此，如果認爲方言是由於國語的「變歪」，因而對方言抱有一種輕蔑與歧視的態度，那是不對的。國語之所以成爲標準語，並非出自語言本身內在的自然發展，乃屬一種政策性的外在選擇，未定案之前，任何方言都具有同等的條件與機會。

不必提語言的自然發展，僅就個人語言的體驗感受而言，也可以說：除了少數幸運者之外，大多數的人都必須先經過一段操作方言的生活階段，然後才能獲得跟國語接觸的機會。此時往往發現：方言跟一個人的感情、認知作用，以及生活態度早已分不開了。

再就音韻、詞彙、語法等方面來說，方言亦未必就是較差的語言。例如拿閩南語與作爲標準語之模範的北平語作一比較的話，其所以產生歧異的原因，是永嘉之禍以來自五代到宋的一段期間中，不斷地遭受到塞外民族入侵的結果。相反的，不受外族直接擾攘的閩南話便保存了不少上代中原古音與詞彙。雖然不是全部，但，有些顯然是比北平話還要「古老」還要「正統」些。此外，也可以發現閩南語之中有一些特殊語法。例如：

茶泡與便

根據李獻璋「福建語法序說」一書中的解釋，像此句中的「與」（閩南音ho）這類表示着「目的觀念」的介詞是北平話的語法中所缺乏的。

國語與方言之間是沒有甚麼優劣之差別的，土田杏村在「方言與感情」一文中曾經提到過：「一切方言都具有同等的生存權利」。事實上，沒有一種語言是不帶有屬於它們自己的快慢、特殊的鄉音、以及獨特表現法的。語言上的這種特異與地域風俗、鄉土的感情息息相關。對方言的認識與研究，這是非常重要的一點。詩人席勒（F. von Schiller, 1759-1805）認爲：故鄉是人類所能夠擁有的東西之中最高貴的。哲學家施普朗格（E. Spranger, 1882-1963）也認爲：一個人對於鄉土不懷感情等於是自己心中喪失了應有依據。所以說：方言乃是國語的根，如果沒有方言，也就沒有國語可言。

如上所述，方言本來所具備的條件與機會是不差的，而且與語言背後的地域社會具有最密切的關係，這一點是我們所不能不注意的。不過，任何語言—即使是國語，如果不經常接受文學的不斷地提鍊與琢磨，那麼，它一定是會顯得平庸與不够精美的。這仍然需要詩人、小說家、以及戲劇家們去耕耘與栽培的。

就詩的領域而言，近年來也有一些人正在努力從事拓荒的工作，如林宗源、趙天儀、吳晟、向陽、陳坤崙、莊金國等人，他們都希望運用這些閩南語，能够成功地從日常用語提升爲文學用語，並且也有了一些收穫。尤其林宗源寫得最早，作品也最多。現在，他將這些作品集成一冊出版，這可能是從未有過的以閩南語出版詩集的第一本，它該是值得我們慶幸也值得我們激賞的吧。

一九八一年
九月十二日

母語活在咱的心

——詩集「根」後記——

林宗源

「黑人，你昨日講到廖添丁護大人抍去……」。

光復，讀小學五年級的時，同學愛聽我講古。先生分護我的工作，同學替我做。一編故事多講幾日，想到佗位講到佗位，伊聽仔很趣味。我能夠用母語講出使人感動的故事，現在想起來，即段時間是我使用母語，最純最流利的時期，三年日語的教育，不曾使我忘記母語上學無多久，日本先生轉去。阮護一個按福建轉來的本地人，做阮級任的先生，接受北京語的教育。即時我更去私塾讀漢文。初中、高中完全接受北京語的教育。物學、背書的時我攏用漢文的讀音，遇到不懂的字，在有邊讀邊，無邊讀上下的情形下認字，感覺怪怪的時，才用北京語發音，構成我自己的語系，有時會走音的母語。

話講倒轉來，八年北京語的教育，已經使我很難使用最流利最純的母語。幸虧，文學上的語言，是再創的語言，可以使用自我構成的語言，去創造我的世界。

詩語的追求，應該追求正在思維活動中的語言。透過詩人自我構成的語系，追求創造性的詩語。若能由此使母語更加豐富完美，不也是很好的事麼？一般人喜止用現成的文法或語法，來評判詩語的圓熟或不成熟，是對詩語有認知上的錯誤。詩語只要能做一完整性的表現，文法或語法應該不是問題。我們絕不能以已有的文法或語法，扼死詩人追求創造性的詩語。

詩，除了意義性、意象性以外，談到詩的音樂性，必須從語言的音調去追尋，從母語的聲、韻、調獲得。母語活在咱的心內與血肉溶為一體，是一種具有震感情緒的語言，因此，詩的語言一定要用我們最熟悉的語言來表現，也就是必須用自己的母語表現，因為各種母語語系，必有其特殊的語法與腔調。唯有使用母語才能直接感動內心的情素，加重詩的音樂性的感動，加強詩的意義性的效果，使意象更加生動，而有一份現切的美感，這也就是一種民族文化產生的基本因素。脫離母語而能創造其民族的文化，無即款的事。

談到使用臺語，人家看不明白，而不能接受的問題，我懷疑當一個詩人在創作的時，是否應該考慮到表現後傳達的問題，究竟寫詩是向自己，以及時代有所交代，或者向讀者販賣詩呢？當然，這是見仁見智的問題，對我來說：我以為一個詩人最大的使命，是要建立自己的理想世界。對發掘人類未來與探求宇宙的本體，從人與宇宙間萬物的關聯，捕捉或預言人類的運命，詩的生命在此。何況，語言與字的問題，是建立在使用的普遍的問題。

再說使用方言，並不能說是地域性。對詩來說，絕對不是，語言與字只是表現詩的媒體而已。假如硬要說是地域性，那麼我以為沒有一種語言不是地域性的，就拿英語來說，它也不能代表地球上人類共同的語言，事實也不可能。方言的存在有其事實與價值，方言與國語是可以並存的。只要心胸能包融萬物，只要表現的是人、是人性、是人類共同追求的理想，同樣可以寫出世界性的作品。

即本詩集，我取「根」為品，意思是追尋咱語言的根。在缺少資料，就是偶然收集到一些資料，在一知半解的情形下，我只好用母語融合國語，構成我自己的語系，做為詩的語言。在創作的過程中，往往為了字的問題，流目屎，感嘆……

從河洛語系演變到今日的臺語，經過不同時代背景，成為一種更豐富的語言。我們的母語，在使用時，竟然為了找不到母體（字）而苦腦，在人類生存的歷史中，在二十世紀文明的世界，我們竟然還停留在，有語言找不到字的階段，實在是我們的恥辱，應該傷心的事。因此，我在本書追求：以我們的語言創作我們的詩。就使僅有一首純粹母語的詩，也該滿足了。假如拋磚引玉，獻醜而能使詩的同好，發揚光大，就無遺憾。

陳千武

黑夜來前的詩韻

——黃樹根詩集讀後——

（一）

黃樹根寫詩的源泉，從極爲散文性的現實生活汲出，以寫實的手法，塗於撲素純白的畫布上，躍起詩性感動的微波，令人感受。

黃樹根筆名林南，早就在笠詩刊發表過不少的作品，今年五月把五十九至六十九年之間的創作特選五十二首，題爲「黑夜來前」由春暉出版社出版。

詩人的感觸，從凝視實質的生活所得，有如臨於世界末日的前夕，却能够泰然自若地，以眞摯知性的剖析，不恣情、不矯飾、十分諧謔地表現了深藏的心意。黃樹根這種追求詩的態度，在「黑夜來前」集裡，處處可以看到。

由於他運用語言非常鮮活，才會把散文性的思維，編綴成頗有詩意的片斷，吸引讀者的興趣；這似乎是他寫詩的特徵之一。

我據於個人的愛好，認爲「終點」「飲菊」「搖籃曲」「在同列車裡」「送爹上青山」等詩，特別詩意濃厚、內含思想性的躍動，且具完整的形成，有深刻優美的意象，令人共鳴，是越讀越有趣的作品。

（二）

搖籃曲

別讓石油危機再度來臨
　　再度嚇壞了
大地的安寧
孩子
安安穩穩地睡在搖籃裏
別哭
生活並不苦楚
你只管著長大
乳牙快快蛻化
眼睛平平地望
手足輕輕揮動着
無數的明天

晚上七點半的新聞氣象
每天都在重複
沒意思
韓戰　聯合國發瘋　中東火線

陰晴或雨或十三級風暴
都不該擾亂你的安祥
血流紅紅映在小臉上
一張未被核子彈嚇着的小臉

孩子
別哭
笑着快快長大
眼神只平平望去
不必望得太高
當你伸到一米七時
就看着一米七的高度
想些一米七的事
想想栽們非米國人非阿拉
非古布臘

只是永遠被肯定宿命的
中國
不論在心裏嘴上臉上都不要否定
不要懊喪這純粹的事實

孩子
搖籃靜靜搖
你就靜靜地躺着
夢也夢回軒轅和蚩尤的戰事裏
暫扮一名小勇士
媽媽在身旁
爸爸在這裏

黃樹根使用的比喻很明顯，一點都不難懂。如這首詩的（孩子）不只指一個孩子，令人感到社會、政府、父母應有的慈愛，叮嚀孩子唱安祥的歌。詩一開始就說：「別讓石油危機再度來臨／再度嚇壞了／大地的安寧／孩子／安安穩穩地睡在搖籃裏／別哭／生活並不苦楚」。處於動亂的時局當中，詩人替社會應有的父母心，表示眞摯的意願。不讓子民有所痛苦，必須護衞子民不爲外界的變化而有所憂慮，這才盡了父母的責任與義務。有些只顧及自己慾望的父母，反而自我外界的擾亂或自造糾紛帶進家庭，使孩子感到不安難眠，甚至威脅生命的安全。詩人說：「一張未被核子彈嚇着的小臉」，實在很可愛。又說：「眼神只平平地望去／不必望得太高」「想想我們非美國人非阿拉／非古希臘」。如此關心孩子，教導孩子，鼓勵孩子的心情，是據於中國人父母最大的愛心而唱的。這是一首具高度意義性，純粹自覺的詩。

(三) 在同列車裏

搖搖幌幌
我不認識你
你看不懂我
萬一列車出了軌
我們的臉就
互相認同了
陌生像吊死鬼一般
嚇人
同在同一波動間起落
彼此的微笑都太

昂貴
萬一我們都窒息在
波動裡
列車不再搖搖幌幌
靜止而
腐銹在一邊
我們就無法用微笑
一同去叩
地獄門
笑笑並不難看
雙手也不怎僵硬
在同列車裡
我們需要彼此呵呵氣
或者扇扇涼
然後在旅途上
擁有並不尷尬的
時刻
有著短長長的
舒暢
呼吸都是輕快而
熟悉的
也許我們本是同鄉
上車前都踏著同一片泥土
鄉音改不改都無所謂
僅僅膚色相互輝映
塌鼻子相互招呼
就夠親切而且
溫燙了

在同列車裡　遇上
這般令人驚喜的許多事
我們不該同聲和調
把赤裸裸的心掏在一塊嬉戲嗎
前後左右扭成一團
高高唱它一曲
那麼搖搖幌幌
無論路程多遠
在同列車裡
我們都不會讓疲倦爬滿
脊椎骨
也許下車後
再見就
不僅是再見的
單純意義了

黃樹根詩的取材十分廣泛，能抓住各種不同的事象，很巧妙地連結起來，編綴成內容豐富又多變化的有趣的詩。這一首詩對不認識的同列車裡的乘客，借着列車出軌的想像，產生奇異的關心。並以〈同在同一波動間起落／彼此的微笑太昂貴〉，用微笑表現陌生的人在同一行程上，相處得十分嚴肅連一點微笑都不肯交換。又把微笑連結於窒息、波動、搖晃、靜止、腐銹及〈地獄門〉，處理意象的發展，自然而鮮活。

人在世間各自活着，都互有其關聯，或說姻緣的宿命支撐着每一個人。這不僅是同鄉人上車前都踏着同一片泥土的人而已，應該排除了地域觀念，消滅了膚色種族的區別，以人類愛，大同世界的〈親切而且溫燙〉，相互招呼才對。〈我們不該同聲和調／把赤裸裸的心掏在一塊嬉戲嗎〉，這表現了詩人的愛心與耿介，追求詩的態度眞摯而嚴肅，值得讚美。

（四）

詩較短，意象好的「終點」也是我喜愛的一首詩。

終　點

這一路去
還得衝破五支紅燈
才能望見
終點
終點是夜
今夜的辯題
是無言
太陽在那裡
月亮在那裡
我在那裡

詩人所能望見的〈終點〉是甚麼？〈這一路去／還得衝破五支紅燈〉的五支紅燈是甚麼？在人生的行程，紅燈是佈滿在現代社會上，每個人都會遇到的歧路吧。而站在紅燈之前的等待、張望、期許、忍耐或焦慮，大都持有繁複的思維，意欲衝破障礙早一點奔向目的地去。詩人用適切的語言揶揄人很難抑住的習性，以及還要遵守交通規則的現實社會一種精神的鬆弛與矛盾。其實，詩人所望的〈終點〉，也就是〈起點〉，具有譏誚的暗示。〈終點是夜〉〈今夜的辯題／是無言〉，渡過慢長一日的生活，每次達到了終點，却是無言的一夜，一夜過後又是一天的開始。這樣生活的反芻中，站在另一天人生的起點，看到〈太陽在那裏〉，而到了終點看到〈月亮在那裏〉，且在太陽與月亮之間〈我在那裏〉，表示無可奈何却又單純的存在觀，意義性十分深刻。

（五）

飲　菊

聞說菊花清腦
那個患者
初期失眠症的男子
開始在每夜
習慣性地
喝一杯
菊花煎方糖的妙方
而茶杯至此
已完全被佔有
隨男子而
夜夜失眠
清早在不加菊花的開水裡
也滿沾著濃郁的
菊花味
茶杯滿臉無辜
張著大口
守候失眠的摧殘
而失眠已茁壯地

栽種在
男子的
腦門 而蔓延著
遍佈
體膚的沃壤處
菊花卻任性地
獨自璀燦
繼續開放
芬芳
縷縷

「飲菊」把失眠的男子，爲了淸腦而飲菊治療，遂跟茶杯發生的裙帶關係，表現得很有趣。由於習慣性的飲菊，才佔有茶杯，茶杯便跟著失眠的男子也患了失眠症；暗示主人與傭人或男女之間的關係，社會上普遍又微妙的情況。雖然封建時代與現代社會，主僕或男女之間的心裡錯綜有所不同，但傭人服從主人或因愛情屈服對方，不得不忠實到感染主人或對方所犯的毛病，是有其共通的例子。然而此詩第三段令讀者感受的失眠，不僅屬於普通的病，却是會茁壯、栽種、蔓延遍佈，成爲令人可怕的一種形象，內含社會性的各種缺陷。到了最後，菊花仍〈獨自璀燦／開放／芬芳／縷縷〉，可以看出菊花、失眠的男子、茶杯三者都有其獨自性的存在與習慣性的格調。當然，這一首詩還有其他不同的感受，讓讀者發揮自己獨特的想像力，從不同的角度，接受詩的內含，是百看不厭的一首詩。

（六）

不論寫鄉土或生活，詩所表現的意義性，若僅囿於個人趣味的範疇，而未浸透到社會性、世界性或宇宙性的永恒，詩便無法引起讀者的共鳴。

「黑夜來前」集裡還有一首「送爹上青山」，雖然以悼自已阿爹爲素材寫出孝男的哀韻，但其主題心象的新，能汎愛至一般孝男普遍的感慨，却很知性的不墮於情的泥沼。

希望黃樹根寫詩，該繼續追求意義性，表現更深刻的思想，深入泥土紮根紮得更堅牢廣濶，更發展詩的樹根而繁茂結果。（一九八一年七月）

《對談》鄭烱明・陳明台

現實經驗問題意識

——即物・表現・象徵

鄭：最近，也就是一〇五期「笠」，讀到李敏勇的詩「從有鐵柵的窗」。我認爲：這首詩，無論是詩的結構，技巧、語言的使用，思想的深度，各方面來說，却可以說是很成功的作品；有相當傑出的表現。是這兩年來臺灣現代詩壇所有發表作品中，極優異難得的詩作。

李敏勇在發表這首詩以前，已有十餘年的詩作生涯。過去，在讀他詩作時，常感受到他詩中語言的魅力和用一種特殊角度出發的詩的發想。這種魅力也就是李敏勇詩的特色。

不過，以往李敏勇的詩，大多是較片面的表現，集中的精銳的點。他詩作中對意象的捕捉，對現實的觀察，都有很成功的地方，而這首「從有鐵柵的窗」，給我的感覺，比以前都更強，我想，這十幾年來，李敏勇生活的體驗和詩的追求一定都有精進，表現在這首詩，就像是歷經探求摸索的果實一樣。也像是一朵燦爛艷麗的花朵，可以嗅得到一個成熟詩人的芳香。

陳：剛才，你說這首詩是十分優異的作品，我也同感。可以說，最近我看到的詩作中，這也是最優異的一首。這首詩也是李敏勇作品中最優秀的一首。

李敏勇詩的特色之一，是在精神上，單純明瞭地表現閃光銳利的現實；在方法上，他一向重視物象與物象，人與物象之間的關連，以及關連所產生的新的意義的追求。你說這是李敏勇十幾年來詩業的展示；我也認爲這是李敏勇的新的起點。

分析這首詩，我覺得詩題「從有鐵柵的窗」本身留給我們許多可以繼續發想的

從有鐵柵的窗

李敏勇

記得嗎
那天
下著雨的那天
我們站在屋內窗邊
你朗讀了柳致環的一首詩
「……
……
唉！沒人能告訴我嗎？
究竟是誰？是誰首先想到
把悲哀的心掛在那麼高的天空？」
順手指著一面飄搖在雨中被遺忘的旗
很傷感的樣子
而我
我要你看對街屋簷下避雨的一隻鴿子
牠正啄著自已的羽毛
偶而也走動著
牠抬頭看天空
像是在等待雨停後要在天空飛翔
我們撫摸著冰涼的鐵柵
它監禁著我們
我們撫摸著它
說是爲了安全
想起家家戶戶都依賴它把世界關在外面
不禁悲哀起來
從有鐵柵的窗
我們對鎖著自已
我們拒絕眞正打開窗子
讓陽光和風進來
我們不去考慮鐵柵的象徵
它那麼荒謬地嘲弄著我們
它使得我們甚至不如一隻鴿子
牠在雨停後
飛躍到天空自由的國度裡
而我們
我們僅能望著那面潮溼的旗
想像著或許我們的心是隨著那鴿子
盤旋在雨後潔淨透明的天空

註：柳致環—韓國詩人，「」內的詩句是他詩作「旗」的結尾。

空白語言。到底會怎麼樣呢？從有鐵柵的窗，是什麼？看到什麼？這種空白的象徵性，很重要。

剛才，我說李敏勇對物象——物象；人——物象之間的連結很重視，這首詩也是一個例子。至少，有二種連結，很有意思！

第一：旗和現實（世界關在外面）。

第二：我們和你（我們和動物（鴿子）、牠）。

這首詩的成功，很自然地將這首比喻給予適當的按配，將之連結。最後的結論、處境、現實是看到潮濕的旗，掛在空中的心—旗和現實、旗和心重疊；心發展出來，鳥飛翔的天空，我們看天空的這一層連結，又擴散了意義，整體性的把握很完整。

鄭：這首詩，可以說是一氣呵成。雖然，這首詩的發展、思想的發展是用一般的敍事手法，而且不慍不火，採取的也是客觀的，排除情緒的語言。但是整首詩，給人的感覺，並不因爲乍看之下似乎無甚技巧，不因爲乍看之下似乎僅在講一件平常的事，而乏力，而減輕給人的感動力。相反的，它提供了相當強烈的感動性。這種寫法，必須有相當高明的手法、技巧。

將剛才提到，這首詩中兩種對比，即物象與物象，人與物象之間的關係。這種呈現，交叉、象徵的方法，確是一種高明的手法。

這一點，使我想到；有很多詩作，也採用敍事手法來寫，但是詩的表現往往讓人覺得微弱、淡薄、無力。同樣用敍事手法，但結果並未能繪出深刻的感受。所以，我認爲「從有鐵柵的窗」這首詩，應該能給一般慣用敍事手法表現的詩人們提供很好的範列。

當然，每一位詩人，因生活背景，體驗的不同，表現的詩世界也不同；不過，我相信，如果能更深一層想，敍事並不應停止於所敍之事，而要掌握到它的內面性、外延性，這是很重要的事。

陳：剛才談到的是這首詩方法論上的問題。現在，來看看這首詩所觸及的問題。

我認爲：這首詩有一個很銳利，高明的地方；即：提出一個疑點，而這疑點是我們習慣的事。加了鐵柵的窗是爲了防竊，是一般的習慣。但用這種事態來發想，發展成我們被有鐵柵的窗監禁；進而逆發想成世界被關在外面。而且，不是僅僅包含了詩人自已的逆發想就結束了。現實精神，封鎖自已的有鐵柵的窗和爲了安全了做的鐵窗之間，象徵的意義又是什麼呢？

同時，窗外的世界用鴿子做對比時，這種動的存在，牠的自由自在和鐵柵內人的靜的存在。這種動與靜，自由與拘禁的對比，存在著許多耐人深思的課題。

到底，比起窗外的鴿子，人是更有價值的嗎？「甚至我們不如一隻鴿子！」從鴿子飛的意義，可以尋出相當強的動力來。

從物象，可以寄託許多感情和思想，這是一個例子，不能僅僅從表面的存在看物象，物象是可以擴大出很豐富的內涵的。這也提供了許多反省。

鄭：我認爲，這首詩，本身就是一個極高明的暗喻，這是這首詩極成功的地方。換言之，讀這首詩，餘味無窮，不管從現實的那一個角度讀這首詩，了解這首詩，有幾個現實之點的「物象」，是很重要的。首先，「下著雨的那天」、其次，「一面旗」、再者，「一隻鴿子」。

旗和空曠的天空，避雨的鴿子和窗內的我們，物象和物象之間緊密地扣緊著，關連著。而「有鐵柵的窗」監禁著我們，說是為了安全。毫無疑問的是反諷的手法，因為這引發我們「眞的是這樣子嗎？」的疑問，我覺得眞正予人感到悲哀的是「從有鐵柵的窗／我們封鎖著自己／我們拒絕眞正打開窗子／讓陽光和風進來」這種好像被現實挫折造成的結果。到底我們是不是眞的不如一隻鴿子呢？這個疑問、這種自省、這種批判，多麼強烈而有力。

這首詩，還有一個可貴之處；雖然現實予人挫折感，但並未因之而絕望，我們的心是隨著那隻鴿子，飛翔在雨後潔淨透明的天空。

陳：對你所說的「希望」，我也有很深的感受。

這種希望是一種無奈的，逆說的成份的希望，詩的結尾，透明的天空的確產生相當程度的希望感。

希望的背後，支持這判斷的，牽涉到一個問題。那就是詩人本身和詩人的追求之間，會有問題提出，其根本的出發點，是根據什麼呢？我認為毫無疑問的是現實意識。

這種現實經驗如果僅發展成經過物象，本身雖然也造成完整的象徵，但會僅止於經驗的表面，不會這麼強烈。這首詩，能有這麼強烈的象徵性，是因為透過這首詩，詩人將現實經驗予以思想化，而產生了現實意識。譬如，以「窗」來說，詩作品有許多提到「窗」，和這首詩的「窗」是不同的。安全、拒絕、監禁，這些思想都變成這首詩的重要思想。所以說，這首詩是由現實意識所發現出來的，含有深厚的詩化的思想性。

鄭：詩用語言表現。詩所能產生的力量，有時詩人本身很迫切想彰顯出來。有些詩作者常常急切想站出立場來，而採取直接的方式，以為會較具感動力。但是否如預想呢？我認為大有疑問。

有時候，不妨用另外一種角度，來觀察、來表現。表面上看起來，好像不能立即使讀者接受到詩人想傳達的意念。一旦詩人背後所隱含的意念，有深刻的力量、思想，被接觸到時，力量更大。就像這首詩。

陳：正如你說的，這首詩相當成功。李敏勇的這首詩不但發想有其獨特之處，表達又極準確。實在是一首完整性高、意義性強的作品。

鄭：談到這兒。我更感到，寫詩實在不是一件容易的事。要寫出好詩，更是困難。

陳：詩人應在方法論及精神，不斷自我鞭策、檢討。李敏勇這首詩已經顯示出他更新、更好的詩路了。

播種、耕耘、收穫

「亞洲現代詩集」的刊行與「笠」的成長

陳明台

(1)引　言

「亞洲現代詩集」第一集終於在一九八一年十二月十五日，在日本東京出版了，這一創舉可以說是年底臺灣詩壇最大的收獲，値後拍手喝采。「亞洲現代詩集」計收入以中、日韓三國詩人爲中心的一百零六名詩人（其中臺灣詩人二十三名）的創作，以三國文字（加上英文並列，不只水準整齊，在印刷、設計方面都十分考究，堪稱是一部豪華的國際詩選集。爲紀念此一詩集的出版，十四日，在臺北有由中、日、韓三國詩人參加的「中日韓詩人聯誼會」的召開，由此會議揭開了序幕，三國詩人聚於一堂，超越語言、國界，熱烈論詩。

「亞洲現代詩集」的出版是由臺灣詩壇上歷史悠久的笠詩社爲主導，聯合了日韓詩人，經過長期間的策劃、奔走才告實現。羅馬非一日可以造成，「亞洲現代詩集」從構想的蘊釀、詩人的交流到着手研討、編輯、刊行出版爲止經歷了諸多波折。「……不管如何，「亞洲現代詩集」可以說是經歷了將近二十年長久的歲月，才漸漸達到刊行成熟的時機……」（註一。從「亞洲現代詩集」編印的歷史與笠詩社的成長，或者是笠與海外詩壇，特別是日韓詩壇交流的歷史，可以看出此次「中日韓詩人聯誼會」的背景淵源。本文即以笠詩社的成長爲經，笠與日韓詩壇的交流爲緯，來說明這一部「亞洲現代詩集」誕生的曲折歷程，由此經緯可觀出我國詩人在現代詩的追求上，付出的心血，象徵了臺灣現代詩從播種、耕耘而有所收獲的過程，也是近三十年的臺灣現代詩發展的一側面。

(2)「笠」的成長

笠詩社是於一九六四年（民國五十三年）六月十五日，由當時十二位詩友發起而正式成立的。其中至今仍活躍於詩壇且爲笠核心份子的詩人計有桓夫、錦連、林亨泰、杜國淸、趙天儀、白萩、詹冰等。笠創立的背景乃是源於一九六四年前後，臺灣詩壇傾向超現實的表現手注，流行着脫離現實、脫離生活、脫離根源的虛無唯美風潮，笠詩社秉持：「檢討過去數十年間，各詩派的分裂而產生的種種缺點，並基於詩的本質的把握，展開追求新的、充實的現代詩的活動……」（註二）由此種對現代詩的探討感，配合了笠詩人誠實、木訥的態度與作風，一開始即提倡走出樸素寫實的路線，默默地耕耘，直到今日，已發行了一百零六期，不脫期的進入第十八個年頭。

在十八年當中，笠的同人做多於言，保持樸實的作風，堅持詩人應默默寫詩、辦詩刊的本份，盡力爲詩壇貢獻出綿薄，以下試簡扼要地分爲數個項目加以說明。

一、笠在臺灣現代詩史上最大的貢獻應該是在建立新的詩風這一點上。從創刊開始，笠詩人即以追求詩的本質、重視詩的表現方法與技巧，強調現實精神，掌握社會、鄉土意識，紮根於生活而創作不懈，一方面以呈定流行的空虛的美文及虛無主義，崇尚寫實作風，一方面倡導強烈的批判精神，造成了扭轉詩壇頹風，創造眞正的鄉土詩文學的任務。目前廣泛受到議論的鄉土文學正是笠詩人從成立以來一貫的追求與主張。（註三）

二、笠在臺灣現代詩壇上也有一重要的貢獻，即培養了不少年輕的詩人。就笠本身的同仁的組成來加以分析，目前笠有三個世代已經形成，如巫永福、陳秀喜、黃騰輝、桓夫、杜芳格、錦連、林亨泰、詹冰等跨越語言的第一世代，如杜國清、趙天儀、非馬、許達然、白萩、李魁賢、林宗源等中堅的第二世代，如鄭烱明、陳明台、傅敏、拾虹、李勇吉等的年輕繼起的第三世代。這三個世代各有其不同的學養、體驗及潛在力，互相配合無間，造成了笠無限的能源及蓬勃的氣息。最近郭成義、楊傑美、趙迺定、陳坤崙、莊金國、曾貴海等也正在活躍之中。這種重視世代交替的精神可以說是笠最大的力量。笠的園地也始終保持開放性，目前詩壇上許多有成就的詩人，如林煥彰、喬林、向陽、吳晟、羅青、岩上、王灝等，均有一段時期在笠詩刊上發表過作品、活躍過，也是些新生代的詩人，或從笠詩刊出發，或以笠詩刊爲渡橋而創造了自己的風格。（註四）

三、翻開笠詩刊，稍微細心地觀察笠十八年來的軌跡，從一百零六期的內容應可以充分理解，笠同仁及笠在踏實地耕耘下，迅速成長的風貌。另外則從出版的詩刊、詩集、譯詩集、編選集的數目即可看出笠的耕耘成果（註五）。笠詩人是經過長期的努力和經驗的積累，才能在批評、翻譯、創作，也就是現代詩的多方面與嘗試留下斐然的成績。

四、除了對於臺灣現代詩的整理、發展、評介付出努力以外，笠詩人在對國際詩壇的交流也貢獻甚鉅。由於笠同人具備了語言的有利條件，如桓夫、錦連、林亨泰、詹冰的日文，非馬、許達然、杜國清的英文，李魁賢的德文等等，在翻譯及介紹外國優秀的文學理論、詩作品方面，留下了可觀的成績，只要翻閱各期的笠詩刊當可看出豐碩的成果（註六）。在詩誌上對於外國作品加以介紹和整理之外，與國外重要詩刊或詩人的交流也是笠詩社的活動之一，尤其在與日韓詩壇的交流方面最具成果，以下擬對笠十多年來與日韓詩壇交流的歷程作一說明。

(3)與日本詩壇的交流

笠與日本詩壇的接觸，始於詩人陳千武與日本詩人高橋喜久晴的交往。先是一九六五年十二月，日本靜岡縣中央圖書館舉辦「早春的詩祭」展覽會，透過高橋氏，陳千武將我國的作品多數送往參展，其中包括，笠、藍星、創世紀、葡萄園詩刊、野火詩刊、現代文學叢書、創世紀叢書及詩選、詩集、詩人原稿等等（註七）。接著，在一九六六年二月號的靜岡詩人會報與福岡詩人會報上，陳千武分別撰寫了「中華民國現代詩概況」，述及中國詩壇當時的大勢，引起了日本詩壇的注目。同年八月才有日本最大的詩誌「詩學」發表了「中國現代詩特集」，特輯中除刊載了桓夫、錦連、詹冰、林亨泰、趙天儀、李魁賢、白萩、吳瀛濤諸同仁的作品以外，陳千武也翻譯了沙牧、喬林、紀弦、余光中等計達十數人的創作。此一導輯的策劃爲基點，一九六七年四月日本詩人高橋喜久晴訪華，更促進了他對臺灣詩壇及笠同人的進一步的理解，而於返國後大力地對臺灣現代詩廣加介紹。開始了笠與日本詩壇往還的頻繁。高橋氏曾於一九六七年九月在「詩學」誌上發表「臺灣現代詩」一文，後來又補充內容改題爲「跨越語言的一代—臺灣現代詩，詩人與語言」列舉了桓夫、錦連、詹冰、方思、余光中、羅門、張默等詩人的作品，並對多數詩人加以簡介，從語言與詩想的關聯分析臺灣現代詩的特色，詩壇的狀況，極爲深入。資料的豐富與解析的具體，對于介紹臺灣現代詩給日本詩壇發揮了極大的作用。約略在同一時期，透過經由交換閱讀的方式，由詩人陳千武的安排，笠詩刊與日本各地的詩刊展開了交流，其數量達到數十種之多，其中較具份量且仍保持聯繫的「指紋」「異神」「詩苑」「絨氈」「新詩潮」「詩與批評」「詩表現」「航程」「現存」「時間」「灌木」「市原詩人」等等十數種。其中以北海道最大的同人詩誌「裸族」曾經大量地譯載了臺灣詩人的作品，如桓夫作品特集，女詩人作品集，白萩作品集評論等等。以上第一階段的交流的成果，引起了日本詩學界的迴響，終於有笠詩社主編，日本東京若樹書房出版的「中華民國現代詩選」的刊行。

這本詩集共選入六十位詩人一百零八首的作品。可以說是在日本出版的最完全最初的臺灣譯詩集。此一詩集的後記附有「臺灣現代詩的歷史和詩人們」一文，詳細介紹臺灣現代詩二十年來的發展、變遷、詩人的風格等等，結論則以：「活躍在臺灣的詩人們，正依其自覺，持著孕育環境的獨特性和問題的複雜性的那些語言的使命，越趨深入反省的意識，希冀向大眾推展出新的詩的世界。」（註八）表達了我國詩人的省悟，自我檢視與自我期許。與詩刊的交流並行，笠詩人與日本詩人的聯繫及交流也頻繁地進行著，在促進詩的交流方面產生了極大的作用。笠同仁中與日本詩人交流最積極者首推詩人陳千武，除了前述的高橋氏以外，有名的詩人如村野四郎，北川冬彥，荒地集團的田村隆一等，詩刊的主編如各務章、谷克彥、南邦雄、原田孝一、秋谷豐等均建立了深厚的友誼。而其方式或透過翻譯作品及通訊，或相互拜訪，激起了詩的火花，負起兩國詩壇架橋的責任。另外，陳秀喜女士與地球、裸族詩人的交往，詩人詹冰參加詩淵同仁，陳明臺參加市原詩人同仁，林鍾隆參加裸族同仁等，都對參與和認識日本詩壇甚生了正面的效果。日籍詩人北原政吉的加入笠同仁也可見出中日詩人互相交誼的一端。北原氏曾在臺灣當過小學教師，他本著對於臺灣的鄉愁與情誼，遂毅然負起編輯笠詩人作品集，促成在日出版的重任，一九七九年二月「臺灣現代詩集」終於在熊本一家書房的厚意下出版。這本詩集完全以笠同仁爲收納對象，計有三十人九十五首作品，可以說是最足以顯示笠風格的選集。這本選集在日本出版以後造成相當熱烈的反響，不只是朝日新聞以「高水準的臺灣現代詩」，讀書人週刊以「傳播超過歷史重量的聲音」爲題加以推崇，更入選爲日本圖書協會選定圖書，而且引起在日本臺灣史研究學界的注目。在此一情況之下，熊本的書房又推出了詩人陳千武的「媽祖的纒足」日文詩集（一九八一年一月發行），這是一部自選詩集，以顯示臺灣的風土與現實爲着眼點，頗獲注目與好評。

(4)與韓國詩壇的交流

和上述日本詩壇交流約略同一時期，以同樣的方式，笠展開了與韓國詩壇的交流。先是，一九六六年詩人陳千武與在日韓國詩人李沂東透過靜岡詩人會報而相識，再由李沂東介紹了在韓國的重要詩人金光林，經由通信而發展了友誼，雙方以介紹兩國作品在自國的詩刊發表爲重點，加強了詩刊和詩的交流。從一九七一年八月，韓國「現代詩學」詩誌刊出金光林翻譯的現代中國詩，十七人集」，刊出了桓夫的「咀嚼」，錦連的「發掘」，傅敏的「遺物」，白萩的「蛾」，拾虹的「燈」以及詹冰、林亨泰、黃靈芝、余光中、商禽、朶思、周夢蝶、紀弦、羅浪、黃騰輝、洛夫、瘂弦等詩人的作品以來，韓國的詩誌時有臺灣詩人作品的介紹。如一九七三年十二月「心象」詩誌刊載了陳千武所撰的「臺灣現代詩的動向」引用了方莘、洛夫、陳明台、拾虹、傅敏、鄭烱明、白萩諸人的作品對臺灣現代詩的狀況加以分析與解說。一九八一年則有「竹筍」九月號刊載了桓夫、陳明台、趙天儀、陳秀喜、許達然諸人的作品，十月號「心象」刊載了配合亞洲現代詩集出版的中日韓三國詩人作品，臺灣詩人計收有桓夫、辛鬱、梅新、白萩、余光中等人。目前笠與韓國詩壇仍透過作品與詩人的相互交誼，努力在擴大詩的交流。

(5)介紹日韓現代詩

在介紹日韓現代詩作品給國內詩壇方面，陳千武、詹冰、羅浪、陳明臺、林鐘隆、陳秀喜等人均曾譯介不少日人作品，主要者包括中原中也，金子光晴，丸山薰，三好達治，萩原朔太郎，小野十三郎、田村隆一、黑田三郎、鮎川信夫、北川冬彥、中桐雅夫、北村太珂、吉本隆明、關根弘、那珂太郎、谷川俊太郎、大岡信等，杜國清、錦連、桓夫等亦曾對日本現代作品加以解說、論述，對鮎川信夫、村野四郎、西脇順三郎的詩論加以譯介。從「日本現代詩選」（陳千武譯）及「日本抒情詩選」（陳明台譯）兩選集即可見出在介紹日本詩方面笠付出的心血。在韓國詩的介紹方面，詩人陳千武曾出版有「韓國現代詩選」

，對金光林、朴木月、申瞳集、李沂東計二十七家作品加以介紹。傅敏也繼續地翻譯了一些韓國現代詩的作品。

日韓現代詩的譯介不只在詩作及詩論方面，使我們對日、韓兩國作品有所認識，也對世界詩潮有所了解，更經由比較，融會而在有形，無形之中，使我們收到「他山之石，可以攻錯」的效果。

(6) 結語

一九八〇年十一月，日本國內同仁最多的詩誌「地球」為了紀念創刊三十年舉行「地球的詩祭」，邀請世界詩人共襄盛舉，這也是十一月在東京召開國際詩人大會的由來。參與世界詩人來自十五國計六十八名及日本四百名，十分盛大。笠同人有桓夫、巫永福、杜國清、趙天儀、李魁賢、陳明臺、林宗源、陳秀喜列名及提供作品。也是說次會議，導致陳千武、高橋喜久晴、金光林三位詩人的會面，以及笠與日韓詩壇交流的成果，配合他們對詩推廣的熱情，得以達成出版「亞洲現代詩集」的最後的協議；在漫長的歲月中蘊釀的「亞洲現代詩集」也在一九八一年十二月誕生了。正如陳千武所云：「從「亞洲現代詩」集的出版，可以了解到將來詩不只限於在詩人自身的環境來創作，詩人固然不能不重視立場與環境，更應該擴大視野，具備有國際性、世界性的思考，由此而可以促進詩的交流，提高現代詩的水準。」（註九）我們應該覺悟到有播種、有耕耘才有眞正的收穫，腳踏實地的努力下去。

附註

註一：參見「亞洲現代詩集」第一集，編輯委員後記，高橋喜久晴氏「民族的語言」二三五頁，一九八一年十二月十五日東京出版。

註二：參見高橋喜久晴著「詩的幻影」一九一頁，「跨越語言的一代」論文中引用詩人陳千武的話。

註三：關於笠的發展史，李魁賢有「笠的歷程」一文，刊載於一九八〇年十二月十五日出版笠詩刊一百期，三六頁。

註四：參見同右，李魁賢曾對在笠上發表作品的詩人開列名單而有所說明。

註五：參見同右，李氏有詳細的羅列和統計。

註六：參見各期的笠，參見註五李魁賢的統計。

註七：參見笠詩刊第十一期，一九六六年四月出版，一頁。

註八：參見笠第四十期，一九七〇年十二月出版，四九頁「臺灣現代詩的歷史與詩人。」

註九：一九八二年元旦，詩人傅敏訪問詩人陳千武時，陳千武談話的一部份。

中日韓現代詩人會議文獻

一、主持人桓夫開幕致詞

今天是一九八二年新春的一個好日子，且在富於活潑朝氣的中華民國臺北市舉行中日韓現代詩人會議，是在歷史上非常有意義的一件事。

無論哪一個時代，詩都是走在文化各種藝術最前衛的一種作業，寫詩的人都有這種想法與自負，而這種前衛的作業，最容易引起人家驚訝的感動，因此詩的影響力非常尖銳、強烈、深刻，容易互相得到共鳴。也因此今天能使中、日、韓三個國家的詩人聚集在一堂，說起來這是很自然的結果，本來這種聚會早就應該開始，且持有較多的時間才對。但是由於地域環境不同，受到歷史、社會、政治等各種因素的阻礙，使我們分離得很遠，覺得十分遺憾。不過，今天我們能夠突破一切的阻礙，在此聚會，特別覺得高興，我們應該把這種心與心的接觸交流長久維持下去。

「亞洲現代詩集」第一集，以「愛」爲主題，已經在去年底出版，我們愛國家、愛民族、也愛鄰近的國家的人。而今天聚在這裏的都是愛詩的人，可以說詩的心是從愛出發的，持有愛的根源才有詩的心。

今天我們要開會討論的主題，就是怎樣把詩的心從中華民國、從韓國、從日本延伸到亞洲所有的國家，並以詩共通表現的心象（Jmage），擴展到地球的各個角落去開花。我想這是我們應該努力去做的。

最後我要向爲了籌備今天這個會而費了很多精神與時間的各位詩人朋友表示由衷的謝意，並對於韓國、日本的詩人朋友，以「有朋自遠方來不亦悅乎」的心情，表示熱烈的歡迎。

二、韓國代表團長金光林致詞

今天，韓日中三國詩人間有一個機會共聚一堂，分享友誼與歡欣，實在令人感到無限地愉快。

最近，我知道有許多大大小小，各式各樣的國際詩人會在召開，但是，僅以三個親近的鄰國的詩人而共聚一堂，這一次應該是頭一次吧！十分具有意義與價值。

詩人的聚會，較之任何集會都來得純粹而且眞情洋溢。超越了語言與國界，互相感受得到溫馨的集會，不會伴隨有任何利害，得失的觀念，可以說是「心有靈犀一點通」的人們的聚會。我們只要有豐饒的人性與暢開的叡智。

我們只要有豐饒的人性與暢開的叡智，我們只要有期詩和平與自由的願望就够了。

政治或經濟會造成戰爭，但詩絕不會造成戰爭，詩不懂殺傷，反而具有可以將企圖思考、進行戰爭、殺傷的心純化，消除的作用，因此，我不喜歡具有御用的政治目的的詩。

兩個月前，我爲了找尋文明的源頭而作了數國之旅，在去印度途中，經過桃園機場，我的眼前不禁浮現出熟悉的令人懷念的貴國詩人的臉孔，而且漠然地想著素未謀面的詩人的事情，但是僅僅過境而無法去拜訪他們，實在令我感到路過情人之門而不得入謀遺憾。

對大力促成這次會議的詩人陳千武先生，從素未謀面而透過作品而開始交誼，一九七九年秋天，在韓國有一個戲劇性的見面，當時交談的事萌了芽，結了實，而亞洲現代詩集就是地球詩社召開的在東京的詩人會議時才做了最後的法定，是長期交流的果實。

我國有一句俗話：「會會戀人，摘摘果實」，來參加這次會議。我希望多多與詩人朋友見面，而儘可能有大的收獲携帶回去，詩人的聚會確實是淸新而秀麗，純粹的集會，我們三國詩人的聚會雖然僅有短短的四天，但是我們互相分享的友誼可以延綿至三百、三千年，甚至永遠。

謝謝各位。（陳明台譯）

三、日本代表團長秋谷豐致詞

接受第二次詩人大會的邀請，訪問臺北是一九七三年秋天的事情。分享了世界各國詩人們的友情以及莫大的歡欣的那天的興奮，對我而言是一生難以忘懷的回憶。今天，再度來訪亞洲的美麗之島的華麗島，實在是令人感到光榮以及無限地愉悅。

中華民國、韓國、日本，這些最好接近，最具親切感的各國作爲主持、催生、發行的國家而出版了亞洲現代詩集第一集，這件事可以說是本次訪華的最大的目的之一，然而在第二屆臺北詩人會議，第四屆漢城詩人會議，以及一九八〇年十一月東京詩人會議中與多數不相熟悉的詩人的邂逅下成爲亞洲現代詩集的出發點，展望著開拓亞洲現代詩新的領域的最初的跫音。在臺北、在漢城、在東京，我們都好像是二三十年前就已經認識了的朋友一般，緊握著手而談論詩、談論人生。這些會議最值得珍貴的一點是在于尊重人和人的相逢的自由。不拘人種、語言的不同，在那兒有著人們存在著，人們的心和心交流著而產生溫馨的共感。

詩是以語言創造的世界，在人們開始說出了口的語言，原始的、激烈感、雄壯感，以及樸素感裡，有著語言的生命。那可以說是叩響人間的胸膛的生的感情，在那兒有著世界共通的眞實。

在此聚集的三國的詩人們互相確認著對于語言的信賴的時候，才能爲亞洲帶來眞正的和平與自由吧！

藝術無國境，如此地將擴大人與文學的可能的光榮的場所賦與我們的中華民國的諸位先生，我願意表示深深地感謝與敬意。

最後，我想談談私人的事情，去年在美國舊金山的詩人大會，我和新川和江兩位日本詩人代表獲得了文學博士，桂冠詩人的榮譽，這也是中華民國詩人們的支持與指導造成的結果，在此很高興地向大家報告，同時表示謝意。謝謝各地。（陳明台譯）

四、中華民國代表團長巫永福致詞

日本國、大韓民國的詩友們、國內的詩友們：

中日韓現代詩人會議，是我們亞洲現代詩人在中華民國臺北首次的聯誼會議。因此，是一件劃時期的歷史的出發。在這時候，「亞洲現代詩集」第一次的出版，更是一件值得慶賀的事情。

中日韓三國有著東方詩學共通性的淵源，中國古典詩，在韓國和日本，都稱爲漢詩，漢詩可以說是東方詩學共通性的基礎之一。由於三國民族性的不同，在漢詩的創作上曾經展現了不同的民族的風格。但是，不可否認的，漢詩，也就是中國古典詩，曾經在東方詩學上有其歷史精神的淵源和意義。

中日韓的現代詩，都是中日韓詩的現代化的產品。都受到外國詩的衝擊，尤其是西方詩潮的衝擊。不過，中日韓的現代詩，由於有著歷史性的東方詩學共通性的淵源，加以在語言文字上的血緣，在現代詩的創作上，雖然有其不同的風格和風貌，同中有異，異中有同，但是，畢竟有其共通性與親近性的存在。

爲了中日韓現代詩的發展，也爲了亞洲現代詩人的聯誼和交流，我們相信這一次的會議，以及這一次的出版紀念，將可以給我們中日韓現代詩帶來新的血液、新的刺激以及新的開拓。

謝謝日本國、大韓民國現代詩人遠道而來，首先表示我們的敬意與謝意。如果有招待不周的地方，也請多多包涵，最後敬祝各位詩友身體健康、詩運昌隆。

佛洛斯特一束

非馬　譯

雪夕停馬林邊

這是蹺的樹林我想我知詳。
但他的住家在村上；
他不會看到我停在這裡
對着他覆雪的樹林張望。

我的馬兒定必覺得蹺蹊
在四無農莊的地方停蹄
介于樹林與結凍的湖泊
一年裡最陰沈的暮夕。

牠搖一搖繮鈴
問是否有什麼不對勁。
再有便是線般的
微風與毛雪的低吟。

這樹林可愛，深邃且幽暗。
但我有約待踐，
在我睡前還有許多路要趕，
在我睡前還有許多路要趕。

偃伏

雨同風搭檔，
「你推我打。」
它們如此摧殘着花床
強使花們跪下，
且偃伏—雖不致死亡。
我知道花們的感覺。

小鳥

我曾希望一隻鳥飛走，
別儘在我屋頂唱歌；
在門口對牠大拍其手。
着我到了忍無可忍的時候
錯處定必多少在我。
鳥的音調沒有罪過。
而當然總有什麼不對
想緘默唱歌的嘴。

夜的知心

我曾是夜的知心。
我曾往雨裡去—又從雨中來。
我曾把最遠的市燈走盡。
我曾光顧最陰暗的市巷。
我曾走過巡更人的身傍
而低垂我眼，不願開腔。
我曾站定且踩息足音
當遠處一聲斷呼
從另一條街傳過屋頂，
然非喚我回或道再見；
而更遠處高入雲霄，
一座夜光的頂着天
宣稱這時辰既非幻亦不眞。
我曾是夜的知心。

傍晚在蔗園裡

三月的一個傍晚
我在糖廠的外面閒逛，
我小心地叫火伕
請他放下鍋去撥爐裡的火；
「呵火伕，把火再撥一下，
讓更多的火花隨烟冒出烟囱。」
我以爲其中也許有一些會繚繞
光禿的楓枝，在稀薄的
丘陵空氣裡繼續燃燒，
加入上頭的月亮。
月亮，雖纖弱，還是月亮得够照出
一個有蓋的水桶在每棵樹上，
以及黑地上一張熊皮的雪氈。
火花們不想當月亮。
它們滿足于樹間的花樣
如獅子星座，獵戶星座以及七星。
而那便是頃刻間充滿了枝頭的東西。

無意中仰觀星群

要天空除了浮雲及抽痛的神經般的
北極光之外還來點別的
你恐怕得等上好長好長一段時間。
日月交錯，但從不碰頭，
既擦不出火花，也不砰然相撞。
星球們的軌道似乎纏糾一起，
但好好的什麼都沒發生。
我們不如耐心過我們的活，
要是爲了保持清醒需要來點震驚與變化，
最好到星星月亮太陽之外的地方去找。
沒錯最久的乾旱會在雨中消失，
中國最長的和平會在爭鬥裡斷送。
但澈夜不眠的觀者將大失所望
以爲可親眼看到平靜的天空
在他特定的時辰裡爆裂。
這平靜似乎篤定可維持一整個晚上。

懷疑論者

遠星撥弄我敏感的盤碟
把一兩個黑原子炸白，
我不相信我相信你說的鬼話。
我對浮光的事實沒有信心。

我不相信我相信你是太空裡最後一個，
我不相信你沾到最後的邊，
我不相信那使你的臉那麼紅的
是迅速擴散開去的爆炸。

宇宙也許眞是渺無邊際。
但有時我免不了感到
它正向我的知覺圍攏
像生我的胎衣此刻仍緊緊將我包裹。

虛勇

要是我走路不仰起臉
提防掉下來的星星
說不定它們會打到我頭頂？
但那是我不得不冒的險。

沒走的路

兩條路在一座黃樹林裡分歧，
可惜我分身乏術難以得兼
而作爲一個旅者，我久久佇立
眺望二者之一盡我目力所及
直到它轉彎在灌木叢中消失不見；

然後選取他途，以示公允，
且也許還有更好的理由，
因爲它多草而需人行；
雖然在這方面過路人
踐踏它們無分薄厚；

而那早晨兩者一般偃伏
在葉裡未受黑脚步侵擾。
啊，我留第一條待他日！
但念及路途如何引向路途，
我懷疑這一天是否會來到。

這些我將以一個嘆息敍述
在若干年代後的某處：
兩條路在一座樹林裡分歧，而我—
我擇取一條較少爲人走過，
而那改變了整個局勢。

火與冰

有人說世界將在火中喪；
有人說在冰裡亡。
因我嚐味過慾求
我是火論者的同黨。
但若它必須兩度遭殃，
我想我知道足夠的恨與仇
知道爲了破壞
冰亦大爲可取
且綽綽有餘。

一九八○年諾貝爾文學奬得主

米洛舒詩選（中）

杜國清譯

3.所學（What did he learn）

獻辭（DEDICATION）

我無法拯救的你們，
請聽我說。
盡量瞭解這個簡單的講詞，因我會對另一個感到羞恥。
我發誓，我身上毫無言語的魔術。
我對你們說話，以沉默如雲或樹。

使我堅強的對你們却是致命的。
你們將一個時代的告別與一個新時代的開始混在一起，
將憎恨的靈感與抒情的美，
將盲目的武力與完成的形象。

這兒是波蘭淺河滙流的河谷。而一座巨橋
仲入白霧。這兒是一個破城，
而風將海鷗的尖叫投在你們的墳上，
當我在跟你們說話時。

不能拯救世界或人民的
詩是什麼？
官方謊言的共謀，
喉頭即將被割的酒鬼之歌，
大二女生的讀物。
我要好詩而對它並無了解，
最近我發現它那有益的目的，
在這點，只在這點，我找到了救贖。

他們從將玉米或罌粟的種子撒在墳上，
去餵化成鳥兒回到人間的亡魂。
我將此書呈獻在此給曾經活過的你們，
因此你們永遠不致再來騷擾我們。

華沙一九四五

市民之歌（SONG OF A CITIZEN）

一塊岩石在海底深處，目睹了海水枯竭，
而億萬白魚在痛苦中跳躍，
我，可憐的人，看見衆多白腹的民族
沒有自由。我看見螃蟹以他們的肉爲食。

我曾目睹「衆邦」的沒落與種族的滅絕，
國王與皇帝的逃亡，暴君的權力。
而現在，這個時候，可以說：
我—存在，而一切滅亡；
可以說：活狗勝於死獅子，
如聖經所說。

一個可憐的人，坐在冷椅上，接着眼瞼，
我歎息，沉思星空，
沉思非歐幾里得空間，沉思阿米巴及其僞足，
沉思白蟻高起的土墩。

走路時，我睡覺，睡覺時，我夢見現實，
我被追着跑而且滿身汗水。
在耀眼的曙光掀開的廣場上，
在被炸落的大理石門的殘迹下，
我經營伏特加和黃金。

然而，我時常如此接近，
我深入金屬的核心，地球的，火的、水的靈魂。
而未知揭開它的臉，
如夜之展現，寧靜，映照着潮水。
光澤的銅葉園招呼我，
那些，你一碰就消失。

而且如此接近，就在窗外—世界的玻璃暖房，
那兒，小甲蟲加蜘蛛等於行星，
那兒，漫遊的原子突然起燃如土星，
而，附近，收割的莊稼人飲用冷壺，
在焦熱的夏天，

這就是我曾想要的，僅此而已。在我當年，
像老歌德站在大地的面前，
且認識它，使它和解；
與我建立的工作，一座森林城堡，
在變易不居的燈光與短暫陰影的河上。

這說是我曾想要的，僅此而已。因此，誰
是有罪的？講剝奪了我的
青春與成熟的歲月？誰將我的
華年摻入恐怖？是誰，
不管怪誰，是誰呀？上帝？

而我只能沉思關於星空，
關於白蟻高起的土墩。

華沙一九四二

一個可憐的基督徒對猶太人區的看法 (A POOR CHRISTIAN LOOKS AT THE GHETTO)

蜜蜂聚繞着紅肝，
螞蟻聚繞着黑骨。
已開始：撕裂，踩踏絲織品，
已開始：打破玻璃、木頭、銅、鎳、銀、泡沫，
打破石膏、鐵板、琴弦、喇叭、葉子，球，水晶飾品。
呸！磷火從壁上
吞噬了動物和人的毛髮。

蜜蜂聚繞着肺窩，
螞蟻聚繞着白骨。
撕破的是紙、橡皮、被單、皮革、亞麻希，
纖維、織品、賽璐珞、蛇皮、鐵絲。
屋頂和墻壁崩塌於火焰而熱氣佔領地基。
現在只有大地，多沙，被踩碎，
與一棵無葉的樹。

慢慢地，挖着地道，一隻衛護的鼴鼠在摸索前進，
額上繫着一盞小小的紅燈。
他碰到埋葬的屍體，數一數，繼續推進，
他辨別人的骨灰，以其發亮的氣氳，
辨別每一個人的骨灰，以不同部分的光譜。
蜜蜂聚繞着紅迹。
螞蟻聚繞在我屍體所遺留的地方。

我怕，我着怕那隻衛護的鼴鼠。
他的眼瞼臃腫，像一個主教
久坐在蠟燭光下，
閱讀物種的大書。
我將告訴告訴他什麼呢，我，一個「新約」的猶太人，
兩千年來等待着耶穌的再度來臨？
我破碎的屍體將把我送到他眼前，
而他將把我算進死神的助手之一：
不受割禮者。

華沙一九四三

咖啡館 (CAF'E)

只有我刼後餘生，
活過咖啡館裡那張桌子，
那兒，冬天中午，一院子的霜閃耀在窗玻璃上，
我可以走進那兒，我願意的話，
而在淒冷的空中敲着我的手指，
召集幽靈。

以不信，我觸撫冰冷的大理石，
以不信，我觸撫我自已的手。
它—存在，而我—存在於活生生的變易無常中，
而他們永遠鎖在
他們最後的話，最後的一瞥中，
且遙遠如發蘭廷尼安皇帝，
或者馬薩給特的酋長們—關於他們，我一無所知，

雖然才經過不到一年，或者兩三年。
我可能仍在遙遠北方的森林中砍樹，
我可能在講臺上說話或拍電影，
使用他們聞所未聞的技術。
我可能學嚐海島水果的味道，
或者穿着這世紀後半葉的盛裝照相。
但是他們永遠像某些巨大百科全書中
穿着範服大衣和胸前有花邊縐摺花紋的半身像。

有時當晚霞漆染貧窮街上的屋頂，
而我凝視天空，我在白雲中看見
一張桌子晃動。侍者帶着盤子急轉，
而他們望着我，暴出笑聲，
因為我仍然不知道在人手中死去是怎麼一回事，
他們知道—他們知道得很呢。

華沙一九四四

發蘭廷尼安皇帝（Emperor Valentinian）：羅馬皇帝，共有三位。一世，約三二一—三七五，在位期間三六四—三七五；二世，約三七二—三九二，在位期間三七五—三九二；三世，約一九—四五五，在位期間四二五—四五五。

馬薩給特（Massagetes）：俄國土耳其斯坦的古代印歐民族。

可憐的詩人（THE POOR POET）

最初的動作是歌唱，
一種自由的聲音，充塞山谷。
最初的動作是喜悅，
但它已被攫去。

既然歲月已經改變了我的血，
而成千的行星系統在我肉體中生生死死。
我坐着，一個靈巧而憤怒的詩人，
眼睛斜視，滿懷惡意，
手中，掂量着筆，
我密謀復仇。

我掌握着筆而長出枝葉，滿覆着花朵，
而那樹的氣味是莽撞無禮的，因為在那現實的地球上，
並不長有這種樹，而那樹的氣味，
對受苦的人類，像是一種侮辱。

有些人避難於絕望，它甘美
如強烈的菸草，如在虛無時喝醉的一杯伏特加。
其他的抱着蠢人的希望，玫紅如淫艷的夢。

另有一些人在愛國的盲目崇拜中找到安寧，
它可以維持很久，
雖然並不比十九世紀維持得更久。

然而給我的卻是一種冷嘲熱諷的希望，
因為自從睜開眼睛，我只看見火光，大屠殺，
只見背信、侮辱、以及吹牛者可笑的羞恥。
給我的是對別人與對自己復仇的希望，
因為我是個瞭解它，
而不為自己從中取利的人。

華沙一九四四

郊區 (OUTSKIRTS)

拿着牌子的手掉下
在熱沙上。
轉白的太陽掉下
在熱沙上。
特德做庄家。特德現在發牌。
陽光刺穿一副粘牌，
落入熱沙。

煙囱的碎影。薄玻璃，
更遠些，以紅磚打開的城市。
褐色堆，糾纏在車站的鐵絲網。
鐵銹斑斑的汽車的乾肋骨。
一個土坑閃耀。

一個空瓶子埋在
熱沙裡。
一滴雨揚起飛塵
自熱沙上。
傑克做庄家。傑克現在發牌。

我們玩，七月和五月一再經過。
我們玩了一年，我們玩了第四年。
陽光傾灑在我們變黑了的牌上，
落入熱沙。

更遠些，以紅磚打開的城市。
一個猶太人房子後面的孤松。
敢漫的脚印和平原往上直到盡端。
石灰的落塵，四輪馬車在轉動，
而在馬車裡，有人在哀聲慟哭。

拿起曼陀林吧，以曼陀林
你將彈出一切。
嘿，手指，琴弦。
這麼好聽的歌。
不毛之地。
玻璃杯顚簸掉。
不再需要。

你看，她走來了，一個漂亮的女孩子。
軟木底的拖鞋和捲曲的頭髮。
喂，小姐，讓我們快快樂樂在一起。
不毛之地。
太陽西下。

華沙一九四四

世界末日頌 (A SONG ON THE WORLD)

在世界終結那天，
蜜蜂繞着三葉草，
漁夫修補微光閃爍的網。
快樂的海豚跳入海裡，
在水筧旁年輕的麻雀遊戲，
而蛇是金皮的，正如牠應該總是如此的。

在世界終結那天，
女人撐着傘走過田原，
醉者在草坪邊昏昏欲睡，
蔬菜叫賣聲響徹街道，
而黃帆的船更接近島而來，
小提琴聲在空中繚繞不絕，
而傳入繁星的夜空。

而那些期待閃電和雷雨的人，
感到失望。
而那些期待神蹟和大天使的喇叭的人，
這時不再相信那會發生。
只要太陽和月亮在天上，
只要大黃蜂造訪玫瑰，
只要玫瑰的嬰兒誕生，
這時沒人相信那會發生。

只有一位白髮老人，他可能成爲先知，
但現在不是先知，因爲他太忙，
當他綁着蕃茄，重複說道：
這世界不會有另一種終結，
這世界不會有另一種終結。

華沙，一九四四

二十世紀中葉畫像 (MID-TWENTIETH-CENTURY PORTRAIT)

隱藏在他那兄弟關懷的笑臉背後，
他鄙視報紙的讀者，權力辯證法的犧牲品。
說道：「民主」，却眨着一隻眼睛。
憎恨人類官能的快樂，
充滿對同樣吃、喝、交媾，
但在瞬間脖子就被割掉的那些人的記憶。
建議跳舞和遊園會以解除公憤。
叫嚷：「文化！」和「藝術！」，但實際上意指馬戲表演
全然聲嘶力竭。
在睡眠或痲醉中呢喃：「上帝，呵上帝！」
自比爲將密斯拉崇拜與基督崇拜混在一起的羅馬人。
仍然守着舊迷信，有時相信自已着了魔。
攻擊過去，但害怕，一旦毀掉過去，
他將沒有東西可以枕頭。
最喜歡打牌，或下棋，不宜布自己的意圖更好。
一隻手放在馬克斯的著作上，他偷偷閱讀聖經。
他那嘲弄的眼睛望着行列離開燒毀的教堂。
他的背景：馬肉色的廢墟城市。
在他手中：暴動中被殺死的「法西斯」男孩的紀念品。

Cracow, 1945

密斯拉崇拜 (Mithra cult)：**密斯拉是波斯神話中，光與眞理之神，後成爲太陽神。**

歐洲之子（CHILD OF EUROPE）

1.

我們，胸中充滿日子的甜蜜，
在五月讚美樹木花開的我們，
是比那些已死亡的好。

我們，品嚐異國的佳餚，
全然享受愛情之喜悅的我們，
是比那些已埋葬的好。

我們，來自高燃的熱爐，來自
無止境的秋風哀鳴的鐵絲網。
我們，來自戰場當受傷的大氣以突然發作的痛苦吼叫，
我們，得到我們的狡詐與知識的拯救。

將別人送到更暴露的陣地，
大聲慫恿他們繼續戰鬥，
我們自己撤退，確知目的已經失去。

在我們死與朋友之間具有選擇，
我們選了後者，冷冷地這樣想：讓它趕快結束吧。

我們關緊毒氣室的門，偷竊麵包，
知道明天將會比昨天更難忍受。

一如人類應該做的，我們曾探索善與惡。
我們的惡毒的智慧在這地球上無可倫比。

我們比他們好，接受已經證明的這點吧，
易受騙的，熱血的弱者，不注意自己的生命。

2.

珍惜你的技能的遺產，歐洲之子，
哥特大教堂的繼承者，以及巴洛克教堂，
充滿受委屈的人們之哀訴的猶太教堂的繼承者。
笛卡兒，斯賓諾莎的後繼者，「光榮」之辭的繼承者，
李奧尼大的遺腹子，
珍惜在恐怖時期獲得的技能吧。

你具有敏慧的心靈，立即看出
任何情況的好壞。

你具有優雅、懷疑的心靈，享受
原始民族不甚知道的快樂。

由這種心靈引導，你不會了解
我們給你忠告的良言美意：
讓日子的甜美充滿你胸中。
為此我們具有嚴格而明智的規律。

笛卡爾（René Descartes, 1596-1650）**：法國哲學家與數學家。**

斯賓諾莎（Baruch Spinoza, 1632-1677）**：荷蘭哲學家。**

李奧尼大（Leonidas）**：希臘英雄，斯巴達國王，在位期間，西元前四九〇？—四八〇年。**

3.

強權得勢是不會有問題的。
我們生活在正義的時代。

不要提到強權，否則你將被控告
以秘密支持被推翻了的教條。

有權力的人，以歷史邏輯獲得權力。
向那邏輯恭恭敬敬地鞠躬。

讓你的嘴唇，提出假設時，
不知道僞造實驗的手。

讓你的手，僞造實驗時，
不知道提出假設的嘴唇。

學會以不誤的準確性預測火災，
然後燃毀房子以完成預測。

4.

從眞理的種粒中長出虛僞的樹來吧。
不要追隨那些蔑視現實而說謊的人。

讓你的謊言比眞理本身更合乎邏輯，
因此疲憊的旅人可以在謊言中找到憩息。

在謊言節之後聚集在特選的圈子裡，
渾身抖笑，當我們眞正的行爲被提到。

施與奉承稱爲：敏銳的思想。
施與奉承稱爲：偉大的天才。

我們，唯一剩下仍能從譏誚中引出樂趣的人。
我們，具有的狡滑並非不像絕望。

5.

一個新的、幽默的世代正在興起，
他們對我們以處笑之的一切正經得要命。

讓你的詞句說話，不是透過詞句的意思，
而是透過詞句被用以反對的那些。

以模稜兩可的詞句形成你的武器。
將明確的詞句丟給詞滙收容所。

不要判斷詞句，在書記們在卡片索引中
查對這些詞句是誰所說的之前。

熱情的聲音勝於理性的聲音。
沒有熱情的不能改變歷史。

6.

莫愛國家：國家不久就滅亡。
莫愛城市：城市不久即破碎。

扔掉紀念品，否則從你桌上，
一種令人瞀息的毒煙將逸出。

莫愛人民；人民不久就滅絕。
否則，他們被冤枉而求助於你。

不要注視過去的水潭。
那腐蝕了的表面將映照出
異於你所期待的臉。

7.

創造歷史的人永遠是安全的。
死人不會起來作證反對他。

你可以控告他們任何你喜歡的行爲。
他們的答辯永遠是沉默。

他們空洞的臉浮出黑闇的深淵。
你可以塡塞以任何你要的面貌。

爲統治早已消逝的人民而驕傲，
將過去變成比你本來的面直更好的肖像。

8.

眞理的愛所誕生的笑聲，
現在成爲人民的敵人的笑聲。

諷刺的時代已矣。我們不再需要嘲弄
衰老的暴君，以虛假的殷勤。

嚴峻，爲主義獻身者所應有的，
我們將允許自己，只以諂媚的幽默。

嘴唇緊閉，只受理性的引導，
小心翼翼讓我們踏入解開鎖鏈的火的時代。

大地重光（選自「世界」，兒童詩）
(RECOVERY, from "THE WORLD," poem in a primer's rhyme)

我來了——何必這種莫名的恐懼？
不久黑夜將離去，白天將昇起。
你聽：牧羊人的號角已經
吹響。星光逐漸消失於紅曦。

「大道」很直：我們在邊上。
鐘聲敲響在下面的村莊，
而籬笆上的公雞在歡迎
曙光；大地肥沃而快樂，冒着熱氣。

這兒仍是黑暗。像氾濫的河水。
濃霧籠罩黑簇簇的越橘。
然而踩着高蹺的黎明已進入水中，
而帶着鈴聲日球在滾動。

律法的精神（THE SPIRIT OF THE LAWS）

從時間外的車站地板上小孩的哭聲中，
從監獄列車機師的哀傷中，
從額上兩次戰爭的紅疤中，
我醒來，在展翅的紀念銅像下，

在共濟會寺院的鷹頭獅身怪獸下，
而雪茄的煙灰將熄。

那是一個圓柱的楓樹與傾自黎明的鳥之珍珠的夏天，
一個手拉手的、黑色的、紫羅蘭的夏天，
一個藍蜂的、哨子的、火焰的，
以及蜂鳥的小小螺旋槳的夏天。

而我，以我那沙原上的松錨，
以對死友的緘默無言的記憶，
以及對城鎮河流的緘默無言的記憶，
我已準備好以刀子割開大地的心臟，
將一顆叫嚷與抱怨的光亮鑽石放在那兒，
我已準備好以血塗抹根柢，
以符咒召喚葉子上的名字，
以夜的皮膚覆蓋孔雀石的紀念碑，
且以磷光寫下彌尼·提客勒·烏法珥新，
閃耀着令人心軟的眼瞼的痕迹。

我可以走到水岸，那兒情侶們
望着遊戲的殘餘漂流到海去，
我可以進入停車場，彩虹的肥皂泡兒，
傾聽永恒人性的無聲音符的勞苦，
以及勤勉的、敏捷的男性肌肉
對熱情的洋紅蝴蝶的
勞苦。
花園跳落到深谷底下，
灰松鼠的全國舞蹈，
以及有翼嬰兒的白色實驗室，
經常在不同的時代成長，
日子的光輝、液汁、胭紅，
這一切
似乎成爲黃原上的大太陽的開始，
那兒，在火車站，晃動的桌邊，
坐望着空杯，臉在手中的是
那些監獄列車的哀傷的機師。

一九四七

題目「律法的精神」(THE SPIRIT OF THE LAWS)，爲法國啓蒙思想家、法學家孟德斯鳩 (Charles Louis de Secondat Montesquieu, 1689-1755) 的名著書名，或譯爲「法意」。

彌尼·提客勒·烏法珥新 (Mene Tekel Upharsin)：『舊約』中伯沙撒王設筵縱飲時，手指寫於壁上的謎文。先知但以理解釋道：「彌尼就是上帝已經數算你國的年日到此完畢。提客勒就是你被稱在天平裏顯出你的虧欠。烏法珥新就是你的國分裂，歸與瑪代人和波斯人。」見「但以理書」，第五章，第五—二十九節。

誕生 (BIRTH)

第一次他看見光，
世界是鮮豔奪目的光，
他不知道這些是鮮豔奪目的
鳥的尖叫。

牠們的心臟跳動很快，
在茂盛的樹葉下。
他不知道鳥活在
與人不同的時間裡。
他不知道樹活在
與鳥不同的時間裡，
且將慢慢成長，
向上形成一道灰柱，
以根思索
下界王國的銀。

他成爲部族僅剩的一人，
在盛大的魔術舞之後。
在「羚羊」舞之後，
在「飛蛇」舞之後，
在永恒的藍空下，
在磚紅的山谷裡。

他來，在斑點的皮鞭之後，
帶着怪獸面目的盾，
在以塗畫的眼瞼
送下夢來的神祇之後，
在風所遺忘的
雕船的葉廢之後。

他來，在刀劍的交響
以及戰場的角聲之後，
在古怪的群衆
於碎磚的灰中尖叫之後，
在扇子振動
於暖茶杯的玩笑之後，
在鵝湖舞之後
以及蒸汽引擎之後。

不論他踏到哪兒，總有
從沙上追溯出來的
一個大脚趾的足跡在忍耐，
它喧嚷着要讓
他那來自原始林的
稚拙的脚試試。

不論他走到哪兒，他總會
在大地的萬物上發現，
人類的手所擦亮的
溫暖的光澤。
這永遠不會離開他，
它將永遠跟他在一起，
接近於呼吸的存在，
他唯一的財富。

一九四七

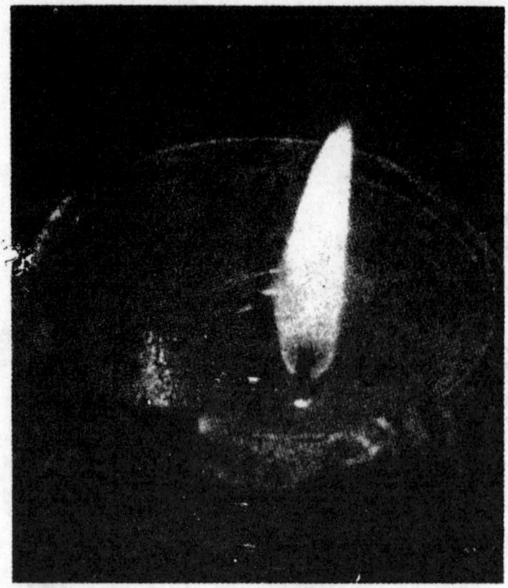

中華民國行政院局版台誌1267號
中華郵政台字2007號登記第一類新聞紙

笠 詩双月刊 LI POETRY MAGAZINE 107

中華民國53年6月15日創刊
中華民國71年2月15日出版

發行人：黃騰輝
社　長：陳秀喜

笠詩刊社
台北市松江路362巷78弄11號
電　話：(02) 711—5429
社長室：
台北市中山北路六段中16街88號
電　話：(02) 551—0083
編輯部：
台北市浦城街24巷1號3F
電　話：(02) 3214700
經理部：
台中市三民路三段307巷16號
電　話：(042) 217358
資料室：
【北部】淡水鎮油車口121之1號5樓
【中部】彰化市延平里建寶莊51～12號

國內售價：每期40元
訂閱全年6期200元，半年3期100元
海外售價：美金2元／日幣400元
港幣7元／菲幣7元
歡迎利用郵政劃撥21976號陳武雄帳戶訂閱

承　印：華松印刷廠 中市TEL (042) 263799

・王永福、陳秀喜（中華民國）北原政吉、高橋喜久晴、秋谷豐（日本）
・許英子、李炯基、柳承佑、金光林（韓國）的留言

德不孤
必有鄰
王永福

有人就有愛 有愛就有詩
有詩必是自由必有友
陳秀喜

脚踏現実之実際
眼追高遠之理想
北原政吉

生と死そして愛 これより他に
詩の主題はない
高橋喜久晴

詩を書くということは
散っていく精神なのだ
秋谷豊

어여쁨이야
어찌
꽃뿐이랴
허영자(許英子)

詩、그분 꽃속의
싸락눈
바람으로 만든 조약돌
李炯基

사랑을 심고, 사랑을 싹티우고
사랑을 키우고, 사랑을 열매 맺는
사랑의 아름다운 모임
1982.1.17 유승우
柳承佑

華麗島의
美와 友情과
酒에 醉해서
돌아갑니다
一九八二年一月十七日
金光林

PAI CHIU

Feuer auf Taiwan

GEDICHTE

Übertragen von Liang Ching-feng
und Karlhans Frank

梁景峯•富朗克合譯

笠詩社

德文版 白萩詩選 **臺灣之火**

INHALT　目錄

AHNENFEST

für die verstorbenen Eltern

Bedrängt noch nach dem Tod
Um euer schäbiges Grab
versammeln sich Fremde
bedrohlich

Ich bin erschreckt wie eine Maus die
ihre Öhrchen spitzt
beängstigenden Schritten zu lauschen

Vergeudet war euer Leben
Selbst der Tod bringt keine Ruhe vorm Leben

GESCHICHTE

A-huo metzelt Rinder
Knatsch! Päng!
Ein Schlag folgt dem andern
Scharfe Axt gegen Stirn gehoben
Sein Sohn blieb auf dem Schlachtfeld
Knatsch! Päng!
Ein Schuß folgt dem andern

„Was geht mich sein Sohn an ?
Was geht mich sein Mutter an ?"
Frisches Blut
Ein Strahl folgt dem andern

„A-huo metzle Rinder !"
Ein Schlag folgt dem andern
„A-huo metzle Rinder ! !"
Ein Rind folgt dem andern
„A-huo, metzle Rinder ! ! !"
Ein Schrei folgt dem andern

„Schreit nicht
Ich mag's nicht hören
Ich mag's nicht sehen"

A-huo schmeißt seine Uhr ins Blut
Jetzt muß er nicht mehr hören
Jetzt muß er nicht mehr sehen

DAS PROBLEM DER VOGELZUCHT

Weßer Sperling　　hundert Yen
Schwarzer Serling　　dreißig Yen
A-huo berechnet mit seiner alten Frau
Raum zu klein
Futter zu teuer
Auswahl muß sein

Man muß eine Wahl treffen
Himmel, hilf !
A-huo muß Gott werden
Weißer Sprling　　hundert
Schwarzer Sperling　　dreißig
Wer weiß, ob sich ihr Wert nicht ändert ?
Sind sowieso in einer Hecke geboren
Jeder hat ein Recht auf Leben

Es bleibt
Raum zu klein
Futter zu teuer
A-huo berechnet mit seiner Frau
Er muß Gott sein
Er muß Samen töten
vor dem Mutterleib
Er darf nicht werden lassen
Er darf nicht leben lassen
Er zerschmeißt die Vogeleier
Unb siehe :
Alle ungeborenen Kinder
bluten sich
leer

HIMMEL

A-huo liest den Himmel so
wie es die Reispflanze
auf seinem Acker tut

„Bewässere den Acker"
hatten an den Himmel geschrieben
Kanonen
Bomber

A-huo das Reisstroh
schüttelt den Kopf im Wind
„Der Himmel ist kein Vater
Der Himmel ist kein Vater mehr"

HOCHSOMMER

A

Leben blüht mühsam: eine Blume
zeigt der Welt ihr blutrotes Gesicht
Wozu?

Ich sah einen jungen Vogel
Von brennender Sonne geblendet
zerflattert er mit Flügelchen
ein sinnloses Leben

Oder die Wildpflanze auf Dorfstraße
Warum ?

B

Unser Nachbar, ein Mönch, zündete sich an
brannte als eine Kerze auf der Straße

Im Hochsommer sah ich einen jungen Vogel
mit den Bränden der Sonne kämpfen
Die flatternden Flügelchen
springen in meine Pupillen

C

Vor der Klappe des Leichenverbrennungsofens
kann das Leben den Tod nicht wählen
Aus dieser Asche erhebt sjck kein Phoenix

Ich erinnere, Leben blüht mühsam eine Blume
zeigt der Welt ihr blutrotes Gesicht
gegenüber vom Maul des Leichenverbrennungsofens

SONNENBLUME

A-huo geht sein Feld bestellen
auf verschneitem Hügel
Die Leute wollen das Rätsel durchdringen
mit Blicken wieoeinen Bikini

A-huo geht nach Osten vor Sonnenhufgang
und gräbt ein Loch
„Was willst du pflanzen
im Winter ?“

„Eine Sonneblume wünsche ich mir.
Seit Jahren sehne ich mich nach ihr.
Im Frühling säte ich stets vergebens.

„Ha! A-huo will
unter Steinen ernten !“
Man erwartet den Morgen
an dem sein Traum zerschellen wird

Da hat er sich selbst ins Loch gepflanzt
und nur der Kopf blieb frei, Gesicht der Sonne entgegen
als seine Blume

RASTPLATZ

Ein Vogel umkreist die Wipfel
ohne einen Rastplatz zu finden
Sogar im Traum wird er
noch von der Angst gejagt

Unter irrenden Füßen der Weg
ist ein Stahldraht ohne Ende
Das Paradies im Leben
wäre ein schützendes Doppelbett

Seit unserer Geburt
kreist überall der Vogel
in dieser Welt
ohne einen Rastplatz zu finden

HERBST HERBST

Als hätten wir auf der gleichmütigen Erde
tausend Jahre Liebe erlebt ! Der Herbst bleibt
der Herbst. Es bleiben die quittengelben
Gesichter der vom Krieg gejagten Menschen

Wir sind wie Fische, die lebend verfaulen,
verfaulen verfaulen verfaulen verfaulen...

Über die Erde hängt sich der Himmel, schwerer Bauch
einer schwangeren Frau. Mit ewig gleichen Gesichtern
haben wir eine tausendjährige Kultur verlebt. Eisen-
stiefel schänden unsere Tränme von unseren Frauen.

Wir sind verlassene Häuser an einer Straße,
die vor leeren Fensterhöhlen in den Fernen versinkt.

WILDPFLANZEN

Wildpflanzen sind wir. Kein
Ofen, keine Tür, kein Zaun schützt
uns in eisigen Nächten
auf kahlem Fels.

Wildpflanzen sind wir, bestimmt
ohne Blüten zu sein. Fruchtlos
leben wir und unser Wachsen wird
in die Geschichte keine Samen streuen.

Wildpflanzen sind wir, aus-
geliefert den trampelnden Stiefeln,
den Feuern der Cowboys;
wir können nicht ausweichen.

BAUM

So weit kannst du nicht sehen wie die Vögel fliegen
die hinten am Himmel verschwinden und dich
zurücklassen

Das Leben verfliegt
Du steckst die morschen Hände
in den Wind
und schnappst nach Luft

Du bleibst allein zurück in deiner Welt
und deine Blätter sind verlorener als tot für dich
wenn sie dem Wind ins Leere folgen

WILDGÄNSE

Noch leben wir, wollen noch fliegen
in diesem Himmelsmeer.
Der Horizont lockt uns als Ziel,
wir jagen, jagen;
doch wenn wir aufschauen liegt er
so weit so weit wie je.

Der Himmel ist der Himmel
unserer Ahnen,
so breit, so leer wie all ihr Mahnen.
Wie der Väter Flügl sind unsere Flügel
über dem Wind gespannt; wir stürzen
nach altem Gesetz in endlosen Alptraum.

Zwischen schwarzer, harter Erde
und blauem, bodenlosem Himmel
ist Zukunft der Horizont, der
uns lockt.
Langsam sterben wir während der Jagd,
wie die Abendsonne erlischt.
Noch müssen wir fliegen, noch weiter
im Uferlosen schweben, einsame Blätter im Wind;

und die kühlen Wolken
sehen gelassen uns zu.

WENN DIE SONNE ERWACHT

Wenn du uns antupfst, Morgensonne
und unseren Traum aufstichst
erwachen wir, nehmen Masken vor
um irgendwie Menschen zu sein

Der Todesschmerz packt uns
wenn ein Geier im Vorüberfliegen
Schatten anfs Gras wirft

Wir wollen nur irgendwie Menschen sein
lachende Masken nach außen
Tränen nach innen

Steigst du aus dem Dunkel
beginnt unser Tod
wenn wir Masken aufsetzen
um einfach irgendwie Menschen zu sein

ROSEN IM WIND

Stille,
nachrs auf dei Straße gebettet,
wird jählings mit spitzem Hupen
erdolcht.
Hoch spritzt helles Blut, ehe es
hoffnungslos in die Gosse tropft.

1

Stehend im Wind
stehend
aussichtslos stehend
Zur Rose
bestimmt
ausgeliefert stehend
hier

Antwortlos
wehen meine Worte
mit dem Wind
Schutzlos
läßt mich mein Kleid
aus dünner Zeit

Niemand sieht her
wenn ich wie ferne Welle
zart rausche
hört niemand zu

2

Nacht allerdings
starrt mich an
ohne
Liebe ohne
Wollen
Ich schlage
den Vorhang auf
Dunkle Bühne
leer
Hemd ohne Körper

3

Ich bin ohne Dank
für dich für die Sonne
die Wasser Wissen
Geschichte verteilt

Bin doch nur Nebenprodukt
wollüstiger Minute der Eltern
Charakterlos
stehe ich hier
will nichts außer
Rose sein
hier stehen

mich nicht von der Stelle rühren

4

Rose
Rose
Rose
Nur Rose
nur Rose
nur Rose
Überall Rosen
überall Rosen
überall Rosen
Jeder ist eine Rose
jede ist eine Rose
jedes ist eine Rose
alles ist eine Rose

Ich bin auch zur Rose verdammt

5

Hier-Sein ist kein Denk-Gebäude
Wind
der über Wasser geht
in dem sich der Tag
spiegelt
dein Name ist
Welle

Hier-Sein
ist nichts als Hier-Sein

6

Inwendig
sterben die Städte und Dörfer
sind alle Türen
aus den Angeln gerissen
ist kein Gesicht zu sehen
rührt sich
kein Lebenswort

Äste
sind erstrrte Gebärden
Mond ist stumpfes Silberpapier
Collage

Ich bin nichts außer
einer leeren Rose

7

Gibt man ihnen Raum
zittern die Wurzeln—Freisein heißt
wir haben und wir sind verlassen

Zwischen Ebbe und Flut
ist Wille Treibholz
Strampelnd treibst du am Ort
In deinem Element vorwärtsgehend bleiben
ist paradox

Richtung ein Hexenkreis
Unser Trampelpfad
der Nase nach
füprt nirgendwo hin

Götter sterben FREI
Götter sterben im NICHTS
Uns bleibt im Zwang die Wahl
unser Wollen zu nennen

8

Maria
wie eine Beriberikranke
läßt mit einem Seufzer
den Becher überschwappen
zart und weiß
steht auch der Schwan vor mir
wie eine weiße Mauer
ungerürt

Hier stehen
ist bitteren Witzes genug
Behalte deine Lieder
deine Kinderlieder

TRUTHAHN

Eine Angelegenheit in der Ecke des Gärtchens

Bühne frei! - er tritt auf!
Der Truthahn stolziert um den Erdball.
Er prahlt mit seiner Berufung,
hebts Köpfchen gen Himmel, beschwört mit Pathos die-
Vorsehung.
Allein sein Vater, der Himmel, ist über ihm;
alles andere
liegt ihm zu Krallen.
Der Hund schläft wie tot vor der Tür.
Der Kater nascht leis in der küche.
Truthahn beherrscht die Welt,
fährt hoheitsvoll
im Panzer durch die Straßen:
Da schauern unter Mauern die Ameisen,
die nur schuften können,
aber nie beißen - so denkt
der Truthahn, während er diese Welt inspiziert,
Spinde kontrolliert,
als gehöre ihm alles.
Freiheit? Freiheit?
Rechthaberisch kollert er auf solche Fragen:
Freiheit! Freiheit!
Freiheit ist, was ihm schmeckt.
Er frißt ein Stück Freiheit und ruft dazu Freiheit,
dann kotzt er sie aus
über den Ameisen.

VORSTELLUNG

Menschenleere Straße
Einzig geht hier
A-huo
hat den Weg nicht gewählt
Für ihn ward der Weg nicht gebahnt

A-huo ist ein Wurm
Wer beweist das Gegenteil?

»Ich bin ein Mensch«
Wer beweist das Gegenteil?
A-huo der Wurm kriecht
über menschenleere Straße
Niemand kann ihn widerlegen

Sonne bescheint sein Gesicht
macht ihm einen Schatten
so gut wie keinen denn
niemand ist da und
niemand kann ihn beweisen

»Die Welt hat nichts als mich
und ich bin nichts«

Auf der menschenleeren Straße
kommt ein Schatten über den Hügel
A-hno der Wurm kriecht darauf zu
Der Schatten kriecht ihm entgegen
Sie treffen sich

»Gutentag liebe Frau
Du bist ein Wurm«

GEFüGE

Im Hafen liegt
                    ein Boot
Im Blütenkelch ruht
                    eine Biene
Am Herbsthimmel schwebt
                    eine kleine Wolke

Den schwarzen Wald aus ungelöster Zeit
entsteigt des Kindes Weinen gleich
dem Seufzer seines Alters

Ahoi! Das Boot! Es sticht in See
Die Biene surrt geschäftig an die Wabe
Die Wolke zieht sich ohne Laut vom Himmel ab

Und keine Welle zeigt der Hafen mehr
Die Blume blühte so schön wie ehedem
Herbsthimmel zeiht mehr Blau denn je

KEINE ZEIT FÜR KRIEG

Keine Zeit für Krieg. Wir
bosseln unsere Kreuzstichverse und
ins frischgebohnerte Parkett beißen Schuhe
Spuren lügender Musik. Im Frühling

sohauen Mütter nicht vom Hausdach,
sondern in die Taschen ihrer Söhne, die am
Spieltisch sich um Steine streiten, während
heldenhafte Väter tiefe Gräben schaufeln.

Es steht nur fauliger Wind.
Die protzblühenden Phoenixblumen.
Es steht nur fauliger Wind.

VERWEHT

Gehenkte
baumeln an Galgen
Von ihren Gesichtern
blättert das Licht wie
Putz von der Wand hinterm Ofen

Unser Kuli-Sein
ist längst uns Gewohnheit
in dieser Gummizeit

Wir erwarten den Tritt gegen
unsere Wurzel, aufstäubend werden
wir zu Fontänen im Wind

verweht
verweht
        verirrt
zum Sterben
zur Asche...

KANARIENVOGEL

Ausgesperrt das Fremde
dem man nicht trauen kann
Lauernde Augen hat es
lauschende Ohren

Vergiß dich
in deinem Eckchen
Dein Leben fliegt vorbei
Das mußt du nicht bedauern
(Wenn es dämmert
schmerzen deine Flügel)

Eingesperrt - man traut dir nicht
Singe für niemanden deine Lieder
Erpresse Tropfen um Tropfen
Blut aus deiner Brust

Mein einziger Kanarienvogel
picht sich täglich Federn aus
mischt seine Lieder mit seinm blut

關於德文版白萩詩集

臺灣之火

梁景峯

我從小缺少詩情，因此和詩只是君子之交淡如水。在大學時代雖然已經聽說過有詩刊和名詩人，但從來就無緣相識。我只記得同學中有一位英文系的王裕之寫詩，但我看不懂他的詩。

等我一九六八年夏天準備出國讀書的時候，我想總得帶一點臺灣的文學作品出去，有一天碰巧經過武昌街，在周夢蝶的書攤看到一些詩集便買了回家，只記得有石室之死亡，蛾之死，密林詩抄，六十年詩選，七十年代詩選等非常「現代」的名字。但這些詩集帶出國後，也實在無暇去讀。

一九六八年底我開始去各地訪問一些朋友。偏偏一位德國筆友富朗克是剛出道不久的作家，他寫一些都市詩，送了我三本詩集。當然在「文化交流」的要求下，我就得介紹臺灣的詩給他。於是我開始讀起我帶去的那些詩來。但是多數的詩我都吃不消，尤其一些吹捧詩人的簡介更叫人受不了，簡直比詩本身更玄妙。

為求慎重，我於是向在臺灣的朋友們求助。經過法文系曾淑霞（詩人施善繼的夫人）的協助，由詩人瘂弦收集了相當多的作品，寄來給我拜讀。

衆多作品中，我所能領會的很有限。一九六九年我翻譯了洛夫的西貢三首，灰燼之外，周鼎的終站，管管的太陽族，黃荷生的安息。但不久我漸漸把注意力集中在白萩的詩。

一九六九年秋，我和白萩及李魁賢連絡上，承他們寄來很多資料，使我對笠詩刊的一群詩人有進一步的瞭解。李魁賢令我覺得非常親切，因為我們有點同行之誼。他是非常敬業的詩人和翻譯家，他在德語詩中譯的貢獻眞令我敬佩和慚愧。

一九六九年底，白萩寄來了他的最新詩集「天空象徵」，這個詩集對我是一大震撼。當時我已看過很多臺灣的現代詩，對西方的現代已有相當的接觸，各種突出的，強烈的表現也見識過了，而且開始寫我的論文，批判一位德國表現主義詩人賓恩的現代詩理論。但是這個詩集對我的撼震超過我所見識的。

白萩少年時代的詩已經有其特出的地方。他的「蛾之死」詩集是強烈實驗性的作品，他自稱「技巧至上」。藝術本來就是要作形式技巧的大胆實驗，以求最眞確地表現內容。雖「蛾之死」，「流浪者」等詩近乎賣弄形式上的技巧，但是

他的實驗是實物的彫塑和構成，他詩中的造像充滿動力的張度，如「仙人掌」一詩就是很好的實驗例子。

白萩比較清楚意識地運用語言是在「風的薔薇」詩集的時候（一九六五）。在這本詩集的序言「人本的奠基」中肯定理性運用語言的重要。他說：「情緒本身並沒有價值，它祇是詩人寫詩的一種激發之力，相信偉大的情緒可以創造偉大的作品，是一種妄念」。而這段時期他也強調「眞實的體驗」，反對「搞時髦的超現實和存在」。這個詩集中的作品顯然不如「蛾之死」的作品那樣具形式上的魅力。相對的，他試圖在內容上開展新的領域。以前的詩對象是一孤立的，現在則是多數而相關連，如魚、樹、薔薇、落葉等都是以「我們」來說話，而且有共同的命運。這些自然物看似傳統的山水情趣，事實是人的變形。自然物唱模擬兩可的哀歌，如他們「立」的意象就可以從兩方面來解說：一方面是站在那裡承受命運，另一方面是守住土地的堅強意志。這種看似矛盾的表現法也是很多臺灣詩人的特色。

「天空象徵」詩集的詩一部份近似「風的薔薇」。但多數都是經過千捶百鍊的作品，如他後記中所說：「我們需要檢討我們的語言，我們須給予警覺的凝視和解剖，我們須要以各種方法去扭曲、捶打、拉長、壓擠、碾碎我們的語言，試試我們所賴以思考賴以表達的語言，能承受到何種程度。」捶鍊的結果是精短，準確強有力的詩句。看似日常的話，但在飛躍性的分行下，達到詩的「斷與連」。他的「斷與連」不僅是語言技巧而已，而且也符合詩內容的邏輯。

這種特點最明顯表現在「阿火世界」的系列裡。阿火像是一個愛開自己玩笑的小丑，把絕望埋在心裡，儘做些神經兮兮的行動。這樣的角色在「進步」的時代裡似乎荒謬，因爲「天空」的老爹形象已經不存在。想要逢春的少年必逢到一個零蛋，阿火放田水時望見天空寫着炮花，阿火播種不成把自己種到穴裡，阿火屠牛後把錶丟入血槽，這一類叫人意料不到的推演看似荒謬矛盾，卻自有其連貫性。最後結論的形象雖然跟前面各詩節的前題成強烈對立，但却是最眞實的反映，最強烈的呼聲。後來我曾就這種奇異的「詩邏輯」請教白萩和其他笠詩人，他們也作同樣的回答。

看完「天空象徵」詩集之後，我一九七〇年初開始選譯白萩的詩。在翻譯過程中，我經常和白萩通信，向他請教詩句字義的問題。漢詩外譯的工作有很多困難，有時還得查證原詩在語法上和事實上的錯誤，我先盡量忠於原作的架構來翻譯，在那一年我翻譯了四十首詩，包括後來刊在笠詩刊的詩這個翻譯工作使我對詩的創作細節較仔細的體驗，也讓我把這種體驗來和我對西方現代詩理論的研究印證。我確認，任何一個藝術作品都要經過相當精細的處理，好的作品是理性工

作的成果。

譯好的詩我陸續帶給富朗克見識。多次和富朗克討論修改後，再由他最後定稿。由於這個合作，我也有機會見識一些德國文藝小子，對文藝眞相多一層認識。我們合作的詩陸續在一些報紙和雜誌刊出。到了一九七一年九月德國黑森邦廣播電臺播出了介紹白萩詩的節目，播出的詩有歷史，養鳥問題，向日葵、催喚着催喚眞、休憩的熙、清明、有時，這有什麼不對，火雞等十首詩。可說是臺灣文學作品在德國電臺的第一次發表會。白萩詩集翻譯完成後，我又從笠詩刊的作品中選了三十首於一九七二年初翻譯完成。

富朗克爲白萩詩集德文版奔走了三年，終於在一九七三年底談妥，於一九七四年春由一作家出版社 Harlekiu - Presse 出版：

Pai Chjn：Feuer auf Taiwan • Gedichte

白 萩 ： 臺 灣 之 火 • 詩集

詩集名爲「臺灣之火」是取白萩詩中心人物阿火的名字。阿火是個親切的小名，火是溫暖，光和文明的來源。詩集共選了清明、歷史、養鳥問題、天空、盛夏、向日葵、休憩的熙、秋、野草、樹、雁、祇要晨光醒來、風的薔薇等十三首。詩集印刷、設計皆精美，還附有畫家 Hertenstein 的六張插畫。

到了一九七八年，由德國作家波爾（HeinrichBüll，諾貝爾文學獎得主）及格拉斯（Günter Grass）主編的文學雜誌L″76 也刊出六首白萩的詩：火雞、形象、構成、不能戰爭的時代，散去的落葉，金絲雀。

白萩詩集是臺灣現代詩在德國的第一本，六七年後第一本小說陳若曦的「尹縣長」也在德國出版了。現在笠詩刊要刊印德文白萩詩選，我重溫十年前的往事，雖說恍如昨日，但也眞是昨日之事了。只是阿火的形象還不時環繞我腦際，如少年時代的影子一樣揮之不去。

編輯手記

李敏勇

●「亞洲現代詩集」第一集的出版和中日韓現代詩人會議的舉行，是戰後亞洲文化交流上的大事。本刊同仁桓夫、白萩榮幸爲我國方面的編輯委員，參與策劃編選及會議擧行。本期特刊載有關的文獻、報導。其中，陳明台的播種、耕耘、收穫」一文，敍述了本刊的成長，正好引證此一活動的意義。

●梁景峯德譯白萩詩選「臺灣之火」，數年前於德國出版，爲我國當代詩人作品，在德國以德文出版的重要紀錄。爲供國內有志之士得以一睹德譯白萩詩選豐采，本期特予刊出，並發表梁景峯的新撰譯後記。梁景峯數年前亦曾選譯臺灣詩選爲德文本，集名「星火的即興」，本刊亦曾刊載。

●米洛舒詩選本期續刊一部份，預計下期續完。在波蘭政局動盪的今天，米洛舒的詩，無疑又使我們感受到它的洞觸機先。米洛舒的詩，提供我們一種訊息，關於波蘭的。它們是一件警號，說明了詩人的心與大地的脈搏之間的共鳴性。如果說，華勒沙是波蘭人民的口和手，米洛舒或許是波蘭人民的心靈！

●一九八二年新春，曾清吉、李敏勇、陳明台、鄭烱明連袂訪問了桓夫、白萩、林亨泰、錦連，記錄了他們對詩與詩壇的有關談話，給關心他們動態，他們想法的朋友們帶來一些難得的訊息。

●非馬的一束「佛洛斯特」譯詩，一貫地展現他乾淨俐落的譯筆風格，更轉呈了佛洛斯特詩作的逸雅眞髓。相信也會受到喜讀非馬譯詩的讀者的重視。

●本期的詩創作，十分多采多姿。有老一輩詩人的作品，有中堅詩人作品，也有年輕詩人作品。有國內詩人作品，也有旅外詩人作品。北原政吉的旅臺詩輯表現了特殊意義，是陳千武特別翻譯發表在本刊的。

●在詩書評介方面，本期除陳千武「黑夜來前的詩韻」評黃樹根詩集外，另有陳秀喜詩集出版紀念會座談紀錄，討論陳秀喜詩集「灶」，極爲精采。

●林宗源詩集「根」的序文，林亨泰的「國語與方言」提出了許多觀念上的課題，林宗源的「根」後記則表達了他自己許多對方言的看法。在方言詩的範疇，這些都是值得一讀的論理和見解。

●鄭烱明和陳明台對談李敏勇詩作「從有鐵柵的窗」，將現實經驗和問題意識之間的種種層次性，究明出來。對於一般表層寫實和深層寫實，寫實和現實等等問題，以實例分析檢討。提出了很好的努力方向。

詩双月刊

笠

LI POETRY MAGAZINE

1982年 4月號

108

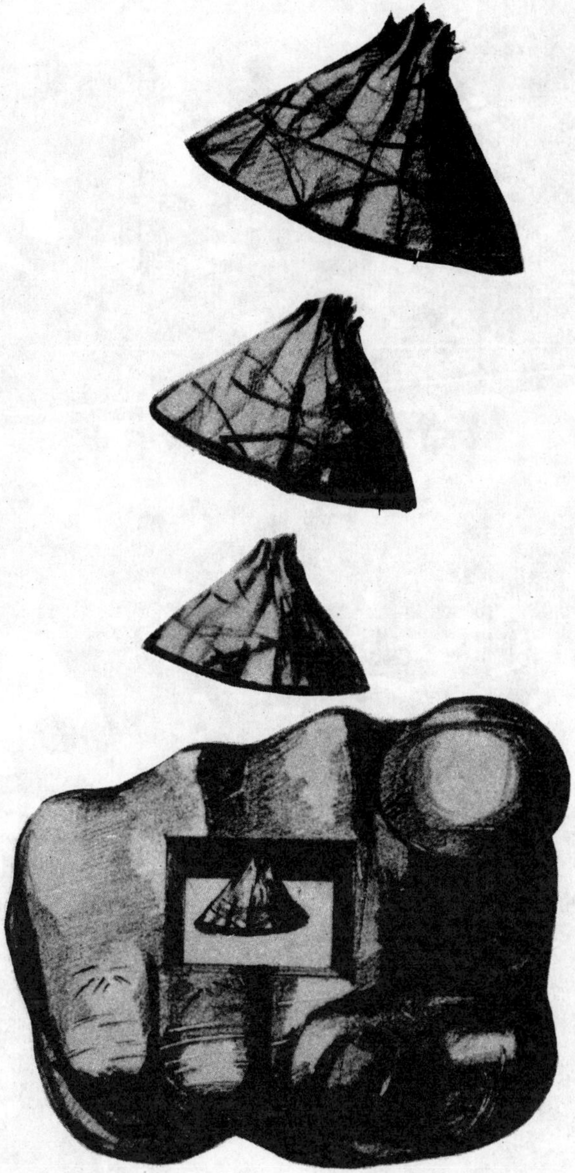

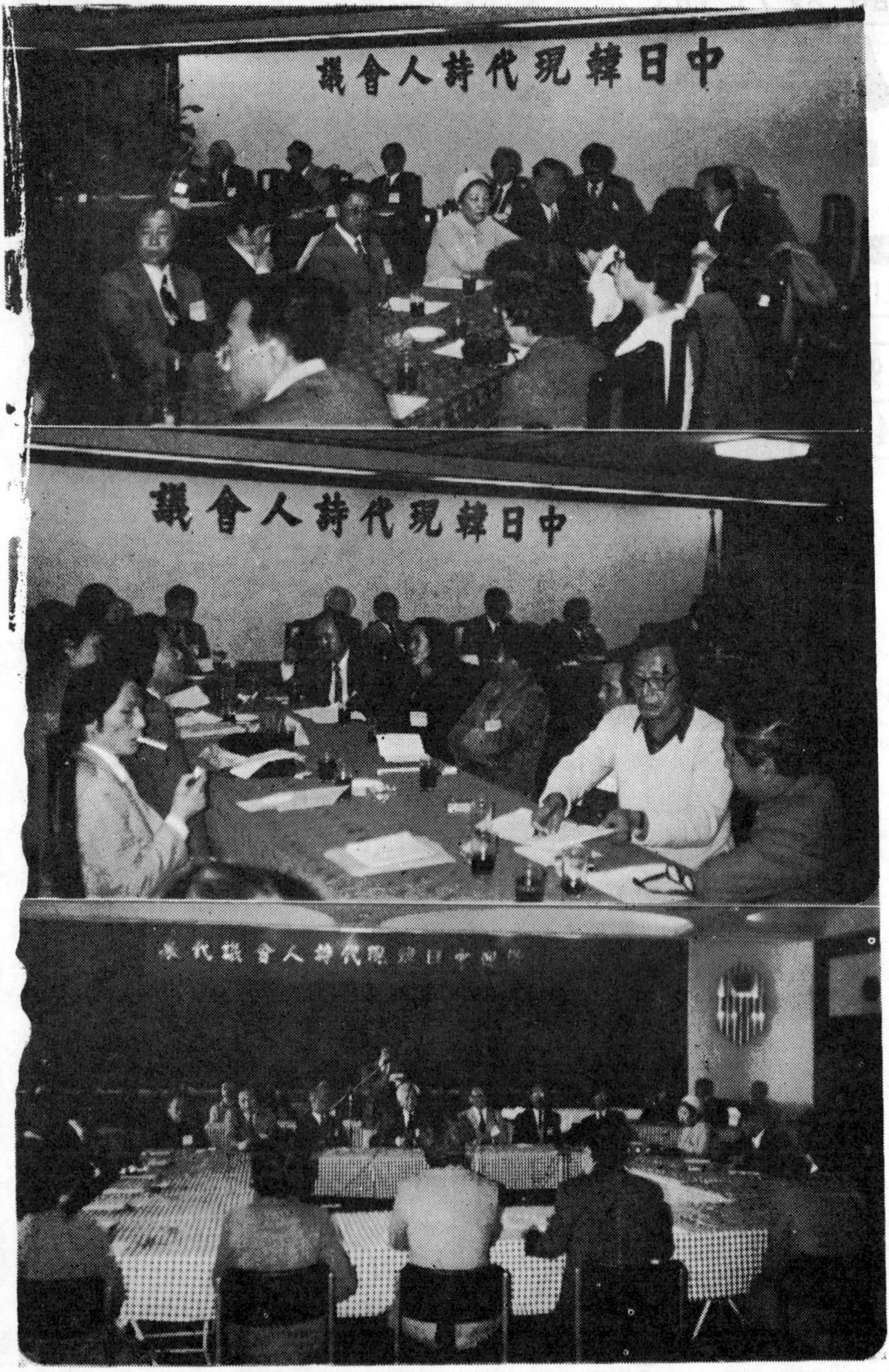

民國七十一年十一月十五日中日韓現代詩人會議會場一瞥

▲卷頭言▼

教養與教訓

李敏勇

我們時代的詩，似乎尚停留在少數愛詩人欣賞的階段，與絕大多數人沒有任何關連。詩只在它詩的範疇發生了意義，在現實世界裡沒有發生任何効用。

對於創作詩的人而言，完成一首詩可以說是他所有的任務。然而，詩如果不能在更多的人心頭中，行動上發生意義，無論如何，是一件缺憾。

我們希望，詩能提供教養的意義。

與其他藝術一樣，詩的基本功能是教養。

詩是一種語言的藝術，詩人的感情及思想，詩人的經驗和想像力構築的世界，充滿了教養的要素，因爲語言不斷錘鍊，而能在捕捉意義上，附隨着音樂與繪畫性的功能，而呈顯出它非凡的面貌。這對每一個人而言，無疑充滿了可鑑賞和可品味的性質。

詩的教養，可以說是經驗的模擬和想像力的創造，在詩的語言世界，它變化著，它飛躍著。

因此，我們可以從不同的時代，不同國度的詩作中得到感動，獲取教養的要素。這種教養，使我們擴大心頭的視野，充實我們，並美化我們。

進一步，詩能提供教訓的意義。

比其視覺藝術和聽覺藝術而言，詩這種語言藝術是更爲意義的藝術的。這種意義性，就是詩能夠提供教訓的重要條件。

教訓意味著什麼呢？意味著慰安和啓示，

詩能提供慰安，這是詩的教訓功能的一面；

詩也能提供啓示，這是詩的教訓功能的另一面。

我們希望詩能提供教訓的意義，因爲我們希望讀者從一首詩中，不只獲得敎養，更能得慰安和啓示，在人生的旅程，在生活的周遭。如果詩能夠不僅僅成爲寫詩人的嗜好品，那麼詩的社會性價値一定更能彰顯起來。

我們希望出版字能將這種期望變成事實，但最重要的，我們希望詩的創作者能够寫出有敎養意義，寫出有教訓意義的詩。只有詩本身確實具有這種內涵和本質，才能達到這種希望。

詩双月刊

笠

LI POETRY MAGAZINE

1982年 4月號 108

目錄

旅臺詩輯

北原政吉

噴水塔

來到冬天的公園
枯乾了水的噴水塔
如被忽視的人般站着

曾經得意而活潑地
欲以七彩裝飾天空的夢飛躍
傲慢的鯉魚嘴髭已無力
無法換來龍憂鬱的臉

噴水塔深深地期待着
燙熱的地下噴出的那一天
要所有大的力噴上去

水中花

高興那只新玻璃杯
已注入了新鮮的水的錯覺
從而開始無言的痛苦

寧可順從自然的生理也不必阿諛
邊欣賞邊享樂的征服慾
對於老糊塗的殘暴性
一直耐着等待顏料溶解
水混濁的時候
才是脫出的好機會

從附着於舊玻璃杯的塵埃
產生無數毒菌的時候
變化出復仇世界的日子近了

啊，在骯髒的玻璃杯裏腐爛的水
可憐的水中花
要怎樣變化出去呢

看板

獨自閒走臺北市街
看一隻蟬 緊貼在
保險公司的看板鳴着

看板 看板 噢！看板
任意掛上看板虛張聲勢的
只有人類而已
住地球的生物應該像樣一點
多考慮別人的立場
怎能不謙虛一點？

紅的　白的　黃的國家
黑的　褐色的國家　到處
賭着祖國名譽的看板競爭着

扭彎了的人心
壓迫人家服從
獨占蠻橫的力量
貼上標誌
定票價　爲了迅速計算利潤
一切換算爲物質

如難達到目標
就說爲了顧客云云
掛上裝扮正經的任意文章

到了最後
很可能破滅的是地球
使用令人可怕的工具也要競爭
啊，貪婪底人的做法
聽蟬鳴已習慣了嗎
過路的人，只匆匆忙忙走過

蟬聲嘶力竭地鳴着告訴看板
看板擁抱着保險公司大厦
大厦似乎夢見和平而緘默着

陳明台

遙遠的鄉愁㈤

——一九八一殘稿兩篇——

1. 秋

一齊渡過了美麗的夏日的女人
無緣無故地發了狂的女人
自殺了的女人
躺在冰冷的鋪道上的女人
僵硬了的屍體

春天飼育的雀鳥
成爲空洞房間惟一的伴侶的雀鳥
剛剛釋放給天空的雀鳥
被頑童的石子擊落的雀鳥
瘖瘂了的殘骸

忘卻了流向的河川
靜默地不再流動的河川
到處漂流著腐蝕物的河川
乾涸而呈露龜裂的底部的河川
褪了色的一支紅玫瑰

殘缺的事物
觸目的枯枝與落葉
被剝奪了的愛與幸福
喪失的事物
僅僅餘留了戰慄的冷冽的城市

穿上黑色的喪服的
秋　的風衣
只有抖縮抖縮地豎起領子
無可奈何的
男人

2. 冬

飄
　降
雪
在女人的心上
是拋棄了伊的
双親的冰冷的觸手

飄
　降
雪
在女人的心上
是遺忘了伊的
男人的死滅的誓言

飄降
雪
在女人的心上
是崩潰了伊的
精神內部的暗闇的構圖

飄降
雪
在空漠的大地
是發了瘋的伊的
狂亂的舞蹈

飄降
雪
在男人的心上
是秋天死去的伊的
悲愴的淚珠

飄降
雪
在遙遠的異國的天空
在漫長的冬天的夜晚

朵思

犬吠

午夜
划傳說而來的舟子
是撕裂黑夜臍帶的
一把利剪
兩岸叢林鬱鬱
一楫一震慄
一剪則剪破冰清的心情

晨間　踏曉霧朝犬聲尋去
倏然發現
鬆緊有致的脚步聲
踩着了紫藤的落花

非馬

一九八一餘稿三首

在公寓窗口

從網眼裡
看
一尾尾
濕漉漉的
魚
在白霧瀰漫的
街上
自由自在
游着

81、11、18

石頭記

你再怎麼
揑起拳頭捶我
用滂沱的淚水
淋我

我都只能給你
一個無奈的
苦笑

至于掠過我臉上
那陣紅暈
我早告訴過你
是天邊的夕陽
你不信
我也沒法

81、11、19

芝加哥

一個過路的詩人說：再沒有比這城市更荒涼的了，連沙漠……

海市蜃樓中
突然冒起
一座四四方方
純西方的
塔

一個東方少年
僕僕來到

它的跟前
還來不及抖去
滿身風塵
便急急登上
這人工的峯頂

但在見錢眼開的
望遠鏡裡
他只看到
畢卡索的女人
在不廣的廣場上
鐵青着半邊臉
她的肋骨
在兩條街外
一座未灌水泥的
樓基上
根根暴露

這鋼的現實
他悲哀地想
無論如何
塞不進他
小小的行囊

81、11、5

夜的聯想

子月

黃昏咳血之後
髮色正値夜的青春
有人在多槳的湖上吟唱
並無魚驚醒沈息已久的
每一盞燈；每一個往事
在唐宋用過的夜裡
顯得分外可愛

誰來晚課
溫習古人的邊愁
我感到很有意思的是
月鈎蝕銹，還有人惦記李白的月
在多槳的湖上
議論昨夜年輕男人的滅頂

似乎宇宙只流傳這個話題
偶然流星劃過
能照亮幾度人生

大海龜的話

趙天儀

離開了遙遠的家鄉
那波濤洶湧的海
離開了自由自在的魚族
那水晶宮般的海

在烈日下
大橋邊緣的路邊攤
我赫然地呈獻
像囚徒在街頭示衆一樣

沒有眼淚，但更令我神傷
沒有痛苦，但更令我悵惘
只是有口難言
無法表達我們的感受於萬一

縱使有施主高價收買了我
也是爲了他自己
縱使有機會重獲自由
但是海的家鄉還非常遙遠

蹲在大橋下的邊緣
我閉上眼神，來一個禪坐

趴在路邊攤的時光
我微露雙眼，來一個反諷

人類只有自私自利
大徹大悟只是嘴巴講講
人類只有短視利益
放生放我只是爲了免入地獄

他們怎樣才能瞭解
我胸懷慈悲，充滿了悲憫
他們怎樣才能恍然大悟
我海洋家鄉，是尚未被汚染的生態的天堂

旅人

詠嘆調

歌仔戲

野臺搭起一撮熱鬧
銅鑼吹打戲裏人生
雲遊豐繁

漸近漸促的哭調仔
和著嘟嘟的木屐
叩響心底的寂寥
短褲　汗衫的觀衆
散髮　翹脚　檳榔　亂草
枝仔冰　李仔糖
那識香塵逐上流
風裏來煙裏去
看到盡興時
「伊娘，眞爽！」一句
自是鄉愁淡入今宵夢

胡琴

自胡琴槽圓的肚子

拉出成串「阿母」的聲音
於是眼裏飛出一集孤單的稚鳥
跌入故鄉的小小病房
不再飛的翅膀
輕輕地停在阿母的手上

小女臨去的遺言：「阿母？阿母？」
就是這把胡琴唯一的調子

鞋子

利玉芳

是因為你愛上了風景
我才樂意陪你去旅行

別為我專挑容易走的路
別只看我走路的姿態
別只聽我走路的聲音

但願是你走過許多風景
而不是我走過許多風景

給父親的詩

林宗源

給父親的詩㈠

買厝也慺查私房錢
吃飯店有時也講阮好空
爸
請你護阮賺錢的自由
請你護阮吃飯的享受
爸
你希望阮的褲袋瘦巴巴？
你希望咱的子孫吃粥配菜乾？
爸
阮物敢取刀搶銀行
阮物敢忘記你的教訓
爸
你的子孫不敢衝過紅燈
綠燈那光免護阮戴安全帽

給父親的詩㈡

爸仔
你與粥煮仔粥無親象粥

你與飯煮仔飯無親象飯
阮物愛吃

恁老母去上班
粥無毒飯也無毒
這是二十世紀的粥飯

生在爸的厝
爲著大漢做戶長
怪粥也只有當做怪飯來吃

孽子啊！
你與菜煮仔無魚無肉
你與飯煮仔臭火乾
恁父物吃

恁新婦去上班
吃菜較物高血壓
這是二十世紀養生的吃法

生在我的厝內
爲著爸長生做老不死
阮也只好吃三頓的青菜

給父親的詩㈢

風不調雨不順
每日看天的面色求生的爸
頭毛也黑不調白不順

爸經營魚塭物接受我的意見
固執專橫守著舊的想法
放無三屋魚也驚怹物大
紅字虧本就講天慺亡伊
時不調天不順不是伊漢慢

我想替爸分擔責任
參考專家的書
用企業的方式經營
物舉我永遠是爸心目中的囝仔
爸每日看天物看我

風颱雨吹到厝的時
爸跂在塭岸看魚行出去
爸在塭內放一袋一袋的米糠
爸跂在塭岸看魚趆出去
風颱雨吹到厝的時

人攏是漢慢的人

給父親的詩㈣

生我的母親一如生我的土地
她有玉山的靈氣
她有府城的個性
她有日月潭的容貌

娶她、罵她、撲她
趕她出門又更面皮厚厚請她轉去
講伊的結婚證書有她的名字
她永遠是被伊佔領的她
只要伊高興愛她、撲她、賣她
做人的子無權利批評

爸或時是父權的時代
只有休書無離婚的代誌
即時是男女平等的時代
只有離婚無休妻的代誌
她物是土地
他也不是皇帝

她是生我的母親
我的母親一如我的土地

馮青

情念

秋刀魚

空嚙着無法出口的語音
強而銳利的嘴

雖然緘默着也沒什麼不好
男人和女人
一齊低頭注視着
擺在瓷盤上依然完整的魚

女人突然啜泣起來
而把男人遞過來的雪亮潔白的手帕
放在一旁
刀片一般劃傷光亮的淚珠
就一滴一滴地落在魚的背脊上

和著檸檬的香味
淡淡地擴散着別離的哀愁
吃魚吧
這回一邊說著

一邊收斂起燈光下柔順眼神的女人
一個人開始挾動了筷子

鱗片

大鐵橋在黑暗裡悄悄地蹲着
潮濕的冬日鱗片閃着光
一輛火車喀隆而過
像極了一直不曾疲倦過剛才男人的聲音

請再靠近我的心臟一點
請再讓我看看你　好嗎
男人低聲的說道

那時　在午夜的天空下
一排楓樹隔着河岸
悄然落下淡而出神的雨霧
不知道爲什麼
女人會感到害怕
且默默的空虛下來

大鐵橋在黑暗裡悄悄蹲看
潮濕的冬日鱗片閃着光
像極了一直抑壓着自己而忍耐下來的
在分開以前突然被喚醒
女人的
愛的飢渴

巫永福詩抄

小鳥之死

那是純潔、嬌潤悅目的羽毛
那是輕妙、玲瓏優美的舞踏
那是悅耳、歡樂清秀的歌聲

讓泰然的微笑代替憐惜
以微笑讓其骨肉去腐化
腐化將添一點點的滋潤

埋在美麗的玫瑰叢下
玫瑰將開更豐艷的花了
那是奉獻和渺小的贈與

月

古人曾滿腔悲愴地
吟唱明月思故鄉
歸根落地嗎
一樣的追思
此刻却是深沉苦楚的懷念種種

也曾一度抱有壯志的紅顏少年
也曾懷一番熱情想創些成就！
嗚呼，而今
是天的安排亦是時間的愚弄
異族的折磨和戰爭的災難
雖是一場惡夢
屈指算算，空空如也
只覺大好時光落寞地逝去
幾十個星霜
幾個堪回頭

曇花

開展白色清秀的衣裳
而高雅大方地吐露芬芳
雖非巴比崙榮華夢
却是純潔、綺麗、華貴的生命
留下短短錦繡的詩章
留下憐惜和興嘆的感慨
眞如月下的美人薄命呀！

清夜過後
謝了
却留一番難忘
有價値的懷念

臉譜

李篤恭

我們用時間和血肉製造了許多臉譜　而恒在
用它們打造語言底牢獄來
囚錮自己

又是在唱吟　一顆音符
徘徊在聖歌底迷陣中
那旋律底軌道是滑溜溜的
　以四十載歲月叫喊得沙啞了
在那樂章休止的彼方　聳立着十字架
仍然是那双泣眼　尋望着上天

又是在書寫　一枝筆桿
疾奔在字句底迷陣中
那筆劃底模樣是苦澀澀的
　以四十頁光陰杜撰得迷茫了
在那辭句涸渴的彼方　佇立着菩提樹
仍然是那双閉眼　傾聽着四方

又是在作畫　一刷顏色
蹣跚在形象底迷陣中
那色彩底曲折是醜劣劣的

　以四十回寒暑塗鴉得眼花了
在那繪畫凝結的彼方　浮立着太極符
仍然是那双怒眼　透視着山河

在大江的彼方　在海洋的彼方
在都市的彼方　在山嶺的彼方
在田園的彼方　在天空的彼方
你似熟悉又不熟悉的臉面
笑着哭着瞪着這邊　釘住了你在這裡
　然而這一切爲何又是這麼醜惡的

急急地你求救於夜空的繁星
急急地你尋助於晝空的太陽

你驚慌於那兒沒有
臉譜

德　有

表白與觀察

地球的獨白

當寒冷的風包圍著你
你得不到一絲陽光
不要埋怨我
說我的世界冰冷

當你走在黑暗的坎坷路上
天上沒有月沒有星星
不要憎恨我
說我的世界黑暗

所有的冰冷
所有的黑暗
只是一層殼
誰敢鑽進我的胸膛
誰就能感受到
我滾騰的一顆心
比火還要熱

籠中鼠

實在是太飢餓了
所以明知是人類設下的陷阱
你仍然趕赴那一場
死亡約會

好幾次經驗告訴你
那是充滿詭詐的地方
你小心謹慎地
唯恐誤觸籠門的開關
沒想到依然躲不過
被囚的命運

在那鐵的牢籠裡
憤怒無效你仍然憤怒
掙扎無用你依舊掙扎
你無奈的行爲
是否只是爲了表明
無辜的自己

郭成義

家庭詩抄

挫敗的人

女兒睡着了
在妻的兒歌剛剛哼完
而該我講的童話
還沒有開始的時候

女兒毫不掛慮的睡着了
我愛憐地
伸手撫摸她
溫暖的小臉
却突然驚醒

只模糊的叫我一聲
媽
女兒又睡過去了

我只好
向著妻溫輭的肉體
慢慢靠近

誤會

被我信賴多年的妻
與我有了爭吵
我以爲那是不必的
但是妻仍然很生氣

我誠摯地把我的手
往她的腰部攬去
我想說
我愛妳

她却驚急地
以爲我在向她攻擊
立刻在我手腕上
抓下了幾道深深的
指痕……

不肯流出的血
在鮮紅的指痕上
緩緩寫下幾道
人間的血跡

流水帳

妻在洗衣服
我在看報紙
兒子玩玩具
女兒睡覺去

時鐘繼續走
滴滴答答沒停留
妻洗完了衣服
我看完了報紙
兒子玩累了
女兒也醒來

大家驚叫一聲
現在幾點了？

巷子一二三

幼年的巷子
現在還在走

跳繩一二三
猜拳一二三
拍球一二三
捉迷藏一二三

孩子們的遊戲
是一條跳動的脈膊
使這條巷子活下去

偶而
也會聽到
大人們慘烈的遊戲
一二三……四！

女工

牧陽子

細漢的時，阮貧赤
無錢去學堂
去加工區做女工
在機臺頂鎖螺絲
鎖過來，是螺絲
鎖過去，是螺絲
鎖不住阮的青春

工廠一間又一間一直起
領班也昇了總經理
僅僅阮不識字
無法度坐辦公椅
鎖過來，還是螺絲
鎖過去，還是螺絲
阮也被鎖成一粒螺絲

阮也是一粒螺絲
鎖在生活裏底
阮不甘願給𪜶婿
艱苦一個人
鎖過來，不是螺絲

鎖過去，不是螺絲
是沉重的車輪

騎鐵馬趕去上班
八點要打卡
爲了生活
在客滿的街仔路
騎過來，是透早
騎過去，是黃昏
阮騎了五十年

巫永福

古體詩抄

小山遊寺

上山遊香刹
比丘合手見
回禮道來意
領拜大佛前
鐘樓樹影暗
禪房聽經善
仰首明題字
心知光緒建
移步山後林
日照幽徑顯
花木喜籟寂
白鷺飛相連
古松淸風立
翠綠白雲現
光射枝間鳥
啾啾是何緣

健行

梯田疊疊連山頂
遠山綿綿滿目靑
坡路彎彎登秋日
冰風習習呼吸淸
放眼盡處淡水白
晴空萬里聽鳥聲
細眺臺北高樓小
錦繡河山湧鄉情
賞來心怡佇良久
憶起墾山先民靈
謝天謝地佑吾輩
社會發達享果成
飲水思源草山路
上坡依杖脚步精
逃離喧嘩心和氣
流汗熱身慶健行
忽看公墓眼底下
則知極樂人不爭
但願度外世俗物
胸襟磊落託餘生

七星山遇雨

細雨飄來七星秋
虛無嵗中層雲流
急趕山路山舍尋
欲漸歇脚避雨休
薄衣難耐山風冷
滿身水濕多憂愁
偶望北海濛霧裡
深知深處是神州
惟現兩岸彊峙着
只有長嘆站良久
也嘆此生吾老矣
雖願有朝神州遊
低頭無奈回家路
撥開路霧風咻咻
捲身縮首加快步
仍期大方遊九洲

渭水頌

懷念蔣渭水先生而作

渭水本良醫
早於學生時
則悟殖民苦
深懷解放志
圖取民權急
參請議會置
並結同盟會
致遭治警舉
判監六個月
衆視英雄以
接創文協會
文化啓蒙之
再導民衆黨
勵精謀民利
措乎英年逝
全臺仰慕伊

兒童詩抄

周伯陽

螃　蟹

螃蟹　螃蟹
爲什麼你走路的時候
都要向橫的方向走呢？
因爲我有八隻長脚
向橫走比較方便呀！

螃蟹　螃蟹
爲什麼你在沙灘上
一直在看天空呢？
因爲晚霞眞美麗
我要多看它一眼呀！

花　燈

花燈　花燈　眞美麗
掛在廟裏亮晶晶
這邊有隻小白兎
又有隻小黃狗
又有隻小青魚……

那邊有小飛機
小飛機　小飛機　眞英勇
等我長大了
我要當飛行員
我要保衛鄉土的天空

時鐘在鼓勵我們

早晨我起牀的時候
時鐘已經嘀嗒嘀嗒嘀嗒響
晚上我在做功課的時候
時鐘也是嘀嗒嘀嗒嘀嗒響
星期日我在看電視的時候
時鐘還是嘀嗒嘀嗒嘀嗒響

時鐘時鐘　眞辛苦
一天到晚不休息
你要鼓勵我們
認眞去學習
叫我們愛惜時間
時時刻刻不要懶惰
我眞感謝你
你又在鼓勵我們
嘀嗒嘀嗒嘀嗒響

小水牛哭叫

小水牛　栓在樹底下乘涼
好久朋友沒有來看牠
牠嚜嚜嚜哭叫
媽媽啊！請你趕快來
我寂寞得不得了

小水牛　栓在池塘邊休息
好久媽媽沒有來照顧牠
牠嚜嚜嚜哭叫
媽媽啊！請你趕快來
我肚子餓得不得了

小蜘蛛和金鯉魚

小蜘蛛，造好蜘蛛網
高高興興，坐在網中央
風吹來，樹葉掛在樹上
牠以爲是點心，要嚐一嚐
走過來看清楚，喫呀！我上當！

金鯉魚，住在小池塘
三三五五，尋找食餌忙
風吹來，樹葉掉在池上
牠以爲是點心，要嚐一嚐
遊過來想要吃，喫呀！我上當！

林宗源

論理兩帖

詩與死亡

詩是一種生命的舞蹈，舞自「自我」的世界。倘若語言僵化，不能突破傳統的習套，就是有詩可舞，也只能舞出沒有生命的舞蹈。這跟死亡一樣，一個詩人到這地步，也只能玩玩文字、意象，舞出行屍走肉的詩的藝術，一種沒有生命的文體。

詩的生命建築在自我創造的理想世界，若沒有創意、創形、創音，是詩也不是好詩。

創意：要突破思想僵化的模式，使思想的深度透過粗俗的語法（創造的語言），呈現新的視野，新的人生觀，新的世界。

創形：要突破傳統的文體，使定型的辭語具有原始的創造性，透過懸殊變化的文體，呈現新的形式，活潑而有有機性的文體。

創音：要建立屬於自已的語系，使新的韻、調，具有獨特的音樂性，而使文體發生獨特的韻律性動作。

詩若沒有創意、創形、創音，必然是千篇一律僵化的詩，雖然機器一樣地活著，還是跟死亡一樣。

勇氣與智力

通往偉大的路，必須有超出一般的勇氣與智力。對一個詩人、藝術家，或是人（一般稱謂的個人），偉大是一種天生的誘惑，以及眞正體會生命的人必有的抱負。做爲一個「人」，假如沒有這種覺悟，就談不上所謂文明的創造。

我們活在狹小的土地，心理上缺少自信，還有種種時代背景的因素，不會建立屬於自已的文化，活在以夢補破夢的現實中，沒有勇氣實現理想的創造，在通往偉大的路程，已經被自已判決停留在處處模擬的十字路，在如此心理的歷程，怎能有偉大的作家產生。

勇氣來自信心，行於耐性、審愼勞力、大膽的突破。

智力來自天，屬於個人的、家族的、種族的遺傳，是一種本能。如果我們沒有超然的勇氣，突破傳統的文體，突破思想僵化的模式，沒有一種結合大自然的胸懷，與省悟的能力，以不屈不撓的勇氣，與智力性組織的才能，突破無知、習慣的支配，怎能有偉大的作品。

偉大不是驕傲，偉大是一種創造的自覺，偉大是一種生命的動力，偉大是一種生命的創造。從事跨越宇宙的冒險，舞向新視野，建立全新的「人」爲中心的宇宙，然後，偉大的作家才能出現，偉大的作品才會產生。

陳千武

原始率直的詩素

——看莊金國詩集「石頭記」

法國詩人伊普‧彭仿有一本詩集題爲「石頭的精神」，作品具象徵的抒情，詩句行間反芻着優美的心象，令人陶醉。

筆者曾經也寫過「溪底石」「人工石」，以石頭爲主題的詩。依據即物性的感慨，用石頭的本質上精神活動做比喻，表現重視階級的社會人的宿命。因我喜歡石頭，石頭跟地球一樣持着長久的歷史，而在我們的土地上有數不淸的量，在我們生活的周圍，常久演出重要的角色；例如古時代用石頭蓋的房子、石刀、石斧、各種石岩武器、度量衡、石磨等等不勝枚擧。

頑固與愚直，可以說是石頭可愛的本質，與熱愛鄕土的精神有其共通的性格。莊金國詩集題爲「石頭記」，似依其個人的性格，驅駛原始的愚直寫詩，顯示詩的主題最適切的題目。或許認爲詩應該用美麗的修飾語寫的唯美詩型愛好者，會主張這個題目缺乏詩味，但憑着詩的質素與象徵的意義來說，「石頭記」是貫串這本詩集四十八首作品極具意義性的名稱。

「石頭的語言是心心相印的／徒有默契並不能取得我的記憶／………／歲月的齒輪依然輾轉不停／石頭還是憑添歲月的石頭」

表示永恒存在的「石頭記」，有一副題爲「獻給葉石濤先生」，但不管這一副題的相關語音以及詩意作用如何，僅看上面引述的詩句，已經够感受莊金國創作意慾傾向了。

莊金國寫詩的特色，喜歡依靠戲劇性的演變，追求說理的詩意識表現，因此他的每一首詩都有相當明顯的內容，有邏輯性心象的提示。而詩的手法，大都直接捕捉詩的素材，採取寫實的敍述，具批判、詼諧、諷刺，帶着原始率直的詩素，却很少有暗示性的含意；可以說，他是活在現實社會裏唯一不躲避，不隱身的熱誠勇爲的詩人。

現實批判是一種十分知性的精神活動，對於現代詩人來說，詩的批判性是不可缺的要素之一。莊金國的詩重視這一方向是正確的想法，不過，總觀他的作品，我希望他應該再進一步就其寫實的語言，賦與彈性，成爲伸縮、複眼的意味，並注重詩想的集中表現，具感性知性平衡的完整性，而除掉無爲語言的殘滓，那麼詩的意象必會更加精練深奧。

「隨他而去吧。魂魄／他是踏你風水來的／來生是福是禍／或就繫在他腳踝／／向東。面對昇起的朝陽／向東。目送沉墜的夕日／向北。呼喚母親在何方／向南。眺望家在山那邊／／在一片不甚密集的后土間／踏風水的地理師口中唸唸／天清清，地靈靈／魂兮！葬此。」

收錄於六七年八月出版的詩集「鄉土與明天」裏的「踏風水的地理師」一詩，取材於民間道教信仰，在莊金國很多敍事詩中較具完整性，且無破碎語言的作品，詩想與表現的心象簡潔而清晰。詩沒有說出地理師怎樣看風水，認定怎麼樣的地理才能左右來生的禍與福，却以周圍四方的風景判斷，選定〈在一片不甚密集的后土間〉〈葬此〉。其實，地理師看風水似乎不比藝術家欣賞風景那麼高超與精明，還有委人看地理的俗人，大都爲亡人的子孫未來發展而冀求，也有人由於地理的好壞偏重於某一個兒子，大房與二房或三房的陰福有所差異便動起干戈而不和，這種民間凡俗的悲劇都隱藏在這一首詩的後面，從詩語中可聯想得到。莊金國的鄉土敍事詩所表現的事象，大都如此點到爲止。不過，或許應該進一步挖掘其中奧妙的心理矛盾，連結成一個較具體批判性的場面給讀者領會，才能更深入打動人心。

就這一觀點來看「石頭記」詩集，我認爲「出巡」「我們的靈魂」二首，較屬於具體批判的寫實作品。

「……一串又一串／長長的鞭炮聲／等到了里辦公處門前，聲聲／入耳的鼓掌聲以及電線桿上／赫然張貼着：／「市長是我們的救星」／
「走進廟口，市長／摘下帽子謁見神明／忽聞鐘鼓齊鳴——」
「鎂光燈一閃一閃地／市長光禿的頭一亮一亮地／恰與海報上的字眼輝映／於是我們不得不相信／市長是／房地產界／最佳的／廣告明星」
「競選的諾言：／這一條路要開／那一條路要開／市長未開的心路何時動工／這一棟違建莫拆／那一條違建莫拆／議員關說的違建如何安排？」

這一首「出巡」詩揶揄市長是房地產廣告明星，具含意深長的批判。一般知道市長出巡的目的是瞭解市政解決民困，但詩人看到的市長出巡却遠遠聽到鞭炮聲，有如「媽祖出巡」一樣熱鬧。不但如此，市長走進廟口，還摘下帽子謁見神明，顯然處於神廟與房地產之間，停滯在政治與宗教分不開的愚民政策階段，又要迎合選民的要求開路與違建莫拆，揭開了現況民選首長軟弱的一面。然則民選市長的弱點不僅如此，實際尙有更難予表達的許多事象，我想莊金國必有意繼續追求下去，把它挖出來。

「想想兩百萬／兩百萬不只是一個／數字而已／兩百萬要抽去我們／多少血漿？／我們之中還有多小／急待輸血的貧民？然而市長不管這些／市長以爲我們正患着／嚴重的靈魂蒼白症！／我們需要贖救要／躺來的佈道才有救——」
「想想兩百萬／區區兩百萬／便能贖救我們百萬市民／的靈魂泳浴長年薰臭的／愛河——／愛河

更名仁愛河／壽山也改萬壽山／我們不能不積德／然而我們一向近廟欺（忌）神／只得飛函邀來／太平洋彼岸浩浩蕩蕩地／二百五十名基督佈道團」

這一首「我們的靈魂」也是批判市長施政不盡為民設想的詩。就從一個擁有百萬市民的大都市來說，區區兩百萬並非大數目經費，但是從急待輸血的貧民看來，確實不是一個小數目。為了邀請舶來佈道團化去兩百萬，這種美名為國民外交的應酬，一般市民不會知道畢竟對國家民衆有多少好處，增加了多少國家的榮譽。詩人才使用不失幽默感的諧謔，揶揄得十分有趣。然而在前一首「出巡」裏叩拜神明的市長，在這一首裏却飛函邀來太平洋彼岸的基督徒，在不同宗教信仰之間的市長持有怎樣的心？這會使詩人覺得更有趣吧。

莊金國的詩大都直接提到要表現的素材，不抹角拐彎，寫出現實的觀感，一見似乎屬於散文的敍事演變，但在保持詩意的界線上，仍能放射詩想微妙的芳味，造成其獨特的風格，可見莊金國長久浸於詩的國度裏，磨練探究詩的奧秘頗為熟練。眞摯性的詩是從日常生活的疊積體驗出來的，不像很多不眞正瞭解詩的人那樣，說要「做詩」就能夠做得出詩來。

「聽說你病了／而且掛急診／而後躺在病床上／頭昏昏腦沌沌／身子彷彿虛脫了」
「你說／醫生要你安靜下來／想一些輕鬆的／讀一些消遣的／再也不能傷腦筋了」
「醫生的責任只能盡到／藥力的時效／你終須出院再見那些／令你傷腦筋的人／除非你眼睜不見」
「除非你眼睜不見／你的病猶得勞煩／母親走後門／賄賂醫師娘，枕邊／悄悄話……」
「果然／醫生隨即換上另一張臉／殷勤地問這問那／惟恐問不出病源」
「病源究竟在那裏／特效藥特效一陣子／依然頭昏昏腦沌沌……／直到你從一團漆黑中醒來／發現了眞理也似地／發現自己滑稽的存在」

「靜養」這一首詩具高度的幽默感，是莊金國作品中較令人喜愛的詩，因詩的意義性不囿於個人的感觸，而擴大成為一般社會性的內容。

頭昏昏腦沌沌，在繁雜的工業社會，這種神經機能障害的病很多，醫生能探出病源嗎，開出特效藥會醫好嗎？社會人的毛病總是認為走後門賄賂，讓醫生換上另一個臉，特別關照才能會醫好。而這一首詩給我們示唆的是，施行賄賂的人是在賄賂自己，換上另一張臉也是自己的另一張臉。因為假如醫生不賄賂就不盡職責，這種習慣該由於有意賄賂的人失去自信才採取的行為，所以為了賄賂缺乏信念的自己，才會對醫生賄賂。事實醫生的吩咐並無診斷錯誤，你却無法脫離煩惱。眼睜不見的逃避行為或賄賂醫生都無甚作用，那是日據時期愚民政策的遺毒，必須要＜從一個漆黑中醒來＞＜發現自己滑稽的存在＞，愚昧的煩惱無法醫好。這一首詩的意義性是藉病患與醫生之間的諷刺、幽默而啓蒙自己的雙關內容所表現的。詩意象的浪波像投入水池裏的石頭一樣，一層一層把波紋影及池面全角落，而石頭却沈落在水池底邊永恒存在，讓有意復誦波紋的人，再行發現激盪的情緒，可以說具有雙關內容表現的詩，能產生美而多泛的波紋。

「對於你／只能說／雙關語」
「有你這樣／不得已的朋友／就只能說這樣／不得已的雙關語」
「你且等着吧／等那年那日／所有雲層都失去／佈雨的意義」
「我就不再對你說／無所謂的／雙關語」

「雙關語」這一首詩的意義很顯明，有些人有些話不能直接表達，就要說雙關語才不會激怒不得已交的朋友。雙關語是技巧的語言，表面上聽起來溫雅、恭維、正經、可使對方滿意高興，但實際上其雙關語的含意具諷刺、挖苦、諧謔、批判等深刻的反對意識，絕不是赤心相對或阿諛奉迎的語言。當然誰都不願意對好朋友講挖苦話，但碰到專制的統治者或忘形得意自傲的朋友，就不得不說雙關語。或許說雙關語的人是弱者不然就是善於狡辯的智者，但雙關語的技巧跟詩含意的意象一樣具高度的表現，才令人接收自然的感受。

綜觀莊金國的詩，比較偏重於鄉土的一些人與事，在根鬚扎緊的鄉土上，還有很多挖不盡的鄉土素材與主題，等待着我們用心探索追求。莊金國說：「我深深體悟，謹守原則不變」，表示繼續潛心追求之意，值得期待。我們的期待不僅對鄉土素材賦與新的意義，而表現詩的主題，必須更加深刻地散發優美的意象，在本土詩的園地盛開真正具獨特思想的花。

鄭烱明

戰爭・愛與死的交響曲

——論李敏勇詩集「野生思考」

「野生思考」是李敏勇的第二本詩集，它收錄了自一九六九年至一九七五年間發表的作品，分鎮魂手帕、象徵體驗、情念人間、思維花朵等四輯。這六年期間，對李敏勇的詩的歷程而言，是一個重要的階段，也是使他活躍於「笠」詩刊，日後成爲「笠」詩刊的中堅詩人的一個關鍵。是故，我們在七年後的今天來審視這些作品，便具有特殊的意義存在。

從詩集的名稱定爲「野生思考」這點，我們不難推測李敏勇的詩世界，是一個充分自然的、不造作的、沒有受到外力扭曲的眞實世界。而李敏勇就是以此種自然的思考方式，做爲他追求詩的原點，不斷地展開語言的追逐的；這個特質，使得李敏勇在戰後世代的臺灣現代詩人當中，成爲頗受注目的一位。

李敏勇在「野生思考」所展現的語言的魅力，並不是建立在外在的傳統文字修辭上，而是透過對語言機能的瞭解與把握，配合著詩人本身深刻的詩想，將現實世界的觀察，予以冷靜地表現。對「詩與現實」的關係，他曾經這樣表示：「我們必須認眞思考我們的語言，不能僅停留在表達顯在的單純的表象世界。因爲現實並不侷限於日常性，勿爲了捕捉更眞實，更現實的核心，我們必須能夠從捕捉現實的顯像進而深入現實的隱像。」（笠一〇四期）是的，詩的現實如果只是外在世界的現實，則我們如何能深入瞭解隱藏的內部世界的眞象？「我們必須能夠從捕捉現實的顯像進而深入現實的隱像」，李敏勇在「野生思考」裏實踐了他的論點，獲致了相當突出的成果。

貫穿於「野生思考」這本詩集的主題是：戰爭・愛與死。它有如一首強而有力的交響曲，震撼著我們極需撫慰的心靈。

李敏勇出生於一九四七年，臺灣屏東。照理說，他沒有實際經歷戰爭的體驗，對於戰爭殘酷的事實與所引起的破滅感，他所得到的印象是間接來自傳播媒體的介紹、報導，雖然三十年來由於歷史因素的影響，使臺灣長期處於戰爭的狀態下，但這並不阻止詩人對戰爭的關切。即使在越戰正成爲歷史名詞的今天，世界各地區域性的軍事衝突，仍層出不窮，加上東西方意識形態的對立，美蘇兩國的核子武器競賽等等，都直接或間接影響著我們的生存，這是二十世紀文明的一個特徵。任何一個地區或國家，要完全脫離戰爭陰影的籠罩是不可能的，而李敏勇巧妙地把詩人的觸鬚伸向有關戰爭的題材，寫出了令人沉思、回味的詩篇。

譬如當他看到戰鬥機在晴朗的天空翻跟斗，他說：「這姿勢／冒瀆了我們在天上的父親」，同時他「感到／胸口疼／感到冷／在那樣的高度那樣的深度」。當他看到田園裏坦克輾過的痕跡，他說：「一條條傷口／紅腫著／曝晒在火炎炎的太陽」，「我／在那兒死滅／世界／從那兒消失」。（景象）。當他看到砲火下的焦土，他寫著：

砲聲停止後
在靠近陣亡者手的地方
一朵花幌動著
曾經想伸手去採摘那花
曾經渴望那陌生的愛
卻無法挪動手
……
打斷的枝椏
點綴著寧謐的土地
散落的花瓣
裝飾著死息的胸脯

—焦土之花—

一個陣亡的戰士，一朵幌動著的花，在一片燒焦的土地上，構成了一幅極動人的畫面。

戰爭是殘酷的，這點應該毋庸置疑，可是人類的歷史爲什麼沒有辦法避免人與人之間的仇恨與殺戮，如果和平只是幻想，那麼人們究竟爲什麼而戰？在「戰俘」一詩中，李敏勇對於因參戰被俘，而後被釋放的K中尉，提出一個疑問，就是他要如何才能重新獲得人的存在價值的肯定，而不失去活下去的意志，這是一個令人深思的問題。否則「他望著祖國的來人／不知道怎樣把自己交還他們」，將永遠是一個時代的悲劇。

在有關戰爭的一系列作品中，最令人感動的，莫過於這首「孤兒」。

孤兒

誰都會是個孤兒
從河邊的死貓
從街旁的病狗
從曠野的人屍
悄悄地
我收集著成爲孤兒的哀傷
我反芻這些體驗而活著
從有死貓的河邊
從有病狗的街旁
從有人屍的曠野
我的夢
出發去旅行
誰都會是個孤兒

「孤兒」一詩的成功，除了詩的完整性無懈可擊外，在於語言、意象的自然，詩人並不刻意去描寫戰地孤兒的悲哀情景，但我們却充分感受那種成爲孤兒哀傷的氣氛，爲之低盪不已。

事實上，在悲劇正在進行的戰地上，不止孤兒，任何一個受害者，除了反芻那些死亡的意象之外，能做什麼？「我的夢／出發去旅行」也許是唯一的解脫；然而，誰都會是個孤兒，在人生寂寥的旅程上。

李敏勇對於戰爭的勇於凝視與反省，是值得詩壇矚目的；挖掘戰爭的殘忍和悲慘的景象，不是他從事創作的主要目的，李敏勇是想透過戰爭的凝視，肯定人存在的價值，這點才是他寫這些詩的眞正希望。

於是，李敏勇在愛裏，找到了力量，一種使人繼續活下去的力量。

愛

沒有窗
我們也活下來吧
依靠著
沒有陽光也會萌芽的愛
我們堅強地活下來吧
愛會長出枝葉
愛會伸向天空
把我們的希望寄託愛
開天窗的日子不會太久了吧

儘管眼前的現實是黯淡的，充滿荊棘，但李敏勇並沒有絕望，他深信，只要把希望寄託給沒有陽光也會萌芽的愛，那麼開天窗的日子便不會太久了。

我們佩服詩人這種樂觀的信念！否則，「沒有自然的愛／那些臉／枯萎的枯萎／消亡的消亡」（花），人，如何面對更困厄的環境。

李敏勇對於愛的體驗，在另外一首「思慕與哀愁」裏，表露了他特有的韻味。

思慕與哀愁

陽光從玻璃窗照進來
女人的裸胸
印著黃昏
美麗的山河
連綿著我的思慕與哀愁
爲了攀登那燦爛的峯頂
爲了那滑落幽深的山谷
我用肉體的回音
測量愛的距離

這首「思慕與哀愁」所使用的語言，是典型的李敏勇的詩的語言，與「遺物」一詩同爲李敏勇六十年代末期的代表作。

「遺物」所表現的雖是現代的春閨怨，但整首詩並不往哀怨的方向求發展，而以銳利鮮明的意象取勝。與陳陶「隴西行」的「可憐無定河邊骨，猶是春閨夢裏人」相比，有異曲同工之妙。

「思慕與哀愁」則以細膩的抒情見長。李敏勇在詩中，將夕陽斜照下的女體，與美麗的山河聯想在一起，達到双重意象重疊的效果。於是，「攀登那燦爛的峯頂」、「滑落那幽深的山谷」，便有其意義的深度存在。

如果我們再深入探討，爲什麼詩人將詩中的場景，安排在一個夕陽西下的黃昏，是單純爲了氣氛的營造，還是另有所指？「美的山河／連繫著我的思慕與哀愁」，似乎我們可從這兩行詩句找到一絲線索，但也不十分明確，也許，李敏勇有意將現實的成分抽離，讓讀者有較廣大的想像的空間。不過，不管如何，李敏勇已爲現代詩的抒情，開闢了一條新的道路。

杜國清曾把「驚訝、譏諷、哀愁」認爲是詩的「三昧」。一個詩人在創作時，也就是以他眞的情感去面對生命的虔誠的時刻，然而，最後誰能擺脫死亡的召喚？生命本身是一個謎語，一個充滿無限哀愁的謎語。一個人面對死亡時，有可能爲它屈服爲它戰慄，也有可能爲它戰鬪，雖然結果並無不同，但實質的意義却相距千里。

一味逃避不是解決問題的辦法，李敏勇深深體會到這點，所以他說：「必須／自己不斷地死／自己不斷地生」（匕首），又說：

腐敗的土壤
孕育著我的生
燦爛的花容
隱含著我的死

——詩

唯有將「死」放在與「生」同等的位置，兩者一併考慮，我們才能活得更實在更豐富。

俘虜

燒鳥店
通紅的炭火架上
成排的雀鳥
脫光外衣

世界
某個刑場
成排囚犯
蒙上黑巾

天邊這麼黑地這麼暗
世界
有個角落
默默吞嚥淚水

燒鳥店
喧嘩地嚼食
死的聲音

李敏勇在「俘虜」這首詩，將兩個不相干的事件（燒鳥店的與刑場的），予以技巧地連結，達到意想不到的效果。詩的焦點清晰、明朗，尤其末段「燒鳥店／喧嘩地嚼食／死的聲音」，有反諷的意味，讓人不得不爲某些悲劇的進行與發生，「默默吞嚥淚水」。

這是事實，在人類的尊嚴、生命的價値不被尊重的時候，人的存在常不如一隻鳥，甚至不如一隻狗。

「我們的世界不配持有語言」，「語言被現實的酷寒凍結／又被現實的炙熱燒焦」（失語症），這是眞的嗎？我們寧可相信那是詩人的憂慮，因爲語言是詩人唯一的武器啊，何況李敏勇在一首題爲「夢」的詩中，如此寫著：

夢

夜黑以後
現實有一個缺口
我是打那兒
逃亡的
雖然你
像監禁終身犯一樣
監禁著我的一生
然而
逃亡以後的我
是自由的
你不能捕獲我愛的掌紋
你不能捕獲我恨的足跡

一個有良心的詩人是不會向現實低頭的，雖然你監禁著我的一生，可是「逃亡以後的我／是自由的」，這個信念支持著我，使我繼續活下去。

所以說，「野生思考」是一首戰爭、愛與死的交響曲！

十多年來，李敏勇由於他的作品具有深刻的詩想和語言的魅力，已經使他在戰後世代的現代詩人裏，佔有一席重要的地位，他的才華也早爲詩壇所肯定。「野生思考」的結集出版，只是讓更多的讀者瞭解他的成長與風貌而已。在一九七六年以後發表，未收入「野生思考」的，也有不少優異的作品，像必須一提的有「從有鐵柵的窗」（笠一〇五期），詩的世界更廣濶，更散發著思想的芳香。

不過我們相信他不會以此爲滿足，而將一本初衷地，以不滅的詩的熱情，創造出更傑出的詩篇。我們期待著。

一九八二年二月十四日

日本現代詩近況

陳明台

1. 詩人

一九八一年三月由東京出版發行的「現代詩集成'81」計收納了四百十七位詩人的作品，而前一年同社發行的「全國詩人名鑑'80」則以「詩歷五年、詩刊同人」爲最低入選條件收入了二千八百餘名詩人，對其生平及作品加以簡介，這兩部集成都是獲得全國兩百多詩社的支持與合作才告完成，假若再比照著名詩誌「現代詩手帖」、「詩學」等例行公事的每年十二月號上刊載的詩人住所錄、詩人會、詩誌等資料（今年又大加篇幅），則日本詩人之多可以想見，詩刊、詩社、讀詩的人口也年年增多自不待言。

2. 詩誌

最近日本現代詩誌的特色，可以從非同人詩誌與同人詩誌的不同作風加以說明。同人詩誌大抵上具有濃厚的地域性，例如靜岡縣就有中部、西部、東部的區分而各有多種詩的同人刊物。東京近郊的千葉縣也有如「市原詩人」等形形色色的同人誌。近年來日本有所謂「地方至上主義」「地方的時代」的風潮，地方詩誌更如雨後春筍，水準亦是千差萬別，而其共通點則在於偏重研究切磋的意義，嚴格限制同人始能發表詩作，除了詩作以外縱使偶有評論，隨筆亦只是略充點綴而已，幾乎以詩作爲主要或唯一的內容。當然，也有如「地球」詩誌一般的超越地域性，從九州到東北地區均有同人遍佈的同人詩誌的存在，其同人總數超過一二〇名，聲勢浩大，誠屬例外。

非同人詩誌則是以出版社爲後盾，如「詩學」的詩學社，「詩與思想」的土曜社，「無限」的政治公論社，「現代詩手帖」的思潮社，選稿嚴格，大抵是知名度較高的詩人，發表作品及議論的場所，不只是水準整齊，而且內容多彩多姿，如「對象專輯的企畫」、「誌上研討會」、「年度作品的選刊」、「翻譯和注釋」等等，頗富競爭氣息，風貌也饒有變化。例如一九八〇年一月去世的「荒地」重要詩人黑田三郎的追悼專輯在「現代詩手帖」揭載時，論及戰後詩史的諸問題，詩誌的歷史意味，即十分受到注目。較之地方的同人詩誌，經常在同一非同人詩誌發表作品的詩人，自然結合成爲類似同人的團體，在作品上往往具有領導詩壇的作用，不如說是含有中央的詩誌的意味。

詩誌的繁多，自然造成詩集，詩選集的多產。如一九八〇年十月單單一個月中竟有中桐雅夫的「公司的人事」等超過十冊以上的詩集，評論集出版。較具獨特性的詩選集，則有一九七九年十二月中旬完結的「日本的詩」，係集英社出版全二十八卷，網羅了具有代表性的詩人兩百名，最足見出當代日本詩的盛況。另有新倉俊一氏（西脇順三郎研究家）編的「無意味的磁場」詩選集，共收納五十五名詩人的作品，以獨特的觀點—如將安西冬衛，村野四郎等重要詩人的詩無意味的一面加以指摘而編選，可以說是別開生面的選集。

3. 詩活動

除了誌上演出之外，詩人自身的演出也相當熱鬧，地球社的「地球祭」繼續了一九八〇年國際詩人大會，今年在橫浜也舉行了盛大的詩的祭典，有朗誦會，幻燈欣賞等等。從一九七九年（該年有兩次）以來成為年度詩壇閉幕象徵的「閉幕詩展」，係以各種造型配合詩展出，仍然保持高潮而繼續舉行。又取代了北園克衛氏持續了三十一回的「VOU形象展」，思潮社主辦的「現代詩物象展」是以詩為主畫為輔的詩表現展，亦給觀衆留下深刻的印象。閉幕詩展及現代詩物象展參與詩人都不超過四十名。除了造型詩展之外，以朗誦方式作詩演出而聞名者首推白石加壽子，她是電視影星白石奈緒美的妹妹，以時髦而前衛的服飾，配合雷達光線及音樂等登臺十分華麗。次為谷川俊太郎、石原幸子、金井美惠子，寺山修司也時時舉行詩的朗誦同時在各領域十分活躍。

主要的詩人獎則有高見順賞、H氏賞、日本詩人俱樂部賞、無限詩獎、歷程賞、地球賞等，此外菊池寬賞也常頒獎給詩人或評論家。另一方面詩人的巡廻演講會，定期詩講座也隨時舉行。其中特別以無限詩刋舉辦的公開詩講座，時間長，名詩人聚集一堂，聽講者必須繳受講費，可見日本現代詩壇繁盛的一面。

4. 詩趣向於日常性的脫出

上段述及詩人黑田三郎的逝世，一般認為是象徵着戰後詩史中一個階段的休止符。戰後日本詩人面臨到最深刻的問題，即是詩的「日常性」脫出的努力，與前世代詩人的歷史認識及狀況已經無緣，在高度經濟成長的時代環境裡，縱使現代詩人與前世代詩人的苦澀的感覺仍有其共通的連繫，但時代與當時的情況已無法對他們產生巨大的推動力。現代詩人對于詩的強烈的要求，無寧是活於富裕的環境中，經由寫詩的衝動而拋出自我—透過語言—產生具有無限的自由與孤立的精神而從事自我的表現。也就是說他們是透過個性而以周邊的最小限度的日常的斷片作材料，建設起虛構的詩的世界。

一個人則無以發亮
繼使想歸去也無以回歸
適合于星星的碎片的生的道路
連訊問的語言　尚且
如同噪音一般悲哀
…………
僅僅在望不見的事物裡
我會成為什麼樣的手掌

什麼樣的蜜蜂
什麼樣的風車
到會破裂爲止
追問着存在、追問着意義

高野喜久雄「星的碎片」

類似這兩節表現的一種「現代的感受性」，從最小限度的自我，凝視日常的生，對周邊的存在加以思索，可以見出在最小限度的日常解體以後的不安，以及經由感受此種不安而發出的思考的閃閃發亮的鱗片。而且在詩作過程中，詩的語言已經沈沒在最小限度的日常「事物」背後的黑暗裡了。

看得見森林
看得見森林的記憶
擔負着移動的思想
開始了起初的步履的事物的影子
從砂塵的內奥裡來到了
那是汗血馬的炎的眼　那是火炬
同時那是稍稍亮着光的道路
獸的道路　塩的道路　絲綢的道路
看得見道路的記憶
…………

山本太「移動的思想」

富士被雪包裹着
在白磁的內省之中
衆多的精神路標的
富士
…………
山麓的落葉樹
現今在樸素的默想之中
風吹渡
打着樹梢
輕輕地鳴着
經過的歲月
均由樹的形狀加以敍說着

吉野弘「冬富士」

較之「星星的碎片」一詩企圖將存在于沒有條理的自我以語言加以解放，而產生的對於存在的思考，這兩首詩都可見到詩人對物象的明晰的透視，聯結物象與自我的欲求，含有轉化日常的物象連結其于生的努力。同時三首作品都足以窺見日常性的脫出的焦灼感，或經由思想性，或經由物象的凝視，創造詩的新的地平線的志向。

當然上述的傾向只是日本現代詩目前的一個重要的斷面。如一九八〇年度地球詩獎受獎詩人瀨谷耕作，經由「地方民俗行事」的題材而創造的具有「鄉土性」的詩作，其中就含有「共同體的志向及詩的自我」、「農村與都市對比」等等問題發掘的意識。又如磯村英樹專以女人與性爲主題的作品也相當流行，爲數不少。事實呈現了多樣的風貌，顯示着詩人朝向多方面探索的意圖。

5. 詩壇的收獲

最後，值得一提的是近年來現代詩和讀者直接接近的機會大爲增加的事實。詩文學本來不容易打入大衆，廣泛被大衆接受，但近年來詩人全集發行部數的增加，詩集銷售量的增多，例如思潮社發行的現代詩文庫、詩人的選集，新選詩不斷地在出版，呈現了一片景氣的現象，就是證明。一九八〇年底有一位主婦在偶然讀了詩人的童話大受感動，而竟然自行企畫出版了一連串的叢書，包括谷川俊太郎、吉原幸子、天澤退二郎、中江俊夫等詩人的作品，一時成爲話題。

日本的現代詩經由知名的詩人的努力，默默耕耘的詩人不懈地追求，不只在質與量上經常保持一定的水準，漸漸成爲教養的文學而受到喜愛，這可以說是詩壇最大的收穫。

一九八一年十二月于東京

給男孩和女孩的哀歌

廣部英一　作
陳明台　譯

1. 燕子

今朝　深深的霧裡
燕子　從電線上垂直地墜落
想把它裝在小箱子
流放到河川去
男孩和女孩却拒絕了
堅持著燕子還沒有死去
而且　作爲燕子活著的證明
說　看吧　燕子依然如此地溫暖
燕子的溫暖
使它受到憐愛
却不知道那是自己的双掌上的血的溫暖

2. 午後

男孩
乘著白色的自行車
從對面的角落消失了
追逐著男孩
女孩也從對面的角落消失了
午後的青空下
土墻的內側　石榴的果實
啊　正悽慘地成熟著
而　以圍裙擦擦手
從對面的角落　小步疾走地　自地上消失的是
男孩與女孩的母親

3. 紅蜻蜓

死者的魂魄飛在秋空
它記憶著的是什麼呢
它從地上飛起來的時候
流下了眼淚的六親家族的
臉孔嗎　悲嘆嗎
或是　飛越河灘的上空的時候
釘著魂魄而殺到的
紅蜻蜓的溫柔呢
因爲秋空潮濕著
連魂魄也潮濕了而再也飛不起來

或許爲了這個緣故
在坐在河灘的土堤的男孩和女孩的頭上
魂魄　牽繫在紅蜻蜓的尾巴
閒逛著

4. 第一顆星

找到了第一顆星
牽著母親的袖口
男孩指著天空
找到了第二顆星
牽著母親的袖口
女孩指著天空
而每次每次　母親把手放在
男孩和女孩的肩膀上
望著天空
紅紫色的夕暮的天空裡
兩顆閃鑠著淡淡的光的星星
懸掛著
男孩和女孩齊聲地
央求著星星的名字
天空的事情一點都不知道
一點都不知道的母親
仰望著天空
想著　自己死去的那一天的拂曉
要到　男孩和女孩指著的
那星星的傍邊去

5. 今夜

在原野的正中央
呼吸著夜的大氣
男孩和女孩
即將不再是地上的孩童吧
更不用說會是在六親家族的輪裡
閉鎖在輪裡
喧鬧的男孩和女孩吧
只是爲了　今夜
中斷了的唧唧的蟲的鳴聲
小小的魂魄受了傷的男孩和女孩
追跡著蟲的去向
到了相當遙遠的地方
呼吸著夜的大氣
男孩和女孩　在深夜
抵達了乙女座

廣部英一：昭和六年（一九三一年）生　現居福井市
「叢樹同人」　圖書館職員
著有詩集「木之舟」「邂逅」「鷺」

韓國現代詩選・陳明台譯

「靑眉同人會」作品集

金善英
一九三八年生，大學講師。曾獲現代詩學作品賞。
詩集「思歌」「虛無的鞋店」等。

1. 月夜

月光沒有重量
如同蜻蜓的翅膀一般輕

扣除了月光的重量
就只有　和石頭一起落下的
我的煩惱

2. 星

知不知道一塊石頭閃閃發著光來造訪的理由呢
以小小的光亮守護暗暗的窗的　星的理由
畢竟　知道是石頭而愛著星的

知不知道沒有樓梯而爬上爬下的人們呢

搖幌于船頭和我之間　南海的波浪吐著白血
在那世界窺探的細緻的眸子
附合著　以我作爲標的的那眼睛流落的
一顆一顆的眼淚
我的心也在伴奏著

被火燃燒　我也成了壺
流瀉在暗夜的白色肌膚的眼淚
暢開胸膛接納的晚上

你曾經來過又歸去
在澆了水而守護當場開了的花的夜晚

一線日光尙且當作神來看待的日子
在那樣的日子　一邊凝視著你

一邊活著　活著

許英子 一九三八年生，大學副教授。曾獲第四回韓國詩人協會奬。詩集「親展」等數册，另有隨筆集。

1. 雜草

超越了肉體的
肉體
超越了靈魂的
靈魂
裸著身子眞想投入
在那繁茂的土毛裡
抽抽嗒嗒地哭泣

2. 降雨的晚上

睡不著覺
外面下著一整夜的雨…
我畢竟是
如何地愚蠢的女人啊
連毛骨都會聳立起來

那從戰場歸來的你
一到日落
就窺探窺探著街道的酒店的
你的孤獨
却一次也不曾給予
安慰

凍結著冰冷的血的
都市的女人
非常悲哀地眺望的你的眼睛
是悔恨呢
或者是哀痛呢
這樣的晚上　雨不停地下著…
睡不着覺
接連不斷地
喉嚨飢渴著

金惠淑

一九三七年生，高校教師，曾獲現代文學獎。

1. 雨

縱然如此　也不能不下著
縱然如此　也必須下著
而不能不開始潤濕著
那堅硬的鋼筋水泥的
舖道
不管如何　不能不潤濕著
所有的弱者的武器是
眼淚
我僅僅持有了眼淚
縱然如此　不能不潤濕著
潤濕著　潤濕著
再三地潤濕著　而後
尋找出隙縫
連眼睛也看不見的隙縫
不管怎麼樣
不能不滲入那裡頭
在那深深的黑闇裡
死之中
不能不滲入

確實　我僅僅持有著眼淚
然而
縱然如此
必須下著　成爲雨而下注著
隱藏著完全拋棄了的身子的種子
掬起那種子
而
不能不使它萌出芽來
開放　讓它開放喲　不能不讓它
成爲花而開放著
確實　我僅僅持有了眼淚而已

2. 那些人們

在夢裡夢見的
死人們
死于我們的鼓掌的人們
今晚
出現在我的昏迷的夢裡　伸出
疲憊至極的手
因著痛苦而歪斜了臉　臉
双眼裡積聚著眼淚

伸出褪了色的手
伸出褪了色的發白的手

啊 我們的鼓掌殺死的人們
不害怕世界上的任何東西的

林星淑 一九三三年生，獲現代文學獎。詩集「女子」等數冊。

1. 假面舞會

在假面舞會
人人儘量地想隱藏起本來的眞面目
越是隱藏了眞面目
越會博得讚揚喝采
巧妙地 把旁邊的人
朋友 父親 妻子
能夠欺瞞了才是高明哩
只要把羞恥滿佈的臉孔遮蓋了
說是連老天也看不見
若無其事地漂浮廻旋的假面舞會
不知道理由地徘徊彷徨
而被窺伺了眞面目才是疏忽哩
直到第二天脫去假面爲止

那些人們
今晚
跨越了暗黑至險惡的死
伸出疲憊而令人悲痛的手
伸出了手

2. 我的王國

揮別而離去的 家
即使開了花也沒有什麼意味
然而
在揮別而離去的家
且播下花的種子吧
燒火口的上方 播下松葉牡丹
墻壁的周圍 播下秋櫻
倉庫或城樓 播下向上葵
窗口或門前 播下鼠尾草
沾染了手的汚垢的工具的摺合上
播下黑玫瑰、百合 以及大麗花
說是二十四小時都不會暗將下來
播下在那兒的王國裡
綻放了會再綻放的

花的種子
無聊的高速的巴士裡
緊閉著眼睛而儘情地嗅聞
我播種的花的香味
心情輕快地
我不曾憎惡任何人
在飢渴著的高速的巴士裡
怎麽也看不出來
周圍 有我憎恨的人

秋英秀

一九三七年生，女高教師，詩集「流水的素描」，傳記「久遠的狼火」等。

1. 手

揮手
就從手
嗽嗽地散落樹葉一般的東西
着了色 如同日曆一般
一點不虛假地着了季節的顏色
一個
又一個
活生生的我散落著
成爲雲 成爲夕暮 成爲草蟲
滲透了晚鐘
叩响石子
穿越苦惱
記憶神的石子的
歡聲
在石子的胸膛
刻劃一絲血
這手
不管在什麽時候
都一個人站到最後
嗽嗽地搖落樹葉一般的東西

2. 花樹

某日，花樹的枝椏的先端拂起微風，一輪花朵向著自身的樹蔭掉落。雲佇足在有花的枝椏的先端。「花朵的痕跡較諸活生生的花朵更加重要」花樹思考著。

某日，別的枝椏的先端又吹拂起相同的風，一瓣一瓣的花朵向著自身的樹蔭掉落，因著剛剛掉落的花的斑點而產生的雲，來到有花的枝椏而綻放。「花的痕跡較諸自身來得重要」花樹思考著。如此，花樹長久以來和掉落的花朵在一起。雲飄流飄流而最後在自身的樹蔭的花瓣們的，如同雲一般浸染了。花樹被掉落在自身的樹蔭宣告了終結。花樹的命運是沒有聲音的音樂。

李景姬

一九三五年生，獲韓國詩人協會獎。任職研究機構。詩集「噴水」。

1. 噴水（I）

我是低音弦樂器的演奏者

是不是會使你受到傷害
是不是會發生裂痕
悄悄地一搔動
就彈奏起微暖的體溫的
斷音的音符

倚靠在我的肩膀
你的頭髮　反覆地拍打波浪
靜靜地
沈落下去　抱著身子
幌蕩　波濤的搖籃

我長長的指尖
擺弄著你的腰底下
不規則的愛撫似地
身子燃燒于痲痺的燃燒
黃昏的驟雨的聲音是
令人憐愛的你的噴水

2. 噴水（V）

河水　增漲了
河水　卷起了漩渦
一邊潤濕著河中的沙洲
一邊向著河川對岸的高速公路
卡車滑行而入
工場的燈影從正面相互撞擊
花圃的煙囪儘在漲著力量
橋上汽車行駛而過
橋搖幌了起來
河水起了痙攣
河水較剛才漲高了水位
汽車使勁地奔駛著
向著天空深處吹起熱氣
低音弦樂器
哭泣著

金淑子 一九三五年生，現居美國。

睡眠的時間

用肥皂
洗臉
卸下
得意洋洋地閃著光的戒指
高價的絹布
沒有什麼用處
今晨
曬曝了的
令人期待的五穀
不停地採著穀粒
在沾滿了汗珠的靴子上
冰雹貯留著
向著海洋流去
縱然
熄了燈
也搔著酥癢的背脊
堅韌的愛情
確實是 只要
有一根肋骨
明日會綻放的是
昨日和土塊一起崩潰了的睡鋪
分開不在一塊兒的話
喀嚓地
氣息會被剪刀剪斷
深不可測的地獄

朴英淑 一九三〇年生，曾任報社記者，現居美國。詩集入選「在美詩人選集」

從冬天到冬天

同樣是不聞不問不知悉的他人
因了什麼差錯而結合在一起的那天開始
成爲一同吃著一個飯鍋的家族
並不是值得欣喜的事情
假如你是長長的田渠的話
我願意是開放在那上面的棉花
假如你是一幅畫
我就是畫中的色彩

縱然你持有相異的人種和國籍
就是成爲革命家
我會成爲你正確的思想的
鼓舞幫助者的地下運動的同志
說來是你和我如此地
在燃燒著的靈魂的柴爐裡
希冀謹慎小心地攜手合掌

縱然　你和我
從冬天到冬天爲止
會成爲不斷地哭泣的嬰兒
我們也能夠　如同天使的照片一般
儘情地飛翔于時空
那是因爲我們持有著羽翼這樣的東西
生下了不孝的孩子們
在漏著雨的草屋裡白頭偕老爲止
此刻有什麼好哀嘆的呢

看吧　你我意想不到而
交換了的視線
在你我的頭頂上雪積降著。
緘默著　互相依倚著額頭
我和你的頭頂上
僅僅在那兒說是天的圓光一般的
清晰而明亮
不休止地　冬天的花
飄降著
飄飄蕩蕩地飛舞著
暴風雪一般……

金后蘭

一九三四年生，曾獲現代文學獎，月灘文學獎。曾任報社論說委員。
詩集「音階」「粧刀與薔薇」等，另隨筆集四冊。

1. 山

那高高的山頂上
圍繞著自尊的帶子
幾萬年　閃閃發光
凝視著海
靜靜地端正了
打著波浪的衣襟
終日的坐禪　不動絲毫眉宇
激烈的轉身
形形色色的影子
都在沈默的彼方

風來來往往於過去和未來之間
試著打開天上的門窗
冷雨的水滴
潤濕著根部的時候
在那時候才出現的東西
搔撫著 拍動翅膀的小鳥的
濕潤的羽翼的
手 溫暖的手
不慌不忙地動著

2. 鑛 夫

搜尋
地球的深處的
深遠的內裡的語言
掘著黑暗的人們
搖醒
睡在黑暗的底部的石頭
叩敲 刻上紋飾
隨著黑炭的炭火一起燃燒
你爲了我
我爲了你
再度和地上的眼淚並列
翻掘著夜晚的黑暗
善良的鑛夫的
與火炎燃燒而旺盛的
熱烙的眼神

青眉同人會簡介

一九六三年一月創立，韓國最早的限于女詩人參加的詩人集團。

一九六三年四月同人雜誌「石與愛」第一集出版，季刊誌共出版了七集。

一九六四年四月假韓國新聞會舘舉辦「青眉詩畫展」。

一九七〇年同人誌改名「青眉」，一年一回「新作共同詩集」刊行。計刊行七集。以後每年刊行。

一九七二年十一月假新世界畫廊舉辦「青眉詩版畫展」。

一九七六年與韓國詩協，心象社合辦六月「詩人與讀者的對話」。

一九七七年青眉同人隨筆集「培植孤獨與愛」由同和出版社刊行。

一九七八年十二月青眉同人會創立十五週年紀念會假韓國日報社交誼廳舉行。

一九八一年十二月共同詩集「青眉詩集」出版。

資料提供—金后蘭、許英子（青眉同人會）

一九八〇年諾貝爾文學獎得主

米洛舒詩選（三）

杜國清譯

4.海岸（Shore）

曾是偉大的（WHAT ONCE WAS GREAT）致A・與O・WAT

曾是偉大的，現在顯得渺小。
王國衰敗如覆雪的古銅。

曾是能够猛擊的，現在不再猛擊。
天上的星球流轉，照耀。

伸趴在河岸的草地上，
如很久很久以前，我放走我的樹皮船。

海　洋（OCEAN）

溫柔的舌頭舐着
小而豐滿的膝蓋，
使者帶來塩，
自億萬年的深淵。
這是紫色薊，
被出賣的海蟄的太陽，
這兒，以飛機的鰭翼
與銼刀的皮膚，鯊魚
造訪死之博物館，
在水晶的水塔下。
一隻海豚自波中浮現，
黑人男孩的臉，
在沙漠的液體城市裡，
海中巨獸在吃草。

海中巨獸（Leviathans）：舊約聖經中的巨大海獸，如鱷魚、鯨魚、蛟龍之類，惡的象徵，終爲善的力量所征服。見「約伯記」四十一章，一至八節，「詩篇」一〇四章二十六節等。

夢痕集（ALBUM OF DREAMS）

五月十日

我是否認錯了房子或街道
或者樓梯，雖然我曾每天在那兒？
我透過鑰匙孔窺視。廚房：一樣而又不一樣。
而我帶着，繞在卷軸上的
一個塑膠帶，有鞋帶那麼寬；
那是我長年以來所寫下的一切。
我按鈴，不太知道我是否還聽到那名字。
她站在我面前，穿着藏紅色的衣服，
仍舊，迎接我以微笑，不帶一滴時間的眼淚。
而早晨山雀在雪松上歌唱。

六月十七日

而永遠，那雪將留下，
未被贖回、未向任何人提及的。
那上面他們的足跡日落時凍結，
在一時、一年、一區、一國裡。
而永遠、那臉將留下，
多年來雨滴鞭打的。
一滴從眼瞼流到嘴唇，
在一個空曠廣場，一個未名的城市。

八月十四日

他們命令我們收拾東西，因爲房子要燒燬。
還有時間寫信，可是那信在我身上。
我們放下包袱，靠墻坐下。
他們盯着，當我們將一把小提琴放在包袱上。
我那些小兒沒有哭。嚴肅與好奇。
一個士兵拿來一桶汽油。其他的在撕下窗帘。

十一月十八日

他指給我們往下去的路。
我們不會迷失的，他說，有很多燈。
經過被遺棄的果園，葡萄園和長滿荊棘的
堤岸，我們抄了近路，
而燈光，但願是一巨大螢火蟲的
燈籠，或者在不定飛行中
下降的小行星。
一次，當我們正想向上轉彎時，
一切熄滅。而在全然黑暗中，
我了解我們必須前進到峽谷裡，
因爲只有那時燈光才能再引導我們。
我拿着她的手，我們結合在一起
以在情侶床上一塊兒旅行的
肉體的記憶，
也就是說一次在麥田或密林裡。
下面急流吼叫，有些凍岩崩落，
硫磺陰冷凶殘的顏色。

十一月二十三日

一列火車停在車站而月臺上空空的。
冬天，夜晚，冰凍的天空紅光氾濫。
但聞女人的悲泣。她在哀求某樣東西，
向穿着暗青灰外套的一個軍官。

十二月一日

地獄車站的門廳，透風、寒冷。
敲門聲，門開了，
而我死去的父親出現在門口，
但是他年輕、英俊、受敬愛。
他向我伸出手。我跑開他，
走下螺旋形的樓梯，永無止境的。

十二月三日

寬濶的白鬍子，天鵝絨的衣服，
惠特曼在斯威登堡擁有的庄園裡
領頭跳舞。
而我也在那兒，喝着蜂蜜酒和葡萄酒。
最初我們手拉手環繞，
像長滿霉的岩石，
準備開始動作。那時，那相不見的
管弦樂隊演奏得更快，而我們被
瘋狂舞的所抓住，興致高昂。
而那舞，和諧、一致的舞，
是快樂的哈希巔之舞。

惠特曼（Walter Whitman, 1819—92）**：美國詩人，「草葉集」作者。**

斯威登堡（Emanuel Swedenborg, 1688—1772）**：瑞典哲學家、神學家。**

哈希巔（Hassidim）**：①指紀元前二世紀興起反抗希腊主義**（Hellenism）**的猶太教之一派；②指十八世紀興起於波蘭的猶太神秘主義之一派。**

十二月十四日

我振動強大的翅膀，下面是不斷滑動的
微藍的牧場、楊柳、蜿蜒的河流。
這裡是城壕，那附近，是花園，
我所愛的人在那兒散步。
可是回去時，我必須小心
以免弄丟插在我腰帶的
魔術書。我永遠無法
飛得太高，而且有山。
我勉強掙扎到森林上面的山脊，
因栗木和橡樹葉子而呈銹色的森林。
那兒，向着刻在枯枝上那些鳥，
一隻不可見的手扔着樹枝，
以魔術引我下來。
我跌落。她使我一直在她的手套上，
此刻，一隻羽毛血跡斑斑的老鷹，
「沙漠的巫婆」。在城堡裡她發現了
印在我書上的咒語。

三月十六日

未被召喚的臉。他怎麼死的沒人知道。
我反複我的問題直到他生肉。
而他，一個拳術師，打了守衛的下顎，
因此長統鞋踩他。我望着帶狗眼的
守衛，而有一個欲望：
實行每道命令，他就會稱讚我。
而甚至當他把我送到城市，

有拱廊、過道和大理石廣場的城市
(似乎是威尼斯)，踏着石板，
衣衫襤褸可笑，赤脚，戴着一頂過大的帽子，
我只想履行他指定給我的任務，
我拿出許可證，且替他拿着
一個日本玩偶(小販不知道它的價值)。

三月二十四日

那是個鄉下，在魯德尼卡荒野邊，
比如說，在亞舒尼鋸木廠旁邊，在克里維樅木森林
與察尼札村、瑪里安浦村、哈里納村之間。
或許雅瑞斯河流經過那兒，
在低澤草在上的秋牡丹堤岸之間。
播梅者松林，足橋、高大的蕨類。
大地如何在喘息！不是爲了爆裂，
却以其表殼的震動在訴說：
它能使樹木互相點頭和倒塌。
爲這理由歡欣。就像人們從來
不知道的那樣。歡樂！歡樂！
在小徑上，在小木屋裡，在突出的岩石上。
以及水！可是不論射什麼都沉到那水中。
約瑟，帶着便宜於草的味兒，站在岸上。
——我射到一隻熊，可是掉了進去。——什麼時候？
——下午。——笨蛋，你瞧，看見那個小桶沒有？
那是你的熊，漂在桶裡。熊在哪兒?丟臉。
那只是一隻受傷的小熊在喘息。

詩中提到的地名，皆在立陶宛。

三月二十六日

晚上經過綠野，
經過文明的綠野，
我們邊跑邊叫、邊唱，以不是我們自己的舌頭，
但却使別人恐怖的。
他們跑在我們前面，我們跨着兩碼，
三碼的大步，
無限的力量，無限的快活。
熄了燈，一輛車停下來：不同的車，
從那邊來的車。我們聽見聲音
在我們附近講話，以我們過去只用以逗趣的舌頭。
這時我們，佯裝者，被恐懼抓住，
如此恐懼，我們竟跳過十四碼的
圍牆和柵欄，奔向森林的深處。
而我們背後，塞西亞或倫巴底口音的
追喊和叫嚷聲。

塞西亞(Scythian)：位於亞洲與歐洲東南部之一古地區的人。

倫巴底(Lombard)：義大利北部之一地區，昔爲王國。

四月三日

我們的遠征騎入乾熔岩的地方。
也許在我們底下有盔甲和皇冠，
可是這裡沒有一棵樹，
或甚至，長在岩石上的青苔，
而在無鳥的天空，疾走穿過薄雲，

太陽從黑色的凝塊間落下。
當慢慢地，在那完全的靜寂中，
連蜥蜴的悉悉聲都沒有，
礫石開始在貨車輪下發出嘎吱嘎吱的聲音。
突然我們看見，豎立在山上
一件粉紅的緊身胸衣，飄蕩着絲帶。
更遠些，第二件，第三件。於是，露出我們的頭，
我們走向它們，廢墟中的神殿。

凡我國土(THROUGHOUT OUR LANDS)

1.

當我經過人口稠密的城市
(一如惠特曼所說，在波蘭文譯本中)
當我經過人口稠密的城市，
例如舊金山港附近，數數海鷗，
我想到，男人和小孩之間
有一樣東西，既非幸福亦非不幸。

2.

中午山坡公墓的白色碎石：
耀眼的水泥都市，
以有翼昆蟲的粘質膠合在一起，
與天空一起旋轉，於螺旋的高速公路。

3.

假如我得說出對我這世界是什麼，
我就拿一隻倉鼠、或刺猬或鼷鼠，
某個晚上把他放在劇場的座位上，
然後，將我耳朵靠近牠那濕濕的口鼻，
聽聽牠說什麼，關於聚光燈，
音樂的聲響，以及舞蹈的動作。

4.

我是否突破聲音的障碍？
然後，雲與大教堂，
鐵門外欣喜若狂的綠，
以及靜默—意外地，不同於我所知道的。
我來了，這裡，一個老婦人的拳頭以念珠包裹着，
手杖輕扣着斑斑的影子之間的大石板。
這是我的命運：
是否是恥辱？

5.

破曉前醒來，我看見灰色的湖，
以及，和往常一樣，兩個人在波波響的汽船上拖釣。
其次，我被直照到我眼裡的太陽弄醒，
當它立於內華達那邊的關口上。
在瞬間與瞬間之間，我在睡眠中渡過了許多，
如此清楚，竟使我感到時間溶解，
知覺到過去的仍然還在，並沒有過去。
而我希望這多少可以被當做我的辯護：
我的懊悔與曾想表現一個生命的莫大渴望，
不是爲了我的光榮，而是爲了一種不同的榮耀。
後來，微風吹縐了彩虹的水。
我逐漸遺忘。雪閃耀在山上。

而顯露自黑闇的字是：梨子。

6.

我在它周圍翱翔，奮翼飛行。
可是每當我正要喝下它的甜蜜，它就縮退。
於是我試試安如—然後，花園的角隅，
木制百葉窗剝落的白漆，
山茱萸樹叢以及逝去的人們的颯颯聲。
於是我試試康蜜西—然後，隨即曠野
在這個（不是另一個）柵欄那邊，一條溪流，鄉下。
於是我試試嘉格內爾，波思克和波加蒙特。
不好。在我與梨子、裝備、國家之間。
於是我不得不活下去，身上帶着這個符咒。

安如（Anjou）：法國西部之一區。一種梨。
康蜜西（Comice）：西洋梨的一種。
嘉格內爾（Jargonèlle）：一種早熟的梨子。
波思克（Bosc）：西洋梨的一個變種，果大、呈黃綠色。
波加蒙特（Bergamot）：佛手柑；梨的一種。

7.

下巴高昂，女孩子們從網球場回來。
噴水的彩虹掛在斜坡草地上。
以猛然急步，一隻知更鳥跑上去，站立不動。
尤佳利的樹幹在陽光下發亮。
橡樹完成了五月葉子的影子。
只有這個值得讚美。只有這個：白天。

然而在它底下自然力正在翻筋斗；
而惡魔，嘲弄相信他們的天空者，
以沾血的肉塊玩接球遊戲，
吹着口哨歌唱關於無始無終的事情，
關於我們的苦惱的瞬間，
當我們所珍惜的每樣東西顯出
狡滑的自愛的詭計。

8.

假如帕斯卡沒有得救那又怎樣？
假如我們擱放十字架的那些狹窄的手
正是他，完整的他，像隻無生命的燕子
在垃圾中，在有毒的青蠅的嗡嗡聲中，又怎樣？
假如所有他們，以平衡的手掌跪下，
成千上萬的他們，莫不最後感到幻滅，又怎樣？
我永遠不會贊同。我將給予他們皇冠。
人類的心靈是光輝的；嘴唇，有力的，
而召喚，如此偉大，必然打開「天堂」。

9.

他們如此百折不撓，給他們一些石頭
和食用的根，他們將會建造世界。

10

在他的墳墓上他們彈奏莫札特，
因爲他們無以將他們自己區別於
黃色污垢，雲，和枯萎的大利花，

而在如此遼濶的天空下，有了太多的靜默。

而且正像在一個公主的茶會上，
當蠟燭的鐘乳石滴掉了衡量，
而燈心唧唧地響，穿大禮服的肩膀
閃亮着一列金絲裝飾的高領子，

莫札特奏響，自假髮髮粉的包裝中，
休止於夏末遊絲的拖曳，
而在頭上逐漸消失，在那空中，
一架噴射機飛去，留下一絲白縫。

然而他，無一是他的同時代人，
黝黑如冬天樹皮下的蠐螬，
已在工作，招來銹與霉，
以便消逝，在他們拿起凋謝花圈之前。

11

波麗娜，她的房間在佣人住處後面，有個窗子面向果樹園
那兒我在猪欄附近採到最好的蘋果，
用我的大腳趾壓扁堆肥的暖糞，
而另一窗子朝井。（我喜愛垂下水桶，
嚇唬井裡的居民，青蛙）。
波麗娜，一棵天竺葵，泥地板的寒冷，
一張三個枕頭的硬床，
一個鐵十字架與聖人的形像，
飾以棕葉和紙玫瑰。
波麗娜很久以前死去，但是仍在。
而且，我總有點相信，並非只在我的意識中。

在她那粗糙的立陶宛農民的臉上，
翱翔着一紡錘的蜂鳥，而她那平板結繭的脚，
灑着青玉色的水，在那水中，海豚
弓着背，
在嬉戲。

12

不論你在哪兒，天空的彩色包圍你，
正像這裡，尖銳的橙橘和紫羅蘭，
你手指揑軟的一枚葉子的氣味陪着你，
甚至在你夢中，鳥取名
以那個地方的語言：一隻「陀喜」來到厨房，
撒些麵包在草地上，「君可」駕到。
不論你在哪兒，你觸摸樹皮，
試試它的粗糙，不同而又熟悉的。
感謝升起和落下的太陽，
不論你在哪兒，你都不可能是個外國人。
孚尼匹洛神甫豈是外國人，當他騎着騾子
來到這裡，流浪過南方那些沙漠。
他發現了紅皮膚的弟兄。他們的理性和記憶
朦朧。他們曾經浪跡到很遠，
從幼發拉底河，帕米爾高原，與震旦高地，
緩慢地，遠至任何時代所能
追求的目標：好獵場。
而在那兒，陸地後來沉入寒冷的
淺海，他們住了幾千年，
直到他們幾乎完全忘了伊甸園，
而且還沒學習計時。

孚尼匹洛神甫，生於地中海，
帶給他們關於他們最初父母的消息，
關於那徵兆，那允諾與那期待。
他告訴流放者的他們，在他們的故鄉那兒，
他們的罪已被滌去，正如灰塵被洗去，
從他們的額上，灑上了水。
那就像他們很早以前聽過的那樣。
可是，可憐的人，他們已失去了精神集中的天賦
牧師不得不在脖子上掛着一塊鹿腰窩的烤肉，
以吸引他們貪婪的眼神。
可是他們却口齒不清地大聲說話，使他無法演講。

然而，是他們高代了我，佔據那些岩石，
那上面只有沉默的龍自始在取暖，爬出了海。
他們用金翼啄木鳥，蜂鳥和鷺的羽毛縫了一個襪上織花，
而一隻黝褐的手臂，將斗篷披向後面，常指向：這個，
而那土地從此被征服：眼見的。

孚尼匹洛神父（Father Junipero）：亦即Serra Junip ero, 1713—1784, 原名 Miguel José Serra。西班牙聖芳濟會的傳教士，在加州建立了九個傳道區。

13

兔子的鬍鬚與黑黃小鴨的
茸毛脖子，草原上一隻狐的
流動的火，感動了主人和奴隸
的心。以及在樹下，
開始的音樂。響弦鼓，長笛，
或六角手風琴，或來自留聲機
發出牛羊哀鳴之喧噪的靈魔的聲音。
一個鞦韆盪到雲邊，而那些在下面仰望的人，
因裙子下的黑暗而大吃一驚。
誰沒夢見過薩德侯爵的「城堡」？
當一個人（「啊——！」）搓着手，
準備大幹一番：以踢馬刺抉剔
排成一列競走的年輕女孩，
或叫穿着黑網長統襪的裸體尼姑，
以鞭子抽打我們當我們咬着床單。

戴薩德侯爵（Marguis de Sade, 1740—1814）：法國文人，小說家、放蕩者，性虐待狂（Sadism）的宗教。

14

喀威沙，要是有人知道文明的一切，那是你。
來自卡斯狄耳的簿記員，你陷入多大的困境，
使你不得不到處流浪，在沒有觀念，
沒有密碼，沒有墨汁的一筆一畫的地方，
只有被浪衝上沙灘的船，
裸身匍匐地爬着，在印地安人不動的眼下，
而突然，他們的哀泣在天和海的空處，
他們的悲慟：甚至神都是不幸的。
七年以來你是他們所預言的神，
有鬍子，白皮膚，被鞭撻，假如你不能顯出奇蹟。
七年的長征，從墨西哥灣到加里福尼亞，

土著的呼！呼！呼！，大陸的熱荊棘。
可是後來呢？我是誰，袖口的花邊
不是我的，刻着獅子的桌子不是我的，多娜，克蕾拉的
扇子，來自她的睡袍下面的拖鞋—他媽的，不是。
匍匐着！匍匐着！
以出戰時塗身的顏料塗抹我們的大腿吧。
舔舔地上吧。嘩嘩。呼呼。

喀威沙（Cabeza）：亦即喀威沙斯瓦加（Cabeza de Vaca 1490？—1557），西班牙在美國西南部的探險家。

卡斯狄耳（Castile）：西班牙中北部地區與從前王國。

多娜·克蕾拉（Dona Clara）：「多娜」是西班牙之敬稱語「小姐」「太太」。典故未詳。

文明三講（THREE TALKS ON CIVILIZATION）

1.

發怒的暗紅臉色，
不禮貌的回答，
對外國人的厭惡，
支撐着「國家」。
底線得分的吼叫，
港口附近的貧民窟，
給窮人的酒，
支撐着「國家」。
赫耳門斯，假如我的戒指一轉，
我的隨員匆匆經過，却不見茫然凝視的眼睛，
那些地區都消失，
假如人民（代替日常必需品與所謂
適合於肉體的毛茸茸的歡樂）
整齊而乾淨，假裝他們一點都不發臭，
在戲院裡一點一點啃着巧克力，
假如他們被亞邁塔斯的愛情感所動，
而在白天閱讀『三瑪』幸虧太難，
那麼，將無人適合於營房。「國家」將垮。

赫耳門司（Hermance）：據作者稱，係杜撰的名字。

亞邁塔斯（Amyntas）：英國詩人·劇作家蘭朶夫（Thomas Randolph, 1605—35）所寫的義大利式田園劇『亞邁塔斯』，又稱『不可能的嫁粧』（The Impossible Domry），出版於一六三一年。

『三瑪』（Summe）：義大利神學家阿奎那（Thomas Aguinas, Saint, 1225—74）以哲學原理討論神學的巨著『Summa Theologica』（1267—73）。

2.

是的，風景改變了一點兒那是空的。
從前是樹林的地方，現在是梨形的廠工，瓦斯槽。

接近河口時我們揑住鼻子。
河流帶有油汚、氯、和甲醇化合物，
「抽象書籍」的副產品那更不用提了：
糞、尿、與死去的精液。
大量的人造顏色的着色劇毒死海裡的魚。
從前港灣的岸邊長滿燈心草，
現在因毀棄的機器、灰和磚而變成鐵銹色的。
我們從前讀到古詩人關於大地的芬芳
和蚱蜢。現在我們繞過原野：
經過農民的化學區時儘量開快車。
昆蟲和鳥絕種。一個厭煩的人用拖拉機
將垃圾拖得很遠，傘遮着太陽。
我們後悔什麼呢？—我問。老虎？鯊魚？
我們以第一自然的形象創造了第二自然
以便不相信我們住在「天堂」。
那是可能的，當亞當在園中醒來
百獸舔着空氣，友善在打着呵欠，
而牠們的尖牙和甩打背部的尾巴
是象徵的，而紅背的百舌鳥，
後來，相當後來，學名叫Lanius Collurio，
並沒有把毛蟲刺穿李的尖椿上。
然而，除了那瞬間，我們對「自然」的知識
並不爲本身的利益說話。我們的並不更糟。
因此我請求你，不要再有那些哀悼。

3.

假如我只知道一件事，這一件事：
悔悟能否只是受創的自尊？

嵌鑲木板的廻廊敞開。
緞子拖鞋嗒嗒地跑下坡斜的地板。
可愛的脖，那遺香繚繞不絕。
狗腿子已經跑來帶着我的罪證：
在一個近郊的血跡，遺忘的刀子。
而當他們在樓梯上追我直到天亮，
我絆倒，抓住窗帘，無法說出
我的恐懼是全然的後悔，
還是毫無尊嚴死去的羞恥。
後來我在鏡中凝視我那腫起的眼瞼。
因此，我想，我寫信給亞歷山大，
勸他抑制青年團體，
（何曼提亞，你將發現這信日期是一八二〇年）。
我痛恨愚昧的瓊•傑克的這些信徒，
但羨慕他們對本身高貴氣質的信心。

※ ※ ※

我睡很多，且閱讀聖•托馬斯•阿奎那，
或者「上帝之死」（那是一本新教的書）。
右邊，海灣，像熔化的錫，
海灣那邊，城市，城市那邊，海洋，
海洋那邊，海洋，一直到日本。
左邊，長着白草的乾枯丘陵，
丘陵那邊，生長稻米的灌溉流域，
流域那邊，山巒與潘得洛沙松機，
山巒那邊，沙漠和羊群。
當我不能沒有酒時，我以酒驅使自己，

當我不能沒有煙和咖啡時，我以煙和咖啡驅使自己。
我勇敢。勤勉。差不多是美德的模範。
但那是沒有用的。

求求你，醫生我感到痛。
不是這裡。不，不是這裡。甚至我不知道。
也許那是太多的島和大陸，
未說出來的字，集市，木笛，
或是對鏡喝後過多，沒有美，
雖然一個人本將成爲一種大天使，
或一個聖•喬治，在那邊，在聖•喬治街。

求求你，醫藥人，我感到痛。
我總是相信符咒和妖術。
眞的，女人只有一個，天主教的，靈魂，
可是我們有兩個。當你開始跳舞時，
你在夢中造訪遠方的印地安人村莊，
或甚至你未曾見過的國土。
我求你，帶上羽毛做的護身符，
現在正是救助你本身之一的時候，
我讀了許多書，但我都不相信。
痛時，我們回到某些河岸。
我記得彫刻着太陽和月亮的那些十字架，
以及男巫，他們如何在斑疹傷寒蔓延時施行法術。
把你的第二靈魂送到山巒之外，時間之多。
告訴我你看到了什麼，我將等待。

亞歷山大（Alexander）：俄皇一世，在位期間是一八〇一—二五。奧國政治家梅特涅（Metternich, 1773•1859），曾於一八二零年寫信給俄皇亞歷山大。

何曼提亞（Hermantia）：據作者稱，係「赫耳門司」（Hermance）印錯，作者杜撰的名字。

瓊•傑克（Jean-Jacques）：指法國思想家盧梭（Jean Jacgues Rousseau, 1712—78）。

聖•托瑪斯，阿奎那（St Thomas Aguinas, 1225?—1274）：義大利神學家，有「The Angelic Doctor」（「天使醫生」）之稱。

潘得洛沙松（Ponderosa Pines）：北美西部的高大木材松樹，松葉長，墨綠色。亦稱「Yellow Pine」。

聖•喬治（Saint George）：西元四世紀基督教殉教者，十四世紀起，英國的守護神。

致傑佛斯

(TO ROBINSON JEFFERS)

假如你從未讀過斯拉夫詩人，
那更好，那裡沒什麼
可讓蘇格蘭與愛爾蘭混血的流浪者尋求。他們住在
世代延伸的童年裡。對他們，太陽
是農夫紅潤的臉，透過雲和銀河窺見的
月亮，像樺樹羅列的道路使他們高興。
他們渴望永遠接近，永遠就在手邊的
「天國」。然後，在蘋果樹下，

穿着家裡紡的亞麻布的天使會撥開樹枝而來，
而在集體農莊的白色餐巾上，
熱誠與慈愛將盛宴款待（有時落到地上）。

而你來自浪濤拍岸的礁島。來自石南叢生的荒地，
那兒，埋葬一個戰士時，他們折斷他的骨，
因此他不能出沒纏住活人。來自海上黑夜，
你的祖先自己，默默地，拉過來的黑夜。
你的頭上面，沒有太陽的臉，亦無月亮的臉，
只有銀河星系的悸動，永恒不變的
新創始與新毀滅的暴力。

你的一切生命傾聽海洋。黑色恐龍
蹚過磷光雜草的紫色地帶在浪中
浮沉的地方，如在夢中。而阿佳美濃
航渡翻騰的汪洋，到那宮殿石殿，
讓他的血迸噴在大理石上。直到人類過去，
而純粹的多石的大地受海洋的敲擊。

薄唇、藍眼，沒有神恩或希望，
在上帝●可怕者，世界之軀的面前。
禱告沒被聽到。玄武岩與花崗岩。
在那上面，一隻猛禽。唯一的美。

我跟你有什麼關係？自果樹園的小徑，
自無師自通的唱詩班與聖體匣的閃光，
自芸香的花壇，河邊的山丘，一個熱忱的
立陶宛人宣稱兄弟關係的書籍中，我來。
呵，凡人的安慰，無益的教義。

然而，你不知道我所知道的。大地
比自然力的裸裎教示更多。免於罪者
無一給予自己神的眼睛。如此勇敢，於空中，
你奉獻犧牲給惡魔們；有渥探與雷神，
艾理尼斯在空中的尖叫聲，狗的恐怖，
當赫佳特與她那死者的侍從迫近。

最好將天陽和月亮刻在十字的接合處，
一如我們成地區所做的。給樺樹和樅樹
女性的名字。懇求保護，
以反抗無言而奸詐的強權，
而非，如你所爲，宣告一件非人道的事情。

紫佛斯（Robinson Jeffers, 1887—1962）：美國詩人，生於匹茲堡，後遷往加州，定居於海濱勝地Crmel。詩多以加州爲舞臺，以冷靜描寫激烈的原始感情的悲劇爲特色。

阿佳美濃（Agamemnon）：希臘神話，特洛伊戰爭中的希臘統帥。

渥探（Wotan）：日耳曼神話中的神，相當於北歐神話中的Odin；司掌知識、文化、詩歌、戰爭的最高神。

雷神（Thor），北歐神話的雷神。

艾理尼斯（Orinyes）：希臘神話復話復讎三女神之一。

赫佳特（Hekate）：希臘神話中，古代豐饒女神，後來成爲冥府女王，亦即 Persephone。

哀歌 (ELEF FOR N. N.)

告訴我，對你是否太遠。
你原可奔過波羅地海的微浪，
經過丹麥田野，經過山毛櫸樹林，
原可轉向海洋，而那兒，不久
拉布拉多，在這時節是白色的。
假如你，夢想一個孤島的你，
害怕城市以及公路沿途閃亮的燈光，
你有一條小徑直穿原野，
俯視一片墨色溶溶的水面，野鹿與美洲馴鹿的足迹，
遠至鋸齒山脈與放棄的金礦區。
薩克拉門托河，原可引導你，
在長滿多刺橡樹的山丘之間。
然後只有尤佳利樹林，而你找到了我。

眞的，當石南盛開
而海灣晴朗，在春日早晨，
我無可奈何地想到，在那些湖
與立陶宛天空下拉上的網之間，那棟房子。
你從前放衣服的浴室小房間，
已永遠變成一個抽象的水晶品。
如蜜的黑闇在那兒，靠近遊廊，
以及好玩的小猫頭鷹，以及皮革的氣味。
那時一個人怎能活下去，我眞的不知道。
神釆與服裝若隱若現，朦朦然，
非自足的，趨向終局。

我們渴望事物本身的原貌，這要不要緊？
對火般歲月的了解燒焦了站在鍛鐵場那些馬，
市場裡那些小圓柱，
那些木梯，以及弗理吉爾托普媽媽的假髮。

我們學了那麼多，這點你很知道：
如何，逐漸地，不可能被剝奪的
被剝奪。人民，鄉村。
而心並沒有死，當人們以爲它應該已死，
我們微笑，桌上有茶和麵包。
而且只悔恨我們沒愛
在沙克森象的可憐的骨灰。
以絕對的愛，超乎人的力量。

你已習慣於新的、潮濕的冬天，
習慣於別墅，那兒，德國主人的血，
從墻上被洗掉，而他永遠不再回來。
我也接受可能以外的一切，城市和鄉村。
一個人不能兩次踏進同一個湖，
在赤楊的朽葉上，
折斷一道狹長的陽光。

罪，你我的？不是大罪。
秘密，你我的？不是大秘密。
不是，當他們用手帕綁住下顎，將一個小十字架放在手指
間，
而某個地方狗吠，第一顆突然閃亮。

不，不是因爲太遠，
那天或晚上你沒有來造訪我。
年復一年，它在我們心中滋長，直到它完全掌握，
我了解它，正如你一樣：冷漠。

拉布拉多（Labrador）：北美哈德遜灣與大西洋間的半島。

鋸齒山脈（Sierra）：加州東部延伸四百英里的山脈。

薩克拉門托河（Sacramento River）：自加州北部流入舊金山灣。

弗理吉爾托普媽媽（Mama Fliegeltaub）：作者杜撰的猶太人的名字。

沙克森豪森（Sachsenhausen）：在德國，柏林以北。

他們將在那兒安置電視螢光幕

（THEY WILL PLACE THERE TELESCREENS）

他們將在那兒安置電視螢光幕，而我們的生活
將從頭到尾出現，
以我們似乎想盡可能永遠忘掉的每一件事，
以及我們這時代的服裝—這些將是可笑又可憐的，
假如我們不是因爲不知道任何更好的而一直穿着。
男人和女人的大決戰。哭也沒用：我愛他們，
每個人在我看來都是小孩，貪婪且需要撫愛。
我喜歡海灘，游泳池和診療所，
因爲在那兒，他們是我的骨的骨，我的肉的肉。
我可憐他們和自己，但這不能保護我。
語言和思想都已過去，玻璃杯的更換，
人們眼睛的避開，解開罩衫鈕扣的手指，愚蠢，
一種欺騙的姿勢，雲的靜觀，
一個方便的急報：如此而已。
假如他們邁出，玎玲玎玲的鈴子
在他們的脚踝，又怎樣？假如慢慢地他們進入
將他們和我吞噬的火焰，又怎樣？咬咬你的手指（假如你
有）
然後將一切從頭到尾再看一遍。

編輯手記

李敏勇

●北原政吉的「旅台詩輯」，捕捉了一系列的鄉土與現實，是一個鄰國詩人對我們土地的人、事、物，敏銳而深邃觀察的結晶，這幾期陸續由陳千武迻譯刊出，值得細細咀嚼。

●早於五二年出版過詩集「側影」的朶思，以及新近在「笠」登場的女性詩人利玉芳、馮青，她們這期發表的作品，透露出細膩，別緻的韻味。她們對語言的體認並非許多依賴修辭或視同字彙的情形。我們樂於看她們持續下去。

●林宗源「給父親的詩」，再一次顯示他獨特的父親意象。透過這種獨特的意象層面，我們可以把握到林宗源作品的一種視野。這父親是重要的象徵。願我們一齊透過這象徵來了解他。最近他將要發表一系列詩論。

●郭成義繼「臺灣民謠的苦悶」之後，發表了「家庭詩抄」，竟欲從日常性中捕捉詩的要素。近來，他在小說創作和詩評論方面都十分努力，收獲豐碩。

●巫永福寶刀未老，除現代詩抄外，亦刊載古體詩抄，跨越兩個時代的他，李魁賢譽爲「文化財」級的詩人，他的詩作充滿了成熟人生的豐韻。

●陳千武評莊金國詩集石頭記的「原始率直的詩素」，記錄這位前輩詩人對後進的關心和愛護。與他前此的一系列年輕詩人詩集評論一樣，能切中作者的發展風格。

●鄭烱明序李敏勇詩集「野生思考」的「戰爭、愛與死的交響曲」一文，對於李敏勇「雲的語言」詩集以後作品的主題與風格做了深入的闡釋。

●陳明台「日本現代詩近況」，對日本的詩壇情形，有扼要的介紹，另譯廣部英一「給男孩和女孩的哀歌」，可以看出這位日本詩人的風貌。

●笠和韓國詩壇的交流一向十分密切。在「中、日、韓現代詩人會議」後，經由韓國女性詩人許英子的協助提供作品，陳明台翻譯了「靑眉同人會」九位女性韓國詩人作品，讓我們看到彼邦女性中堅詩人的風采。

●杜國淸譯「米洛舒詩選」，原預定二～三期刊完，因數量較多，本期僅能續刊第三輯，刊完爲止。

中日韓詩人在臺中文化中心合照

韓詩人金光林（右）、日詩人北原政吉（左）在聯合報社簽名留念

華民國行政院局版台誌1267號
華郵政台字2007號登記第一類新聞紙

笠 詩双月刊
LI POETRY MAGAZINE 108

華民國53年6月15日創刊
華民國71年4月15日出版

行人：黃騰輝
長：陳秀喜

詩刊社
北市松江路362巷78弄11號
話：(02) 711—5429
長室：
北市中山北路六段中16街88號
話：(02) 551—0083
輯部：
台北市浦城街24巷1號3F
電　話：(02) 3214700
經理部：
台中市三民路三段307巷16號
電　話：(042) 217358
資料室：
【北部】淡水鎭油車口121之1號5樓
【中部】彰化市延平里建寶莊51～12號

內售價：每期40元
訂閱全年6期200元，半年3期100元
海外售價：美金2元／日幣400元
港幣7元／菲幣7元
利用郵政劃撥21976號陳武雄帳戶訂閱

印：華松印刷廠 中市TEL (042) 263799

詩双月刊

笠

LI POETRY MAGAZINE

1982年 6月號

109

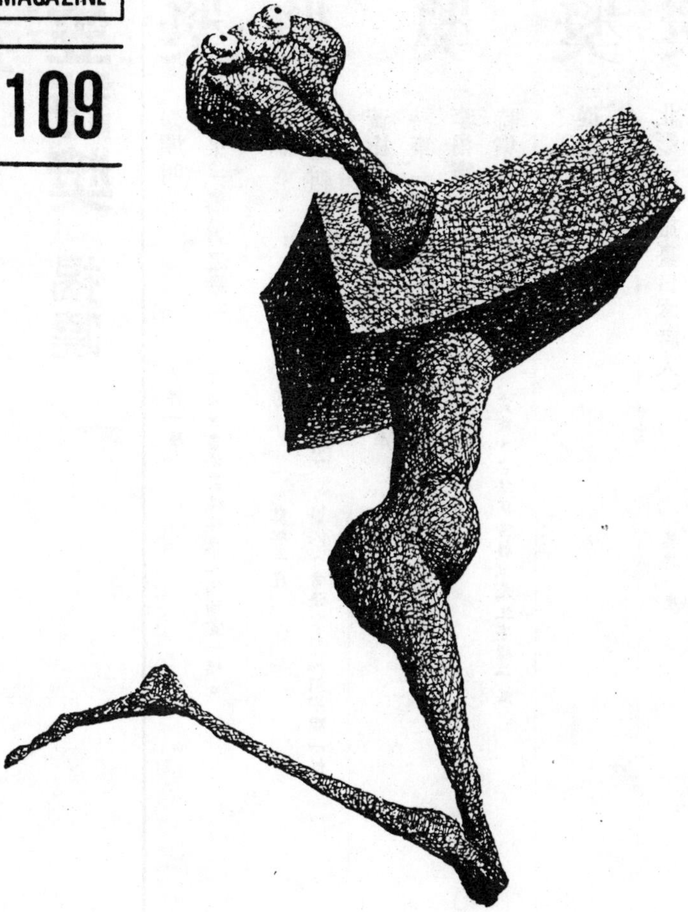

一九八二年
第二屆 笠詩獎 揭曉

創作獎

鄭烱明
詩集「蕃薯之歌」
獎牌一座
畫家、書法家楊啓東先生油畫一幅。

翻譯獎

非馬
譯詩輯「集中營裡的童詩」等
獎牌一座
詩人、書法家邱淼鏘先生字聯一幅

新人獎

黃樹根
詩集「黑夜來前」
獎牌一座
畫家、書法家楊啓東先生字聯一幅

李昌憲
詩集「加工區詩抄」
獎牌一座
畫家、書法家楊啓東先生字聯一幅

評論獎

從缺

特別獎

北影一（旅臺日本詩人）
詩集「余究在何星宿之下誕生」
獎牌一座
詩人、書法家邱淼鏘先生字聯一幅

卷頭詩

鼴鼠

王白淵

蠢動著挖土的鼴鼠
你的路很暗又彎曲
但你在地下構築的天國令人懷念
鼴鼠啊　你是幸運者
沒有地上的虛僞也沒有生的倦怠
爲了看看無限的光亮而瞇著眼睛
爲了達到希望的花圃你的路很暗
笨拙的手也很能勞動
漆黑的衣服十分暖和
有孩子也有情人
在黑暗的角落盡情讓愛的花盛開
地上的双脚動物討厭你又虐待你
鼴鼠啊　笑著推開吧
在這麼廣濶的世界　不能說
沒有讚美你的人
絲毫不疑惑神之國而從早到晚
向著光亮而走黑暗通路的你
可恨又可愛的
鼴鼠啊　你的孩子吱吱地哭叫著
快餵奶吧

—一九二三年作品　陳千武中譯

王白淵是詩人，也是美術理論家，一九〇二年生，彰化二水人，日本國立東京美術學校畢業，這首詩收入他一九三一年在東京出版的詩集「荊棘之道」，同年，他與同好組臺灣藝術研究會，創辦福爾摩沙文學雜誌。他曾於一九三五年在上海美術專科學校任教，一九四二年返臺，著有臺灣美術運動史。一九六五年逝世。

1982 年	109期
6月 號	目 錄

笠

林宗源

第二自然

人啊！請你叫神與鬼倒轉去

天國甘物是眞好列
爲何來到人間橫行幾千年

當我舞出探求心智的舞
當我舞出天人合一的舞蹈
我無願意聽救阮靈魂的鬼話
我也無願意聽創造我的神話
我是父母舞在土地的我

當我舞著生命的舞蹈
當我舞出力的動作
我無願意倒轉去天國
也無願意舞去地獄
我願意舞在阮的自然

來到人間霸道幾千年

天國一定怮是天國

我必須建築第二自然

生命原本是舞蹈
爲了舞出最美的姿態
爲了舞出最深沉的意識
我是以自然建築自然的歌手

我必須建築第二自然

讓化學與物理跳芭蕾舞
讓幾何、代數、三角跳酒神的舞蹈
讓中文、英文跳求婚的舞蹈
讓考試死成不能舞蹈的字

我必須建築第二自然

我不能死在考試的日子
我不能死在試卷的歷史
我不能死在地理的考題
我不能死在沒有舞蹈的學校

我必須建築第二自然

把詩寫在美術

把詩舞在音樂
把詩跳在體育
把詩畫在我的世界

我原本是人類
為了舞出最美的自然
為了舞出最新的現代
我是以人建築自然的歌手

女人，請妳給我激情建築第二自然

很濟的腳踏在胸部
焦慮、挫折、抑壓
需要性的發洩，女人
請妳給我激情建築新的自然

公文一樣的愛
倘若沒有激情的動作
愛一如公文

女人，我需要激情
突破那漸漸僵化的詩
女人，我需要野性
讓性昇華而舞成智力的建築
女人，我需要激情

公式一樣的性
倘若沒有激情的動作
性一如公文

很濟的詩寫在自然
焦慮、挫折、抑壓
需要激情的愛，女人
請妳給我激情建築第二自然

憶起

桓夫

吵鬧不停的童年是
不吵就無活氣的長巷
被殖民拉長了的黃昏
拉長了童養媳的歌仔戲

吵鬧不得的少年是
不吵就不得救的校院
輕蔑四腳而自尊爲二腳
却有三腳穿梭其間

愛吵却怕羞的青年是
忍着不要吵不要吵不要吵
沒有人敢罵你清國奴
只有把善惡分得清楚

杉林溪美景

周伯陽

沿着北勢溪一直往上爬
十二生肖山
山峯迂廻曲折盤旋而上
到達最高處「留龍頭」
這是遊樂渡假的處女地

杉林筆直蒼翠
站在留龍頭眺望
溪頭　竹山　濁水溪一帶
湖光山色盡收眼底美景天成
令人心境開暢舒適無比

仰望懸崖峭壁瀑布奇特湍急
松瀧瀑布　青龍瀑布
燕庵瀑石洞　石岩穴洞
石井磯奇觀

遊客夜宿於聚英村旅社
全都以杉木建造
新奇雄偉另有一番情趣
靜聽泉聲潺潺萬籟俱寂
在遠處燈光閃爍彷彿人間仙境

連載戰事

——每日讀電視新聞有感

喬林

此刻躺在我腳邊的
是昨日吹號要我們衝鋒的人
號角已不知飛到那裡去
嘴唇緊緊的吻着泥土
昨日炮聲硝煙掩蓋的天空
雨已刷洗過
風在這兒停息止步
看我緩慢的移動皮靴

我看到遠處也有一個緩慢移動的人影
接着 兩三個
接着 幾十個
接着 滿山遍野
他們都在昨日被擊斃倒地
在腳邊已殉國了的那個號手
又已站在山尖上
舉起的號角已緊壓在唇上
我曉得以河爲界
前面就是我們的敵人

我已熟悉這種狀況
從被擊斃再爬起
再被擊斃再爬起
我一直複誦着這種狀況
注意的聽號音
然後吶喚的衝去

等雨再把天空洗淨
會是明天
風還會止步停息
看我緩慢的自屍體中爬起
緩慢的移動皮靴

毛驢小將軍

——加德滿都所見

羅青

在一條青石鋪成的小巷子裏
遠遠看到一個滿頭亂髮的小孩
區使出吃奶的力氣
拼命拖一頭小毛驢

他拖了一陣子之後
便伸手去扯毛驢的耳朵
扯了一陣子之後
又跑去推毛驢的屁股
推了一陣子之後
又改爲拉毛驢的尾巴
拉了一陣子之後

乾脆！跑到附近乾柴堆裏
抽出一支最粗的當棍子
正準備朝毛驢用力打過去時
猶一歪頭
看到了手拿相機的我
棍子突然停在半空

臉上擠出微笑一朵
空下來的那隻手

指了指我的相機說：
「Picture，Picture，一個盧比，一個盧比」
同時，立刻把棍子熟練的挾在腋下
擺了個將軍拉馬的姿勢
擺了半天，看我沒什麼反應
出人意料之外的，他驃的翻身回頭
解下驢脖子上那根繩子
一溜煙—跑了

只剩下那隻小毛驢
仍然固執的站在那裏
動也不動的眨了眨眼睛
好像什麼也沒有發生的樣子

註：尼泊爾，人口一千三百五十萬，面積十四萬平方公里。首都加德滿都，人口約七十萬，為全國第一大城。全城旅遊觀光為收入之大宗，市民已習於各種觀光客出入。小孩見觀光客受獵取民俗鏡頭，便學會了照一張一個盧比（約合新臺幣三元）的生意經。小巷光線不够，我的閃光燈忘在旅館裏，面對那小孩，錯過了難得的鏡頭，歸後，以詩誌之。

北原政吉

旅臺詩輯

丟落一個字

在停仔脚閒躝躂
就看到區公所模樣的
官吏進進出出的建築物牆壁上
用彩色瓷磚鑲上的標語

一切建設用於復國
一切成功操之在我
愛國必須反共
反共必須 結，那麼寫着
結字上丟落了一個字

雖丟落了，還知道應該唸團結
唸了之後才想
爲甚麼丟落了一個字不管？
是不是被剝下來的
或許自然丟落的？

是不是補填過幾次仍被剝下來
若是如此，那深奧的根

丟落了一個字，能察知民衆的心
表示大多數無言的聲音嗎

用力意圖達成
補充丟落的字，恢復不被剝取的成語
那樣的世界甚麽時候才會來到？
會不會來到，我不知道
但是這個現實，仍然丟落一個字

西門附近

來到西門市場　就看見
圍在八角型食堂的彩色看板
有黑武士甲賀流隱身法者的侵犯
西方大開殺戒等等
盛開着武俠電影的花朶

五穀神隨着狐仙和石燈籠被遷走了
神社前的米色牌坊也消失了，廣場角落
排著很多舊書攤子，一看有「忠孝故事」
岳飛、蘇武、鄭成功、史可法或文天祥
也有新刊「美麗島詩集」

光復的光，閃爍在店面
洋品店餅店花店種子店鎖匙店
雖然時過人移，却仍使我憶起
昔日熱鬧的門面，不知怎樣地

覺得步履很重……
迷住、徘徊，是夢幻？
搖頭的饅頭店，用手巾纏頭的老闆
年輕的時候
究竟在附近做過甚麼？
以蹣跚的步伐走過來問

這附近是我的地盤
黃口孺子的時候……
他的話還沒說完
巨響轟轟，載貨火車疾駛而來
險而被壓在車輪下

瞬間，醒悟過來
眼前的大鐘塔
翻開白眼站着
似乎要趕我走
冷氣汽車的警笛，機車爆音
漩渦在周圍
趕回淡水河邊的旅宿去吧
夕陽染紅了桃園平地

小吃店

跟吳君去西門小學邊的小吃店
中文菜單寫着很多菜名

不知道是甚麼料理
莫名其妙地
坐在圓椅子上觀察店裡

揉合麵粉，用棒揣麵
再用大菜刀切細的本領鮮活的韻律
別的烹調臺的男人切鷄骨的聲音
像似三弦琴或大鼓的聲音

曾經在這小學教書的時候
附近住有日本舞踊老師
上課中常聽到三弦琴或大鼓的聲音
那時中餐吃的是來來軒的米粉湯

我要米粉湯
吳君有點洩氣地說：還有別的好料理麼
再叫更喜歡吃的……
是嗎？那麼，爲了臺灣的好料理
再加一盤喜歡能自由大吃的料理吧
口唸着自由大吃自由大吃……
却找不到喜歡的東西

陳千武譯

趙迺定

工業社會種種

有錢是老爹

繁華地方要花錢
色情地方有錢花

沒錢去那裡
飲清風望明月睡公園涼椅
擁破絮枕磚頭獨眠公寓的騎樓

工業社會燈光淒迷
錢即生命的化身
生命要用錢堆砌

沒錢的有別人的冷眼沒關切
有錢的就是大爺，姑娘暱稱愛人
沒錢公寓騎樓下狼飲老米酒泣淚
只有孤單人影相對
有錢觀光餐廳輕啜黑牌酒
還有姑娘相依相偎嗲聲嗲氣侍候

工業社會燈光淒迷

淒迷是華麗

心靈是白癡

政治上發言權靠爸
經濟上不能獨立怪媽媽

每天背書包
聽爸媽話用錢把書讀好
讀好書才是做大官賺大錢的路

那路呀一階階往上走
人人都一模沒兩樣
文學是閒書，藝術是旁門左道
心靈則是白癡

工業社會燈光淒迷
淒迷的意義就是華麗麗

把心靈封閉

媽媽跟兒子說：「出門在外不能和陌生人講話
　有人綁票有人拐騙小孩！」
銀行掛着牌子說：「錢財不要露白
　免遭宵小覬伺破財消災！」
警察說：「當心門戶隨手關門
　免遭竊財！」

報上說：「要注意行跡可疑的人
有人被搶有人被姦殺！」

人人告訴你
用鐵窗鐵門把自己孤立
處處告訴你
對人不要誠懇只能懷懷疑

工業社會燈光凄迷
凄迷就是把心靈封閉

曾貴海

日夜的問題

晨　霧

夜深時
爲了一個困惑的問題
開始是有點茫然
然後，點燃一根香煙
漸漸地
愈抽愈多的煙霧
在清晨
使問題變成千千萬萬個

站在廣袤的地面
連自己都看不清楚了

五瓦特的燈

夜漸深的時候
黑暗愈來愈厚
五瓦特的燈
橘紅色的微光
默默而孤寂的醒著
溫暖
雜草叢生的夢囈
府上疲憊散置的軀體

黎明將來到的時候
晨曦滲透入室內
窗外由微明漸成白濁
燈光逐漸暗淡

拉開窗帘
陽光激射到臉上
五瓦特的燈
期望愛人的手把它按滅

稀客

陳秀喜

她是誰？
來到桃源鄉（關子嶺）
不欣賞枝頭殘春
不驚訝柔綿的抽芽
不傾聽鳥兒們的問好
不怕山莊大門口
那隻老狗在瞪着
自遠方
直奔向我跑過來

在我身旁停步時
她喘息着
滿額的汗珠
是裝飾笑容
最美的燈光
她竟是陌生人
像帶着晨露的蘋果
有彈力且鮮美

她說：
「同是愛詩的人

自山城來造訪
只想來看妳
有事要折回了」
相識只是
喝紅茶的片刻

遁世多年的我
不曾去採藥
不去雲遊
也不寫詩
唯能奉告
今春收穫的一首詩
它是甜美的野草莓

陽光、露水
泥土恩惠的結果
山徑遍地都是
閃耀的紅寶石
母指頭這麼大顆
兩手一抱這麼多
明春同去採好不好？

趙天儀

寄情

杜鵑花季的重逢

致吾師洪耀勳先生

幾番風雨
一陣冷來一陣暖
當杜鵑花盛開的時候
美麗的流蘇也盛放起來
杜鵑花彩色繽紛，燦爛奪目
而三月的流蘇却堅持唯一的雪白

我們走過雨後的校園
黃昏的暮靄充滿了魅惑
逝去的時光已爬出了深刻的縐紋
高瘦的大王椰依然臨風瀟灑
臥地的韓國草依然蒼翠碧綠
而我們的脚步又踩響了過往的足音

大學的夢是青春的呼喚
社會的現實是殘酷而無情的爐

我從激流中滑過
我從暴風雨的黑夜中歷鍊過
雖然路會滑倒，途上會遭遇泥濘的陷阱
但我畢竟昂揚地挺身走過來了

把我們的英影拍攝下來
把我們昔日的夢和歡笑捕獲下來
大王椰不懂我們的幽默，依然神態自若
韓國草也不懂我們的甘苦，依然閉目養神
杜鵑花依然盛開，歡迎青春的壯麗和新鮮
而鑲邊的流蘇以傘狀的雪白夾道佇立

幾番風雨
我們又相逢於杜鵑花季
且健碩硬朗地邁步於杜鵑花苑裏
讓我們拾回已逝的悲歡
讓我們再穩健地踏過這開濶的大道
沒有落寞的悲哀，只有重逢的興奮與喜悅

註：洪耀勳教授，民國前九年生，臺灣省南投縣草屯鎮人，日本東京帝大哲學系畢業，曾任國立臺灣大學哲學系教授，兼系所主任。退休以後，旅居美國。著有「西洋哲學史」（上、下），「哲學導論對話」、「實存哲學論評」、「知識論」等書。

寒夜哀思

——悼詹幸雄賢弟

從三峽打來的電話
告訴我不幸的消息
我早就有心理的準備
準備接受這一份心碎的襲擊

在祖國的常春島上，你有過快樂的童年
頑皮的少年，掙扎奮鬪的青年
在異國的櫻花島上，你有過勤奮的留學生涯
甜美的蜜月，幸福緊張的家庭生活

在兒女的呼喚聲中
接受異國現實的錘鍊
在東京的醫院診所裏
過你小兒科醫師上下班寧靜的日子

沒有想到，絕症會降臨在你的身上
沒有想到，醫師也無法戰勝病魔
在異國的雪夜裏
你有過溫柔的妻長相廝守作伴

你在等待，等待妹妹們的看顧
你在等待，等待弟弟們的最後一瞥
你說不甘心就這樣地撒手離開

離開幼小的兒女，痛苦籠罩的妻
雪花飄落，化成潺潺的流水
枯葉飄落，化成護根的泥土
在寒流下，我的悼念
用充滿了溫暖的手，寫下了我不盡的哀思

文　學　界

高雄縣鳳山市武慶二路七號

臺灣文藝

桃園縣龍潭鄉龍潭路五三號

現代文學

臺北市光復南路二六〇巷
五一之二號

中外文學

臺北市羅斯福路四段
臺大外文系轉

暖　　流

臺北市莒光路二一七號五樓

十件事

楊傳裕

每件事都是眞的
每件事都是假的
哦　瘋狂
只有瘋狂無所謂眞假

事件之一

梵谷的麥田金黃了
烏鴉群來自遠方的雲層
第二天
他的風景便染血了
因爲畫家瘋狂地槍殺了
那些黑色的
魔鬼的鳥

事件之二

在玻璃上爬行的卡夫卡
到處留下濕黏的體液
這是生命的流刑地啊
城堡其實只是幻影
審判才是眞的
當費麗絲來到你的身邊
你已病入膏肓

事件之三

李白又醉了
可是他並不快樂啊
寫詩
也只是暫時止痛
他意識到自己
因酒精而搖搖晃晃的身體
他終於握著杯子
往池裡質問明月去了

事件之四

莊周寫完天下篇
腦中已空空洞洞
即連蝴蝶也飛走了
這時傳來
莊夫人的死訊
他從容不迫地
回到家裡
在衆哭聲中
爬上夫人的棺上高歌

事件之五

寫過薛西佛斯的神話
在一九六〇年的一次車禍中
死亡
而這一件事
正是絕對的荒謬

事件之六

尼釆拄著額頭沈思
沈思這齣悲劇
倒底是怎麼發生的
他的眉鎖越緊
但是腦子
却裂開了
人家說他瘋了

事件之七

憂鬱的齊克果
回憶著童年
回憶著父親
顫抖地記錄了
大地震後的災情
他已窮得無法娶貞娜
他唯一的財產是
絕望

事件之八

耶穌懂得永生
他更深知痛苦
在無垠的沙漠中
他找不到一口治病的井
於是他爬上十字架
並於三天後
自墳墓中走出
要大家相信他的復活

事件之九

是什麼？
使熱情的仲尼也嘆息了
是不捨晝夜的流水
從此你閉口
不談生死
不談鬼神
他只告訴衆弟子說：
聖人出在西方

事件之十

一個王子
從菩提樹下站起來
他便是佛陀了
他便什麼都不是了
他只是諄諄告誡大家：
不要以色相見我
不要以聲音求我

楊笛

初鳴集

探夢

總挑你該入睡的時刻
站在這麼一扇不惹眼的窗前
探視紅瓦砌成的屋頂
想著你酒後的眼瞼
也是這般色澤

固執著要看你入夢
看你仰躺的瞳孔會不會
映出一方興致很高的天空
天空還藏有窺伺著你的
眼睛

愛

水龍頭

你，一次也不會來
大多數的時候
是媽媽提著茶壺來

偶而渴了
爸爸也來要一勺
或許，你不知道
心一旦泉湧
就得安上鐵鑄的龍頭
或許，你竟是
不在乎了

井

一斧一斤地鑿
一寸一尺地遠離地面
這就是爲什麼
我變得沉靜
若是眞心追問
就垂放下耳來
我只告訴你
水爲什麼要藏在井底

蔡榮勇

日常

簽到簿

一大早
大家急急忙忙
寫下自己
讓我來保管

每人，每天
只有三個位置
塡滿了
就可以快樂地回家
我得請抽屜
守衛
不讓他們的名字遺失
否則，誰來證明
他們活過

妻

以前
喜歡她，悄悄地
窺視，心底有把火
現在
用手炒得辣辣的
還用嘴一口口地餵
試問
愛，是否長高了？

脚　　脚

脚

脚　　脚

非馬

脚與鞋

起泡的
脚
扭曲着
向鞋子
覓求
妥協

脚與手

手解決不了的
脚來

帶着
不够大的拳頭
脚
緩緩移動
然後
猛地撒開步伐
絕塵
而
去

脚與沙

知道脚
歷史感深重
想留下痕跡

沙
在茫茫大漠上
等它

脚與脚

擠熱鬧的
脚
跕着脚尖
在安全島上
看熱鬧

血跡斑斑的
斑馬線上
一双孤獨的
脚
死命抵住
蠢蠢欲動的
車輪
爲行人的優先權
孤軍奮鬥

脚與歷史

校園附近的沙灘上
今早
滿滿的是脚印

昨晚的歷史講座
聽說十分成功

脚與鳥

無聊的
脚
在地上
重重一頓
便滿天翅膀
東南西北
亂飛

要不是太忙
他的父母
準會從他不時發出的
快樂的拍手與叫聲裡
聽出他
並沒照他們吩咐的
在晒穀場上
好好看住
他野慣了的
一双脚

脚與輪

一步一步窮走路的脚
禁聲慢行

其行如飛的風火輪
鳴喇叭冒黑烟來

註：淸方濬頤夢園叢說：伊犁某大臣。遇異人。以三千金爲贄。授之兩奇術。一爲風火輪。其法覓古寺觀千年瓦當雕作兩小車輪。裝于鞋底之中。揑訣呪其行如飛。日可八百里

煉情

利玉芳

點火

未曾細數過
火柴盒裏的天空
隱約著多少璀璨的星辰
迎北風

想溫一壺開水
屢次劃亮又熄的光
像流星的灰屍墜滿爐邊

一顆孤星
毅然向我滑落
剎那間
我底心　我底胙
力以祈禱的姿勢
摘取

癌

很無理地
劃破了一張天空的臉
明日變成了永久病房

病房裏
沒有星
沒有月
沒有語
沒有夜
沒有星跟月華纒綿的語夜
一切都沒有了
是否因爲一切的沒有
而
迫使你要跟我　離婚

許達然

抗議及其他

一、抗議

憤怒是充滿氣的球
不怕硬　大家爭丟

二、監牢的舊鐘擺

老下垂左右搖的圓
是刀　割不死時間

三、突破

種子下去都裂做根的
希望是芽
上去

四、準時到的消息

脚步聲總不邀自進
阿土居然興奮衝出
掛號信：速繳過期房租

五、輾

其實只是天眞
要撿一分錢
一個小孩急追

再快也不過
爲搶一分鐘
一輛汽車猛衝

一聲慘
叫一身血
流一隻手
握一枚硬幣

感應集

巫永福

秋風的感慨

秋風把蛀蟲般的傷感與憂鬱
蕭蕭地吹來
猶如枯葉飛東又飄西
發出似是破衣的聲音
幽幽然，一會兒拖尾徘徊於樹梢
一會兒翻然飄往天上白雲去
白雲飄飄！善變躍動混南又流北
間或有形化無形，忽而踪跡遙遙
好像空螺殼的回憶頓時消
那是無影迷濛空虛的世界了

雨

破屋漏雨無棲身
薄衣寒飢無所陳
貧煎艱難病纏急
望天長嘆愁不盡
無業生活苦

檢紙作生路
如此雨連綿
活路如何走

破厝大厦相比肩
夫妻顛倒違章建
萬般無奈住此屋
養活老幼嘆貧賤

謀生無門路
自認命底苦
如此雨連綿
無火可生爐

獨居

落葉雨點滴
路上行人稀
寒樹長日感
妻出嘆獨居

門鎖寂寂聽雨痴
愁寞點點閉眼疑
雨打玻璃傷感坐
冷風一陣吟秋詩

雲重雨點滴
窗外無言語
忽聽風搖樹

等妻歸何時
路邊流水葉隨去
葉疎棉樹秋盡時
雨聲幽幽孤獨感
膚寒起坐添厚衣

回味

體驗歷歷溶於血球
情史欵欵疊於細胞
描出回憶的漣漪種種

那個山，這個河重沉於皮膚
一切的盛情融化於胃液

所有影像蓄存於心底
湧血回味着親切的感應
猶如落葉歸根

思念的電波繫於蒼天
故鄉的河山於眼底回照
那是生命的哀愁

掩卷詩抄

旅人

書生淚

許多人圍著報喜聲
聆聽悅耳的名字
而我的名字
却被銅鑼擊走於孫山之外

向著家鄉飄去的雲
引領我蹣跚的步履往前走
一步步都繫著
十年寒窗的四書五經
此刻都被凍成雪印

在沒有飛揚馬蹄的歸途中
枯的枝椏
伸出萋白皙的手
夜風拂著愛兒的飢啼

被狀元帽遺棄的我
踏在衰弱的小草上
獨飲兩行書生淚
遙望高松縹緲於白雲間

豬　脚

祖母又吃猪脚了
我用眼睛拍照
洗出一張她賜給我的習慣
今天
我把猪脚趕入唇內
走動香味
溢出祈禱的祖母
她說：耶和華，保佑我的乖孫
我咀嚼這句話
吞下愛
再拿起筷子
夾住祖母走向天堂的慈祥

買　菜

持向菜市場的一張十塊錢
想包回午餐的全部菜色
破洞的菜籃
停在賣蝦的攤前
挑了幾隻蝦後問道
「多少錢？」
「不能挑，要整把抓」
蝦販猛力推開老婦人乾癟的手

撒落在地上的蝦
默默地躺著牠的命運
「來！隨便挑，便宜一點。」
蝦販的笑聲擊碰新到的手鐲和大菜籃
被市場繞了無數圈的老婦人
沒有一種菜
肯向她說便宜

作品合評

詩主題的捕捉與語言的運用

時間：四月十八日上午十時三十分至下午二時。
地點：臺中市立文化中心
出席：白萩、錦連、陳千武、何豐山、林廣、許正宗、蔡榮勇、楊傑美

莊金國作品

上帝的世界

世界如棋如暗棋
如你一失手　落入
無可挽救的深淵裏

世界如盤如暗盤
如你一失足　陷入
追悔不及的悔恨裏

你活着爲了生存你拼命活着
空氣不管你呼吸怎樣的空氣
世界不管你正在怎樣的世界

你捶胸你頓足你咆哮
你憧憬你夢想你祈求
還是仰望不見主宰的上帝

你有時相信有時懷疑你是誰
其實你什麼都不是都不屬於
你生你死上帝始終冷血上帝

木材加工

一粒種籽一株樹
一望無際黑森林
一隻哭調仔的鋸齒聲聲唱—

伊們鋸斷我們年輪
　剝開我們皮層
我們倒下了　歡呼
我們躺在大地的母親的胸脯

母親啊！快快噴出
憤怒的火焰
燒盡滿山森林，滿山塗炭

利玉芳作品

牛

吆喝不是我們的語言
籐條只會使我的肌肉發抖
主人啊
請用您靈犀的臂力
純熟的耕技
輕輕地牽動
繫在我鼻上的繮繩

孕

懷了一季愛的女人
感到那蠕動的生命
是用伊的憧憬和心願
凸出來的春天

鞋子

是因爲你愛上了風景
我才樂意陪你去旅行
別爲我專挑容易走的路
別只看我走路的姿態
別只聽我走路的聲音
但願是你走過許多風景
而不是我走過許多風景

男人

我的左手是你
我才握起筆桿
你就很靈犀地
遞給我稿紙
固定我的稿紙
幫助我移動稿紙
使我能夠暢通無阻地
寫著左手與右手之間
曾經發生過的愛

心

日記一點兒也不保險
怕第三隻眼睛
怕突然半開的抽屜
怕來不及在將死的時候焚燬
日記一點兒也不保險
心 不就是一個很日記的鎖嗎
沒有人知道多少個愛人被我鎖住
也沒有人知道我將帶走多少個愛人

座談記錄

陳千武：謝謝各位來參加合評會，今天的合評我想以詩主題的捕捉與語言的運用為討論的中心來合評，首先請看看「上帝的世界」和「木材加工」，是由同一作者所寫，我們先來討論這二首。各位不知道作者是誰，先不發表作者名字，評起來較沒有偏見。

何豐山：上帝的世界這首詩所要講的主題是一種命運操之在我的意念，命運不會因你的祈禱、祈求而有所改觀；上帝祇靜靜地注視著人們活著、努力著、掙扎著，而並不特別照顧及任何人；間接表達出對上帝無言的抗議與對生活的無奈的反叛意識。意義明朗，但結構尚欠完整，語言的運用稍嫌呆滯。

蔡榮勇：作者以不同的角度表現他的意念，從頭到尾，我覺得表現的寫法很年輕，詩的結構不能說不完整，在敍述的秩序方面應是完整的，給人的感覺不會那麼生硬。

許正宗：詩的一、二段以相同的模式套出來，有反覆吟誦的感覺，很像要肯定自己，但到最後懷疑自己所追求的，我覺得很好。

林　廣：作者有意藉詩的技巧表現出什麼，重視節奏的問題，像「如棋如暗棋」、「如盤如暗盤」強調「暗」字，到了第三段的「你活著為了生存，你拼命活著，空氣不管你呼吸怎樣的空氣」，是一種反覆的節奏，表現生活一種步調。而結論很奇怪，表現對世界的懷疑，認為世界不可測。最後不能肯定生存的目的為何，說理的味道太濃，沒有給人感受到振撼力。

白　萩：他所要表達的意念我很清楚，但他受語言音樂性的影響，語言的使用不是根源於思考性來運用，以致顯得概念化。前二段表達同樣意思，我認為語言的運用太浪費了，增加一段而沒有增加更深一層的意思。從詩的發想看；「失手」、「失足」一代表人仍可自主，但到最後，變為人是受操縱的，不能逃脫命運的牽制，表現主題前後不一貫，視覺焦點不很明確。詩的鏡頭切入，值得研究，這首詩的語言技巧是用音樂性、節奏性來連接的，沒有語言的根源性思考。

錦　連：對生存世界的感受一般人都有，切入是很平凡的，這是一種疊句寫出，衝力是足够的，追究什麼則沒有深入，這首詩是一種待續的詩。「笠」詩刊追求以平易的白話來探究高深的世界，很易造成偏差，因詩寫的太白話而沒有技巧，易變成一種口號，成散文化，詩除了表達思想外，也應讓讀者能够欣賞，詩應是一種藝術品，這首詩的切入平凡，我寧可期待它的待續。

楊傑美：此詩的主題很普通，主要為對生存世界的抗議，有感受但很模糊，整體的表達不很準確，語言較規律工整。最近趙天儀先生曾提到詩壇有走豆腐干詩形的趨勢，詩作有僵化的現象。這首詩也有此傾向，每一段都是三行，長度也差不多，作者並沒有準確的運用思考，却是運用語言來配合詩的動向。

何豐山：我認爲這首詩最後沒下結論正是它成功之處，一首詩的所謂「結論」應任由讀者自己來想像及思考，不應硬下最後的斷語強迫人家接收，尤其類似上帝的世界類型理性的詩，它描繪出一般平凡的人的心理狀態，而此種心理狀態正是沒結論的狀態。

蔡榮勇：前二段應可省掉一段，它的節奏感應是思考後才寫的。

鄭明助：顧名思義，世界本來就茫然遼濶的。尤其世局正如一盤棋，人與人間，國與國間，交相往來，更要小心不能粗心大意行事的。然而；生存在另一個飄飄然的國度裡，乃是令人愜意的，思想至此，只要我們自己能認知自己，秉持著堅定不移的信念，遂有所信仰的衷心，定會使我們產生活躍的力量。

楊傑美：「木材加工」語言的運用和前一首有點相似，但感覺上，後者的語言較鮮活，表達的主題也類似。而整首詩的焦點也不很準確。最後一段好像是忽然跳出來抗議的，令人有點太突然的感覺。

蔡榮勇：第三段的語氣和前二段不能扣緊，不知道後一段所要表達的是什麼？而「母親」代表的又是什麼意思？

白　萩：我覺得這位作者接觸詩的時間可能還短，對事物的觀察，焦點不能準確的對焦，以致意象輪廓模糊。他的第一首詩「有意無象」，是概念的寫法。第二首則連意都不清楚，充滿矛盾，起先是被鋸倒，繼而「歡呼」，後則又有「憤怒」。表達的想法很奇怪。這首詩很矛盾。我認爲作者應多仔細的觀察外界，多研讀名詩的技法。

陳千武：詩的表現擴散。第一段「一粒種仔一株樹」推出生命的意象，第二段表現被鋸斷的痛苦，倒下歸於大地，但爲什麼要「歡呼」，難予感受。第三段有世界消滅的感受，意念很不錯，但整理未完整。

林　廣：這首詩很晦澀，「笠」詩刊提倡白話，但年輕的一輩可能只注意表面的白而沒有深邃的思想感情，只在語言上做功夫，追求語言的白，主題應要扣緊才會讓人感受生命，用簡單的文字表現深邃的思想是很好，但這不是每個人都能表現得很好的，應要注意，作者刻意求白，三段有三個趨向。充滿矛盾，失去了詩的意義。

陳千武：詩的好壞不是白話與否的問題，而是作者應對詩的思想把握住，主題要明確。

白　萩：這首詩的語言並不白話。

楊傑美：我很同意林廣所說的，語言的白不代表詩的明朗，也不代表詩人能掌握詩的思想，主要的是在題材的把握，若能表達得很具體，則可成爲好詩，而這首詩並沒有成功地掌握住主題。

錦　連：我對詩的感受是，若能給我一種驚奇，我就會覺得很不錯，一首詩應多讀幾遍就可從中知道其內中的思想。「歡呼」、「憤怒」並不就是矛盾。藝術本身即爲矛盾，有些詩能給人莫名其妙的感動，若能給予一種精神上的充實感則可，它的語言很鮮活，如同繪畫，我們不會去考慮它顏色的對否，只要它的美感。這首詩有其缺點，但大致上來說還不錯。

林　廣：詩本身就是一種藝術，應有其主題，我認為感動要有目標，要知道它的好在那裏，這首給我的感動，振撼力很薄弱。我們詩壇造詣應已過此。這首詩我沒有感受，只是一種散漫的感覺，沒有什麼特別的。

何豐山：「木材加工」這首詩，初讀可能有題目的內容無法配合的矛盾，表現的很曖昧不明，但若細心咀嚼會發現它的確是首好詩。一般人的觀念中木材加工製造成各種傢俱或有用的物品以供人使用，可是本詩中木材加工卻燃成灰燼，製造毀滅性的快感。它表現出一種追求死亡，物我皆毀皆忘的境地，隱露著生存的痛苦與不滿、失望，而正是肯定著存在的意義，作者對人性抱持著悲觀的態度，受存在主義影響深遠，而本詩更為前首「上帝的世界」的延續。

白　萩：錦連所處的這種心境我也經歷過，在我離開詩壇較久的期間，我也會較為寬待詩，但動筆接觸詩，便無形中對詩的要求也較嚴苛起來。

蔡榮勇：有些詩，看到就有感動，但加以分析，則沒有什麼，但能讓人感動則可。

白　萩：研究一首詩，應探究它的好在那裏，感動在那裏。

許正宗：有讓人感動的地方，後面若再加強則更好。

楊傑美：錦連認為讀者應謙虛，善待作者創意的苦心，不要太主觀，這點我同意。但讀者很難完全避免主觀。這首詩的作者若還年輕，我們能容忍這種表現，若他已有三十幾歲，或詩齡較長，我認為他便應給我們更多一些。詩應給予我們感動，否則詩的意義就太模糊了。至於是詩的感動或散文的感動也應分別。

詩人應不斷的創作，不斷的研究思考，努力尋求深刻的表達。技巧是否新穎，有沒有給我們新鮮的感動等等，這些都是必須具備的，這首詩的作者寫出抗議，但不很成熟。

陳千武：藝術作品是愈追求愈難，愈講究。

這二首詩給人感覺較難懂，表現也不甚明朗，但感動不是沒有。我們再看看下面五首詩，是同一人的作品，意象較為單純，請發表高見。

林　廣：詩的表現方式有二：一為反複節奏的表現，一為簡單的手法表現。「牛」以簡單俐落的語言表現出眞實的內心語。

錦　連：「牛」詩很平凡，敍述性的，題材很普遍。

陳千武：看起來很簡單，但寫出「牛」對眞理的要求具思想所表現的意義性很好。

白　萩：這首詩的取材切入點不錯，表現了上下的關係，要牛耕田需要有技巧，不可只用打罵。這種僕式可擴大到社會性的種種問題，鏡頭的切入很好，也可認為是一種平和的要求，也可認為是一種主模關係的倫理道德觀。

許正宗：若以詩的技巧，外觀上來看，可能沒有很大的藝術性，但從其思考性來看，可有更深一層的認識

錦　連：我覺得這首詩有說理的意味。

鄭明助：雖然「牛」是無知的却是有感性的動物。雖然「牠」所表達的是那麼樣的遲蠢啊！竟誠心地祈求「牠」的主人以善良的誘導，來促使「牠」本身應盡力而爲的潛力，此首表現的技巧極佳。

陳千武：「孕」篇中「凸出來的春天」一句寫得很好。

楊傑美：「牛」是一種溫和的抗議，我看出作者是一位女性，給人的感受很貼切，「孕」一首有一種生命跳躍的美感，就意象看，第二首較第一首好，較有衝擊性、衝擊力。

何豐山：「男人」和「孕」兩首詩，都爲重感性的情詩，表達著纏綣的感情世界。而以意境的造就來看，「孕」的表現較佳。

許正宗：「鞋子」和「男人」二首較爲情詩的表現，愛得很深刻。

白　萩：這五首詩的作者若是女性，必定很溫柔，充滿無悔的奉獻精神。看到這種我覺得前面的「牛」那一首詩也可以用男與女的關係看，自處下位，顯出其愛的深度奉獻。

陳千武：「男人」中所寫的「我的左手是你」寫出體貼之心。

何豐山：「鞋子」這首詩，本是首情詩；而若換一角度來欣賞的話，表達著作者的創作慾念，爲藝術創作努力不懈的精神，「風景」代表作品，「鞋子」爲創作工具甚或僅爲想像力或思考力源泉的代表；可比美梅新所作「風景」一詩，或許有時以男人或女人的心態來讀本詩，觀點又有所差異。

錦　連：這五首詩，讓讀者走入愛的世界，有淡淡的情感、哀愁和無奈，有些地方的感受很銳利、純情。

白　萩：作者若是女孩，我認爲她的愛，其犧牲奉獻的精神潛流貫串著五首詩，這種女性，使我有太久沒有碰到的感覺，使我感到其對手男性的幸福。

林　廣：讓人走入他的世界，有淡淡的芬芳。

陳千武：不講大道理，只是讓人感受溫暖與甜蜜。

錦　連：詩的體裁應是廣汽的。

何豐山：前幾首詩，作者的思考相當細膩；大題目應用小題裁娓娓道出，對意象的捕捉明確，讓人讀來感受深刻，餘味不絕。

林　廣：以男左女右表現出男女的關係，表現的很好。

白　萩：用的常親切性的簡單語言來表現委婉的情懷。

陳千武：類型這種詩並不好寫，這五首詩確實寫的很好。

楊傑美：這五首詩中，個人認爲以「心」一首寫的最好，它的想法很新穎而具體，很少人用這種方法表現，很有撞擊性。全詩的語氣較爲俏皮，帶有威脅和挑戰的意味，和一般傳統的女性不同，前面四首的感情較屬於傳統。「心」則有現代社會新女性的思想。

陳千武：能眞正表現心裏的東西，却用新即物主義的手法技巧，才有這樣好的效果。

白　萩：「心」的口氣，其實仍然很溫柔。

林　廣：題目不用日記而用「心」，影射的很好。

鄭明助：「鞋子」一詩前段寫出「鞋子」（一人稱）與你的（脚）的邂逅的關係。第二段：寫出了本身能容忍犧牲的內在美的精神。末段：道盡了「鞋子」本身的心願，語重心長，任重道遠，詩意甚濃。「心」一詩可與「上帝的世界」比美的好詩。描寫心靈的「靜與動」態，詩意極深，令人有著「捫心自問」的感受，心底的共鳴表露無遺。

陳千武：非常感謝各位發表直言不諱的高見。能夠這樣談詩，可以互相得到不同的感受與心得，覺得很愉快。謝謝，謝謝

臺灣新詩的回顧

吳漫沙

詩與我

吳漫沙

民國二十四年，在新店協助先父經營的煤礦業務。那遼濶的礦區，有原始森林，蒼翠高山，深谷流泉。黎明時分，晨鷄喔喔報曉，黃雀啁啁鳴叫，濛濛的薄霧，隨着裊裊炊烟飄散。體格結實的採煤伕，爲養家活口，追求生存，終日在黑暗中透支體力，流汗操作，過着變成黑鬼出礦坑後，才

眞是人的命運，可是他們樂天知命，洗掉渾身煤灰後，來一瓶米酒，自我慰勞，令人敬愛。

清秀純樸勤勞的少女，三五成群，迎着朝曦，沿着山路到礦場，用白皙熟練的纖手，在黑色的煤堆揀撿煤塊，賺得微薄工資，補助家用或作私房錢。有時芳心愉快，唱隻山歌，或跟滿面汗水的臺車伕鬪嘴，打情駡俏，互相輕鬆，瑞和的氣氛，令人心怡。

黃昏的時候，落日的餘暉，半天的彩霞，倦鳥返巢，牧童歸去。

這些，這些，無不是寫作資料，大自然專供詩人的資源。我非詩人，不懂運用，讓其浪費！

一個寂靜的夜晚，獨坐桌前，掩卷遐思，一隻壁虎在窓檽上追捕蚊蟲，突然有所感，執筆學習，竟然寫成二千多字的一篇散文，自我欣賞，頗爲「得意」。

常言道：「別人的妻子，自已的文章」，陶陶然的試着付郵，寄給「臺灣新民報」副刊。僥倖的，第三天收到一封信，是副刊主編先生的信，信中給我一番鼓勵，要我加入他們的陣營，做一個宣揚祖國文化的尖兵，眞是喜出望外。

就這樣跟筆桿稿紙結下不解緣，小說、散文、詩，經常出現在「臺灣新民報」副刊「學藝」版上。

詩，是偶然的嘗試，對詩的寫作，沒有信心，自覺沒有靈魂、幼稚、不成熟，有時牢騷幾句，自我陶醉後，就丟掉於廢紙簍中。

奇怪，有時「詩」的細胞却好像五月蒼蠅，在腦中爬行，驅之不去，嗡嗡又來。於是除了「臺灣新民報」，「臺灣新文學」月刊，偶爾也有我的歪詩。

詩是抒情的，一個時代作者的心聲和社會形態。說起來不禁心酸！

日本人爲根除臺灣人的民族觀念，不擇手段地強制灌輸其所謂皇民大和魂思想，企圖消滅中國文化。二十六年四月，全面廢除漢文！

在異族鐵蹄下慘淡耕耘的園地，遭受殘酷的摧殘了！我家煤礦亦於此時發生變故而結束！雙重打擊，意氣消沉，滿腹牢騷，藉詩發洩，倒也有幾首自命「佳作」，可是園地已失，「佳作」仍逃不過葬身廢紙簍的命運！

蘆溝橋事變，日本軍閥發動侵華戰爭，神州漫天烽火，日本人得意忘形，施行其所謂戰時體制，對懂得中文的學者和青年，橫加監視，迫害，血腥魔掌，到處伸展；在這生命朝不保夕的環境中，誰都敢怒而不敢言，只有偶而藉詩發洩，舒暢內心的憤懣，作無聲的反抗，嘶喊！

幾位同志深感祖國文學不能從此湮沒，在萬般艱難中，排除種種障碍，將停刊已久的「風月報」—後改「南方雜誌」半月刊，於二十六年十一月由我主編而復刊，以純文藝的姿態出現。在豺狼當道，風雨飄搖中掙扎了六年，其間也曾出過詩的專號。但終也被強迫停刊。在主編期間，數次被調查或被捕，終日惶惶，就很少寫詩了，偶爾寫幾首，爲怕再惹麻煩，都沒有發表。

日前，李魁賢先生要我選幾首舊作，給詩雙月刊「笠」補白。所謂舊作，幾十年來，大多散失，東找西尋，勉強集成幾首，跟近代詩家的作品相照，未免小巫見大巫，實在沒有勇氣拿出來！但是若把它當作當時臺灣青年爲維護祖國文學、犧牲、奮鬪的精神和緬懷故國的心聲的回顧和見證，倒還可以，別把它當詩看待。並望讀者包涵，指教。

七十一年三月廿七日

吳漫沙作品

期待

轆，轆，轆
台車滑在鐵軌上
滑不掉心中的壘塊
汗水流在鐵軌上
汗水留在臉頰上
煤灰留在臉頰上
扮成個小丑
裝瘋作傻
在鐵軌上磨
磨成鐵漢
朝向青天
轆，轆，轆

跳，跳，跳
一隻猴子
跳不出鐵柵
跳，跳，跳
跳不掉脖子上的枷
跳不掉脚上的鍊
望向青天
跳，跳，跳

一九三六、四、五於新店

豺狼當道

豺狼當道，
魑魅蠻行，
血肉腥風！
禽鳥厭其猙獰，振翼高飛，
貓狗羞其嘴面，奔馳走避！
弱者，嶙峋的瘦骨任其啃啖，
弱者，枯竭的血肉任其吮噬！
你，哀號慘叫，
牠，搖尾歡笑。
弱者喲，別哀號，我們有奔騰的熱血！
弱者喲，別慘叫，我們有堅強的意志！
弱者喲，別氣綏，正義在向我們呼喚，
弱者喲，別悲觀，光明已經不遠。

一九三八年十一月二日於臺北

火的葬禮

天空出奇的寧靜
晌午的太陽
好像慈母的手
撫摸人間
難得的和藹
驀然
一聲巨響
臺灣神社火焰沖天
島民的膏脂
重建的神社
兩尊大砲
巨大的牌坊木柱
神氣地聳立在圓山之上
紅銅砌成的屋脊
兩把武士刀

傲慢地閃爍在圓山之上
青山蒙羞
皇民
趾高氣揚
呵叱咆哮
島民
飲淚吞聲
忍辱期待
明天
北白川的忌辰
落成慶典
一架飛機
滿載江戶大員
鬼使神差
墜落紅銅屋頂
一聲巨響
一道火光
轟轟烈烈
化爲灰燼
皇民們
跳足哀呼
島民們
額手歡呼

一九四四年九月二十二日於臺北

註：日人竊據臺灣時，奉祀「北白川宮能久親王」的「臺灣神社」，於一九四四年擴大重建落成，定在祭典之日舉行落成大典，却在大典前夕，一架載著東京大員專程來臺主持典禮的飛機，竟然神秘地墮落神社正殿，頃刻燃成灰燼。

女囚

一陣沉重的鐵蹄聲
警察來了
小販
挑的挑，推的推
慌張地紛紛逃避
那女販
顚躓地跌倒了
蔬菜、魚丸，撒滿地面
那女販
匍匐地亂撿
鐵蹄
拼命地亂踩
大人、同情、恩典
馬鹿，清國奴
找大人麻煩
無辜的魚丸被壓碎在地上
大人，同情……
一把巨掌
餓虎撲羊
瘦弱的身體被輕盈地抓起
白皙的手腕，上了手銬
淚水滾在地上
那女販
踉蹌地被推進拘留所
看守
嘻嘻，好綺麗的查某
貪婪地捏緊柔軟的纖手
嘻！好白好軟
妳幹什麼的？私娼
不，不
做小生意的小販
沒有關係
我大人同情妳
嘻嘻
大人不死鬼
又「五枝秋」了（下流的舉動）
女牢房一陣嘻笑
扇形的牢房

地獄般的陰森
幽靈般的燈影
斷續的鼾聲
低聲的啜泣

喂！查某
聲音如馴獸般溫柔
別怕，是大人我
驚嚇地，不不
大人，同情，恩典
我有丈夫
我有孩子
不，不
得意的獰笑
同情的嘆息
沉痛的呻吟
這是什麼世界

一九三七年三月十六日於臺北被捕前後目擊

一碗米糕

一個佝僂的老媼，
提着一隻小竹籃，
蹣跚地朝神廟走，
喂！老查某！
顛躓地倒退幾步，
喔！是大人！（稱日本警察）
那裏去？
廟裏燒香！
那是什麼？
一碗米糕。
米糕？
嗯！
糯米那裏買的？
過年配給的。
白賊！（撒謊）
沒有騙大人！
那裏買的？
是配給的！
馬鹿！（日語罵人）
狡猾，
派出所，
走！

一九三九、二、四於臺北

病室裡

呻吟復呻吟！
哀呼復哀呼！
這是病室裏！
患者們唱着不完整的歌詞！
多麼悽慘可憐喲！
但是，人生一世，
是難免有病魔的侵犯！

在那幽潔冷清的病室裏，
佈滿着恐怖的空氣，
患病者是感到痛苦，鬱悶！
看病者是感到憂慮，煩惱！
這是病室裏的各個表情！

崎形的社會，
萬惡的世間，
我們受這環境的支配，
是不如病者底呻吟和哀呼的自由！

看！
苦海深沉，
人情冷暖，
在這非人的塵寰，
人們的心性是——
欺貧重富，錦上添花，
那有一個雪中送炭?!

失志的青年喲！

何時是你呻吟的時期？
何處是你安定的住所？
你的周遭繚繞着的，是不幸的悲哀！
你的前途叢生着的，是刺人的荆棘！
你的面前站立着的，是噬人的猛獸！
你不能盡情地痛哭或高歌！

混亂，殘酷的人間，
是不准你一聲的申訴！
更不許你得到圓滿的歸宿！
除非你病了，
才有你片刻的呻吟，
自由的哀呼！

一九三六年五月二十日於臺北
原載於「臺灣新文學」一卷七號
一九三六年八月五日

鷺江之風

寄給萬田，劍塘

願鷺江之風永遠地怒吼！
願鷺江之水永遠地咆哮！
我再來時、殘冬已去，
悶人的春雨，濕透着我底胸膛！

看，那月亮才從黑雲掙扎出來，
一會兒又被黑雲遮住了！

我在此又流連半月，
生活的苦，不敢申訴！
我嘗試着這人生的滋味，
辛酸而且枯燥！

生活的周遭，
暗埋着許多毒箭，
是專等射穿我底靈魂！
我不能盡情地傾訴，
我不能熱烈地高歌，
只能喊着悲哀，無聊！

而今家已破落，
早已有家歸不得，
朋友！我倘若想到家，
却使我滴下酸淚！

我套在這憂惶的環境，
徘徊在鷺江道上，
讓鷺江之水永遠淹入我的胸膛！
讓鷺江之風永遠伴着孤月前進！

一九三六年三月十三日於厦門
原載於「臺灣新文學」二卷三號
一九三七年三月六日

光明之路

叢生了荆棘的人生道路
人們的心性是奸詐與虛僞
在這陰險與恐怖呀
青年朋友
願你領導群衆
到光明之路去馳騁

佈滿了刀林劍雨的人生道路
忠誠者是好像失掉牧者的迷羊
在這非人類的世界呀
青年朋友
願你領導忠誠者
到光明之路去勾留

猛獸踏遍了人生道路
弱者的人們是遍野疾呼
在這噬人的社會呀
青年朋友
願你領導弱者
從光明之路去驅逐

濃霧籠罩了人生道路
強兇者是剝削與搶奪

在這哀聲載途呀
青年朋友
願你領導苦悶者
從光明之路去追尋

一九三四年二月廿六日作
原載於「臺灣新文學」一卷十號

呻吟

游絲般一聲呻吟！
誰？
看守，
猙獰的獸面射着兩道凶光，
張牙，舞爪，
咆哮，狂叫！
暗淡的燈影下，
冰冷的地板上，
一堆蓬頭垢面，
心悸肉跳，
噤若寒蟬！
誰？誰？
瘋狂的野獸，
血口張開，
抓緊橡膠管，
冬天，
這滋味不好受！
我！
游絲般一聲！
「馬鹿野郎」！
天崩地裂，
野獸，
噪噪狂叫，
木劍連下！
他，
病入膏盲，
一聲呻吟，
受此淩遲！

一九三六年二月十五日

註：日據時期的「拘留所」，被拘留的人犯，整日要跪坐在牢房冰硬的地板上，挺直上身，面對看守，不能說話，假如有人犯規，無意嘆息一聲，看守就破口大罵，高舉木劍，猛打，或將人犯双手扣在鐵柱上處罰，有時用橡膠管向牢房噴水，給人犯個個如落水鷄。

皇民化

咻！咻！咻！
是誰在啜泣？
觀音和媽祖，
相對飲泣！
咻！咻！咻！
是誰在飲泣？
祖公和祖媽，
相對飲泣！
皇民！皇民！
神明不得安靜！
祖先不得安寧！

一九三九年十月二日時日人雷厲
風行推行皇民化

流浪者的夜歌

我是飄流無定，
如一葉扁舟，
到處浮蕩，
飲不盡人生的苦酒，
看不盡虛僞的獰笑！
看，這趨勢赴炎的漩渦裏，
更沒有我的歸程！
那銀濤似的狂流，
充溢着無限的悲情，

時起不平鳴：
流浪者的心碎了，
他還握緊着舟舵向前邁進，
無力地，吶喊，掙扎，
期待天明！

一九三六年三月十五日

雨

風呼呼，雨凄凄！
宇宙籠罩在恐怖的愁雲裏，
滿天陰霾，
黑暗，無光！
鐵蹄篤篤在窓前躑躅！
誰又把琴彈了，
奏出幽幽的樂章，
如泣，如訴！
把滿腹的幽怨盡情傾訴吧?!
風雨在掩護！
風停了雨止了！
鐵蹄聲又響了，
你只有飲泣吞聲！
無處申訴！

一九三六年五月廿八日于臺北

苦悶的呼聲

齷齪的社會，
險巇的世道，
是現實人心的常情，
熱血沸騰，
心潮時起不平鳴！
苦悶的人們呀！
別再苟且偷安。
晨鐘響了，
要喚起群衆……
雄鷄啼了，
要打破黑暗，
趕上光明燦爛的前程！

一九三六年六月廿四日於臺北

初秋之夜

明月皎皎
涼風蕭蕭
草蟲嚶嚶
人兒嬌嬌
在這初秋的夜裏
我視聽着這些景物
感到初秋的可愛
忘却深秋的可憐
薄命詩人喲
別把命運爲秋風而零落
看
青空飄蕩着白雲
落陽在山腰放射彩霞
多麽有詩意喲
朋友
我們要如白雲的以世浮沉
彩霞是前途的光輝
努力！奮鬥！
掙扎！吶喊！
別如風的無聊

一九三六、九、一夜於臺北

時代女性

摩登女郎呀

妳們自命是時代的寵兒
一年的脂粉超過萬千
妳們得意地站起在男人的雙肩
不過是男人一時的玩物
自已不知悲哀

摩登女郎呀
燈紅酒綠
是地獄裏魔鬼的招徠
翡翠珠寶
是變形的手銬脚鐐
當太陽失去光輝的時候
當霓虹燈失去光輝的時候
妳們已經是深淵中的女囚
妳們的娥眉
妳們的上帝
是拯救不了妳們墮落的行屍

醒來吧
摩登女郎
別再沉迷豪華的夢
那是障眼的陷阱
珠光寶氣只是一刹那的榮華
醒來吧
摩登女郎
挺起胸膛，邁開脚步
做個有熱血的時代女性吧

一九三六、一、一六於臺北

鄉愁

濃霧
濛濛的田野
霧雨
霏霏飄散
山峯
淡淡的晨曦
太陽躲在雲層酣睡
遲歸的曉月
失去了光輝
彷徨的遊子
懷念故鄉
遙遠的故鄉
有
慈愛的母親
無邪的弟弟
天眞的妹妹
柔情的……
而今
天之涯
海之角
悠悠的歲月
侵蝕着脆弱的生命
環境
禮教
編導不完的悲劇

一九三六、五、二〇于臺北新店

非馬譯

勞倫斯詩選

一提起勞倫斯（D. H. LAWRENCE, 1885—1930），一般人總是想到「查泰萊夫人的情人」，「兒子與情人」等等膾炙人口的小說著作。其實勞倫斯在詩方面的成就也相當可觀，他是意象派重要的成員之一，生前出版過兩本詩集（PANSIES, 1929; NETTLES, 1930），死後也出版了好幾本全集及選集。他的詩沒有固定的形式，却常常很成功地捕捉微妙的情景、事件、心境與感覺。勞倫斯一生以他的藝術致力于人類生活境界的提昇。他認爲人類應不計代價，把肉體與精神的潛能發展到極致。

你

你，你不認識我。
你什麼時候用膝蓋
像火鉗夾熱炭般
夾過我？

沒有東西需要搶救

沒有東西需要搶救，什麼都完了，
除了一個靜寂的小核在心頭
如小小紫羅蘭花的眼。

自憐

我從未見過一隻野生動物
覺得自己可憐。
一隻凍僵的小鳥自枝頭墜下
一點都不覺得自己可憐。

綠

曙光是蘋果綠，
天空是綠酒對着太陽擧起，
月亮是當中的一片金葉。
她張開眼，綠光
四射，明亮如花
初綻，初次展現。

威利傻瓜

我受不了威利那傻瓜，
就是受不了不管你出什麼價。
他聽天由命，你打他
他讓你打兩下。

小魚

小魚過得快快活活
在海裡。
敏捷的生命碎片，
小小的他們自得其樂
在海裡。

蚊子知道

蚊子知道得很清楚，小雖小
他可是一隻食肉獸。
但畢竟
他只取一滿腹，
並沒把我的血存入銀行。

白馬

少年走近白馬，把韁套上
馬靜靜看着他。
他們那麼靜好像在另一個世界。

神！神！

人們在泡水，在沙灘上裝模作樣
所有都鉛灰，機器人的四肢，機器人的胸脯
機器人的聲音，連繽紛的陽傘都機器。
但有一女人，獨自羞答答在龍頭下冲洗

而神隱約出現如水仙，
如白水仙。

櫻桃賊

黝黑的長枝椏下
如東方女郎髮上的紅寶石
掛着成串的紅櫻桃
每個髮鬈都凝着血珠。

亮閃的櫻桃下，翅膀疊起
躺着三隻死鳥：
兩隻灰胸的畫眉同一隻山烏
紅汁斑斑的小賊。

一個女孩站在草堆前朝着我笑，
櫻桃在她耳際懸垂。
獻給我她猩紅的果實：我要看看
她有沒有眼淚。

都市生活

當我在大都市裡，我知道我沮喪。
我知道我們無望，死神等着，關心也沒用。
因爲呵可憐的人們，我肉裡的肉，
我，他們肉裡的肉，
當我看到鐵鉤鉤進他們的臉
他們可憐的，他們恐怖的臉
我在靈魂裡大叫，因我知道我無法
把那鐵鉤自他們扭曲的臉上取出，
也無法把那扯着他們來來去去
上班，來來去去上班的無形鋼絲切斷，
他們像上了鉤的恐怖如死屍的魚被一個
狠惡的漁人在看不見的岸上耍弄
他並不急着拉上來，這些上了工廠世界的
鉤的魚。

冬夜

脫掉你的大衣和帽子
還有妳的鞋，到我爐邊來
那裡沒有女人坐過。

我已把火撥旺；
讓我們把其它的留在黑暗裡
坐在火傍。

爐上的酒熱了；
火光搖動。
我將吻暖妳的四肢，
直到炙紅。

哀傷

為什麼那縷灰絲
自我指間
被遺忘了的香烟浮起，
為什麼它煩惱我？

呵，你會明白的；
當我抱我母親下樓，
只那麼幾次，在她
軟脚的臥病初期，

我該發現，為了懲罰
我的歡樂，幾根長長的灰髮
在我外套胸口；一根接一根
我看它們浮上黑烟囱。

醒來

當我醒來，湖光在牆上晃動，
陽光在淺水中游來游去，
一隻多毛的大蜜蜂掛在窗口的
櫻草上，黑皮毛，聲音慍鬱。

有什麼東西我該記得：而我却
記不起來。幹嗎我該？流動的光波
以及快活的櫻草，忘了
眉睫上的蜜蜂—它們是够美好的景色。

冬日的故事

昨天原野上的雪才斑斑點點，
此刻最長的草葉都難得露出；
但她的脚印在雪上，往前
走向白色山邊的松樹。

我看不到她，因霧的灰巾
遮住了黑樹林及單調的橙色天際；
但她在等着，我知道，不耐而冷，
微微的抽泣擠入她冰霜的嘆息。

為什麼她這麼快就來？她總該明白
她只是更接近那不可避免的訣別。
山坡陡斜，在雪上我一步一步地挨，
為什麼她要來，當她知道我要說的一切？

歌劇之後

走下石階
女孩子們抬起因悲劇而睜得大大的大眼睛
帶着撼動而深沉的感情看我。
我微笑。

女士們
小鳥般用她們伶俐的尖脚走路
焦急前望，像在等船來把她們從沉淪裡載走；
而在觀衆的破浪裡
我站着微笑。
他們那麼合宜地接待悲劇；
使我高興。

但當我碰到瘦臂的酒保
那双紅腫的倦眼，
我欣然踏上歸途。

憂思

一片黃葉，自暗處
青蛙般在我面前躍起；
幹嗎我該受驚而站住不動？

我正在看那生我的女人
躺在斑斑黑暗的
病房裡，執意想
死：而疾動的葉子把我扯回
到這雨濕的殘渣
這在我面前攪合的葉與燈與市街。

棄絕

何樣的痛苦，醒來找不到你！
　醒來心房絞緊，
嘴湊過去吻你！

這便是清晨了，鐘
　在村上鳴響！房裡的景象
勾起如許困惑，我不知道
天是否在下雨。在半偏僻的路上
　四個苦力帶着大鐮刀走過
無精打彩；——一個獵人走過扛着：
一把鎗，以及一隻細好的鹿，四隻小脚
　死在一道。——而這是我要
黑夜隱退的清晨！

一九八〇年諾貝爾文學獎得主

米洛舒詩選(四)

杜國清譯

彼岸 (ON THE OTHER SIDE)

有些地獄呈現的景象一如大火之後的房屋和城市的廢墟，而煉獄的幽靈居住在那兒，且隱藏着。在較溫和的地獄中，有一種粗陋茅屋的景象，有些情形，接近於有大街小巷的城市的樣子。

伊曼紐爾・斯威登堡

落下，我抓住窗帘，
那絲絨是我在這地上所能感覺的最後一樣東西，
當我滑到地板，號叫：啊啊！啊啊啊！
到最後，我不能相信我也必須……
跟每個人一樣。
然後，我踩進輪轍，
在鋪得很差的路上。小木屋，
荒野上殘缺的分租房屋。
用鐵絲網圍起來種馬鈴薯的小塊土地。
他們玩彷彿牌，我聞到彷彿捲心菜，
有彷彿伏特加，彷彿汚垢，彷彿時間。
我說：「看這兒……」可是他們聳聳肩，
或避開他們的眼睛。此地不知道任何驚訝。
也不知道花兒。乾天竺葵在錫罐裡，
騙人的草木塗上粘粘的灰塵。
也不知道將來。留聲機在轉動，
不斷重複從來沒發生的事情。
談話重複從來沒發生的事情。
因此沒人該猜測他在哪兒，或爲什麼。
我看見餓狗在伸伸縮縮牠們的口鼻，
且從雜種狗變成靈猩，又變成獵獾狗。
彷彿在表示牠們也許不太是狗。
大群的烏鴉，凍僵在半空，
爆炸在雲層下……

斯威登堡 (Emanuel Swedenborg, 1688—1772) 瑞典的神秘主義者，自然科學者、哲學者。

玻玻變形記

(BOBO'S METAMORPHOSIS)

存在與虛無間的距離是無限的。

（「愜樂有趣又有益」，一七七六年）

I

斜傾的曠野與喇叭。

※

薄暮，鳥低飛，水微光閃爍，

※

帆揚向海峽外的破曉。

※

我正進入錦橋邊一朵百合花的內部。

※

生命被賦與却無法完成。

※

從童年到老年，對日出欣喜若狂。

II

隨生命的滋長，有許多這樣的早晨。
我眼睛閉着，我長大了但是還小。
我穿着雨衣、絲綢、褶邊與盔甲，
女人的衣服，我舔着口紅。
我從開始就盤旋在每一朵花上，
我敲着海狸和鼹鼠的邸宅緊閉的門。
難以置信的是有那麼多未錄下的聲音
在牙齒與生銹的刀片之間，
就在我的桌上，在維諾、華沙、布里、蒙古隆、加州。
難以置信的是，在我完成之前我死去。

維諾（Wilno）：即維爾紐斯（Vilnius），立陶宛蘇維埃社會主義共和國的首都。

布里（Brie）：位於法國北部，巴黎東方，以產布里乳酪聞名。

蒙吉隆（Montgeron）：位於法國北部，巴黎東南十一英里的小鎮。

III

自河上金剛櫻的味道和氣味，
意識開始徒步旅行，經過港灣和木槿樹叢，
將「大地」的標本搜集在一個綠盒裡。
那上面，「常綠美洲衫」的紅樹皮，
而樫鳥，不同於白令海峽那邊的，
展開那藍色的翅膀。
只有意識，沒有朋友和敵人，
擁抱森林的斜坡，一隻老鷹的窩。
正如它對黃色條紋的蛇是不可解的，
它本身也不了解蛇與樹的原理。

IV

腓立門的星星，保西斯的星星，
在他們那橡樹根所糾纏的房子上面。
而一個流浪的神，睡在荆棘的床上，
很甜，將拳頭當枕頭。
一隻前進的象鼻蟲遭遇到他的涼鞋，
艱苦地推進，越過腳所磨光的高崖。

我也聽到鋼琴的聲音。
我偷偷穿過綉線菊叢林下的陰濕黑暗，
那兒，散布着荷蘭蒸留酒的黏土長頸瓶。
她出現，耳邊有一捲髮的女孩。
可是我蓄了鬍鬚，當匍匐走動時，
而我的印地安弓因雨雪而朽壞。
她奏出音樂而同時，年小，坐在夜壺上。
一回轉她拉上了裙子，
對我或她的堂親做出失禮的事情。
而一眨眼，她白髮斑斑在崎嶇的郊外走動，
然後立即離開所有少女去的地方。

變出一個島來—於是有個島露出海上。
那岸上蒼白的玫瑰帶點紫色。
種子萌芽，在山丘上，變！栗樹和雪松，
一道泉水波蕩着港口正上方的蕨類植物。

在俯視着山凹縱青水面的平岩上，
閑躺的人們，像帶着氧罐的切膚潛水者。
一個魔術師的獨生女，米蘭達，
騎着驢子朝向洞窟的方向，
經過撒滿了嘰嘰作響的葉子的小徑。
她看見一個鼎，一個鍋，以及一堆枯枝。
島，變無！或者厲害一點：滾開！

腓立門（Philemon）與保西斯（Baucis）：希臘神話中，弗利治亞（phrygia）夫婦，當宙斯（Zeus）和漢密斯（Hermes）化成人詩訪地上時，只有腓立門和保西斯款待他們。結果，他們在一場懲罰的水災中得救，變成侍奉神的祭司。他們死在一起，變成連理枝。

米蘭達（Miranda）：莎士比亞劇作『暴風雨』中，米蘭公爵普洛斯帕洛（Prospero）的女兒。魔術師，指米蘭公爵，因乃弟篡位，放逐在島上，而施展魔術，役使精靈，興起風暴，雪恥復仇。

V

我喜歡他，因爲他不尋求理想的對象。
當他聽說：「只有不存在的對象，
才是完美和純粹的，」他臉紅而走開了。

在每個口袋裡，他帶着鉛筆、小紙片，
以及麵包屑，人生的偶然事件。
年復一年，他繞着一棵大樹，
用手遮着眼睛，讚美地咕噥着。

他多麼羨慕以一筆畫畫樹的人！
但是隱喻對他似乎是非正派的東西。

他寧將象徵交給爲查種目的忙碌的自豪者。
他想以觀察從事物本身中引出名稱。

當他年老，他扯着沾上煙灰的鬍子：
「我寧可這樣輸，不要像他們那樣贏。」

像彼得•布魯格爾神父，他突然跌倒，
當他想從仲開的腿間往後看。
而仍然站在那兒，那無法獲得的樹。
呵！確實的，呵！徹頭徹尾眞的。那是。

彼得•布魯格爾神父（Peter Breughel the father）：十六世紀 Flanders 的風俗，風景畫家。

VI

他們責備他與一個女人結婚又與另一個住在一起。
沒有時間—他回答—因爲無意義，離婚什麼的。
一個人起來，畫了幾筆，然後已經是晚上。

VII

玻玻，一個討厭的男孩，被變成一集蒼蠅。
根據蒼蠅的儀式，他用一塊糖岩洗滌自己，
然後在乳酪的洞裡垂直地跑。
他從窗子飛進光亮的花園。
那兒，不屈不撓的樹葉的渡船，
載着因過剩的虹而緊綳的一滴，
碧苔的公園長在樹皮山上的光池旁邊，
一片辛辣的灰塵落自朱砂花裡那些有彈性的柱子。
雖然所維持的時間並沒長於從午茶到晚餐，
後來，當他熨了褲子，修了鬍鬚，
他總是，握着一杯烈酒，認爲他在欺騙他們，
因爲蒼蠅不應該討論國家與生產力。
面對着你的女人，是個火山的頂峯，
那兒有深谷、火山口，而在熔岩的洞穴裡，
大地的運動使彎曲的松樹幹翹起。

VIII

她和我之間有一張桌子，桌子上一個玻璃杯。
她的肘上皺裂的皮膚碰上閃亮的表面，
那上面映照着她的腋窩底下蔭影的輪廓。
一滴汗珠在她那波浪的唇上增大。
而她和我之間的空間無限地化成分數，
響着伊里雅的羽箭聲。
不是一年，不是一百年的旅程將它化盡。
假如我把桌子翻了，我們可會完成了什麼。
那動作，一個無動作，永遠只不過是潛能，
就像想要穿透水、木頭和礦石的企圖一樣。
但是她，也望着我，有如我是土星的光環，
且知道我意識到誰也無法得遂所願。
如此，被斷定的人性、柔情。

伊里雅（Eleatic）：蘇格拉底以前希臘的一派哲學，紀元前五世紀 Parmenides 創於 Elea，其弟子爲詭辯家齊諾（Zeno），其主要思想，認爲移動「motion」在論理上是不可能的；事物只有存在或不存在之分，而無中間的「變動」（change or becoming）的可能。有名的詭辯是「阿溪里斯與龜的競走」。

神的攝理（OECONOMIA DIVINA）

我沒預料到會生活在這種不尋常的時刻。
當高岩峻嶺與霹靂的神，
萬軍之主，克理奧斯•薩貝歐斯，
使萬民的心深懷謙卑，

允許他們隨心所欲爲所欲爲，
將結論交給他們，一言不語。
那確實是與世代久遠的，
王室悲劇的始末不同的景觀。
混凝土支柱的道路，玻璃與鑄鐵的城市，
大於部落領土的飛機場，
突然變成缺乏原則而瓦解。
並非在夢中而是事實，因爲，減去人本身，
他們只能像不能長久的東西那樣持續下去。
從樹中，野地的石頭，甚至桌上的檸檬中，
實質逃逸，而他們的光譜，
證明是一個眞空，一層薄膜上的煙霧。
物體被奪去，空間群集。
到處是無處而無處是到處。
書中的文字變成銀白，攪動而褪去。
手不能描繪掌痕，追溯河跡或朱鷺的足跡。
七嘴八舌的喧囂宣告語言不免一死。
抱怨是被禁止的，因爲它對它本身抱怨。
人們，受到莫名其妙的苦惱的折磨，
在廣場上扔掉他們的衣服，因此裸體可能招來審判。
然而，他們徒然渴望恐怖、憐憫和憤怒。
工作和閑暇，
都够不上是正當的理由，
臉不是，頭髮不是腰也不是，
任何存在都不是。

克理奥斯・薩貝歐斯（Kyrios Sabaoth）：萬軍之主，上帝、神、見「聖經」羅馬書九章二十九節，雅各書五章四節。

逃亡（FLIGHT）

當我們離開那燃燒中的城市時，
在第一條野徑上，掉頭回顧，
我說：「讓野草覆蓋我們的脚印吧。
讓無情的先知在火中沈默，
且讓死者告訴死者所發生的事。
我們註定將生出一個新的、勇猛的種族，
免於在那兒昏睡的罪惡與快樂。
我們走吧—」於是一把火劍爲我們劈開大地。

赫拉克里特斯（HERACLITUS）

他可憐他們，他本人值得可憐。
因爲這是任何語言所不能表現的。
甚至他的句法，晦澀—一如指責所說的—
字句經如此連結，它們具有三重意義，
但却無所包含。涼鞋裡的那些脚趾，
在雅特美斯手下如此脆弱的一個女孩的胸脯，
一個海軍男人臉上的油脂、汗珠，
參與宇宙，各別存在。
我們自己的，當我們昏睡時，只愛我們自己，
愛着遲早腐朽的肉體氣味，
愛着陰毛底下的中心熱情，
我們的膝蓋在下巴底下，我們知道「萬有」的存在，
而我們徒然渴望。動物的：那是我們自己的。
特殊的存在使我們遠離光，
（那句子也可以偶讀）。
「沒有人像他那樣驕傲和藐視。」

因爲他折磨自己，無法諒解：
瞬間的意識永遠不會改變我們。
憐憫變成憤怒。因此他逃離以弗所。
不想看見人類的臉。住在山上，
吃草和葉子，一如勞耳修斯所說的。
海洋將波浪鎮壓在亞州的陡岸底下，
(從上面看不見波浪，你只望着海)。
而那兒，那是聖體匣上玎玲響的鈴聲的回音？
或是「狂亂的歐蘭多」的漂浮的金衣？
或是在淹死於水艇裡的無線電小姐的唇上，
一點一點咬着口紅的魚嘴？

赫拉克里特斯（Heraclitus）：紀元前五世紀臘腊哲學家。

雅特美斯（Artemis）：希臘神話月之女神。

以弗所（Ephesus）：小亞細亞之一古城。

勞耳修斯（Laertius）：西元三世紀的希臘傳記作者，有『哲學家傳記』（Lives of Eminent philosophers）十卷傳世。

「狂亂的歐蘭多」（Orlando Furioso）：義大利詩人亞理奧斯托（Arionsto,1474-1533）所作的敘事詩（一五一六年）。

勸告（COUNSELS）

假如我處於年輕詩人的地位，
(相當的地位，不管時代會怎麼想)，
我寧可不說這世界是一個狂人的夢，
一個充滿聲音和憤怒的無聊故事。

眞的，我沒機會看見正義勝利。
無罪者的嘴唇不能提出要求。
而誰知道，戴着王冠的蠢人，
(手握着酒杯，吼着上帝寵愛他，
因爲他毒死、殘殺、弄瞎那麼多人)，
是否不會使傍觀者感動得流淚：他是那麼和藹。

神並不爲善良者增多羊群和駱駝，
並不因謀殺和僞證而剝奪什麼。
他一直隱藏，這麼久了，使人忘記，
他如何在燃燒的樹叢中顯現他自己，
而在一位年輕猶太人的懷裡，
準備爲所有過去和未來的人類受苦。
是否「天理」等待時機以償還，
因缺節制和自尊所欠下的：那並不一定。

人類向來習慣於認爲，
人只有藉有權者的恩惠才能活下去。
因此讓他忙於啜飲咖啡，捕捉蝴蝶吧。
爲「共和政體」操心的右手將被砍斷。

然而，這世界值得一點兒，一丁點兒的情愛。
並不是我對自然的安慰，以及
巴洛克裝飾、月亮、圓胖的雲太認眞，
(雖然，當金鋼櫻在維里亞的岸上盛開，那是很美的)。
不，我倒甚至奉勸離開自然遠一點，
離開無限的空間與無限的時間
那些持續不斷的形象，離開在花園小徑上，

被毒死的蝸牛，一如我們的軍隊。
有如許之多的死，而這正是爲什麼情愛，
對於辮子，風中顏色鮮明的裙子，
對於並不比我們更持久的紙船……

維里亞（Wilia）：河名，在立陶宛，波蘭語稱
Wilno，俄語稱爲 Vilna。

論天使（ON ANGELS）

你們被剝奪了一切：白衣裳，
翅膀，甚至存在。
然而我相信你們，
使者們。

那兒，這世界裡外倒翻的地方，
一塊厚布綉上星星和走獸，
你們漫步，視察那些可靠的線縫。

你們停留在這兒爲時短暫：
時而在晨禱的時刻，假如天空晴朗，
以一鳥重複的旋律，
或以白日將盡時的蘋果的氣味，
當陽光使果樹園變成魔術。

他們說有人創造了你們，
但是對我，這似乎不能使人信服，
因爲人類也創造了自己。

那聲響—無疑的這是一個有效的證明，
因它只能屬於光芒四射的創造物，
輕飄飄的且長有翅膀（畢竟，何不？）
繫着閃電的腰帶。

我在睡眠時好幾次都聽見那聲音，
而奇怪的是，我竟多少了解，
以非塵世的口舌說出的一種命令或呼籲：

日子快到了，
另一個，
做你所能做的。

主（THE MASTER）

他們說我的音樂是天使的。
說，當王子傾聽時，
他那藏在視線後面的臉，變得和藹。
與乞丐他願分享權力。
宮廷女侍的扇子是靜止不動的，
絲綢的觸撫並不誘致愉快的非非之想，
而褶膝下她的兩膝，遠隔，逐漸痲木。

人人在教堂裡聽過我的「莊嚴彌撒曲」。
我將來自聖西西莉亞唱詩班那些女孩的喉嚨，
變成一把樂器，而將我們，
提升到現實的我們之上。我知道如何，
使男人和女人從他們長久生命的記憶中釋放出來，
於是他們站在教堂中殿的煙靄中，

回復到童年的早晨，
當一滴露珠與山上的一聲叫喊，
是這世界的眞理。

日落時倚着手杖，
我可能像個種植和栽培出，
一棵大樹的園丁。

我並沒浪費脆弱的青春之希望的歲月。
我衡量所完成的。在那邊，一集燕子，
將飛去再回來，改變牠那斜傾的飛翔。
脚步將在井邊被聽見，但却是別人的。
耕犂將除去森林。長笛和小提琴，
將永遠吹奏，一如我所命令的。

沒人知道我如何付帳。可笑的是，他們相信，
它可以免費獲得。我們被光線射穿，
他們想要光線，因爲這幫助他們讚美。
或者他們接受民間故事：從前，在赤楊下，
一個魔鬼出現在我們面前，黝黑如水池，
他以蚊子的一螫，擠出兩滴血，
且將他的紫晶戒指印在蠟上。

天上的星球不斷回響。
但是瞬間在記憶中是無法征服的，
它在夜半回來。那些是誰，燃起火炬，
因此早已過去的呈現在全然的亮光下？

悔恨，徒然，在悠長生命的，
每一時刻。哪種美好的工作，
將贖回一個活人的心搏？
而對永遠存在的事迹懺悔有什麼用？

當年老而白髮在花邊的披巾底下，
在入口處他們將手指浸在盆裡，
在我看來，她可能是他們中的一個。同樣的樅樹，
蕭蕭，而湖面閃着淺波。

然而，我愛我的命運。
假如我能挽回時間，我無法猜測，
我是否會選擇美德。我的命運線並沒有說明。
上帝是否眞的要我們失去靈魂，
因爲只有那時他才能收到無瑕的禮物？
天使的語言！在你提到神恩時，
當心你並沒欺騙你自己和別人。
來自我的罪惡的—才是眞的。

「莊嚴彌撒」（Missa Solemnis）：貝多芬作品一二三號，作於一八一八—二三，發表於一八二七年。

聖．西西莉亞（Saint Cecilia）：西元二世紀或三世紀羅馬處女殉教者，音樂的保護聖徒。

愛的故事

——談「亞洲現代詩」

梁景峯

一九六三年上大學的時候，正好趕上臺灣文藝界的「現代」浪潮。那時詩、小說、繪畫和音樂的小圈圈裡，無不比賽自稱「現代」。剛好臺灣現代小說和現代詩所崇拜和模仿的作家中有德語作家，小說方面是卡夫卡，詩方面是里爾克，使我這個學德文的沈醉於披頭音樂之餘，也沾了一點現代感，讀起臺灣現代小說和現代詩起來。

反現代的現代詩

記得當時見識過的詩刊有葡萄園、藍星、創世紀，詩集有「蓮的連想」、「中國現代詩選」、「六十年代詩選」、「七十年代詩選」等。用心讀了不少作品，但看懂的不多，覺得精彩的更少。多數的作品甚至比德文現代詩更難懂。到一九六〇年代末的時候，我認爲，多數臺灣現代詩並不現代，而且反現代，近乎玄學鬼的花招。這種現象的原因可能有二：一方面外在環境給予文學內容上有形無形的限制，詩人只好從事放縱而又悲哀的形式實驗；另一方面由於詩人本身的無能或怠惰而耽溺於文字遊戲。一九七〇年代初，文評家的批評和一部份詩人的自我反省也採取類似的說法。

詩人如果勤於寫詩，盡量描繪出他們最奇妙的想像，詩人還是很可敬的。以我所知，多數詩人寫詩，出錢印詩刊詩集，送多賣少地讓同好們分享，維持一點詩的生命。而且他們在接受批評，自我反省後，能揚棄舊歪風，開始眞摯的創作。可惜還有一部份詩人，一心追逐名利，以大詩人自居，爭着參加什麼「國際詩人大會」而大演鬧劇。甚至在經不住批評的時候，還試圖藉用政治壓力來阻擋批評。

亞洲現代詩集的催生

這種笑話過去幾年聽過一些，而去年底今年初，也終於有幸目睹一些大詩人的豐采。在幾次「中日韓詩人會議」籌備會中，我看到了詩人有趣的一面。有詩人不知爲了什麼理由吵得太陽飯店的太陽都黯然失色。爭吵中出現「詩的眞實」、「你算老幾！」、「我不湊這個熱鬧！」之類的字眼，令人對詩人的精神敬佩不已。但過一會兒就看到詩人後悔地找下臺階的醜態，使我對大詩人的敬意完全喪失。

不過「中日韓詩人大會」到底還算比較單純的文學會議。主要的原因是這個會由地方文化機構和民間社團（各詩刊）主辦，沒有黨官的政治宣導，也不用排場，純粹是詩人交流聯誼的活動。這次會議另一目的是為「亞洲現代詩集」第一集出版的推薦會。

「亞洲現代詩集」的構想源自中日韓詩人詩藝交流的需求。中日韓雖文字同源，文化共通，但近一百年前，中日、日韓民族的關係因日本帝國主義的侵略而大受損傷。而戰後日本工商帝國對中韓經濟的強大操縱力，使中韓對日本一方面相當依賴，但卻無法產生親善的感覺。民族主義的情緒使中韓知識份子不容易和日本文化界作開放而自主的交流。因此像歐洲各國文化間的團結合作，以制衡政治上惡劣現象的可貴情感在中日韓文化界間一直沒有形成。

幸而在一九七〇年代彼此文學作品的互譯，文學界彼此漸漸瞭解，作家的訪問也增加了合作的氣氛。尤其在詩方面，因為有幾位互通語言的詩人，如陳千武、許世旭等人分別已經做過詩集翻譯和介紹的工作，很自然地興起合作的構想。而合作最理想的形式就是聯合詩集。聯合詩集也是詩人聯盟的第一步，表明了雖然政治和經濟上還無法平等的交流，起碼可以在文學上、藝術上達到這個理想。

編排與印刷相當成功

一九七七年秋，笠詩刊詩人陳千武和韓國詩人金光林在漢城首次談到中日韓三國現代詩集的事。不久日本詩人高橋喜久晴也參與了意見。終於一九八〇年十一月二十四日在東京的「國際詩人會議」後，這三位策劃者談妥了詩集的工作計劃，詩的選輯、翻譯、印刷等細節，並且選定了編輯委員，白萩和陳千武負責中華民國詩部份，具常和金光林、秋谷豐和高橋喜久晴則分別負責韓國和日本的詩。出版則由日本、中華民國、韓國輪流負責，每年出版一集。在很多人的合作下，一年之內完成了一切工作，於一九八一年十二月十五日「亞洲現代詩集」第一集在日本出版。一個月後，中日韓三個詩人會議在臺北召開的時候，該詩集的中華民國版也同時出版了。

由於詩集中的詩有中、日、韓文對照並排，因此詩集用十六開的大版本，也是詩集的創舉。詩集中除詩作品之外，還有白萩、陳千武的序言，六位編輯人語，詩人生平及其他資料的介紹和高橋喜久晴的編輯後記。在編輯、編排和印刷上算是相當成功，但還是有一些缺點。以下舉出幾點，作為詩集的改進參考：

日韓譯文應加註釋

一、詩作品的寫作年代和原刊登處沒有交代，而影響了讀者對詩作品的瞭解程度。我認為作者和編輯都必須對文獻作忠誠的交代，不交代則近乎欺瞞。

二、詩集的詩雖說是中日韓文對照，但在對照之下，日文或韓文有的詩在中文部份卻共缺了十三首之多，可見翻譯和編輯還有不周全的地方。

三、日文韓文詩的中文翻譯有一些地方難懂。有些地名、人名和其他名詞不知是什麼，如十二頁上「榜巴斯草根」、「喀居卡」、「庫里姆」，九八頁上「黃花」，一一二頁「歇拉扎特」，一一六頁「外奇奇」，一五七頁「SALLY」等等用語沒有註解，根本搞不懂是什麼。另外還有一些用詞很怪異，如「淚色」、「勢至」、「剩饒」、「買向永遠的雙蝶」、「罪量」，這些用字應當能用更明白的中文來表達才對。另一個更嚴肅的問題是整首詩翻譯的整體缺失。這點可能是工作時間太趕，使翻譯者無暇仔細研究原作和斟酌譯文。這方面的缺失曾經也被詩人洛夫舉例批評過。這裏再舉出一些段落來引證我的論點：

「插進喀居卡就不能那樣日日交換吧」（2頁）

「天上
飄渺的
雲雀是
見得一斑黑點」（30頁）

「站在迎接位置的少年氣質的本尊」（42頁）

「被抱在睡眠之兩隻胳膊裡的
井水裡」

「恩寵呀！
貴於金礦的
陽光之中」（94頁）

「獵手徒以一塊鉛
瞄準其純粹
而一直打中的是
不過於一隻血淋淋的殘鳥兒而已」（170頁）

東南亞國家只有四首詩

以上的例子只是說明，文學作品必須非常仔細，翻譯者必須精通語言，能體味作品的微妙處，而且自身有相當的語言表達力。在翻譯過程中，必要時還得和作者討論，付印前編輯也應仔細較讀過。最理想的翻譯方式是兩國的高手合作，只是這種機會很難求。

四、另一個值得爭議的問題是作品選擇的代表性、均衡性問題。本詩集名爲「亞洲現代詩集」，但實爲中（中華民國）日韓現代詩集，其他亞洲地區只有東南亞國家四首詩點綴。希望以後能漸漸擴充爲全亞洲的詩集。其次中日韓三國入選詩是否具代表性，也曾經引起議論，洛夫就曾經撰文批評過。中華民國詩的部份以笠詩刊的成員爲主，有趙天儀、陳秀喜、陳明臺、陳千武、鄭烱明、許達然、詹冰、李魁賢、李敏勇、林宗源、白萩、拾虹、杜國清、非馬等十四位。此外再加選張默、喬林、余光中、鍾鼎文、向明、辛鬱、洛夫、梅新、商禽、瘂弦等十位，雖然不是十分周全，但都具有代表性。日本方面以地球詩人爲主，共入選了五十八位。韓國方面則因「韓國的實情不同，不得不包括了全詩壇」（金光林語）。雖是任何選集都是主觀，但還是應當儘量容納各種風格流派的詩人，如亞洲最著名的詩人之一金芝河應在適當的年份被選入詩集。

願「愛」成爲民族的橋樑

「亞洲現代詩集」第一集以愛爲主題，據說第二集將以「路」爲主題。第一集收集了一百四十九首詩，大致都可納入廣義的愛的範疇內。詩集中絕大多數的詩表現、歌頌男女之愛，其次是血親之愛、生命之愛、民族之愛。古文學藝術中的愛，本來也是以男女之愛爲主，因人的生與死、歡樂與痛苦都與男女之愛有關，而且它也是血親之愛、民族之愛的基點，對男女之愛的表現有些詩人比較含蓄，用些優美詞句表達思念或讚美異性。但一部份詩人則已超越了咏嘆和傷感，直接地面對愛情的具體內容，大膽地掌握愛情的肉體眞實。像李敏勇的「思慕與哀愁」、金潤成的「愛的身姿」、金耀燮的「透明的肉體」、遠藤進夫的「夜雨」、陳明台的「斷崖」、川口敏男的「薔薇」等對性愛都予以強烈而深刻的表露。

但對男女之愛表現最突出的還是使用象徵的手法，如海洋的波浪、漩渦、鳥啼藤蔓等是情愛中的種種，膿疱、騷動的魚影是情愛的慾望。至於男女肉體的象徵就有無盡的可能性了，貝殼、百合味、裂縫處的花蕾、水窪、樹幹等等都發揮了象徵的力量。

以上這種用自然物展現人類愛情的手法在中日韓三國的詩都出現，可見把三國現代詩人的作品連在一起，可以看出文學相通和相異的特性。希望亞洲現代詩集能年年繼續下去，而且促成「亞洲現代小說集」之類的合作，使文學的橋成爲亞洲各民族眞正相通的橋。

「懷古的情思」中的問題

●喬林

寫詩詞可大可小。大者，縱論古今，橫談東西，引經據典，驗證虛實。小者，僅止於對象，不旁及其他。是故，寫評者大可依自己的意願，及某些限制上之考慮，大小自定，伸縮由己。這裏所說的某些限制是指：知識上的限制，寫作者可用時間上的限制，以及評鑑能力上的限制。由此可知，專業者可寫評，但也不排除一般讀者寫評訴發讀後感。差只差在前者較具知識性，較具說服力。但不管怎樣程度的評，皆在說理。理直當然可以服人，而理之先，在於誠，無誠理會走樣。因此，我認爲寫評者，所需堅持獨立人格，當比文學寫作者更爲要緊。文學寫作者爲了阿諛奉承，或某種目的，不誠於自己，不誠於寫作，是他自家的事。而爲文論評者，若蓄意用途，心存其他念頭，則其效應，就不止於其自家個人一端。論評除了打打分數外，其「指導」之副作用，甚爲可觀。所以徐道鄰就說：「我們平常讀一首詩，本來並不覺得它怎麼好，忽然來了一個批評家，指出它用意的深刻，取材的新穎，使典的恰當，對仗的工整，意境的新鮮，聲調的優美，於是我們對它馬上另有一種看法。原來我們並不懂得欣賞的，現在忽然懂得欣賞它，並且我們會自動地指導別人去欣賞它。一個人在文學（藝術）上的修養造詣，和文學本身的發展，全都有賴於偉大的批評家，也就是這個道理。」①不誠的論評，惡劣者，可能就在製造邪說。不自覺受邪說洗禮者，往往是在詩學的認識上，心智尚未成熟的習作者，而這種讀者的人數就不只一二。依此利害關係，即可說明，一篇詩評評得好不好，是賞析精彩，或是泛泛之談，只是可讀性的問題，安全無慮。若是去心而言不作誠，儘說些明眼瞎話，這對讀者來說，無疑是佈下一道陷阱，安全就堪慮了。而有朝一日被讀者醒來識破，映現在讀者張開的眼睛裏的，當是面目可憎一張。

我們的詩評，去「點到爲止」而至重視系統分析的現代化，經過多位人士的努力，闢路帶領，成績已頗可觀，但數量，尚嫌不足，情況並不熱絡。此原因當是詩評寫作不易，就是寫篇讀後感，也要對原作一讀再讀。因此，偶有詩評出現，總覺得彌足珍貴。但也有遺憾者，即文存他心，論評不實。例如將碧果那些句與句再怎麼黏也黏不出意義來的「詩」作，說得如何如何之好，而最後也說不出其所以然來，還請讀者目己去領會的論評文章，即是不實的例子。

蕭蕭是近幾年來，對於寫詩評、著論、選集最勤的一位，若以時間爲單位來計算，其出書爲文之密度，可謂空前，就以能手張默來說，也要瞠乎其後。可是就功力來說就不及張默，原因並不單單是薑是老的辣的問題。我想或可從蕭蕭最近發表書香旬刊第十期的「懷古的情思—小論楊子澗詩集『秋興』」②得一端。

此文因屬小論，篇幅小巧，論點單一。全文強調「秋興」的懷古情思特質，兼及透露蕭蕭本人對於詩的外形，固定格律的看好。該文一開始，蕭蕭這麼寫：

「現代詩壇中曾經出現『方派』的說法，指方思、方莘、方旗三位詩人，彷彿有著可以相互承襲的理性的靈光閃現，不幸的是，這三位詩人也都方興方隱，出版了一兩冊集就此消隱無蹤未曾引起大的波瀾。相對於『方派』，稍晚於『方派』，詩壇上出現了以抒情爲專擅，著意釀製古典效果，渲染古典氣氛的『楊派』詩人。楊派詩人自以楊牧的詩從葉珊時期的純情浪漫，走入古典經書的淘洗，有了莊嚴典雅的法相，又不失其靈活蓬勃的生機，兼二者之美，成就了楊牧的特殊風景。其後的兩位年輕詩人則是楊澤與楊子潤，楊澤以現代的抒情能手，去關懷現實中國的動盪，激引一幅度的『知』與『情』相和諧的詩潮，楊子潤則以純樸的『笨港人』身份，浸淫於古典詩詞的薰陶，推展出他心中不盡的思古情懷。」

我依稀記得，這「方派」一詞，是余光中在一篇論方莘的詩集的文章被杜撰的。余光中的文章，堪稱文壇一絕，正如其自己所說的，就要論文也多抒情與意象，余文每多奇思妙句，且好爲萬物命名，意味亦莊亦諧，如二房東、野譯等等，在他的文章裏，隨處可拾。

余光中是詩人，是詩評人，但他只是一個個體，余光中有某種說法，並不等於詩壇有某種說法。關於楊派的說法，只是余光中說說而已，並沒有流傳開來，因此不能構成「詩壇有此說法」的說法。所謂楊派，應該只是一種戲語，不能拿之作爲知識性的術語。余光中之稱方思、方莘、方旗爲方派，仍如單一姓氏的聚落——李家莊，張家莊一樣，着眼在姓氏同一的成分，多於詩風的相同④。所謂「派」是指風格、技法相近，或有所承授而言。如指黃庭詩、晁補之、向子諲、陳與義爲蘇派，是彼等清曠豪放處與蘇軾頗近。再如，朱敦儒、陸游、劉過、劉克莊等之被稱爲辛派，則因他們皆具辛棄疾之悲壯作風⑤。而對於「派」用得最明確的，當是以入門嫡傳爲歸派依據，如京戲界的「梅派」，武術界的「少林派」等等。由此對「派」的認識可知，對於歸派，姓氏同一並不是充分必要條件，事實上歸派之對所姓氏是視若無睹的。

我們再看在「懷古的情思」一文裏，蕭蕭給楊派及三楊各別所下的界說：

楊派——以抒情爲專擅，著意釀製古典效果，染古典氣氛。

楊牧——從葉時期的純情浪漫，走入古典經書的淘洗，有了莊嚴典雅的法相，又不失其靈活蓬勃的生機，兼收二者之美。

楊澤—以現代的抒情能手去關懷現實中國的動盪，激引出大幅度的「知」與「情」的相衝突、相和諧的詩潮。

楊子潤——以純樸的「笨港人」身份，浸淫於古典詩詞的薰陶，推展出他的心中不盡的思古情懷。

由這摘要，我們知道蕭蕭的所謂楊派，其要件是抒情與古典的氣氛效果。在此我們不擬討論三楊之詩作，是否都擅長抒情，都俱古典之效果與氣氛。因爲閱讀的經驗知識，各有主觀的成分在，爲免離題，仍以蕭蕭的話爲根據。我們由蕭蕭的話可以發現，在蕭蕭界說下的楊澤並不古典，而是關懷現實的。由此觀之，將三楊統歸在蕭蕭所定義下的楊派，實在胡湊。

該文之另一要項是，由「秋興」的多首固定外形的詩作，蕭蕭肯定了固定外形已造成情勢的事實，以及表示了對於格律詩的看好。在該文的第七段，他說：「……其中有十七首詩以每節四行的形式寫成，有四首以每節八行的衍式寫成，其他各詩也大多有其自定的外在結構，這種外在形式的堅持，已經頗爲青年詩人所接納，顯示現代詩人已開始覺悟詩的特質往往是在固定的格律中獲得眞正的發揮，青年詩人這種詩形式的堅持也已逐漸威脅到中年詩人的創作形態，漫無節制的形式，寫來已有心怯的感覺。」

首先我們要說，蕭蕭這段話說的糊里糊塗。所謂固定的形式，就物質來說，是指其在外力作用下不變形的物理性質，可以針對某一個體來指稱。但是就詩的創作觀點來說，其指意就不同了，必須是好幾首詩成群的外在形式是一致的，才構得上「固定的形式」這種稱謂。蕭蕭說：「其他各詩也大多有其自定的外在結構」，即然各詩有其自定的外在形式，就當無群的制式的外在形式可言。這一開始的命題就模糊了。

其次，蕭蕭所指稱的目前這種「漫無節制」的形式，基本的理論是，每一首詩依其本身的需要來定奪，來各自節制，也即蕭蕭所說的「各詩有其自定的外在結構」，即然這種漫無節制的形式，也在蕭蕭所提議的固定形式的範圍內，顯然蕭蕭這一大段話就多餘的了。

固定的外形、固定的格局，遠者在幾次新詩論戰中，都曾爲新詩人的對手，頑強的持之爲盾牌。近者顏元叔曾在「對中國現代詩的幾點淺見」⑥一文中再次主張，然而並沒有迴響。詩的特質是否在固定的格律中，才能獲得眞正的發揮，非本文討論之範圍，況且以往論戰中也已討論甚詳，在此不題外加話。

在此我們想提注意的是，蕭蕭的這一段話，是一種對於事態的指示語言，而非情緒語言。指示語言必須基於客觀的事實，而且是普遍性的。縱使未經驗證的「預測」也必得如此。若將自己的感受或臆想當成對象的性質，那就符合了勞思光所提到的一句俗話：「思想混亂」⑦思想混亂和人對談起來，予人予己，都會不知所云。

蕭蕭所說的是目前詩壇的現象。但綜觀年來出版的詩刋，其內載的作品，我們可眞能統計得出，有幾位青年詩人已堅持的走入固定的形式？而又能顯示其優勢，進而造成對於中年詩人創作形態的威脅。

我們可曾能察覺到中年詩人對於「漫無節制」的形式，寫來已有心怯的感覺？而其原因是來自青年詩人，所堅持的固定形式所造成優勢的威脅。

「青年詩人」「中年詩人」是集合名詞，描述其性質理當是普遍性的，而加諸於它們的形容詞、動詞也當是涵括性的、個別的，應該有所分別。因此要說「青年詩人已接納」，「中年詩人已心怯」等等，需有其普遍的共相，就動態來講也要已成氣候。

依據蕭蕭的邏輯說法，由於青年詩人之堅持固定形式，以致對於中年詩人之創作形態造成威脅，因而中年詩人對於目前的形式寫來心怯。是一種必然的因果關係。

無因便無果，那麼「因」在哪裏？

不要說事實上根本沒有這「因」存在，就以其所擧的楊子澗個人來說，在其「秋興」詩集之後的作品，亦幷無堅持墨守固定的外在形式。而在「秋興」裏的作品亦還談不上有固定的格律。

這是莫須有的前提，怎麼能拿來對事實作推演論斷。

一篇詩評，若無事實的具體經驗內容，僅憑一己的情緒想像，根基全無，架構勢必無力，僅可當一幅圖畫看，要之，也只是透露作者的心態而已。與話題扯不上關係。文章與心態可說互爲裏外，文藝作品容忍各種心態，且求其畢露，惟論評文章不然，公正誠懇是唯一允許的。

正如前面所說，蕭蕭論著甚豐，本文以「懷古的情思」作爲討論的對象，並無意視其爲所有論著之代表，只是因其剛在手邊且爲新讀，如此貪圖方便而已。本文的用意是，我們對於詩評求之若渴，但還希望論評者不要感情用事，亂作奇想，在文章裏私加人工色料，俾以保持詩壇純眞，讀者健康。「懷古的情思」一文只是作爲一個例子而已。

註：①見徐道鄰著「語意學概要」第一八九頁。香港友聯出版社出版。

②「書香旬刊」係新生報發行。第十期爲本年四月一日出版。

③原文爲方華，應爲方莘之誤。當是手民之誤。

④爲討論方便起見，筆名之第一個字也視同姓。

⑤見譚正璧著「中國文學史」第五編宋金元文學。臺北莊嚴出版社出版。

⑥該文收在「談民族文學」一書。學生書局出版。

⑦見勞思光著「思想方法五講」第二八頁。香港文光書局印行。

編輯手記

·李敏勇·

•遠景版「光復前臺灣文學全集」詩四卷的出版，使本土詩文學傳統根球形象更爲具體地展現出來。爲表達本刊對臺灣先行代新詩人的崇敬之忱，特闢「卷頭詩」，選刊戰前臺灣新詩作品。本期卷頭詩爲王白淵的「鼴鼠」，透過對鼴鼠的觀察與了解，對鼴鼠的感情的移入，我們不能說沒有看到地層下的人類的心。

•本期詩作品，多采多姿，前輩詩人巫永福的抒心，周伯陽的寫景，各具特色。陳秀喜隱居關子嶺，也有作品表達心聲，桓夫的追憶詩，彷彿掀開歷史的一頁傷痛，中堅代的林宗源的第二自然，有新的表現，應該會使標榜現代，前衛的某些詩人自嘆不如，趙天儀兩首寄情，溫柔敦厚，一如其人。非馬的七首寫脚的詩，十分機智，顯示出精確的計算和銳利的詩。許達然的強而有力的抗議，呈現的是另一種風貌。戰後世代的喬林、羅青、曾貴海、旅人都各自追求他們的現實感。利玉芳、蔡榮勇近期常有作品發表，令人耳目一新。特別介紹兩位新登場新人，楊傳裕和楊笛，他們是更新的世代，更新的聲音。

•本期作品合評主題是「詩主題的捕捉與語言的運用」，以莊金國、利玉芳作品爲例，加以討論。梁景峯「愛的故事」則係評論「亞洲現代詩集」第一集，也在時報雜誌發表，喬林『懷古的情思中的問題』則是對蕭蕭一篇論評的意見，也在自立晚報發表。

•海外詩方面，除續刊杜國清譯的「米洛舒詩選」外，有非馬譯的「勞倫斯詩選」。

•臺灣新詩的回顧，這一期介紹吳漫沙，除了他自己的一篇談詩文章外，也同時發表他的一些作品。

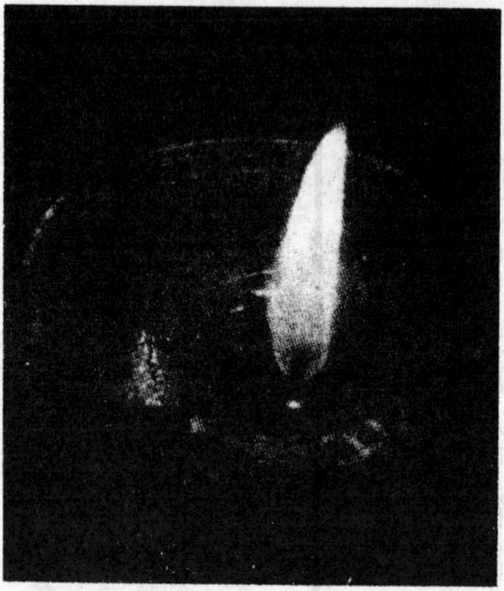

中華民國行政院局版台誌1267號
中華郵政台字2007號登記第一類新聞紙

笠 詩双月刊
LI POETRY MAGAZINE 109

中華民國53年6月15日創刊
中華民國71年6月15日出版

發行人：黃騰輝
社　長：陳秀喜

笠詩刊社
台北市忠孝東路三段217巷4弄12號
電　話：(02) 711—5429
社長室：
台北市中山北路六段中16街88號
電　話：(02) 551—0083
編輯部：
台北市浦城街24巷1號3F
電　話：(02) 3214700
經理部：
台中市三民路三段307巷16號
電　話：(042) 217358
資料室：
【北部】淡水鎮油車口121之1號5樓
【中部】彰化市延平里建寶莊51～12號

國內售價：每期40元
訂閱全年6期200元，半年3期100元
海外售價：美金2元／日幣400元
港幣7元／非幣7元
歡迎利用郵政劃撥21976號陳武雄帳戶訂閱

承　印：華松印刷廠　中市TEL (042) 263799